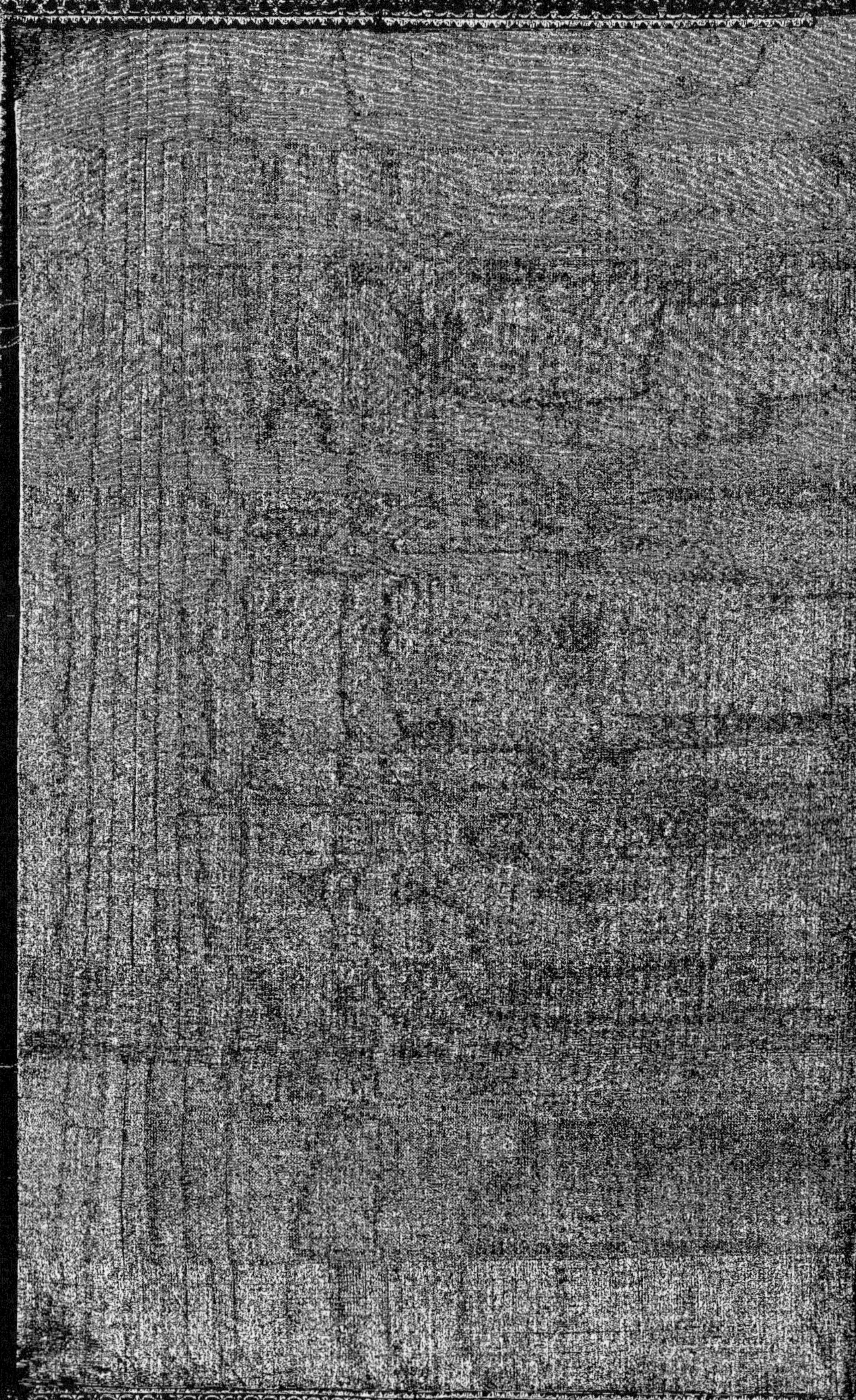

4509

OEUVRES

COMPLETES

DE

VOLTAIRE.

OEUVRES

COMPLETES

DE

VOLTAIRE.

TOME SOIXANTIEME.

DE L'IMPRIMERIE DE LA SOCIÉTÉ LITTÉRAIRE-
TYPOGRAPHIQUE.

1 7 8 5.

RECUEIL

DES LETTRES

DE M. DE VOLTAIRE.

1767–1768.

Corresp. générale.   Tome IX.   A

RECUEIL

DES LETTRES

DE M. DE VOLTAIRE.

LETTRE PREMIERE.

A M. DAMILAVILLE.

2 de janvier.

Vous devez être actuellement bien inftruit, mon cher et vertueux ami, du malheur qui m'eft arrivé : c'eft une bombe qui m'eft tombée fur la tête; mais elle n'écrafera ni mon innocence ni ma conftance. Je ne peux vous rien dire de nouveau là-deffus, parce que je n'ai encore aucune nouvelle.

J'ai éclairci tout avec M. le prince de *Gallitzin ;* il n'y avait point de lettre de lui ; tout eft parfaitement en règle ; et, dans quelque endroit que je fois, les *Sirven* auront de quoi faire leur voyage à Paris, et de quoi fuivre leur procès. Vous pourrez, en attendant, envoyer copie du factum à madame *Denis,* fi M. de *Beaumont* ne le fait pas imprimer à Paris.

Vous aurez les Scythes inceffamment, à condition qu'ils ne feront point joués; et la raifon en eft que la pièce eft injouable avec les acteurs que nous avons.

A 2

1767.

On m'a envoyé de Paris une pièce très-singulière, intitulée le Triumvirat; mais ce qui m'a paru le plus mériter votre attention dans cet ouvrage; et celle de tous les gens qui pensent, c'est une histoire des proscriptions. Elles commencent par celles des Hébreux et finissent par celles des Cévennes; ce morceau m'a paru très-curieux (*). Il me semble que la tragédie n'est faite que pour amener ce petit morceau; la pièce d'ailleurs n'est point convenable à notre théâtre, attendu qu'il y a très-peu d'amour.

Adieu, mon cher ami; vous devinez le triste état dans lequel nous sommes, madame *Denis* et moi. Nous attendons de vos nouvelles; écrivez à madame *Denis* au lieu d'écrire à M. *Souchay*, et songez, quoi qu'il arrive, à *écr. l'inf.*

LETTRE II.

A M. LE COMTE D'ARGENTAL.

A Ferney, samedi au matin, 3 de janvier, avant que la poste de France soit arrivée à Genève.

MES anges sauront donc pourquoi j'ai fait imprimer les Scythes.

1°. C'est que je n'ai pas voulu mourir intestat, et sans avoir rendu aux deux satrapes, *Nalrisp* et *Elochivis* (**), l'hommage que je leur dois.

2°. C'est que mon épître dédicatoire est si drôle, que je n'ai pu résister à la tentation de la publier.

(*) Voyez Mélanges historiques, tome II.
(**) *Praslin* et *Choiseul*.

3°. C'eſt qu'il n'y a réellement point de comédiens —
pour jouer cette pièce, et que je ſerai mort avant 1767.
qu'il y en ait.

4°. C'eſt que j'emporte aux enfers ma juſte indignation contre les comédiennes qui ont défiguré mes
ouvrages, pour ſe donner des airs penchés ſur le
théâtre ; et contre les libraires, éternels fléaux des
auteurs ; leſquels infames libraires de Paris m'ont
rendu ridicule, et ſe ſont emparés de mon bien pour
le dénaturer avec un privilége du roi.

J'ai donc voulu faire ſavoir aux amateurs du
théâtre, avant que de mourir, que je proteſtais contre
tous les libraires, comédiens et comédiennes, qui
ſont les cauſes de ma mort ; et c'eſt ce que mes anges
verront dans l'avis au lecteur, qui eſt après ma
naïve préface.

Je proteſte encore, devant DIEU et devant les
hommes, qu'il n'y a pas une ſeule critique de mes
anges et de mes ſatrapes à laquelle je n'aye été très-
docile. Ils s'en apercevront par le papier collé page
19, et par d'autres petits traits répandus çà et là.

Je proteſte encore contre ceux qui prétendent que
je ſuis tombé en apoplexie ; je n'ai été évanoui qu'un
quart d'heure tout au plus, et mon ſtyle n'eſt point
apoplectique.

Si mes anges et mes ſatrapes veulent que la pièce
ſoit jouée avant que l'édition paraiſſe, ils ſont les
maîtres. *Gabriel Cramer* la mettra ſous cent clefs,
pourvu qu'il y ait des acteurs pour la jouer, et que
les comédiens la faſſent ſuccéder immédiatement
après la pomme (*) ; car, pour peu qu'on diffère, il

(*) *Guillaume Tell.*

A 3

fera impossible d'empêcher l'édition de paraître; les
provinces de France en seront inondées, et il en
arrivera à Paris de tous côtés.

· Je la lus devant des gens d'esprit, et même devant
des connaisseurs, quatre jours avant mon apoplexie,
et je fis fondre en larmes pendant tout le second acte
et les trois suivans.

J'enverrai au bout des ailes de mes anges les paroles et la musique, dès que les comédiens auront pris
une résolution. J'attends leurs ordres avec la soumis-
sion la plus profonde. *V.*

L E T T R E I I I.

A U M E M E.

4 de janvier.

COMME les cuisiniers, mon cher ange, partent
toujours de Paris le plus tard qu'ils peuvent, et s'ar-
rêtent en chemin à tous les bouchons, j'ai reçu un
peu tard la lettre que vous avez bien voulu m'écrire
le 14 de décembre. Ma réponse arrivera gelée; notre
thermomètre est à douze degrés au-dessous du térme
de la glace; une belle plaine de neige, d'environ
quatre-vingts lieues de tour, forme notre horizon; me
voilà en Sibérie pour quatre mois. Ce n'est pas assurément cette situation qui me fait désirer de vous
revoir et de vous embrasser; je quitterais le paradis
terrestre pour jouir de cette consolation. J'espère bien
quelque jour venir faire un tour à Paris, uniquement

pour vous et pour madame d'*Argental*. Il me sera impof- 1767.
fible d'abandonner long-temps ma colonie. J'ai fondé
Carthage, il faut que je l'habite, fans quoi Carthage
périrait ; mais je vous réponds bien que, fi je fuis
en vie dans dix-huit mois, vous reverrez un vieux
radoteur qui vous aime comme s'il ne radotait point.

M. de *Thibouville* me dit qu'il faut que je vous
envoye la lettre de M. le duc de *Duras* ; je ne fais
trop où la retrouver. Elle contenait, en fubftance,
que la belle *Dubois* m'avait traité comme fes amans,
qu'elle m'avait trompé ; que la comédie était, comme
beaucoup d'autres chofes, fort en décadence ; qu'il
avait établi un petit féminaire de comédiens à Verfailles, qui ne promettait pas grand'chofe ; que *le
Kain* était toujours bien malade, et que la tragédie
était tout auffi malade que lui.

Nous manquons d'hommes en bien des genres,
mon cher ange, cela eft très-vrai ; mais les autres
nations ne font pas en meilleur état que nous.

M. de *Chardon* m'avait promis de rapporter l'affaire
des *Sirven* avant la naiffance de notre fauveur ; mais
les petites niches qu'il a plu au parlement de lui
faire, ont retardé l'effet de fa bonne volonté. L'affaire
n'a point été rapportée ; je ne fais plus où j'en fuis,
après cinq ans de peines. Il faut fe réfigner à DIEU
et au parlement.

Pour mon petit procès avec madame *Gilet*, il ne
m'inquiéte guère ; c'eft une idiote qui veut quelquefois
faire le bel efprit, et qui parle quelquefois à tort et
à travers à M. *Gilet*. Elle eft peu écoutée ; mais
M. *Gilet* a quelquefois des fantaifies, des lubies, et
il y a des affaires dans lefquelles il fe rend fort difficile.

A 4

 Il eſt triſte d'avoir des démêlés avec des gens de ce caractère. Je ſuis ſenſiblement touché de la bonté que vous avez de ſonger à redreſſer l'eſprit de M. *Gilet.*

Mon pauvre *Damilaville* eſt tout ébouriffé de la crainte de n'être pas à la tête des vingtièmes. Je vous avoue que je lui ſouhaiterais une autre place ; c'eſt un lieutenant-colonel dont tout le monde déſire que le régiment ſoit réformé.

N'êtes-vous pas bien aiſe que l'affaire de Pologne ſoit accommodée à la plus grande gloire de DIEU et de la raiſon ? *Joſeph Bourdillon* , profeſſeur en droit public , n'a pas laiſſé de ſervir dans ce procès. Puiſſé-je réuſſir comme lui dans celui des *Sirven !* puiſſé-je ſurtout venir un jour vous dire combien je vous aime , combien je vous ſuis attaché pour le reſte de ma languiſſante vie !

LETTRE IV.

A M. DE PEZAI.

5 de janvier.

JE vous fais juge , Monſieur , des procédés de *J. J. Rouſſeau* avec moi. Vous ſavez que ma mauvaiſe ſanté m'avait conduit à Genève auprès de M. *Tronchin* , le médecin , qui alors était ami de *Rouſſeau :* je trouvai les environs de cette ville ſi agréables que j'achetai , d'un magiſtrat , quatrevingt-ſept mille livres , une maiſon de campagne , à condition qu'on m'en rendrait trente-huit mille ,

lorfque je la quitterais. *Rouffeau* dès-lors conçut le
deffein de foulever le peuple de Genève contre les
magiftrats, et il a eu enfin la funefte et dangereufe
fatisfaction de voir fon projet accompli.

Il écrivit d'abord à M. *Tronchin* qu'il ne remettrait
jamais les pieds dans Genève, tant que j'y ferais;
M. *Tronchin* peut vous certifier cette vérité. Voici fa
feconde démarche.

Vous connaiffez le goût de madame *Denis*, ma
nièce, pour les fpectacles; elle en donnait dans le
château de Tourney et dans celui de Ferney, qui
font fur la frontière de France, et les Génevois y
accouraient en foule, *Rouffeau* fe fervit de ce prétexte
pour exciter contre moi le parti qui eft celui des
repréfentans, et quelques prédicans qu'on nomme
miniftres.

Voilà pourquoi, Monfieur, il prit le parti des
miniftres, au fujet de la comédie, contre M. *d'Alembert*,
quoiqu'enfuite il ait pris le parti de M. *d'Alembert*
contre les miniftres, et qu'il ait fini par outrager
également les uns et les autres; voilà pourquoi il
voulut d'abord m'engager dans une petite guerre au
fujet des fpectacles; voilà pourquoi, en donnant une
comédie et un opéra à Paris, il m'écrivit que je
corrompais fa république en fefant repréfenter des
tragédies dans mes maifons par la nièce du grand
Corneille, que plufieurs génevois avaient l'honneur
de feconder.

Il ne s'en tint pas là; il fufcita plufieurs citoyens
ennemis de la magiftrature; il les engagea à rendre
le confeil de Genève odieux, et à lui faire des
reproches de ce qu'il fouffrait, malgré la loi, un

1767,

catholique domicilié fur leur territoire, tandis que tout génevois peut acheter en France des terres feigneuriales, et même y poſſéder des emplois de finance. Ainſi cet homme, qui prêchait à Paris la liberté de conſcience, et qui avait tant de befoin de tolérance pour lui, voulait établir dans Genève l'intolérance la plus révoltante et en même temps la plus ridicule.

M. *Tronchin* entendit lui-même un citoyen, qui eſt depuis long-temps le principal boute-feu de la république, dire qu'il fallait abfolument exécuter ce que *Rouſſeau* voulait, et me faire fortir de ma maifon des Délices, qui eſt aux portes de Genève. M. *Tronchin*, qui eſt auſſi honnête homme que bon médecin, empêcha cette levée de boucliers, et ne m'en avertit que long-temps après.

Je prévis alors les troubles qui s'exciteraient bientôt dans la petite république de Genève ; je réfiliai mon bail à vie des Délices ; je reçus trente-huit mille livres, et j'en perdis quarante-neuf, outre environ trente mille francs que j'avais employés à bâtir dans cet enclos.

Ce font-là, Monfieur, les moindres traits de la conduite que *Rouſſeau* a eue avec moi ; M. *Tronchin* peut vous les certifier, et toute la magiſtrature de Genève en eſt inſtruite.

Je ne vous parlerai point des calomnies dont il m'a chargé auprès de M. le prince de *Conti* et de madame la ducheſſe de *Luxembourg*, dont il avait furpris la protection. Vous pouvez d'ailleurs vous informer dans Paris de quelle ingratitude il a payé les fervices de M. *Grimm*, de M. *Helvétius*, de M. *Diderot*, et de tous ceux qui avaient protégé fes extravagantes bizarreries qu'on voulait alors faire paſſer pour de l'éloquence.

Le miniſtère eſt auſſi inſtruit de ſes projets criminels, que les véritables gens de lettres le ſont de tous ſes procédés. Je vous ſupplie de remarquer que la ſuite continuelle des perſécutions qu'il m'a ſuſcitées, pendant quatre années, a été le prix de l'offre que je lui avais ſaite de lui donner, en pur don, une maiſon de campagne, nommée l'Hermitage, que vous avez vue entre Tourney et Ferney. Je vous renvoie, pour tout le reſte, à la lettre que j'ai été obligé d'écrire à M. *Hume*, et qui était d'un ſtyle moins férieux que celle-ci.

Que M. *Dorat* juge à préſent s'il a eu raiſon de me confondre avec un homme tel que *Rouſſeau*, et de regarder comme une querelle de bouffons les offenſes perſonnelles que M. *Hume*, M. d'*Alembert* et moi avons été obligés de repouſſer, offenſes qu'aucun homme d'honneur ne pouvait paſſer ſous ſilence.

M. d'*Alembert* et M. *Hume*, qui ſont au rang des premiers écrivains de France et d'Angleterre, ne ſont point des bouffons ; je ne crois pas l'être non plus, quoique je n'approche pas de ces deux hommes illuſtres.

Il eſt vrai, Monſieur, que, malgré mon âge et mes maladies, je ſuis très-gai, quand il ne s'agit que de ſottiſes de littérature ; de proſe ampoulée, de vers plats ou de mauvaiſes critiques ; mais on doit être très-férieux ſur les procédés, ſur l'honneur et ſur les devoirs de la vie.

LETTRE V.

A M. DORAT.

A Ferney, ce 8 de janvier.

MONSIEUR,

A La réception de la lettre dont vous m'avez honoré, j'ai dit, comme St *Augustin : O felix culpa !* Sans cette petite échappée, dont vous vous accusez si galamment, je n'aurais point eu votre lettre qui m'a fait plus de plaisir que l'*Avis aux deux* prétendus *sages* ne m'a pu causer de peine. Votre plume est comme la lance d'*Achille*, qui guérissait les blessures qu'elle fesait.

Le cardinal de *Bernis*, étant jeune, en arrivant à Paris, commença par faire des vers contre moi, selon l'usage, et finit par me favoriser d'une bienveillance qui ne s'est jamais démentie. Vous me faites espérer les mêmes bontés de vous, pour le peu de temps qui me reste à vivre, et je crie *felix culpa*, à tue-tête.

J'ai déjà lu, Monsieur, votre très-joli poëme sur la déclamation ; il est plein de vers heureux et de peintures vraies. Je me suis toujours étonné qu'un art, qui paraît si naturel, fût si difficile. Il y a, ce me semble, dans Paris beaucoup plus de jeunes gens capables de faire des tragédies dignes d'être jouées, qu'il n'y a d'acteurs pour les jouer. J'en

cherche la raifon , et je ne fais fi elle n'eft pas dans
la ridicule infamie que des velches ont attachée à
réciter ce qu'il eft glorieux de faire. Cette contradiction velche doit révolter tous les vrais français.
Cette vérité me femble mériter que vous la faffiez
valoir dans une feconde édition de votre poëme.

Je ne puis vous dire à quel point j'ai été touché
de tout ce que vous avez bien voulu m'écrire.

J'ai l'honneur d'être, &c.

P. S. Ma dernière lettre à M. le chevalier de
Pezai était écrite avant que j'euffe reçu la vôtre. J'en
avais envoyé une copie à un de mes amis ; mais je
ne crois pas qu'il y ait un mot qui puiffe vous
déplaire , et j'efpère que les faits énoncés dans ma
lettre feront impreffion fur un cœur comme le vôtre.

LETTRE VI.

A M. DAMILAVILLE.

Jeudi matin , 8 de janvier.

Mon cher ami, en attendant que je life une lettre
de vous , que je compte recevoir aujourd'hui , il
faut que je vous communique une réponfe que j'ai
été obligé de faire à M. de *Pezai* , au fujet des vers
de M. *Dorat* , que vous devez avoir vus , et qui ne
font pas mal faits. Vous verrez fi j'ai tort de regarder
J. J. Rouffeau comme un monftre , et de dire qu'il
eft un monftre. Le grand mal , dans la littérature ,

—— c'eſt qu'on ne veut jamais diſtinguer l'offenſeur de
1767. l'offenſé. M. *Dorat* a ſes raiſons pour ſuivre ce torrent,
puiſqu'il s'y laiſſe entraîner, et qu'il m'a offenſé de
gaieté de cœur, ſans me connaître.

J'arrête ma plùme, en attendant votre lettre, et
je vous prie de communiquer à M. d'*Alembert* cellè
que j'ai écrite à M. de *Pezai*, avant que M. *Dorat*
m'eût demandé pardon.

Nous avons reçu votre lettre du 3 de janvier. Nos
alarmes et nos peines ont été un peu adoucies, mais
ne ſont pas terminées.

Il n'y a plus actuellement de communication de
Genève avec la France; les troupes ſont répandues
par toute la frontière; et, par une fatalité ſingulière,
c'eſt nous qui ſommes punis des ſottiſes des Génevois.
Genève eſt le ſeul endroit où l'on pouvait avoir
toutès les choſes néceſſaires à la vie; nous ſommes
bloqués, et nous mourons de faim : c'eſt aſſurément
le moindre de mes chagrins.

Je n'ai pas un moment pour vous en dire davantage. Tout notre triſte couvent vous embraſſe.

LETTRE VII.

A M. LE MARECHAL DUC DE RICHELIEU.

A Ferney, 9 de janvier.

Le favori de *Vénus*, de *Minerve* et de *Mars*, s'eſt donc reſſenti des infirmités attachées à la faibleſſe humaine. Il a ſuccombé ſous la fatigue des plaiſirs ; mais je me flatte qu'il eſt bien rétabli, puiſqu'il m'a écrit de ſa main ; il eſt d'ailleurs grand médecin, et c'eſt lui qui guérit les autres. Je n'ai pas l'honneur d'être de l'eſpèce de mon héros ; dès que les neiges couvrent la terre dans mon climat barbare, les taies blanches s'emparent de mes yeux, je perds preſque entièrement la vue. Mon héros griffonne de ſa main des lettres qu'à peine on peut lire, et moi, je ne peux écrire de ma belle écriture ; j'entrerai d'ailleurs inceſ-ſamment dans ma ſoixante et quatorzième année, ce qui exige de l'indulgence de mon héros.

Nous feſons à préſent la guerre très-paiſiblement aux citoyens têtus de Genève. J'ai trente dragons autour d'un poulailler qu'on nomme le château de Tourney, que j'avais prêté à M. le duc de *Villars*, ſur le chemin des Délices. Je n'ai point de corps d'armée à Ferney ; mais j'imagine que, dans cette guerre, on boira plus de vin qu'on ne répandra de ſang.

Si vous avez, Monſeigneur, une bonne actrice à Bordeaux, je vous enverrai une tragédie nouvelle, pour votre carnaval ou pour votre carême. Maman *Denis* et tous ceux à qui je l'ai lue difent qu'elle eft très-neuve et très-intéreffante. La grâce que je vous demanderai, ce fera de mettre tout votre pouvoir de gouverneur à empêcher qu'elle ne foit copiée par le directeur de la comédie, et qu'elle ne foit imprimée à Bordeaux. J'oferais même vous fupplier d'ordonner que le directeur fît copier les rôles dans votre hôtel, et qu'on vous rendît l'exemplaire à la fin de chaque répétition et de chaque repréfentation : en ce cas, je fuis à vos ordres.

Voici le mémoire concernant votre protégé, et l'emploi de la lettre de change que vous avez eu la bonté d'envoyer pour lui. Quand même je ne ferais pas à Ferney, il reftera toujours dans la maifon ; maman *Denis* aura foin de lui, et je le laifferai le maître de ma bibliothéque. Il paffe fa vie à travailler dans fa chambre, et j'efpère qu'il fera un jour très-favant dans l'hiftoire de France. Je lui ai fait étudier l'Hiftoire des pairs et des parlemens, ce qui peut lui être fort utile. Il fe pourra faire que bientôt je fois abfent pour long-temps de Ferney ; je ferais même aujourd'hui chez M. le chevalier de *Beauteville* à Soleure, et de là j'irais chez le duc de *Virtemberg* et chez l'électeur palatin, fi ma fanté me le permettait.

Dans cette incertitude, je vous demande en grâce d'avoir pour moi la même bonté que vous avez eue pour *Galien*. Ni vos affaires ni celles de la fucceffion de M. le prince de *Guife* ne feront arrangées de plus de fix mois. Je me trouve, à l'âge de foixante et quatorze ans, dans un état très-défagréable et très-violent. Votre banquier de Bordeaux peut aifément

vous

vous avancer, pour fix mois, deux cents louis d'or, ———
en m'envoyant une lettre de change de cette fomme 1767.
fur Genève. Il le fera d'autant plus volontiers que
le change eft aujourd'hui très-avantageux pour les
Français ; et il y gagnera en vous fefant un plaifir
qui ne vous coûtera rien. J'aurai l'honneur d'envoyer
alors mon reçu, à compte de deux cents louis d'or,
à M. l'abbé de *Blet*, fur ce qui m'eft dû de votre
part. Il joindra ce reçu à ceux que mon notaire a
précédemment fournis à vos intendans ; ou, fi vous
l'ordonnez, j'adrefferai ce reçu à vous-même, et
vous l'enverrez à M. l'abbé de *Blet*. Je ne vous propofe de le lui adreffer en droiture que pour éviter
le circuit.

Si je fuis à Soleure, le tréforier des Suiffes me
comptera cet argent, et fe fera payer à Genève. Je
vous aurai une extrême obligation ; car, quoique
j'aye effuyé bien des revers en ma vie, je n'en ai
point eu de plus imprévu et de plus défagréable que
celui que j'éprouve aujourd'hui. Ayez la bonté de
me donner vos ordres fur tous ces points, et de les
adreffer à Genève fous l'enveloppe de M. *Hénin*
réfident de France. La lettre me fera rendue exactement, quoiqu'il n'y ait plus de communication
entre le territoire de France et celui de Genève ; et,
fi je fuis à Soleure, madame *Denis* m'enverra votre
lettre. Vous pouvez prefcrire auffi ce que vous voulez
qu'elle dépenfe par an pour les menues néceffités de
Galien ; elle vous enverra le compte au bout de
l'année.

Je n'ai d'autres nouvelles à vous mander des pays
étrangers, finon que le corps des négocians français,

——— qui eſt à Vienne, m'a écrit que vous partiez inceſſam-
1767. ment pour aller chercher une archiducheſſe, et qu'il
me demandait des harangues pour toute la famille
impériale et pour votre Excellence. J'ai répondu
lanternes à ce corps qui me paraît mal informé.

A l'égard du petit corps de troupes qui eſt dans
mes terres, j'ai bien peur d'être obligé, ſi je reſte
dans le pays, de faire plus d'une harangue inutile
pour l'empêcher de couper mes bois. On dit que
M. de *la Borde* ne ſera plus banquier du roi. C'eſt
pour moi un nouveau coup, car c'eſt lui qui me
feſait vivre.

Je me recommande à vos bontés, et je vous ſupplie d'agréer mon très-tendre reſpect. *V.*

LETTRE VIII.

A M. LE DUC DE CHOISEUL,

Sur le cordon de troupes auprès de Genève.

9 de janvier.

MON HÉROS, MON PROTECTEUR,

C'EST pour le coup que vous êtes mon colonel. Le
ſatrape *Elochivis* environne mes poulaillers de ſes
innombrables armées, et le bon homme qui cultive
ſon jardin au pied du mont Caucaſe eſt terriblement
embarraſſé par votre funeſte ambition.

Permettez - moi la liberté grande de vous dire ———
que vous avez le diable au corps. Maman *Denis* 1767.
et moi, nous nous jetons à vos pieds. Ce n'eft
pas les Génevois que vous puniffez, c'eft nous,
grâces à Dieu. Nous fommes cent perfonnes à Ferney
qui manquons de tout, et les Génevois ne manquent
de rien. Nous n'avons pas aujourd'hui de quoi donner
à dîner aux généraux de votre armée.

A peine l'ambaffadeur de votre fublime Porte eut-il
affuré que le roi de Perfe prenait les honnêtes Scythes
fous fa protection et fauve-garde fpéciale, que tous
les bons Scythes s'enfuirent. Les habitans de Scythopolis peuvent aller où ils veulent, et revenir, et
paffer et repaffer, avec un paffe-port du chiaoux
Hénin; et nous, pauvres Perfans, parce que nous
fommes votre peuple, nous ne pouvons ni avoir à
manger, ni recevoir nos lettres de Babylone, ni
envoyer nos efclaves chercher une médecine chez les
apothicaires de Scythopolis.

Si votre tête repofe fur les deux oreillers de la
juftice et de la compaffion, daignez répandre la
rofée de vos faveurs fur notre difette.

Dès qu'on eut publié votre refcrit impérial dans la
fuperbe ville de Gex, où il n'y a ni pain ni pâte, et
qu'on eut reçu la défenfe d'envoyer du foin chez les
ennemis, on leur en fit paffer cent fois plus qu'ils
n'en mangeront en une année. Je fouhaite qu'il en
refte affez pour nourrir les troupes invincibles qui
bordent actuellement les frontières de la Perfe.

Que votre fublimité permette donc que nous lui
adreffions une requête qui ne fera point écrite en
lettres d'or, fur un parchemin couleur de pourpre,

 ——— felon l'ufage, attendu qu'il nous refte à peine une feuille de papier, que nous réfervons pour votre éloge.

Nous demandons un paffe-port figné de votre main prodigue en bienfaits, pour aller, nous et nos gens, à Genève ou en Suiffe, felon nos befoins ; et nous prierons *Zoroaftre* qu'il intercède auprès du grand *Orofmade*, pour que tous les péchés de la chair que vous avez pu commettre vous foient remis.

LETTRE IX.

A M. LE MARECHAL DUC DE RICHELIEU.

13 de janvier, au foir, par Genève, malgré les troupes.

Après avoir eu l'honneur de recevoir votre lettre de Bordeaux, concernant *Galien*, je vous écrivis, Monfeigneur, le 9 de janvier. Je reçois aujourd'hui votre lettre du 29, par laquelle je vois que je fuis heureufement entré dans toutes vos vues, et que j'avais heureufement prévenu vos ordres concernant ce jeune homme.

Je fuis encore fort incertain fi je partirai ou non, pour aller chez monfieur l'ambaffadeur en Suiffe, et de là régler mes affaires avec M. le duc de *Virtemberg*. Vous feriez d'ailleurs bien étonné de la raifon principale qui peut me forcer, d'un moment à l'autre, à faire ce voyage. C'eft un homme que vous connaiffez, un homme qui vous a obligation, un homme dont vous vous êtes plaint quelquefois à moi-même, un homme qui eft mon ami depuis plus de foixante années, un

homme enfin qui, par la plus singulière aventure du
monde, m'a mis dans le plus étrange embarras. Je suis
compromis pour lui de la manière la plus cruelle ;
mais je n'ai à lui reprocher que de s'être conduit
avec un peu trop de molleffe ; et, quoi qu'il arrive,
je ne trahirai point une amitié de foixante années,
et j'aime mieux tout fouffrir que de le compromettre
à mon tour. Je vous défie de deviner le mot de
l'énigme, et vous fentez bien que je ne puis l'écrire ;
mais vous devinez aifément la perfonne. Tout ce
que je fais, c'eft qu'il faut s'attendre à tout dans
cette vie, fe tenir prêt à tout, favoir fe facrifier pour
l'amitié, et fe réfigner à la fatalité aveugle qui difpofe
des chofes de ce monde.

Cela n'empêchera pas que je ne vous envoye ma
tragédie des Scythes, pour votre carnaval, dès que
vous m'en aurez donné l'ordre ; cela vous amufera,
et il faut s'amufer.

Je vous demande très-humblement pardon de la
prière que je vous ai faite ; mais l'état où je fuis m'y
a forcé. Si je refte dans mes montagnes, nous ferons
obligés d'envoyer à dix lieues chercher des provifions,
parce que la communication eft interrompue avec
Genève par des troupes ; nos fermiers fe font enfuis
fans nous payer ; et, fi je vais en Suiffe et ailleurs,
le fecours que j'ai pris la liberté de vous demander
ne me fera pas moins néceffaire.

Je fuis bien de votre avis quand vous me marquez
que *Galien* n'eft pas encore en état de faire l'hiftoire
du Dauphiné ; mais je penfe qu'il eft très à propos
de lui laiffer amaffer les matériaux qu'il trouve dans
ma bibliothéque et dans celles de plufieurs maifons

1767.

—— de Genève, où on se fait un plaisir de l'aider dans ses recherches. Il travaille beaucoup, et même avec passion ; il cultive sa mémoire qui est, comme tout le monde en conviendra, tout-à-fait étonnante ; et, s'il n'est pas un jour votre secrétaire, vous ne pourrez mieux faire que de le faire agréer à la bibliothéque du roi, place très-conforme au genre d'étude vers lequel il se porte avec une espèce de fureur. Quand même je ne serais pas à Ferney, il pourra toujours assembler ses matériaux dans ma bibliothéque et dans celles dont je vous ai parlé ; après quoi, son style, que je ne trouve rien moins que mauvais, venant à se perfectionner au bout de quelque temps, on le confiera à quelque savant bénédictin du Dauphiné, pour en tirer les anecdotes les plus curieuses pour l'embellissement de l'histoire de cette province, pour laquelle il a un violent penchant, et sur laquelle il a déjà huit porte-feuilles d'anecdotes et de recherches qu'il a faites depuis son arrivée, sans compter ce qu'il avait déjà recueilli dans l'endroit où vous l'avez si judicieusement tenu pendant deux ans, temps qu'il a mis à profit, contre l'ordinaire. Enfin j'augure bien de cette histoire du Dauphiné. Cette province, heureusement pour lui, n'a pas un écrivain dont la lecture soit supportable. Elle peut être enfin le fondement de sa fortune.

En vous priant d'agréer mes hommages et ceux de madame *Denis*, permettez que je vous envoye un fragment d'un endroit de ma lettre à la personne dont je vous ai parlé ; vous verrez par là à quel homme j'ai affaire. Je vous conjure de me garder le plus profond secret. *V.*

LETTRE X.

A M. D'ETALLONDE DE MORIVAL.

13 de janvier.

Un homme qui a été senfiblement touché de vos malheurs, Monfieur, et qui eft encore faifi d'horreur du défaftre d'un de vos amis (*), défirerait infiniment de vous rendre fervice. Ayez la bonté de faire favoir à quoi vous vous fentez le plus propre ; fi vous parlez allemand, fi vous avez une belle écriture, fi vous fouhaiteriez d'être placé chez quelque prince d'Allemagne, ou chez quelque feigneur, en qualité de lecteur, de fecrétaire, de bibliothécaire ; fi vous êtes engagé au fervice de fa Majefté le roi de Pruffe, fi vous fouhaitez qu'on lui demande votre congé, fi on peut vous recommander à lui comme homme de lettres ; en ce cas, on ferait obligé de l'inftruire de votre nom, de votre âge et de votre malheur. Il en ferait touché ; il détefte les barbares ; il a trouvé votre condamnation abominable.

Ne vous informez point qui vous écrit ; mais écrivez un long détail à Genève, à M. *Mifoprieft*, chez M. *Souchay* marchand de draps, au Lion d'or. Ayez la bonté de dire à M. *Haas*, chez qui vous logez, qu'on lui rembourfera tous les ports de lettres qu'on vous enverra fous enveloppe.

Voulez-vous bien auffi, Monfieur, nous faire

(*) Le chevalier de *la Barre*.

 ——— favoir ce que monfieur votre père vous donne par an, et fi vous avez une paye à Véfel. On ne peut vous rien dire de plus pour le préfent, et on attend votre réponfe.

LETTRE XI.

A M. DAMILAVILLE.

14 de janvier.

VOTRE lettre du 8 de janvier, mon cher ami, m'a remis un peu de baume dans le fang; c'eft le fort de toutes vos lettres. Le préfident du bureau n'eft pas pour les fidelles; mais le chevalier de *Châtellux* eft fidelle; M. de *Monthion* eft fidelle auffi, et c'eft beaucoup. Il y a vingt ans qu'on n'aurait pas trouvé les mêmes appuis. Laiffez crier les barbares, laiffez glapir les Velches : la philofophie eft bonne à quelque chofe.

Il fe peut faire qu'en brûlant une toife cube de papiers, lorfque je fefais mes paquets, j'aye brûlé auffi le billet de onze cents livres, dont vous me parlez; mais le remède eft entre vos mains.

Je fuppofe que vous avez déjà donné les trois cents livres à M. *Lambertad* (*). Il faut pardonner fi on n'a pas encore exécuté tous fes ordres. Il doit deviner la confufion horrible où l'on eft; nous avons des troupes, et nous ne mangeons actuellement que de la vache.

(*) D'*Alembert.*

Les *Sirven* ont de l'argent pour leur voyage et pour leur féjour; ils font à vos ordres. Je mourrai content, quand nous aurons joint la vengeance des *Sirven* à celle des *Calas*.

Envoyez, je vous prie, à M. *Lambertad* la copie de ma lettre à M. le chevalier de *Pezaî*; elle le regarde beaucoup. Je puife ma fenfibilité pour les innocens malheureux dans le même fond dont je tire mon inflexibilité envers les perfides. Si je haïffais moins *Rouffeau*, je vous aimerais moins. *Ecr. l'inf.*

LETTRE XII.

A M. LE MARQUIS DE FLORIAN, *à Paris.*

Le 14 de janvier.

MON cher grand écuyer de Babylone, il eft jufte qu'on vous envoye les Scythes et les Perfans; cela amufera la famille : notre abbé turc y a des droits inconteftables. Vous pourrez prier mademoifelle *Durancy* à dîner; elle trouvera fon rôle noté dans l'exemplaire que je vous enverrai : voilà pour votre divertiffement du carnaval. Nous répétons la pièce ici; elle fera parfaitement jouée par M. et madame de *la Harpe*, et j'efpère qu'après Pâques, M. de *la Harpe* vous rapportera une pièce intéreffante et bien écrite.

Nous remercions mon turc bien tendrement.

1767.

—— Madame *Denis* et moi, nous l'aimons à la folie, puiſ-qu'il a du courage et qu'il en inſpire. C'eſt une énigme dont il devinera le mot aiſément.

Je viens d'écrire à *Morival*, ou plutôt de lui faire écrire ; et, dès que j'aurai ſa réponſe, j'agirai forte-ment auprès du prince dont il dépend. Ce prince m'écrit tous les quinze jours ; il fait tout ce que je veux. Les choſes dans ce monde prennent des faces bien différentes ; tout reſſemble à *Janus* ; tout, avec le temps, a un double viſage. Ce prince ne connaît point *Morival*, ſans doute ; mais il connaît très-bien ſon déſaſtre. Il m'en a écrit pluſieurs fois avec la plus violente indignation, et avec une horreur preſ-que égale à celle que je reſſens encore.

Il y a des monſtres qui mériteraient d'être décimés. Je vous prie de me dire bien poſitivement ſi le premier mémoire que vous eûtes la bonté de m'en-voyer de la campagne, eſt exactement vrai. En cas que le frère de *Morival* veuille fournir quelques anecdotes nouvelles, vous pourrez nous les faire tenir ſous l'enveloppe de M. *Hénin* réſident du roi à Genève.

Vous ſavez que nous ſommes actuellement envi-ronnés de troupes, comme de tracaſſeries. Nous mangeons de la vache, le pain vaut cinq ſous la livre, le bois eſt plus cher qu'à Paris. Nous manquons de tout, excepté de neige. Oh, pour cette denrée, nous pouvons en fournir l'Europe ! il y en a dix pieds de haut dans mes jardins, et trente ſur les montagnes. Je ne dirai pas que je prie DIEU qu'ainſi ſoit de vous.

Florianet a écrit une lettre charmante, en latin ; à

père *Adam*. Je vous prie de le baifer pour moi des
deux côtés. J'embraffe de tout mon cœur la mère et 1767.
le fils.

LETTRE XIII.

A M. LE MARQUIS D'ARGENCE DE DIRAC.

17 de janvier.

JE vous écris, mon cher Marquis, mourant de
froid et de faim, au milieu des neiges, environné
de la légion de Flandre et du régiment de Conti,
qui ne font pas plus à leur aife que moi.

J'ai été fur le point de partir pour Soleure, avec
monfieur l'ambaffadeur de France ; j'avais fait tous
mes paquets. J'ai perdu, dans ce remue-ménage,
l'original de votre lettre à M. le comte de *Périgord*.
Je vous fupplie de me renvoyer la copie que vous
avez fignée de votre main ; et, fur le champ, nous
mettrons la main à l'œuvre, et tout fera en règle.
Les Génevois payeront, je crois, leurs folies un peu
cher. Ils fe font conduits en impertinens et en
infenfés ; ils ont irrité M. le duc de *Choifeul*, ils
ont abufé de fes bontés, et ils n'ont que ce qu'ils
méritent.

M. *Bourfier* ne peut vous envoyer que dans un
mois, ou environ, les bouteilles de *Coladon* qu'il vous
a promifes. Ces liqueurs font fort néceffaires pour le
temps qu'il fait ; elles doivent réchauffer des cœurs

 —— glacés par huit ou dix pieds de neige , qui couvrent la terre dans nos cantons.

Confervez-moi votre amitié , mon cher Marquis; la mienne pour vous ne finira qu'avec ma vie.

LETTRE XIV.

A M. LE RICHE,

DIRECTEUR-RECEVEUR DES DOMAINES DU ROI, *à Befançon*.

18 de janvier.

Mes fréquentes maladies, Monfieur , et des affaires non moins triftes que les maladies , m'ont privé long-temps de la confolation de vous écrire.

Il y a un paquet pour vous à Nyon en Suiffe , depuis plus de quinze jours ; les neiges ne lui permettent pas de paffer, et je ne fais même par quelle voie il pourra vous parvenir, à moins que vous ne m'en indiquiez une.

Je vous fuis très-obligé des éclairciffemens hiftoriques que vous avez bien voulu me donner fur un des plus grands génies qu'ait jamais produit la Franche-Comté , *Nonotte*. Le mal eft que beaucoup d'imbécilles font gouvernés par des gens de cette efpèce, et qu'on les croit fouvent fur leur parole. Les honnêtes gens , qui pourraient les écrafer, ne font point un corps, et les fanatiques en font un confidérable. Si on ne fe réunit pas , tout eft perdu. Il eft

bien jufte que les efprits raifonnables foient amis;
et votre amitié, Monfieur, fait une de mes confolations.

LETTRE XV.

A M. LE COMTE DE LA TOURAILLE.

Au château de Ferney, le 19 de janvier.

JE fuis vieux, Monfieur, malade, borgne d'un
œil, et maléficié de l'autre. Je joins à tous ces
agrémens celui d'être affiégé, ou du moins bloqué.
Nous n'avons, dans ma petite retraite, ni de quoi
manger, ni de quoi boire, ni de quoi nous chauffer;
nous fommes entourés de foldats de fix pieds, et de
neiges hautes de dix ou douze; et tout cela, parce
que *Jean-Jacques Rouffeau* a échauffé quelques têtes
d'horlogers et de marchands de draps. La fituation
très-trifte où nous nous trouvons ne m'a pas permis
de répondre plutôt à l'honneur de votre lettre : vous
êtes trop généreux pour n'avoir pas pour moi plus
de pitié que de colère.

Nous avons ici M. et madame de *la Harpe* qui font
tous deux très-aimables. M. de *la Harpe* commence
à prendre un vol fupérieur; il a remporté deux prix
de fuite à l'académie, par d'excellens ouvrages.
J'efpère qu'il vous donnera à Pâques une fort bonne
tragédie. Il eut l'honneur de dédier à M. le prince
de *Condé* fa tragédie de Warwick, qui avait beaucoup
réuffi. J'ai vu une ode de lui à fon alteffe féréniffime,

dans laquelle il y a autant de poësie que dans les plus belles de *Rousseau*. Il mérite affurément la protection du digne petit-fils du *grand Condé*. Il a beaucoup de mérite, et il eft très-pauvre. Il ne partage actuellement que la difette où nous fommes.

Adieu, Monfieur ; agréez les affurances de mes tendres et refpectueux fentimens, et ayez la bonté de me mettre aux pieds de fon alteffe féréniffime.

LETTRE XVI.

A MADAME

LA MARQUISE DE BOUFFLERS.

A Ferney, 21 de janvier.

MADAME,

NON-SEULEMENT je voudrais faire ma cour à madame la princeffe de *Beauvau*, mais affurément je voudrais venir, à fa fuite, me mettre à vos pieds dans les beaux climats où vous êtes ; et croyez que ce n'eft pas pour le climat, c'eft pour vous, s'il vous plaît, Madame. M. le chevalier de *Boufflers*, qui a ragaillardi mes vieux jours, fait que je ne voulais pas les finir fans avoir eu la confolation de paffer avec vous quelques momens. Il eft fort difficile actuellement que j'aye cet honneur ; trente pieds de neige fur nos montagnes, dix dans nos plaines, des rhumatifmes, des foldats et de la mifère forment la

belle fituation où je me trouve. Nous fefons la guerre
à Genève ; il vaudrait mieux la faire aux loups qui
viennent manger les petits garçons. Nous avons
bloqué Genève de façon que cette ville eft dans la
plus grande abondance, et nous dans la plus effroyable
difette. Pour moi, quoique je n'aye plus de dents,
je me rendrai à difcrétion à quiconque voudra me
fournir des poulardes. J'ai fait bâtir un affez joli
château, et je compte y mettre le feu inceffamment
pour me chauffer. J'ajoute à tous les avantages dont
je jouis, que je fuis borgne et prefque aveugle,
grâce à mes montagnes de neige et de glace. Promenez-
vous, Madame, fous des berceaux d'oliviers et
d'orangers, et je pardonnerai tout à la nature.

Je ne fuis point étonné que M. de *Sudre* ne foit
pas premier capitoul ; car c'eft celui qui mérite le
mieux cette place. Je vous remercie de votre bonne
volonté pour lui. Permettez-moi de préfenter mon
refpect à M. le prince de *Beauvau* et à madame la
princeffe de *Beauvau*, et agréez celui que je vous
ai voué pour le peu de temps que j'ai à vivre. *V.*

Je ne fais fur quel horizon eft actuellement M. le
chevalier de *Boufflers* ; mais, quelque part où il foit,
il n'y aura jamais rien de plus fingulier ni de plus
aimable que lui.

1767.

LETTRE XVII.

A M. DORAT.

Du 28 de janvier.

La rigueur extrême de la faison, Monfieur, a trop augmenté mes fouffrances continuelles pour me permettre de répondre, auffitôt que je l'aurais voulu, à votre lettre du 14 de janvier. L'état douloureux où je fuis a été encore augmenté par l'extrême difette où la ceffation de tout commerce avec Genève nous a réduits. Ma fituation, devenue très-défagréable, ne m'a pas affurément rendu infenfible aux jolis vers dont vous avez femé votre lettre. Il aurait été encore plus doux pour moi, je vous l'avoue, que vous euffiez employé vos talens aimables à répandre dans le public les fentimens dont vous m'avez honoré dans vos lettres particulières. Perfonne n'a été plus pénétré que moi de votre mérite; perfonne n'a mieux fenti combien vous feriez d'honneur un jour à l'académie françaife qui cherche, comme vous favez, à n'admettre dans fon corps que des hommes qui penfent comme vous. J'y ai quelques amis, et ces amis ne font pas affurément contens de la conduite de *Rouffeau*, et le font très-peu de fes ouvrages. M. d'*Alembert* et M. *Marmontel* n'ont pas à fe louer de lui.

Vous favez d'ailleurs que M. le duc de *Choifeul* n'eft que trop informé des manœuvres lâches et criminelles de cet homme; vous favez que fon

complice

complice a été arrêté dans Paris. J'ignore, après tout
cela, comment vous avez appelé du nom de grand-
homme un charlatan qui n'eſt connu que par des
paradoxes ridicules et par une conduite coupable.

Vous ſentez d'ailleurs la valeur de ces expreſſions,
à la page 8 de votre *Avis :*

Achevez enfin, par vos mœurs,
Ce qu'ont ébauché vos ouvrages.

Je n'avais point vu votre *Avis* imprimé, on ne
m'en avait envoyé que les premiers vers manuſcrits.
Je laiſſe à votre probité et aux ſentimens que vous
me témoignez le ſoin de réparer ce que ces deux
vers ont d'outrageant et d'odieux. Peſez, Monſieur,
ce mot de *mœurs.* J'oſe vous dire que ni ma famille,
ni mes amis, ni la famille des *Calas*, ni celle des
Sirven, ni la petite-fille du grand *Corneille*, ne m'ac-
cuſeront de manquer de mœurs. Vous conviendrez
du moins qu'il y a quelque différence entre votre
compatriote qui a marié un gentilhomme de beaucoup de mérite avec mademoiſelle *Corneille*, et un
garçon horloger de Genève, qui écrit que monſieur le
dauphin doit épouſer la fille du bourreau, ſi elle
lui plaît.

Les *mœurs*, Monſieur, n'ont rien de commun avec
les querelles de littérature ; mais elles ſont liées
eſſentiellement à l'honnêteté et à la probité dont
vous faites profeſſion. C'eſt à vos mœurs même que
je m'adreſſe. Les deux lettres que vous avez eu la
bonté de m'écrire, l'amitié de M. le chevalier de
Pezai, la vôtre que j'ambitionne, et dont vous m'avez

Correſp. générale. TOME IX. C

1767.

—— flatté, me donnent de juftes efpérances. Ce fera pour
1767. moi la plus chère des confolations de pouvoir me
livrer fans réferve à tous les fentimens avec lefquels
j'ai l'honneur d'être, Monfieur, &c.

LETTRE XVIII.

A M. LE COMTE DE ROCHEFORT.

A Ferney, 28 de janvier.

VOICI, Monfieur, les lettres que j'ai reçues pour
vous. Je fuis bien fâché de ne vous les pas rendre
en main propre; madame *Denis* partage mes regrets.

La malheureufe affaire dont vous avez la bonté de
me parler ne devait me regarder en aucune manière;
j'ai été la victime de l'amitié, de la fcélérateffe et du
hafard. Je finis ma carrière comme je l'ai commencée,
par le malheur.

Vous favez d'ailleurs que nous fommes entourés
de foldats et de neige. Je fuis dans la Sibérie; je ne
puis l'habiter, et je n'en puis fortir. J'ai des malades
fans fecours, cent bouches à nourrir, et aucunes
provifions. Vous avez vu Ferney affez agréable;
c'eft actuellement l'endroit de la nature le plus difgracié et le plus miférable. Vous nous auriez confolés,
Monfieur, et nous ne nous confolons de votre
abfence que parce que nous n'aurions eu que nos
misères à vous offrir.

Ce pauvre père *Adam* eft malade à la mort; il

ne peut avoir ni médecin ni médecine ; ainſi il
réchappera.

1767.

Conſervez-moi vos bontés , et ſoyez bien convaincu de mon tendre et reſpectueux attachement.

LETTRE XIX.

A M. MARMONTEL.

A Ferney , 28 de janvier.

Enfin donc , mon cher confrère , voilà le mérite accueilli comme il doit l'être. Ce ne ſont pas là les preſtiges et le charlataniſme d'un malheureux génevois dont Paris a été quelque temps infatué. Voilà un beau jour pour la littérature ; et , ce qui n'eſt pas moins beau , mon cher ami , c'eſt la ſenſibilité avec laquelle vous parlez du triomphe d'un autre. C'eſt-là le partage des vrais talens ; il faut que ceux qui les poſsèdent ſoient unis contre ceux qui les haïſſent. C'eſt aux *Chaumeix* , aux *Frérons* , aux gazetiers eccléſiaſtiques , à la canaille qui cherche de petites places , ou à la canaille qui les a , de s'élever contre ceux qui cultivent les arts. Le ſeul bruit d'une union fraternelle entre les *d'Alembert* , les *Thomas* , vous et quelques autres , fera périr cette vermine.

Embraſſez pour moi notre cher et illuſtre confrère qui eſt , avec vous , la gloire de notre académie.

Préſentez , je vous prie , à madame *Geoffrin* mes très-tendres reſpects. L'affaire des *Sirven* , qu'elle

——— a prife fous fa protection, devrait être plus avancée
1767. qu'elle ne l'eft ; on en a déjà pourtant parlé au
confeil du roi. M. *Chardon* eft nommé pour rapporteur. J'aurais bien voulu que M. de *Beaumont* vous
eût confulté, mon cher confrère, fur fon factum
dont le fond mérite l'attention publique ; ce fujet
pouvait faire une réputation immortelle à un homme
éloquent.

J'attends toujours votre *Bélifaire;* il me confolera.
Je fuis dans un état pire que le fien, entre trente
pieds de neige, des foldats, la famine, les rhumatifmes et le fcorbut ; mais il faut remercier DIEU de
tout, car tout eft bien. Je vous embraffe avec la
plus fincère et la plus inviolable amitié. *V.*

LETTRE XX.

A MADAME

LA MARQUISE DE BOUFFLERS.

A Ferney , 3o de janvier.

A Mon âge, Madame, on ne peut plus fatisfaire
fes paffions. Il y a un mois que je fuis dans mon lit ;
et, fi je me fefais traîner à Lyon pour vous faire ma
cour, vingt pieds de neige, qui couvrent nos montagnes, m'empêcheraient d'arriver.

Je ne fais fi j'ai eu l'honneur de vous mander que
nous avons la guerre et la famine dans la très-belle

et très-détestable vallée où je comptais mourir doucement : il nous manque l'agrément de la peste.   1767.

Je n'aurais pas été étonné, Madame, qu'un
ministre, haut de six pieds ou de trois et demi, m'eût
refusé, si je lui avais demandé quelque chose ; mais
je le suis qu'on ait eu si peu d'égard pour un prince
beau et bien fait, et qui a beaucoup d'esprit. Il y
a quelque chose qui a plus de crédit que lui.

Je ne sais, Madame, si vous allez à la cour ou à
la ville ; mais, en quelque lieu que vous soyez,
vous ferez les délices de tous ceux qui seront assez
heureux de vivre avec vous. Cette consolation m'a
toujours été enlevée ; votre souvenir peut seul consoler le plus respectueux et le plus attaché de vos
anciens serviteurs. *Voltaire.*

LETTRE XXI.

A M. DAMILAVILLE.

30 de janvier.

QUOI que vous en disiez, mon cher ami, et quoi
qu'on en dise, nous serons toujours dans des transes
cruelles. Cette affaire peut avoir les suites les plus
funestes, puisqu'on a manqué d'arrêter le mal dans
son principe. Je m'abandonne à la destinée ; c'est
tout ce qu'on peut faire quand on ne peut remuer,
et qu'on est dans son lit, entouré de soldats et de
neiges.

M. *Chardon* me mande qu'il a trouvé le mémoire

——— de M. de *Beaumont*, pour les *Sirven*, bien faible.
1767. Vous étiez de cet avis ; il est triste que vous ayez
raison.

Nous sommes délivrés de la famine par les soins
de M. le duc de *Choiseul*.

J'ai tellement refondu mes Scythes, que l'édition
de *Cramer* ne peut plus servir à rien, et qu'il en
faut faire une autre. Voici la préface, en attendant
la pièce. J'ai été bien aise de rendre un témoignage
public à *Tonpla*. Ce n'est pas que je sois content de
lui : on dit qu'il laisse élever sa fille dans des principes qu'il déteste : c'est *Orosmade* qui livre ses enfans
à *Arimane* ; ce péché contre nature est horrible.
Je me flatte qu'il sevrera enfin un enfant qu'il a laissé
nourrir du lait des furies.

Adieu ; je souffre beaucoup, mais je vous aime
davantage.

LETTRE XXII.

A M. LE RICHE.

2 de février.

QUAND trente pieds de neiges le permettront, Monsieur, et qu'on sera sûr de tromper les *Argus*, ce paquet,
qu'on attend depuis si long-temps, partira. Puisque
vous avez sauvé *Fantet*, je me flatte que vous le
sauverez encore : votre ouvrage ne restera pas impar-
fait. L'aventure de *Leclerc* me pénètre de douleur.
Faut-il donc que les jésuites aient encore le pouvoir

de nuire, et qu'il refte du venin mortel dans les
tronçons de cette vipère écrafée !

1767.

L'affaire dont vous avez été inftruit était cent fois
plus épineufe que celle de *Leclerc* ; mais heureufement on a des amis, et des amis philofophes, jufque
dans le confeil. Les commis feront réprimandés, et
on rendra l'argent ; ils feront punis pour avoir fait
leur infame devoir.

Il y a quelquefois une juftice qui s'élève au-deffus
de la juftice, mais je vous affure que ce n'eft pas
fans peine. Je me flatte que *Leclerc* aura des amis
à Paris. Il y a des gens qui penfent et qui fentent,
quoiqu'on veuille étouffer le fentiment et la penfée.
J'emploie, Monfieur, ces deux facultés qui reftent à
mon faible corps, pour vous dire combien je vous
aime et combien je défire de vous voir.

LETTRE XXIII.

A M. CHARDON, *maître des requêtes, &c.*

A Ferney, 2 de février.

MONSIEUR,

Le mémoire fur Sainte-Lucie ne me donne aucune
envie d'aller dans ce pays-là, mais il m'infpire le
plus grand défir de connaître l'auteur. Je fuis pénétré
de la bonté qu'il a eue ; je lui dois autant d'eftime
que de reconnaiffance.

Voilà comme les mémoires des intendans, en 1698, auraient dû être faits; on y verrait clair, on connaîtrait le fort et le faible des provinces. Le pays sauvage où je suis, Monsieur, ressemble assez à votre Sainte-Lucie ; il est au bout du monde, et a été jusqu'à présent un peu abandonné à sa misère.

Je suis trop vieux pour rien entreprendre ; et, après ma mort, tout retombera dans son ancienne horreur. Il faudrait être le maître absolu de son terrain pour fonder une colonie : ce n'est pas où les Français réussissent le mieux. Nous trouverons toujours cent filles d'opéra contre une *Didon*.

Je serai très-affligé si le mémoire pour les *Sirven* n'est digne ni de l'avocat ni de la cause; mais je me console, puisque c'est vous, Monsieur, qui rapporterez l'affaire. L'éloquence du rapporteur fait bien plus d'impression que celle de l'avocat. Vous verrez, quand vous jugerez cette affaire, que la sentence qui a condamné les *Sirven*, qui les a dépouillés de leurs biens, qui a fait mourir la mère, et qui tient le père et les deux filles dans la misère et dans l'opprobre, est encore plus absurde que l'arrêt contre les *Calas*. Il me semble que les juges des *Calas* pouvaient au moins alléguer quelques faibles et malheureux prétextes ; mais je n'en ai découvert aucun dans la sentence contre les *Sirven*. Un grand roi m'a fait l'honneur de me mander, à cette occasion, que jamais on ne devrait permettre l'exécution d'un arrêt de mort qu'après qu'elle aurait été approuvée par le conseil d'Etat du souverain. On en use ainsi dans les trois quarts de l'Europe. Il est bien étrange que la nation la plus gaie du monde soit si souvent la plus cruelle.

Je vous demande pardon , Monsieur ; je suis assez
comme les autres vieillards qui se plaignent toujours ;
mais je sais qu'heureusement le corps des maîtres des
requêtes n'a jamais été si bien composé qu'aujourd'hui,
que jamais il n'y a eu plus de lumières, et que la
raison l'emporte sur la forme atroce et barbare dont
on s'est quelquefois piqué , à ce qu'on dit , dans
d'autres compagnies. Vous m'avez inspiré de la franchise ; je la pousse peut-être trop loin , mais je ne
puis pousser trop loin les autres sentimens que je vous
dois, et le respect infini avec lequel j'ai l'honneur
d'être , Monsieur, votre, &c.

LETTRE XXIV.

A M. DAMILAVILLE.

2 de février.

Mon cher ami , voilà donc mademoiselle *Calas*
mariée à un homme d'une très-grande considération,
dans son espèce. C'est le fruit de vos soins : ce sont
des vengeurs qui vont naître. Puissions-nous marier
ainsi une fille de *Sirven !* mais la pauvre diablesse n'a
pas l'air à la danse.

J'ai actuellement bonne opinion de notre nouvelle
affaire. M. *Chardon* est un adepte. Le conseil commence à être composé de sages , si une autre compagnie l'est de fanatiques.

L'affaire de la *Doiret* , qui m'avait donné tant d'inquiétude, est finie d'une manière plus heureuse que

—— je n'aurais pu le prévoir : il ne s'agit plus que d'obtenir des fermiers généraux la deſtitution d'un ſcélérat.
Vous ſavez que les temps n'étaient pas favorables.
D'*Hémeri* eſt venu enlever à Nancy un libraire, nommé
Leclerc, accuſé par les jéſuites. Qui croirait que les
jéſuites euſſent encore le pouvoir de nuire, et que
cette vipère coupée en morceaux pût mordre dans
le ſeul trou qui lui reſte ?

Mon neveu, conſeiller au grand conſeil, s'eſt
comporté, dans toute cette affaire, en digne philoſophe. Il y a encore des hommes. Un des malheureux
d'Abbeville eſt chez le roi de Pruſſe.

Perſonne ne ſait de qui eſt le Triumvirat. Ce n'eſt
pas un ouvrage fait pour le théâtre français, mais les
notes ſont faites pour l'Europe : il y a de terribles
fautes d'impreſſion.

Je vous embraſſe, et mon cœur vole vers le vôtre.
Ecr. l'inf.

LETTRE XXV.

A M. LE COMTE DE BERNSTORFF,

PREMIER MINISTRE DU ROI DE DANEMARCK.

4 de février.

MONSIEUR,

La famille *Sirven*, qui va manifester à Paris son innocence et les bienfaits de sa Majesté, a dû remercier aujourd'hui votre Excellence de ces mêmes bienfaits dont elle vous est redevable. Je ne vous dois pas moins de reconnaissance, Monsieur, de la lettre du roi dont vous m'avez procuré la faveur. J'y reconnais un monarque pénétré de vos principes. On juge du prince par le ministre, et du ministre par le prince. Il y a plus de cent ans que la bienfesance est assise sur le trône de Danemarck. Heureux le pays ainsi gouverné !

Permettez, Monsieur, qu'avec mes très-humbles remercîmens, je vous adresse ceux que je dois à sa Majesté.

J'ai l'honneur d'être, avec beaucoup de respect, Monsieur, de votre Excellence, &c.

LETTRE XXVI.

A M. DAMILAVILLE.

4 de février.

LE difcours de M. *Thomas*, mon cher ami, eft un des plus beaux et des plus grands fervices rendus à la littérature. Voilà l'homme que j'aimerai tant que j'aurai un fouffle de vie, et tant que je déteſterai les ennemis de la raiſon.

A propos de raiſon, avouez que j'ai un bon fecond dans mon confeiller au grand confeil; tous les oncles n'ont pas de pareils neveux.

J'augure bien de l'affaire des *Sirven*. Le roi de Danemarck m'écrit une lettre charmante, de ſa main (*), ſans que je l'aye prévenu, et leur envoie un fecours. Tout vient du Nord. N'admirez-vous pas le roi de Pologne, qui a forcé doucement les évêques à être tolérans? N'oubliez jamais la condamnation de l'évêque de Roſtou, pour avoir dit qu'il y a *deux puiſſances*.

Vous n'aurez point ſitôt les Scythes; il y a toujours quelque choſe à changer à ces maudits ouvrages-là. J'eſpère que M. de *la Harpe* vous donnera, à Pâques, quelque choſe de meilleur que les Scythes.

On ne peut vous aimer plus tendrement que je vous aime.

(*) On n'a point trouvé cette lettre du roi.

LETTRE XXVII.

A M. LE COMTE DE ROCHEFORT.

4 de février.

IL y a environ cinquante ans , mon Chevalier, que j'ai eu l'honneur de jouer aux échecs avec monſieur le vice-chancelier ; mais il me gagnait , comme de raiſon. J'étais attaché à toute ſa maiſon. Il y avait ſurtout un certain évêque de....., grand philoſophe et très-ſavant, qui m'honorait de la plus ſincère amitié. Un vice-chancelier ne ſe ſouvient pas de tout cela , mais les petits ne l'oublient pas. J'ai le cœur pénétré de ſes bontés , et de la juſtice qu'il a rendue dans l'affaire qui m'intéreſſait par contre-coup.

Je prends la liberté de lui écrire quatre mots; car il ne faut pas de verbiage pour les hommes en place. On donne à la Chine vingt coups de lattes à ceux qui écrivent aux miniſtres des lettres trop longues et du galimatias.

Je vous écrirais bien au long, à vous , mon Chevalier, ſi j'en croyais mon cœur qui eſt bavard de ſon naturel; je vous dirais combien je ſuis enchanté de vous et de vos bons offices ; mais la guerre de Genève, les embarras qu'elle cauſe, les effroyables neiges qui m'environnent , la fièvre, les rhumatiſ-mes , impoſent ſilence à ma bavarderie. Cependant il faut que je vous demande ſi vous avez entendu la muſique de Pandore , de M. de *la Borde*.

Vous me permettez donc de vous embraſſer ſans cérémonie.

LETTRE XXVIII.

A M. DE CHABANON.

A Ferney, 6 de février.

JE vous réponds tard, mon cher confrère; j'ai été malade, je fuis en Sibérie; on fait la guerre près de ma tanière, et j'y fuis bloqué. Nous avons été expofés à la difette; aucun fléau ne nous a manqué. L'efpérance de voir votre tragédie entre dans mes confolations. Je loue toujours beaucoup le deffein que vous avez de la faire imprimer, afin que fon fuccès ne dépende pas du jeu d'un acteur. On dit que le théâtre n'eft pas aujourd'hui fur un pied à donner beaucoup de tentation aux auteurs; et d'ailleurs on juge toujours mieux dans le recueille-ment du cabinet qu'à travers les illufions de la fcène. J'ai fait une pièce fort médiocre, intitulée Les Scythes; j'ai eu bravement l'impudence de mettre des agriculteurs et des pâtres en parallèle avec des fouverains et des petits-maîtres. Je l'avais fait impri-mer, et ne comptais point la livrer aux comé-diens; mais je ne me gouverne pas par moi-même; il a fallu céder aux défirs de mes amis dont les volontés font des ordres pour moi. C'eft à vous à voir fi vous aurez plus de courage que je n'en ai eu.

Avez-vous entendu la mufique de Pandore? Confiez-moi ce que vous en penfez; il faut dire la vérité à fes amis. Je crois qu'il y a des morceaux très-agréables; mais on dit qu'en général la mufique n'eft

pas affez forte. Je ne m'y connais point, et vous
êtes paffé maître. Dites-moi la vérité, encore une
fois, et fiez-vous à ma difcrétion. Adieu; je ne fuis
pas trop en état de caufer avec un homme qui fe
porte bien; mais je ne vous en aime pas moins. *V.*

LETTRE XXIX.

A M. ELIE DE BEAUMONT, *avocat.*

A Ferney, le 9 de février.

JE fuis bien plus fatisfait encore, mon cher *Cicéron*,
de votre dernier mémoire, fur la terre de Canon, que
des premiers. Vous prévenez toutes les objections,
vous étouffez tous les murmures. *Mifericordia cum
accufantibus erit.* Je ferai bien trompé fi *Cicéron* ne
gagne pas fon procès *pro domo fuâ;* et j'imagine que
vous fouperez à Canon, cette année, avec madame
de *Beaumont :* vous favez cependant qu'on n'eft fûr
de rien avec les hommes.

A l'égard de *Sirven*, je m'en remets entièrement
à vous; je n'ai plus rien ni à dire ni à faire. J'attends
beaucoup de M. *Chardon* qui eft, je crois, rapporteur
de votre affaire, et qui eft furement celui des *Sirven.*
Le père et les filles partiront, s'il le faut; et fi le père
fuffit, il partira feul. On n'attend que vos ordres,
et ils feront exécutés fur le champ.

Notre petite fociété de Ferney eft bien attachée à
M. et à madame de *Beaumont;* nous voudrions que
Canon et Ferney ne fuffent pas fi éloignés l'un de
l'autre.

LETTRE XXX.

A M. DAMILAVILLE.

9 de février.

Vous avez dû recevoir une lettre pour M.*Lambertad*, et vous devez être informé du petit malheur arrivé à la géométrie. Cela eſt bien déſagréable ; mais actuellement perſonne ne fait ce qu'il fait dans Genève.

Voici une lettre pour notre ami M. de *Beaumont*. J'exécute fidellement ce que vous m'avez preſcrit. Tâchez donc enfin que ce mémoire paraiſſe avant que les parties ſoient mortes de vieilleſſe.

Je crois vous avoir mandé que le roi de Danemarck venait de ſe mettre dans le rang de nos bienfaiteurs. J'ai brelan de roi quatrième ; mais il faut que je gagne la partie. N'admirez-vous pas comme cette vie eſt mêlée, de haut et de bas, de blanc et de noir ? et n'êtes-vous pas fâché que, parmi mes quatre rois, il n'y en ait pas un du midi ?

Un haſard ſingulier m'a fait connaître ce *Lacombe*, d'abord comme un homme de lettres, enſuite comme libraire. Choſe promiſe, choſe due. Je tâcherai de réparer tout cela. Je vous quitte ; il faut que j'écrive aux maîtres des requêtes qui n'ont pas été de l'avis de M. d'*Agueſſeau*. On dit que ce pauvre *Leclerc* eſt un homme d'eſprit et fort honnête homme. Ne trouvera-t-il point de protecteurs ? *Ecr. l'inf.*

LETTRE

LETTRE XXXI.

A M. LE COMTE D'ARGENTAL.

9 de février.

Voici d'abord ce que je réponds à la lettre du 2 de février de mon cher ange. Je le donne en quatre, je le donne en dix, à une ame plus forte que la mienne, logée dans un corps très-faible, âgée de soixante et treize ans, au milieu de cent montagnes de neige, ayant affaire à des pédans et à des prêtres, craignant les choses les plus funestes, assaillie de quatre ou cinq tristes événemens à la fois, affublée d'une espèce de petite apoplexie. Je dis que cette ame aurait été pour le moins aussi embarrassée que la mienne; cependant mon ame encore toute ébouriffée demande très-tendrement pardon à la vôtre, et elle lui sera toujours soumise.

Vous jugez, mon cher ange, de notre pays par le vôtre; vous vous imaginez, parce que vous avez eu une débâcle, que le mont Jura et les Alpes prennent la loi de la butte Saint-Roch; vous vous trompez cruellement.

Je ne dispute pas sur M. le duc de *Virtemberg*, mais je souhaite assurément que vous ayez raison; je ne me suis pas encore aperçu de l'effet de ses beaux arrangemens. Il est temps qu'il se corrige de sa manie d'imiter *Louis XIV* : mais venons au plus vîte aux Scythes.

Voici la dernière leçon. Il ne m'a guère été possible de voir les choses d'un coup d'œil bien juste, dans les

———— horreurs des agitations que j'ai éprouvées. Je joins ici deux exemplaires de cette nouvelle correction que vous pourrez aifément faire porter fur les anciennes éditions que vous avez, et furtout fur celles envoyées en dernier lieu par M. le duc de *Praflin*.

Cette fcène du père et de la fille eft de moitié plus courte qu'elle n'était ; ni *Sozame* ni les Scythes ne fe doutent de la réfolution d'*Obéide*. Les imprécations feront toujours un très-grand effet, à moins qu'elles ne foient ridiculement jouées. Je conviens que ce cinquième acte était extrêmement difficile ; mais enfin je crois être parvenu à faire à peu-près tout ce que vous vouliez, et j'ofe efpérer que vous en viendrez à votre honneur. Ce fera à M. de *Thibouville* à arranger les rôles, les décorations et les habits avec *le Kain ;* c'eft, de toutes les pièces, celle qui exige le moins de frais.

Le rôle d'*Obéide* demande d'autant plus d'art qu'elle penfe prefque toujours le contraire de ce qu'elle dit. Je ne fais pas comment j'ai pu faire un pareil rôle qui eft tout l'oppofé de mon caractère. Je ne dis que trop ce que je penfe, mais je le dis avec tant de plaifir, quand je m'étends fur les fentimens qui m'attachent à mes anges, que je ne me corrigerai jamais de ma naïveté.

J'ai oublié, dans mes dernières lettres, de vous dire qu'il était impoffible qu'on pût penfer à *le Kain* dans cette édition du Triumvirat. Vous favez qu'on ne fait pas ce qu'on veut des libraires ; et moi, je fais ce que c'eft que d'être loin de Paris.

Quant aux affaires de Genève, elles s'arrangeront fans doute, car elles ne font que ridicules ; elles ne

méritent qu'un *Lutrin*. J'en avais ébauché quelque
chofe pour vous faire rire, et pour faire rire meffieurs
les ducs de *Choifeul* et de *Praflin;* mais, pendant tout
le mois de janvier, je n'ai pas eu envie de rire.

Refpect et tendreffe.

1767.

LETTRE XXXII.

A M. LE MARECHAL DUC DE RICHELIEU.

A Ferney, 9 de février.

Vous connaiffez, Monfeigneur, la main qui vous
écrit et le cœur qui dicte la lettre. Les neiges m'ôtent
l'ufage des yeux cet hiver-ci avec plus de rigueur
que les autres; mais j'efpère voir encore un peu clair
au printemps. L'aventure dont vous avez la bonté
de me parler dans vos deux lettres, eft une de ces
fatalités qu'on ne peut pas prévoir. Je penfe que vous
croyez à la deftinée; pour moi, c'eft mon dogme
favori. Toutes les affaires de ce monde me paraiffent
des boules pouffées les unes par les autres. Aurait-on
jamais imaginé que ce ferait la fœur de ce brave *Thurot*
tué en Irlande, qui ferait envoyée à cent cinquante
lieues à un homme qu'elle ne connaît pas, qui s'atti-
rerait une affaire capitale pour le plus médiocre intérêt,
et qui mettrait dans le plus grand danger celui qui lui
rendrait gratuitement fervice. L'affaire a été extrêmement grave; elle a été portée au confeil des parties.
On a voulu la criminalifer et la renvoyer au parlement. C'eft principalement monfieur le vice-chancelier

—— dont les bontés et la juftice ont détourné ce coup.
1767. Cette funefte affaire avait bien des branches. Vous
ne devez pas être étonné du parti qu’on allait prendre, c’était le feul convenable ; et, quoiqu’il fût
douloureux, on y était parfaitement réfolu ; car il
faut prendre fon parti fans pufillanimité dans toutes
les occafions de la vie, tant que l’ame bat dans le
corps. On rifquait, à la vérité, de perdre tout fon bien
en France ; on jouait gros jeu ; mais, après tout, on
avait brelan de rois en quatrième. Je vous donne
cette énigme à expliquer. J’ajouterai feulement qu’il
y a des jeux où l’on peut perdre avec quatre rois,
et qu’il vaut mieux ne pas jouer du tout. Je crois
que la perfonne à laquelle vous daignez vous intéreffer ne jouera de fa vie.

Cette affaire d’ailleurs a été auffi ruineufe qu’in-
quiétante ; et la perfonne en queftion vous a une
obligation infinie de la bonté que vous avez eue de
la recommander à M. l’abbé de *Blet*.

On aura l’honneur, Monfeigneur, de vous envoyer,
par l’ordinaire prochain, ce qui doit contribuer à
vos amufemens du carnaval ou du carême ; il faut
le temps de mettre tout en règle, et de préparer les
inftructions néceffaires. Si on n’avait que foixante et
dix ans, ce qui eft une bagatelle, on viendrait en
pofte avec fes marionnettes, et on aurait la fatisfaction de vous voir dans votre gloire de niquée.

Voici une requête d’une autre efpèce, que le grif-
fonneur de la lettre vous préfente, et par laquelle il
vous demande votre protection. Quoiqu’il s’agiffe
de toiles, il n’en eft pas moins attaché à l’hiftoire,
et il croit que, s’il dirigeait les toiles de Voiron, il

pourrait très-commodément vifiter tous les bénédic- ——
tins du Dauphiné. Il faurait précifément en quelle 1767.
année un dauphin de Viennois fondait des meffes,
ce qui ferait d'une merveilleufe utilité pour le refte
du royaume.

Voici à préfent d'une autre écriture. Vous voyez,
Monfeigneur, que celle de votre protégé s'eft affez
formée ; s'il continue, il fe rendra digne de vous
fervir, ce qui vaudra mieux que l'infpection des
toiles de fon village. Je doute fort que M. de *Trudaine*
déplace un homme qui eft dans fon pofte depuis long-
temps, pour favorifer un enfant de cet emploi.

Quoi qu'il en foit , je joins toujours fa requête à
cette lettre. Agréez le tendre et profond refpect avec
lequel je ferai jufqu'au dernier moment de ma vie. *V.*

L'aventure de la fœur de *Thurot* n'eft plus bonne
qu'à oublier.

Il y a à Voiron, village de Graifivodan, en Dauphiné, une fabrique de toiles dont l'infpection ne
fe donnait qu'à un des habitans de l'endroit ; cependant une perfonne, qui demeure à Romans, et qui
pofsède déjà plufieurs autres infpections confidérables, a trouvé le moyen de fe faire encore revêtir de
celle-ci.

M. de *Trudaine* eft le maître d'accorder ce petit
appui au fieur *Claude Gallien*, natif de Voiron. Il
foulagerait une famille nombreufe, connue depuis
très-long-temps, domiciliée et eftimée dans ledit
endroit. Le père, l'oncle et les frères de *Claude Gallien*
ont tous été au fervice; fon frère fut tué à Crevelt,

 —— étant pour lors dans les volontaires de Dauphiné: c'était l'aîné de la famille.

Claude Gallien demande très-humblement la protection de M. de *Trudaine*.

LETTRE XXXIII.

A M. D'ETALLONDE DE MORIVAL.

Le 10 de février.

DANS la fituation où vous êtes, Monfieur, j'ai cru ne pouvoir mieux faire que de prendre la liberté de vous recommander fortement au maître que vous fervez aujourd'hui. Il eft vrai que ma recommandation eft bien peu de chofe, et qu'il ne m'appartient pas d'ofer efpérer qu'il puiffe y avoir égard; mais il me parut, l'année paffée, fi touché et fi indigné de l'horrible deftinée de votre ami et de la barbarie de vos juges, qu'il me fit l'honneur de m'en écrire plufieurs fois, avec tant de compaffion et tant de philofophie, que j'ai cru devoir lui parler à cœur ouvert en dernier lieu de ce qui vous regarde. Il fait que vous n'êtes coupable que de vous être moqué inconfidérément d'une fuperftition que tous les hommes fenfés déteftent dans le fond de leur cœur. Vous avez ri des grimaces des finges dans le pays des finges, et les finges vous ont déchiré. Tout ce qu'il y a d'honnêtes gens en France (et il y en a beaucoup) ont regardé votre arrêt avec horreur. Vous auriez pu aifément vous réfugier, fous un autre nom, dans

quelque province; mais, puifque vous avez pris le
parti de fervir un grand roi philofophe, il faut efpérer que vous ne vous en repentirez pas. Les épreuves
font longues dans le fervice où vous êtes, la difci-
pline févère, la fortune médiocre, mais honnête. Je
voudrais bien qu'en confidération de votre malheur
et de votre jeuneffe, il vous encourageât par quelque
grade. Je lui ai mandé que vous m'aviez écrit une
lettre pleine de raifon, que vous avez de l'efprit,
que vous êtes rempli de bonne volonté, que votre
fatale aventure fervira à vous rendre plus circonfpect
et plus attaché à vos devoirs.

Vous faurez fans doute bientôt l'allemand parfaitement; cela ne vous fera pas inutile. Il y aura mille
occafions où le roi pourra vous employer, en conféquence des bons témoignages qu'on rendra de vous.
Quelquefois les plus grands malheurs ont ouvert le
chemin de la fortune. Si vous trouvez, dans le pays
où vous êtes, quelque pofte à votre convenance,
quelque place que vous puiffiez demander, vous
n'avez qu'à m'écrire à la même adreffe, et je prendrai la liberté d'en écrire au roi. Mon premier
deffein était de vous faire entrer dans un établiffement
qu'on projetait à Clèves, mais il eft furvenu des
obftacles; ce projet a été dérangé, et les bontés du
roi que vous fervez me paraiffent à préfent d'une
grande reffource.

Celui qui vous écrit défire paffionnément de vous
fervir, et voudrait, s'il le pouvait, faire repentir les
barbares qui ont traité des enfans avec tant d'inhu-
manité.

1767.

D 4

 # LETTRE XXXIV.

A M. LE COMTE D'ARGENTAL.

11 de février, à huit heures du matin.

LES plus importantes affaires de ce monde, fans doute, font des tragédies ; car elles pourfuivent l'ame, le jour et la nuit. Ma première idée, quand on veut m'ôter un vers que j'aime, c'eft de murmurer et de gronder ; la feconde c'eft de me rendre. J'aimais ce vers :

Elle m'a plus coûté que vous ne pouvez croire.

mais il était fix heures du matin ; et, actuellement qu'il en eft huit, j'aime mieux celui-ci :

Me dompter en tout temps eft mon fort et ma gloire.

Ainfi donc, mes anges, n'en croyez point mes deux paquets qui font partis ce matin ; croyez ce billet-ci qui court après. Je vous demande bien pardon, mes anges, de vous donner tant de peine pour fi peu de chofe. J'ai fait humainement tout ce que j'ai pu. Il ne faut pas demander à un artifte plus qu'il ne peut faire ; il y a un terme à tout, perfonne ne peut travailler que fuivant fes forces.

Voici le temps de copier les rôles et de les apprendre ; il n'y a plus à reculer ni à travailler. Je demande feulement qu'on joue la Jeune indienne avec les Scythes ; je ferai bien aife de donner cette marque d'attention à M. de *Champfort*, qui eft, dit-on, très-aimable, et qui me témoigne beaucoup d'amitié.

1767.

Si mademoifelle *Durancy* entend, comme je le crois, le grand art des filences, fi elle fait dire de ces non qui veulent dire oui, fi elle fait accompagner une cruauté d'un foupir, et démentir quelquefois fes paroles, je réponds du fuccès, finon je réponds des fifflets. J'avoue qu'un grand fuccès ferait néceffaire pour faire enrager les ennemis de la raifon, fans parler des miens. La pièce dépend entièrement des acteurs.

Je fais bien qu'il y aura quelques mouvemens, au cinquième acte, parmi les mal-intentionnés du parterre; mais j'efpère que le receveur de la comédie fera content de la pièce. Laiffons dire *Fréron* et l'avocat *Coqueley*, fon approbateur, et les foldats de *Corbulon*, s'il y en a encore; et qu'on fonne le boute-felle.

LETTRE XXXV.

A M. LE CHEVALIER DE CHATELUX.

11 de février.

JE vous devais déjà, Monfieur, beaucoup de reconnaiffance pour les efforts généreux que vous aviez faits auprès d'un homme refpectable, qui, cette fois, a été feul de fon avis pour n'avoir pas été du vôtre. Je fuis encore plus reconnaiffant de la lettre que vous m'avez fait l'honneur de m'écrire, et des fentimens que vous y témoignez. Il y a fi peu de perfonnes qui cherchent à s'inftruire de ce qui mérite

——— le plus l'attention de tous les hommes ; les préjugés
1767. font fi forts , la faibleffe fi grande , l'ignorance fi
commune , le fanatifme fi aveugle et fi infolent ,
qu'on ne peut trop eftimer ceux qui ont affez de
courage pour fecouer un joug fi odieux et fi déshonorant pour la nature humaine. Cette vraie
philofophie qu'on cherche à décrier , élève le courage
et rend le cœur compatiffant. J'ai trouvé fouvent
l'humanité parmi les officiers, et la barbarie parmi les
gens de robe. Je fuis perfuadé qu'un confeil de guerre
aurait mis en prifon , pour un an , le chevalier de *la
Barre* coupable d'une très-grande indécence ; mais
que ceux qui hafardent leur vie pour le fervice du
roi et de l'Etat n'auraient point fait donner la queftion à un enfant , et ne l'auraient point condamné à
un fupplice horrible. La jurifprudence du fanatifme
eft quelque chofe d'exécrable , c'eft une fureur monftrueufe. Tandis que d'un côté la raifon adoucit les
mœurs et que les lumières s'étendent , les ténèbres
s'épaiffiffent de l'autre, et la fuperftition endurcit les
ames.

Continuez , Monfieur, à prendre le parti de l'humanité. L'exemple d'un homme de votre nom et de
votre mérite pourra beaucoup. Mon âge et mes maladies ne me permettent pas d'efpérer de longues années ;
je mourrai confolé en laiffant au monde des hommes
tels que vous. Je vous fupplie d'agréer mon fincère
et refpectueux attachement.

LETTRE XXXVI.

A M. LE MARECHAL DUC DE RICHELIEU.

A Ferney, 11 de février.

COMME je dictais, Monseigneur, les petites instructions nécessaires pour la représentation de la pièce dont je vous offrais les prémices pour Bordeaux, j'apprends une funeste nouvelle qui suspend entièrement mon travail (*), et qui me fait partager votre douleur. J'ignore si cette perte ne vous obligera point de retourner à Paris; en tout cas, je serai toujours à vos ordres. Je voudrais que ma santé et mon âge pussent me permettre de vous faire ma cour dans quelque endroit que vous fussiez; mais mon état douloureux me condamne à la retraite; et, si j'avais été obligé de quitter Ferney, ce n'aurait été que pour une autre solitude, et je ne pourrais jamais quitter la solitude que pour vous. Mon petit pays, que vous avez trouvé si agréable et si riant, et qui est en effet le plus beau paysage qui soit au monde, est bien horrible cet hiver, et il devient presque inhabitable, si les affaires de Genève restent dans la confusion où elles sont. Toute communication avec Lyon et avec les provinces voisines est absolument interrompue, et la plus extrême disette en tout genre a succédé à l'abondance. Nos laboureurs déjà découragés ne peuvent même préparer les socs de leurs charrues. Notre position est unique; car vous savez que nous

(*) Voyez la lettre du 16 mars.

 ———— fommes abfolument féparés de la France par le lac,
et qu'il eft de toute impoffibilité que le pays de Gex
puiffe fe foutenir par lui-même.

Je fais que chaque province a fes embarras , et
qu'il eft bien difficile que le miniftère remédie à
tout. Les abus font malheureufement néceffaires dans
ce monde. Je fens bien qu'il n'eft pas poffible de punir
les Génevois fans que nous en fentions les contre-
coups.

Je vous demande pardon de vous parler de ces
mifères, dans un temps où la perte que vous avez
faite vous occupe tout entier ; mais je ne vous
dis un mot de ma fituation que pour vous marquer
l'envie extrême que j'aurais de pouvoir fervir à vous
confoler , fi je pouvais être affez heureux pour vous
revoir encore, et pour vous renouveler mon tendre et
profond refpect. *V.*

LETTRE XXXVII.

A M. MARMONTEL.

A Ferney , le 12 de février.

MON très - cher confrère , vous me mandez que
vous m'envoyez *Bélifaire* , et je ne l'ai point reçu.
Vous ne favez pas avec quelle impatience nous dévo-
rons tout ce qui vient de vous. Votre libraire a - t - il
fait mettre au carroffe de Lyon ce livre que j'attends
pour ma confolation et pour mon inftruction ? l'at-
t-on envoyé par la pofte , avec un contre-feing ? Les

paquets contre-fignés me parviennent toujours,
quelque gros qu'ils foient; enfin je vous porte mes
plaintes et mes défirs. Ayez pitié de madame *Denis*
et de moi; faites-nous lire ce *Bélifaire.* Si vous avez
rendu *Juftinien* et *Théodora* bien odieux, je vous en
remercie bien d'avance. Je vous fupplie de demander
à madame *Geoffrin*, fi fon cher roi de Pologne ne
s'eft pas entendu habilement avec l'impératrice de
Ruffie, pour forcer les évêques farmates à être tolérans, et à établir la liberté de confcience ; je ferais
bien fâché de m'être trompé. Je fuppofe que madame
Geoffrin voudra bien me faire favoir fi j'ai tort ou
raifon, qu'elle m'en dira un petit mot, ou qu'elle vous
permettra que vous me difiez ce petit mot de fa part.
Préfentez-lui mon très-tendre refpect. Aimez-moi,
mon cher confrère ; continuez à rendre l'académie
refpectable. Ayons dans notre corps le plus de
Marmontel et de *Thomas* que nous pourrons. M. de
la Harpe fera bien digne un jour d'entrer *in noftro
docto corpore.* Il a l'efprit très-jufte, il eft l'ennemi du
phébus, fon goût eft très-épuré et fes mœurs très-
honnêtes ; il a paru vous combattre un peu, au
fujet de *Lucain;* mais c'eft en vous eftimant et en
vous rendant juftice, et vous pourrez être fûr d'avoir
en lui un ami attaché et fidelle. J'efpère qu'il ne
reviendra à Paris qu'avec une très-bonne tragédie,
quoiqu'il n'y ait rien de fi difficile à faire, et quoiqu'on ne fache pas trop à quoi le fuccès d'une pièce de
théâtre eft attaché. Il y en a une qui a eu un grand
fuccès, et qu'on m'a voulu faire lire ; j'y fuis depuis
trois mois, j'en ai déjà lu trois actes; j'efpère la
finir avant la fin d'avril. Je ne vous parle point des

1767.

 Scythes, parce qu'on ne fait qui meurt ni qui vit. Vous le faurez le mercredi des cendres, qui eſt fouvent un jour de pénitence pour les auteurs. Mais, fifflé ou toléré, fachez que je vous aime de tout mon cœur. *V.*

LETTRE XXXVIII.

A M. LE COMTE D'ARGENTAL.

14 de février.

Mes chers anges, par excès de précautions et par nouvelle furabondance de droit, j'adreſſe encore un nouvel exemplaire à M. le duc de *Praſlin*, pour que vous ayez la bonté de le communiquer. Il y a quelque peu de vers encore de changés, et les notes inſtructives font plus amples. Il ferait trop aifé de jouer le rôle d'*Obéide* à contre-fens ; c'eſt dans ce rôle que la lettre tue, et que l'efprit vivifie ; car dans ce rôle, pendant plus de quatre actes, *oui* veut dire *non*. *J'ai pris mon parti* fignifie *je fuis au défefpoir*. *Tout m'eſt indifférent* veut dire évidemment *je fuis très-fenfible*.

Ce rôle joué d'une manière attendriffante, fait, ce me femble, un très-grand effet ; et, fi nous avons deux vieillards, je crois que tout ira bien.

J'efpère toujours qu'après Pâques M. de *la Harpe* donnera quelque chofe de meilleur que les Scythes. Il s'eſt trompé dans fon Guſtave, mais il n'en vaudra que mieux ; et il eſt, en vérité, le feul qui ait un

ftyle raifonnable. Par quelle fatalité faut-il que des
pièces qu'on ne peut lire aient eu de fi prodigieux
fuccès ? Cela eft horriblement velche, et les Velches
ne fe corrigeront jamais. Vous qui êtes français ,
tenez toujours pour le bon goût.

Je recommande mes corrections à vos bontés angé-
liques. Je vous prie de les faire porter fur l'exemplaire
de *le Kain* et fur les autres. Après cette importunité ,
je vous demande une autre grâce, c'eft d'envoyer un
exemplaire bien corrigé à madame de *Florian* qui
n'en fera pas un mauvais ufage, et qui ne le laiffera
pas courir. Il ne ferait pas mal qu'elle fît une répétition ; elle s'y connaît, elle dit fon mot net et court.
Plus j'y penfe, plus j'aime les Scythes. Je prie DIEU
qu'ainfi foit de vous. Le fujet eft heureux, ou je fuis
bien trompé. Si la pièce eft bien jouée, elle pourra
valoir de l'argent au tripot, et donner du plaifir à
mes anges ; mais, pour moi, je fuis incapable de
plaifir ; je ne le fuis pas de confolation, et ma plus
grande eft l'amitié dont mes anges m'honorent.

LETTRE XXXIX.

A M. MARMONTEL.

16 de février.

*B*ELISAIRE arrive, nous nous jetons deſſus, maman et moi, comme des gourmands. Nous tombons ſur le chapitre quinzième; c'eſt le chapitre de la tolérance, le catéchiſme des rois; c'eſt la liberté de penſer ſoutenue avec autant de courage que d'adreſſe; rien n'eſt plus ſage, rien n'eſt plus hardi. Je me hâte de vous dire combien vous nous avez fait de plaiſir. Nous nous attendons bien que tout le reſte ſera de la même force, car vous ne pouvez penſer qu'avec votre eſprit et écrire que de votre ſtyle. Je vous en dirai davantage quand j'aurai tout lu.

Je vous demande votre indulgence pour la tragédie des Scythes. Elle eſt d'un jeune homme qui ne devait pas faire de pièce de théâtre à ſon âge; mais, comme il eſſuyait une eſpèce de petite perſécution, il a cru devoir imiter *Alcibiade* qui fit couper la queue à ſon chien pour détourner les caquets.

Grand merci, encore une fois, de votre beau chapitre; vous venez de rendre ſervice au genre-humain. DIEU vous préſerve des regards malins!

Je vous quitte pour entendre la lecture du reſte. Bonſoir, mon très-cher confrère. *V.*

LETTRE

LETTRE XL.

A M. ELIE DE BEAUMONT, *avocat.*

A Ferney, le 16 de février.

Mon cher *Cicéron*, vous venez de faire pleurer le bon homme *Sirven* de tendreſſe et de reconnaiſſance. Recevez mes nouveaux remercîmens ; ajoutez à toutes vos bontés celle de dire à M. *Target*, votre ami, combien je ſuis touché de ce qu'il veut élever ſa voix en faveur des filles de *Sirven*. Je vous réponds que ce bon homme ne s'adreſſera pas à d'autres qu'à vous. Les *Calas* étaient conduits par cinq ou ſix proteſtans du Languedoc, et *Sirven* n'a d'appui que moi ; il ne peut ni ne doit ſe conduire que par mes conſeils et par vos ordres.

Vous ſavez avec quelle impatience j'attends votre mémoire imprimé. Il n'y a certainement pas un inſtant à perdre. M. *Chardon* m'a mandé qu'il ſerait bientôt prêt, malgré l'affaire de la Cayenne qui lui prend tout ſon temps. Il eſt humain, il eſt philoſophe et bon juge ; je compte ſur lui comme ſur vous. Vous aurez la gloire d'écraſer deux fois le fanatiſme ; et les proteſtans, éclairés d'ailleurs par votre excellent mémoire contre M. de *la Roque*, ne ſeront plus fâchés contre madame de *Beaumont*, à qui je préſente mes très-tendres reſpects.

N. B. Vous ferez très-bien d'avertir par une note que ces longs délais ne doivent être imputés

—— ni aux *Sirven* ni à vous. La note eſt néceſſaire, et je
1767. vous en remercie. Je vous ſuis auſſi tendrement
attaché que ſi j'avais vécu avec vous.

LETTRE XLI.

A M. DAMILAVILLE.

16 de février.

L'ARTICLE de votre lettre du 10, concernant un
intendant, m'étonne autant qu'il m'afflige. Je crois
qu'il ſera bon, dans l'occaſion, de lui faire parler fortement en votre faveur, ſans paraître inſtruit de ce
que vous me mandez. Il m'était venu voir à Ferney,
et j'en avais été très-content. Je me flatte encore qu'il
ne ſera pas difficile de le ramener.

Je ne connais point M. *Caſſen;* j'étais fort content
de M. *Mariette*, et je vous prie inſtamment de le lui
dire: mais il faut laiſſer faire M. de *Beaumont*, et ne
le pas décourager. Il eſt actif; ſa gloire eſt intéreſſée
au ſuccès; il eſt ami de M. *Caſſen;* il fait encore travailler M. *Target*, qui eſt, dit-on, un excellent
avocat, et qui doit donner un factum en faveur des
filles *Sirven*.

Je vous demande deux grâces, mon cher ami; c'eſt
de voir *Mariette* pour le conſoler, et *Target* et *Caſſen*
pour les remercier. J'ai très-bonne opinion du procès.
Je ſuis perſuadé que les maîtres des requêtes mettront
ce dernier fleuron à leur couronne civique. M. de

Beaumont croit m'apprendre qu'il a obtenu pour
rapporteur M. *Chardon ;* et il y a près d'un mois
que M. *Chardon* m'a mandé qu'il était rapporteur.
Il paraît prendre l'affaire des *Sirven* à cœur autant
que nous-mêmes. Il m'a fait l'honneur de m'envoyer
un mémoire fur l'île de Sainte-Lucie dont il a été
intendant : ce mémoire m'a paru un chef- d'œuvre.
J'ai été d'autant plus touché de cette marque de confiance, qu'elle me fait efpérer qu'il aura quelque envie
de s'attirer, dans l'affaire des *Sirven*, les applaudiffe-
mens des ames qui font fenfibles au mérite.

Nous avons reçu, maman *Denis* et moi, le *Bélifaire.*
Nous nous fommes jetés par un heureux inftinct
fur le chapitre *de la tolérance*, qui eft le quinzième
chapitre ; il nous a enlevés. Si tout le refte eft de
cette force, l'ouvrage aura le fuccès le plus durable.
Vous me ferez plaifir d'acheter pour moi un exemplaire de mes fottifes chez *Merlin* , de le faire relier,
et de le faire préfenter de ma part à M. *Marmontel.*
Voici un petit mot pour lui , et l'autre pour M. de
Beaumont. Pardon, mon très-cher ami, de toutes
les peines que je vous donne.

AU MEME.

17 de février.

SUR votre lettre , mon cher ami, qui nous a paru
un peu équivoque, nous avons cru ne pouvoir
mieux faire que de faire figner le mémoire par les
Sirven, et de l'envoyer à M. de *Courteille*, pour le
rendre à M. de *Beaumont.*

E 2

Nous avons jugé, madame *Denis* et moi, que c'était le seul moyen de faire paraître cet excellent ouvrage, tel qu'il est, signé par les intéressés. J'estime trop M. de *Beaumont* pour croire qu'il veuille rien changer à un mémoire si touchant et si victorieux : c'est un chef-d'œuvre de raison, d'éloquence et de sentiment. Faites l'impossible pour qu'il paraisse tel que je le renvoie. Je mande à M. de *Courteille* qu'il peut vous le remettre; et je n'écrirai à M. de *Beaumont* qu'en conformité de ce que vous m'aurez mandé. Dites-moi, je vous prie, comment réussit le *Bélifaire* dans lequel il y a un si beau morceau sur la tolérance.

Je vous ai mandé que le roi de Danemarck venait de se mettre dans le rang de nos bienfaiteurs. J'ai brelan de roi quatrième, mais il faut que je gagne la partie. N'admirez-vous pas comme cette vie est mêlée de haut et de bas, de blanc et de noir? et n'êtes-vous pas fâché que, parmi mes quatre rois, il n'y en ait pas un du midi ?

LETTRE XLII.

A M. LE KAIN.

17 de février.

PROBABLEMENT, mon grand peintre tragique commencera les répétitions des Scythes dans le temps qu'il recevra ma lettre. Je vous avertis, mon cher ami, que je fais partir aujourd'hui, à l'adresse de M. le duc de *Praflin*, un exemplaire chargé de notes qui

difent aux acteurs dans quel efprit la pièce a été
compofée. Il n'y en a point pour *Athamare*, parce que
c'eft vous qui le jouez.

1767.

Le rôle d'*Obéide* ne fera point du tout difficile, fi
l'actrice veut feulement jeter un coup d'œil fur ces
notes. Je fuppofe que M. *Molé* fera en état de jouer
Indatire qui n'a point du tout un rôle fatigant. Je
crois qu'en général la pièce favorife affez le jeu des
acteurs. Il y a plufieurs morceaux qui ne demandent
que de la fimplicité; mais je vous avoue que je ne
faurais fouffrir cette familiarité comique qu'on intro-
duit quelquefois dans la tragédie, et qui l'avilit ridiculement au lieu de la rendre naturelle.

J'efpère qu'il ne m'arrivera plus ce qui m'arriva
dans Tancrède, où l'on faillit à faire tomber la pièce
en y inférant des vers ridicules tels que ceux-ci :

> Voyant tomber leurs chefs, les Maures *furieux*
> L'ont accablé de traits dans leur rage *cruelle*.

Je fais bien qu'au théâtre on ne fe foucie guère
du ftyle; mais le théâtre devient barbare, et ce n'eft
pas à moi de fomenter la barbarie.

Je ne croyais pas, à mon âge, donner encore une
pièce à repréfenter; mais, quand on eft foutenu par
vos talens, il n'y a rien qu'on ne puiffe hafarder.

Je penfe que vous donnerez le rôle d'*Obéide* à mademoifelle *Durancy*. Je vous prie de l'embraffer pour
moi des deux côtés, fi elle veut bien le fouffrir. *V.*

LETTRE XLIII.

A M. DAMILAVILLE.

20 de février.

LES aveugles, mon cher ami, font fujets à faire d'énormes méprifes. Lorfque le paquet contenant le mémoire des *Sirven* arriva , nous ne fongeâmes pas feulement s'il était accompagné d'une lettre. Nous nous jetâmes deffus avec avidité : il fut lu fur lé champ, à haute et intelligible voix, par M. de *la Harpe*. Nous pleurions tous, nous difions tous : Ce M. de *Beaumont* s'eft furpaffé ; le mémoire des *Sirven* eft bien fupérieur au mémoire des *Calas;* le confeil du roi fondra en larmes. Auffitôt nous envoyons le mémoire aux *Sirven* pour le figner ; ils le fignent ; le mémoire part à l'adreffe de M. de *Courteille.* Quand tout cela eft fait , on lit votre lettre; on voit que le mémoire eft de vous, qu'il n'eft point juridique, que *Sirven* ne devait point le figner : alors nous nous promettons le fecret. Je vous écris un mot à la hâte ; je vous dis que votre mémoire eft chez M. de *Courteille.* Si on ne vous l'a pas remis, courez vîte chez lui , reprenez votre excellent ouvrage ; et , fi vous voulez qu'il foit imprimé, renvoyez-le-moi ; il fera un grand effet dans les pays étrangers; mais furtout que M. de *Beaumont* donne le fien ; il nous fait périr par fes lenteurs. Il y a fix ans qu'une famille innocente gémit, et il y a deux ans que M. de *Beaumont* devrait avoir

fini ſes peines : il ne ſait donc pas combien la vie
eſt courte.

Bonſoir, mon très - cher ami ; mon corps et mes
yeux vont bien mal ; mais auſſi j'entre dans ma
ſoixante et quatorzième année , malgré la fauſſe date
de mes eſtampes. *Ecr. l'inf.*

1767.

LETTRE XLIV.

A M. LE DUC DE CHOISEUL.

A Ferney , 20 de février.

MONSEIGNEUR,

J'AI reçu les deux lettres dont vous m'avez honoré ,
avec un paſſe-port général , mais non pas dans leur
temps , parce que vos bontés ne me ſont parvenues
que par les caſcades de la dragonnade.

Je vous ai envoyé le diſcours de M. de *la Harpe*,
qui a remporté le prix à l'académie. La juſtice qu'il
vous a rendue a beaucoup contribué à lui faire remporter ce prix. Son ouvrage a été applaudi de tout le
public.

Je ne ſais ſi on vous a envoyé le mémoire ci-joint;
permettez-moi la liberté de vous le préſenter ; comptez qu'il eſt exact et fidelle. Il ſera bien difficile de
vivre dorénavant dans le pays de Gex ſans votre
protection. Je vous la demande auſſi pour les Scythes;
je les ai retravaillés ſuivant les judicieuſes remarques
que vous avez daigné faire. Je n'en ai fait imprimer

E 4

 que quelques exemplaires, pour épargner la peine des copiftes; l'édition ne paraîtra à Paris que quand vous en ferez content.

Je ferais bien flatté fi vous pouviez honorer la première repréfentation de votre préfence.

J'ai bien des querelles avec M. d'*Argental* pour les Scythes, fur le cinquième acte; mais je m'en rapporte à vous.

Je fuis pénétré de vos bontés, elles font ma confolation dans mes misères. M. le chevalier de *Jaucourt* ne m'a vu qu'aveugle et malade. J'étais mort, fi je ne m'étais pas égayé aux dépens de *Jean-Jacques*, de la demoifelle *le Vaffeur* et de *Catherine*.

Je me mets à vos pieds avec la plus tendre reconnaiffance et le plus profond refpect.

LETTRE XLV.

A M. DORAT.

Le 20 de février.

Il eft vrai, Monfieur, que j'avais été flatté de la promeffe que vous m'aviez faite, lorfqu'une lettre, que j'avais écrite à M. de *Pezai*, m'en attira une très-obligeante de vous. Cette efpérance adouciffait beaucoup le mal dont je ne connaiffais qu'une partie. Des vers tels que vous les favez faire auraient plu davantage au public, que la publication de quelques lettres qui ne font pas faites pour lui.

Les procédés de *J. J. Rouffeau* ne font point des

querelles de littérature ; ce font des complots formés
par l'ingratitude et par la méchanceté la plus noire,
dont les médiateurs de Genève et le miniftère de
France font affez inftruits. Au refte , perfonne n'a
jamais fouhaité plus paffionnément que moi l'union
des gens de lettres ; perfonne n'a mieux fenti combien ils feraient utiles, et à quel point ils feraient
refpectés du public, s'ils fe foutenaient les uns les
autres. Il faut laiffer aux folliculaires, aux *Desfontaines*,
aux *Frérons*, l'infame métier de déchirer leurs confrères pour gagner quelque argent : ce font des
miférables qui ont fait de la littérature une arène
de gladiateurs.

Vous avez redoublé mon eftime pour vous, Monfieur, en m'apprenant que vous n'aviez nul commerce avec ce vil *Fréron* qui eft, dit-on, l'opprobre
de la fociété, et dont on ne prononce le nom qu'avec
horreur et mépris. Cet homme, affurément, n'était
fait ni pour apprécier vos agréables ouvrages, ni pour
approcher de votre perfonne. S'il y avait encore des
Chaulieu et des *la Fare*, ce ferait leur fociété qui
vous conviendrait, ainfi qu'à M. de *Pezai* votre ami.

Je vous répéterai encore que j'ai été très-touché
des lettres que vous m'avez écrites ; mais le public
les ignore, et il a vu la pièce que vous m'aviez
promis de réparer. Je vous en parle pour la dernière
fois. Je ne veux plus me livrer qu'au plaifir de vous
dire combien j'ambitionne votre eftime et votre
amitié, et avec quels fentimens j'ai l'honneur d'être
votre, &c.

LETTRE XLVI.

A M. LE DUC DE LA VALLIERE.

A Ferney, 21 de février.

Il est vrai, monsieur le Duc, que j'ai fait une drôle de tragédie où j'ai mis un petit-maître persan avec des paysans scythes, et une demoiselle de qualité qui raccommode ses chemises et celles de son père, supposé qu'on eût des chemises en Scythie. Comme vous ne haïssez pas les choses bizarres, j'aurais pris, sans doute, la liberté de vous envoyer cette facétie, si je n'étais occupé à la corriger ; ce qui me coûte beaucoup, attendu que j'ai eu, il y a quelque temps, un petit *soupçon* d'apoplexie qui m'a un peu affaibli le cervelet. J'ai l'honneur d'entrer dans ma soixante et quatorzième année, quoi qu'en disent mes mauvaises estampes. Vous voyez que ma tragédie n'est pas un jeu d'enfant ; mais elle tient beaucoup du radotage, ce qui revient à peu-près au même.

Ou j'ai perdu entièrement la mémoire, ou je me souviens très-bien que je vous ai remercié de votre beau certificat en faveur d'*Urceus Codrus*. Celui qui écrit sous ma dictée (parce que je suis aveugle tout l'hiver) se souvient très-bien de vous avoir remercié de votre témoignage sur *Urceus*. Nous sommes exacts, nous autres solitaires, parce que nous ne sommes point distraits par le fracas.

On dit que vous faites un bijou de l'hôtel Janfen. ——
Je m'en rapporte bien à vous , furtout fi vous avez   1767.
autant d'argent que de goût.

On dit qu'on joue chez vous un jeu prodigieux.
Fi ! cela n'eft pas philofophe. Vous n'êtes pas encore
au point où je vous voudrais.

Cependant confervez - moi vos bontés ; j'ai befoin
de cette confolation , après avoir été vingt ans fans
vous faire ma cour ; car , fi vous vous en fouvenez,
je me fuis enfui de France au Catilina de *Crébillon :*
c'était pardieu un déteftable ouvrage , c'était le
tombeau du fens commun ; mais je veux actuellement
qu'on ait de l'indulgence pour les vieillards.

Je vous fuis attaché pour le refte de ma vie avec
bien du refpect et avec toute la vivacité des fentimens
d'un jeune homme. *Voltaire.*

LETTRE XLVII.

A M. LE MARQUIS DE CHAUVELIN.

A Ferney , 23 de février.

JE fuis partagé , Monfieur, entre la reconnaiffance
que je vous dois et l'admiration où je fuis qu'au
milieu de vos occupations, et même de vos diffipations,
vous ayez pu faire un plan fi rempli de génie et de
reffources. Nous convenons qu'il eft l'ouvrage d'un
efprit fupérieur. Vous me direz, pourquoi ne l'adoptez-
vous donc pas ? Vous en verrez les raifons dans le
petit mémoire que nous envoyons à M. et à madame
d'*Argental.*

1767.

Madame *Denis*, M. et madame de *la Harpe*, nos acteurs et moi, nous avons retourné de tous les sens ce que vous nous proposez. Nous nous sommes représenté vivement l'action, et tout ce qu'elle comporte, et tout ce qu'elle doit faire dire ; nous sommes tous d'un avis unanime ; nous osons même nous flatter que, quand vous verrez nos raisons déduites dans notre mémoire, elles vous paraîtront convaincantes.

Il est vrai que, malgré toutes nos raisons, nous tremblons d'avoir tort lorsque nous disputons contre vous. Nous sentons bien qu'il y a quelque chose de hasardé dans ce cinquième acte, mais nous ne pouvons juger que d'après l'impression qu'il nous laisse. Nous le jouons, et il nous fait un effet terrible.

Comment voulez-vous que nous abandonnions ce qui nous touche pour un plan qui, tout ingénieux qu'il est, nous paraît avoir des difficultés insurmontables ? Il en sera toujours d'une tragédie comme de toutes les affaires de ce monde ; il faut choisir entre les inconvéniens les moins grands. Il y aura sans doute des critiques. Zaïre, Mérope, Tancrède, &c. en ont essuyé beaucoup, et le Siége de Calais a inspiré le plus grand enthousiasme. Il faut se soumettre à cette bizarrerie des hommes : mais nous sommes tous persuadés que la chaleur du cinquième acte doit l'emporter sur toutes les critiques qu'on fera de sang froid.

Le spectateur assurément se doute bien, dans la tragédie d'Olimpie, que cette *Olimpie* se jettera dans le bûcher de sa mère ; et c'est précisément ce doute qui inspire la curiosité et l'attendrissement. Il est dans la nature humaine de vouloir voir comment les choses

qu'on devine feront accomplies. C'eſt ce que nous
détaillons dans notre mémoire que nous vous ſup-
plions de lire avec impartialité. Pour moi, je me
défie de mes idées ; j'aime et je reſpecte les vôtres
autant que votre perſonne. C'eſt avec timidité et
avec honte que je ſuis d'un autre avis que vous ;
mais enfin il ne faut jamais, dans aucun art, travailler contre ſon propre ſentiment, comme en
morale il ne faut point agir contre ſa conſcience :
on eſt ſûr alors de travailler très-mal ; l'enthouſiaſme
eſt entièrement éteint, l'eſprit mis à la gêne perd toute
ſon élaſticité. On écrit raiſonnablement, mais froidement. En un mot, liſez nos repréſentations, et jugez.

Agréez, Monſieur, mon tendre et reſpectueux
attachement pour vous, pour madame de *Chauvelin*
et pour tout ce qui vous appartient.

N. B. Depuis ma lettre écrite, nous avons joué la
pièce ; le cinquième acte a fait plus d'effet que les
autres, et on a répandu beaucoup de larmes.

LETTRE XLVIII.

A M. LE KAIN.

A Ferney, 23 de février.

MON cher ami, le petit concile de Ferney a
répondu au grand concile de l'hôtel d'Argental. Nous
trouvons le projet qu'on nous propoſe, froid et impraticable. Nous trouvons inſipide ce *je ne puis*, ſubſtitué
à ce terrible *je l'accepte*.

Nous croyons, d'après l'expérience, que ce *je l'accepte*, prononcé avec un ton de désespoir et de fermeté, après un morne silence, fait l'effet le plus tragique.

Nous pensons que l'étonnement, le doute et la curiosité du spectateur doivent suivre ce mouvement de l'actrice. Nous sommes persuadés, d'après nos propres sensations, que tout le rôle d'*Obéide*, au cinquième acte, tient le spectateur en haleine, et le remue d'autant plus fortement qu'il devine dans le fond de son cœur ce qui doit arriver.

Nous avons pesé les inconvéniens et ce qui nous paraît des beautés, nous avons conclu qu'il serait abominable de faire traîner *Athamare* à la torture et aux supplices, et que, si dans ce moment *Obéide* prenait la résolution de s'offrir pour l'immoler, afin de lui épargner des souffrances, cela ressemblerait à un bourreau qui va donner le coup de grâce; et si elle ne prend que dans ce moment la résolution de se tuer, cette inspiration subite ne fait pas, à beaucoup près, le même effet qu'un dessein pris dès la première scène, et qui rend son rôle théâtral pendant l'acte tout entier.

Nous alléguons beaucoup d'autres raisons que nous détaillons dans un mémoire que nous envoyons à M. d'*Argental*; nous craignons à la vérité de nous tromper, en combattant l'avis des connaisseurs les plus éclairés, mais nous ne pouvons juger que d'après notre sentiment. Nous avons vu l'effet, et M. d'*Argental* ne l'a pas vu. Nous ne craignons rien de ce qu'ils craignent, et un endroit qui ne leur a fait aucune peine nous en fait beaucoup. C'est ainsi que les opinions se partagent sur toutes les affaires de ce monde; mais, après avoir tout pesé, tout discuté, il faut prendre enfin un parti. Ce parti est celui de jouer la pièce, telle que je vous l'ai envoyée par M. *Marin*. Je vous prie seulement de changer ce vers :

> Vous voyez, vous sentez quel meurtre se prépare.

Il faut mettre à la place :

> Vous savez quel tourment un refus lui prépare.

Je suis persuadé que vous donnerez à l'actrice toute l'intelligence du rôle d'*Obéide*.

Nous nous flattons que le quatrième acte sera extrêmement théâtral ; je suis bien sûr que vous le ferez réussir, quand vous direz au bon homme *Hermodan*, avec une pitié noble : *Vieillard, ton fils n'est plus.*

Encore une fois, nous pouvons nous tromper, madame *Denis*, madame de *la Harpe*, madame *Dupuits*, M. de *la Harpe*, M. *Dupuits*, M. *Cramer* et moi ; mais répétez comme nous avons répété, et jugez d'après l'effet.

Je suis d'ailleurs dans la nécessité absolue de faire réimprimer la pièce incessamment, et j'attends de vos nouvelles avec la plus vive impatience.

Depuis ma lettre écrite, nous venons de jouer la pièce ; le cinquième acte a fait un plus grand effet encore que le quatrième. On a versé beaucoup de larmes, et il n'y a point de critique qui tienne contre des larmes. Si j'avais le malheur de croire une seule des critiques qu'on me fait, la pièce serait perdue :

croyez-en mon expérience et l'effet dont je viens d'être témoin.

Souvenez-vous du quatrième acte de Tancrède qu'on voulait me faire changer.

LETTRE XLIX.

AU MEME.

25 de février.

Ne vous laissez point subjuguer, mon cher ami, par un plan tout-à-fait anti-théâtral qu'on propose. Je ne réponds pas de l'effet d'une pièce où tout est simple et naturel ; dans un temps où le public égaré semble ne vouloir que des événemens incroyables, entassés les uns sur les autres, avec des vers aussi barbares que ceux de *Garnier* et de *Hardy*. Résistez au torrent du goût le plus détestable qui ait jamais déshonoré la nation. J'aime mieux tomber avec un ouvrage fait selon les règles de l'art , que de réussir par un poëme barbare.

Je ne puis d'ailleurs m'imaginer que la nature ne parle pas au cœur des Parisiens comme elle nous parle ; et je ne vois pas pourquoi ce qui nous fait répandre des larmes , ferait mal reçu chez vous.

Je vous ai envoyé quelques changemens , et je me flatte que vous en avez fait usage. En voici encore un au quatrième acte, dans lequel *Indatire* a nécessairement trop raison contre *Athamare*. Je fortifie

votre

votre rôle autant que la situation le permet ; c'est
après ce vers d'*Indatire :*

A servir sous un maître on me verrait descendre !
ATHAMARE.
Va, l'honneur de servir un maître généreux ,
Qui met un digne prix aux exploits belliqueux ,
Vaut mieux que de ramper dans une république ,
Insensible au mérite , et même tyrannique.
Tu peux prétendre à tout en marchant sous ma loi.
J'ai parmi , &c.

Il faut encore , mon cher ami , que je vous dise
que , si dans la scène entre *Obéide* et son père , au cinquième acte , il y a encore quelques longueurs , il
faudra retrancher les quatre vers d'*Obéide :*

Une invincible loi me tient sous son empire , &c.

Mais j'avoue que je les supprimerais à regret. Encore
une fois , laissez dire les critiques de cabinet , et
rapportez-vous-en à l'effet que fait la pièce au théâtre ;
il n'y a point de meilleur juge.

LETTRE L.

A M. CHRISTIN, *avocat à Saint-Claude.*

25 de février.

Mon cher avocat philosophe, il y a plus de cent lieues malheureusement de Saint-Claude à Ferney, et le chemin ne s'accourcira pas de sitôt. On dit que vous avez reçu pour moi un gros paquet de livres d'envoi de ce pauvre *Fantet;* je vous supplie de l'ouvrir, de lui renvoyer sa *Matière médicale* en dix volumes, dont je n'ai que faire : il y a là de quoi empoisonner un royaume. Je me contente de ma casse, et je ne veux pas d'autre remède.

Je vous envoie six exemplaires de la deuxième édition du Commentaire (*). Je ne risque que cette demi-douzaine, crainte des écornifleurs. M. *Servan*, avocat général de Grenoble, a fait un discours très-pathétique sur le même sujet; il est imprimé, et vous l'avez peut-être vu. La raison et l'humanité commencent à percer de tous côtés. L'impératrice de Russie m'écrit ces propres mots : *Malheur aux persécuteurs ; ils méritent d'être mis au rang des furies.* Mais, tandis que la raison parle, le fanatisme hurle; on poursuit *Fantet ;* on en poursuit bien d'autres. M. *le Riche* se signale en faveur de *Fantet.* J'espère qu'il viendra à bout de mettre un frein à la persécution. Si j'étais plus jeune, si je pouvais agir, je ne laisserais pas

____

(*) Sur le *Traité des délits et des peines.*

accabler ainſi un infortuné. Je fais de loin ce que je puis, et c'eſt fort peu de choſe.

Madame *Denis* vous fait bien ſes complimens : je vous embraſſe de tout mon cœur. *Ecr. l'inf.*

LETTRE LI.

A M. MARIOTT,

AVOCAT GENERAL D'ANGLETERRE.

26 de février.

MONSIEUR,

JE prends le parti de vous écrire par Calais plutôt que par la Hollande, parce que, dans le commerce des hommes comme dans la phyſique, il faut toujours prendre la voie la plus courte. Il eſt vrai que j'ai paſſé près de trois mois ſans vous répondre ; mais c'eſt que je ſuis plus vieux que *Milton*, et que je ſuis preſque auſſi aveugle que lui. Comme on envie toujours ſon prochain, je ſuis jaloux de milord *Cheſterfield* qui eſt ſourd. La lecture me paraît plus néceſſaire dans la retraite que la converſation. Il eſt certain qu'un bon livre vaut beaucoup mieux que tout ce qu'on dit au haſard. Il me ſemble que celui qui veut s'inſtruire doit préférer ſes yeux à ſes oreilles ; mais pour celui qui ne veut que s'amuſer, je conſens de tout mon cœur qu'il ſoit aveugle, et qu'il puiſſe écouter des bagatelles toute la journée.

Je conçois que votre belle imagination eſt quelquefois très-ennuyée des triſtes détails de votre charge. Si on n'était pas ſoutenu par l'eſtime publique et par l'eſpérance , il n'y a perſonne qui voulût être avocat général. Il faut avoir un grand courage , quand on fait d'auſſi beaux vers que vous , pour s'appeſantir ſur des matières contentieuſes , et pour deviner l'eſprit d'un teſtateur et l'eſprit de la loi.

Ma mauvaiſe ſanté ne m'a jamais permis de me livrer aux affaires de ce monde ; c'eſt un grand ſervice que mes maladies m'ont rendu. Je vis depuis quinze ans dans la retraite avec une partie de ma famille ; je ſuis entouré du plus beau payſage du monde. Quand la nature ramène le printemps , elle me rend mes yeux qu'elle m'a ôtés pendant l'hiver ; ainſi j'ai le plaiſir de renaître , ce que les autres hommes n'ont point.

Jean-Jacques , dont vous me parlez , a quitté ſon pays pour le vôtre , et moi j'ai quitté , il y a long-temps , le mien pour le ſien , ou du moins pour le voiſinage. Voilà comme les hommes ſont ballottés par la fortûne. Sa ſacrée majeſté le haſard décide de tout.

Le cardinal *Bentivoglio,* que vous me citez, dit à la vérité beaucoup de mal du pays des Suiſſes , et même ne traite pas trop bien leurs perſonnes ; mais c'eſt qu'il paſſa du côté du mont Saint-Bernard , et que cet endroit eſt le plus horrible qu'il y ait dans le monde. Le pays de Vaud au contraire , et celui de Genève , mais ſurtout celui de Gex que j'habite , forment un jardin délicieux. La moitié de la Suiſſe eſt l'enfer , et l'autre moitié eſt le paradis.

Rouſſeau a choiſi, comme vous le dites , le plus vilain canton de l'Angleterre ; chacun cherche ce qui

lui convient : mais il ne faudrait pas juger des bords
charmans de la Tamife par les rochers de Derbishire.
Je crois la querelle de M. *Hume* et de *Jean - Jacques
Rouffeau* terminée par le mépris public que *Rouffeau*
s'eft attiré, et par l'eftime que M. *Hume* mérite. Tout
ce qui m'a paru plaifant, c'eft la logique de *Jean-
Jacques* qui s'eft efforcé de prouver que M. *Hume* n'a
été fon bienfaiteur que par mauvaife volonté ; il
pouffe contre lui trois argumens qu'il appelle *trois
foufflets fur la joue de fon protecteur.* Si le roi d'Angleterre
lui avait donné une penfion, fans doute le quatrième
foufflet aurait été pour fa Majefté. Cet homme me
paraît complétement fou. Il y en a plufieurs à Genève.
On y eft plus mélancolique encore qu'en Angleterre ;
et je crois, proportion gardée, qu'il y a plus de fui-
cides à Genève qu'à Londres. Ce n'eft pas que le
fuicide foit toujours de la folie. On dit qu'il y a des
occafions où un fage peut prendre ce parti ; mais, en
général, ce n'eft pas dans un accès de raifon qu'on
fe tue.

Si vous voyez M. *Franklin*, je vous fupplie, Monfieur, de vouloir bien l'affurer de mon eftime et de
ma reconnaiffance. C'eft avec ces mêmes fentimens
que j'ai l'honneur d'être avec beaucoup de refpect,
Monfieur, votre, &c.

LETTRE LII.

A M. DAMILAVILLE.

27 de février.

En réponfe à votre lettre du 21, mon cher ami, je vous dirai d'abord que j'ai été plus occupé que vous ne penfez de l'abominable calomnie qu'un homme en place a vomie contre vous. J'ai écrit à un de fes parens d'une manière très-forte qui ne compromet perfonne, et qui ne laiffe pas même foupçonner que vous foyez inftruit de ce procédé infame. Vous êtes d'ailleurs à portée d'employer des gens de mérite qui le détromperont ou qui le défarmeront.

J'admire fous quelles formes différentes le fanatifme fe reproduit : c'eft un *Protée* né dans l'enfer, qui prend toutes fortes de figures fur la terre. Je ne fuis pas fâché de l'éclat qu'on a voulu faire contre *Bélifaire.* On ne peut que fe rendre ridicule et odieux en attaquant une morale fi pure. Les ennemis de la raifon achèvent d'amonceler des charbons ardens fur leur tête ; le livre qu'ils attaquent en fera plus connu et plus goûté. Dieu et la raifon favent tirer le bien du mal.

Je crois enfin l'affaire de M. *Lambertad* finie ; ce n'a pas été fans peine. La communication entre nous et Genève eft abfolument interdite, et fans les bontés de M. le duc de *Choifeul*, nous mourrions de faim, après avoir fait vivre tant de monde.

J'ai été très-content de la converfation du curé et
du marguillier, dans laquelle on rend juftice aux
vues faines et patriotiques du miniftère. Plus la permiffion qu'il a donnée d'exporter les blés mérite
notre reconnaiffance, et plus nous en devons auffi
au *Dictionnaire encyclopédique* qui démontre en tant
d'endroits les avantages de cette exportation. Il eft
certain que c'eft le plus grand encouragement qu'on
pût donner à l'agriculture. Je le fens bien, moi qui
fuis un des plus forts laboureurs de ce petit pays.

Je fuis pour les Scythes à peu-près dans le même
cas où *Beaumont* eft pour fon mémoire. J'éprouve des
difficultés de la part de mes avocats ; et ce qui finirait
en deux jours, fi j'étais à Paris, traîne des mois
entiers : voilà pourquoi vous n'avez point eu les
Scythes. On dit que le tragique eft abfolument tombé ;
je n'ai pas de peine à le croire.

M. le chevalier de *Châtellux* eft une belle ame. Il a
des parens qui ne font pas fi philofophes que lui. Je
vous affure qu'on l'a échappé belle, et qu'il y avait là
de quoi perdre un homme fans reffource. Je fuis
affligé que vous n'ayez rien à me dire de *Platon*
fur toutes les occafions que je faifis de lui rendre
juftice.

Voici les propres mots d'une lettre de l'impératrice
de Ruffie, en m'envoyant fon édit fur la tolérance (*).
*L'apothéofe n'eft pas fi fort à défirer qu'on le penfe ; on le
partage avec des veaux, des chats, des oignons, &c. &c. &c.
Malheur aux perfécuteurs ! ils méritent d'être rangés avec
ces divinités - là.* Elle m'ajoute que *les fuffrages de*

(*) Du 9 de janvier 1767.

 —— *MM. Diderot et d'Alembert l'encouragent beaucoup à bien faire.*

Voici le premier chant de la Guerre de Genève, puifque vous voulez vous amufer de cette plaifanterie.

LETTRE LIII.

A M. LE COMTE DE TRESSAN.

A Ferney, 28 de février.

Votre souvenir m'a bien touché, Monfieur, et votre ouvrage a fait fur moi l'impreffion la plus tendre. Voilà comme je voudrais qu'on fît les oraifons funèbres. Il faut que ce foit le cœur qui parle ; il faut avoir vécu intimement avec le mort qu'on regrette.

C'étaient les parens ou les amis qui fefaient les oraifons funèbres chez les Romains. L'étranger qui s'en mêle, a toujours l'air charlatan ; il y a même une efpèce de ridicule à débiter avec emphafe l'éloge d'un homme qu'on n'a jamais vu. Mais où font les courtifans dignes de louer un bon roi ? il n'y a peut-être que vous. Les patriciens romains favaient tous parfaitement leur langue ; les lettres de *Brutus* font peut-être plus belles que celles de *Cicéron ; Céfar* écrivait comme *Salluffe :* il n'en eft pas ainfi parmi nous autres Velches. Votre ouvrage eft vrai, il eft attendriffant, il eft bien écrit. Je vous remercie tendrement de me l'avoir envoyé.

Je me fuis informé de vous à tous ceux qui ont pu m'en donner des nouvelles ; je ne vous ai jamais

oublié. Je favais que vous aviez fait des pertes, et je
croyais qu'on vous avait dédommagé. Vous comptez
donc aller vivre en philofophe à la campagne? Je
fouhaite que ce goût vous dure comme à moi. Il y a
treize ans que j'ai pris ce parti dont je me trouve fort
bien. Ce n'eft guère que dans la retraite qu'on peut
méditer à fon aife.

Je figne de tout mon cœur votre profeffion de foi.
Il paraît que nous avons le même catéchifme. Vous
me paraiffez d'ailleurs tenir pour ce feu élémentaire
que *Newton* fe garda bien toujours d'appeler corpo-
rel. Ce principe peut mener loin ; et fi DIEU, par
hafard, avait accordé la penfée à quelques monades
de ce feu élémentaire, les docteurs n'auraient rien à
dire : on aurait feulement à leur dire que leur feu
n'eft pas bien lumineux, et que leur monade eft un
peu impertinente.

Je fuis affligé que vous ayez la goutte, mais il
paraît que ce n'eft pas votre tête qu'elle attaque.

Vous faites donc actuellement des vers pour votre
fille, après en avoir fait pour la mère. Si elle tient
de vous, elle fera charmante ; elle aura du fentiment
et de l'efprit. Il faut que vous me permettiez de lui
préfenter ici mes refpects.

Je n'oublierai jamais mon cher *Panpan* (*) ; c'eft une
ame digne de la vôtre. Que fera-t-il quand vous ne
ferez plus en Lorraine? Toute la cour de votre bon
roi va s'éparpiller, et la Lorraine ne fera plus qu'une
province. On commençait à penfer : ces belles
femences ne produiront plus rien ; c'eft vers la Marne
qu'il faudra voyager.

(*) M. de *Vaux*.

1767.

　Notre lac de Genève fait bien ses complimens à la Marne. Ne tremblez point pour les personnes dont vous vous souvenez ; jamais querelle ne fut plus pacifique. Nous avons, à la vérité, des dragons ; mais ils sont aussi tranquilles que les Génevois.

Adieu, Monsieur ; conservez-moi des bontés qui font la consolation de ma vieillesse. Votre paquet m'est venu par Paris, après bien des cascades.

LETTRE LIV.

A M. MARMONTEL.

28 de février.

CHANCELIER de *Bélisaire*, on me dit que la sorbonne demande des cartons. Ce n'est pas *Bélisaire* qui est aveugle, c'est la sorbonne. Voici les propres mots d'une lettre de l'impératrice de Russie, en m'envoyant son édit sur la tolérance : ,, L'apothéose ,, n'est pas si fort à désirer que l'on pense ; on la par- ,, tage avec des veaux, des chats, des oignons, &c. ,, &c. &c. Malheur aux persécuteurs ! ils méritent ,, d'être rangés avec ces divinités-là. ,,

Elle ambitionnera votre suffrage, mon cher confrère, dès qu'elle aura lu votre *Bélisaire*, et n'y fera pas assurément de carton. Cet ouvrage fera du bien à notre nation, je peux vous en répondre. Tout ce que je vous écris est toujours pour madame *Geoffrin*, car j'ai la vanité de croire que je pense comme elle. Si le roi de Pologne et l'impératrice de

Ruffie né s'entendaient pas fur la tolérance, je ferais
trop affligé.

Bonfoir, mon cher confrère ; jouiffez de votre
gloire et du ridicule des docteurs. *V.*

LETTRE LV.

A M. PANCKOUCKE, *libraire à Paris.*

28 de février.

J'AI reçu de vous, Monfieur, une lettre charmante,
et j'ai lu avec beaucoup de plaifir votre traduction
de *Lucrèce* et votre mémoire fur l'impoffibilité de la
quadrature du cercle. Je vois que vous étiez fait pour
être l'ami de M. de *Buffon* et non pas de *Catherin
Fréron.* Vous nous rappelez ces beaux jours où les
Etienne honoraient la typographie par la fcience.

Je doute fort que M. de *la Harpe*, que je crois très-
fupérieur au *Taffoni*, veuille s'abaiffer à traduire le
Taffoni. *La Secchia rapita* eft un très-plat ouvrage,
fans invention, fans imagination, fans variété, fans
efprit et fans grâces. Il n'a eu cours en Italie que
parce que l'auteur y nomme un grand nombre de
familles auxquelles on s'intéreffait. Si on voulait faire
un poëme burlefque, il faudrait choifir pour fujet les
querelles de Genève, et furtout être plus plaifant que
Taffoni qui ne l'eft point du tout en cherchant toujours à l'être.

Je vous fuis très-obligé, Monfieur, de la bonté
que vous avez de m'envoyer le livre que j'eftime

1767.

le plus (*). Je vous supplie de vouloir bien me mander dans quel temps il doit arriver à Lyon, afin de prendre des mesures pour le faire venir à Ferney. Toute communication est interrompue entre Lyon et Genève, et entre Genève et le pays de Gex. J'espère que, malgré ces obstacles, je ne serai pas privé du beau présent que vous voulez bien me faire. J'ai reçu les volumes de **M.** de *Buffon*, et je vous en remercie. Tout ce qui me viendra de vous me sera précieux, excepté les feuilles de l'*Année littéraire* auxquelles je me flatte que vous avez renoncé. Un homme de lettres comme vous, qui imprime **M.** de *Buffon*, n'est pas fait pour imprimer des sottises du Pont-neuf.

Au reste, Monsieur, je voudrais pouvoir vous prouver l'estime que vous m'avez inspirée quand j'ai eu le plaisir de vous voir à Ferney. Tous les gens qui pensent doivent ambitionner votre amitié, et c'est avec ces sentimens que j'ai l'honneur d'être, &c.

LETTRE LVI.

A M. LACOMBE, *libraire à Paris.*

A Ferney, février.

Non, Monsieur, vous n'êtes point mon libraire, vous êtes mon ami, vous êtes un homme de lettres et de goût, qui avez bien voulu faire imprimer un ouvrage d'un de mes autres amis, et qui voulez bien

(*) *L'Encyclopédie.*

vous charger de donner une édition correcte des
Scythes, dès que je pourrai vous faire connaître   1767.
l'original.

La cruelle faison que nous éprouvons dans nos
climats, Monfieur, m'a réduit à un état qui ne m'a pas
permis de répondre, auffitôt que je l'aurais voulu,
à vos judicieufes lettres : je n'ai pu vous remercier
de votre almanach, ni le lire. Les neiges, dans lefquelles je fuis enterré, ont attaqué mes yeux plus
violemment que jamais. On dit que c'était la maladie
de *Virgile*; je n'ai que cela de commun avec lui. Je
n'ai ni fon talent ni la faveur d'*Augufte*, et je ne crois
pas que je foupe jamais avec M. de *Laverdi*, comme
Virgile avec *Mécène*.

Je vous enverrai, n'en doutez pas, les Scythes que
je vous promets, et qui font à vous. Je fuis dans leur
pays, et j'attends les dernières réfolutions de quelques amis que j'ai à Babylone, pour favoir fi l'impreffion doit précéder la repréfentation. Cette pièce
réuffira plus auprès des Français que les héros
romains. Il y a de l'amour comme dans l'opéra comique, et c'eft ce qu'il faut à vos belles dames.

J'ai préparé un avis au public, dans lequel je dis
que le fieur *Duchefne*, qui demeurait au *Temple du
goût*, mais qui n'en avait aucun, s'eft avifé de défi-
gurer tous mes ouvrages, et qu'il a obtenu un privilége du roi pour me rendre ridicule. Je crois du moins
que fon privilége eft expiré, et qu'il m'eft permis de
donner mes ouvrages à qui bon me femble.

Je finis, felon ma coutume, par les fentimens de
l'amitié, fans formules inutiles.

 # LETTRE LVII.

A M. LE MARECHAL DUC DE RICHELIEU.

A Ferney, 1 de mars.

Vous avez daigné, Monseigneur, faire une petite visite à Ferney ; madame *Denis* part pour vous la rendre. Sa santé est déplorable, et il n'y a plus à Genève ni médecin qu'on puisse consulter, ni aucun secours qu'on puisse attendre ; d'ailleurs vingt ans d'absence ont dérangé ma fortune, et n'ont pas accommodé la sienne. Ma fille adoptive *Corneille* l'accompagne à Paris, où elle verra massacrer les pièces de son grand-oncle ; pour moi, je reste dans mon désert : il faut bien qu'il y ait quelqu'un qui prenne soin du ménage de campagne ; c'est ma consolation. J'en éprouverais une plus flatteuse, si je pouvais vous faire ma cour ; mais c'est un bonheur auquel je ne puis prétendre, et la vie de Paris ne convient ni à mon âge, ni à mes maladies, ni aux circonstances où je me trouve. Je ferai très-affligé de mourir sans avoir pris congé de vous. Je me regarde déjà comme un homme mort, quoique j'aye égayé mon agonie autant que je l'ai pu. Non-seulement je vous dis un adieu éternel quand vous honorâtes ma retraite de votre présence, mais j'ai toujours eu depuis le chagrin de ne pouvoir vous écrire que des choses vagues. La douceur d'ouvrir son cœur est aujourd'hui interdite. J'ai respecté les entraves qu'on met à la liberté de s'expliquer par lettres ; je n'ai pu que vous ennuyer. J'aurais défiré faire un petit voyage à Bordeaux, et vous contempler dans votre gloire ; mais c'eft encore un plaifir auquel il faut que je renonce. Me voilà donc mort et enterré.

La bonté que vous avez de faire payer ce qui m'eft dû de ma rente, fera tout entière pour madame *Denis* et pour madame *Dupuits*. Il faut tout à des femmes, et rien à un vieux folitaire. Je ne me fuis pas même réfervé de chevaux pour me promener. Si j'étais feul, je n'aurais befoin de rien. Je vous remercie au nom de madame *Denis* qui bientôt vous remerciera elle-même, et vous préfentera mes hommages, mon attachement inviolable et mon refpect. *V.*

L E T T R E   L V I I I.

A   M.   L E   K A I N.

2 de mars.

M ON cher ami, vous êtes bien sûr que je m'intéreffe plus à votre fanté qu'à tous les Scythes du monde. Ménagez-vous, je vous en prie ; il faut fe bien porter pour être héros : tous ceux de l'antiquité avaient une fanté de fer. Il importe fort peu qu'on joue les Scythes devant ou après Pâques ; mais, fi vous en pouvez donner quatre ou cinq repréfentations avant la fin du carême, je vous confeille de ne pas perdre ces quatre ou cinq bonnes chambrées, parce qu'il eft prefque impoffible que, dans la quinzaine de Pâques, l'édition de *Cramer* ne devienne publique.

Je n'avais point eu deſſein d'abord de faire jouer cette pièce, et la préface l'indique aſſez ; mais, puiſqu'on la joue à Genève, à Lauſane et chez moi, et qu'on la jouera à Lyon et à Bordeaux, il eſt bien juſte que vous en donniez quelques repréſentations. Comptez que j'aurai ſoin de vos intérêts dans l'édition qu'on en fera à Paris, quoiqu'il ſoit difficile d'obtenir des libraires des conditions auſſi favorables, pour une pièce déjà imprimée, que pour une qui ſerait toute neuve.

Je vous prie de vous amuſer, pendant votre convaleſcence, à faire collationner ſur les rôles tous les changemens que je vous ai envoyés. En voici un que je vous recommande ; c'eſt à la première ſcène du cinquième acte. Il m'a paru, à la repréſentation, que c'était à *Sozame* à parler avant ſa fille, et qu'*Obéide* devait être trop conſternée pour répondre à la propoſition qu'on lui fait d'immoler *Athamare*. Voici ce petit changement :

OBÉIDE.

Je n'en apprends que trop.

SOZAME.

Je vous l'ai déclaré ;

Je reſpecte un uſage en ces lieux conſacré,
Mais des ſévères lois par vos aïeux dictées,
Les têtes de nos rois pourraient être exceptées.

LE SCYTHE.

Plus les princes ſont grands, &c.

Au reſte, je ne compte ſur le rôle d'*Obéide* qu'autant que vous voudrez bien conduire l'actrice. Vous avez reçu, ſans doute, l'imprimé en marge duquel

j'ai

j'ai écrit mes petites indications. Ce perſonnage exige
une douleur preſque toujours étouffée , des repos ,
des ſoupirs, un jeu muet, une grande intelligence
du théâtre. Ce n'eſt guère qu'au cinquième acte que
ces ſentimens ſe déploient ſur le pont aux ânes des
imprécations , pont aux ânes que l'on paſſe toujours
avec ſuccès.

Madame *Denis* vous fait mille complimens ; elle
ne joue plus la comédie , ni moi non plus ; mais
M. de *la Harpe* eſt un excellent acteur. Je vous
embraſſe de toute mon ame. *V.*

LETTRE LIX.

A M. ELIE DE BEAUMONT, *avocat.*

A Ferney , le 4 de mars.

M ES yeux ne me permettent pas d'écrire , mon
cher *Cicéron ;* je n'ai pas actuellement auprès de moi
celui qui vous fait d'ordinaire mes remercîmens , .
mais vous n'en verrez pas moins que j'ai reçu votre
mémoire. Nous l'avons lu , nous avons pleuré. Ou
les hommes feront de bronze , ou les *Sirven* feront
juſtifiés comme les *Calas.* La conſultation eſt de la
plus grande habileté , et d'une bienféance qui ferà
beaucoup d'honneur à celui qui l'a rédigée. La victoire me paraît ſûre. Les proteſtans et les catholiques
vous béniront également , et perſonne aſſurément
ne vous enviera la terre de Canon. On dira qu'il eſt
bien permis au défenſeur de l'humanité de ſe défendre

lui-même, et de réclamer le bien des ancêtres de sa femme.

Je vous prie de vouloir bien me faire envoyer un second exemplaire par M. *Damilaville*. Le premier sera pour messieurs du conseil de Berne, le second sera signé par *Sirven* et ses filles. Messieurs de Berne doivent en avoir un, parce qu'ils ont promis de continuer aux *Sirven* la petite pension qu'ils veulent bien leur faire pendant qu'ils poursuivront leur procès à Paris, et qu'ils ont mis pour condition qu'ils verraient le mémoire par lequel ils feraient appelés à venir auprès de vous. Je vous enverrai *Sirven* et une de ses filles, aussitôt que vous l'ordonnerez. Il y en a une qui est incapable de faire le voyage.

Je ne puis trop vous réitérer mes tendres remercîmens. Je vous embrasse cent fois, sage et éloquent vengeur de l'innocence.

LETTRE LX.

A M. LE MARQUIS DE FLORIAN.

Le 4 de mars.

GRAND-TURC, grand écuyer persan, cadi, et vous grande écuyère, tombe sur vous la rosée du ciel, et soit votre rosier toujours fleuri ! Qui a donc fait la chanson de *Molé* ? elle est naïve et plaisante. N'en fera-t-on point sur la sorbonne qui persécute si sottement *Marmontel* ?

Les *Gilli* m'ont fait pis ; leur banqueroute eſt forte.
je ferai fort obligé à monſieur le cadi s'il fait agir
vigoureuſement le procureur boiteux dans mon affaire
contre des normands.

Madame *Denis* et moi remercions le grand-turc de
la main levée. *Mahomet* favoriſe ſes bons ſerviteurs.
J'aurai bientôt, je crois, une plus grande obligation
aux maîtres des requêtes. Vous avez vu, ſans doute,
le mémoire de M. de *Beaumont ;* il faudrait avoir une
ame de bronze pour ne pas accorder une évocation
aux *Sirven*. En vérité, il s'agit dans cette affaire de
l'honneur de la France ; il eſt trop honteux de ſe
faire continuellement un jeu d'une accuſation de
parricide. Mon cher grand écuyer y eſt ſurtout inté-
reſſé pour l'honneur de ſon Languedoc. Pour moi, je
m'intéreſſe plus aux *Sirven* qu'aux Scythes : je n'avais
fait cette pièce que pour mon petit théâtre et pour
mes chers Génevois qui y ſont un peu houſpillés.
M. et madame de *la Harpe* la jouent très-bien ; elle nous
fait un très-grand effet. Les changemens que les anges
nous propoſent nous paraiſſent abſolument imprati-
cables : ce ferait nous couper la gorge. Il faut donner
la pièce telle qu'elle eſt, avec ſes défauts ; mais il
ne la faut donner que quand mademoiſelle *Durancy*
ſera ſûre de ſon rôle, et qu'elle aura appris à répandre
et à retenir des larmes, et quand les deux vieillards
ſauront imiter la nature, ce qui eſt auſſi rare dans
ce tripot que dans celui de *Nicolet*.

Si le grand écuyer et le grand-turc veulent ſe
donner le plaiſir des répétitions, ils feront un grand
plaiſir au ſcythe qui les embraſſe de tout ſon cœur.

Il leur enverra inceſſamment la Guerre de Genève,

—— dès qu'il en aura fait faire une copie. Cela peut
1767. amufer quelques momens ceux qui connaiffent les
mafques.

Mille et mille tendres amitiés.

LETTRE LXI.

A M. LE KAIN.

4 de mars.

Je me flatte, mon cher ami, que vous aurez
rétabli votre fanté, quand cette lettre vous parviendra. Je penfe que, pour prévenir les éditions dont
on me menace de tous côtés, vous devez au moins
vous affurer de quatre ou cinq repréfentations avant
Pâques ; mon libraire de Paris tiendrait alors la
pièce toute prête pour la rentrée, fuppofé que cette
pièce méritât d'être reprife, finon vous vous conten-
teriez de ces quatre ou cinq repréfentations, et il
n'en ferait plus parlé.

On dit que le public n'aime pas d'*Auberval*, et
que *Grandval* conviendrait mieux ; c'eft à vous à
décider, et à faire ce que vous trouverez à propos.
Sans vous, rien ne fe peut ni ne fe doit faire. Pren-
drez-vous la peine, mon cher ami, d'adoucir la
voix de mademoifelle *Durancy*, furtout dans les
premiers actes ? baiffera-t-elle les yeux quand il le
faut ? dira-t-elle d'une manière attendriffante :

> Si la Perfe a pour toi des charmes fi puiffans,
> Je ne te contrains pas, quitte-moi, j'y confens ;

J'en gémirai, Sulma ; dans mon palais nourrie,
Tu fus en tous les temps le soutien de ma vie ;
Mais je serais barbare en t'osant proposer
De supporter un joug qui commence à peser, &c.

pleurera-t-elle, et quelquefois soupirera-t-elle sans parler ? passera-t-elle de l'attendrissement à la fermeté, dans les derniers vers du troisième acte ? dira-t-elle bien *non*, de la manière dont on dit *oui* ? Si elle fait tout cela, ce sera vous qu'il faudra remercier. La pièce est difficile à jouer ; elle a surtout besoin de deux vieillards qui soient naturels et attendrissans. Les succès dépendent entièrement des acteurs ; s'il y en avait trois ou quatre comme vous, vos parts seraient au moins de vingt mille livres.

M. de *Thibouville* a la bonté de se charger de bien des détails. Portez-vous bien ; je vous embrasse de tout mon cœur. *V.*

LETTRE LXII.

A M. DORAT.

4 de mars.

JE ne sais, Monsieur, si mon amour propre corrompt mon jugement, mais vos derniers vers me paraissent valoir mieux que les premiers ; ils sont, à mon gré, plus remplis de grâces. Votre muse fait ce qu'elle veut ; je la remercie d'avoir voulu quelque chose en ma faveur, quoiqu'il y ait encore un coup de patte. Je vous jure sur mon honneur que je n'ai aucune connaissance des vers qu'on a faits contre vous : personne ne m'en a écrit un mot ; il n'y a que vous qui m'en parliez. Toutes ces sottises, couvertes par d'autres sottises, tombent dans un éternel oubli, au bout de vingt-quatre heures. Je suis uniquement occupé de l'affaire des *Sirven*, dont vous avez peut-être entendu parler. Ce nouveau procès de parricide va être jugé au conseil du roi ; il m'intéresse beaucoup plus que les Scythes dont je ne fais nul cas. Je n'avais destiné cet ouvrage qu'à mon petit théâtre ; mais on imprime tout ; on a imprimé ce petit amusement de campagne. Les comédiens se repentiront probablement d'avoir voulu le jouer. J'ai donné un rôle à mademoiselle *Durancy* à qui j'en avais promis un depuis très-long-temps. Je ne connaissais point mademoiselle *Dubois*; je vis ignoré dans ma retraite, et j'ignore tout. Si j'avais été informé plutôt de son mérite et de ses droits, j'aurais assurément prévenu ses plaintes ; mais je vous prie de lui dire qu'elle n'a rien à regretter : le rôle qu'elle semble désirer est indigne d'elle. C'est une espèce de paysanne, pendant trois actes entiers ; c'est une fille d'un petit canton suisse, qui épouse un suisse; et un petit-maître français tue son mari. Je ne connais point de pièce plus hasardée ; c'est une espèce de gageure, et je gage avec qui voudra contre le succès. Mais on peut faire une mauvaise pièce de théâtre, et ambitionner votre amitié ; c'est-là ma consolation et ma ressource.

Je vous supplie, Monsieur, de compter sur les sentimens très-sincères de votre très-humble, &c.

LETTRE LXIII.   1767.

A M. DE PEZAI.

A Ferney, 9 de mars.

JE vous répondrai, Monsieur, ce que j'ai répondu
à M. *Dorat*, que je ne connais en aucune manière
les vers dans lesquels il est maltraité, que personne au
monde ne m'a rien écrit sur ce sujet, et j'ajoute que
je consens que vous me regardiez comme un mal-hon-
nête homme, si je vous trompe. Je vous dirai plus : je
n'ai jamais montré à Ferney ni les vers que M. *Dorat*
avait faits contre moi, ni aucune des lettres qu'il
m'écrivit depuis, et dans lesquelles la bonté de son
cœur réparait, par son repentir, le tort que son imagination m'avait pu faire. Je n'ai pas seulement laissé
voir la jolie épître qu'il vient d'adresser à sa muse ;
je me suis contenté de goûter la satisfaction de voir
avec combien de grâces il guérissait les blessures qu'il
avait faites.

Ni madame *Denis*, ni M. et madame *Dupuits*, ni
M. et madame de *la Harpe*, qui sont chez moi depuis
quatre mois, ni mes deux neveux, conseillers au
parlement et au grand conseil, n'ont vu aucune de
ces pièces. Les affaires qui regardent *Rousseau* sont
ici trop sérieuses pour qu'elles puissent être des sujets
de pure plaisanterie ; et de plus, Monsieur, ces
plaisanteries étaient trop cruelles pour qu'elles ser-
vissent de matière à nos conversations. M. *Dorat*,
sans me connaître, m'avait traité de bouffon dans

—— fon *Avis aux fages ;* il m'avait expofé aux rigueurs du
1767. gouvernement, en difant qu'on a brûlé des ouvrages
qu'on m'attribue ; il finiffait enfin par dire *qu'il
fallait avoir des mœurs.*

Des outrages fi odieux ne devaient pas être mani-
feftés par moi-même ; j'aurais trop rougi devant la
petite-fille du grand *Corneille*, devant mes amis et
devant ma famille. J'ai dévoré toujours cette injure,
et j'ai caché auffi la rétractation.

J'aurais fouhaité, fans doute, que M. *Dorat* rendît
cette rétractation publique, comme l'outrage l'avait
été. Cette réparation publique était digne d'un homme
qui a le cœur bon et fenfible, et qui voit qu'il a été
trompé, qui revient de fon illufion, et qui corrige,
avec une nobleffe courageufe, l'erreur où il eft tombé.

Si quelque homme de lettres de Paris, indigné du
tort que l'*Avis aux fages* pouvait me faire dans la
fituation critique où fe trouvent aujourd'hui les gens
de lettres, a repouffé les injures par des injures ; fi,
ne fachant pas que M. *Dorat* avait réparé entièrement
fon tort avec moi, il s'eft laiffé emporter à un zèle
indifcret, je défavoue ce zèle, et je vous jure fur
mon honneur que je n'en ai rien appris que par
M. *Dorat* lui-même.

Vous fentez bien que, fi j'avais écouté les premiers
mouvemens de mon cœur ulcéré, rien ne m'aurait
empêché de faire le public juge de ce différent, et
que je pouvais me fervir des mêmes armes qu'on
avait employées contre moi ; mais je n'en ai pas
même eu la penfée ; et il eft impoffible que cette idée
me foit venue après les lettres de M. *Dorat*, qui
m'ont touché fenfiblement, qui m'ont fait tout

oublier, et qui m'ont infpiré le défir d'avoir fon
amitié.

1767.

Voilà, Monfieur, la vérité la plus entière et la
plus exacte. M. *Dorat* doit voir quels fruits amers
produifent de pareils écarts. Toute fatire en attire
une autre, et fait naître fouvent des inimitiés éter-
nelles. M. de *Pompignan* attaqua tous les gens de
lettres dans fon difcours à l'académie ; il en a été
payé. Je ne connais aucune fatire qui foit demeurée
fans réponfe. Les familles, les amis entrent dans ces
querelles ; c'eft le poifon de la littérature. J'ai combattu hardiment dans cette arène, et je n'ai jamais
été l'agreffeur. Mais je vous jure encore une fois que,
dans cette affaire-ci, je ne me fuis pas feulement
défendu ; je vous répète que j'ai été trop content du
repentir de M. *Dorat*, pour avoir fur le cœur le
moindre reffentiment. Vous pouvez en croire un
homme qui n'a pas la réputation de déguifer ce qu'il
penfe, qui n'a nulle raifon de le déguifer, et qui
d'ailleurs eft dans un âge où l'on voit de fang froid
tous ces petits orages de la fociété, qui tourmentent
vivement la jeuneffe.

Je vous parle avec la plus grande franchife. Soyez
très-sûr, encore une fois, que je n'ai entendu parler
des vers contre M. *Dorat* que par vous et par lui. Cette
affaire eft très-défagréable, et je ne m'en fuis confolé
que par les affurances que vous me donnez de votre
amitié et de la fienne.

J'ai l'honneur d'être, &c.

LETTRE LXIV.

A M. L'ABBÉ BERAUD,

Auteur d'un poëme épique sur la conquête de la terre promise.

Le 11 de mars.

NON-SEULEMENT, Monsieur, celui que vous aviez chargé de me faire parvenir votre poëme de *La terre promise* ne m'a point envoyé votre bel ouvrage, mais il ne m'en a point parlé : il ne m'a pas cru capable de lire un poëme aussi curieux.

Je sens tout le prix de ce que j'ai perdu. Rien n'est plus poëtique, sans doute, que les conquêtes de *Josué*, et tout ce qui les a précédé et suivi. Aucune fiction grecque n'en approche, chaque événement est prodige, et les miracles y font un effet d'autant plus admirable qu'on ne peut pas dire que l'auteur y amène la divinité, comme les poëtes grecs qui fesaient descendre un dieu sur la scène, quand ils ne savaient comment dénouer leur intrigue. On voit le doigt de DIEU par-tout dans le sujet de votre ouvrage, sans que l'intervention divine soit une ressource nécessaire. *Josué* pouvait aisément passer à gué le Jourdain qui n'a pas quarante-cinq pieds de large, et qui est guéable en cent endroits ; mais DIEU fait remonter le fleuve vers sa source pour manifester sa puissance.

1767.

Il n'était pas néceſſaire que Jéricho tombât au ſon des cornemuſes, puiſque *Joſué* avait des intelligences dans la ville par le moyen de *Raab* la proſtituée. DIEU fait tomber les murs, pour faire voir qu'il eſt le maître de tous les événemens. Les Amorrhéens étaient déjà écraſés par une pluie de pierres tombées du ciel ; il n'était pas néceſſaire que D I E U arrêtât le ſoleil et la lune à midi, pour que *Joſué* triomphât de ce peu de gens qui venaient d'être lapidés d'en haut. Si DIEU arrête le ſoleil et la lune, c'eſt pour faire voir aux Juifs que le ſoleil et la lune dépendent de lui.

Ce qui me paraît encore de plus favorable à la poëſie, c'eſt que le ſujet eſt petit, et les moyens grands. *Joſué* ne conquit, à la vérité, que trois ou quatre lieues de pays, qu'on perdit bientôt après ; mais la nature entière eſt en convulſion pour la petite tribu d'*Ephraïm*. C'eſt ainſi qu'*Enée*, dans *Virgile*, s'établit dans un village d'Italie avec le ſecours des dieux. Le grand avantage que vous avez ſur *Virgile*, c'eſt que vous chantez la vérité, et qu'il n'a chanté que le menſonge. Vous avez l'un et l'autre des héros pieux, ce qui eſt encore un avantage. Il eſt vrai qu'on pourrait reprocher quelques cruautés à *Joſué*, mais elles ſont ſacrées, ce qui eſt bien un autre avantage encore. Il n'y a même que trente rois de condamnés à être pendus, dans ce petit pays de quatre lieues, pour avoir oſé réſiſter à un étranger envoyé par le Seigneur ; et vous prouverez, quand il vous plaira, qu'on ne ſaurait pendre, pour la bonne cauſe, trop de princes hérétiques.

Jugez, Monſieur, quel eſt mon regret de n'avoir

pu lire, dans ma terre non promife, votre poëme épique fur la terre promifé, qui me fait concevoir de fi hautes efpérances.

J'ai l'honneur d'être avec tous les fentimens que je vous dois, Monfieur, votre, &c.

LETTRE LXV.

A M. LE KAIN.

A Ferney, 11 de mars.

Mon cher ami, je fors d'une grande répétition des Scythes. Le cinquième acte eft, fans contredit, celui de tous qui a fait le plus d'effet théâtral ; mais il demande de terribles nuances. Le couplet d'*Athamare*, quand il encourage *Obéide* à le frapper, prononcé de la manière dont vous le direz, avec courage, avec nobleffe, avec un air de maître, contribue beaucoup au fuccès. La fcène du père et de la fille, l'air morne, recueilli, douloureux et terrible qu'*Obéide* y conferve toujours avec fon père, fait de cette fcène même une des plus attachantes ; la curiofité et l'effroi faififfent toute l'affemblée. Ce cinquième acte vient de faire le même effet à Laufane ; c'eft celui de tous qui a le plus réuffi. On répète la pièce à Genève, on la répète à Lyon dans quatre jours. Vous voyez qu'il eft de toute impoffibilité d'attendre après Pâques ; le libraire de Paris ferait prévenu par les libraires de province et par ceux de Suiffe. Si j'étais à Paris, vous ne feriez pas expofé à ces inconvéniens ; mais

il y a près de vingt ans que les indignes perfécutions
que j'ai effuyées, pour tout fruit de mes travaux,
m'ont fait renoncer à ma patrie. C'eft à *Fréron* et
Coqueley, fon approbateur, à triompher dans Paris.

Voici un petit réfumé de tous les changemens
faits à la pièce, afin que, s'il en eft échappé quelqu'un
dans votre copie, vous puiffiez aifément le remplacer.
Au refte, vous fentez bien que tout dépend de votre
fanté : il ne faut pas vous tuer pour des Scythes.
Tout dépend furtout de la fanté de madame la dauphine, et on n'a pas befoin d'un tel motif pour
fouhaiter fon rétabliffement. Je vous embraffe bien
tendrement. *V.*

N. B. Mademoifelle *Dubois* s'eft plainte à moi;
elle a cru que vous m'aviez engagé à la priver du
rôle d'*Obéide :* je l'ai détrompée comme je le devais.

LETTRE LXVI.

A M. LE RICHE.

14 de mars.

Le parlement de Befançon doit être très-flatté,
Monfieur, que la cour ne l'ait pas cru perfécuteur,
et je fuis perfuadé que le parlement de Dijon mon-
trera bien qu'il ne l'eft pas. J'efpère même que les
principaux magiftrats de votre province, juftement
indignés contre les manœuvres du procureur général,
agiront auprès de leurs amis de Dijon. Pour moi,
quoique fans crédit, j'y ferai tous mes faibles efforts.

M. l'avocat *Arnoult* eſt l'homme le plus propre à bien ſervir *Fantet*. Il faut qu'il s'adreſſe à cet avocat à qui j'écrirai dès que j'aurai appris que *Fantet* eſt à Dijon. Je vais écrire à quelques amis que j'ai dans ce pays-là, et même à monſieur le premier préſident. Ma recommandation auprès du préſident *Debroſſes* ne ſerait pas bien reçue; il a mieux aimé profiter de ma bonne foi, en me vendant ſa terre de Tourney à vie, que de mériter mon amitié par des procédés généreux; mais j'ai le bonheur d'avoir pour amis des hommes qui ont plus de crédit que lui dans le parlement.

Vos bontés pour *Fantet* redoublent, Monſieur, l'attachement que je vous ai voué. Ne pourrai-je point avoir la conſolation de vous poſſéder quelques jours dans ma retraite?

LETTRE LXVII.

A M. CHRISTIN.

14 de mars.

Le diable eſt déchaîné, mon cher ami, et quand on n'eſt pas auſſi fort que l'archange *Michel*, qui le battit ſi bien, il faut faire une honnête retraite. Il eſt très-prudent à vous de ne point envoyer à Dijon des armes offenſives qui pourraient tomber entre les mains des ennemis; il faut attendre qu'il y ait une trève, pour avoir des correſpondances ſûres.

Je trouve qu'on fait beaucoup d'honneur au parlement de Befançon, en avouant qu'il n'eft pas perfécuteur ; mais je crois qu'on fe trompe en regardant
comme tel le parlement de Dijon. J'efpère que
Fantet (*) y fera traité auffi favorablement qu'il l'aurait
été dans votre province.

J'écrirai à des amis qui prendront fa défenfe ;
avertiffez-moi quand *Fantet* fera à Dijon , et quand
il faudra agir ; j'y mettrai tout mon favoir-faire.
J'ai la main heureufe ; l'affaire des *Sirven* prend le
train le plus favorable ; et, quoi qu'on en dife et
quoi qu'on faffe, la raifon et l'humanité l'emportent
fur le fanatifme. Puiffe la France imiter bientôt la
Ruffie et la Pologne ! L'impératrice de Ruffie et le
roi de Pologne me font l'honneur de m'écrire de
leur main qu'ils font tous leurs efforts pour établir
la plus grande tolérance dans leurs Etats; ils pouffent
l'un et l'autre la bonté jufqu'à me dire que mes
faibles écrits n'ont pas peu contribué à leur infpirer
ces fentimens. Ma patrie ne va pas encore jufqu'-là ;
mais la dernière aventure du bureau de Colonges
prouve affez les progrès de la raifon.

Tâchez de faire parvenir des *honnêtetés* à monfieur *le Riche* , et quelques *queftions*.

Mille tendres amitiés.

____

(*) Libraire de Befançon, pourfuivi juridiquement pour avoir vendu
quelques ouvrages philofophiques.

LETTRE LXVIII.

A M. LINGUET,

Sur Montesquieu et Grotius.

15 de mars.

. . . .
. . . .

Je crois, comme vous, Monsieur, qu'il y a plus d'une inadvertance dans l'*Esprit des lois*. Très-peu de lecteurs sont attentifs ; on ne s'est point aperçu que presque toutes les citations de *Montesquieu* sont fausses. Il cite le prétendu *Testament du cardinal Richelieu*, et il lui fait dire, au chapitre VI, dans le livre III, que, s'il se trouve dans le peuple quelque malheureux honnête homme, il ne faut pas s'en servir. Ce *Testament*, qui d'ailleurs ne mérite pas la peine d'être cité, dit précisément le contraire ; et ce n'est point au sixième, mais au quatrième chapitre.

Il fait dire à *Plutarque* que les femmes n'ont aucune part au véritable amour. Il ne songe pas que c'est un des interlocuteurs qui parle ainsi, et que ce grec, trop grec, est vivement réprimandé par le philosophe *Daphneüs*, pour lequel *Plutarque* décide. Ce dialogue est tout consacré à l'honneur des femmes ; mais *Montesquieu* lisait superficiellement, et jugeait trop vîte.

C'est

C'eſt la même négligence qui lui a fait dire que ——
le grand-ſeigneur n'était point obligé par la loi de 1767.
tenir ſa parole ; que tout le bas commerce était
infame chez les Grecs ; qu'il déplore l'aveuglement de
François I qui rebuta *Chriſtophe Colomb* qui lui propoſait les Indes, &c. Vous remarquerez que *Colomb*
avait découvert l'Amérique avant que *François I*
fût né.

La vivacité de ſon eſprit lui fait dire au même
endroit, livre IV, chapitre XIX, que le conſeil
d'Eſpagne eut tort de défendre l'emploi de l'or en
dorure : Un décret pareil, dit-il, ferait ſemblable
à celui que feraient les Etats d'Hollande, s'ils
défendaient la cannelle. Il ne fait pas réflexion que
les Eſpagnols n'avaient point de manufactures, qu'ils
auraient été obligés d'acheter les étoffes et les galons
des étrangers, et que les Hollandais ne pouvaient
acheter ailleurs que chez eux-mêmes la cannelle qui
croît dans leurs domaines.

Preſque tous les exemples qu'il apporte ſont tirés
des peuples inconnus du fond de l'Aſie, ſur la foi de
quelques voyageurs mal inſtruits ou menteurs.

Il affirme qu'il n'y a de fleuve navigable en Perſe
que le Cyrus : il oublie le Tigre, l'Euphrate, l'Oxus,
l'Araxe et le Phaſe, l'Indus même qui a coulé
long-temps ſous les lois des rois de Perſe. *Chardin*
nous aſſure, dans ſon troiſième tome, que le fleuve
Zenderouth, qui traverſe Iſpahan, eſt auſſi large que
la Seine à Paris, et qu'il ſubmerge ſouvent des
maiſons ſur les quais de la ville.

Malheureuſement le ſyſtême de l'*Eſprit des lois* a
pour fondement une antithèſe qui ſe trouve fauſſe.

————— Il dit que les monarchies sont établies sur l'honneur,
1767. et les républiques sur la vertu; et, pour soutenir ce
prétendu bon mot : La nature de l'honneur (dit-il,
livre III, chapitre VII) est de demander des pré-
férences, des distinctions; l'honneur est donc, par
la chose même, placé dans le gouvernement monar-
chique. Il devrait songer que, par la chose même,
on briguait, dans la république romaine, la préture,
le consulat, le triomphe, des couronnes et des
statues.

J'ai pris la liberté de relever plusieurs méprises
pareilles dans ce livre, d'ailleurs très-estimable. Je
ne serai pas étonné que cet ouvrage célèbre vous
paraisse plus rempli d'épigrammes que de raisonne-
mens solides; et cependant il y a tant d'esprit et de
génie, qu'on le préférera toujours à *Grotius* et à
Puffendorf. Leur malheur est d'être ennuyeux; ils
sont plus pesans que graves.

Grotius, contre lequel vous vous élevez avec tant
de justice, a extorqué de son temps une réputation
qu'il était bien loin de mériter. Son *Traité de la religion
chrétienne* n'est pas estimé des vrais savans. C'est là
qu'il dit, au chapitre XXII de son premier livre,
que l'embrasement de l'univers est annoncé dans
Hystaspe et dans les sibylles. Il ajoute à ces témoignages ceux d'*Ovide* et de *Lucain;* il cite *Lycophron*
pour prouver l'histoire de *Jonas*.

Si vous voulez juger du caractère de l'esprit de
Grotius, lisez sa harangue à la reine *Anne* d'Autriche,
sur sa grossesse. Il la compare à la juive *Anne* qui
eut des enfans étant vieille; il dit que les dauphins,
en fesant des gambades sur l'eau, annoncent la fin

des tempêtes, et que, par la même raison, le petit
dauphin qui remue dans son ventre annonce la fin   1767.
des troubles du royaume.

Je vous citerais cent exemples de cette éloquence
de collége, dans *Grotius* qu'on a tant admiré. Il faut
du temps pour apprécier les livres, et pour fixer les
réputations.

Ne craignez pas que le bas peuple lise jamais
Grotius et *Puffendorf*; il n'aime pas à s'ennuyer. Il
lirait plutôt (s'il le pouvait) quelques chapitres de
l'*Esprit des lois*, qui sont à portée de tous les esprits,
parce qu'ils sont très-naturels et très-agréables. Mais
distinguons, dans ce que vous appelez peuple, les
professions qui exigent une éducation honnête, et
celles qui ne demandent que le travail des bras et
une fatigue de tous les jours. Cette dernière classe est
la plus nombreuse. Celle-là, pour tout délassement,
et pour tout plaisir, n'ira jamais qu'à la grand'messe
et au cabaret, parce qu'on y chante et qu'elle y
chante elle-même; mais, pour les artisans plus
relevés, qui sont forcés par leurs professions mêmes
à réfléchir beaucoup, à perfectionner leur goût, à
étendre leurs lumières, ceux-là commencent à lire
dans toute l'Europe. Vous ne connaissez guère à
Paris les Suisses que par ceux qui sont aux portes des
grands seigneurs, ou par ceux à qui *Molière* fait
parler un patois inintelligible, dans quelques farces;
mais les Parisiens seraient étonnés s'ils voyaient, dans
plusieurs villes de Suisse, et surtout dans Genève,
presque tous ceux qui sont employés aux manufactures passer à lire le temps qui ne peut être consacré
au travail. Non, Monsieur, tout n'est point perdu

—— quand on met le peuple en état de s'apercevoir qu'il a un esprit. Tout est perdu, au contraire, quand on le traite comme une troupe de taureaux ; car tôt ou tard ils vous frappent de leurs cornes. Croyez-vous que le peuple ait lu et raisonné dans les guerres civiles de la rose rouge et de la rose blanche en Angleterre, dans celle qui fit périr *Charles I* sur un échafaud, dans les horreurs des *Armagnacs* et des Bourguignons, dans celles même de la ligue ? Le peuple, ignorant et féroce, était mené par quelques docteurs fanatiques qui criaient : Tuez tout, au nom de DIEU. Je défierais aujourd'hui *Cromwell* de bouleverser l'Angleterre par son galimatias d'énergumène, *Jean de Leyde* de se faire roi de Munster, et le cardinal de *Retz* de faire des barricades à Paris. Enfin, Monsieur, ce n'est pas à vous d'empêcher les hommes de lire, vous y perdriez trop, &c.

LETTRE LXIX.

A M. LE MARECHAL DUC DE RICHELIEU.

A Ferney, 16 de mars.

VOTRE lettre du 2 de mars, Monseigneur, m'étonne et m'afflige infiniment. Mon attachement pour vous, mon respect pour votre maison, et toutes les bienséances réunies ne me permirent pas de vous envoyer une pièce de théâtre le jour que j'apprenais la mort de madame la duchesse de *Fronsac.* Je vous écrivis, et vous demandai vos ordres. Voici la pièce que je

vous envoie. Il fe fera paffé un temps affez confidérable pour que votre affliction vous laiffe la liberté
de gratifier votre troupe de cette nouveauté , et que
vous puiffiez même l'honorer de votre préfence.

M. de *Thibouville* va faire jouer à Paris les Scythes;
c'eft une obligation que je lui ai ; car c'eft une peine
très-grande et fouvent défagréable que de conduire
des acteurs.

J'ai chez moi actuellement M. de *la Harpe* et fa
femme. Vous n'ignorez pas que M. de *la Harpe* eft
un homme de très-grand mérite , qui vient de
remporter deux prix à notre académie , par deux
ouvrages excellens. Il récite les vers comme il les
fait ; c'eft le meilleur acteur qu'il y ait aujourd'hui
en France. Il eft un peu petit , mais fa femme eft
grande. Elle joue comme mademoifelle *Clairon* , à
cela près qu'elle eft beaucoup plus attendriffante. Je
fouhaite que la pièce foit jouée à Paris et à Bordeaux
comme elle l'eft à Ferney.

La petite *Durancy* eft mon clerc. Elle vint , il y a
dix ans, à Genève ; c'était un enfant. Je lui promis
de lui donner un rôle , fi jamais elle entrait à Paris
à la comédie ; elle me fit même , par plaifanterie ,
figner cet engagement. Il eft devenu férieux , et il a
fallu le remplir. Je lui ai donné le rôle d'*Obéide*. Je
ne connais point mademoifelle *Dubois ;* je ne favais
pas même quelle forte d'emploi elle avait à la comédie. Vous favez qu'il y a près de vingt ans que les
Frérons me chafsèrent de Paris où je ne retournerai
jamais. Vous favez auffi que les pièces de théâtre font
mon amufement ; j'en fais préfent aux comédiens , et
je ne dois attendre d'eux que des remercîmens , et

non des tracafferies. C'était même pour arrêter toutes les querelles de ce tripot, que j'avais fait imprimer la pièce que je ne comptais pas livrer au théâtre, ainfi que je le dis dans la préface. Enfin, la voici avec tous les changemens que j'ai faits depuis, et avec les directions, en marge, pour l'intelligence de la pièce, et pour gouverner le jeu des acteurs. Je ne fais fi vous ferez en état de vous en amufer, mais vous le ferez toujours de la protéger.

Ces petites fêtes font l'agrément de ma vieilleffe. Je vous envoie la pièce dans un autre paquet, et j'annonce fur l'enveloppe le titre du livre, afin qu'il puiffe fervir de paffe-port.

Je me doutais bien que *Galien* qui, dans ma tragédie, joue le rôle du jeune fcythe, ne jouerait pas dans votre réponfe celui d'un futur infpecteur des toiles ; mais vous êtes affez puiffant pour lui procurer autre chofe. L'hiftoire et la bibliographie font fon fait ; mais on rifque avec cela de mourir de faim, fi on n'a pas quelque chofe d'ailleurs. Il attend tout de vos bontés. Il travaille toujours beaucoup, et il a déjà plufieurs porte-feuilles remplis de bons matériaux fur le Dauphiné où il voudrait bien aller faire un tour, pour voir fes parens près Grenoble qui n'eft pas loin d'ici.

Comme il fe connaît en livres rares, il en a acheté un petit nombre de ce genre, et que vous n'avez pas. Il veut vous les offrir ; mais, comme ce font de ces livres fur lefquels on n'entend pas raillerie en France, je ne fuis point d'avis qu'il vous les envoye ; il y aurait du danger, et les conféquences en pourraient être fâcheufes : il vaut mieux qu'il les garde jufqu'à ce

que vous m'ayez fait connaître vos ordres fur ces
deux derniers articles.

Agréez , Monfeigneur , les fentimens inaltérables
du refpect et de l'attachement que je conferverai
pour vous jufqu'au dernier moment de ma vie. *V.*

LETTRE LXX.

A M. DE CHABANON.

16 de mars.

NON-SEULEMENT je corromps la jeuneffe, mon
cher et jeune confrère, mais la vieilleffe ne m'empêche
point de donner de mauvais exemples. Je fuis honteux de faire des tragédies à mon âge. Je vous
réponds un peu tard, parce que j'ai paffé mon temps
à foutenir la guerre contre mes anges. Je fuis quelquefois très-docile, et quelquefois très-opiniâtre. Je
fouhaite que vous n'ayez pas été trop docile en
changeant votre plan ; vous aurez fans doute fenti
que le nouveau feryira mieux votre génie : c'eft
toujours le plan qui nous échauffe le plus que l'on
doit choifir. Celui que j'avais imaginé pour mes
pauvres Scythes m'animait , et celui qu'on me pro-
pofait me glaçait. J'ai travaillé pour mes Suiffes et
pour moi ; la pièce nous a amufés à Ferney , et c'eft
tout ce que je voulais ; car , en cultivant fon jardin ,
il faut auffi ne pas oublier fon théâtre.

Nous avons fufpendu nos plaifirs fur la nouvelle
du trifte état où était madame la dauphine ; nous

H 4

1767.

sommes bons français, quoique nous ne soyons que des suisses.

M. de *la Borde* m'avait recommandé de l'informer de tout ce qu'on me manderait sur son Péché originel. Je n'eus d'abord que des choses très-flatteuses à lui faire savoir ; mais depuis il m'est revenu qu'on fesait des critiques, et que l'on trouvait quelques endroits faibles ; je m'en rapporte à vous : il y a bien de l'arbitraire dans la musique ; les oreilles que *Cicéron* appelle superbes sont fort capricieuses. Il n'en est pas ainsi du cœur, c'est un juge infaillible ; et, quand il est ému dans une tragédie, toutes les critiques n'ont qu'à se taire.

Mon petit *la Harpe* a fait une réponse à l'abbé de *Rancé*. Cet abbé de *Rancé* avait écrit ce qu'on appelle, je ne sais pourquoi, une héroïde à ses moines : M. de *la Harpe* fait répondre un moine qui assurément vaut mieux que l'abbé. C'est un des meilleurs ouvrages que j'aye vus ; il faudrait qu'il fût entre les mains de tous les novices, il n'y aurait plus de profès. Jamais on n'a mieux peint l'horreur de la vie monacale.

J'ignore encore si la folle sorbonne a condamné le sage *Bélisaire*. De quoi se mêle-t-elle ?

Si vous avez l'*Histoire de la philosophie* par *Deslandes*, vous y verrez, tome III, page 299 : La faculté de théologie est le corps le plus méprisable qui soit dans le royaume. Je serais bien fâché de penser comme M. *Deslandes*, à Dieu ne plaise ; personne ne respecte plus que moi la sacrée faculté ; mais je vous aime encore davantage. *V.*

LETTRE LXXI.

A M. LE COMTE DE BOISGELIN,

MAITRE DE LA GARDE-ROBE DU ROI.

A Ferney , Mars.

CE que vous m'avez envoyé, Monsieur, m'a mortellement ennuyé. Voilà tout ce que je peux vous en dire : je n'aime pas les phrases. Vous avez un frère qui m'a accoutumé au bon.

On m'a parlé d'un homme de Nancy qu'on dit fourré à la bastille, sur la dénonciation d'un jésuite ; il s'appelle, je crois, *Leclerc :* il avait la protection de madame la marquise de *Boufflers*, votre belle-mère, si on ne m'a pas trompé. En ce cas, je présume que vous daignerez agir tous deux en sa faveur. Rien ne rafraîchit le sang comme de secourir les malheureux.

J'étais impotent et aveugle quand madame de *Boufflers* a passé par Lyon. Je suis encore à peu-près dans le même état ; je ne vaux rien des pieds jusqu'à la tête ; et à l'égard de ma pauvre ame, elle est extrêmement sensible à votre souvenir et à vos bontés dont je vous demande la continuation avec la sensibilité la plus respectueuse.

LETTRE LXXII.

A M. MARMONTEL.

16 de mars.

JE prie le secrétaire de *Bélisaire* de dire à madame *Geoffrin* que j'avais bien raison de n'être point surpris du billet du roi de Pologne. Il vient de m'écrire sur la tolérance une lettre dans le goût et dans le style de *Trajan* ou de *Julien* (*). Il faudrait la graver dans les écoles de sorbonne, et y graver surtout ce grand mot de l'impératrice de Russie : Malheur aux persécuteurs !

Mon cher confrère, un grand siècle se forme dans le Nord, un pauvre siècle déshonore la France. Cependant l'Europe parle notre langue. A qui en a-t-on l'obligation ? à ceux qui écrivent comme vous, à ceux qu'on persécute. *Non lasciar la magnanima impressa.*

LETTRE LXXIII.

A M. DAMILAVILLE.

18 de mars.

VOICI, mon cher ami, une réponse à M. de *Beaumont*. Son mémoire réussit beaucoup. S'il avait conservé ce bel épiphonème : *Vous n'avez point*

____

(*) Voyez à la fin de la correspondance de l'impératrice de Russie, les lettres des souverains, &c.

d'enfans ! il aurait réuffi davantage ; mais, tel qu'il eft, il infpire la conviction.

1767.

Voici la réponfe toute ouverte que je vous envoie pour M. *Linguet.*

Et voici une réponfe d'un moine à une héroïde de l'abbé de *Rancé.* Le moine vaut mieux que l'abbé. C'eft, à mon gré, le meilleur ouvrage de M. de *la Harpe.* Faites-en faire tant de copies qu'il vous plaira, et enfuite ayez la bonté d'envoyer cet exemplaire, avec la lettre ci-jointe, à M. *Barthe* fecrétaire de l'abbé de la Trape.

Je vous enverrai inceffamment ce que M. *Lambertad* demande. Nous avons fufpendu à Ferney les repréfentations des Scythes ; nous ne prétendons pas nous réjouir, quand la cour eft dans les alarmes ou dans le deuil. J'ignore le fort de madame la dauphine ; mais il ne peut être que funefte. Quoique nous ne foyons que des fuiffes, nous avons le cœur auffi français que les Parifiens.

Je voudrais que les forboniqueurs, qui perfécutent *Marmontel*, appriffent que l'impératrice de Ruffie, les rois de Danemarck, de Pologne, de Pruffe, et la moitié des princes d'Allemagne, établiffent hautement la liberté de confcience dans leurs Etats, et que cette liberté les enrichit. J'ai reçu du roi de Pologne une lettre qui ferait honneur à *Trajan*, pour le fond et pour le ftyle.

Je vous embraffe ; aimez-moi comme je vous aime.

LETTRE LXXIV.

A M. ELIE DE BEAUMONT, *avocat*.

A Ferney, le 18 de mars.

JE doute fort, mon cher *Cicéron*, que le conseil de Berne ajoute rien à la modique pension qu'il fait aux *Sirven*; c'est beaucoup s'il la continue. M. *Seigneux de Correvon*, à qui vous écrivez, ne peut nous être d'aucun secours; il n'a que sa bonne volonté.

Je sens bien que la réconciliation du premier président avec le parlement de Toulouse peut nous être défavorable; mais j'espère que le conseil ne voudra pas se relâcher sur le droit qu'il a de prononcer des évocations que la voix publique demande, et que l'équité exige. Les conseillers d'Etat et les maîtres des requêtes paraissent penser unanimement sur cette affaire. Votre mémoire vous fait beaucoup d'honneur; il a consolé ce pauvre *Sirven*. Je vous l'enverrai dès que le tribunal qui doit le juger sera nommé. Cinq années de désespoir ont un peu affaibli sa tête; il ne répondra peut-être qu'en pleurant; mais, après votre mémoire, je ne sais rien de plus éloquent que des pleurs.

M. *Seigneux de Correvon* voulait l'engager à faire travailler M. *Loyseau*; vous pensez bien qu'il n'en fera rien. J'imagine que rien ne sera décidé qu'après Pâques. J'exécuterai tous vos ordres ponctuellement, et au moment que vous prescrirez.

Bien des respects à madame de Canon.

LETTRE LXXV.

A M. LE MARQUIS D'ARGENCE DE DIRAC.

21 de mars.

IL est arrivé, Monsieur, bien des événemens qui nous obligent de différer. L'affaire des *Sirven*, qui commence à faire un grand bruit à Paris, et qui va être jugée au conseil du roi, m'occupe à présent tout entier, et ne me permet pas une diversion qui pourrait lui nuire. Beaucoup d'autres considérations me persuadent qu'il faut attendre encore quelque temps. M. *Boursier* doit vous envoyer incessamment trois ou quatre petits paquets du *Coladon* que vous aimez tant; vous pourrez en donner une boîte à M. le chevalier de *Châtelux*, s'il est dans vos cantons. Les affaires de Genève sont toujours dans la même situation, et elles y seront encore probablement long-temps. Plus de communication entre la France et le territoire de Genève, plus de voitures ni de Lyon, ni de Dijon; nous sommes enfermés comme dans une ville assiégée.

M. le duc de *Choiseul* a eu pour moi les plus grandes bontés, mais je n'en souffre pas moins; je suis toujours très-languissant, mon âge avance, ma force diminue; mais mon attachement pour vous ne diminuera jamais.

LETTRE LXXVI.

A M. DE CHABANON.

21 de mars.

S I vous êtes fage, mon cher confrère, vous attendrez la fin d'avril pour revenir dans votre couvent. Nous efpérons que la communication avec Lyon et la Bourgogne fera r'ouverte dans ce temps-là, ou du moins au commencement de mai. Je ne fais fi vous favez que nous fommes entourés de troupes et de mifère. Nous aurons encore des neiges fur nos montagnes pendant plus d'un mois ; les défaftres nous environnent, et les fecours nous manquent. Je fuis obligé en confcience de vous en avertir, afin que, fi vous nous faites le plaifir de venir plutôt, vous ne foyez pas étonné de fouffrir comme nous. Je crois même qu'il vous faudra un paffe-port de M. le duc de *Choifeul.*

Je n'aime point du tout cette guerre, toute ridicule qu'elle eft. Je me ferais retiré à Lyon, fi je n'avais pas eu trop de monde à tranfporter.

On joue actuellement les Scythes à Genève et à Lyon ; on va les jouer à Paris, dès que les fpectacles fe r'ouvriront. Les méchans m'attribuent tant d'ouvrages hétérodoxes, que j'ai voulu leur faire voir que je ne fefais que de mauvaifes tragédies. J'ai prouvé par-là mon alibi ; j'ai fait comme *Alcibiade* qui fit couper la queue à fon chien, afin qu'on ne l'accufât pas d'autres fottifes. Les Scythes pourront être fifflés

par les Velches, mais j'aime mieux être sifflé par le
parterre, que d'être calomnié par les cagots.

Mes respects à *Eudoxie* ou *Eudocie*, et à monsieur
son père que j'aime de tout mon cœur. *V.*

LETTRE LXXVII.

A M. LE MARQUIS DE VILLEVIEILLE.

23 de mars.

IL est vrai que le diable est déchaîné. Votre confiseur
est devenu martyr pour des confitures qui ne sont pas
à mi-sucre. Il faut espérer que madame de *Boufflers*
abrégera le temps de ses souffrances. Je prendrai
toutes les mesures possibles pour recevoir le présent
de M. de *Montcomble*, malgré l'interruption de tout
commerce avec Lyon.

Je vous demande en grâce de me ménager toujours
les bontés de M. de *Clausonet*. Voici une plaisanterie
qui pourra vous réjouir, vous et M. *Duché*.

Adieu, Monsieur; je vous aime trop pour faire
avec vous la moindre cérémonie.

LETTRE LXXVIII.

A M. DORAT.

Du 23 de mars.

JE réponds, Monsieur, à votre lettre du 17 de
mars, et je vous demande en grâce qu'après ce dernier éclaircissement il ne soit plus jamais question
entre nous d'une affaire si désagréable.

1767.

Tout ce que j'ai mandé à **M.** le chevalier de *Pezai* eſt dans la plus exacte vérité. Il eſt très-vrai que je n'ai jamais montré à perſonne ni vos lettres, ni vos premiers vers imprimés, ni vos ſeconds manuſcrits.

Il eſt très-vrai que madame *Denis*, ayant appris de Paris l'effet dangereux que pouvait faire l'*Avis* imprimé chez *Jorri*, me demanda, en préſence de **M.** de *la Harpe*, ce que c'était que cette triſte aventure. J'avais la pièce, et je ne la communiquai pas; je dis que vous aviez tout réparé, que je vous croyais un très-bon cœur, que vous m'aviez écrit une lettre pleine de candeur, que vous étiez, de toute façon, au-deſſus de la jalouſie qui eſt le vice des eſprits médiocres. Je citai un endroit de votre lettre, très-bien écrit, et qui m'avait fait impreſſion. Si **M.** de *la Harpe* a fait quelque uſage de cette ſeule confidence, je l'ignore entièrement. Je viens de lui en parler; il m'a dit qu'il était très-affligé d'avoir eu ſujet de ſe plaindre de vous. Je vous prie de conſidérer que c'eſt un jeune homme qui a autant de talens que peu de fortune. Il a une femme et des enfans. Qui pourra ſeconder ſes talens, ſinon des gens de lettres auſſi capables d'en juger que vous? Nous ſommes dans un temps où la littérature n'eſt que trop perſécutée; elle le ſerait certainement moins, ſi ceux qui la cultivent étaient unis.

Il faut tout oublier, Monſieur, et ne ſe ſouvenir que du beſoin que nous avons de nous ſoutenir les uns les autres. Nous avons tous la même façon de penſer; faudra-t-il que nous ſoyons la victime de ceux qui ne penſent point, ou qui penſent mal?

Ce qui eſt encore malheureuſement très-vrai, c'eſt

que,

que, lorſque votre *Avis* parut, lorſqu'on eut la ———.
cruauté d'y trop remarquer l'injuſtice publique faite, 1767.
par nos ennemis communs, à certains ouvrages,
j'avais, dans ce temps-là même, une affaire très-
férieuſe, et la calomnie me pourſuivait vivement.

Je ne vous diſſimulai pas combien il était dangereux pour moi d'être confondu avec *Rouſſeau*
convaincu, aux yeux de M. le duc de *Choiſeul*, et
même à ceux du roi, des manœuvres les plus criminelles. Je pouſſerai même la franchiſe avec vous,
juſqu'à vous avouer que je venais de recevoir des
reproches de M. le duc de *Choiſeul* ſur les affaires qui
concernaient ce génevois. Vous voyez que vous aviez
fait beaucoup plus de mal que vous ne penſiez en
faire.

N'en parlons plus ; j'ai tout oublié pour jamais,
et je ne ſuis ſenſible qu'à votre mérite et à vos politeſſes. Je veux que M. le chevalier de *Pezai* en ſoit
le garant. Tout ce que j'oſerais exiger d'un homme
auſſi bien né que vous l'êtes, ce ſerait de ſentir
combien votre ſupériorité doit vous écarter de tout
commerce avec *Fréron*. Ni ſes mœurs, ni ſes talens
ne doivent le mettre à portée de vous compter parmi
ceux qui le tolèrent.

Ceux qui, comme vous, Monſieur, ont tant de
droits de prétendre à l'eſtime du public, ne ſont pas
faits pour ſoutenir ceux qui en ſont l'exécration.

1767.

LETTRE LXXIX.

A M. DAMILAVILLE.

27 de mars.

Je ne fais comment les paquets que vous m'avez adreffés me parviendront. Il n'y a plus de voitures de Lyon à Genève ; et , malgré toutes les bontés de M. le duc de *Choifeul*, nous ferons dans l'état le plus gênant et le plus défagréable, jufqu'à ce que l'on ait fait un nouveau chemin. Nous ne pouvions même faire venir des étoffes de Lyon que par le courier. Un commis du bureau de Colonges, auffi infolent que fripon, nous a faifi nos étoffes ; ainfi je ne vois pas comment les cinquante mémoires de M. de *Beaumont,* en faveur des *Sirven*, me parviendront. Nous fouffrons infiniment des mefures qu'on a prifes très-juftement contre Genève ; nous payons les fautes de cette ville. Il eft bon d'être philofophe , mais il eft trifte d'être toujours obligé de fe fervir de fa philofophie.

Je reçois dans ce moment votre lettre du 21. M. *Bourfier* affure qu'il vous a dépêché , par Lyon, à M. de *Courteille*, les inftrumens de mathématiques de M. *Lambertad.* Il eft très-vraifemblable qu'on ne quittera point l'affaire de la Cayenne pour celle d'un particulier : nous fommes réfignés à tout.

L'aventure de madame *Lejeune* a du moins produit un grand bien. On lui a faifi deux cents exemplaires du dernier livre de feu M. *Boulanger.* Je viens de

lire ce livre abominable, pour la troisième fois : je
fens combien il eft dangereux. Il détruirait abfolument le pouvoir des eccléfiaftiques, avec tous les
myftères de notre fainte religion. L'auteur ne veut
que de la vertu et de la probité, qui font fi mal-aifées
à rencontrer, et qui ne fuffifent pas.

Vous aurez bientôt une lettre oftenfible, fur les
Sirven, qui peut-être fera imprimable, fuppofé qu'il
foit permis d'imprimer des chofes utiles. On joue
actuellement les Scythes à Laufane, à Genève, à
Lyon, à Bordeaux, et probablement à Paris. J'aime
affez les chofes dont perfonne ne s'eft encore avifé ;
mais je crains que Paris ne foit plus difficile que les
provinces.

Adieu, mon cher ami ; je vous embraffe. *E. L.*

LETTRE LXXX.

A M. * * *, *avocat à Befançon,*

*Ecrite fous le nom d'un membre du confeil de Zurich
en Suiffe.*

Mais.

Nous nous intéreffons beaucoup, Monfieur, dans
notre république, à la trifte aventure du fieur *Fantet*.
Il était prefque le feul dont nous tiraffions les livres
qui ont illuftré votre patrie, et qui forment l'efprit
et les mœurs de notre jeuneffe. Nous devons à *Fantet*

I 2

—— les œuvres du chancelier d'*Aguesseau* et du préfident de *Thou*. C'eft lui feul qui nous a fait connaître les *Essais de morale de Nicole*, les *Oraifons funèbres de Boffuet*, les *Sermons de Maffillon* et ceux de *Bourdaloue*, ouvrages propres à toutes les religions ; nous lui devons l'*Efprit des lois* qui eft encore un de ces livres qui peuvent inftruire toutes les nations de l'Europe.

Je fais, en mon particulier, que le fieur *Fantet* joint à l'utilité de fa profeffion une probité qui doit le rendre cher à tous les honnêtes gens, et qu'il a employé au foulagement de fes parens le peu qu'il a pu gagner par une louable induftrie.

Je ne fuis point furpris qu'une cabale jaloufe ait voulu le perdre. Je vois que votre parlement ne connaît que la juftice, qu'il n'a acception de perfonne, et que, dans toute cette affaire, il n'a confulté que la raifon et la loi. Il a voulu et il a dû examiner par lui-même fi, dans la multitude des livres dont *Fantet* fait commerce, il ne s'en trouverait pas quelques-uns de dangereux, et qu'on ne doit pas mettre entre les mains de la jeuneffe ; c'eft une affaire de police, une précaution très-fage des magiftrats.

Quand on leur a propofé de jeter ce que vous appelez des monitoires, nous voyons qu'ils fe font conduits avec la même équité et la même impartialité, en refufant d'accorder cette procédure extraordinaire. Elle n'eft faite que pour les grands crimes ; elle eft inconnue chez tous les peuples qui concilient la févérité des lois avec la liberté du citoyen ; elle ne fert qu'à répandre le trouble dans les confciences, et l'alarme dans les familles. C'eft une inquifition réelle qui invite tous les citoyens à faire le métier

infame de délateur ; c'eſt une arme ſacrée qu'on
met entre les mains de l'envie et de la calomnie, pour
frapper l'innocent en ſureté de conſcience. Elle expoſe
toutes les perſonnes faibles à ſe déshonorer, ſous
prétexte d'un motif de religion ; elle eſt, en cette
occaſion, contraire à toutes les lois, puiſqu'elle a
pour but la réparation d'un délit, et que l'objet de
ce monitoire ſerait d'établir un délit, lorſqu'il n'y en
a point.

Un monitoire, en ce cas, ſerait un ordre de
chercher, au nom de DIEU, à perdre un citoyen ;
ce ſerait inſulter à la fois la loi et la religion, et les
rendre toutes deux complices d'un crime infiniment
plus grand que celui qu'on impute au ſieur *Fantet.*
Un monitoire, en un mot, eſt une eſpèce de prof-
cription. Cette manière de procéder ſerait ici d'autant
plus injuſte que, de vos prêtres qui avaient accuſé
Fantet, les uns ont été confondus à la confrontation,
les autres ſe ſont rétractés. Un monitoire alors n'eût
été qu'une permiſſion accordée aux calomniateurs de
chercher à calomnier encore, et d'employer la confeſ-
ſion pour ſe venger. Voyez quel effet horrible ont
produit les monitoires contre les *Calas* et les *Sirven !*

Votre parlement, en rejetant une voie ſi odieuſe,
et en procédant contre *Fantet*, avec toute la ſévérité
de la loi, a rempli tous les devoirs de la juſtice qui
doit rechercher les coupables, et ne pas ſouhaiter
qu'il y ait des coupables. Cette conduite lui attire
les bénédictions de toutes les provinces voiſines.

J'ai interrompu cette lettre, Monſieur, pour lire
en public les remontrances que votre parlement fait
au roi ſur cette affaire. Nous les regardons comme un

—— monument d'équité et de fageſſe , digne du corps qui
1767. les a rédigées , et du roi à qui elles ſont adreſſées. Il
nous ſemble que votre patrie ſera toujours heureuſe ,
quand vos ſouverains continueront de prêter une
oreille attentive à ceux qui , en parlant pour le bien
public , ne peuvent avoir d'autre intérêt que ce bien
public même dont ils ſont les miniſtres.

J'ai l'honneur d'être bien reſpectueuſement, Monſieur , votre , &c.   *D.....*

du conſeil des deux cents.

P. S. Nous avons admiré le factum en faveur de
Fantet. Voilà , Monſieur , le triomphe des avocats :
faire ſervir l'éloquence à protéger , ſans intérêt ,
l'innocent ; couvrir de honte les délateurs ; inſpirer
une juſte horreur de ces cabales pernicieuſes qui
n'ont de religion que pour haïr et pour nuire , qui
font des choſes ſacrées l'inſtrument de leurs paſſions :
c'eſt-là , ſans doute , le plus beau des miniſtères.
C'eſt ainſi que M. de *Beaumont* défend à Paris l'innocence des *Sirven* , après avoir ſi glorieuſement combattu pour les *Calas.* De tels avocats méritent les
couronnes qu'on donnait à ceux qui avaient ſauvé
des citoyens dans les batailles. Mais que méritent
ceux qui les oppriment ?

LETTRE LXXXI.   1767.

A M. LE COMTE D'ARGENTAL.

1 d'avril, et ce n'eſt pas un poiſſon d'avril.

JE reçois, mon cher ange, votre lettre du 26 de mars. Vous n'avez donc pas reçu mes dernières? vous n'avez donc pas touché les Quarante écus (*) que je vous ai envoyés par M. le duc de *Praſlin*, ou bien vous n'avez pas été content de cette ſomme? Il eſt pourtant très-vrai que nous n'avons pas davantage à dépenſer, l'un portant l'autre. Voilà à quoi ſe réduit tout le fracas de Paris et de Londres. Serait-il poſſible que ma dernière lettre adreſſée à Lyon ne vous fût pas parvenue? Je vous y rendais compte de mes arrangemens avec madame *Denis*, et ce compte était conforme à ce que j'écris à M. de *Thibouville*. Ma lettre eſt pour vous et pour lui. Mandez-moi, je vous en conjure, ſi vous avez reçu cette lettre qui doit être timbrée de Lyon; cela eſt de la plus grande importance; car, ſi elle ne vous a pas été rendue, c'eſt une preuve que mon correſpondant eſt au moins très-négligent. Je vous diſais que j'étais dans les bonnes grâces de M. *Janel*, et je vous le prouve, puiſque c'eſt lui qui vous envoie ma lettre et la Princeſſe de Babylone.

Vous me demandez pourquoi j'ai chez moi un jéſuite? je voudrais en avoir deux; et, ſi on me fâche,

_____
(*) Le roman intitulé l'Homme aux quarante écus.

I 4

—— je me ferai communier par eux deux fois par jour. Je ne veux point être martyr à mon âge. J'ai beau travailler fans relâche au Siècle de *Louis XIV*, j'ai beau voyager avec une Princeffe de Babylone, m'amufer à des tragédies et des comédies, être agriculteur et maçon, on s'obftine à m'imputer toutes les nouveautés dangereufes qui paraiffent. Il y a un baron d'*Holbac* à Paris, qui fait venir toutes les brochures imprimées à Amfterdam chez *Marc-Michel Rey*. Ce libraire, qui eft celui de *Jean-Jacques*, les met probablement fous mon nom. Il eft phyfiquement impoffible que j'aye pu fuffire à compofer toutes ces rapfodies ; n'importe, on me les attribue pour les vendre.

J'ai lu la relation dont vous me parlez ; elle n'eft point du tout fage et modérée, comme on vous l'a dit ; elle me paraît très-outrageante pour les juges. Jugez donc, mon cher ange, quel doit être mon état ; calomnié continuellement, pouvant être condamné fans être entendu, je paffe mes derniers jours dans une crainte trop fondée. Cinquante ans de travaux ne m'ont fait que cinquante ennemis de plus, et je fuis toujours prêt à aller chercher ailleurs, non pas le repos, mais la fécurité. Si la nature ne m'avait pas donné deux antidotes excellens, l'amour du travail et la gaieté, il y a long-temps que je ferais mort de défefpoir.

Dieu foit béni, puifque madame d'*Argental* fe porte mieux. Je me recommande à fes bontés.

LETTRE LXXXII.

A M. DAMILAVILLE.

3 d'avril.

MON cher ami, je suis actuellement séparé du reste du monde. Nous ne savons plus de quel côté nous tourner pour faire venir les choses les plus nécessaires à la vie, et je mets les bons livres parmi les choses absolument nécessaires.

Je me sais bien bon gré de vous avoir envoyé ma lettre pour M. *Linguet.* Je le croyais de vos amis intimes, puisqu'il m'envoyait son livre par vous, et que M. *Thiriot* me l'avait vanté comme un des meilleurs ouvrages qu'on eût vus depuis long-temps. Je n'ai pas plus reçu le livre que les autres ballots; mais je vous en crois sur ce que vous me dites. Il est bon de savoir à qui on a affaire. Vous vous êtes conduit très-sagement; je vous en loue, et je vous en remercie.

On m'a envoyé la lettre de l'abbé *Monduit.* Il me semble qu'elle n'est que plaisante, et qu'elle n'a aucune teinture d'impiété. L'auteur s'égaie peut-être un peu aux dépens de quelques docteurs de sorbonne, mais il paraît respecter beaucoup la religion; c'est, comme nous l'avons dit tant de fois ensemble, le premier devoir d'un bon sujet et d'un bon écrivain. Aussi je ne connais aucun philosophe qui ne soit excellent citoyen et excellent chrétien. Ils n'ont été calomniés que par des misérables qui ne sont ni l'un ni l'autre.

1767.

Je ne fais point qui eſt M. de *la Férière ;* mais il paraît que c'eſt un *Burrhus.* Je ſouhaite qu'il ne trouve point de *Narciſſe.*

On m'avait déjà touché quelque choſe de ce qu'on imputait à *Tronchin.* Je ne l'en ai jamais cru capable, quoiqu'il me fît l'injuſtice d'imaginer que je favoriſais les repréſentans de Genève. Je ſuis bien loin de prendre aucun parti dans ces démêlés ; je n'ai d'autre avis que celui dont le roi ſera. Il faudrait que je fuſſe inſenſé pour me mêler d'une affaire pour laquelle le roi a nommé un plénipotentiaire. Je ſuis auprès de Genève, comme ſi j'en étais à cent lieues ; et j'ai aſſez de mes propres chagrins, ſans me mêler des tracaſſeries des autres. Je ſuis exactement le conſeil de *Pythagore : Dans la tempête, adorez l'écho.*

Adieu, mon très-cher ami.

LETTRE LXXXIII.

A M. LE MARQUIS DE FLORIAN.

3 d'avril.

Mon cher grand écuyer, parmi toutes mes détreſſes il y en a une qui m'afflige infiniment, et qui hâtera mon petit voyage à Montbeillard et ailleurs. Pluſieurs perſonnes dans Paris accuſent *Tronchin* d'avoir dit au roi qu'il n'était point mon ami, et qu'il ne pouvait pas l'être, et d'en avoir donné une raiſon très-ridicule, ſurtout dans la bouche d'un médecin. Je le crois fort incapable d'une telle indignité et d'une telle extravagance. Ce qui a donné lieu à la calomnie, c'eſt que *Tronchin* a trop laiſſé voir, trop dit, trop répété que je prenais le parti des repréſentans, en quoi il s'eſt bien trompé. Je ne prends aſſurément aucun parti dans les tracaſſeries de Genève, et vous avez bien dû vous en apercevoir par la petite plaiſanterie intitulée la Guerre génevoiſe, qu'on a dû vous communiquer de ma part.

Je n'ai d'autre avis ſur ces querelles que celui dont le roi ſera; et il ne m'appartient pas d'avoir une opinion quand le roi a nommé des plénipotentiaires. Je dois attendre qu'ils aient prononcé, et m'en rapporter entièrement au jugement de M. le duc de *Choiſeul*.

Voilà à peu-près la vingtième niche qu'on me fait depuis trois mois dans mon déſert.

Votre cidre n'arrivera pas et ſera gâté. Il arrive la même choſe à mon vin de Bourgogne. Vingt ballots envoyés de Paris, avec toutes les formalités requiſes, ſont arrêtés, et DIEU ſait quand ils pourront venir, et dans quel état ils viendront. J'aurais bien aſſurément l'honnêteté de vous envoyer des *honnêtetés*; mais on eſt ſi malhonnête, que je ne puis même vous procurer ce léger amuſement.

Je viens d'écrire à *Morival*; et, dès que j'aurai ſa réponſe, j'agirai fortement auprès du prince dont il dépend. Ce prince m'écrit tous les quinze jours; il fait tout ce que je veux. Les choſes, dans ce monde, prennent des faces bien différentes; tout reſſemble à *Janus*; tout, avec le temps, a un double viſage. Ce prince ne connaît point *Morival*, ſans doute, mais il connaît très-bien ſon déſaſtre. Il m'en a écrit pluſieurs

—— fois avec la plus violente indignation, et avec une horreur presque égale à celle que je ressens encore. Il y a des monstres qui mériteraient d'être décimés.

Je ne sais si je vous ai mandé que je suis enchanté de la nouvelle calomnie répandue sur les *Calas*. Il est heureux que les dévots, qui persécutent cette famille et moi, soient reconnus pour des calomniateurs. Ils font du bien sans le savoir; ils servent la cause des *Sirven*. Je recommande bien cette cause à mon cher grand Turc (*). Il y a des gens qui disent qu'on pourrait bien la renvoyer au parlement de Paris. Je compte alors sur la candeur, sur le zèle, sur la justesse d'esprit de mon gros goutteux que j'embrasse de tout mon cœur, aussi-bien que sa mère.

Vivez tous sainement et gaiement, il n'y a que cela de bon.

Nouvelles tracasseries encore de la part des commis, et point de justice; et je partirai, mais gardez-moi le secret; car je crains la rumeur publique. Je vous embrasse tous bien tendrement.

(*) M. l'abbé *Mignot* qui fesait alors une histoire des Turcs.

LETTRE LXXXIV. 1767.

A M. CHARDON.

5 d'avril.

MONSIEUR;

Il paraît, par la lettre dont vous m'honorez, du 27 de mars, que vous avez vu des choses bien tristes dans les deux hémisphères. Si le pays d'Eldorado avait été cultivable, il y a grande apparence que l'amiral *Drack* s'en serait emparé, ou que les Hollandais y auraient envoyé quelques colonies de Surinam. On a bien raison de dire de la France : *Non illi imperium pelagi ;* mais, si on ajoute, *Illa se jactet in aulâ,* ce ne sera pas *in aulâ tolosanâ.*

Je suis persuadé, Monsieur, que vous auriez couru toute l'Amérique, sans pouvoir trouver, chez les nations nommées sauvages, deux exemples consécutifs d'accusations de parricides, et surtout de parricides commis par amour de la religion. Vous auriez trouvé encore moins, chez des peuples qui n'ont qu'une raison simple et grossière, des pères de famille condamnés à la roue et à la corde, sur les indices les plus frivoles, et contre toutes les probabilités humaines.

Il faut que la raison languedochienne soit d'une autre espèce que celle des autres hommes. Notre jurisprudence a produit d'étranges scènes depuis quelques années ; elles font frémir le reste de l'Europe. Il est bien cruel que, depuis Moscou jusqu'au Rhin, on dise que, n'ayant su nous défendre ni

1767.
fur mer ni fur terre , nous avons eu le courage
de rouer l'innocent *Calas*, de pendre en effigie et de
ruiner en réalité la famille *Sirven*, de difloquer dans
les tortures le petit-fils d'un lieutenant général , un
enfant de dix-neuf ans ; de lui couper la main et la
langue, de jeter fa tête d'un côté, et fon corps de
l'autre, dans les flammes, pour avoir chanté deux
chanfons grivoifes, et avoir paffé devant une procef-
fion de capucins fans ôter fon chapeau. Je voudrais
que les gens qui font fi fiers,et fi rogues fur leurs pail-
lers, voyageaffent un peu dans l'Europe, qu'ils enten-
diffent ce que l'on dit d'eux , qu'ils viffent au moins
les lettres que des princes éclairés écrivent fur leur
conduite ; ils rougiraient , et la France ne préfenterait
plus aux autres nations le fpectacle inconcevable
de l'atrocité fanatique qui règne d'un côté, et de
la douceur, de la politeffe , des grâces, de l'enjoue-
ment et de la philofophie indulgente qui règnent
de l'autre, et tout cela dans une même ville , dans
une ville fur laquelle toute l'Europe n'a les yeux
que parce que les beaux arts y ont été cultivés ; car
il eft très-vrai que ce font nos beaux arts feuls qui
engagent les Ruffes et les Sarmates à parler notre
langue. Ces arts, autrefois fi bien cultivés en France,
font que les autres nations nous pardonnent nos
férocités et nos folies.

Vous me paraiffez trop philofophe, Monfieur, et
vous me marquez trop de bonté, pour que je ne vous
parle pas avec toute la vérité qui eft dans mon cœur.
Je vous plains infiniment de remuer , dans l'horrible
château où vous allez tous les jours, le cloaque de
nos malheurs. La brillante fonction de faire valoir

le code de la raison et de l'innocence des *Sirven*, fera
plus confolante pour une ame comme la vôtre. Je
fuis bien fenfiblement touché des difpofitions où
vous êtes de facrifier votre temps, et même votre
fanté, pour rapporter et pour juger l'affaire des
Sirven, dans le temps que vous êtes enfoncé dans le
labyrinthe de la Cayenne. Nous vous fupplions,
Sirven et moi, de ne vous point gêner. Nous atten-
drons votre commodité avec une patience qui ne
nous coûtera rien, et qui ne diminuera pas affurément notre reconnaiffance. Que cette malheureufe
famille foit juftifiée à la Saint-Jean ou à la Pentecôte,
il n'importe; elle jouit du moins de la liberté et du
foleil, et l'intendant de la Cayenne n'en jouit pas.
C'eft au plus malheureux que vous donnez bien
juftement vos premiers foins; et je fuis encore étonné
que, dans la multitude de vos affaires, vous ayez
trouvé le temps de m'écrire une lettre que j'ai relue
plufieurs fois avec autant d'attendriffement que d'admiration. Pénétré de ces fentimens et d'un fincère
refpect, j'ai l'honneur d'être, Monfieur, votre, &c.

LETTRE LXXXV.

A M. DAMILAVILLE.

9 d'avril.

ON reçoit dans ce moment la nouvelle que l'étui
de mathématiques eft arrivé. Le quart de cercle que
vous demandez ne fera pas fitôt prêt : vous favez que
jamais les ouvriers de Genève n'ont été fi profonds

1767.

politiques et si mauvais artisans. On se donne beaucoup, dans ce pays-là, le passe-temps de se tuer : voilà quatre suicides en six semaines : mais on n'accuse pas encore les pères de tuer leurs enfans ; il faut espérer que cette mode nous viendra de France.

L'aventure de la servante est heureuse. *Fréron* la contait en s'enivrant avec ses garçons empoisonneurs. Je vous l'ai déjà dit, nos ennemis amassent des charbons ardens sur leur tête. M. de *Lavaisse*, à qui je fais mille tendres complimens, sait la demeure de M. l'abbé *Sabathier ;* il faudra absolument le faire appeler en témoignage.

J'apprends qu'une horde de barbares a fait beau bruit aux Scythes ; ces gens-là ne respectent point la vieillesse.

Adieu, mon digne et vertueux ami ; souvenez-vous de ce que vous avez promis de donner à madame de *Florian.*

Embrassez bien pour moi le très-aimable *Lambertad.*

AU MEME.

10 d'avril.

J E reçois, mon cher ami, votre lettre du 3. *Coquelcy* a certainement approuvé les infamies de *Fréron* sur la famille *Calas*, j'en suis certain ; mais, pour ne pas compromettre M. de *Beaumont*, retranchons ce passage. Je crois que vous pouvez très-bien faire imprimer la lettre, par *Merlin*, avec l'addition que je vous envoie ; cette publication me paraît essentielle. Au reste, les Velches sont bien velches ; mais il faut

les

les forcer à goûter le noble et le fimple. Ils commencent à n'aimer que les tours de paffe-paffe et les tours
de force. Le goût dégénère en tout genre ; c'eft aux
Français à ramener les Velches.

On m'a envoyé de province une efpèce de dialogue
entre l'auteur de *Bélifaire* et un moine. L'auteur a
trouvé dans St *Paul* qu'il ne faut pas damner *Marc-
Aurèle*. Il pourrait faire rougir la forbonne fi les
corps rougiffaient. *Ecr. l'inf.*

1767.

LETTRE LXXXVI.

A M. LE COMTE D'ARGENTAL.

11 d'avril.

JE reçois deux lettres bien confolantes de monfieur d'*Argental* et de M. de *Thibouville*, écrites du
2 d'avril. Ma réponfe eft qu'on s'encourage à retou-
cher fon tableau, lorfqu'en général les connaiffeurs
font contens ; mais qu'on eft très-découragé quand
les faux connaiffeurs et les cabales décrient l'ouvrage
à tort et à travers : alors on ne met de nouvelles
touches que d'une main tremblante, et le pinceau
tombe des mains.

Vous me faites bien du plaifir, mon cher ange,
de me dire que mademoifelle *Durancy* a faifi enfin
l'efprit de fon rôle, et qu'elle a très-bien joué ; mais
je doute qu'elle ait pleuré, et c'était-là l'effentiel.
Madame de *la Harpe* pleure.

Je vais écrire à M. le maréchal de *Richelieu*, qui
ne fait que rire de toutes les chofes qui font très-

Correfp. générale.   Tome IX.   K

———— effentielles pour les amateurs des beaux arts, et je lui parlerai de mademoifelle *Durancy* comme je le dois. Mais vous avez à Paris M. le duc de *Duras* qui a du goût et de la juftice. Je fuppofe, mon cher ange, que vous avez raccommodé la fottife de *Lacombe*. Vous me demandez pourquoi j'ai choifi ce libraire ; c'eft qu'il avait raffemblé, il y a deux ans, avec beaucoup d'intelligence, quantité de chofes éparfes dans mes ouvrages, et qu'il en avait fait une efpèce de poëtique qui eut affez de fuccès.

Il m'écrivit dès lettres fort fpirituelles. Je ne favais pas qu'il fût lié avec *Fréron*. Il me femble qu'il en a agi comme les Suiffes qui fervaient tantôt la France, et tantôt la maifon d'Autriche. Enfin, il me fallait un libraire, et j'ai préféré un homme d'efprit à un fot.

Il faut vous dire encore que, lorfque je lui envoyai la pièce à imprimer, mon feul but était de faire connaître aux méchans, et à ceux qui écoutent les méchans, qu'un homme occupé d'une tragédie ne pouvait l'être de toutes les brochures qu'on m'attribuait. Vous favez bien que je voulais prouver mon alibi.

A préfent que je fuis un peu plus tranquille et un peu plus raffuré contre la rage des Velches, j'ai revu les Scythes avec des yeux plus éclairés, et j'y ai fait des changemens affez importans. Je crois que la meilleure façon de vous faire tenir toutes ces corrections éparfes, eft de les raffembler dans le volume même ; j'y ferai mettre des cartons bien propres, afin de ménager vos yeux.

J'attends l'édition de *Lacombe*, pour vous renvoyer deux exemplaires bien corrigés. Mais croirez-vous

bien que je n'ai pas cette édition encore ? La communication interrompue entre Lyon et mon petit
pays me prive de tous les fecours. J'ai vingt ballots
à Lyon qui ne m'arriveront probablement que dans
trois mois. Je ne fais pas pourquoi je ris de la guerre
de Genève ; car elle me gêne infiniment, et me rend
l'habitation que j'ai bâtie infupportable.

Si je ne puis avoir l'édition de *Lacombe*, je me
fervirai de celle des *Cramer*, quoiqu'elle foit déjà
chargée de corrections qui font peine à la vue.

Quand vous aurez la pièce en état, je vous demanderai en grâce qu'on la joue deux fois après Pâques,
en attendant Fontainebleau. Une fois même me
fuffirait pour juger enfin de la difpofition des efprits
qu'on ne peut connaître que quand ils font calmés.

Peut-être le rôle d'*Athamare* n'eft pas trop fait
pour *le Kain*. Il faudrait un jeune homme beau,
bien fait, paffionné, pleurant tantôt d'attendriffement et tantôt de colère, n'ayant que des paroles
de feu à la bouche, dans fa fcène avec *Obéide* au
troifième acte ; point de lenteur, point de geftes
compaffés.

Il faudrait d'autres vieillards que d'*Auberval*, il
faudrait d'autres confidens ; mais le fpectacle de
Paris, le feul fpectacle qui lui faffe honneur dans
l'Europe, eft tombé dans la plus honteufe décadence,
et je vous avoue que je ne crois pas qu'il fe relève.

M. de *la Harpe* était le feul qui pût le foutenir ; le
mauvais goût et les mauvaifes intentions l'effraient.
Il n'a rien, il n'a été que perfécuté ; il pourra
bien renoncer au théâtre, et paffer dans les pays
étrangers.

K 2

1767.

—— Vous me parlez des caricatures que vous avez de ma perfonne. Je n'ai jamais eu l'impudence d'ofer propofer à quelqu'un un préfent fi ridicule. Je ne reffemble point à *Jean-Jacques* qui veut à toute force une ftatue. Il s'eft trouvé un fculpteur, dans les rochers du mont Jura, qui s'eft avifé de m'ébaucher de toutes les manières ; fi vous m'ordonnez de vous envoyer une de ces figures de *Callot*, je vous obéirai.

Je vous affure que je fuis très-affligé de n'être fous vos yeux qu'en peinture.

Mademoifelle *Sainval*, comme je vous l'ai dit, me demande à jouer *Olimpie*. Si elle a ce qu'on n'a plus au théâtre, c'eft-à-dire des larmes, de tout mon cœur.

Vous trouvez qu'on peut faire un partage des autres pièces entre mademoifelle *Dubois* et mademoi-felle *Durancy* ; votre volonté foit faite.

Je compte qu'une grande partie de cette lettre eft pour M. de *Thibouville* auffi-bien que pour mes anges. J'obéirai d'ailleurs aux ordres de M. de *Thibouville*, à la première occafion que je trouverai.

Je me mets aux pieds de madame d'*Argental*.

LETTRE LXXXVII.

A M. LE PRINCE GALLITZIN,

AMBASSADEUR DE RUSSIE, *à Paris.*

A Ferney, 11 d'avril.

MONSIEUR,

Votre Excellence ne doute pas à quel point son souvenir m'est précieux. Je vous suis attaché à deux grands titres, comme à l'ambassadeur de l'impératrice, et comme à un homme bienfesant.

Je vous remercie de l'imprimé que vous avez bien voulu m'envoyer: Sa Majesté impériale avait déjà daigné m'en gratifier, il y a trois mois, avant qu'il fût public. Je n'y ai rien trouvé ni à resserrer, ni à étendre. Cet ouvrage me paraît digne du siècle qu'elle fait naître. J'oserais bien répondre qu'elle fera goûter à son vaste empire tous les fruits que *Pierre le grand* a semés. Ce fut *Pierre* qui forma l'homme, mais c'est *Catherine II* qui l'anime du feu céleste.

J'ai une opinion particulière sur l'affaire de Pologne, quoiqu'il ne m'appartienne guère d'avoir une opinion politique. Je crois fermement que tout s'arrangera au gré de l'impératrice et du roi, et que ces deux monarques philosophes donneront à l'Europe étonnée le grand exemple de la tolérance. Les pays, qui ne produisaient autrefois que des conquérans, vont produire des sages; et, de la Chine jusqu'à l'Italie (exclusivement), les hommes apprendront à penser. Je mourrai content d'avoir vu une si belle révolution commencée dans les esprits.

K 3

LETTRE LXXXVIII.

A MADAME

LA MARQUISE DE FLORIAN.

Le 11 d'avril.

FAMILLE aimable, je vous embraſſe tous. J'aimerais mieux aſſurément être picard que ſuiſſe ; et, pour comble de déſagrément, il faudra qu'au mois de mai je quitte la Suiſſe pour la Suabe. Il eſt comique que le bien d'un pariſien ſoit en Suabe ; mais la choſe eſt ainſi. La deſtinée eſt une drôle de choſe. Je ne dois ni ne veux mourir avant d'avoir mis ordre à mes affaires.

La deſtinée des Scythes eſt à peu-près comme la mienne ; ce ſont des orages ſuivis d'un beau jour. Ne regrettez point Paris quand vous ſerez à Ornoi : il n'y a plus à Paris que l'opéra comique et le ſinge de *Nicolet*.

Je vois que les deux magiſtrats reſteront à Paris. Je prie le grand-turc de me dire pourquoi le baron de *Tott* eſt à Neuchâtel ; il me ſemble qu'il n'y a nul rapport entre Neuchâtel et Conſtantinople.

Quand M. d'*Ornoi* rencontrera par haſard mon boiteux de procureur, je le prie de vouloir bien l'engager à recommander au marquis de *Lezeau* de marcher droit.

Vous trouverez du blé en Picardie ; nous en manquons au pays de Gex : il faudra faire une tranſmigration à Babylone. On ne ſait plus où ſe fourrer

pour être bien. Je fais qu'il faut s'accommoder de
tout ; mais cela n'eft pas auffi aifé qu'on dirait bien.

1767.

Je finis, comme j'ai commencé, par vous embraffer
du meilleur de mon cœur.

LETTRE LXXXIX.

A M. LE COMTE D'ARGENTAL.

13 d'avril.

Je fupplie mes anges et M. de *Thibouville* de lire
les nouveaux changemens ci-joints. Il ne faut plaindre ni la peine de l'auteur, ni celle du libraire, ni
celle des comédiens.

Pour engager le libraire à faire des cartons, ou à
faire une édition nouvelle, il ne donnera que trois
cents livres à *le Kain*, et je lui donnerai les trois cents
autres.

J'ofe me perfuader que mes juges, en voyant ce
nouveau mémoire de leur client, me donneront
càufe gagnée.

Je ne fais pas pourquoi on a imprimé à Paris :

Nous marchons dans la nuit, et d'abyme en abyme.

Je vous affure que mon vers

Nous partons, nous marchons de montagne en abyme.

eft beaucoup plus convenable aux voifins du mont
Jura. Je vois de mes fenêtres une montagne, au milieu
de laquelle fe forment des nuages. Elle conduit à des
précipices de quatre cents pieds de profondeur, et
quand on eft englouti dans cet abyme, on trouve

1767.

d'autres montagnes qui mènent à d'autres précipices. Je peins la nature telle qu'elle eſt, et telle que je l'ai vue. Je vous demande en grâce de faire jouer les Scythes après Pâques, de n'en faire annoncer qu'une repréſentation, et d'en donner deux ſi le public les redemande, après quoi on les jouera à Fontainebleau.

Les papiers publics diſent qu'on les reprendra à la rentrée; il ne faut pas les démentir, ce ſerait avouer une chute complète; les *Frérons* triompheraient. *Le Kain* me doit au moins cette complaiſance; il pourrait bien retarder d'un jour ſon voyage de Grenoble.

J'avoue que le rôle d'*Athamare* ne lui convient point. Il faudrait un jeune homme beau, bien fait, brillant, ayant une belle jambe et une belle voix, vif, tendre, emporté, pleurant tantôt de tendreſſe et tantôt de colère; mais, comme il n'a rien de tout cela, qu'il y ſupplée un peu par des mouvemens moins lents. Que mademoiſelle *Durancy* paſſe toute la ſemaine de Quaſimodo à pleurer; qu'on la fouette juſqu'à ce qu'elle répande des larmes : ſi elle ne ſait pas pleurer, elle ne ſait rien.

Ah, mon Dieu! peut-on me propoſer d'établir une loi par laquelle on eſt obligé de ſe marier au bout de quatre ans ? cela ferait, en vérité, d'un comique à faire rire. Il n'eſt permis d'ailleurs de ſuppoſer des lois que quand il en a exiſté de pareilles. La loi de venger le ſang de ſon mari, ou de ſon père, ou de ſon frère, a été connue de vingt nations ; celle de n'être reçu dans un pays qu'à condition qu'on s'y mariera, reſſemblerait à l'uſage du château de Cutendre où l'on n'entrait que deux à deux.

Dieu me préſerve de charger d'aventures et

d'épisodes la noble simplicité, si difficile à saisir, si ———
difficile à traiter, si difficile à bien jouer !   1767.

Rendez-moi mademoiselle *le Couvreur* et *Dufresne*,
je vous réponds bien du troisième acte. Le meilleur
conseil qu'on m'ait jamais donné se trouve exécuté
dans ces vers :

> Va, si j'aime en secret les lieux où je suis née,
> Mon cœur doit s'en punir, il se doit imposer
> Un frein qui le retienne et qu'il n'ose briser :
> N'en demande pas plus. . . . .

Je vous dirai de même : *N'en demandez pas plus, ce
serait tout gâter*. J'ose vous répondre que, si les comédiens approchaient un peu de la manière dont nous
jouons les Scythes à Ferney, s'ils avaient la vérité,
la simplicité, l'empressement, l'attendrissement de nos
acteurs, ils feraient fortune ; mais la même raison
pour laquelle ils ne peuvent jouer ni Mithridate,
ni Bérénice, ni tant d'autres pièces, leur fera toujours
jouer les Scythes médiocrement. N'importe, je
demande à cors et à cris deux représentations
après Pâques.

Si mon cher ange parvient à faire chasser le
monstre qui déshonore la littérature depuis si long-
temps, les gens de lettres lui devront une statue. Je
demande pardon à M. *Coqueley ;* mais un avocat plaide
furieusement contre lui-même, quand il se fait
l'approbateur de *Fréron*. C'est se faire le recéleur de
Cartouche. On le dit parent de monsieur le procureur
général : son parent devait bien lui dire qu'il se
déshonorait. On ne connaît pas toutes les scélératesses
de *Fréron*. C'est lui qui a répandu dans Paris la

1767.

——— calomnie contre les *Calas*. Il a voulu engager un des gueux, avec lesquels il s'enivre, à faire des vers sur les prétendus aveux de la pauvre *Viguière*. Je suis bien fâché que la vérité se soit trop tôt découverte. Il fallait laisser parler et triompher les *Frérons* pendant quinze jours, et ensuite montrer leur turpitude. Les colombes n'ont pas eu la prudence du serpent.

Déployez vos ailes, mes anges, jetez le diable dans l'abyme, et tirez les Scythes du tombeau.

Respect et tendresse. *V.*

LETTRE XC.

AU MEME.

15 d'avril.

Mon divin ange, battez des ailes plus que jamais, et ne laissez pas à l'infame cabale un prétexte de dire qu'on n'ose plus rejouer les Scythes. Je suis persuadé que, si on annonce cette pièce avec des vers nouveaux répandus dans l'ouvrage, elle attirera un très - grand concours. Les acteurs rassurés par le succès des deux dernières représentations, rempliront mieux leurs personnages.

Mademoiselle *Durancy*, plus pénétrée de son rôle, versera enfin des larmes et en fera répandre.

On pourrait faire précéder la représentation d'un petit compliment, dans lequel on dirait que l'éloignement des lieux n'a pas permis que les acteurs reçussent avant Pâques les changemens qu'on avait envoyés. On pourrait faire entendre qu'il est triste qu'un

homme, qui travaille depuis cinquante ans pour les
plaifirs de Paris, vive et meure dans un défert éloigné   1767.
de Paris.

Voyez s'il ferait convenable qu'au premier acte,
dans la fcène des deux vieillards, *Sozame* dît :

> .... Ah! crois moi, ces lauriers font affreux ;
> Ce grand art d'opprimer, trop indigne du brave,
> D'être efclave d'un roi, pour faire un peuple efclave,
> Ces honneurs, cet éclat par le meurtre achetés,
> Dans le fond de mon cœur je les ai déteftés.
> Enfin, Cyrus fur moi répandant fes largeffes, &c.

Je vous fupplie de vouloir bien faire parvenir mes
réponfes à mademoifelle *Durancy* et à mademoifelle
Sainval.

Dites bien, quelque mardi, à M. le duc de *Choifeul*
combien je fuis outré contre lui ; il ne fait pas quel
tort il me fait. Je fuis vexé dans les lieux que j'ai
défrichés, embellis et enrichis ; cela n'eft pas jufte :
je fuis entré dans toutes fes vues, et il ne daigne
écouter aucune de mes prières.

Joignez-y le fardeau infupportable de plus de cinquante lettres par femaine, auxquelles je fuis obligé
de répondre ; la régie d'une terre, vingt ouvrages
qui viennent à la traverfe, et jugez fi j'ai du temps
de refte pour limer une tragédie. Plaignez-moi et
faites jouer les Scythes.

Mademoifelle *Sainval* veut s'effayer dans Olimpie ;
pourquoi non ?

LETTRE XCI.

A M. LE MARQUIS DE FLORIAN.

Le 16 d'avril.

En réponſe à la lettre du 3 d'avril du cher grand écuyer, je dirai à toute la famille que mon voyage à Montbelliard eſt abſolument néceſſaire ; mais je ne le ferai que dans la ſaiſon la plus favorable.

Le ſuccès de l'affaire des *Sirven* me paraît infaillible, quoi qu'en diſe *Fréron*. La calomnie abſurde contre cette pauvre ſervante des *Calas* ne peut ſervir qu'à indigner tout le conſeil que cette calomnie attaquait vivement, en ſuppoſant qu'il avait protégé des coupables contre un parlement équitable et judicieux. Plus la rage du fanatiſme exhale de poiſon, plus elle rend ſervice à la vérité. Rien n'eſt plus heureux que de réduire ſes ennemis à mentir.

Le prince au ſervice duquel eſt *Morival*, m'a mandé qu'il l'avait fait enſeigne, et qu'il aurait ſoin de lui. Il eſt auſſi indigné que moi de cette abominable aventure que j'ai toujours ſur le cœur.

Nous ſommes embarraſſés de toutes les façons à Ferney. Vous penſez bien, Meſſieurs, que les commis condamnés à reſtituer les cinquante louis d'or, cherchent à les regagner par toutes les vexations de leur métier. Nous ſommes en pays ennemi. Il eſt triſte de batailler continuellement avec les fermiers généraux. Notre poſition, qui était ſi heureuſe, eſt devenue

tout-à-fait désagréable : il faut quelquefois savoir boire
la lie de son vin. Nous serons plus heureux quand
vous pourrez venir passer quelques mois chez nous.
Notre transplantation à Ornoi est actuellement de
toute impossibilité.

J'aurais souhaité que *Tronchin* eût été plus médecin
que politique, qu'il se fût moins occupé des tracasseries d'une ville qu'il a abandonnée. S'il a pris parti
dans ces troubles, il devait me connaître assez pour
savoir que je me moque de tous les partis. Quoi qu'il
en soit, il est plaisant que *Tronchin* soit à Paris, et
moi aux portes de Genève, *Rousseau* en Angleterre,
et l'abbé de *Caveirac* à Rome. Voilà comme la fortune ballotte le genre-humain.

Je demande à monsieur le grand-turc pourquoi
son baron de *Tott* est à Neuchâtel. Dites-moi, je vous
prie, mon turc, si ce turc de *Tott* vous a donné de
bons mémoires sur le gouvernement de ses Turcs.
N'êtes-vous pas bien fâché qu'Athènes et Corinthe
soient sous les lois d'un bacha ou d'un pacha.

Mille amitiés à tous. Le turc est prié d'écrire un
mot.

1767.

LETTRE XCII.

A M. LE COMTE D'ARGENTAL.

19. d'avril.

Je devrais dépouiller le vieil homme dans ce saint jour de Pâques , et me défaire du vieux levain,

Mais enfin je suis scythe, et le fus pour vous plaire.

Je plaide encore pour les Scythes du fond de mes déserts. Voilà trois éditions de ces pauvres Scythes, celle des *Cramer* , celle de *Lacombe*, et une autre qu'un nommé *Pellet* vient de faire à Genève ; on en donnera pourtant bientôt une quatrième, dans laquelle seront tous les changemens que j'ai envoyés à mes anges et à M. de *Thibouville* , avec ceux que je ferai encore, si DIEU prend pitié de moi. Je ne plains point ma peine, mais voyez ma misère. Toutes les lettres qu'on m'écrit se contredisent à faire pousser de rire. Une des critiques les plus plaisantes est celle de quelques belles dames qui disent : Ah ! pourquoi *Obéide* va-t-elle s'aviser d'épouser un jeune scythe, c'est-à-dire un suisse du canton de Zug, lorsque dans le fond de son cœur elle aime *Athamare*, c'est-à-dire un marquis français ? Mais , ô mes très-belles dames ! ayez la bonté de considérer que son marquis français est marié , et qu'elle ne peut savoir que madame la marquise est morte. Cette fille fait très-bien de chercher à oublier pour jamais un marquis qui a ruiné son

pauvre père; et ces vers que vous m'avez conseillés,
et que j'ai ajoutés trop tard, ces vers assez passables,
dis-je, répondent à toutes ces critiques :

1767.

> Au parti que je prends je me suis condamnée,
> Va, si j'aime en secret les lieux où je suis née,
> Mon cœur doit s'en punir, il se doit imposer
> Un frein qui le retienne et qu'il n'ose briser.

Je vous assure encore que le second acte, récité par madame de *la Harpe*, arrache des larmes. Soyez bien persuadé que si la scène du troisième acte, entre *Athamare* et *Obéide*, était bien jouée, elle ferait une très-vive impression.

Pleurez donc, mademoiselle *Obéide*, lorsqu'*Athamare* vous dit :

> Elle l'est dans la haine ; et lui seul est coupable.

Pleurez en disant :

> Tu ne le fus que trop ; tu l'es de me revoir,
> De m'aimer, d'attendrir un cœur au désespoir.
> Destructeur malheureux d'une triste famille,
> Laisse pleurer en paix et le père et la fille, &c.

Et vous, *Athamare*, dites d'une manière vive et sensible :

> Juge de mon amour ; il me force au respect.
> J'obéis... Dieux puissans, qui voyez mon offense,
> Secondez mon amour, et guidez ma vengeance, &c.

La scène des deux vieillards, au quatrième acte, attendrit tous ceux qui n'ont point abjuré les sentimens de la simple nature. Mais ces sentimens sont toujours étouffés dans un parterre rempli de petits critiques à qui la nature est toujours étrangère dans le tumulte des cabales. C'est ce qui arriva à la scène touchante de *Sémiramis* et de *Ninias* ; c'est ce qui arriva à la scène de l'urne dans Oreste ; c'est ce que vous avez vu dans Tancrède et dans Olimpie. *Trois amis y feront*, &c. est très à sa place, très-naturel, très-touchant ; mais des acteurs froids et intimidés rendent tout ridicule aux yeux d'un public frivole et barbare, qui ne court à une première représentation que pour faire tomber la pièce.

Les deux dernières représentations ne subjuguèrent l'hydre qu'à moitié, parce que les acteurs n'étaient point encore parvenus à ce degré nécessaire de sensibilité qui est le maître des cœurs. Ce n'est qu'avec le temps qu'on goûtera ces mœurs champêtres, cette simplicité si touchante , mise en opposition avec l'insolence du despotisme et la fureur des passions d'un jeune prince qui se croit tout permis. C'est précisément au parterre que cela doit plaire. Tous les gens de lettres sont de mon avis. On s'apercevra aussi que le style n'est point négligé , et que sa naïveté convenable au sujet, loin d'être un défaut, est un véritable ornement ; car tout ce qui est convenable est bien. Les mots de *toison* de *glèbe*, de *gazons*, de *mousse*, de *feuillage*, de *soie*, de *lacs*, de *fontaines*, de *pâtre*, &c., qui seraient ridicules dans une autre tragédie, sont ici heureusement employés. Mais cette convenance n'est sentie qu'à la longue ; elle plaît quand on y est accoutumé.

J'ai dit, dans la préface, que la pièce est très-difficile

à

à jouer, et j'ai eu grande raifon. Voilà les acteurs
enfin un peu accoutumés. Profitez donc, je vous en
fupplie, mes anges, de ce moment favorable. Faites
reprendre la pièce après Pâques. La nature, après
tout, eft par-tout la même, et il faudra bien qu'elle
parle dans votre Babylone comme dans ma Scythie.
Si *Brizard* peut avoir plus de fentiment, fi *Dauberval*
peut être moins gauche, fi *Pin* pouvait être moins
ridicule, s'ils pouvaient prendre des leçons dont ils ont
befoin, fi de jeunes bergères vêtues de blanc venaient
attacher des guirlandes, dans le deuxième acte,
aux arbres qui entourent l'autel, pendant qu'*Obéide*
parle ; fi elles venaient le couvrir d'un crêpe dans
la première fcène du cinquième acte, fi tous les
acteurs étaient de concert, fi les confidens étaient fup-
portables, je vous réponds que cela ferait un beau
fpectacle.

Effayez, je vous en prie ; et furtout qu'*Obéide* fache
pleurer. Je vois bien qu'elle n'eft point faite pour les
rôles attendriffans ; il lui faudra des *Léontine* qui
difent des injures à un empereur dans fa maifon,
contre toute bienféance et contre toute vraifemblance.
Il lui faudra des *Cléopâtre* qui faffent à leurs fils la
propofition abfurde d'affaffiner leur maîtreffe. Le
parterre aime encore ces fottifes gigantefques, à la
bonne heure ; pour moi, qui fuis le très-humble et
très-obéiffant ferviteur du naturel et du vrai, je
détefte cordialement ces preftiges dramatiques.

Je crois que je vais quitter bientôt ma Scythie, et
en chercher une autre ; ma fanté ne peut plus tenir
à l'hiver barbare qui nous accable au mois d'avril,
et aux neiges qui nous environnent, lorfqu'ailleurs

Correfp. générale.　　　Tome IX.　　　L

1767.

on mange des petits pois. Les commis font devenus plus affreux que les neiges. Je veux fuir les loups et les frimats.

En voilà trop ; refpect et tendreffe, mes anges.

LETTRE XCIII.

A M. DE BELLOI.

A Ferney, le 19 d'avril.

JE fuis bien touché , Monfieur, de vos fentimens nobles , de votre lettre et de vos vers (*). Il n'y a point de pièces de théâtre qui ait excité en moi tant de fenfibilité. Vous faites plus d'honneur à la littérature que tous les *Frérons* ne peuvent lui faire de honte. On reconnaît bien en vous le véritable talent. Il reffemble parfaitement au portrait que St *Paul* fait de la charité ; il la peint indulgente, pleine de bonté, et exempte d'envie : c'eft le meilleur morceau de faint *Paul*, fans contredit ; et vous me pardonnerez de vous citer un apôtre le faint jour de Pâques.

Il eft vrai que nos beaux arts penchent un peu vers leur chute ; mais ce qui me confole, c'eft que vous êtes jeune , et que vous aurez tout le temps de former des auteurs et des acteurs. Les vers que vous m'envoyez font charmans. J'ai avec moi M. et madame de *la Harpe* qui en fentent tout le prix , auffi-bien que ma nièce. Il y a long-temps que nous aurions

(*) Epître fur la tragédie des Scythes.

joué le Siége de Calais fur notre petit théâtre de Ferney, ———
fi notre compagnie eût été plus nombreufe. Nous ne   1767.
pouvons malheureufement jouer que des pièces où il
y a peu d'acteurs. M. de *Chabanon* va venir chez nous
avec une tragédie ; nous la jouerons ; et, dès que vous
aurez donné la Comteffe de Vergy, notre petit théâtre
s'en faifira. On ne s'eft pas mal tiré de la Partie
de chaffe d'*Henri IV* de M. *Collé*. Où eft le temps que
je n'avais que foixante et dix ans ! je vous affure que
je jouais les vieillards parfaitement. Ma nièce fefait
verfer des larmes, et c'eft-là le grand point. Pour M. et
madame de *la Harpe* , je ne connais guère de plus
grands acteurs.

Vous voyez que vos beaux fruits de Babylone
croiffent entre nos montagnes de Scythie ; mais ce font
des ananas cultivés à l'ombre dans une ferre, loin de
votre brillant foleil.

Adieu , Monfieur ; vous me faites aimer plus que
jamais les arts que j'ai cultivés toute ma vie. Je vous
remercie, je vous aime ; je vous eftime trop pour
employer ici les vaines formules ordinaires qui n'ont
pas certainement été inventées par l'amitié. *V.*

LETTRE XCIV.

A M. LE COMTE DE ROCHEFORT.

20 d'avril.

J'AI reçu votre lettre du 9 d'avril, mon très-aimable et preux chevalier (puifque vous ne voulez pas que je vous appelle Monfieur). Je vous avais écrit, huit ou dix jours auparavant, par M. de *Chenevières*. Je n'ai reçu aucun des paquets dont vous me parlez. Toutes les chofes de ce monde n'atteignent pas à leur but. Il faut fe confoler ; la patience eft une vertu néceffaire.

Je vous fais mon compliment fur votre mariage ; faites-nous beaucoup d'enfans qui penfent comme vous : vous ne fauriez guère rendre un plus grand fervice à la fociété. Je vous écris à Châlons-fur-Marne. J'aimerais mieux que ce fût à Châlons-fur-Saône, j'aurais le bonheur d'être moins éloigné de vous. Je ne puis rien vous mander, je fuis dans la folitude et dans les neiges, bloqué par vos troupes et malade. Quand vous ferez à la fource des plaifirs et des nouvelles, n'oubliez pas les folitaires dont vous avez fait la conquête.

LETTRE XCV.   1767.

A M. MARIN,

CENSEUR ROYAL, *à Paris.*

22 d'avril.

VOUS devez être bien ennuyé , Monfieur , des miférables tracafferies de la littérature. Vous êtes plus fait pour les agrémens de la fociété que pour les misères de ce tripot. En voici une que je recommande à vos bons offices. Vous êtes le premier qui m'ayez inftruit de l'infolence des libraires d'Hollande ; il eft dans votre caractère que vous foyez le premier qui m'aidiez à confondre ces abominables impoftures.

Puis-je vous fupplier , Monfieur, de vouloir bien faire rendre mes barbares (*) à l'avocat devenu libraire (**), qui plaide pour moi au bas du Parnaffe ? Il me paraît un homme de beaucoup d'efprit, et plus fait pour être mon juge que pour être mon imprimeur.

On dit qu'on ôte à *Fréron* fes feuilles; mais, quand on faifit les poifons de *la Voifin*, on ne fe contenta pas de cette cérémonie.

Le Kain eft allé chercher des acteurs en province : il n'en trouvera pas; il n'y en a que pour l'opéra comique. C'eft le fpectacle de la nation, en attendant *Polichinelle.*

Fuit Ilium, et ingens

Gloria Teucrorum.

(*) Les Scythes.
(**) M. *Lacombe.*

L 3

1767.

J'attends avec impatience le décret de la forbonne pour damner les *Scipions* et les *Catons*. Il ne manquait plus que cela pour l'honneur de la patrie.

Je vous fouhaite les bonnes fêtes, comme difent les Italiens.

LETTRE XCVI.

A M. LE BARON DE TOTT, *à Neuchâtel.*

A Ferney, le 23 d'avril.

MONSIEUR,

JE m'attendais bien que vous m'inftruiriez, mais je n'efpérais pas que les Turcs me fiffent jamais rire. Vous me faites voir que la bonne plaifanterie fe trouve en tout pays.

Je vous remercie de tout mon cœur de vos anecdotes, mais quelques agrémens que vous ayez répandus fur tout ce que vous me dites de ces tartares circoncis, je fuis toujours fâché de les voir les maîtres du pays d'*Orphée* et d'*Homère*. Je n'aime point un peuple qui n'a été que deftructeur, et qui eft l'ennemi des arts. Je plains mon neveu de faire l'hiftoire de cette vilaine nation. La véritable hiftoire eft celle des mœurs, des lois, des arts et des progrès de l'efprit humain. L'hiftoire des Turcs n'eft que celle des brigandages; et j'aimerais autant faire les mémoires des loups du mont Jura auprès defquels j'ai l'honneur de demeurer. Il faut que nous foyons bien curieux, nous autres

Velches de l'occident, puifque nous compilons fans
ceffe ce qu'on doit penfer des peuples de l'Afie qui
n'ont jamais penfé à nous.

1767.

Au refte, je crois le canal de la mer Noire beaucoup
plus beau que le lac de Neuchâtel, et Stamboul une
plus belle ville que Genève ; et je m'étonne que vous
ayez quitté les bords de la Propontide pour la Suiffe :
mais un ami comme M. *Dupeyroux* vaut mieux que
tous les vifirs et tous les cadis.

J'ai l'honneur d'être , &c.

LETTRE XCVII.

A M. COQUELEY,

CENSEUR ROYAL, *à Paris.*

A Ferney, 24 d'avril.

DANS la lettre dont vous m'honorez , Monfieur ,
vous m'apprenez que j'ai mal épelé votre nom qui
eft mieux orthographié dans l'hiftoire du préfident de
Thou. Comme je n'ai cette hiftoire qu'en latin, et
que de *Thou* a défiguré tous les noms propres, je n'ai
point confulté fes dix gros volumes , et je n'ai pu
vous donner un nom en *us ;* ainfi vous pardonnerez
ma méprife : mais fi votre nom fe trouve dans cette
hiftoire , il ne doit pas certainement être au bas des
feuilles de *Fréron.* Vous étiez fon approbateur , et il
avait trompé apparemment votre fageffe et votre
vigilance , lorfqu'une de fes feuilles lui valut le fort

ou le four-l'évêque, et lui attira même l'Ecoffaife qui le fit punir fur tous les théâtres de l'Europe. Franchement, un homme bien né, un avocat au parlement, un homme de mérite, ne pouvait pas continuer à être le révifeur d'un *Fréron*. Je vous fais très-bon gré, Monfieur, d'avoir féparé votre caufe de la fienne; mais je ne pouvais pas en être inftruit. Je fuis très-fâché d'avoir été trompé. Je vous demande pardon pour moi et pour ceux qui ne m'ont pas averti. Je tranfporte, par cette préfente, mon indignation et mon mépris, c'eft-à-dire les fentimens contraires à ceux que vous m'infpirez : j'en fais une donation authentique et irrévocable à celui qui a figné et approuvé la lettre fuppofée que ce miférable imprima contre le jugement du confeil en faveur de l'innocence des *Calas*. Il crut fe mettre à couvert en alléguant que cette lettre n'était que contre moi ; mais, dans le fond, toutes les raifons pitoyables par lefquelles il croyait prouver que je m'étais trompé en défendant l'innocence des *Calas*, tombaient également fur tous les avocats qui s'étaient fervis des mêmes moyens que moi, fur les rapporteurs qui employèrent ces mêmes moyens, et enfin fur tous les juges qui les confacrèrent d'une voix unanime par le jugement le plus folennel.

Cette feuille de *Fréron* et celle qui lui avait mérité le fupplice de l'Ecoffaife font les feules de ce poliffon que j'aye jamais lues. Je vous avoue que je ne conçus pas comment on permettait de fi infames impoftures. Un homme très-confidérable me répondit que l'excès du mépris qu'on avait pour lui l'avait fauvé, et qu'on ne prend pas garde aux difcours de la canaille. Je

trouve cette réponfe fort mauvaife, et je ne vois pas
qu'un délit doive être toléré uniquement parce qu'on
en méprife l'auteur.

Voilà mes fentimens, Monfieur; ils font auffi
vrais que la douleur où je fuis de vous avoir cru
coupable, et que l'eftime refpectueufe avec laquelle
j'ai l'honneur d'être, Monfieur, votre, &c.

LETTRE XCVIII.

A M. PERRAND, *chanoine d'Annecy.* (*)

24 d'avril.

MONSIEUR,

VOTRE procureur *Vachat* n'imite ni votre politeffe
ni vos procédés honnêtes. Il exige toujours un prix
exorbitant de deux arpens de terre achetés autrefois
de M. de *Montréal*, et relevans de votre chapitre. Il
fuppofe, dans fon exploit, qu'il y avait une maifon
fur ce terrain, et il eft évident, par fon exploit même
et par le plan levé en 1709, que le terrain en queftion confinait à cette maifon ou mafure; ainfi il
accufe faux pour embarraffer et intimider une veuve
qu'il croit hors d'état de fe défendre.

Les deux arpens qui vous doivent un cens, font
un terrain abfolument inutile, que j'ai enclavé dans
mon jardin, et qui ne produit rien du tout. Il y avait
autrefois dans un de ces arpens une petite vigne
entourée de gros noyers lefquels fubfiftent encore,

____

(*) Cette lettre fut écrite au nom de quelque habitante de Ferney ou
de Tourney.

—— et qui , par conséquent , ne valait pas la culture. Ce
1767. peu de vigne a été arraché il y a long-temps. Vous
favez , Monfieur , ce que valent les vignes dans ce
pays-ci ; vous favez que les payfans ne veulent pas
même boire du vin qu'elles donnent.

Et à l'égard de l'autre arpent fur lequel il y a
aujourd'hui des arbres d'ombrage plantés , vous favez
que ce qui ne produit aucun avantage n'a pas une
grande valeur. Les terres à froment même ne font
eftimées dans ce pays-ci que vingt écus l'arpent ou
la pofe, Quand on évaluerait ces deux pofes enfemble
à cent écus , je ne devrais au fieur *Vachat* que le
fixième de cent écus , qui font cinquante livres.

Vous avez eu la générofité de me mander que
votre procureur devait en ufer avec moi felon l'ufage
ordinaire , qui eft de n'exiger que la moitié des lods.
Si donc , Monfieur , le fieur *Vachat* s'était conformé
à la nobleffe de vos procédés , il n'aurait exigé que
vingt-cinq livres de France ; et, s'il avait imité la
manière dont j'en ufe avec mes vaffaux , il fe ferait
réduit à douze livres dix fous.

Je fuis bien loin de demander une telle diminution , je n'en demande aucune , je fuis prête à payer
tout ce que vous jugerez convenable ; c'eft à meffieurs
du chapitre qu'il appartient de mettre un prix au
fonds dont nous vous devons le cens. *Vachat* étant
votre fermier , ne peut exiger pour lods et ventes
que la fixième partie de ce fonds même ; cependant,
il exige plus que la valeur du terrain. Il veut me
ruiner en frais ; il a pris , pour m'affigner , le temps
où j'étais très-malade , et où je ne pouvais répondre ;
il m'a fait condamner par défaut , il m'a traduite au

parlement de Dijon, et il a dit publiquement qu'il
me ferait perdre plus de deux mille écus pour ce
cens de deux fous et demi.

Votre chapitre, Monfieur, eft trop équitable et
trop religieux pour ne pas réprimer une telle vexation.
Je n'ai jamais contefté votre droit, fur quelque titre
qu'il puiffe être fondé. Je fuis fi ennemie des procès,
que je n'ai pas feulement répondu aux manœuvres
de *Vachat*. Je fuis prête à configner le double et le
triple, s'il le faut, de la fomme qui vous eft due.
Ayez la bonté d'évaluer le fonds vous-même, et
cette évaluation fervira de règle pour l'avenir. Je vous
propofe de nommer qui il vous plaira pour arbitre
de cette évaluation. Voulez-vous cheifir monfieur le
maire de Gex, M. de *Menthon* gentilhomme du
voifinage, et le curé de la terre de Ferney où ces
terrains font fitués ? Vous préviendrez par-là non-
feulement ce procès injufte, mais tous les procès à
venir. Ce fera une action digne de votre piété et de
votre juftice.

1767.

LETTRE XCIX.

A M. LE MARECHAL DUC DE RICHELIEU.

A Ferney, 25 d'avril.

J'IGNORE, Monfeigneur, fi vous vous amufez encore des fpectacles dans votre royaume de Guienne. Je vous envoie à tout hafard cette nouvelle édition ; et en cas que vos occupations vous permettent de jeter les yeux fur cette pièce, la voici telle que nous la jouons fur le théâtre de Ferney.

Je ne fais par quelle heureufe fatalité nous fommes les feuls qui ayons des acteurs dignes des reftes de ce beau fiècle fur la fin duquel vous êtes né. Nous avons furtout, dans notre retraite de Scythes, un jeune homme nommé M. de *la Harpe*, dont je crois avoir déjà eu l'honneur de vous parler. Il a remporté deux prix cette année à votre académie. Il eft l'auteur du Comte de Warvick, tragédie dans laquelle il y a de très-beaux morceaux. C'eft un jeune homme d'un rare mérite, et qui n'a abfolument que ce mérite pour toute fortune. Il a une femme dont la figure eft fort au-deffus de celle de mademoifelle *Clairon*, qui a beaucoup plus d'efprit, et dont la voix eft bien plus touchante. Je les ai tous deux chez moi depuis long-temps. Ce font à mon gré les deux meilleurs acteurs que j'aye encore vus. Vous n'avez pas à la comédie françaife une feule actrice qui puiffe jouer les rôles que mademoifelle *le Couvreur* rendait fi intéreffans ;

1767.

et , hors *le Kain* qui n'eſt excellent que dans Oreſte et dans Sémiramis, vous n'avez pas un ſeul acteur à la comédie.

Mademoiſelle *Durancy* joue, dit-on (et c'eſt la voix publique), avec toute l'intelligence et tout l'art imaginable. Elle eſt faite pour remplacer mademoiſelle *Duménil;* mais elle ne ſait point pleurer, et par conſéquent ne fera jamais répandre de larmes.

J'ai vu une trentaine d'acteurs de province, qui ſont venus dans ma Scythie en divers temps; il n'y en a pas un qui ſoit ſeulement capable de jouer un rôle de confident; ce ſont des bateleurs faits uniquement pour l'opéra comique. Tout dégénère en France furieuſement , et cependant nous vivons encore ſur notre crédit , et on ſe fait honneur de parler notre langue dans l'Europe.

Nous ſommes toujours bloqués dans nos retraites couvertes de neiges. Nous n'avons plus aucune communication avec Genève, et malgré toutes les bontés de M. le duc de *Choiſeul*, dont j'ai le plus grand beſoin , notre pays ſouffre infiniment. Nous ne pouvons ni vendre nos denrées, ni en acheter. Le pain vaut cinq ſous la livre depuis très-long-temps. Les ſaiſons conſpirent auſſi contre nous; et enfin, n'ayant plus ni de quoi nous chauffer , ni de quoi manger , ni de quoi boire., je ſerai forcé de tranſporter mes petits pénates et toute ma famille auprès de Lyon , uniquement pour vivre. Je tâcherai d'y mener votre protégé, ſi je m'accommode du château que l'on me propoſe. Il aura plus de ſecours pour faire ſon hiſtoire du Dauphiné, dont il eſt toujours entêté , et qui ne ſera pas extrêmement intéreſſante.

Je ne fais pas trop à quoi vous le deftinez , ni ce qu'il pourra devenir. Il eft bien dangereux, pour qui n'a nulle fortune, de n'avoir aucun talent décidé, ni aucun but réel, ni aucun moyen de mériter fa fortune par de vrais fervices. Il a une averfion mortelle pour copier et pour faire la fonction de fecrétaire à laquelle je penfais que vous le deftiniez. Il n'a point réformé fa main, et j'ai peur qu'il ne foit au nombre de tant de jeunes gens de Paris qui prétendent à tout , fans être bons à rien. Il eft bien loin d'avoir encore des idées nettes, et de fe faire un plan régulier de conduite. Je lui recommande cent fois de fe faire un caractère lifible pour vous être utile dans votre fecrétairerie, de lire de bons livres pour fe former le ftyle, d'étudier furtout à fond l'hiftoire de la pairie et des parlemens, d'avoir une teinture des lois ; il pourrait par-là vous rendre fervice auffi-bien qu'à M. le duc de *Fronfac;* mais il vole d'objet en objet fans s'arrêter à aucun.

Il a fait venir de Paris, à grands frais, des bouquins que l'on ne voudrait pas ramaffer. Il achète à Genève tous les libelles dignes de la canaille, et j'ai peur que fes fréquens voyages à Genève ne le gâtent beaucoup. Il eft défendu à tous les Français d'y aller. Si vous le jugiez à propos , on prierait le commandant des troupes de ne le pas laiffer paffer. J'ai peur encore que fa manière de fe préfenter et de parler ne foit un obftacle à une profeffion férieufe et utile. C'eft un grand malheur d'être abandonné à foi-même, dans un âge où l'on a befoin de former fon extérieur et fon ame.

Je m'étonne comment M. le duc de *Fronfac* ne l'a pas pris pour voyager avec lui ; il aurait pu en faire

qu'une malheureuſe répétition de la ſcène d'*Argire* et
d'*Aménaïde* dans Tancrède, au premier acte. Il eſt bien
plus beau, bien plus théâtral qu'*Obéide* prenne d'elle-
même ſa réſolution, puiſqu'elle a déjà pris d'elle-
même la réſolution de fuir *Athamare*, et de ſuivre
ſon père dans des déſerts. Ce ferait avilir ce caractère
ſi neuf et ſi noble que de la forcer, de quelque manière
que ce fût, à épouſer *Indatire;* ce ferait faire une petite
fille d'une héroïne reſpectable. Un monologue ferait
pire encore; cela eſt bon pour *Alzire*. Mais lorſque,
dans ſon indignation contre *Athamare*, dans la certitude de ne pouvoir jamais être à lui, dans le plaiſir
conſolant de ſe livrer à toutes les volontés de ſon
père, dans l'impoſſibilité où elle croit être de jamais
ſortir de la Scythie, dans l'opiniâtreté de courage
avec laquelle elle s'eſt fait une nouvelle patrie, elle
a conclu ce mariage qui ſemble devoir la rendre
moins malheureuſe, tout à coup elle revoit *Athamare*,
elle le revoit ſouverain, maître de ſa main, et mettant
ſa couronne à ſes pieds; alors ſon ame eſt déchirée:
et ſi tout cela n'eſt pas théâtral, neuf et touchant,
j'avoue que je n'ai aucune connaiſſance du théâtre
ni du cœur humain.

Je vous répète que, ſi quelques-unes de vos belles
dames de Paris ont trouvé qu'*Obéide* épouſait trop
légérement *Indatire*, c'eſt qu'elles ont elles-mêmes
jugé trop légérement; c'eſt qu'elles ont trop écouté
les règles ordinaires du roman, qui veulent qu'une
héroïne ne faſſe jamais d'infidélité à ce qu'elle aime.
Elles n'ont pas démêlé, dans le tapage des premières
repréſentations, qu'*Obéide* devait déteſter *Athamare*, et
ne jamais eſpérer d'être à lui, puiſqu'il était marié.

Correſp. générale.   Tome IX.   M

1767.

1767.

Rien ne vous empêche de venir chez nous en paſſant par Verſoi, Gentoux et Collex, alors nous parlerons de perruques.

Je vous donne ma bénédiction.

LETTRE CI.

A M. LE COMTE D'ARGENTAL.

27 d'avril.

JE reçois la lettre du 21 d'avril, toute de la main de mon ange. Il doit être bien sûr que je pèſe toutes ſes raiſons ; mais je conjure tous les anges du monde, en comptant M. de *Thibouville*, d'examiner les miennes. J'ai toujours voulu faire d'*Obéide* une femme qui croit dompter ſa paſſion ſecrète pour *Athamare*, qui ſacrifie tout à ſon père, et je n'ai point voulu déshonorer ce ſacrifice par la moindre contrainte. Elle s'impoſe elle-même un joug qu'elle ne puiſſe jamais ſecouer ; elle ſe punit elle-même, en épouſant *Indatire*, des ſentimens ſecrets qu'elle éprouve encore pour *Athamare*, et qu'elle veut étouffer. *Athamare* eſt marié, *Obéide* ne doit pas concevoir la moindre eſpérance qu'elle puiſſe être un jour ſa femme. Elle doit dérober à tout le monde et à elle-même le penchant criminel et honteux qu'elle ſent pour un prince qui n'a perſécuté ſon père que parce qu'il n'a pas pu déshonorer la fille. Voilà ſa ſituation, voilà ſon caractère.

Une froide ſcène entre ſon père et elle, au premier acte, pour l'engager à ſe marier avec *Indatire*, ne ſerait

qu'une

un domeſtique utile. Il a de la bonté pour lui ; l'envie de plaire à un maître aurait pu fixer ce jeune homme. Vous avez daigné l'élever dans votre maiſon dès ſon enfance ; ce voyage lui aurait fait plus de bien que dix ans de ſéjour auprès de moi. Il me voit très-peu ; je ne puis le réduire à aucune étude ſuivie.

Je vous ai rendu le compte le plus fidelle de tout ; je me recommande à vos bontés, et je vous ſupplie d'agréer mon reſpect et mon attachement inviolable. *V.*

LETTRE C.

A M. VERNES.

Le 25 d'avril.

M o n cher prêtre philoſophe et citoyen, je vous envoie deux mémoires des *Sirven*. Ce petit imprimé vous mettra au fait de leur affaire. Comptez qu'ils ſeront juſtifiés comme les *Calas*. Je ſuis un peu opiniâtre de mon naturel. *Jean-Jacques* n'écrit que pour écrire, et moi j'écris pour agir.

Béniſſez D I E U , mon cher huguenot, qui chaſſe par-tout les jéſuites, et qui rend la ſorbonne ridicule. Il eſt vrai qu'il traite fort mal le pays de Gex, mais il faut lui pardonner le mal en faveur du bien. Je me ſuis mis, depuis long-temps, à rire de tout, ne pouvant faire mieux.

—— Elles ont apparemment imaginé qu'*Obéide* devait savoir qu'*Athamare* était veuf, ce qu'elle ne peut certainement avoir deviné. Il faut laisser à ces très-mauvaises critiques le temps de s'évanouir, comme aux critiques de Mérope, de Zaïre, de Tancrède, et de toutes les autres pièces qui sont restées au théâtre.

Je vois trop évidemment, et je sens avec trop de force, combien je gâterais tout mon ouvrage, pour que je puisse travailler sur un plan si contraire au mien. Je ne conçois pas, encore une fois, comment ce qui intéresse à la lecture pourrait ne point intéresser au théâtre. Je ne dis pas assurément qu'*Obéide* doive toujours pleurer ; au contraire, j'ai dit qu'elle devait avoir presque toujours une douleur concentrée ; douleur qui vaut bien les larmes, mais qui demande une actrice consommée. J'ai marqué les endroits où elle doit pleurer, et où madame de *la Harpe* pleure. C'est à ces vers :

> D'une pitié bien juste elle sera frappée,
> En voyant de mes pleurs une lettre trempée, &c.
> Laisse dans ces déserts ta fidelle Obéide.
> Ah ! . . . . c'est pour mon malheur . . . . .
>   Ah ! fatal Athamare !
> Quel démon t'a conduit dans ce séjour barbare ?
> Que t'a fait Obéide ? &c.

A l'égard des détails, vous les trouverez tout comme vous les désirez.

On veut qu'*Athamare* soit moins criminel, et moi je voudrais qu'il fût cent fois plus coupable.

Venons maintenant à ce qui m'eft effentiel pour de
très-fortes raifons; c'eft de donner inceffamment deux
repréfentations avec tous les changemens qui font
très-confidérables; de n'annoncer que ces deux repréfentations qui probablement vaudront deux bonnes
chambrées aux comédiens. Je vous demande en grâce
de me procurer cette fatisfaction; c'eft d'ailleurs le
feul moyen de favoir à quoi m'en tenir. Je vous
envoie un nouvel exemplaire où tout eft corrigé,
jufqu'aux virgules. Il fervira aifément aux comédiens;
je leur demande une répétition et deux repréfentations; ce n'eft pas trop, et ils me doivent cette
complaifance.

J'ajoute encore que, quand cette pièce fera bien
jouée (fi elle peut l'être), elle doit faire beaucoup plus
d'effet à Paris qu'à Fontainebleau. C'eft auprès du
parterre qu'*Indatire* doit réuffir à la longue, et jamais
à la cour.

Je fais bien qu'*Athamare* n'eft point dans le caractère de *le Kain*; il lui faut du funefte, du pathétique,
du terrible. *Athamare* eft un jeune cheval échappé,
amoureux comme un fou; mais, pourvu qu'il mette
dans fon rôle plus d'empreffement qu'il n'y en a
mis, tout ira bien; le quatrième et le cinquième acte
doivent faire un très - grand effet.

Enfin, le plus grand plaifir que vous me puiffiez
faire, dans les circonftances où je me trouve, c'eft de
me procurer ces deux repréfentations. Je vous en
conjure, mes chers anges; quand cela ne fervirait
qu'à faire crever *Fréron*, ce ferait une très-bonne
affaire.

J'aurai à M. de *Thibouville* une obligation que je

—— ne puis exprimer, s'il engage les comédiens à me
rendre la justice que je demande. Le rôle d'*Indatiré*
ne peut tuer *Molé*; et il me tue s'il ne le joue pas.

LETTRE CII.

A M. LE MARQUIS DE VILLEVIEILLE.

27 d'avril.

JE prie mon digne chevalier de vouloir bien me
mander dans quel endroit du Languedoc demeure
le sieur de *la Beaumelle*. Je me réjouis avec mon brave
chevalier de l'expulsion des jésuites. Le Japon commença par chasser ces fripons-là ; les Chinois ont
imité le Japon ; la France et l'Espagne imitent les
Chinois. Puisse-t-on exterminer de la terre tous les
moines qui ne valent pas mieux que ces faquins de
Loyola ! Si on laissait faire la sorbonne, elle serait pire
que les jésuites : on est environné de monstres.

On embrasse bien tendrement notre digne chevalier.
On l'exhorte à combattre toujours, et à cacher ses
marches aux ennemis.

LETTRE CIII.

A M. LE KAIN.

27 d'avril.

Vous me ferez un extrême plaisir, mon cher ami, d'essayer une ou deux représentations des Scythes, à votre retour de Grenoble, suivant la leçon nouvelle ci-jointe. Engagez M. *Molé* à se prêter à mes désirs. Je serais au désespoir de nuire à sa santé ; mais il joue dans le comique, et son rôle dans les Scythes est bien moins violent que plusieurs rôles de comédie ; je m'en tiendrai même à une seule représentation. Elle vous attirera certainement beaucoup de monde, en annonçant qu'elle sera donnée suivant une nouvelle édition qu'on a reçue de Genève.

J'ai à vous demander pardon, mon cher ami, de vous avoir fait un rôle dont le fond n'est pas aussi intéressant que celui d'*Indatire* ; il n'a pas ce tragique fier et terrible de *Ninias*, d'*Oreste* et de quelques autres rôles dans lesquels j'ai servi heureusement vos grands talens. C'est un très-jeune homme amoureux comme un fou, fier, sensible, empressé, emporté, qui ne doit mettre dans l'exécution de son personnage aucune de ces pauses, lesquelles font ailleurs un très-bel effet. Il doit surtout couper la parole à *Obéide* avec un empressement plein de douleur et d'amour. Je ne doute pas que vous n'ayez réparé, par cet art que vous entendez si bien, le peu de convenance qui se trouve

LETTRE CV.

A M. DAMILAVILLE.

4 de mai.

JE vois, mon cher ami, qu'il y a dans le monde des gens alertes qui ont dévalisé les licenciés espagnols (*) que je vous avais envoyés ; et, à l'égard de la destruction des jésuites , je ne compte pas qu'elle soit sitôt prête , attendu la négligence et l'imbécillité des gens qui s'en sont chargés.

J'envoie à M. d'*Alembert* un exemplaire de sa lettre au conseiller, par M. *Necker*. Il doit vous faire remettre aussi des chiffons qui ne valent pas cette lettre , deux Zapata et deux Honnêtetés.

Je suis bien faible, bien languissant , mon cher ami ; c'est un grand effort d'écrire de ma main ; mon cœur vous en dit cent fois plus que je ne vous en écris.

Ah ! qu'importe que les jésuites soient chassés d'Espagne , s'il n'est pas permis de penser en France!

(*) Les questions de Zapata. Voyez Philosophie, tome I.

tout pour Paris, il faut pourtant témoigner sa reconnaiſſance à celui qui s'eſt donné tant de peine pour
ſi peu de choſe. Je ſuppoſe que la pièce a quelque
ſuccès : ſi vous y perdez, je ſuis prêt à vous dédommager ; vous n'avez qu'à parler.

Je voudrais vous avoir donné un meilleur ouvrage,
mais à mon âge on ne fait ce que l'on veut en aucun
genre : on boit triſtement la lie de ſon vin.

Mandez-moi, le plutôt que vous pourrez, quel eſt
l'auteur du *Supplément à la philoſophie de l'hiſtoire* de
feu M. l'abbé *Bazin*, mon cher oncle. C'eſt un digne
homme qui mérite de recevoir inceſſamment de mes
nouvelles ; mais vous me ferez plus de plaiſir de me
donner des vôtres.

N. B. Je ſuis bien fâché contre vous de ce que
dans votre *Avant-coureur* vous imprimez toujours
français par un *o*. Je vous demande en grâce de diſtinguer mon bon patron Sᵗ *François* d'Aſſiſe de mes chers
compatriotes. Imprimez, je vous en prie, *anglais*,
français. Si j'oſais, j'irais juſqu'à vous prier de mettre
un *a* à tous les imparfaits, &c ; mais je ne ſuis pas
encore aſſez ſûr de votre amitié pour vous propoſer
une ſi grande conſpiration.

—— peut-être entre ce perfonnage et le caractère dominant de votre jeu.

J'ai envoyé à M. d'*Argental* deux exemplaires pareils à celui que je vous envoie. J'ai été dans la néceffité abfolue de m'en tenir à cette édition, parce que l'on réimprime actuellement la pièce en plufieurs endroits, et qu'on la traduit en italien et en hollandais. Je n'ai pas eu un moment à perdre, et il eft impoffible d'y rien changer déformais fans faire du tort aux traducteurs et aux éditeurs.

Je vous embraffe de tout mon cœur. Si vous avez de l'amitié pour moi, faites ce que je vous demande. Il vous fera bien aifé de faire porter fur les rôles les changemens que vous trouverez à la main dans l'exemplaire ci-joint. *V.*

LETTRE CIV.

A M. LACOMBE, *libraire à Paris.*

A Ferney, avril.

Si vous m'aviez pu répondre plutôt, Monfieur, je vous aurais envoyé tous les changemens que j'ai faits à mefure pour mon petit théâtre de Ferney, et votre nouvelle édition des Scythes aurait été complète. Je vous les envoie à tout hafard, par M. *Marin.*

Je compte toujours fur votre amitié, et je vous prie de dönner un petit honoraire de vingt-cinq louis d'or à M. *le Kain*, pour toutes les peines qu'il a bien voulu prendre; car, quoique cette pièce ne fût point faite du.

LETTRE CVI.   1767.

A M. LE COMTE D'ARGENTAL.

4 de mai.

Vous êtes plus aimable que jamais, mon cher
ange, et moi plus importun et plus insupportable que
je ne l'ai encore été. Moi qui suis ordinairement si
docile, je me trouve d'une opiniâtreté qui me fait
sentir combien je vieillis. Ce monologue que vous
demandez, je l'ai entrepris de deux façons : elles
détruisent également tout le rôle d'*Obéide*. Ce monologue développe tout d'un coup ce qu'*Obéide* veut se
cacher à elle-même dans tout le cours de la pièce.
Tout ce qu'elle dira ensuite n'est plus qu'une froide
répétition de son monologue ; il n'y a plus de gra-
dations, plus de nuance, plus de pièce. Il est de
plus si indécent qu'une jeune fille aime un homme
marié, cela est si révoltant chez toutes les nations du
monde, que, quand vous y aurez fait réflexion,
vous jugerez ce parti impraticable.

Il y a plus encore ; c'est que ce monologue est inutile. Tout monologue qui ne fournit pas de grands
mouvemens d'éloquence est froid. Je travaille tous
les jours à ces pauvres Scythes, malgré les éditions
qu'on en fait par-tout.

Lacombe vient d'en faire une qu'il m'envoie, mais
il n'y a pas la moitié des changemens que j'ai faits ;
il ne pouvait pas encore les avoir reçus. Il n'a fait
cette nouvelle édition que dans la juste espérance où

1767.

—— il était que la pièce ferait reprife après Pâques. C'eft encore une raifon de plus pour que je puiffe exiger de lui qu'il donne cent écus à *le Kain*; j'aime beaucoup mieux les donner moi-même.

*Il eft bien vrai que tout dépend des acteurs. Il y a une différence immenfe entre bien jouer et jouer d'une manière touchante, entre fe faire applaudir et faire verfer des larmes. M. de *Chabanon* et M. de *la Harpe* viennent d'en arracher à toutes les femmes, dans le rôle de *Nemours* et dans celui de *Vendôme*, et à moi auffi.

Je doute fort qu'on puiffe faire des recrues pour Paris. On a écarté et rebuté les bons acteurs qui fe font préfentés; je ne crois pas qu'il y en ait actuellement deux en province dignes d'être effayés à Paris. Je vous l'ai déjà dit, les troupes ne fubfiftent plus que de l'opéra comique. Tout va au diable, mes anges, et moi auffi.

Ma tranfmigration de Babylone me tient fort au cœur. Ce que vous me faites entrevoir redoublera mes efforts; mais j'ai bien peur que la fituation préfente de mes affaires ne me rende cette tranfmigration auffi difficile que mon monologue. Je me trouve à peu-près dans le cas de ne pouvoir ni vivre dans le pays de Gex, ni aller ailleurs. Figurez-vous que j'ai fondé une colonie à Ferney; que j'y ai établi des marchands, des artiftes, un chirurgien; que je leur bâtis des maifons; que, fi je vais ailleurs, ma colonie tombe; mais auffi, fi je refte, je meurs de faim et de froid. On a dévafté tous les bois; le pain vaut cinq fous la livre; il n'y a ni police ni commerce. J'ai envoyé à M. le duc de *Choifeul*, conjointement avec

le fyndic de la nobleffe, un mémoire très-cir- ⸺
conftancié. J'ai propofé que M. le duc de *Choifeul* 1767.
renvoyât ce mémoire à M. le chevalier de *Jaucourt*
qui commande dans notre petite province. Il a oublié
mon mémoire, on s'en eft moqué; et il a tort, car
c'eft le feul moyen de rendre la vie à un pays défolé,
qui ne fera plus en état de payer les impôts. On a
voulu faire, malgré mon avis, un chemin qui conduisît de Lyon en Suiffe en droiture; ce chemin
s'eft trouvé impraticable.

Je vous demande pardon de vous ennuyer de ces
détails; mais je vois qu'avec la meilleure volonté du
monde on nous ruinera fans en retirer le moindre
avantage. Je me fuis dégoûté de la Guerre de Genève;
je n'ai point mis au net le fecond chant, et je n'ai pas
actuellement envie de rire.

J'écris lettre fur lettre au fculpteur qui s'eft avifé
de faire mon bufte : c'eft un original capable de me
faire attendre trois mois au moins, et ce bufte fera
au rang de mes œuvres pofthumes.

Il peut être encore un acteur à Genève, dont on
pourrait faire quelque chofe. Il eft malade; quand il
fera guéri, je le ferai venir; *la Harpe* le dégourdira:
pour moi, je fuis tout engourdi. D'ordinaire la vieilleffe eft trifte, mais la vieilleffe des gens de lettres eft
la plus fotte chofe qu'il y ait au monde. J'ai pourtant
un cœur de vingt ans pour toutes vos bontés; je fuis
fenfible comme un enfant; je vous aime avec la plus
vive tendreffe. *V.*

LETTRE CVII.

A M. DE BORDES, *à Lyon.*

13 de mai.

MON âge commence à défefpérer, mon cher con-frère, de venir *cum penatibus et magnis diis.* Il m'arrive des dérangemens dans ma fortune qui pourront bien me faire refter dans ma Scythie.

Il y a près de cinq mois qu'on m'avait mandé, des frontières d'Efpagne, que beaucoup de moines avaient eu part à la révolte générale qui devait fe manifefter le même jour dans toutes les provinces. Je n'en croyais rien, et me voilà défabufé. On n'a chaffé que les jéfuites;

Mais à tous penaillons Dieu doint pareille joie !

Voici une Lettre fur les panégyriques, laquelle n'eft pas le panégyrique des moines.

Connaiffez-vous l'Anecdote fur Bélifaire ? Si vous ne l'avez pas, je vous l'enverrai; et tant que je ferai près de Genève, je me charge de vous fournir toutes les nouveautés : vous n'avez qu'à parler.

Je crois que vous jugez très-bien M. *Thomas,* en lui accordant de grandes idées et de grandes expref-fions.

Vous m'affligez en m'apprenant qu'il y a tant de fots et de méchans à Lyon. C'eft la deftinée de toutes les grandes villes ; mais je crois qu'il y a plus de

juftes qu'il n'y en avait à Sodôme. Il y a du moins
trois fois plus de philofophes. Je vous nommerais
bien quinze perfonnes qui penfent comme vous et
moi. Il me femble que la lumière s'étend de tout
côté : mais les initiés ne communiquent pas affez
entre eux ; ils font tièdes, et le zèle du fanatifme eft
toujours ardent.

L'anecdote qu'on vous a contée fur ce malheureux
J. J. eft très-vraie : ce miférable a laiffé mourir fes
enfans à l'hôpital, malgré la pitié d'une perfonne
compatiffante qui voulait les fecourir. Comptez que
Rouffeau eft un monftre d'orgueil, de baffeffe, d'atrocité et de contradictions.

LETTRE CVIII.

A M. LE COMTE D'ARGENTAL.

15 de mai.

Nous jouons donc plus fouvent les Scythes en
Scythie qu'à Paris. C'eft en effayant mon habit de
Sozame que je préfente encore ma requête à M. et
madame d'*Argental*, à M. de *Thibouville*, à M. de
Chauvelin (à qui je n'ai pas encore pu faire réponfe),
et à toutes les belles dames qui fe font imaginées
qu'*Obéide* doit commencer par un beau monologue
fur fon amour adultère pour un homme marié qui
a voulu l'enlever et en faire une fille entretenue :
monologue qui certainement jetterait de l'indécence,
du froid et du ridicule fur tout fon rôle.

De l'indécence, parce qu'elle ne doit pas balancer lorsqu'elle croit son amant marié ; du froid, parce que les combats secrets qu'elle éprouve ensuite ne feraient qu'une répétition de ce que son monologue aurait dit ; du ridicule, parce qu'alors elle serait forcée de dire, dans son entrevue avec *Athamare: Ah, ah! votre femme est donc morte? tant mieux : tirez-moi d'ici au plus vîte, et allons nous marier à Ecbatane.*

> Oui, j'aurai le courage
> D'ensevelir mes jours dans ce désert sauvage.

Cela seul, dit de la manière dont madame de *la Harpe* le récite, fait cent fois plus d'effet qu'un monologue qui est presque toujours du remplissage.

Ah, si vous aviez deux vieillards attendrissans! Non, vous dis-je ; cette pièce n'a jamais été bien jouée que par nous. J'avertirai toujours qu'il faut qu'*Obéide* pleure à ces vers :

> Laisse dans ces déserts ta fidelle Obéide ...
> Quand je dois tant haïr ce funeste Athamare...
> Si tout finit pour moi, toi seul en es la cause ;
> Toi seul m'as condamnée à vivre en ces déserts.
> Ah! c'est pour mon malheur ! . . .
> Va, c'est toi qui reviens pour m'arracher le cœur.

Et puis, quand son père lui dit :

> Mais qu'il parte à l'instant ; que jamais sa présence
> N'épouvante un asile ouvert à l'innocence.

comme elle doit répondre avec une voix entrecoupée :

> C'est ce que je prétends, Seigneur.

comme elle doit dire douloureusement :

Et plût aux Dieux
Que son fatal aspect n'eût point blessé mes yeux !

Relisez la pièce d'une tire, je vous en prie, et
voyez si, étant jouée avec un concert unanime, par
des acteurs intelligens et animés, elle ne doit pas
attacher le spectateur d'un bout à l'autre. Voyez si le
style n'est pas convenable au sujet ; si ce n'est pas une
critique ridicule et digne d'un *Fréron*, de vouloir
qu'*Obéide* parle comme *Sémiramis*, *Sozame* comme
Mahomet, et *Indatire* comme *César*.

On ne laisse pas de sentir un peu d'indignation de
se voir si mal jugé. Ah, Velches ! maudits Velches !
quand je vous donne du grand, vous dites que je
suis boursouflé, et quand je vous donne du simple,
vous dites que je suis bas. Allez, vous ne méritez
pas les peines que je prends pour vous depuis cinquante années ; je vous abandonne à votre sens
réprouvé.

M. le marquis de *Chauvelin*, je vous demande
pardon de ne vous avoir pas écrit. Lisez la pièce,
en voilà trois exemplaires ; voyez l'effet qu'elle fera
sur vous.

Messieurs, détrompez tant que vous pourrez les
belles dames ; je les respecte fort, mais jamais je
n'approuverai le monologue qu'elles demandent sur
un amour adultère dont il ne faut pas dire un mot.

Et toi, pauvre théâtre français, qui n'as qu'un seul
acteur, et encore est-il trop gros ; toi qui n'approches
pas de notre petit théâtre de Ferney, est-il possible

1767.

que tu n'ayes ni confident ni second rôle ? ferme donc ta porte, malheureux !

Faites comme vous pourrez, mes anges; mais venons-en à notre honneur, et mettez-moi dans l'occasion aux pieds d'*Elochivis* et de *Nalrisp*. (*)

A l'égard de *Valider* (**), je crois que cette ame-là se soucie peu d'une tragédie, et que vous ne vivez pas le long du jour avec lui.

Le feseur de buste a mandé qu'il avait envoyé, par une diligence qui va de Besançon à Paris, un petit buste d'ivoire dont l'original vous adore. Ce n'était pas ce que je lui avais demandé; je ne l'ai point vu : je suis contredit en tout dans les déserts de Scythie.

Je reçois dans le moment une lettre de M. de *Thibouville*, lettre funeste, lettre odieuse, dans laquelle il propose un froid réchauffé du monologue d'*Alzire :* cela est intolérable. Ce qui est bon dans Alzire est affreux dans les Scythes. Il est beau qu'*Obéide*, étant adultère dans son cœur, se cache dans son crime; il est beau qu'elle l'expie en épousant *Indatire ;* mais il faut que l'actrice fasse sentir qu'elle est folle d'*Athamare ;* il y a vingt vers qui le disent. Comment n'a-t-on pas compris que ce détestable monologue serait absolument incompatible avec le rôle d'*Obéide?* Une telle proposition excite ma juste colère.

M. de *Thibouville* me mande que mon ange prend des bouillons purgatifs. Ah! mes anges, portez-vous bien, si vous voulez que je vive. *V.*

(*) *Choiseul* et *Praslin.*
(**) *Laverdi.*

LETTRE

LETTRE CIX.

1767.

AU MEME.

16 de mai.

Je dépêche aujourd'hui à **M.** d'*Argental*, par **M.** le duc de *Praslin*, trois exemplaires d'une nouvelle édition de Genève. Je vous enverrai inceffamment celle de Lyon, qui fera, je crois, plus correcte. Je n'impute toutes ces éditions qu'on s'empreffe de faire, qu'à cet heureux contrafte des mœurs républicaines et agreftes, avec les mœurs fardées des cours. Je ne penfe pas que la pièce ait un grand mérite ; cependant, fi vous nous l'aviez vu jouer, je crois que vous en feriez affez content. *Le Kain* trouverait peut-être du plaifir à dire :

Nul monarque avant moi fur le trône affermi,
N'a quitté fes Etats pour chercher un ami ;
Je donne cet exemple, et ton maître te prie ;
Entends fa voix, entends la voix de ta patrie,
Celle de ton devoir qui doit te rappeler,
Et des pleurs qu'à tes yeux mes remords font couler.

J'ai auffi un peu fortifié fa fcène avec *Indatire*, afin qu'il ne fût pas tout-à-fait écrafé par le fcythe.

Le quatrième acte, au moyen de quelques légers changemens, a fait une très-grande fenfation ; les deux vieillards ont fait verfer des larmes. C'eft un grand jeu de théâtre, c'eft la nature elle-même. Les

Correfp. générale.   Tome IX.   N

galans velches ne font pas encore accoutumés à ces tableaux pathétiques. Je n'ai jamais vu fur notre théâtre un vieillard attendriffant; *Sarazin* même ne jouait *Lufignan* que comme un capucin.

Madame de *la Harpe* a fait pleurer dès fa première fcène, en difant :

Laiffe dans ces déferts ta fidelle Obéide. . . .
Quand je dois tant haïr ce funefte Athamare. . . .
Tranquilles, fans regrets, fans cruels fouvenirs. . . .

Il faut convenir que ce rôle eft très-neuf au théâtre; et, en vérité, c'eft quelque chofe que de faire du neuf aujourd'hui. Ce vers,

Quand je dois tant haïr ce funefte Athamare.

et ceux-ci,

Va, fi mon cœur m'appelle aux lieux où je fuis née,
Ce cœur doit s'en punir; il fe doit impofer
Un frein qui le retienne et qu'il n'ofe brifer.

Ces vers, dis-je, contiennent tout le monologue qu'on propofe; et ils font un bien plus grand effet dans le dialogue. Il y a cent fois plus de délicateffe, plus d'intérêt, de curiofité, plus de paffion, plus de décence, que fi elle commençait groffièrement par fe dire à elle-même, dans un monologue inutile, qu'elle aime un homme marié.

Il n'y a perfonne de nos acteurs de Ferney, qui ne fente vivement combien ce monologue gâterait le rôle entier d'*Obéide;* à quel point il ferait déplacé,

et combien il ferait contradictoire avec fon caractère. Comment irriter, par degrés, la curiofité du
fpectateur? comment lui donner le plaifir de deviner
qu'*Obéide* idolâtre un homme qu'elle doit haïr, quand
elle aura dit platement, dans un très-froid monologue, ce qu'elle doit, ce qu'elle veut fe cacher à
elle-même?

Je n'aime pas affurément les longs et infuppor-
tables romans de *Paméla* et de *Clariffe*. Ils ont réuffi,
parce qu'ils ont excité la curiofité du lecteur, à
travers un fatras d'inutilités : mais, fi l'auteur avait
été affez mal-avifé pour annoncer, dès le commencement, que *Clariffe* et *Paméla* aimaient leurs perfécuteurs, tout était perdu, le lecteur aurait jeté le
livre.

Serait-il poffible que ces infulaires connuffent
mieux la nature que vos Velches? ne fentez-vous
pas que ce qui eft à fa place dans *Alzire*, ferait
déteftable dans *Obéide*.

La pièce a été mal jouée fur votre théâtre, il faut
en convenir, et la malignité a pris ce prétexte pour
accabler la pièce : c'eft ce qui m'eft toujours arrivé.
On s'eft attaché à de petits détails, à des mots, pour
juftifier cette malignité. J'ai ôté ce prétexte autant
que je l'ai pu; mais je ne puis vous donner des
acteurs. *Le Kain* n'eft point affez jeune, et mademoifelle *Durancy* ne fait point pleurer; vos vieillards
font à la glace. Il n'y a pas un rôle dans la pièce
qui ne dût contribuer à l'harmonie du tableau. Les
confidens même y ont un caractère; mais où trouver
des confidens qui fachent parler avec intérêt?

Malgré cette difette, mademoifelle *Durancy*, les

N 2

1767.

—— *le Kain*, les *Brizard*, les *Molé*, en jouant avec un
peu plus de chaleur et de véhémence (c'eſt-à-dire,
comme nous jouons), pourraient certainement atti‑
rer beaucoup de monde, et ſubjuguer enfin la cabale,
comme ils ont fait dans Adélaïde du Gueſclin,
laquelle ne vaut pas certainement les Scythes.

Le rôle d'*Athamare* eſt actuellement plus favorable
à l'acteur. Il arrivait au ſecond acte ſans parler ; il
faut qu'il attire ſur lui toute l'attention. Ce ſont de
ces défauts dont je ne me ſuis aperçu que ſur notre
théâtre.

Je m'attendais que les comédiens répondraient à
toutes les peines que je me ſuis données, et à tous
les ſervices que je leur ai rendus depuis cinquante
ans. Ils devaient reprendre les repréſentations des
Scythes ; c'eſt une loi dont ils ne ſe ſont écartés que
pour moi. Ils ont mieux aimé manquer à ce qu'ils
me doivent, et jouer les Illinois pour faire mieux
tomber les Scythes. Ils ſavent bien que c'eſt à peu‑
près le même ſujet. Leur conduite eſt le vrai ſecret
de dégoûter le public d'un ſujet neuf qu'ils vont
rendre trivial. Je ne méritais pas cette ingratitude
de leur part. Ma conſolation eſt qu'il y a plus d'édi‑
tions des Scythes, que les comédiens n'en ont donné
de repréſentations.

LETTRE CX.

A M. LE MARQUIS DE CHAUVELIN.

16 de mai.

Il y a long-temps, monfieur le Marquis, que je vous dois les plus tendres remercîmens. Je voudrais faire mieux pour vous remercier. Je voudrais mériter vos bontés; mais je fuis un de ces juftes à qui la grâce manque. Il n'y a point de janfénifte qui ne vous dife que la bonne volonté ne fuffit pas. J'ai fait comme la plupart des hommes qui cherchent à juftifier leurs faibleffes.

J'ai écrit plufieurs lettres à M. d'*Argental* pour tâcher de lui prouver que j'ai raifon d'être ftérile.

Voici la copie de la dernière lettre que je viens d'écrire à un de fes amis. Je la foumets à votre jugement, et je vous fupplie de lire un des trois exemplaires de la dernière édition de Genève, que je viens de faire partir.

Imaginez, en lifant, des acteurs attendriffans, des voix touchantes, des vieillards défefpérés, de jeunes amans bien paffionnés, et jugez fur l'impreffion que vous aura fait la lecture.

Il fe peut que je fois bien baiffé; mais j'ofe vous répondre que mes fentimens pour vous ne le font pas, et que mon très-tendre refpect et ma reconnaiffance n'éprouvent aucune diminution. *V.*

N 3

LETTRE CXI.

A M. DAMILAVILLE.

16 de mai.

JE vois bien, Monfieur, par votre lettre du 9 de mai, que ce pauvre homme qui fut mis à Valladolid n'a pu arriver à Paris dans votre hôtel. M. *Bourfier*, votre ami, m'a promis qu'il tenterait de vous faire tenir ce magot par une autre voie.

Ce pauvre *Bourfier* eft bien embarraffé. Je ne crois pas qu'il aille fur la Saône. Il prendra patience. On dit que c'eft la vertu des ânes, mais il faut que chacun porte fon bât dans ce monde.

Je vous demande en grâce de m'envoyer le petit libelle forbonique contre *Bélifaire*. Il y a cent lieues et cent fiècles des honnêtes gens d'aujourd'hui à la forbonne. J'ai toujours fait une prière à DIEU, qui eft fort courte ; la voici : *Mon* DIEU, *rendez nos ennemis bien ridicules !* DIEU m'a exaucé.

Je vous embraffe tendrement ; tantôt je pleure, tantôt je ris.

LETTRE CXII.

A M. MARMONTEL.

16 de mai.

COMMENT, mon cher confrère, toute l'académie françaife ne fe récrie-t-elle pas contre l'infolente et ridicule abfurdité des chats fourrés qui ofent condamner cette propofition : *La vérité luit par fa propre lumière , et on n'éclaire pas les efprits à la lueur des bûchers.* C'eft dire évidemment que les flammes des feuls bûchers peuvent éclairer les hommes , et que les bourreaux font les feuls apôtres. Ce fera bien alors que, fuivant *Jean-Jacques*, il faudra que les jeunes princes époufent les filles des bourreaux ; et vous êtes trop heureux, après tout, que ces poliffons aient dit une fi horrible fottife. Il eft bon d'avoir affaire à de fi fots ennemis.

Pourquoi ne m'avez-vous pas envoyé fur le champ toutes les bêtifes qu'on a écrites contre votre excellent ouvrage ? Vous avez raifon de ne point répondre , de ne vous point compromettre ; mais il y a des théologiens qui prendront votre parti férieufement et vigoureufement. Il ne s'agit plus ici de plaifanter, il faut écrafer ces fots monftres. Celui qui s'en chargera déclarera qu'il ne vous a pas confulté , qu'il ne vous connaît point , qu'il ne connaît que votre livre, et qu'il écrit au nom de la nation contre les ennemis de toute nation.

N. B. Si vous avez lu le livre de la Tolérance, il y a deux pages entières de citations de pères de l'Eglife contre la propofition diabolique des chats fourrés.

On vous embraffe le plus tendrement du monde.

LETTRE CXIII.

A MADAME

LA MARQUISE DU DEFFANT.

18 de mai.

Il y a plus de fix femaines, Madame, que je fuis toujours prêt à vous écrire, à m'informer de votre fanté, à vous demander comment vous fupportez la vie, vous et M. le préfident *Hénault*, et à m'entretenir avec vous fur toutes les illufions de ce monde; mais je me fuis trouvé expofé à tous les fléaux de la guerre, et à celui de trente pieds de neige dont j'ai été long-temps environné. Les neiges et les glaces me privent tous les ans de la vue pendant quatre mois; j'ai l'honneur d'être alors, comme vous favez, votre confrère des quinze-vingts; mais les quinze-vingts ne fouffrent pas, et j'éprouve des douleurs très-cuifantes. Je renais au printemps, et je paffe de la Sibérie à Naples, fans changer de lieu : voilà ma deftinée.

Pardonnez-moi fi j'ai paffé tant de temps fans vous écrire ; vous favez que je vous aimerai toujours. Vous me direz : *Montrez-moi votre foi par vos œuvres ;*

on écrit, quand on aime. Cela est vrai ; mais, pour écrire des choses agréables, il faut que l'ame et le corps soient à leur aise, et j'en ai été bien loin. Vous me mandez que vous vous ennuyez, et moi je vous réponds que j'enrage. Voilà les deux pivots de la vie, de l'insipidité ou du trouble.

Quand je vous dis que j'enrage, c'est un peu exagérer ; cela veut dire seulement que j'ai de quoi enrager. Les troubles de Genève ont dérangé tous mes plans ; j'ai été exposé, pendant quelque temps, à la famine ; il ne m'a manqué que la peste, mais les fluxions sur les yeux m'en ont tenu lieu. Je me dépique actuellement en jouant la comédie. Je joue assez bien le rôle de vieillard, et cela d'après nature ; et je dicte ma lettre en essayant mon habit de théâtre.

Vous vous êtes fait lire, sans doute, le quinzième chapitre de *Bélisaire* ; c'est le meilleur de tout l'ouvrage, ou je m'y connais bien mal. Mais n'avez-vous pas été étonnée de la décision de la sorbonne qui condamne cette proposition : *La vérité luit de sa propre lumière, et on n'éclaire point les hommes par les flammes des bûchers.* Si la sorbonne a raison, les bourreaux feront donc les seuls apôtres.

Je ne conçois pas comment on peut hasarder quelque chose d'aussi sot et d'aussi abominable. Je ne sais comment il arrive que les compagnies disent et font de plus énormes sottises que les particuliers ; c'est peut-être parce qu'un particulier a tout à craindre, et que les compagnies ne craignent rien. Chaque membre rejette le blâme sur son confrère.

A propos de sottises, je vous ferai présenter très-humblement, de ma part, ma sottise des Scythes, dont on fait une nouvelle édition , et je vous prierai, d'en juger, pourvu que vous vous la faſſiez lire par quelqu'un qui ſache lire des vers ; c'eſt un talent auſſi rare que celui d'en faire de bons.

De toutes les ſottiſes énormes que j'ai vues dans ma vie, je n'en connais point de plus grande que celle des jéſuites. Ils paſſaient pour de fins politiques, et ils ont trouvé le ſecret de ſe faire chaſſer déjà de trois royaumes, en attendant mieux. Vous voyez qu'ils étaient bien loin de mériter leur réputation.

Il y a une femme qui s'en fait une bien grande ; c'eſt la *Sémiramis* du Nord , qui fait marcher cinquante mille hommes en Pologne , pour établir la tolérance et la liberté de conſcience. C'eſt une choſe unique dans l'hiſtoire de ce monde , et je vous réponds que cela ira loin. Je me vante à vous d'être un peu dans ſes bonnes grâces ; je ſuis ſon chevalier envers et contre tous. Je ſais bien qu'on lui reproche quelque bagatelle au ſujet de ſon mari ; mais ce ſont des affaires de famille, dont je ne me mêle pas ; et d'ailleurs il n'eſt pas mal qu'on ait une faute à réparer, cela engage à faire de grands efforts pour forcer le public à l'eſtime et à l'admiration , et aſſurément ſon vilain mari n'auraitfait aucune des grandes choſes que ma *Catherine* fait tous les jours.

Il me prend envie, Madame, pour vous déſen-nuyer, de vous envoyer un petit ouvrage concernant *Catherine* , et Dieu veuille qu'il ne vous ennuye pas. Je m'imagine que les femmes ne ſont pas fâchées qu'on loue leur eſpèce, et qu'on les croye capables de grandes choſes. Vous ſaurez d'ailleurs qu'elle va faire le tour de ſon vaſte empire. Elle m'a promis de

m'écrire des extrémités de l'Afie ; cela forme un
beau fpectacle.

Il y a loin de l'impératrice de Ruffie à nos dames
du Marais , qui font des vifites de quartier. J'aime
tout ce qui eft grand , et je fuis fâché que nos Velches
foient fi petits. Nous avons pourtant encore un prodigieux avantage , c'eft qu'on parle français à Aftracan ,
et qu'il y a des profeffeurs en langue françaife à
Mofcou. Je trouve cela plus honorable encore que
d'avoir chaffé les jéfuites. C'eft une belle époque ,
fans doute , que l'expulfion de ces renards ; mais
convenez que *Catherine* a fait cent fois plus en rédui-
fant tout le clergé de fon empire à être uniquement
à fes gages.

Adieu , Madame ; fi j'étais à Paris , je préférerais
votre fociété à tout ce qui fe fait en Europe et en
Afie. *V.*

LETTRE CXIV.

A M. LE COMTE D'ARGENTAL.

25 de mai.

JE commence , mon cher ange , ma réplique à votre
lettre du 14 , par vous dire combien je fuis étonné
que vous ayez de la bile ; c'eft donc pour la première
fois de votre vie. Il n'y a pourtant nulle bile dans
votre lettre ; au contraire , vous m'y comblez de
bontés , et vous compatiffez à mes angoiffes. C'eft
à moi qu'il appartient d'avoir de la bile ; je ne peux

—— ni refter où je fuis, ni m'en aller. Vous favez que
1767. j'ai donné la terre de Ferney à madame *Denis*. J'ai
arrangé mes affaires de famille de façon qu'il ne me
refte que des rentes viagères qu'on me paye fort mal,
et M. le duc de *Virtemberg* furtout me met, malgré
toutes fes promeffes, dans l'impuiffance de faire
une acquifition auprès de Lyon.

Madame *Denis*, qui eft très-commodément logée,
fe tranfplanterait avec beaucoup de peine. Tout notre
pauvre petit pays eft fi effarouché qu'il eft impoffible
de trouver un fermier ; nous fommes donc forcés de
refter dans cette terre ingrate.

Je vous avouerai de plus qu'il y a un certain
reffort que je n'aime pas ; l'affaire d'Abbeville me
tient au cœur, je n'oublie rien ; la Saint-Barthelemi
me fait autant de peine que fi elle était arrivée hier.

Il faut que je vous dife, à propos d'Abbeville,
qu'un de ces infortunés jeunes gens qui méritaient
d'être fix mois à Saint-Lazare, et qui a été condamné
au plus horrible fupplice pour une mièvreté, ayant,
pour comble de malheur, un père très-avare, a été
obligé de fe faire foldat chez le roi de Pruffe. Il a
beaucoup d'efprit ; il m'a écrit ; j'ai repréfenté fon
état au roi de Pruffe qui, fur le champ, l'a fait officier.
J'efpère qu'il fera un jour à la tête des armées, et
qu'il prendra Abbeville ; mais, en attendant, je ne
crois pas que je doive me mettre dans le reffort. Mon
cœur eft trop plein, et je dis trop ce que je penfe.

Après vous avoir ainfi rendu compte de mon ame
et de ma fituation, je dois vous parler de M. et de
madame de *Beaumont*, et de leur procès au confeil.
Ils demandent que vous difiez un mot en leur faveur

à M. le duc de *Praslin* et à M. le duc de *Choiseul.* ——
Le défenseur des *Calas* et des *Sirven* mérite vos bontés,   1767.
et n'a pas besoin de ma recommandation auprès de
vous.

Je viens enfin aux Scythes ; ils avancent la fin de
mes jours, ils me tuent comme *Indatire* et *Obéide.*
Le procédé des comédiens a été pour moi le coup de
pied de l'âne ; il faut dix ans pour ressusciter, quand
on est mort d'un pareil coup, témoin Oreste, témoin
Adélaïde du Guesclin , témoin Sémiramis. J'avais
un besoin extrême du succès de cet ouvrage ; j'ai
été contredit en tout , et je finis ma carrière par
essuyer l'affront et l'injustice inouie qu'on me fait
avec ingratitude. Cela n'empêchera pas que *le Kain*
ne touche le petit honoraire qu'on lui a promis ; il
peut y compter, on le portera chez lui au mois de juin.

LETTRE CXV.

A M. D'ETALLONDE DE MORIVAL.

26 de mai.

J E fus très-consolé , Monsieur , quand le roi de
Prusse daigna me mander qu'il vous ferait du bien.
Il a rempli sur le champ ses promesses , et j'ai l'honneur de lui écrire aujourd'hui pour l'en remercier du
fond de mon cœur. Il est assurément bien loin de
penser comme vos infames persécuteurs. Je voudrais
que vous commandassiez un jour ses armées , et que
vous vinssiez assiéger Abbeville. Je ne fais rien de
plus déshonorant pour notre nation que l'arrêt atroce

——— rendu contre des jeunes gens de famille, que par-tout
1767. ailleurs on aurait condamnés à fix mois de prifon.

Le nonce difait hautement à Paris que l'inquifition
elle-même n'aurait jamais été fi cruelle. Je mets cet
affaffinat à côté de celui des *Calas*, et immédiatement
au-deffous de la Saint-Barthelemi. Notre nation eft
frivole, mais elle eft cruelle. Il y a peut-être dans
la France fept à huit cents perfonnes de mœurs
douces et de bonne compagnie, qui font la fleur de
la nation, et qui font illufion aux étrangers. Dans ce
nombre il s'en trouve toujours dix ou douze qui
cultivent les arts avec fuccès. On juge de la nation
par eux, on fe trompe cruellement. Nos vieux prêtres
et nos vieux magiftrats font précifément ce qu'étaient
les anciens druides qui facrifiaient des hommes : les
mœurs ne changent point.

Vous favez que M. le chevalier de *la Barre* eft
mort en héros. Sa fermeté noble et fimple, dans une
fi grande jeuneffe, m'arrache encore des larmes. J'eus
hier la vifite d'un officier de la légion de *Soubife*, qui
eft d'Abbeville. Il m'a dit qu'il s'était donné tous
les mouvemens poffibles pour prévenir l'exécrable
cataftrophe qui a indigné tous les gens fenfés de
l'Europe. Tout ce qu'il m'a dit a bien redoublé ma
fenfibilité. Quelle religion, Monfieur, qu'une fecte
abfurde qui ne fe foutient que par des bourreaux,
et dont les chefs s'engraiffent de la fubftance des
malheureux !

Servez un roi philofophe, et déteftez à jamais la
plus déteftable des fuperftitions.

LETTRE CXVI.   1767.

A M. LE MARECHAL DUC DE RICHELIEU.

A Ferney, 27 de mai.

IL me paraît, Monseigneur, que le royaume du prince noir m'a été plus favorable que les Velches de Paris. J'en ai uniquement l'obligation au maître de l'Aquitaine. Il faut qu'il ait lui-même ordonné des répétitions sous ses yeux, et que l'envie de lui plaire ait mis les acteurs au-dessus d'eux-mêmes. Vous connaissez Paris; il n'est rempli que de petites cabales en tout genre. Zaïre, Oreste, Sémiramis, Mahomet, Tancrède, l'Orphelin de la Chine, tombèrent à la première représentation; elles furent accablées de critiques, elles ne se relevèrent qu'avec le temps. On se fesait un plaisir de me mettre fort au-dessous de *Crébillon*, pour plaire à madame de *Pompadour* qui disait que le Catilina de ce *Crébillon* était la seule bonne pièce qu'on eût jamais faite. Voilà comme on juge de tout, jusqu'à ce que le temps fasse justice. S'il est permis de comparer les petites choses aux grandes, vous savez que le maréchal de *Villars* ne jouit de sa réputation qu'à l'âge de près de quatre-vingts ans. Le favori de *Vénus*, de *Minerve* et de *Mars* sait lui-même quelles contradictions il a essuyées dans sa carrière de la gloire. Il faut se soumettre à cette loi générale qui existe dans le monde depuis le péché originel : il mit dans le cœur humain l'envie et la malignité, qui sans doute n'y étaient pas auparavant.

—— Je vous avertis que nous avons ici la meilleure troupe de l'Europe, et que l'envie n'est point entrée dans notre tripot. Nous avons un jeune M. de *la Harpe*, auteur du Comte de Warvick. Il est, par sa figure et par la beauté de son organe, beaucoup plus fait que *le Kain* pour jouer *Athamare*. Jamais je n'ai rien vu de plus parfait qu'un M. de *Chabanon* qui a joué *Indatire*. La femme de M. de *la Harpe* était *Obéide*. Sa figure est fort supérieure à celle de mademoiselle *Clairon*; elle à une voix aussi théâtrale, elle fait pleurer et frémir. Les deux vieillards étaient de la plus grande vérité. Je ne me suis pas mal tiré du rôle de *Sozame*; et surtout, quand je me plaignais des cours, je puis me vanter d'avoir fait une impression singulière. La pièce n'a point été ainsi jouée à Paris, il s'en faut de beaucoup. A qui en est là faute? à mon séjour en Scythie. M. d'*Argental* ne s'en est point mêlé; il est très-malade, et je crains même que sa maladie né soit trop sérieuse.

J'avais vu chez moi mademoiselle *Durancy*, il y a quelques années; je lui avais trouvé du talent; elle me demanda le rôle d'*Obéide*. On dit qu'elle le joua très-mal à la première représentation, mais qu'à la troisième et quatrième elle fit un très-grand effet. On me mande qu'elle joue avec beaucoup d'intelligence et de vérité, mais qu'elle n'est pas d'une figure agréable, et qu'elle n'a pas le don des larmes. On dit que les autres actrices n'ont point de talent, et que le théâtre tragique n'a jamais été dans un état plus pitoyable. On me mande que, lorsqu'un acteur de province se présente pour doubler les premiers rôles, ceux qui sont chargés de ces rôles ne manquent

pas

pas de les accabler de dégoûts, et de les faire renvoyer. Si on eſt auſſi malin dans ce tripot qu'à la
cour, je vous réponds que vous n'aurez d'autre
théâtre que celui de l'opéra comique. C'eſt à vous,
qui êtes doyen de l'académie, et premier gentilhomme
de la chambre, de protéger les beaux arts; ils en
ont beſoin. Vous ſavez dans quelle décadence eſt ma
chère patrie dans tous les genres.

Vous conſervez votre gloire; mais la France a un
peu perdu la ſienne. Il faut eſpérer que nous aurons
du moins encore quelques crépuſcules des beaux
jours du ſiècle de *Louis XIV*.

Agréez, Monſeigneur, mon tendre et profond
reſpect. *V.*

LETTRE CXVII.

AU MEME.

Mai.

J E vous ſupplie, Monſeigneur, de lire attentivement
ce mémoire. Vous ſavez que j'ai rendu quelques
ſervices aux proteſtans. J'ignore s'ils les ont mérités;
mais vous m'avouerez que *la Beaumelle* eſt un ingrat.

Je ſoumets ce mémoire à vos lumières, et la vérité
à votre protection. Vous ſerez indigné, quand vous
verrez tant de calomnies et d'horreurs raſſemblées,
et ce que nous avons de plus auguſte avili avec tant
d'inſolence. On n'oſerait imaginer qu'un tel homme
pût calomnier la cour impunément. Il eſt dans le

pays de Foix, à Mazères. Peut-être un mot de vous pourrait le faire rentrer en lui-même.

Galien attend toujours la décifion de fon fort. Il a un frère, âgé de quatorze ans tout au plus, qui a été au Canada, à Alger, à Maroc, en qualité de mouffe. Il eft de retour, et eft venu voir fon frère ici; il y a refté fept ou huit jours, et enfuite, avec une petite pacotille, il eft retourné en Dauphiné chez fes parens, où l'aîné l'aurait bien voulu fuivre, à ce qu'il m'a paru, pour peu de temps.

Peut-être ne favez-vous pas que j'ai donné la terre de Ferney à madame *Denis*, et que je ne me fuis réfervé que la douceur de finir, dans mon obfcurité, une vie mêlée de bien des chagrins, comme l'eft la carrière de prefque tous les hommes. Ce n'eft qu'avec cette trifte vie que finira le tendre et refpectueux attachement que je vous ai voué jufqu'à mon dernier moment.

Je vous fupplie inftamment de me conferver vos bontés; elles me font néceffaires par le prix que mon cœur y met; elles font la plus chère confolation du plus ancien ferviteur que vous ayez. *V.*

LETTRE CXVIII.

A M. LE MARQUIS ALBERGATI CAPACELLI.

A Ferney, le 2 de juin.

VOUS envoyez, Monfieur, des tableaux à un aveugle, et des filles à un eunuque; l'état où je fuis tombé ne me permet plus de lire. Un homme, qui prononce fort mal l'italien, m'a lu une partie de votre

traduction du *Comminge*. Il m'a fait entendre, dans
son baragouin, de beaux vers sur un triste sujet. 1767.
Le saint homme *Rancé* ne s'attendait pas que ses
moines fussent un jour le sujet d'une tragédie. Les
jésuites fournissent actuellement une matière plus
intéressante. Je les recommande à quelque muse:
la mienne, aussi languissante que mon corps, ne
peut plus chanter les moines. Portez-vous mieux que
moi, et vivez. *V.*

LETTRE CXIX.

A M. LE COMTE D'ARGENTAL.

4 de juin.

Mon cher ange éprouve donc aussi les misères
de l'humanité; il est donc malade aussi-bien que moi:
il fait des remèdes, il évacue sa bile ; la mienne ne
sort que par le bout de ma plume , quand j'écris des
pouilles à mon cher ange sur des monologues. Gué‑
rissez-vous, prolongez votre agréable carrière : voilà
le point important.

Le grand malheur de la mienne, c'est que je la
finis sans avoir pu vous voir ; j'ai le cœur percé de
me voir privé de cette consolation. Voulez-vous,
pour nous amuser tous deux, que je vous dise encore
un petit mot des Scythes ? vous daignez toujours
vous y intéresser. *Le Kain* m'a mandé qu'on ne
m'avait fait un petit passe-droit qu'à la sollicitation
de *Molé ;* mais je vois bien que vous êtes tous des
fripons qui avez persisté dans l'idée de ne reprendre

O 2

la pièce qu'à Fontainebleau. Eh bien, j'y confens ; je demande feulement qu'on effaye les Scythes une feule fois à Paris, deux ou trois jours avant que les comédiens partent pour la cour. Cette repréfentation fervira de répétition, et la pièce n'en fera que mieux jouée devant mes deux patrons.

J'ai le malheur d'aimer mieux les Scythes qu'aucune de mes tragédies. Premièrement, parce qu'ils ont été honnis ; en fecond lieu, parce qu'elle eft pleine de vers naturels, que tout le monde peut s'appliquer, et qui appartiennent à toutes les conditions de la vie, autant qu'à la pièce même.

Je crois vous avoir fatisfait fur tout ce que vous me demandiez, et je fuis prêt à vous rendre ce vers que vous aimez :

Ah ! l'on venge mon fils, je retrouve mes fens.

Cela eft fort aifé ; nous n'aurons pas là-deffus de querelle. J'aime auffi à me rendre à votre avis fur mademoifelle *Durancy*. Bien des gens m'ont mandé qu'elle et *le Kain* avaient très-mal joué aux deux premières repréfentations : cela eft très-vraifemblable ; la pièce eft difficile à jouer, et le parterre n'encourageait pas les acteurs ; mais je fuis perfuadé qu'à la longue les acteurs et le public s'accoutumeront à ce nouveau genre. Il me femble que ce contrafte des mœurs champêtres avec celles de la cour doit être bien reçu quand les cabales feront affaiblies. Une femme qui ne s'avoue point à elle-même la paffion malheureufe dont elle eft dévorée, eft encore quelque chofe d'affez neuf au théâtre. Si j'ai encore un peu d'amour propre d'auteur, vous devez me le pardonner ; c'eft

vous qui, depuis environ treize ans, m'avez fait
rentrer dans le champ de bataille dont je croyais
être forti pour jamais. Je ne fuis plus qu'un poëte
de province; mes pauvres pièces réuffiffent mieux à
Genève et à Bordeaux qu'à Paris. Pourquoi vient-on
de rejouer à Genève, fix fois de fuite, Olimpie?
pourquoi votre troupe royale ne la rejoue-t-elle
point? J'aime mes enfans quand on les abandonne.

Adieu, mon cher ange; je me mets aux pieds de
madame d'*Argental*. Faites-moi favoir, je vous prie,
des nouvelles de votre fanté. J'efpère que M. de
Thibouville ne fe refroidira pas dans fon zèle; je fuis
pénétré pour lui de reconnaiffance. *V.*

LETTRE CXX.

A M. DAMILAVILLE.

4 de juin.

Mon cher ami, faites d'abord mes complimens
à la forbonne du fervice qu'elle nous a rendu; car
les chofes fpirituelles doivent marcher devant les
temporelles : enfuite ayez la charité de reprendre
l'affaire des *Sirven*. M. *Chardon* peut à préfent rapporter l'affaire. *Sirven* eft prêt à partir pour Paris;
je vous l'adrefferai. Il faudra qu'il fe cache, jufqu'à
ce que fon affaire foit en règle.

Je tremble pour celle de notre ami *Beaumont*; on
me mande qu'elle a un côté odieux, et un autre qui
eft très-défavorable. L'odieux eft qu'un philofophe,
que le défenfeur des *Calas* et des *Sirven* reproche à un

—— mort d'avoir été huguenot, et demande que la terre de Canon foit confifquée pour avoir été vendue à un catholique ; le défavorable eft qu'il plaide contre des lettres patentes du roi. Il eft vrai qu'il plaide pour fa femme qui demande à rentrer dans fon bien ; mais elle n'y peut rentrer qu'en cas que le roi lui donne la confifcation. Il refte à favoir fi ce bien de fes pères a été vendu à vil prix. Tout cela me paraît bien délicat. C'eft une affaire de faveur ; et il eft fort à craindre que le fecrétaire d'Etat, qui a figné les lettres patentes de fon adverfe partie, ne foutienne fon ouvrage. Je crois que M. *Chardon* eft le rapporteur. Je ferais fâché que M. *Chardon* fût contre lui, et plus fâché encore fi, M. *Chardon* étant pour lui, le confeil n'était pas de l'avis du rapporteur. L'affaire de *Sirven* me paraît bien plus favorable et bien plus claire. Je m'intéreffe vivement à l'une et à l'autre.

Voici un petit mot pour *Protagoras*, qui eft d'une autre nature. Tout ce qui eft dans ce billet eft pour vous comme pour lui ; tout eft commun entre les frères.

Ma fanté devient tous les jours plus faible ; tout périt chez moi, hors les fentimens qui m'attachent à vous. Je vous embraffe bien fort, mon très-cher ami.

P. S. J'ai lu les inepties contre mon ami *Bélifaire.* Ces fottifes font écrites par des vandales dont il triomphera. On a fait, contre le pauvre abbé *Bazin*, un livre bien plus favant, qui mérite peut-être une réponfe. Tout cela part, dit-on, du collége Mazarin. Il faudra que nous difions, comme du temps de la fronde : *Point de Mazarin.*

LETTRE CXXI. 1767.

A M. LE MARQUIS DE FLORIAN.

9 de juin.

Seigneurs châtelains, nous vous rendons grâce, du pied des Alpes, d'avoir pensé à nous dans les plaines de Picardie. Il n'y a que trois jours que nous avons du beau temps. J'ai été bien près d'aller m'établir auprès de Lyon, tant j'étais las des tracasseries génevoises qui ne finiront pas de sitôt.

Le diable est à Neuchâtel, comme il est à Genève; mais il est principalement dans le corps de *J. J.* qui s'est brouillé, en Angleterre, avec tout le canton où il demeurait. Il s'est enfui au plus vîte, après avoir laissé sur sa table une lettre dans laquelle il chantait pouille à ses hôtes et à ses voisins. Ensuite il écrivit une lettre au grand chancelier, pour le prier de lui donner un messager d'Etat, qui le conduisît au premier port en sûreté. Le chancelier lui fit dire que tout le monde, en Angleterre, était sous la protection des lois. Enfin *Rousseau* est parti avec sa *vachine*, et il est allé maudire le genre-humain ailleurs.

J'ai reçu une lettre pleine d'esprit et de bon sens du jeune *Morival*, enseigne de la colonelle de son régiment. S'il vient jamais assiéger Abbeville, soyez sûrs qu'il vous donnera des sauve-gardes, mais il n'en donnera pas à tout le monde.

J'attends avec impatience l'*Etat des finances*, que l'on dit imprimé au louvre. Je trouve cette confiance

O 4

et cette franchise très-noble. C'est ainsi qu'en usa M. *Desmarets;* et cette méthode fut très-applaudie. Le seul secret, pour faire contribuer sans murmure, est de montrer le bon usage qu'on a fait des contributions. Personne n'en fera moins mauvaise chère, pour payer les deux vingtièmes. Cet impôt, d'ailleurs, n'étant point arbitraire, n'est sujet à aucune malversation ; et cela console le peuple : c'est à l'Etat que l'on paye, et non pas aux fermiers généraux.

Je vous envoie un petit mémoire qui regarde un peu votre pays de Languedoc. Il a déjà eu son effet. M. de *Gudane*, commandant au pays de Foix, a menacé le sieur *la Beaumelle* de le mettre, pour le reste de sa vie, dans un cachot, s'il continuait à vomir ses calomnies.

MM. de *Chabanon* et de *la Harpe* sont toujours à Ferney ; mais point de tragédies. M. de *Chabanon* en fait une, encore y a-t-il bien de la peine. Pour moi, je suis hors de combat. Je me console en formant des jeunes gens. Madame de *Fontaine-Martel* disait que, quand on avait le malheur de ne pouvoir plus être catin, il fallait être m.....

Aimez-moi toujours un peu, et soyez sûrs de ma tendre amitié.

LETTRE CXXII.   1767.

A M. LE COMTE D'ARGENTAL.

10 de juin.

Si vous vous portez bien, mon cher ange, j'en
suis bien aife; pour moi je me porte mal. C'eſt ainſi
qu'écrivait *Cicéron*, et je ne vois pas trop pourquoi
on nous a conſervé ces niaiſeries. M. de *Thibouville*
me mande que votre ſanté eſt meilleure, et que
vous n'êtes point au lait; il dit grand bien de votre
régime. Jouiſſez, mes anges, d'une bonne ſanté,
ſans laquelle il n'y a rien. M. de *Thibouville* m'écrit
une lettre peu déchiffrable, mais dans laquelle j'ai
entrevu que (*) mademoiſelle *Durancy* a paſſé de
Scythie au Canada; qu'elle s'eſt perfectionnée dans
les mœurs ſauvages, et qu'au lieu de ſe ſacrifier pour
ſon amant, elle le tue par mégarde. C'eſt-là, ſans
doute, un beau coup de théâtre, et digne d'un
parterre velche. Voici ce que je dois répondre à
M. de *Thibouville* ſur les Scythes, et ce que je vous
prie de lui communiquer.

Puiſque vous renoncez à votre diabolique monologue, je vous aimerai toujours, et il n'y aura rien
que je ne faſſe pour vous plaire. Je ſerai de votre
avis ſur tous les petits détails dont vous me parlez,
du moins ſur une bonne partie.

J'attendrai ſurtout Fontainebleau, pour envoyer
à peu-près tout ce que vous déſirez. Je me flatte

_____
(*) Les Illinois, tragédie.

 toujours que la naïveté singulière des Scythes les sauvera à la fin ; car la naïveté est un mérite tout neuf, et il faut du neuf aux Velches. Mettez votre gloire à faire réussir ce que vous avez éprouvé, et ne vous laissez jamais séduire par ces Velches capricieux.

A vous, M. *le Kain ;* continuez, combattez pour la bonne cause ; ne vous laissez point abattre par les cabales et par le mauvais goût. J'aimerai toujours vos talens et votre personne ; et, s'il me reste des forces, c'est pour vous que je les emploîrai.

Voilà, mon cher ange, tous mes sentimens que je dépose entre vos mains, et que je vous supplie de faire valoir avec votre bonté ordinaire : mais surtout ayez soin d'une santé si chère à tous ceux qui ont ou qui ont eu le bonheur de vivre avec vous. *V.*

LETTRE CXXIII.

A M. LE MARQUIS D'ARGENCE DE DIRAC.

11 de juin.

Mon cher Marquis, j'allais vous écrire, quand j'ai reçu votre lettre. Je n'ai pas, depuis quelque temps, une destinée fort heureuse. J'ai été bien consolé quand vous m'avez appris que vous viendriez passer quelque temps dans votre ancien hermitage, et accepter une cellule dans l'abbaye de Ferney ; mais voici une nouvelle contradiction qui me survient. Je ne sais si vous êtes instruit que j'ai la plus grande

partie de mon bien chez M. le duc de *Virtemberg*.
On propoſe un arrangement, et je me trouve dans
la néceſſité d'aller à Montbelliard. Ce voyage me
déplaît fort, mais il m'eſt indiſpenſable. Je vous prie
de m'inſtruire au juſte du temps auquel vous pourrez
venir, afin que je règle ma marche.

1767.

Je préſume qu'on commencera le procès des *Sirven*
au conſeil, pendant votre ſéjour à Paris. Il me paraît
preſque impoſſible qu'on ne leur rende pas la même
juſtice qu'aux *Calas*.

Vous allez voir des remontrances ſur les deux
vingtièmes. C'eſt fort bien de remontrer, mais il
faut payer ſes dettes. Si le parlement trouve le ſecret
de libérer l'Etat, ſans contribution, il me paraîtra
fort habile. Meſſieurs vos fils ſeront, ſans doute,
du camp de Compiegne. N'irez-vous pas à ce ſpectacle? il eſt plus beau que ceux dont vous me parlez.
Voulez-vous bien me mettre aux pieds de madame
la princeſſe de *Ligne*? Je la crois très-favorable à la
bonne cauſe. Adieu; je vous embraſſe de tout mon
cœur.

LETTRE CXXIV.

A M. DAMILAVILLE.

12 de juin.

J'AI vu M. de *Voltaire*, Monſieur, comme vous
me l'avez ordonné par votre lettre du 2 de juin. Sa
ſanté décline toujours, et ſes ſentimens pour vous
ne s'affaibliſſent pas.

Sirven, que vous protégez, eft parti avec une lettre pour vous. Nous nous flattons que vous le préfenterez à M. *Caffen* avocat au confeil, et qu'il obtiendra le rapport de fon affaire.

La feconde lettre de M. *Lambertad* fe débite à Genève, mais elle n'eft point encore à Lyon. Je ne fais comment je pourrai faire pour la lui envoyer ; car il eft très-févèrement défendu de faire paffer des imprimés du pays étranger à Paris, quoiqu'il foit permis d'en envoyer de Paris chez l'étranger. La raifon m'en paraît plaufible : les livres imprimés hors de France n'ont ni approbation ni privilége, et peuvent être fufpects ; mais les moindres brochures imprimées en France, étant imprimées avec permiffion, et munies de l'approbation des hommes les plus fages, elles portent leur paffe-port avec elles. Ainfi j'ai reçu, fans difficulté, l'excellent *Supplément à la Philofophie de l'hiftoire* et l'*Examen de Bélifaire*, compofés au collége Mazarin ; mais je ne crois pas qu'on puiffe avoir les réponfes à Paris. Il eft d'ailleurs très-difficile de répondre à ces ouvrages fupérieurs qui confondent la raifon humaine.

On a fait en Hollande une fixième édition du Dictionnaire philofophique. Apparemment que ce livre n'eft pas auffi dangereux qu'on l'avait préfumé d'abord. On y a ajouté plufieurs articles de divers auteurs. J'en ai acheté un exemplaire. Je vous avoue que j'ai été très-content d'y voir par-tout l'*Immortalité de l'ame*, et l'*Adoration d'un* DIEU. Au refte, il eft ridicule d'avoir attribué ce livre à M. de *Voltaire*, votre ami ; c'eft évidemment un choix, fait avec affez d'art, de plus de vingt auteurs différens.

On me mande auſſi qu'on imprime à Amſterdam
un ouvrage curieux de feu milord *Bolingbroke*; mais
il faut plus de trois mois pour que les livres d'Hollande parviennent ici par l'Allemagne. Je crois que
toutes ces nouveautés vous intéreſſent moins que les
deux vingtièmes. Nous ſommes gens de calcul à
Genève; et nous jugeons que la continuation de cet
impôt eſt indiſpenſable, parce que l'Etat doit payer
les dettes de l'Etat.

Au reſte, nous eſpérons que nos affaires finiront
bientôt, grâces aux bontés de ſa Majeſté, qui eſt
auſſi aimée et auſſi révérée à Genève qu'en France.

J'ai l'honneur d'être, Monſieur, votre très-humble
ſerviteur,

Bourſier.

LETTRE CXXV.

A M. LE RICHE.

19 de juin.

Un ſolitaire, Monſieur, chez qui vous avez bien
voulu accepter, pour trop peu de temps, une petite
cellule, et qui a été bien affligé de votre prompt
départ, prie le Seigneur continuellement pour votre
ſalut et pour celui de vos frères qui ſouffrent perſécution en ce monde. Il ſe flatte que votre voyage à
Paris fera du bien au petit troupeau des fidelles.

On a dû vous remercier de la bonté que vous avez
eue de vous charger d'un paquet que vous avez fait
rendre à ſon adreſſe. Si, à votre retour, vous paſſez

par Lyon, fongez que nous fommes fur votre route, et n'oubliez pas les bons moines qui vous font effentiellement dévoués. Comptez furtout que vous avez en moi un ferviteur attaché pour jamais.

LETTRE CXXVI.

A M. LE COMTE D'ARGENTAL.

20 de juin.

Mon cher ange fe trouve-t-il mieux de fon régime? peut-on avoir une humeur dartreufe, et avoir l'humeur fi douce? Donnez-moi votre fecret, car je fuis infupportable quand je fouffre. Je me tapis dans ma cellule, j'y fuis inacceffible; je ne vois ni les frères de mon couvent, ni nos commandans, ni nos infpecteurs, ni les officiers, hauts de fix pieds, qui viennent remplir mon château que j'avais bâti pour vivre en retraite.

Je me flatte que vous avez bien voulu inftruire M. de *Thibouville* et *le Kain* des articles qui étaient pour eux dans ma précédente lettre.

J'avais pris la liberté de vous adreffer, il y a environ un mois, une lettre pour M. de *Belloi*, dans laquelle il y avait de petits vers en réponfe à une belle et longue épître dont il m'avait gratifié.

On m'apprend qu'il a fourré une lettre de moi dans le *Mercure*; je ne fais fi c'eft celle dont je vous parle. Mais pourquoi imprimer les lettres de fes amis? eft-ce qu'on écrit au public, quand on fait des réponfes inutiles à des lettres qui ne font que des complimens?

M. de *Chabanon* refait fon Eudoxie pour la troifième fois, et notre petit *la Harpe* commence une
pièce nouvelle, après en avoir fait une autre à moitié.
Vous voyez qu'une tragédie n'eft pas aifée à faire.
On a repréfenté Sémiramis fur mon théâtre, et elle
a été très-bien jouée. J'avais perdu de vue cet ouvrage;
il m'a fait fentir que les Scythes font un peu ginguets,
en comparaifon.

Cependant j'ai toujours du faible pour les Scythes,
et je vous les recommande pour Fontainebleau.

J'élève un acteur de province, qui a de la figure,
de la nobleffe et de l'ame; quand je lui aurai bien
fait dégorger le ton provincial, je vous l'enverrai.
Nous verrons enfin fi on pourra vous fournir un
acteur fupportable.

Je ne fais fi vous avez entendu parler d'un livre,
compofé par un barbare, intitulé *Supplément à la
Philofophie de l'hiftoire*. L'auteur n'eft ni poli ni gai;
il eft hériffé de grec; fa fcience n'eft pas à l'ufage
du beau monde et des belles dames. Il m'appelle
Capanée, quoique je n'aye jamais été au fiége de
Thèbes. Il voudrait me faire paffer pour un impie;
voyez la malice! On donne des priviléges à ces
livres-là, et les réponfes ne font pas permifes. Avouez
qu'il y a d'horribles injuftices dans ce monde. Mais
portez-vous bien, vous et madame d'*Argental*;
confervez-moi vos bontés; jouiffez d'une vie heureufe; peu de gens en font là. *V.*

1767.

LETTRE CXXVII.

A M. LE COMTE DE LAURENCIN.

Au château de Ferney, le 24 de juin.

MONSIEUR,

J'AI été très-touché de votre lettre. Je dois à la
fenfibilité que vous me témoignez l'aveu de l'état
où je me trouve. Je me fuis retiré, il y a environ
treize ans, dans le pays de Gex, près de la Franche-
Comté, où j'ai la plus grande partie de ma fortune;
mais mon âge, ma faible fanté, les neiges dont je
fuis entouré huit mois de l'année dans un pays d'ailleurs très-riant, et furtout les troubles de Genève,
et l'interruption de tout commerce avec cette ville,
m'avaient fait penfer à faire une acquifition dans
un climat plus doux. On m'a offert vingt maifons
dans le voifinage de Lyon. Tout ce que vous voulez
bien m'écrire, et votre façon de penfer qui me
charme, me détermineraient à préférer votre château,
pourvu que vous n'en fortiffiez pas; mais j'ai avec
moi tant de perfonnes dont je ne puis me féparer,
que ma tranfmigration devient très-difficile; car,
outre une de mes nièces, à qui j'ai donné la terre que
j'habite, j'ai marié une defcendante du grand *Corneille*
à un gentilhomme du voifinage; ils logent dans le
château avec leurs enfans. J'ai encore deux autres
ménages dont je prends foin; un parent impotent,
qu'on ne peut tranfporter, un aumônier auparavant

jéfuite,

jéfuite, un jeune homme que M. le maréchal de
Richelieu m'a confié, un domeftique trop nombreux;
et enfin je fuis obligé de gouverner cette terre, parce
que la ceffation du commerce avec Genève empêche
qu'on ne trouve des fermiers.

Toutes ces raifons me forcent à demeurer où je
fuis, quelque dur que foit le climat, dans quelque
gêne que les troubles de Genève puiffent me mettre.
M. le duc de *Choifeul* a bien voulu adoucir le défagrément de ma fituation par toutes les facilités poffibles. D'ailleurs, ma terre et une autre dont je jouis
aux portes de Genève, ont un privilége prefque
unique dans le royaume, celui de ne rien payer au
roi, et d'être parfaitement libres, excepté dans le
reffort de la juftice. Ainfi vous voyez, Monfieur,
que tout eft compenfé, et que je dois fupporter les
inconvéniens, en jouiffant des avantages.

Je vous remercie de vos offres, Monfieur, avec
bien de la reconnaiffance. Vos fentimens m'ont encore
plus flatté; je vois combien vous avez cultivé votre
raifon. Vous avez un cœur généreux et un efprit
jufte. Je voudrais vous envoyer des livres qui puiffent
occuper votre loifir. Je commence par vous adreffer
un petit écrit qui a paru fur la cruelle aventure des
Calas et des *Sirven*; je l'envoie à M. *Tabareau* qui
vous le fera tenir. Si je trouve quelque occafion de
vous faire des envois plus confidérables, je ne la
manquerai pas. Il eft fort difficile de faire paffer des
livres de Genève à Lyon. Il eft trifte que ces reffources
de l'ame, et les confolations de la retraite foient
interdites. J'ai l'honneur d'être, &c.

1767.   LETTRE CXXVIII.

A M. DAMILAVILLE.

24 de juin.

MONSIEUR,

JE reçois la vôtre du 16 de juin. Je vois que c'eſt
toujours à vous que les infortunés doivent avoir
recours. Le ſieur *Nervis* (*) s'eſt un peu trop hâté d'aller
à Paris ; mais il n'a pas été poſſible de modérer ſon
empreſſement. Il n'était pas d'ailleurs trop content
de Genève. Je ſais que ſa préſence n'impoſera pas
beaucoup : la veuve reſpectable d'un homme livré
par le fanatiſme au plus horrible ſupplice, accom-
pagnée de deux filles dont l'une était belle, devait
faire une impreſſion bien différente. Je crois que le
mieux que peut faire *Nervis*, eſt de ne ſe montrer
que très-peu.

M. *Caſſen*, ſon avocat, me paraît un homme de
mérite, qui penſe ſagement, et qui agit avec nobleſſe.
Heureuſement, l'affaire eſt uniquement entre ſes
mains. Je ſais que le triſte procès de M. de *Beaumont*
peut faire grand tort à la cauſe que vous ſoutenez.
Le public n'eſt pas dupe : il verra trop que l'envie de
briller lui a fait entreprendre la cauſe des *Calas* et
des *Sirven*, et que l'intérêt lui fait réclamer la cruauté
de ces mêmes lois contre leſquelles il s'élève dans
ſes mémoires pour ſes deux cliens proteſtans. Ils ſont

(*) *Sirven.*

tous révoltés, ils se plaignent amèrement. Cette contradiction frappante qui les indigne, les refroidit
beaucoup pour le pauvre *Nervis;* mais leur ressen-
timent n'aura aucune influence sur le rapporteur et
sur les juges.

Il n'est point du tout vrai que la communication
avec Genève soit rétablie ; au contraire, les défenses
de rien laisser passer sont plus sévères que jamais. On
ouvre plusieurs lettres. J'ai heureusement reçu tous
vos paquets, parce qu'on sait que nous sommes tous
deux bons serviteurs du roi, et que nous ne nous
mêlons d'aucune affaire suspecte.

Bélisaire qui est, je crois, de **M.** de *Marmontel*,
a été reçu dans toutes les cours étrangères avec
transport. Mes correspondans me mandent que l'impératrice de Russie l'a lu sur le Volga, où elle est
embarquée (*). On me mande aussi qu'elle a fait un
présent considérable à madame de *Beaumont;* mais
ce n'est pas la vôtre, c'est une madame de *Beaumont-
le-Prince* qui fait des espèces de catéchismes pour les
jeunes demoiselles.

Il me semble qu'on ne connaît point encore, hors
de Paris, le *Supplément à la Philosophie de l'histoire.* Il
est d'un nommé *Larcher*, ancien répétiteur du collége
Mazarin, qui l'a composé sous les yeux de *Riballier.*
Il n'est pas trop honnête qu'on permette de traiter de
Capanée feu l'abbé *Bazin* qui était un homme très-
pieux. On veut le faire passer, dans la préface,
page 33, pour un impie, parce qu'il a dit que la
famine, la peste et la guerre sont envoyées par la

(*) Lettre du 29 de mai 1767, Correspondance de l'impératrice de
Russie.

—— Providence. Vous voyez bien que ces meſſieurs, qui
1767. oſent nier la Providence, ſe rendent gaiement coupables de la plus horrible impiété, quand ils en
accuſent leurs adverſaires. Il eſt à croire que les mêmes
perſonnes, qui ont permis la rapſodie infame de
Larcher, permettront une réponſe honnête. Ils le
doivent d'autant plus que ce *Larcher* s'appuie de
l'autorité de l'hérétique *Warburton* qui a ſcandaliſé
toutes les Egliſes de la chrétienté, en voulant prouver
que les Juifs ne connurent jamais l'immortalité de
l'ame, et en voulant prouver que cette ignorance
même imprimait le caractère de la divinité à la révélation de *Moïſe*. Au reſte, je doute fort que les gens
du monde liſent tous ces fatras. On ne peut guère
faire naître des fleurs au milieu de tant de chardons.

J'ai dû vous mander déjà qu'on a lu avec beaucoup
de ſatisfaction l'ouvrage du bachelier ſur les *trente-ſept
propoſitions de Béliſaire*. Ce bachelier paraît orthodoxe,
et, qui plus eſt, de bonne compagnie.

Voilà donc *J. J.* à Véſel. Il n'y tiendra pas; il
n'y a que des ſoldats; mais il ira ſouvent en Hollande
où il fera imprimer toutes ſes rêveries. On parle d'un
roman intitulé *L'homme ſauvage;* on l'attribue à un de
vos amis. Je vous ſupplie de vouloir bien me l'envoyer
par la voie dont vous vous ſervez ordinairement.

Adieu, Monſieur; toute ma famille vous fait les
plus ſincères et les plus tendres complimens.

Bourſier.

LETTRE CXXIX.   1767.

A M. LE COMTE D'ARGENTAL.

4 de juillet.

VOUS serez peut-être auffi affligé que moi, mon cher ange, de ne recevoir qu'un maudit livre de profe, au lieu des vers fcythes que vous attendiez. Ce n'eft pas que vous ne foyez bientôt muni de vos vers fcythes, mais enfin ils devaient arriver les premiers, puifque vous les aviez ordonnés ; et il eft trifte de ne recevoir que la profe du neveu de l'abbé *Bazin*, quand on attend des couplets de tragédie. *Bazin minor* vous a adreffé fa petite drôlerie, par M. *Marin :* elle eft toute à l'honneur des dames, et même des petits garçons que les ennemis de l'abbé *Bazin* ont fi indignement accufés. Il eft jufte de prendre la défenfe de la plus jolie partie du genre-humain, que des pédans ont cruellement attaquée.

A l'égard de la défenfe juridique des *Sirven*, j'ai bien peur qu'elle ne foit pas admife. Le procureur général de Touloufe eft à Paris ; il réclame vivement les droits de fon corps, et ce droit eft celui de juger les *Sirven*, et probablement de les condamner. De plus, on me mande que les proteftans ont excité une émeute vers la Saintonge, qu'ils ont pourfuivi trois curés, qu'ils en ont tué un, qu'on a envoyé des troupes contre eux, qu'on a tué fix-vingts hommes. Je veux croire que tout cela eft fort exagéré ; mais il faut bien qu'il fe foit paffé quelque chofe de funefte ;

et vous m'avouerez que ces circonſtances ne ſont pas favorables pour obtenir, contre les lois du royaume, une nouvelle attribution de juges en faveur d'une famille huguenotte. Pour comble de diſgrâce, le huguenot *la Beaumelle*, beau-frère du jeune huguenot *Lavaiſſe*, s'eſt rendu coupable d'une nouvelle horreur.

J'ai découvert enfin que c'était lui qui m'avait fait adreſſer quatre-vingt-quatorze lettres anonymes ; le compte eſt net, et le fait eſt rare. J'en ai reçu enfin une quatre-vingt-quinzième qui m'a mis hors de doute. Il y a d'étranges pervers dans le monde.

L'ami *Damilaville* ira ſans doute chez vous, pour conſulter l'oracle. Il eſt fâché, auſſi-bien que moi, du procès de M. de *Beaumont*. C'eſt une choſe aſſez douloureuſe que M. de *Beaumont*, dans ce procès, paraiſſe, en quelque façon, comme délateur des proteſtans, après avoir été leur défenſeur ; qu'il demande la confiſcation du bien d'un proteſtant, et qu'il réclame des lois rigoureuſes contre leſquelles il s'eſt élevé lui-même. Il eſt vrai qu'il redemande le bien des ancêtres de ſa femme ; mais malheureuſement, les apparences ſont odieuſes ; il a des ennemis, ces ennemis ſe déchaînent ; tout cela fait au pauvre *Sirven* un tort irréparable.

Pour me conſoler, M. de *Chabanon* achève aujourd'hui ſa tragédie ; mais M. de *la Harpe* n'eſt pas ſi avancé, il s'en faut beaucoup. Deux tragédies, à la fois, ſorties des cavernes du mont Jura, auraient été pour moi une choſe bien douce.

Je vous aſſure que j'ai beſoin d'être réconforté. Je ne peux plus rien faire par moi-même pour le

tripot; j'ai befoin de jeunes gens qui prennent ma
place pour vous plaire.

Je me mets aux pieds de madame d'*Argental*,
je me recommande aux bontés de M. de *Thibouville*.
J'efpère que les fatrapes *Nalriſp* et *Elochivis* ne feront
pas regardés à Fontainebleau comme des fatrapes
de mauvais goût, quand ils protégeront des Scythes.
Agréez, mon divin ange, les tendres fentimens de
tout ce qui habite Ferney, et furtout mon culte de
dulie. *V.*

LETTRE CXXX.

À M. DAMILAVILLE.

A Ferney, 4 de juillet.

Vous favez, mon cher ami, que ce fut vous
qui, dans le temps du triomphe de la famille *Calas*
et de M. *Lavaiſſe*, m'apprîtes que M. *Lavaiſſe*
était beau-frère de ce malheureux *la Beaumelle*. Monfieur fon père m'écrivit de Touloufe que, quelque
temps après, mademoifelle fa fille, veuve d'un homme
affez riche, avait en effet époufé *la Beaumelle*, malgré
toutes fes repréfentations. Je fus affligé qu'une famille
à laquelle je m'intéreſſe, fût alliée à un homme fi
coupable; mais je n'en demeurai pas moins attaché
à cette famille.

Vous n'ignorez pas que j'ai reçu dans ma retraite
un nombre prodigieux de lettres anonymes; j'en ai

—— reçu quatre-vingt-quatorze de la même écriture, et
je les ai toutes brûlées. Enfin, j'en ai reçu une quatre-vingt-quinzième, qui ne peut être écrite que
par *la Beaumelle*, ou par son frère, ou par quelqu'un
à qui ils l'auront dictée, puisque, dans cette lettre,
il n'est question que de *la Beaumelle* même. J'ai pris
le parti de l'envoyer au ministère. J'avais d'ailleurs
dessein d'instruire le public littéraire de cette étrange
manœuvre, et de faire connaître celui qui outrageait
ma vieillesse avec tant d'acharnement, pour récompense des services rendus à la famille dans laquelle
il est entré. J'ai même envoyé à M. *Lavaisse* le père
cette déclaration que je devais rendre publique, et
que j'ai supprimée, en attendant que je prenne une
résolution plus convenable.

Dans ces circonstances, M. *Lavaisse de Vidou*
m'a écrit le 25 de juin. Il ignore apparemment la
conduite de son beau-frère : je le plains beaucoup.
Je vous prie de lui faire part de mes sentimens, et
de lui montrer cette lettre.

Je crains bien que nous n'ayons d'autre parti à
prendre, au sujet des *Sirven*, que celui de la douleur
et de la résignation. Ils sont innocens ; on n'en peut
douter. On leur a ôté leur honneur et leurs biens,
on les a condamnés à la mort comme parricides ; on
leur doit justice. Mais, d'un côté, le malheureux
procès de M. de *Beaumont*, de l'autre, la présence
de monsieur le procureur général du Languedoc,
qui soutiendra les droits de son parlement, enfin
les bruits affreux qui courent sur les protestans
des provinces méridionales, ne permettent pas de
se flatter qu'on puisse s'adresser au conseil avec succès.

Les nouvelles horreurs de *la Beaumelle* font encore un obftacle. Toutes ces fatalités réunies laiffent peu d'efpérance. Vous voyez les chofes de plus près ; je m'en rapporte à vous. Je vous fupplie de m'inftruire de l'état des chofes.

La multitude de lettres que j'ai à écrire aujourd'hui, et ma fanté qui baiffe tous les jours, me mettent hors d'état de répondre auffi au long que je le voudrais à M. *Lavaiffe de Vidou*. Le peu que je vous écris, mon cher ami, fuffira pour le convaincre de mes fentimens et de l'état où je me trouve. Ayez donc la bonté, encore une fois, de lui faire lire cette lettre ; c'eft tout ce que je puis vous dire, dans l'incertitude où je fuis, et dans les fouffrances de corps que j'éprouve.

Je vous embraffe tendrement, et j'attends mes confolations de votre amitié.

LETTRE CXXXI.

A M. LE MARQUIS D'ARGENCE DE DIRAC.

Le 10 de juillet.

Votre vieux philofophe eft bien fâché de n'avoir pu voir apparaître encore dans fon hermitage le philofophe militaire de Dirac. Comptez, Monfieur, que je fens toute ma perte.

Je ne fais fi la nouvelle que vous m'avez apprife d'une émeute des calviniftes, auprès de Sainte-Foi, a eu des fuites. On m'a mandé qu'on avait démoli un temple auprès de la Rochelle, et qu'il y avait eu

—— du monde tué ; mais je me défie de tous ces bruits, et 1767. je me flatte encore qu'il n'y a pas eu de sang répandu : il ne faut croire le mal que quand on ne peut plus faire autrement. Notre petit pays est plus tranquille, malgré la prétendue guerre de Genève. Nous sommes entourés des troupes les plus honnêtes et les plus paisibles ; il n'y a rien eu de tragique que sur le théâtre de Ferney, où nous leur avons donné les Scythes et Sémiramis ; de grands soupers ont été tous nos exploits militaires.

Le ministère a daigné jeter les yeux sur notre pays de Gex. On y fait de très-beaux chemins ; on m'a même pris quatre-vingts arpens de terre, pour ces nouvelles routes ; mais je fais sacrifier mon intérêt particulier au bien public.

On a des copies très-imparfaites de la petite plaisanterie de la Guerre de Genève : on a mis *Tissot*, au lieu d'un médecin nommé *Bonnet* qui aimait un peu à boire ; le mal est médiocre. Aimez toujours un peu le vieux solitaire. J'apprends, dans ce moment, qu'il y a beaucoup de monde décrété à Bordeaux, que le curé n'est pas mort, et qu'on est fort déchaîné contre les calvinistes. *V.*

LETTRE CXXXII.

A M. DE BORDES, *à Lyon.*

10 de juillet.

Mon cher confrère en académie, et mon frère en philofophie, mille grâces vous foient rendues de toutes les peines que vous daignez prendre (*). Je n'aime pas les *h* afpirées, cela fait mal à la poitrine ; je fuis pour l'euphonie. On difait autrefois *je héfite*, et à préfent on dit *j'héfite ;* on eft fou d'*Henri IV*, et non plus *de Henri IV ;* on achète du linge d'Hollande, et non plus *de Hollande*. Ce qu'on n'adoucira jamais, c'eft la canaille de la littérature. Vous en voyez une belle preuve dans ce maraud de *la Beaumelle* qui m'a adreffé la plupart de fes lettres anonymes par Lyon, où il faut qu'il ait quelque correfpondant. La dernière était datée de Beaujeu, auprès de Lyon. Je crois que ni les miniftres, ni monfieur le chancelier, ni la maifon de *Noailles*, ni même la maifon royale, ne feront contens de ce *la Beaumelle*. En vérité, ceci eft plutôt un procès criminel qu'une querelle littéraire. Ce n'eft pas le cas de garder le filence. On doit méprifer les critiques, mais il faut confondre les calomniateurs.

On doit encore plus vous aimer.

Voici une petite brochure, en réponfe d'une groffe brochure. S'il y a quelque chofe de plaifant,

____
(*) L'édition des Scythes, à Lyon.

amufez-vous-en ; paffez ce qui vous ennuiera. Faites-moi votre bibliothécaire, je vous enverrai tout ce que je pourrai faire venir des pays étrangers. Bientôt nous ne pourrons plus avoir de France que des almanachs, ou des fréronades, ou du *Journal chrétien*. Si je fuis votre bibliothécaire, foyez, je vous prie, mon *Ariflarque*.

Je recommande la Scythie à vos bontés.

LETTRE CXXXIII.

A M. DAMILAVILLE.

11 de juillet.

Il eft trop certain, mon cher ami, que les proteftans de Guienne font accufés d'avoir voulu affaffiner plufieurs curés, et qu'il y a près de deux cents perfonnes en prifon à Bordeaux pour cette fatale aventure qui a retardé l'arrivée de M. le maréchal de *Richelieu* à Paris. C'eft dans ces circonftances odieufes que l'infame *la Beaumelle* m'a fait écrire des lettres anonymes. J'ai été forcé d'envoyer aux miniftres le mémoire ci-joint.

C'eft du moins une confolation pour moi d'avoir à défendre la mémoire de *Louis XIV* et l'honneur de la famille royale, en prenant la jufte défenfe de moi-même contre un fcélérat audacieux, auffi ignorant qu'infenfé. J'ai toujours été perfuadé qu'il faut méprifer les critiques, mais que c'eft un devoir de réfuter la calomnie. Au refte, j'ai mauvaife opinion de l'affaire des *Sirven*. Je doute toujours qu'on faffe

un paſſe-droit au parlement de Toulouſe, en faveur
des proteſtans, tandis qu'ils ſe rendent ſi coupables,
ou du moins ſi ſuſpects. Tout cela eſt fort triſte : les
philoſophes ont beſoin de conſtance.

1767.

Adieu, mon cher ami ; je n'ai pas un moment à
moi, je fais la guerre en mourant. Aimez-moi toujours, et fortifiez-moi contre les méchans.

LETTRE CXXXIV.

A M. LE COMTE D'ARGENTAL.

15 de juillet.

JE reçois votre lettre angélique du 10 de juillet,
mon tendre et reſpectable ami. Vous aurez bientôt
ces malheureux Scythes ; mais je crois qu'il faut
mettre un intervalle entre les ſauvages de l'Orient et
les ſauvages de l'Occident. Je perſiſte toujours à
penſer qu'il faut laiſſer le public dégorger les Illinois ;
je penſe encore qu'une ou deux repréſentations
ſuffiront avant Fontainebleau. Feſons-nous un peu
déſirer, et ne nous prodiguons pas.

Je ſuis, ſans doute, plus affligé que le petit *Lavaiſſe ;*
mais comment voulez-vous que je faſſe ? j'ai affaire
à un *Déon* et à un *Vergy*, et je ne ſuis pas ambaſſadeur de France. Je ſuis perſécuté, depuis long-temps,
par mes chers rivaux, les gens de lettres ; c'eſt un
tiſſu de calomnies, ſi long et ſi odieux, qu'il faut bien
enfin y mettre ordre. Il y a plus de douze ans que
ce *la Beaumelle* me perſécute et me fait le même
honneur qu'à la maiſon royale. Il y a plus de ſureté

à s'attaquer à moi qu'aux princes. Si j'étais prince, je ne m'en soucierais guère ; mais je suis un pauvre homme de lettres , sans autre appui que celui de la vérité : il faut bien que je la fasse connaître, ou que je meure calomnié. Il ne s'agit pas ici de la Défense de mon oncle, qui est une pure plaisanterie ; il s'agit des plus horribles impostures dont jamais on ait été noirci.

Je ferai assez hardi pour écrire à M. d'*Aguesseau*, puisque vous m'encouragez , mon cher ange ; et je tâcherai de ne lui écrire que des choses qui pourront lui plaire et le toucher.

La Harpe (Dieu merci) ne fait point deux tragédies, mais il a abandonné un sujet presque impraticable pour un autre où il est plus à son aise. En un mot, mon atelier aura l'honneur de vous servir.

Je vous avoue que je voudrais bien qu'on jouât Olimpie une ou deux fois, avant Fontainebleau ; mais qu'on la jouât comme je l'ai faite : car il est assez dur de se voir mutiler. Il est vrai que je ne le vois point , mais je l'entends dire, et je reçois la blessure par les oreilles : vous savez que les oreilles d'un poëte font délicates. Toute notre petite troupe vous présente ses hommages , ainsi qu'à madame d'*Argental*.

Je crois M. de *Thibouville* à la campagne. S'il vient à Paris, je vous supplie de ne me pas oublier auprès de lui. Recevez toujours mon culte de dulie.

Je viens d'acheter un *Dictionnaire historique portatif*, par une société de gens de lettres , en quatre gros volumes in-8°, sous le titre d'Amsterdam , qu'on dit imprimé à Paris. Je tombe sur l'article *Tençin;* madame

votre tante y eft indignement outragée. On y dit que
la Frenaye, confeiller au grand confeil, fut tué chez elle.
Quels hiftoriens! quels *Tite-live!* Dites-moi, après
cela, fi je dois fouffrir un *la Beaumelle.* Vous devriez
bien demander à *Marin* où s'eft faite cette infame
édition, et qui en font les auteurs? *V.*

LETTRE CXXXV.

A M. LE KAIN.

17 de juillet.

Mon cher ami, je reçois votre lettre du 8 de
juillet. J'attends tous les jours l'édition des Scythes,
faite à Lyon, pour vous l'envoyer; c'eft la feule à
laquelle on doive fe tenir. Elle eft faite entièrement
felon les vues de M. d'*Argental;* on a fait tout ce
qu'on a pu pour profiter de fes obfervations judicieufes. Il eft vrai que le rôle que vous voulez bien
jouer dans cette pièce ne convient pas tout-à-fait à
vos grands talens, et n'a pas ce fublime et cette
terreur que vous favez fi bien mettre fur la fcène.
Athamare eft un très-jeune homme amoureux, vif,
pétulant dans fa tendreffe, un jeune petit cheval
échappé, et puis c'eft tout. Il eft fait pour un petit
blondin nouvellement entré au fervice; mais vous
favez vous plier à toute forte de caractères.

Si vous jouez le Droit du feigneur, comme je
l'efpère, je donne le rôle d'*Acante* à mademoifelle
Doligny, celui de *Colette* à mademoifelle *Luzy,* celui
du fermier *Mathurin* à M. *Montfoulon;* ce font les
difpofitions que M. d'*Argental* a faites lui-même.

A l'égard d'Olimpie, je fuis perfuadé que cette pièce, remife au théâtre, vous vaudra quelque argent; mais il eft abfolument néceffaire de la jouer comme je l'ai faite, et non pas comme mademoifelle *Clairon* l'a défigurée. Elle a cru devoir facrifier la pièce à fon rôle, fupprimer et changer des vers dont la fuppreffion où le changement ne forment aucun fens. On a furtout dépouillé le cinquième acte de ce qui en fefait toute la terreur et l'intérêt. Une actrice affez bonne, qui a joué Olimpie à Genève, ayant reftitué tous les endroits fupprimés ou altérés par mademoifelle *Clairon*, a eu un fuccès fi prodigieux que la pièce a été jouée fix jours de fuite.

Si vous jouez l'Orphelin de la Chine, je vous prie très-inftamment de la donner auffi telle qu'elle eft imprimée dans l'édition des *Cramer*. Vous devez avoir cette édition; et, fi vous ne l'avez pas, elle eft chez M. d'*Argental*.

Voici encore un petit mot pour l'Ecoffaife, que je vous prie de donner à l'affemblée. Nous allons ce foir jouer l'Orphelin de la Chine. M. de *Chabanon* et M. de *la Harpe* travaillent pour vous de toutes leurs forces. J'aurai du moins le plaifir de voir mes amis foutenir le théâtre auquel mon grand âge, mes maladies, et peut-être encore plus mes ennemis me forcent de renoncer. Je vous embraffe de tout mon cœur. *V.*

LETTRE

LETTRE CXXXVI.   1767.

A M. DE PARCIEUX,

Sur son projet d'amener la riviére d'Yvette à Paris.

A Ferney, le 17 de juillet.

Vous avez dû, Monfieur, recevoir des éloges et des remercîmens de tous les hommes en place : vous n'en recevez aujourd'hui que d'un homme bien inutile, mais bien fenfible à votre mérite et à vos grandes vues patriotiques. Si ma vieilleffe et mes maladies m'ont fait renoncer à Paris, mon cœur eft toujours votre citoyen. Je ne boirai plus des eaux de la Seine, ni d'Arcueil, ni de l'Yvette, ni même de l'Hippocrène, mais je m'intéreffèrai toujours au grand monument que vous voulez élever. Il eft digne des anciens Romains, et malheureufement nous ne fommes pas Romains. Je ne fuis point étonné que votre projet foit encouragé par M. de *Sartine*. Il penfe comme *Agrippa ;* mais l'hôtel de ville de Paris n'eft pas le capitole. On ne plaint point fon argent pour avoir un opéra comique, et on le plaindra pour avoir des aqueducs dignes d'*Augufte*. Je défire paffionnément de me tromper. Je voudrais voir la fontaine d'Yvette former un large baffin autour de la ftatue de *Louis XV ;* je voudrais que toutes les maifons de Paris euffent de l'eau, comme celles de Londres. Nous venons les derniers en tout. Les Anglais nous ont précédés et inftruits en mathé-matiques, les Italiens en architecture, en peinture, en fculpture, en poëfie, en mufique ; et j'en fuis fâché.

1767.

J'ai l'honneur d'être, avec l'eftime infinie que vous méritez, et avec la reconnaiffance d'un citoyen, Monfieur, votre, &c.

LETTRE CXXXVII.

A M. LE COMTE D'ARGENTAL.

22 de juillet.

AH ! mon refpectable ami, mon cher ange, qu'il y a une différence immenfe entre les fentimens des fociétés de Paris et le refte de l'Europe ! Il y a bien des efpèces d'hommes différentes ; et quiconque a le malheur d'être un homme public, eft obligé de répondre à tous.

Vous me mandez, dans votre lettre du 15 de juillet, que *la Beaumelle* eft oublié, tandis qu'il y a fept éditions de fes calomnies dans les pays étrangers, et que tous les fots, dont le monde eft plein, prennent fes impoftures pour des vérités. Il eft trifte en effet que *la Beaumelle* foit le beau-frère de *Lavaiffe* ; fa fœur a fait cet indigne mariage malgré fon père. Mais dois-je me laiffer déshonorer par un fcélérat dans toute l'Europe, parce que ce malheureux eft le beau-frère d'un homme à qui j'ai rendu fervice ? n'eft-ce pas au contraire à *Lavaiffe* de forcer ce malheureux à rentrer dans fon devoir, s'il eft poffible. *La Beaumelle* a fait commencer fecrétement une nouvelle édition de fes infamies dans Avignon. Le commandant

du pays de Foix eſt chargé, par M. le comte de ——
Saint-Florentin, de le menacer des plus grands châtimens; mais cela ne le contiendra point; c'eſt un
homme de la trempe des *Déon* et des *Vergy*; il niera
tout, et il en ſera quitte pour déſavouer l'édition. Je
n'ai de reſſource que dans une juſtification néceſſaire.
Je n'envoie mon mémoire qu'aux perſonnes principales de l'Europe, dont les noms ſont intéreſſés dans
les calomnies que *la Beaumelle* a prodiguées : je remplis
un devoir indiſpenſable.

A l'égard des Scythes, je ſuis indigné de la lenteur
du libraire de Lyon. Il me mande qu'enfin l'édition
ſera prête cette ſemaine; mais il m'a tant trompé que
je ne peux plus me fier à lui. Un libraire d'une autre
ville veut en faire encore une nouvelle édition. On
n'imprime pas, mais on joue les Illinois. Nous
avons joué ici l'Orphelin de la Chine; mais, Dieu
merci, nous ne l'avons pas donné tel qu'on me
fait l'affront de le repréſenter à Paris. Je ne ſais
ſi de *Belloi* a raiſon de ſe plaindre; mais, pour moi,
je me plains très-fort d'être défiguré ſur le théâtre,
et par *Ducheſne*. Je me flatte que vos bontés pour
moi ne ſe démentiront pas. Vous m'avouerez qu'il
eſt déſagréable que les comédiens, qui m'ont quelques obligations, prennent la licence de jouer mes
pièces autrement que je ne les ai faites. Quel eſt le
peintre qui ſouffrirait qu'on mutilât ſes tableaux ?

Ayez ſoin de votre ſanté, mon cher ange; portez-
vous mieux que moi, et je ſerai conſolé d'avoir une
ſanté déteſtable.

LETTRE CXXXVIII.

A M. DAMILAVILLE.

22 de juillet.

JE ne puis que vous répéter, mon cher ami, que je suis très-fâché que *Lavaisse* soit le beau-frère de *la Beaumelle*, mais que ce n'est pas une raison pour que je me laisse accabler par les calomnies de ce malheureux. Mon mémoire présenté aux ministres a eu déjà une partie de l'effet que je désirais. Le commandant du pays de Foix a envoyé chercher *la Beaumelle*, et l'a menacé des plus grands châtimens; mais cela ne détruit pas l'effet de la calomnie. Le devoir des ministres est de la punir, le mien est de la confondre. Je ne fais ni pardonner aux pervers, ni abandonner les malheureux. J'enverrai de l'argent à *Sirven*; il n'a qu'à parler.

M. *Marin* a dû vous faire tenir un paquet; c'est la seule voie dont je puisse me servir. J'ai écrit à M. d'*Aguesseau*.

On m'assure que la sorbonne lâchera toujours son décret contre *Bélisaire*. Il est difficile de comprendre comment un corps entier s'obstine à se rendre ridicule. *Bélisaire* est traduit dans presque toutes les langues de l'Europe. L'impératrice de Russie m'écrit de Casan en Asie qu'on y imprime actuellement la traduction russe.

Je suis assailli, mon cher ami, à droite et à gauche. Je vous embrasse en courant, mais très-tendrement.

LETTRE CXXXIX.   1767.

A M. LE MARECHAL DUC DE RICHELIEU.

A Ferney, 22 de juillet.

JE me flatte, Monseigneur, que c'est par votre ordre que M. de *Gudane*, commandant au pays de Foix, a fait de justes menaces à *la Beaumelle*; mais ces menaces ne l'empêchent pas de faire secrétement réimprimer dans Avignon les calomnies affreuses qu'il a vomies contre la maison royale et contre tout ce que nous avons de plus respectable en France. Après le crime de *Damiens*, je n'en connais guère de plus grand que celui d'accuser *Louis XIV* d'avoir été un empoisonneur, et de vomir des impostures non moins exécrables contre tous les princes. J'ignore si vous êtes actuellement à Paris ou à Bordeaux; mais, en quelque endroit que vous soyez, vos bontés me sont bien chères, et j'espère qu'elles feront toujours la plus grande douceur de ma retraite. Je compte sur votre protection pour les Scythes à Fontainebleau; j'aurai l'honneur de vous envoyer la nouvelle édition qu'on fait à Lyon. Je vous demanderai qu'il ne soit pas permis aux comédiens de mutiler mes pièces. Vous savez qu'il y a des gens qui croient en savoir beaucoup plus que moi, et qui substituent leurs vers aux miens. Je ne fais pas grand cas de mes vers; mais enfin j'aime mieux mes enfans tortus et bossus que les beaux bâtards que l'on me donne.

Je ne sais pas encore quelles sont vos résolutions sur *Galien*. Il y a long-temps que je ne l'ai vu; il est

Q 3

1767.

presque toujours à Genève. Si j'avais cru que vous le destinassiez à être votre secrétaire, je l'aurais engagé à former sa main ; mais, comme vous ne m'avez jamais répondu sur cet article , et que je n'ai point d'autorité sur lui, je me suis borné à le traiter comme un homme qui vous appartient, sans prendre sur moi de lui rien prescrire. Je souhaite toujours qu'il se rende digne de vos bontés.

Je n'ai que des nouvelles fort vagues touchant le curé de Sainte-Foi et les protestans qui sont en prison. Cette affaire m'intéresse , parce qu'elle peut beaucoup nuire à celle des *Sirven* , qui se jugera à Compiegne.

Je vous supplie de conserver vos bontés au plus ancien serviteur que vous ayez , et au plus respectueusement attaché. *V.*

LETTRE CXL.

A M. LE MARQUIS DE FLORIAN.

Le 24 de juillet.

MES chers patrons d'Ornoi, je suis toujours prêt à aller trouver le duc de *Virtemberg* , et je ne pars point. Mauvaise santé , travaux nécessaires, affaires qui m'ont traversé , tout s'est opposé jusqu'à présent à mon voyage.

Il est vrai que madame *Denis* a donné de belles fêtes, mais je suis trop vieux et trop malade pour en faire les honneurs. Je crois que l'affaire des *Sirven* sera jugée à Compiegne , à la fin du mois , et nous

efpérons qu'elle le fera favorablement. Ce fera une
feconde tête de l'hydre du fanatifme abattue.   1767.

Je profite de l'adreffe que vous m'avez donnée pour
vous envoyer un petit mémoire qui regarde un peu
votre pays de Languedoc. Il a déjà eu fon effet. M. de
Gudane, commandant au pays de Foix, a menacé le
fieur *la Beaumelle* de le mettre pour le refte de fa vie
dans un cachot, s'il continuait à vomir fes calomnies.

Je ne fais point encore de nouvelles du procès de
M. de *Beaumont*. Son affaire eft bien épineufe, et il
eft trifte qu'il réclame en fa faveur la févérité des
mêmes lois contre lefquelles il a paru s'élever, avec
l'applaudiffement du public, dans le procès des *Calas*
et des *Sirven*.

Meffieurs de *Chabanon* et de *la Harpe* font toujours
à Ferney; cela vous vaudra deux tragédies nouvelles
pour votre hiver. Pour moi, je fuis hors de combat,
mais j'encourage les combattans.

Aimez-moi toujours un peu, et foyez fûrs de ma
tendre amitié.

LETTRE CXLI.

A M. TABAREAU,

DIRECTEUR GENERAL DES POSTES, *à Lyon*.

27 de juillet.

IL a été avéré, mon cher Monfieur, que c'eft
la Beaumelle qui me fit écrire la lettre anonyme dont
je me plaignis il y a trois mois. M. le comte de
Saint-Florentin l'a fait avertir qu'on le remettrait dans
un cu de baffe-foffe, s'il continuait ce manége. Il eft

——
1767.

bien trifte pour moi que cette aventure m'ait privé du bonheur de m'approcher de vous.

Voici le troifième chant de la très-ridicule Guerre de Genève ; je crois qu'on m'a volé le fecond. Un miférable capucin, très-digne, s'étant échappé de fon couvent en Savoie, et s'étant réfugié chez moi, m'a volé, au bout de deux ans, des manufcrits, de l'argent et des bijoux. Son nom eft *Baftian* ; il s'appelait chez moi *Ricard*. Il porte encore un habit rouge que je lui ai donné. Il eft à Lyon depuis quelques jours ; c'eft lui probablement qui a fait courir ce fecond chant. Il faut l'abandonner à la vengeance de St *François* d'Affife.

Savez-vous que le roi d'Efpagne a mandé au roi de France que les jéfuites avaient fait un complot contre la famille royale ? Voilà d'étranges gens, et la religion eft une belle chofe ! On m'a mandé, des frontières d'Efpagne, il y a long-temps, que les jéfuites n'étaient pas les feuls moines coupables. Ils ont été, jufqu'à préfent, les feuls punis ; efpérons en la juftice de DIEU fur toute cette abominable racaille.

Ne pourriez-vous point, Monfieur, vous faire informer fecrétement s'il n'y a point quelque négociant proteftant à Beaujeu, ou même quelque prédicant fecret ? s'il y en a un à Lyon, comment s'appellet-il ? comment pourrais-je parvenir à avoir une lifte des négocians languedociens proteftans qui font à Lyon ? à qui pourrais-je m'adreffer ?

Le prétendu *Pierre III* commence à faire du bruit dans le monde ; mais il n'en fera pas long-temps ; il reffemblera aux ouvrages nouveaux. On rapporte lundi l'affaire des *Sirven. V.*

LETTRE CXLII.   1767.

A M. L'ABBÉ COGÉ, *à Paris.*

27 de juillet.

Vous êtes bien à plaindre, Monfieur, de vous acharner à calomnier des citoyens et des académiciens que vous ne pouvez connaître.

Vous m'imputez, dans votre critique de *Bélifaire*, à la gloire duquel vous travaillez, vous m'imputez, dis-je, un poëme fur la *Religion naturelle*. Je n'ai jamais fait de poëme fous ce titre. J'en ai fait un, il y a environ trente ans, fur la Loi naturelle, ce qui eft très-différent.

Vous m'imputez un Dictionnaire philofophique, ouvrage d'une fociété de gens de lettres, imprimé, fous ce titre, pour la fixième fois, à Amfterdam, qui eft une collection de plus de vingt auteurs, et auquel je n'ai pas la plus légère part.

Page 96, vous ofez profaner le nom facré du roi, en difant que fa Majefté en a marqué la plus vive indignation à M. le préfident *Hénault* et à M. *Caperonier*. J'ai en main la lettre de M. le préfident *Hénault*, qui m'affure que ce bruit odieux eft faux. Quant à M. *Caperonier*, j'attefte fa véracité fur votre impofture. Vous avez voulu outrager et perdre un vieillard de foixante et quatorze ans, qui ne fait que du bien dans fa retraite; il ne vous refte qu'à vous repentir. *Voltaire.*

LETTRE CXLIII.

A M. LE COMTE D'ARGENTAL.

29 de juillet.

Mon divin ange, vos Scythes de Lyon font prêts ; j'y ai fait tout ce que j'ai pu. Je penfe que les Illinois ayant voulu imiter les Scythes dans le cinquième acte, il fera bon de ne les jouer qu'une feule fois avant Fontainebleau, deux fois tout au plus.

Vous avez peut-être vu la nouvelle édition du *Cogé*, régent au collége Mazarin, contre *Bélifaire*. Pourquoi me fourre-t-il là ? pourquoi une fi étrange calomnie ? eft-il permis de proftituer ainfi le nom du roi ? Et cela s'imprime avec permiffion ! et on me dit : Méprifez ces fottifes ; laiffez-vous calomnier ; laiffez-nous-en rire. Quant à *la Beaumelle*, qui eft de la clique des *Frérons*, les avoyers de Berne, plus effentiellement outragés que moi dans les ouvrages de ce miférable, viennent de s'en plaindre à M. de *Choifeul*. Si j'étais fouverain à Berne, je ne me plaindrais pas.

Mon cher ange, mettez-moi aux pieds de mes deux protecteurs, et foyez le troifième. *V.*

LETTRE CXLIV.   1767.

A M. DAMILAVILLE.

1 d'août.

MES associés, Monsieur, vous ont envoyé ce que vous demandez et ce qui vous était dû. Si rien ne vous est parvenu, il ne faut s'en prendre qu'à l'interruption du commerce; car il est plus difficile, comme j'ai déjà eu l'honneur de vous le dire, d'envoyer des ballots de ce pays-ci que d'en recevoir. Les bijouteries sont surtout prohibées.

J'ai vu votre ami à la campagne; il traîne une vie assez languissante. Je lui ai parlé du sieur *la Beaumelle*, en conformité de votre lettre du 25 de juillet; il m'a dit que ce malheureux étant sur le point de faire réimprimer ses calomnies contre tout ce que nous avons de plus respectable, on s'était trouvé dans la nécessité de présenter l'antidote contre le poison; que cela ne se pouvait faire décemment que par un mémoire historique, lequel n'a été adressé qu'aux personnes intéressées, aux ministres et aux gens de lettres. S'il avait été possible que le jeune M. *Lavaisse* eût mis un frein à la démence horrible de son beau-frère, et si le repentir avait pu entrer dans l'ame d'un homme aussi méchant et aussi fou, on aurait pris d'autres mesures.

L'aventure de Sainte-Foi est très-vraie, et on informe criminellement depuis un mois. L'évêque d'Agen a jeté un monitoire; il y a beaucoup de protestans en prison. On ne sait pas un mot de tout cela

—— à Paris. Il y aurait cinq cents hommes de pendus en
1767. province, que Paris n'en faurait pas un feul mot;
mais le miniftère en eft très-inftruit.

Votre ami vous eft toujours bien tendrement
attaché. Toute ma famille vous préfente fes obéif-
fances.

Eft-il vrai que mon ancien compatriote *Jean-
Jacques Rouffeau* eft établi en Auvergne ?

J'ai l'honneur d'être, Monfieur, avec les fentimens
lés plus inviolables, votre, &c.

Bourfier.

LETTRE CXLV.

AU MEME.

5 d'augufte.

M on cher ami, *Lacombe* me mande qu'il imprime
le mémoire que je n'avais préfenté qu'au vice-chancelier, aux miniftres et à mes amis. Je compte même
en mettre un beaucoup plus grand et plus inftructif
à la tête de la nouvelle édition du Siècle de *Louis XIV*.
Cette nouvelle édition , confacrée principalement
aux belles-lettres et aux beaux arts , eft augmentée
d'un grand tiers. Je n'ai rien oublié de ce qui peut
fervir à l'honneur de ma patrie et à celui de la vérité.
J'efpère que cet ouvrage, auffi philofophique qu'hiftorique, aura l'approbation des honnêtes gens. Mais
fi M. *Lavaiffe* veut que ce monument, que je tâche
d'élever à la gloire de la France, ne foit point imprimé
avec la réfutation des calomnies de *la Beaumelle* , il

ne tient qu'à lui d'engager le libraire à en suspendre
la publication, jusqu'à ce que celui qui a outragé si
long-temps et si indignement la vérité et moi, recon-
naisse sa faute et s'en repente. Je ne peux qu'à ce
prix abandonner ma cause ; il serait trop lâche de se
taire , quand l'imposture est si publique.

Je suis très-affligé que le coupable soit le beau-
frère de M. *Lavaisse* , mais je le fais juge lui-même entre
son beau-frère et moi. Je vous prie de lui envoyer
cette lettre , et de lui témoigner toute ma douleur.

Je vous embrasse bien tendrement. *V.*

LETTRE CXLVI.

A M. MARMONTEL.

7 d'auguste.

MON CHER CONFRERE ,

VOUS savez, sans doute, que ce malheureux *Cogé*
a fait une seconde édition de son libelle contre vous,
et qu'il y a mis une nouvelle dose de poison. Ne
croyez pas que ce soit la rage du fanatisme qui arme
ces coquins-là ; ce n'est que la rage de nuire , et la
folle espérance de se faire une réputation en attaquant
ceux qui en ont. La démence de ce malheureux a
été portée au point qu'il a osé compromettre le nom
du roi dans une de ses notes, page 96. Il dit, dans
cette note, *que vous répandez le déisme , que vous habillez
Bélisaire des haillons des déistes ; que les jeunes empoisonneurs et blasphémateurs de Picardie , condamnés au feu ,*

l'année dernière, ont avoué que c'était de pareilles lectures qui les avaient portés aux horreurs dont ils étaient coupables; que le jour que MM. le préfident Hénault, Caperonier et le Beau eurent l'honneur de préfenter au roi les deux derniers volumes de l'académie des belles-lettres, fa Majefté témoigna la plus grande indignation contre M. de V., &c.

Vous favez, mon cher confrère, que j'ai les lettres de M. le préfident *Hénault* et de M. *Caperonier*, qui donnent un démenti formel à ce maraud. Il a ofé proftituer le nom du roi, pour calomnier les membres d'une académie qui eft fous la protection immédiate de fa Majefté.

De quelque crédit que le fanatifme fe vante aujourd'hui, je doute qu'il puiffe fe foutenir contre la vérité qui l'écrafe, et contre l'opprobre dont il fe couvre lui-même.

Vous favez que *Cogé*, fecrétaire de *Riballier*, vous prodigue, dans fa nouvelle édition, le titre de *féditieux;* mais vous devez favoir auffi que votre *féditieux Bélifaire* vient d'être traduit en ruffe, fous les yeux de l'impératrice de Ruffie. C'eft elle-même qui me fait l'honneur de me le mander. Il eft auffi traduit en anglais et en fuédois; cela eft trifte pour maître *Riballier*.

On s'eft trop réjoui de la deftruction des jéfuites. Je favais bien que les janféniftes prendraient la place vacante. On nous a délivrés des renards, et on nous a livrés aux loups. Si j'étais à Paris, mon avis ferait que l'académie demandât juftice au roi. Elle mettrait à fes pieds, d'un côté, les éloges donnés à votre *Bélifaire* par l'Europe entière, et de l'autre, les impoftures de deux cuiftres de collége. Je voudrais qu'un

corps soutînt ses membres, quand ses membres lui
font honneur.

Je n'ai que le temps de vous dire combien je vous
estime et je vous aime.

P. S. On écrit de Vienne que, leurs Majestés impé-
riales ayant lu *Bélisaire*, et l'ayant honoré de leur
approbation, ce livre s'imprime actuellement dans
cette capitale, quoiqu'on y sache très-bien ce qui se
passe à Paris.

LETTRE CXLVII.

A M. LE COMTE D'ARGENTAL.

7 d'auguste.

Mon cher ange, je vous crois actuellement à Paris,
et j'ai bien des choses à vous dire sur le tripot. En
premier lieu, les exemplaires de l'édition de Lyon
sont encore en chemin de Lyon à Ferney ; et, grâce
à l'interruption du commerce, ils y seront encore
long-temps. Sur votre premier ordre, j'écrirai au
libraire de Lyon de faire partir les exemplaires au
moins à l'adresse de M. le duc de *Praslin*.

Secondement, il faut que vous sachiez que *le
Kain* m'écrit que M. le duc de *Duras* a perdu une
petite distribution de rôles que j'avais envoyée, et
qu'il en faut une seconde ; mais, dans cette seconde,
il me semble qu'on enfle un peu la liste des pièces
destinées à mademoiselle *Durancy*. On demande pour
elle *Alzire*, *Electre*, *Aurélie*, *Aménaïde*, *Idamé*, *Zulime*,

—— *Obéide*. Je ferai fur le champ ce que vous aurez
1767. ordonné. Vous favez qu'il y a des conteftations entre
mademoifelle *Durancy* et mademoifelle *Dubois*.

Après le tripot de la comédie, vient celui de la
typographie. Il me paraît que c'était à *Lavaiffe* à mettre
un frein aux horreurs dont fon beau-frère eft coupable,
et que, s'il n'a pu en venir à bout, c'eft une preuve
que ce beau-frère eft un monftre incorrigible. Vous
ne favez pas, mon cher ange, combien le refte de
l'Europe eft différent de Paris, et avec quelle avidité
de telles calomnies font recherchées ; elles font
répétées par mille échos. Vous pouvez, ainfi que
M. le duc de *Praflin*, méprifer les *Déon* et les *Vergy* ;
M. le prince de *Condé* peut dédaigner un miférable
qui traite fon père d'affaffin ; mais les gens de lettres
ne font pas dans une fituation à négliger de pareilles
atteintes. Il eft affurément bien néceffaire de réprimer
cet excès parvenu à fon comble. La vie d'un homme
de lettres eft un combat perpétuel.

Les janféniftes, d'un autre côté, font devenus plus
perfécuteurs et plus infolens que les jéfuites. On
nous a défaits des renards, mais on nous laiffe en
proie aux loups. Ce font des janféniftes qui ont fait
ce malheureux *Dictionnaire hiflorique* où feu madame
de *Tençin* eft fi maltraitée.

Je reviens à la comédie. Vous allez avoir une
nouvelle pièce dont *le Kain* ne me parle pas. Je fuis
bien aife qu'il y ait quelques nouveautés qui faffent
entièrement oublier les Illinois. Les nouveautés
de MM. de *Chabanon* et de *la Harpe* ne feront pas de
fitôt prêtes. Tant mieux ; plus ils travailleront, plus ils
réuffiront. M. de *Chabanon* vous eft toujours très-

attaché,

attaché., maman auffi, et moi auffi qui vous adore. ——
Madame d'*Argental* me boude, mais mettez-moi à 1767.
fes pieds. *V.*

LETTRE CXLVIII.

A M. LACOMBE, *libraire à Paris.*

A Ferncy, le 7 d'augufte.

Il ferait, fans doute, bien flatteur pour moi qu'un
homme de lettres tel que vous, Monfieur, qui a
bien voulu fe donner à la typographie, entreprît la
nouvelle édition du Siècle de *Louis XIV*, que j'ai
confacré principalement à la gloire des belles-lettres
et des beaux arts. J'ai augmenté le catalogue raifonné
des gens de lettres d'un grand tiers, et j'ai tâché de
détruire plus d'un préjugé et plus d'une fable, qui
déshonoraient un peu l'hiftoire littéraire de ce beau
fiècle. J'en ai ufé ainfi dans la lifte des fouverains
contemporains, des princes du fang, des généraux
et des miniftres. D'anciens recueils que j'avais faits
pour mon ufage, m'ont beaucoup fervi. J'ai reçu
de toutes parts, depuis dix années, des inftructions
que je fais entrer dans le corps de l'ouvrage : j'ofe
enfin le regarder comme un monument élevé à
l'honneur de la France.

Il eft très-trifte pour moi que cette édition ne fe
faffe pas en France; mais vous favez que je fuis plus
près de Genève et de Laufane que de Paris. L'édition
eft commencée. Ma méthode, dont je n'ai jamais
pu me départir, eft de faire imprimer fous mes yeux,
et de corriger à chaque feuille ce que je trouve de

défectueux dans le style. J'en use ainsi en vers et en prose. On voit mieux ses fautes quand elles sont imprimées.

Au reste, cette édition est principalement destinée aux pays étrangers. Vous ne sauriez croire quels progrès a fait notre langue, depuis dix ans, dans le Nord : on y recherche nos livres avec plus d'avidité qu'en France. Nos gens de lettres instruisent vingt nations, tandis qu'ils sont persécutés à Paris, même par ceux qui osent se dire leurs confrères.

Quant au mémoire qui regarde les calomnies absurdes du sieur *la Beaumelle*, il était encore plus nécessaire pour les étrangers que pour les Français. On sait bien à Paris que *Louis XIV* n'a point empoisonné le marquis de *Louvois*; que le dauphin, père du roi, ne s'est point entendu avec les ennemis de l'Etat pour faire prendre Lille ; que monsieur le Duc, père de M. le prince de *Condé* d'aujourd'hui, n'a point fait assassiner M. *Vergier :* mais à Vienne, à Bade, à Berlin, à Stockholm, à Pétersbourg, on peut aisément se laisser séduire par le ton audacieux dont *la Beaumelle* débite ces abominables impostures. Ces mensonges imprimés sont d'autant plus dangereux, qu'ils se trouvent aussi à la suite des lettres de madame de *Maintenon*, qui sont, pour la plupart, authentiques. Le faux prend la couleur de la vérité à laquelle il est mêlé. La calomnie se perpétue dans l'Europe, si on ne prend soin de la détruire. Il est de mon devoir de venger l'honneur de tant de personnes de tout rang outragées, surtout dans des notes infames dont ce malheureux a défiguré mon propre ouvrage. J'étais historiographe de France, lorsque je

commençai le Siècle de *Louis XIV* : je dois finir ce
que j'ai commencé ; je dois laver ce monument de
la fange dont on l'a fouillé ; enfin, je dois me preſſer,
ayant peu de temps à vivre.

N. B. Vous ſaurez, Monſieur, en qualité d'homme
d'eſprit et de goût, qu'il y a dans le monde un nommé
M. *Laurent*, auteur du *Compère Matthieu*, lequel a fait
un petit ouvrage intitulé l'Ingénu, lequel eſt fort
couru des hommes, des femmes, des filles, et même
des prêtres. Ce M. *Laurent* m'eſt venu voir : il m'a
dit, avant de repartir pour la Hollande, que, ſi vous
pouviez imprimer ce petit ouvrage, il vous l'enverrait
de Lyon à Paris, par la poſte. M. *Marin* m'a mandé
qu'il avait lu, par haſard, cet ouvrage, et qu'on
donnerait une permiſſion tacite ſans aucune difficulté.

LETTRE CXLIX.

A M. GUYOT, *avocat.*

A Ferney, 7 d'auguſte.

Il eſt très-certain, Monſieur, que la France manque
d'un bon vocabulaire ; l'Eſpagne et l'Italie en ont :
tous les mots y ſont marqués avec leurs étymolo-
gies, leurs ſignifications propres et figurées, avec
des exemples tirés des meilleurs auteurs, dans les
différens ſtyles. Il faut remarquer ſurtout qu'en
eſpagnol et en italien, on écrit comme on parle.
Tout cela eſt à déſirer dans nos dictionnaires. Notre
écriture eſt perpétuellement en contradiction avec
notre prononciation. Il n'y a point de raiſon pour

——— laquelle je *croyois*, j'*octroyois*, doivent s'écrire ainſi, quand on prononce, je *croyais*, j'*octroyais*. Le ſecond *oi* ne doit pas être plus privilégié que le premier. Du temps de *Corneille*, on prononçait encore je *connois*, et même on retranchait l's. Vous voyez dans Héraclius :

> Qu'il entre ; à quel deſſein vient-il parler à moi,
> Lui que je ne vois point, qu'à peine je *connoi?*

On ne ſouffrirait point aujourd'hui une pareille rime, puiſque l'on prononce je *connais*.

Notre langue eſt très-irrégulière. Les langages, à mon gré, ſont comme les gouvernemens ; les plus parfaits ſont ceux où il y a moins d'arbitraire. Il eſt bien ridicule que d'*auguſtus* on ait fait *aoust*, de *pavonem*, *paon*, de *Cadomum*, *Caen*, de *guſtus*, goût. Les lettres retranchées dans la prononciation prouvent que nous parlions très-durement ; ces mêmes lettres, que l'on écrit encore, ſont nos anciens habits de ſauvages.

Que de termes éloignés de leur origine ! *Pédant*, qui ſignifiait inſtructeur de la jeuneſſe, eſt devenu une injure ; de *fatuus*, qui ſignifiait prophète, on a fait un fat ; *idiot*, qui ſignifiait ſolitaire, ne ſignifie plus qu'un ſot.

Nous avons des architraves et point de *trave*, des archivoltes et point de *volte*, en architecture ; des ſoucoupes, après avoir banni les *coupes* ; on eſt impotent et on n'eſt point *potent* ; il y a des gens implacables et pas un de *placable*. On ne finirait pas ſi on voulait expoſer tous nos beſoins ; cependant notre langue ſe parle à Vienne, à Berlin, à

Stockholm, à Copenhague, à Mofcou; elle eft la
langue de l'Europe; mais c'eft grâce à nos bons livres
et non à la régularité de notre idiome. Nos excellens
artiftes ont fait prendre notre pierre pour de l'albâtre.

J'attends, Monfieur, votre *Vocabulaire* pour fixer
mes idées, et je vous remercie, par avance, de votre
politeffe et de vos inftructions.

LETTRE CL.

A M. DAMILAVILLE.

8 d'augufte.

JE vous ai obligation, mon cher ami, de m'avoir
fait connaître jufqu'où un *Cogé* pouvait porter l'infolence. M. *Caperonier* vient de m'écrire une lettre
dans laquelle il donne un démenti formel à ce
maraud. Il eft bon de répandre, parmi les fages et
les gens de bien, la turpitude des méchans. Cette
turpitude eft bien puniffable. Il n'eft pas permis de
prendre le nom de DIEU en vain. Je vous l'avais
bien dit qu'il fallait paffer fa vie à combattre. Un
homme de lettres, pour peu qu'il ait de réputation,
eft un *Hercule* qui combat des hydres. Prêtez-moi
votre maffue : j'ai plus de courage que de force. Si
j'avais de la fanté, tous ces drôles-là verraient
beau jeu.

M. le prince de *Gallitzin* me mande que le livre
intitulé *L'ordre effentiel et naturel des fociétés politiques* (*),
eft fort au-deffus de *Montefquieu*. N'eft-ce pas le livre

(*) Par M. de *la Rivierre*.

R 3

1767.

que vous m'avez dit ne rien valoir du tout? Le titre m'en déplaît fort. Il y a long-temps qu'on ne m'a envoyé de bons livres de Paris.

J'ai fait chercher l'Ingénu dont vous me parlez; on ne le connaît point. Il est très-triste qu'on m'impute tous les jours non-seulement des ouvrages que je n'ai point faits, mais aussi des écrits qui n'existent point. Je sais que bien des gens parlent de l'Ingénu, et tout ce que je puis répondre très-ingénument, c'est que je ne l'ai point vu encore. Je vous embrasse bien tendrement.

J'ai lu le plaidoyer de *Loyseau* contre Berne, pardevant l'Europe. Le cas est singulier. Ce *Loyseau* veut se faire de la réputation, à quelque prix que ce soit; mais je crois qu'on s'intéressera fort peu à cette affaire dans Paris.

LETTRE CLI.

A M. LE MARQUIS DE MIRANDA,

CAMERIER MAJOR DU ROI D'ESPAGNE.

Ecrite sous le nom d'un amman de Basle.

10 d'auguste.

Vous osez penser dans un pays où l'on a regardé souvent cette liberté comme une espèce de crime. Il a été un temps, à la cour d'Espagne, surtout lorsque les jésuites avaient du crédit, qu'il était presque défendu de cultiver sa raison. L'abrutissement de l'esprit était un mérite à la cour. Vos rois semblaient

être comme les docteurs de la comédie italienne ,
qui choisiffaient des *Arlequins* pour leurs confidens
et leurs favoris, parce que les *Arlequins* font des
balourds. Vous avez enfin un miniftre éclairé qui,
ayant lui-même beaucoup d'efprit, a permis qu'on
en eût. Il a furtout fenti le vôtre ; mais les préjugés
font encore plus forts que vous et lui. *Cicéron* et
Virgile auraient beau venir dans votre cour , ils
verraient que des moines et des prêtres feraient plus
écoutés qu'eux ; ils feraient forcés de fuir ou d'être
hypocrites. Vous avez, aux barrières de Madrid, la
douane des penfées ; elles y font faifies aux portes
comme les marchandifes d'Angleterre.

On met chez vous aux galères un libraire qui
prête un livre à un officier de la cour pour le
défennuyer pendant fa maladie. Cette perfécution,
faite à l'efprit humain , rend votre cour et votre
religion odieufes à nous autres républicains. Les
Grecs efclaves ont cent fois plus de liberté dans
Conftantinople que vous n'en avez dans Madrid.
Cette crainte , fi lâche et fi tyrannique , cette crainte,
où eft toujours votre gouvernement que les hommes
n'ouvrent les yeux à la lumière , fait voir à quel point
vous fentez que votre religion ferait déteftée fi elle
était connue. Il faut bien que vous en ayez aperçu
l'abfurdité , puifque vous empêchez qu'on ne l'exa-
mine. Vous reffemblez à cette reine des *Mille et une
nuits*, qui, étant extrêmement laide , puniffait de
mort quiconque ofait la regarder entre deux yeux.

Voilà , Monfieur, l'état où a été votre cour jufqu'au
miniftère de M. le comte d'*Aranda*, et jufqu'à ce
qu'un homme de votre mérite ait approché de la

—— perſonne de ſa Majeſté. Mais la tyrannie monacale dure encore. Vous ne pouvez ouvrir votre ame qu'à quelques amis intimes, en très-petit nombre. Vous n'oſez dire à l'oreille d'un courtiſan ce qu'un anglais dirait en plein parlement.

Vous êtes né avec un génie ſupérieur ; vous faites d'auſſi jolis vers que *Lopez de Véga* ; vous écrivez mieux en proſe que *Gratien*. Si vous étiez en France, on croirait que vous êtes le fils de l'abbé de *Chaulieu* et de madame de *Sévigné*. Si vous étiez né anglais, vous deviendriez l'oracle de la chambre des pairs. De quoi cela vous ſervira-t-il à Madrid, ſi vous conſumez votre jeuneſſe à vous contraindre ? Vous êtes un aigle enfermé dans une grande cage, un aigle gardé par des hiboux.

Je vous parle avec la liberté d'un républicain et d'un proteſtant philoſophe. Votre religion, j'oſe le dire, a fait plus de mal au genre-humain que les *Attila* et les *Tamerlan*. Elle a avili la nature ; elle a fait d'infames hypocrites de ceux qui auraient été des héros ; elle a engraiſſé les moines et les prêtres du ſang des peuples. Il faut, à Madrid et à Naples, que la poſtérité du *Cid* baiſe la main et la robe d'un dominicain. Vous êtes encore à ſavoir qu'il ne faut baiſer de main que celle de ſa maîtreſſe.

Je vous ſuis très-obligé, monſieur le Marquis, de la relation d'*Eréſe* que vous voulez bien m'envoyer. Il paraît que vous connaiſſez bien les hommes, et de là je conclus que vous avez bien des momens de dégoût ; mais je ſuppoſe que vous avez trouvé dans Madrid une ſociété digne de vous, et que vous pouvez philoſopher, à votre aiſe, dans votre *cœtus ſelectus*.

Vous ferez infenfiblement des difciples de la raifon; —— 1767.
vous élèverez les ames en leur communiquant la
vôtre, et, quand vous ferez dans les grandes places,
votre exemple et votre protection donneront aux
ames toute l'élévation dont elles manquent. Il ne
faut que trois ou quatre hommes de courage pour
changer l'efprit d'une nation. Voyez ce que fait
l'impératrice de Ruffie ; elle a fait traduire le livre
de *Bélifaire*, que des cuiftres de forbonne voulaient
condamner. Elle a traduit elle - même le chapitre
contre lequel les théologiens s'étaient élevés avec
une fureur imbécille. On eft philofophe à fa cour ;
on y foule aux pieds les préjugés du peuple. C'eft
une extrême fottife, dans les fouverains, de regarder
la religion catholique comme le foutien de leurs
trônes ; elle n'a prefque fervi qu'à les renverfer.
L'Angleterre et la Pruffe n'ont été puiffantes qu'en
fecouant le joug de Rome.

Puiffiez-vous, Monfieur, quand vous ferez en
place, enchaîner cette idole, fi vous ne pouvez la
brifer. C'eft ce que j'attends d'un efprit tel que le
vôtre. Vous cueillez actuellement les fleurs, vous
ferez un jour mûrir les fruits.

Je fuis, avec bien du refpect et un véritable attachement, Monfieur,

votre très-humble, très-obéiffant
ferviteur, Erimbolt.

LETTRE CLII.

A M. DAMILAVILLE.

12 d'augufte.

JE crois qu'il faut laiffer imprimer le mémoire qui devait précéder la nouvelle édition du Siècle de *Louis XIV*. C'eft une affaire qui n'eft pas feulement littéraire ; elle eft perfonnelle à plufieurs grandes maifons du royaume, qui m'ont témoigné leur indignation contre ce malheureux *la Beaumelle*. Ses calomnies, peut-être peu connues à Paris, font répandues dans les pays étrangers. Il m'a traité comme *Louis XIV*, et je ne fuis pas roi. Un pauvre particulier doit fe défendre ; il doit décrier au moins le témoignage de fon ennemi.

Je ne reviens point de mon étonnement, quand mes amis me difent qu'il faut méprifer de telles impoftures. Je n'entends pas quel honneur il y a à fe laiffer diffamer, et je fuis bien perfuadé qu'aucun de ceux qui me difent, gardez le filence, ne le garderait à ma place.

Voici une grâce que je vous demande. M. *Diderot* peut vous dire dans quel temps il croit qu'on ait écrit le *Mercure trifmégifte* que nous avons en grec. Je ne fais fi je me trompe, mais ce livre me paraît de la plus haute antiquité, et je le crois fort antérieur à *Timée de Locres*. Engagez le *Platon* moderne à me donner fur cela quatre lignes d'éclairciffement, que vous me ferez parvenir. Il y a loin de *Mercure*

trifmégifte à *la Beaumelle* ; mais il faut répondre
à tout.

Adieu, mon cher ami ; je vous embraffe de tout mon cœur.

LETTRE CLIII.

A M. LE COMTE D'ARGENTAL.

13 d'augufte.

Aн ! mon Dieu, on me mande que madame *d'Argental* eft à l'extrémité. Je venais de vous écrire une lettre de quatre pages, je la déchire : je ne refpire point. Madame *d'Argental* eft-elle en vie ? Mon adorable ange, ordonnez que vos gens nous écrivent un mot. Nous fommes dans des tranfes mortelles. Un mot, par un de vos gens, je vous en conjure. *V.*

LETTRE CLIV.

A M. LE PRINCE GALLITZIN,

AMBASSADEUR DE RUSSIE, *à Paris.*

A Ferney, du 14 d'augufte.

MONSIEUR LE PRINCE,

JE vois, par les lettres dont fa Majefté impériale et votre Excellence m'honorent, combien votre nation s'élève, et je crains que la nôtre ne commence à dégénérer à quelques égards. L'impératrice daigne traduire elle-même le chapitre de *Bélifaire*, que quelques hommes de collége calomnient à Paris.

—— Nous ferions couverts d'opprobre fi tous les honnêtes gens, dont le nombre eft très-grand en France, ne s'élevaient pas hautement contre ces turpitudes pédantefques. Il y aura toujours de l'ignorance, de la fottife et de l'envie dans ma patrie ; mais il y aura toujours auffi de la fcience et du bon goût. J'ofe vous dire même, qu'en général nos principaux militaires et ce qui compofe le confeil, les confeillers d'Etat et les maîtres des requêtes , font plus éclairés qu'ils ne l'étaient dans le beau fiècle de *Louis XIV*. Les grands talens font rares ; mais la fcience et la raifon font communes. Je vois, avec plaifir, qu'il fe forme dans l'Europe une république immenfe d'efprits cultivés. La lumière fe communique de tous les côtés. Il me vient fouvent du Nord des chofes qui m'étonnent. Il s'eft fait, depuis environ quinze ans, une révolution dans les efprits qui fera une grande époque. Les cris des pédans annoncent ce grand changement comme les croaffemens des corbeaux annoncent le beau temps.

Je ne connais point le livre (*) dont vous me faites l'honneur de me parler. J'ai bien de la peine à croire que l'auteur, en évitant les fautes où peut être tombé M. de *Montefquieu* , foit au-deffus de lui dans les endroits où ce brillant génie a raifon. Je ferai venir fon livre ; en attendant, je félicite l'auteur d'être auprès d'une fouveraine qui favorife tous les talens étrangers, et qui en fait naître dans fes Etats. Mais c'eft vous, furtout, Monfieur, que je félicite de la repréfenter fi bien à Paris.

J'ai l'honneur, &c.

(*) *L'Ordre effentiel des fociétés* , par M. de *la Rivierre.*

LETTRE CLV.

1767.

A M. EISEN.

A Ferney, 14 d'auguste.

Je commence à croire, Monsieur, que la Henriade ira à la postérité, en voyant les estampes dont vous l'embellissez ; l'idée et l'exécution doivent vous faire également honneur. Je suis sûr que l'édition où elles se trouveront sera la plus recherchée. Personne ne s'intéresse plus que moi aux progrès des arts ; et plus mon âge et mes maladies m'empêchent de les cultiver, plus je les aime dans ceux qui les font fleurir.

Soyez persuadé des sentimens d'estime et de reconnaissance avec lesquels j'ai l'honneur d'être, &c.

LETTRE CLVI.

A M. DAMILAVILLE.

14 d'auguste.

Mon cher ami, votre lettre du 8 ne m'a pas laissé une goutte de sang : je crains que madame d'*Argental* ne soit morte ; c'est une perte irréparable pour ses amis. Que deviendra M. d'*Argental* ? je suis désespéré et je tremble.

M. le maréchal de *Richelieu* m'écrit sur l'aventure de Sainte-Foy. La chose est très-sérieuse. J'espère qu'à la fin l'innocence des protestans sera plus reconnue au parlement de Bordeaux qu'à celui de Toulouse.

1767.

Il me mande que *la Beaumelle* n'eft point de fon département. Ce *la Beaumelle* n'a été que fortement réprimandé et menacé par le commandant du pays de Foix, au nom du roi. Ce n'eft pas le filence de ce coquin que je demande, c'eft une rétractation; fans quoi on lui apprendra à calomnier. Ne tient-il qu'à débiter des impoftures atroces, pour fe taire enfuite, et laiffer le poifon circuler? *Lavaiffe* doit le renoncer pour fon beau frère, s'il ne fe repent pas.

Il paraît, tous les huit jours, en Hollande, des livres bien finguliers. Je vois avec douleur qu'on a une bibliothéque nombreufe contre la religion chrétienne qu'on devrait refpecter. Vous favez que je ne l'ai jamais attaquée, et que je la crois, comme vous, utile à l'Europe.

Permettez que je vous prie d'envoyer à M. de *Laleu* un certificat qui affure que votre ami eft encore en vie, quoique cela ne foit pas tout-à-fait vrai; mais, tant qu'il aura un fouffle, il vous aimera. *V.*

LETTRE CLVII.

A M. LE MARECHAL DUC DE RICHELIEU.

A Ferney, 17 d'augufte.

CELLE-CI, Monfeigneur, eft bien autant pour le premier gentilhomme de la chambre, que pour le fouverain d'Aquitaine. Je mets à vos pieds deux exemplaires des Scythes, de l'édition de Lyon; l'un pour vous, l'autre pour votre troupe de Bordeaux. Cette édition eft, fans contredit, la meilleure. Les Scythes fe recommandent à votre protection pour

Fontainebleau. J'avoue que nous avons de meilleurs
acteurs que le roi. M. le comte de *Coigny*, M. le
chevalier de *Jaucourt* et M. de *Melfort* en font
bien étonnés. Il ne tiendrait qu'à vous d'en avoir
d'auffi bons, fi vous pouviez faire effacer la note
d'infamie qu'un fot préjugé attache encore à des
talens précieux et rares.

·M. *Hénin*, réfident du roi, à Genève, a dû
avoir l'honneur de vous écrire fur *Gallien*. Il m'en
paraît content ; il efpère le former : cette place eft
bonne. Les paffe-ports et les certificats de vie des
Génevois vaudront, au moins, à *Gallien* mille francs
par an. Je donnerai les dix louis d'or en queftion,
fur le premier ordre que je recevrai de vous. Vous
me permettez de ne vous pas écrire de ma main
quand ma déteftable fanté me tient fur le grabat :
c'eft l'état où je fuis aujourd'hui, avec la réfignation
convenable, et avec le plus tendre et le plus refpectueux attachement. *V.*

LETTRE CLVIII.

A M. LE COMTE D'ARGENTAL.

A Ferney , 18 d'augufte.

BÉNIS foient DIEU et mes anges ! Puifque madame
d'*Argental* fe porte mieux , je fuis affez hardi pour
envoyer deux exemplaires des Scythes. Je n'en envoie
que deux, pour ne pas trop groffir le paquet. J'en
ai adreffé quatre à M. le duc de *Praflin* , et trois
à M. le duc de *Choifeul.* J'en ferai venir tant qu'on
voudra , on n'a qu'à commander.

1767.
Dès que madame d'*Argental* fera en pleine convalefcence, et qu'elle pourra s'amufer de balivernes, adreffez-vous à moi, je vous amuferai fur le champ: cela eft plus néceffaire que des juleps de creffon. Elle a effuyé là une furieufe fecouffe. Pour moi, je ne fais pas comment je fuis en vie, avec ma maigreur qui fe foutient toujours, et mon climat qui change quatre fois par jour. Il faut avouer que la vie reffemble au feftin de *Damoclès*; le glaive eft toujours fufpendu.

Portez-vous bien tous deux, mes divins anges. Le petit hermitage va faire un feu de joie.

LETTRE CLIX.

A M. MARMONTEL.

A Ferney, 21 d'augufte.

Je reçois, mon cher ami, votre lettre du 7 d'augufte, car aouft eft trop velche. Vous avez dû recevoir la mienne, dans laquelle je vous difais que notre impératrice, notre héroïne de Scythie avait traduit le quinzième chapitre. On m'affure, dans le moment, qu'il eft traduit en italien, et dédié à un cardinal; c'eft de quoi il faut s'informer : mais ce qu'il faut furtout fouhaiter, c'eft que la forbonne le condamne: elle fera couverte d'un ridicule et d'un opprobre éternel ; elle fera précifément au niveau de *Fréron*.

Je vous recommande *la Harpe* quand je ne ferai plus. Il fera un des piliers de notre Eglife; il faudra le faire de l'académie : après avoir eu tant de prix, il eft bien jufte qu'il en donne.

Au

Au reste, souvenez-vous que, s'il y a dans l'Europe —
des princes et des ministres qui pensent, ce n'est   1767.
guère qu'en France qu'on peut trouver les agrémens
de la société. Les Français, persécutés et chargés
de chaînes, dansent très-joliment avec leurs fers,
quand le geolier n'est pas là. Nous avons eu des
fêtes charmantes à Ferney. Madame de *la Harpe* a
joué comme mademoiselle *Clairon*, M. de *la Harpe*
comme *le Kain*, M. de *Chabanon* infiniment mieux
que *Molé :* cela console.

Adieu, mon cher confrère; je n'écris point de ma
main, je suis aveugle comme votre *Bélisaire;* je récite
son *Credo*, mais je ne le commente pas si bien que lui.

LETTRE CLX.

A M. DAMILAVILLE.

22 d'auguste.

JE sais, Monsieur, que vous vous amusez quelquefois de littérature. J'ai fait chercher l'Ingénu pour
vous l'envoyer, et j'espère que vous le recevrez
incessamment; c'est une plaisanterie assez innocente
d'un moine défroqué, nommé *Laurent*, auteur du
Compère Matthieu.

J'ai vu à Ferney, depuis peu de jours, votre ami
qui est menacé de perdre entièrement les yeux, et
dont la santé est très-altérée. Il m'a montré des
lettres des ministres, de MM. les maréchaux de
Richelieu et d'*Estrées*, et de toute la maison de *Noailles*,
au sujet de *la Beaumelle*. Il m'a dit que ces démarches

——— étaient abſolument néceſſaires ; que les écrits de *la Beaumelle* étaient très - répandus dans les pays étrangers , et qu'on n'y recherchait même d'autre édition du Siècle de *Louis XIV*, que celle qui a été faite par ce malheureux , et qui eſt chargée de falſifications et de notes infames. Ce *la Beaumelle* eſt un énergumène du Languedoc , un eſprit indomptable, qu'il a fallu écraſer. Le canton de Berne , outragé dans ce libelle, en a demandé juſtice au miniſtère.

Vous ſavez qu'on n'a pas voulu faire une ſeconde édition de l'ouvrage de mathématique, &c. Il n'y a plus de livres qu'on imprime pluſieurs fois, que les livres condamnés. Il faut aujourd'hui qu'un libraire ſupplie les magiſtrats de brûler ſon livre pour le faire vendre.

Votre ami malade vous fait les plus tendres complimens; il paſſe la moitié de la journée à ſouffrir, et l'autre à travailler.

J'ai l'honneur d'être, Monſieur, votre, &c.

Bourſier.

LETTRE CLXI.

A M. VERNES.

1 de ſeptembre.

Voici , Monſieur, les paroles de *Sanchoniathon :*
» Ces choſes ſont écrites dans la *Coſmogonie* de *Thaut*,
» dans ſes mémoires , et tirées des conjectures et
» des inſtructions qu'il nous a laiſſées. C'eſt lui qui
» nomma les vents du ſeptentrion et du midi, &c...
» Ces premiers hommes conſacrèrent les plantes

,, que la terre avait produites : ils les jugèrent
,, divines, et vénérèrent ce qui foutenait leur vie,
,, celle de leur poftérité et de leurs ancêtres, &c. ,,

Au refte, mon cher Monfieur, il fe pourrait très-
bien que *Sanchoniathon* eût dit une fottife, ainfi que
des gens venus après lui en ont dit d'énormes.

L'affaire des *Sirven* n'a pu être encore rapportée,
parce que M. d'*Ormeffon* a été malade ; du moins
on donne cette excufe : mais il fe pourrait bien
que le crédit des ennemis en fût la véritable raifon.
La malheureufe aventure de Sainte-Foy fur les frontières du Périgord, vingt-quatre pauvres diables de
huguenots décrétés, le fatal édit de 1724 renouvelé
dans le Languedoc, et enfin le malheur de *Sirven*
qui n'a point de jolie fille pour intéreffer les Parifiens:
tout cela pourrait nuire à la caufe de cet infortuné.

Je vous envoie, mon cher philofophe huguenot,
une petite Philippique que j'ai été obligé de faire.
L'ami *la Beaumelle* s'en eft mal trouvé. Le commandant de la province l'a un peu menacé, de la part
du roi, du cachot qu'il mérite. Je fuis très-tolérant,
mais je ne le fuis pas pour les calomniateurs. Il faut
d'une main foutenir l'innocence, et de l'autre écrafer
le crime.

Je vous embraffe en *Jéhova*, en *Knef*, en *Zeus* ;
point du tout en *Athanafe*, très-peu en *Jérôme* et
en *Auguftin*.

1767.

1767.

LETTRE CLXII.

A M. LE COMTE D'ARGENTAL.

2 de septembre.

Nous nous apprêtons à célébrer la convalescence : il y aura comédie nouvelle, soupé de quatre-vingts couverts. C'est bien pis que chez M. de *Pompignan*; et puis nous aurons bal et fusées.

J'envoyai, par le dernier ordinaire, un Ingénu, par M. le duc de *Praslin*, pour amuser la convalescente ; et vous aurez, mes anges, pour votre hiver, les tragédies de MM. de *Chabanon* et de *la Harpe* ; cela n'est pas trop mal pour des habitans du mont Jura ; mais, en vérité, vous autres Velches, vous êtes des habitans de Montmartre. Je vous assure que les Guillaume Tell et les Illinois font aux *Danchet* et aux *Pellegrin* ce que les *Pellegrin* et les *Danchet* font à *Racine*. Je ne crois pas qu'il y ait une ville de province dans laquelle on pût achever la représentation de ces parades qui ont été applaudies à Paris. Cela met en colère les ames bien nées : cette barbarie avancera ma mort. Le fond des Velches sera toujours sot et grossier. Le petit nombre des prédestinés qui ont du goût, n'influe point sur la multitude : la décadence est arrivée à son dernier période.

Vivez donc, mes anges, pour vous opposer à ce torrent de bêtises de tant d'espèces, qui inondent la nation. Je ne connais, depuis vingt ans, aucun livre supportable, excepté ceux que l'on brûle, ou dont on perfécute les auteurs. Allez, mes Velches, Dieu vous béniffe! vous êtes la chiaffe du genre-humain. Vous ne méritez pas d'avoir eu parmi vous de grands-hommes qui ont porté votre langue jufqu'à Mofcou. C'eft bien la peine d'avoir tant d'académies pour devenir barbares. Ma jufte indignation, mes anges, eft égale à la tendreffe refpectueufe que j'ai pour vous, et qui fait la confolation de mes vieux jours. *V.*

Tout Ferney fe réjouit de la convalefcence.

LETTRE CLXIII.

A M. DAMILAVILE.

4 de feptembre.

JE reçois, Monfieur, votre lettre du 29 d'augufte. Tous les paquets arrivent de Paris en pays étranger; mais rien n'arrive de nos cantons à Paris.

Je vois très-fouvent votre ami qui vous aime tendrement. Il voudrait bien avoir le *Panégyrique de Louis IX*; mais je crois que l'impératrice ruffe méritera un plus beau panégyrique. Quelle époque, mon cher Monfieur! elle force les évêques farmates à être tolérans, et vous ne pouvez en faire autant des vôtres. O Velches! pauvres Velches! quand l'étoile du Nord pourra-t-elle vous illuminer?

Savez-vous bien qu'on fait actuellement des vers à Pétersbourg mieux qu'en France? favez-vous, mes pauvres Velches, que vous n'avez plus ni goût ni efprit? Que diraient les *Defpréaux*, les *Racine*, s'ils

S 3

voyaient toutes les barbaries de nos jours ? Les barbares Illinois l'ont emporté sur le barbare *Crébillon* : le barbare . . . . le dispute aux Illinois par-devant l'auteur de *Childebrand*. Ah, polissons que vous êtes, combien je vous méprise !

Nous avons du moins chez nous deux hommes qui ont du goût, et c'est ce qui se trouvera difficilement à Paris. La nation m'indigne.

Bonsoir, mon cher Monsieur ; vous avez dans mon voisinage un ami qui vous aime avec la plus vive tendresse, tout vieux qu'il est. On dit que les vieillards n'aiment rien ; cela n'est pas vrai. Voici un petit billet qu'on m'a donné pour M. *Lambertad*.

Boursier.

LETTRE CLXIV.

A M. LE MARECHAL DUC DE RICHELIEU.

A Ferney, 9 de septembre.

Rendez à César ce qui appartient à César.

J'AVOUE, Monseigneur, que l'impertinence est extrême. S'il fait si bien l'histoire, il doit savoir que le secrétaire d'Etat *Villeroi* écrivait *Monseigneur* aux maréchaux de France.

Incessamment *Galien* pourra vous écrire avec la même noblesse de style, dès qu'il aura fait une petite fortune. Je ne manquerai pas d'exécuter vos ordres. Vous savez peut-être qu'en qualité de français je ne puis aller à Genève ; cela est défendu : mais on viendra chez moi, et je parlerai comme je le dois. De

plus, je fuis dans mon lit, où une fièvre lente retient
ma figure ufée et languiffante.   1767.

Je préfume que vous donnerez l'ordre d'achever
le payement de ce que doit *Galien*, après quoi
vous ferez probablement débarraffé de ce petit fardeau. Je joins ici les mémoires. Vos paquets font
francs, et ce n'eft point une indifcrétion de ma part.

Quant à l'article des fpectacles, j'ofe efpérer que
vous aurez la bonté d'entrer dans mes peines. Je
ne connais aucun des acteurs, excepté mademoifelle
Duménil et *le Kain*. La petite *Durancy* avait joué
chez moi aux Délices, à l'âge de quatorze ans; je
ne lui ai donné quelques rôles, que fur la réputation
qu'elle s'eft faite depuis. J'ai fait un partage affez
égal entre elle et mademoifelle *Dubois*. Il me paraît
que ce partage entretient une émulation néceffaire.
Si mademoifelle *Durancy* ne réuffit pas, les rôles
reviennent néceffairement aux actrices qui font plus
au goût du public, et vos ordres décident de tout.
Le pauvre d'*Argental* a été bien loin de pouvoir fe
mêler dans ces tracafferies ; il a été long-temps
malade, et fa femme a été un mois entier à la mort.
M. de *Thibouville*, qui a beaucoup de talent pour
la déclamation, n'a fait autre chofe qu'affifter à
quelques répétitions. Il eft mon ami depuis trente
ans, et celui de ma nièce. Vous ne voulez pas nous
priver de cette confolation, furtout dans le trifte
état où la vieilleffe et la maladie me réduifent.

Daignez agréer mon refpect et mon attachement,
avec votre bonté ordinaire. *V.*

LETTRE CLXV.

A M. DAMILAVILLE.

1767.

12 de septembre.

MON cher ami, je reçois votre lettre du 5, et je suis pénétré d'une double peine, la vôtre et la mienne. Vous avez à vous plaindre de la nature, et moi aussi. Nous sommes tous deux malades; mais je suis au bout de ma carrière, et vous voilà arrêté au milieu de la vôtre par une indisposition qui pourra vous priver long-temps de la consolation du travail, consolation nécessaire à tout être qui pense, et principalement à vous qui pensez si sagement et si fortement.

N'êtes-vous pas, à peu-près, dans le cas où s'est trouvé M. *Dubois?* n'a-t-il pas été guéri? n'y a-t-il pas un homme, dans Paris, qu'on dit fort habile pour la guérison des tumeurs? Mandez-moi, je vous prie, quel parti vous prenez dans cette triste circonstance.

Malgré mes maux, je m'égaie à voir embellir par des acteurs qui valent mieux que moi, une comédie (*) qui ne mérite pas leurs peines. Nous avons trois auteurs dans notre troupe. Vous m'avouerez que cela est unique dans le monde; et ce qu'il y a de beau encore, c'est que ces trois auteurs ne cabalent point les uns contre les autres. Nous sommes plus

(*) Charlot ou la Comtesse de Givry.

unis que la forbonne. Tous les étrangers font très-
fâchés que cette faculté de grands hommes ait fupprimé fa cenfure; elle aurait édifié l'Europe et mis
le comble à fa gloire.

J'ai reçu les belles pièces de théâtre qu'on m'a
envoyées depuis peu; c'eft *Racine* et *Molière* tout pur.
Il y a quelque temps que l'on m'adreffa un livre
intitulé, *le Siècle de Louis XV.* Les principaux per-
fonnages du fiècle, font trois joueurs d'orgues et
deux apothicaires. Il manquait à ce fiècle l'ouvrage
que la forbonne annonçait ; mais j'ofe efpérer que
nous verrons ce chef-d'œuvre. Je ne peux concevoir
comme on a permis en France l'impreffion du livre
de *Laurent*, intitulé l'*Ingénu.* Cela me paffe.

Je finis, car j'ai la fièvre. Je vous embraffe du
meilleur de mon cœur.

LETTRE CLXVI.

A M. LE MARECHAL DUC DE RICHELIEU.

A Ferney, 12 de feptembre.

J'AI fait prier, Monfeigneur, notre réfident de
paffer chez moi. Je vous avais prévenu que je n'allais
plus à Genève; et d'ailleurs, quand l'entrée de cette
ville ferait permife aux Français, l'état où je fuis
ne me permettrait pas de fortir.

Nous avons eu une longue conférence ; et le
réfultat a été que, la première fois qu'il aurait
l'honneur de vous écrire, il ne manquerait pas de
vous rendre ce qu'il vous doit : voilà ce qu'il m'a

1767.

dit en préfence de ma nièce. Je reçus, fous votre enveloppe, hier au foir, une lettre pour *Galien*, et je la lui ai envoyée de grand matin.

Voici une très-grande partie des frais qui reftent à payer pour lui. Comme la fomme montera à près de huit cents livres, indépendamment de ce que vous avez déjà bien voulu donner, et de quantité de menus frais qui n'entrent pas en ligne de compte, je n'ai rien voulu faire fans vos ordres exprès. Jufqu'à préfent, il n'a paru aucun mémoire confidérable par lui-même. Je payerai tout, fur le champ, felon l'ordre que je recevrai de vous. Voilà, je penfe, toutes vos commiffions remplies : il ne me refte qu'à vous fouhaiter un agréable voyage, et à recommander la Scythie à votre protection, en cas qu'on ait des fpectacles à Fontainebleau. J'avoue que j'aime la Scythie ; pardonnez-moi ma faibleffe, et joignez l'indulgence à vos bontés.

Vous voyez que j'écris régulièrement, tout malade que je fuis, dès qu'il s'agit de la moindre affaire. Je regretterai *Galien* qui me valait des ordres de votre part.

Nous avons ici beaucoup de troupes : notre petit pays en eft charmé.

J'écris dans l'intervalle de la fièvre.

Agréez mon tendre refpect. *V.*

LETTRE CLXVII.

AU MEME.

A Ferney, 13 de septembre.

Vous me pardonnerez, Monfeigneur, fi je me
fers d'une main étrangère ; ma fièvre ne me permet
pas d'écrire. Vous me pardonnerez encore fi je vous
importune fi fouvent pour les affaires de *Galien;*
mais il faut que mes comptes foient apurés avant
que je meure. Il m'eft venu voir aujourd'hui avec
deux feigneurs efpagnols qu'il m'a amenés. Je lui
ai demandé s'il n'avait point encore quelques dettes,
et il m'a donné le petit mémoire ci-joint ; de forte
que tout fe monte à la fomme de 881 livres 18 fous.
Ainfi donc, Monfeigneur, ce jeune homme vous
coûtait, par an, 1200 livres, indépendamment de
fa nourriture et des autres chofes néceffaires. Il y
a très-peu de perfonnes qui en fiffent davantage
pour leur fils. Ses dépenfes me paraiffent exorbi-
tantes pour un jeune homme que vous avez fi bien
équipé quand vous me l'envoyâtes. Je n'ai ceffé de
lui recommander la plus grande retenue ; mais je
vois qu'il a ufé largement de vos bontés. Il faut
avouer pourtant qu'il a mis de la difcrétion dans
fa magnificence ; car, à l'abri de votre protection et
de votre nom, il aurait pu prendre dix mille francs
chez les marchands, on ne lui aurait rien refufé.
Vous voilà heureufement débarraffé de ce fardeau,
fans qu'il puiffe être dégagé de la reconnaiffance
éternelle qu'il vous doit.

Il ne me refte, Monfeigneur, que d'attendré vos ordres ; et de vous fupplier de me continuer vos bontés pour le peu de temps que j'ai encore à en jouir. *V.*

LETTRE CLXVIII.

A M. LE COMTE D'ARGENTAL.

18 de feptembre.

Mon cher ange eft donc dans l'allégreffe et la jubilation ; la convalefcence fe foutient donc parfaitement ; l'appétit eft donc revenu : Dieu foit loué. Je chante *Te Deum* pour madame d'*Argental*, et pour moi un *Libera ;* car j'ai encore de grands reffentimens de fièvre. Je tâcherai d'engager *Lacombe* à faire encore mieux que vous ne propofez pour *le Kain ;* mais il a imprimé l'Ingénu, fans m'en rien dire, fur les premières feuilles incorrectes qu'il a été affez heureux pour fe procurer. Son édition fourmille de fautes abfurdes : je ne conçois pas comment on en a pu fouffrir la lecture. Je ne lui ai écrit, jufqu'à préfent, que pour lui laver la tête. Vous aurez inceffamment Charlot ou la Comteffe de Givry, dont je fais plus de cas que de l'Ingénu, mais qui n'aura pas le même fuccès. Je ne la deftine pas aux comédiens, à qui je ne donnerai jamais rien, après la manière barbare dont ils m'ont défiguré, et l'infolence qu'ils ont eue de mettre dans mes pièces des vers dont l'abbé *Pellegrin* et *Danchet* auraient rougi. D'ailleurs, les caprices du parterre font intolérables, et les Velches font trop velches.

cet endroit font trop mauvais : *bonté fertile* eſt
ridicule.

1767.

Priez vos auteurs de ne citer que des faits avérés.
Le viol d'une dame, par un marabou, à la face,
et non *en face* de tout un peuple, eſt un conte à
dormir debout, digne de *Léon* d'Afrique.

LETTRE CLXX.

A M. LE COMTE D'ARGENTAL.

28 de ſeptembre.

Mon cher ange, quoique vous ne m'écriviez point,
je ſuppoſe toujours que madame d'*Argental* a repris
ſa ſanté, ſon embonpoint, ſa gaieté et ſes grâces,
et qu'elle eſt tout comme je l'ai laiſſée il y a environ
quinze ans. Vous voulez que je vous envoye, pour
vous amuſer, la petite drôlerie qui nous a fait paſſer
quelques heures agréablement dans nos déſerts. La
perfection ſingulière avec laquelle cette médiocrité
a été jouée, me fait oublier les défauts de la pièce,
et me donne la hardieſſe de vous l'envoyer. Je l'adreſſe
ſous l'enveloppe de M. de *Courteille*, et j'eſpère qu'elle
vous parviendra ſaine et ſauve.

On dit qu'on va reprendre l'affaire des *Sirven* en
conſidération. Je commence à en avoir bonne eſpérance, puiſque M. de *Beaumont* a gagné ſon procès
qui me donnait tant d'inquiétude : il a la main heureuſe. La juſtice du conſeil eſt, à la vérité, comme
celle de DIEU, fort lente ; mais enfin elle arrive.

LETTRE CLXIX.

A M. GUYOT.

A Ferney, 25 de septembre.

J'AI enfin reçu, Monsieur, les deux premiers volumes de votre *Vocabulaire*. Tout ce que j'en ai lu m'a paru exact et utile : rien de trop ni de trop peu ; point de fades déclamations. J'attends la suite avec impatience ; votre entreprise est un vrai service rendu à toute la littérature.

Vous me feriez plaisir de m'apprendre les noms des auteurs à qui nous aurons tant d'obligation.

J'ai l'honneur d'être bien véritablement, Monsieur, votre, &c.

P. S. Il ne serait pas mal de mettre dans votre errata, que nous prononçons auto-da-fé par corruption, et que les Espagnols disent auto-de-fé. Il y a une grosse faute à la page 423 : les dieux *mêmes* éternels arbitres ; il faut les dieux *même*, sans *s*. Cet *s* donne une syllabe de trop au vers.

Il y a une plus grande faute à la page 422. Plaçât tous bienfaiteurs au rang des immortels ; c'est un barbarisme. On dit , *tous les bienfaiteurs*, et non *tous bienfaiteurs*. On n'entendrait pas un homme qui dirait , *j'ai mis tous saints dans le catalogue.* D'ailleurs, il faut tâcher , dans un dictionnaire , de ne citer que de bons vers , et ne point imiter en cela l'impertinent *Dictionnaire de Trévoux*. Les vers cités en

Il m'a été de toute impossibilité, mon cher ange, de faire ce que vous exigiez à l'égard des Scythes. La tournure que vous vouliez était absolument incompatible avec mon goût et ma manière de penser. On fait toujours très-mal les choses auxquelles on a de la répugnance.

Au reste, les comédiens me doivent la reprise des Scythes qu'ils ont abandonnés, après les plus fortes chambrées, pour jouer des pièces qui font l'opprobre de la nation. J'espère que vous voudrez bien engager les premiers gentilshommes de la chambre, qui sont vos amis, à me faire rendre justice ; et que, de son côté, M. le maréchal de *Richelieu*, qui a fait jouer les Scythes à Bordeaux, avec le plus grand succès, ne souffrira pas qu'on me traite avec si peu d'égards. On dit qu'il n'y aura point de spectacles à Fontainebleau ; ainsi je compte qu'on jouera les Scythes à la Saint-Martin. Il serait bien étrange que les comédiens ne payassent mes bienfaits que d'ingratitude ; vous ne le souffrirez pas ; vos bontés pour moi sont trop constantes, et ce n'est pas votre coutume d'abandonner vos amis.

Mon village est devenu le quartier général des troupes qui font le blocus de Genève. Je vous écris au son du tambour, et en attendant la fièvre qui va me reprendre.

Madame *Denis* et M. de *Chabanon* se joignent à moi pour vous dire combien ils s'intéressent à la santé de madame d'*Argental*, et moi je ne puis vous dire combien je vous aime. *V*.

—— La justice du parterre est assez dans ce goût; elle fait gagner d'assez mauvais procès en première instance, et il lui faut trente années pour rendre justice à ce qui est passable.

On m'a mandé qu'il n'y aurait point de spectacles à Fontainebleau. La chasse suffit; mais, comme vous aimez mieux la comédie que la chasse, je vous supplie de me mander des nouvelles du tripot.

Pour l'autre tripot qui a condamné l'Ingénu à ne plus paraître, je ne vous en parle point; mais quand je dis qu'il y a des velches dans le monde, vous m'avouerez que j'ai raison.

Mille tendres respects à la convalescente. *V.*

LETTRE CLXXI.

A M. DAMILAVILLE.

28 de septembre.

JE reçois, mon cher ami, votre lettre du 21. Je vous assure que vous m'aviez donné bien des inquiétudes. Prenez bien des fondans, et vivez pour l'intérêt de la raison et de la vérité.

Vous ne me disiez pas que M. et madame de *Beaumont* avaient gagné pleinement leur cause. Il est juste, après tout, que le défenseur des *Calas* et des *Sirven* prospère. Je me flatte que le procès des *Sirven* sera rapporté.

J'ai lu les *pièces relatives*. Les *Riballier* et les *Cogé* devraient mourir de honte, s'ils n'avaient pas toute honte bue.

Je

Je ne fais qui m'a envoyé le *Tableau philofophique du genre-humain depuis le commencement du monde jufqu'à Conftantin.* Je crois en deviner l'auteur ; mais je me donnerai bien de garde de le nommer jamais. Je fuis fâché de voir qu'un homme fi refpectueux envers la Divinité, et qui étale par-tout des fentimens fi vertueux et fi honnêtes, attaque fi cruellement les myftères facrés de la religion chrétienne. Mais il eft à craindre que les *Riballier* et les *Cogé* ne lui faffent plus de tort par leur conduite infame et par toutes leurs calomnies, qu'elle ne peut recevoir d'atteintes des *Bolingbroke*, des *Wolfton*, des *Spinofa*, des *Boulainvilliers*, des *Maillet*, des *Meflier*, des *Fréret*, des *Boulanger*, des *la Métrie*, &c. &c. &c.

Je préfume que vous avez reçu actuellement le brimborion que je vous ai envoyé pour l'enchanteur *Merlin.* Je lui donne cette pièce (*), que j'ai brochée en cinq jours, à condition qu'il n'aura nul privilége. Je n'ai pas ofé faire paraître *Henri IV* dans la pièce ; elle n'en a pas moins fait plaifir à tous nos officiers et à tout notre petit pays, à qui la mémoire d'*Henri IV* eft fi chère. Songez à votre fanté ; la mienne eft déplorable.

(*) Charlot, ou la Comteffe de Givry.

LETTRE CLXXII.

A M. LE COMTE D'ARGENTAL.

30 de septembre.

JE ne comprends pas, mon cher ange, ni votre lettre ni vous. J'ai suivi, de point en point, la distribution que *le Kain* m'avait indiquée ; comme, par exemple, de donner *Alzire* à mademoiselle *Durancy*, et *Zaïre* à mademoiselle *Dubois*, &c.

Comme je ne connais les talens ni de l'une ni de l'autre, je m'en suis tenu uniquement à la décision de *le Kain*, que j'ai confirmée deux fois.

Mademoiselle *Dubois* m'a écrit, en dernier lieu, une lettre lamentable à laquelle j'ai répondu par une lettre polie. Je lui ai marqué que j'avais partagé les rôles de mes médiocres ouvrages entre elle et mademoiselle *Durancy* ; que si elles n'étaient pas contentes, il ne tiendrait qu'à elles de s'arranger ensemble comme elles voudraient. Voilà le précis de ma lettre ; vous ne l'avez pas vue sans doute : si vous l'aviez vue, vous ne me feriez pas les reproches que vous me faites.

M. de *Richelieu* m'en fait, de son côté, de beaucoup plus vifs, s'il est possible. Il est de fort mauvaise humeur. Voilà, entre nous, la seule récompense d'avoir soutenu le théâtre pendant près de cinquante années, et d'avoir fait des largesses de mes ouvrages.

Je ne me plains pas qu'on m'ôte une pension que j'avais, dans le temps qu'on en donne une à *Arlequin*.

Je ne me plains pas du peu d'égard que M. de
Richelieu me témoigne fur des chofes plus effentielles. 1767.
Je ne me plains pas d'avoir fur les bras un régiment,
fans qu'on me fache le moindre gré de ce que j'ai
fait pour lui. Je ne me plains que de vous, mon
cher ange, parce que plus on aime, plus on eft bleffé.

Il eft plaifant que, prefque dans le même temps,
je reçoive des plaintes de M. de *Richelieu* et de vous.
Il y a furement une étoile fur ceux qui cultivent
les lettres, et cette étoile n'eft pas bénigne. Les
tracafferies viennent me chercher dans mes déferts:
que ferait-ce fi j'étais à Paris? heureufement notre
théâtre de Ferney n'éprouve point de ces orages.
Plus les talens de nos acteurs font admirables, plus
l'union règne parmi eux; la difcorde et l'envie font
faites pour la médiocrité. Je dois me renfermer dans
les plaifirs purs et tranquilles que mes maladies
cruelles me laiffent encore goûter quelquefois. Je me
flatte que celui qui a le plus contribué à ces confolations, ne les mêlera pas d'amertume, et qu'une
tracafferie, entre deux comédiennes, ne troublera
pas le repos d'un homme de votre confidération et
de votre âge, et n'empoifonnera pas les derniers
jours qui me reftent à vivre.

Vous ne m'avez point parlé de madame de *Grofley;*
vous croyez qu'il n'y a que les fpectacles qui me
touchent. Vous ne favez pas qu'ils font mon plus
léger fouci, qu'ils ne fervent qu'à remplir le vide
de mes momens inutiles, et que je préfère infiniment
votre amitié à la vaine et ridicule gloire des belles-
lettres qui périffent dans ce malheureux fiècle. *V.*

T 2

LETTRE CLXXIII.

A M. LE COMTE DE SCHOUVALOF.

A Ferney, 3o de septembre.

J'ai été long-temps malade, Monsieur; c'est à ce triste métier que je consume les dernières années de ma vie. Une de mes plus grandes souffrances a été de ne pouvoir répondre à la lettre charmante dont vous m'honorâtes, il y a quelques semaines. Vous faites toujours mon étonnement, vous êtes un des prodiges du règne de *Catherine II*. Les vers français que vous m'envoyez font du meilleur ton et d'une correction singulière; il n'y a pas la plus petite faute de langage: on ne peut vous reprocher que le sujet que vous traitez. Je m'intéresse à la gloire de son beau règne comme je m'intéressais autrefois au siècle de *Louis XIV*. Voilà les beaux jours de la Russie arrivés; toute l'Europe a les yeux sur ce grand exemple de la tolérance, que l'impératrice donne au monde. Les princes jusqu'ici ont été assez infortunés pour ne connaître que la persécution. L'Espagne s'est détruite elle-même en chassant les Juifs et les Maures. La plaie de la révocation de l'édit de Nantes saigne encore en France. Les prêtres désolent l'Italie. Les pays d'Allemagne, gouvernés par les prélats, font pauvres et dépeuplés; tandis que l'Angleterre a doublé sa population depuis deux cents ans, et décuplé ses richesses. Vous savez

1767.

que les querelles de religion, et l'horrible quantité de moines qui couraient comme des fous du fond de l'Egypte à Rome, ont été la vraie cause de la chute de l'Empire romain ; et je crois fermement que la religion chrétienne a fait périr plus d'hommes, depuis *Constantin*, qu'il n'y en a aujourd'hui dans l'Europe.

Il est temps qu'on devienne sage ; mais il est beau que ce soit une femme qui nous apprenne à l'être. Le vrai système de la machine du monde nous est venu de Thorn, de cette ville où l'on a répandu le sang pour la cause des jésuites. Le vrai système de la morale et de la politique des princes nous viendra de Pétersbourg, qui n'a été bâtie que de mon temps, et de Moscou dont nous avions beaucoup moins de connaissance que de Pékin.

Pierre le grand comparait les sciences et les arts au sang qui coule dans les veines ; mais *Catherine*, plus grande encore, y fait couler un nouveau sang. Non-seulement elle établit la tolérance dans son vaste empire, mais elle la protége chez ses voisins. Jusqu'ici on n'a fait marcher des armées que pour dévaster des villages, pour voler des bestiaux et détruire des moissons. Voici la première fois qu'on déploie l'étendard de la guerre, uniquement pour donner la paix et pour rendre les hommes heureux. Cette époque est, sans contredit, ce que je connais de plus beau dans l'histoire du monde.

Nous avons aussi des troupes dans ce petit pays de Ferney, où vous n'avez vu que des fêtes, et où vous avez si bien joué le rôle du fils de *Mérope*. Ces troupes y sont envoyées à peu-près comme les vôtres le sont

1767.

en Pologne, pour faire du bien, pour nous conf-
truire de beaux grands chemins qui aillent jufqu'en
Suiffe, pour nous creufer un port fur notre lac Leman;
auffi nous les béniffons, et nous remercions M. le
duc de *Choifeul* de rendre les foldats utiles pendant
la paix, et de les faire fervir à écarter la guerre
qui n'eft bonne à rien qu'à rendre les peuples malheureux.

Si vous allez ambaffadeur à la Chine, et fi je fuis
en vie quand vous ferez arrivé à Pékin, je ne doute
pas que vous ne faffiez des vers chinois comme vous
en faites de français. Je vous prierai de m'en envoyer
la traduction. Si j'étais jeune, je ferais affurément
le voyage de Pétersbourg et de Pékin ; j'aurais le
plaifir de voir la plus nouvelle et la plus ancienne
création. Nous ne fommes tous que des nouveaux
venus, en comparaifon de meffieurs les Chinois ;
mais je crois les Indiens encore plus anciens. Les
premiers empires ont été fans doute établis dans les
plus beaux pays. L'Occident n'eft parvenu à être
quelque chofe qu'à force d'induftrie. Nous devons
refpecter nos premiers maîtres.

Adieu, Monfieur ; je fuis le plus grand bavard
de l'Occident. Mille refpects à madame la comteffe
de *Schouvalof.*

LETTRE CLXXIV.

A M. LE MARQUIS D'ARGENCE DE DIRAC.

A Ferney , 1 d'octobre.

PAR votre lettre du 20 de septembre , mon cher philosophe militaire, vous m'apprenez que MM. de *Broglie* s'imaginent que je ne leur suis pas attaché : cela prouve que ni MM. de *Broglie* ni vous n'avez jamais lu le Pauvre diable : il a pourtant été imprimé bien souvent. Vous y auriez trouvé ces vers-ci, lesquels sont adressés à un pauvre diable qui voulait faire la campagne.

> Du duc Broglie osez suivre les pas ;
> Sage en projets , et vif dans les combats ,
> Il a transmis sa valeur aux soldats ;
> Il va venger les malheurs de la France :
> Sous ses drapeaux marchez dès aujourd'hui ,
> Et méritez d'être aperçu de lui.

Pour moi, je suis un pauvre diable environné actuellement du régiment de *Conti*, dont trois compagnies sont logées à Ferney. Si elles étaient venues , il y a dix ans , elles auraient couché à la belle étoile. Je fais ce que je peux pour que les officiers et les soldats soient contens ; mais mon âge et mes maladies ne me permettent pas de faire les honneurs de mon hermitage comme je le voudrais. Je ne me mets

—— plus à table avec perfonne. J'achève ma carrière tout doucement; et, quand je la finirai, vous perdrez un ferviteur auffi attaché qu'inutile.

LETTRE CLXXV.

A M. LE MARQUIS ALBERGATI CAPACELLI.

A Ferney, 1 d'octobre.

JE fuis encore entre le mont Jura et les Alpes, Monfieur, et j'y finirai bientôt ma vie. Je n'ai point reçu la lettre par laquelle vous me fefiez part de votre chambellanie. Je vous aimerais mieux dans votre palais à Bologne, que dans l'antichambre d'un prince. J'ai été auffi chambellan d'un roi; mais j'aime cent fois mieux être dans ma chambre que dans la fienne. On meurt plus à fon aife chez foi que chez des rois; c'eft ce qui m'arrivera bientôt. En attendant, je vous préfente mes refpects. V.

LETTRE CLXXVI.

A M. DAMILAVILLE.

2 d'octobre.

FONDEZ donc cette maudite glande, mon cher et digne ami. Que l'exemple de M. *Dubois* vous rende bien attentif et bien vigilant : vous n'avez pas, comme lui, cent mille écus de rente à perdre ; mais vous avez à conserver cette ame philosophique et vertueuse, si nécessaire dans un temps où le fanatisme ose combattre encore la raison et la probité. Vous êtes dans la force de l'âge ; vous serez utile aux gens de bien qui pensent comme il faut, et moi je ne suis plus bon à rien. Je suis actuellement obligé de me coucher à sept heures du soir. Je ne peux plus travailler.

Que *Merlin* ne fourre pas mon nom à la bagatelle que je lui ai donnée. Si, par hasard, son édition a quelque succès dans ce siècle ridicule, je lui prépare un petit morceau sur *Henri IV*, qu'il pourra mettre à la tête de la seconde édition, et je vous réponds que vous y retrouverez vos sentimens. Je finis ma carrière littéraire par ce grand-homme, comme je l'ai commencée, et je finis comme lui. Je suis assassiné par des gueux ; *Cogé* est mon *Ravaillac*.

Adieu, mon cher ami ; je suis trop malade pour dicter long-temps ; mais ne jugez point de mes sentimens par la briéveté de mes lettres.

Faudra-t-il que je meure sans vous revoir !

LETTRE CLXXVII.

A M. D'ETALLONDE DE MORIVAL.

6 d'octobre.

CELUI à qui vous avez écrit, Monsieur, du 23 de septembre, prendra toujours un intérêt très-vif à tout ce qui vous regarde. Le roi que vous servez l'honore quelquefois de ses lettres. Il prendra toujours la liberté de vous recommander à ses bontés, et il fera agir ses amis en votre faveur. Il vous supplie de penser qu'il n'y a d'opprobre que pour les *Busiris* en robe noire, et pour ceux qui assassinent juridiquement l'innocence. Tous les hommes qui pensent sont indignés contre ces monstres et contre la détestable superstition qui les anime. La moitié de votre nation est composée de petits singes qui dansent, et l'autre de tigres qui déchirent. Il y a des philosophes; le nombre en est petit; mais à la longue leur voix se fait entendre. Il viendra un temps où votre procès sera revu par la raison, et où vos infames juges seront condamnés avec horreur à son tribunal.

Consolez-vous; attendez le temps de la lumière; elle viendra : on rougira à la fin de sa sottise et de sa barbarie. Si vous avez quelque ami, à peu-près dans le même cas que vous, ayez la bonté, Monsieur, d'en donner avis par la même adresse.

LETTRE CLXXVIII.

A M. DAMILAVILLE.

9 d'octobre.

Mon cher ami, je n'ai point encore de nouvelles de *Marmontel*. Je m'imagine qu'il est occupé de son triomphe; mais le pauvre *Bret*, son approbateur, reste toujours interdit. On commença donc par en croire les *Riballier* et les *Cogé*, et on finit par bafouer la sorbonne et les pédans du collége Mazarin, sans pourtant rendre justice à M. *Marmontel* ni à l'approbateur. Ainsi les gens de lettres sont toujours écrasés, soit qu'ils aient tort, soit qu'ils aient raison.

Voici la réponse que j'ai jugé à propos de faire à ce *Cogé* qui m'impute le Dictionnaire philoso-phique (*); il m'est important de détromper certaines personnes. Vous ne savez pas ce qui se passe dans les bureaux des ministres, et même dans le cabinet du roi, et je sais ce qui s'y est passé à mon égard.

Tandis que vous imprimez l'Eloge d'*Henri IV*, sous le nom de Charlot, on l'a rejoué à Ferney mieux qu'on ne le jouera jamais à la comédie. Madame *Denis* m'a donné, en présence du régiment de *Conti* et de toute la province, la plus agréable fête que j'aye jamais vue. Les princes peuvent en donner de plus magnifiques, mais il n'y a point de souverain qui en puisse donner de plus ingénieuse.

(*) Voyez ci-devant la lettre du 27 juillet, à l'abbé *Cogé*.

Je vous fupplie, mon cher ami, de donner à *Thiriot* les rogatons de vers qui font dans le paquet; cela peut fervir à fa correfpondance.

Va-t-on entamer l'affaire des *Sirven* à Fontainebleau? puis-je en être sûr? car je ne voudrais pas fatiguer M. *Chardon* d'une lettre inutile.

Ma fanté va toujours en empirant, et je fuis bien inquiet de la vôtre. Adieu, mon cher ami; nous favons tous deux combien la vie eft peu de chofe, et combien les hommes font méchans.

LETTRE CLXXIX.

A MADAME

LA MARQUISE DE FLORIAN.

A Ferney, le 12 d'octobre.

IL n'y a pas moyen, ma chère nièce, que je vous blâme de penfer comme moi. Je vous fais très-bon gré de paffer votre hiver à la campagne : on n'eft bien que dans fon château. Confultez le roi ; c'eft ainfi qu'il en ufe. Il ne paffe jamais fes hivers à Paris. Le fracas des villes n'eft fait que pour ceux qui ne peuvent s'occuper. Ma fanté a été fi mauvaife que je n'ai pu aller à Montbelliard, quoique ce voyage fût indifpenfable. Il y a un mois que je ne fors prefque pas de mon lit. Je ne me fuis habillé que pour aller voir une petite fête que votre fœur m'a donnée. Vous jugerez fi la fête a été agréable, par les petites bagatelles ci-jointes. On vous enverra

bientôt de Paris la petite comédie qu'on a jouée. ——
M. de *la Harpe* et M. de *Chabanon* n'ont pas encore   1767.
fini leurs pièces ; et quand elles feraient achevées,
je ne vois pas quel ufage ils en pourraient faire
dans le délabrement horrible où le théâtre eft tombé.

Ferney eft toujours le quartier général. Nous avons
le colonel du régiment de *Conti* dans la maifon , et
trois compagnies dans le village. Les foldats nous
font des chemins , les grenadiers me plantent des
arbres. Madame *Denis*, qui a été accoutumée à tout
ce fracas à Landau et à Lille, s'en accommode à
merveille. Je fuis trop malade pour faire les honneurs
du château. Je ne mange jamais au grand couvert.
Je ferais mort en quatre jours, s'il me fallait vivre
en homme du monde : je fuis tranquille au milieu
du tintamarre, et folitaire dans la cohue.

S'il me tombe quelque chofe de nouveau entre
les mains, je ne manquerai pas de vous l'envoyer
à l'adreffe que vous m'avez donnée. Je m'imagine
que M. de *Florian* ne perd pas fon temps cette
automne ; il aligne fans doute des allées ; il fait
des pièces d'eau et des avenues. Les pauvres Parifiens
ne favent pas quel eft le plaifir de cultiver fon jardin :
il n'y a que *Candide* et nous qui ayons raifon.

Je vous embraffe tous de tout mon cœur.

 LETTRE CLXXX.

A M. LE COMTE D'ARGENTAL.

A Ferney, 14 d'octobre.

Mon cher ange, j'apprends qu'on vous a faigné trois fois : voilà ce que c'eft que d'être gras et dodu. Si on m'avait faigné deux fois, j'en ferais mort. On dit que vous vous en êtes tiré à merveille. J'apprends en même temps votre maladie et votre convalefcence ; tout notre petit hermitage aurait été alarmé, fi on ne nous avait pas raffurés. Vous voilà donc au régime avec madame d'*Argental*, et fous la direction de *Fournier*. Pour moi, je fuis dans mon lit depuis un mois ; je fuis plus vieux et plus faible que vous ; il faut que je me prépare au grand voyage, après un petit féjour affez ridicule fur ce globe.

La comédie françaife me paraît auffi malade que moi. Je me flatte qu'après les faignées qu'on vous a faites, votre fang n'eft plus aigri contre votre ancien et fidelle ferviteur. Vous avez dû voir combien on a abufé de ma lettre à mademoifelle *Dubois*, qui n'était qu'un compliment et une plaifanterie, mais dans laquelle je lui difais très-nettement que j'avais partagé mes rôles entre elle et mademoifelle *Durancy*. Il y avait long-temps qu'on vous préparait ce tour ; on aurait beaucoup mieux fait de me payer beaucoup d'argent qu'on me doit. Je fuis vexé de tous côtés ; c'eft la deftinée des gens de lettres. Ce font des oifeaux que chacun tire en volant, et qui ont

bien de la peine à regagner leur trou avec l'aile
caffée.

Je vous embraffe du fond de mon trou, avec une
tendreffe qui ne finira qu'avec moi, mais qui finira
bientôt. *V.*

LETTRE CLXXXI.

A M. MARMONTEL.

14 d'octobre.

MON cher ami, qui m'appelez votre maître, et
qui êtes affurément le mien, je reçois votre lettre
du 8 d'octobre dans mon lit où je fuis malade
depuis un mois ; elle me reffufciterait fi j'étais mort.
Ne doutez pas que je ne faffe tout ce que vous
exigez de moi, dès que j'aurai un peu de force. Souvenez-vous que je n'ai pas attendu les fuffrages des
princes et les cris de l'Europe en votre faveur, pour
me déclarer. DIEU confonde ceux qui attendent
la voix du public pour ofer rendre juftice à leurs
amis, à la vertu et à l'éloquence.

Il eft bien vrai que la forbonne eft dans la fange,
et qu'elle y reftera, foit qu'elle écrive des fottifes,
foit qu'elle n'écrive rien. Il eft encore très-vrai qu'il
faudrait traiter tous ces cuiftres-là comme on a
traité les jéfuites. Les théologiens, qui ne font
aujourd'hui que ridicules, n'ont fervi autrefois qu'à
troubler le monde : il eft temps de les punir de
tout le mal qu'ils ont fait. Cependant votre approbateur refte toujours interdit, et la défenfe de débiter

—— *Bélifaire* n'eft point encore levée. *Cogé* a encore fes
1767. oreilles, et n'a point été mis au pilori ; c'eft-là
ce qui eft honteux pour notre nation. Croiriez-vous
bien que ce maroufle de *Cogé* a ofé m'écrire? Je lui
avais fait répondre par mon laquais ; la lettre était
affez drôle ; c'était *la Défenfe de mon maître*. Elle pouvait faire un pendant avec la Défenfe de mon oncle ;
mais j'ai trouvé qu'un pareil coquin ne méritait
pas la plaifanterie.

Bonfoir, mon cher ami ; refferrez bien les nœuds
qui doivent unir tous les gens qui penfent ; inf-
pirez-leur du courage. Mes tendres complimens à
M. d'*Alembert ;* ne m'oubliez pas auprès de madame
Geoffrin. V.

Madame *Denis* vous fait mille complimens, autant
en difent MM. de *Chabanon* et de *la Harpe.*

LETTRE CLXXXII.

A M. DAMILAVILLE.

16 d'octobre.

MON cher ami, je vous parlerai d'*Henri IV,* avant
de vous entretenir de mademoifelle *Durancy.*

1°. Je favais qu'on avait défendu de faire jamais
paraître *Henri IV* fur le théâtre, *ne nomen ejus vilefce-
rêt ;* et en cas que jamais les comédiens vouluffent
jouer Charlot, il ne fallait pas les priver de cette
petite reffource, fuppofé que c'en foit une dans leur
décadence et dans leur mifère.

2°.

2°. *Henri IV*, étant fubftitué au duc de *Bellegarde*, n'aurait pu jouer un rôle digne de lui. Il aurait été obligé d'entrer dans des détails qui ne conviennent point du tout à fa dignité. De plus, tout ce que le duc de *Bellegarde* dit de fon maître, eft bien plus à l'avantage de ce grand-homme que fi *Henri IV* parlait lui-même.

Enfin il eft néceffaire que celui qui fait le dénouement de la pièce foit un parent de la maifon; et voilà pourquoi j'ai reftitué les vers qui fondent cette parenté au premier acte; ils font d'une néceffité indifpenfable.

Je n'ai encore rien écrit fur mon cher *Henri IV*, mais j'ai tout dans ma tête; et s'il arrivait que la mémoire de ce grand-homme fût affez chère aux Français pour qu'ils pardonnaffent aux fautes de ce petit ouvrage; fi, malgré les cris des *Frérons* et des autres velches, il s'en fefait une autre édition après celle de Genève, je vous enverrais une petite diatribe fur *Henri IV;* vous n'auriez qu'à parler.

J'ai lu une grande partie de l'*Ordre effentiel des fociétés*. Cette effence m'a porté quelquefois à la tête, et m'a mis de mauvaife humeur. Il eft bien certain que la terre paye tout : quel homme n'eft pas convaincu de cette vérité? Mais qu'un feul homme foit le propriétaire de toutes les terres, c'eft une idée monftrueufe; et ce n'eft pas la feule de cette efpèce dans ce livre qui, d'ailleurs, eft profond, méthodique et d'une féchereffe défagréable. On peut profiter de ce qu'il y a de bon, et laiffer là le mauvais : c'eft ainfi que j'en ufe avec tous les livres.

 J'ai été bien étonné, en lifant l'article *Ligature* dans le *Dictionnaire encyclopédique*, de voir que l'auteur croit aux fortiléges. Comment a-t-on laiffé entrer ce fanatique dans le temple de la vérité ? Il y a trop d'articles défectueux dans ce grand ouvrage , et je commence à croire qu'il ne fera jamais réimprimé. Il y a d'excellens articles ; mais, en vérité, il y a trop de pauvretés.

Depuis trois mois , il y a une douzaine d'ouvrages d'une liberté extrême, imprimés en Hollande. La *Théologie portative* n'eft nullement théologique ; ce n'eft qu'une plaifanterie continuelle par ordre alphabétique ; mais il faut avouer qu'il y a des traits fi comiques, que plufieurs théologiens même ne pourront s'empêcher d'en rire. Les jeunes gens et les femmes lifent cette folie avec avidité. Les éditions de tous les livres dans ce goût fe multiplient. Les vrais politiques difent que c'eft un bonheur pour tous les Etats et tous les princes , que plus les querelles théologiques feront méprifées, plus la religion fera refpectée ; et que le repos public ne pouvait naître que de deux fources , l'une, l'expulfion des jéfuites , l'autre, le mépris pour les écoles d'argumens. Ce mépris augmente heureufement par la victoire de *Marmontel.*

Soyez perfuadé , mon cher ami , que je n'ai nulle part à la retraite de mademoifelle *Durancy*. Monfieur d'*Argental* a été très-mal informé. J'ai foutenu le théâtre pendant cinquante ans ; ma récompenfe a été une foule de libelles et de tracafferies. Ah! que j'ai bien fait de quitter Paris , et que je fuis loin de le regretter! Votre correfpondance me tient

lieu de tout ce qui m'aurait pu plaire encore dans
cette ville.

Comment vos fondans réuffiffent-ils? Adieu ; il
n'y a de remède pour moi que celui de la patience.

LETTRE CLXXXIII.

A M. LE COMTE D'ARGENTAL.

16 d'octobre.

JE jure par tous les anges, et par la probité, et
par l'honnêteté, et par la vérité, que je n'ai jamais
écrit un feul mot de l'étrange et ridicule phrafe
foulignée dans la lettre de mon ange, du 8 d'octobre. J'ai écrit tout le contraire ; j'ai écrit que le
partage, fait entre mademoifelle *Durancy* et mademoifelle *Dubois*, devait être regardé comme mon
teftament ; et qu'après ma mort, fi elles n'étaient
pas contentes de leur partage, elles pourraient lire
le teftament expliqué par *Efope*, et prendre chacune
ce qui lui conviendrait.

Je me doutais bien qu'il y avait là quelque friponnerie. Comme ma lettre n'était point de mon
écriture, il eft très-vraifemblable qu'on en aura
fubftitué une autre, en ajoutant à mes paroles, et
en me fefant dire ce que je n'ai point dit. Celui
à qui je dictai ma lettre fe fouvient très-bien qu'il
n'y a pas un feul mot de ce qu'on m'impute. Je
le fomme devant DIEU de dire la vérité.

,, Je protefte devant DIEU et devant M. d'*Argental*
,, que je n'ai jamais écrit un feul mot de la phrafe

,, foulignée par M. d'*Argental*, dans fa lettre du 8
,, d'octobre, laquelle commence par ces mots : *Vous*
,, *devez regarder ce qui s'eft paffé comme un teftament*
,, *mal fait*. En foi de quoi j'ai figné, ce 16 d'octobre
,, 1767. A Ferney.

Wagnière.

Si j'avais écrit à mademoifelle *Dubois* ce qu'on
prétend que je lui ai écrit, elle m'en aurait remercié, et c'eft ce qu'elle n'a eu garde de faire. Cependant
voilà mademoifelle *Durancy* facrifiée par fa faute,
et cela, pour avoir pris une réfolution trop pré-
cipitée, pour n'avoir point confronté l'écriture, pour
avoir mal lu, pour n'avoir point pris de moi des
informations. L'affaire eft faite ; l'artifice a réuffi.
Ce n'eft pas le premier tour de cette efpèce qu'on
m'a joué ; c'eft, Dieu merci, le feul revenant-bon
de la littérature. L'auteur du beau poëme intitulé
le Balai et de *la Poule à ma tante*, s'avifa un jour
de falfifier et de faire courir une lettre que j'avais
écrite à M. d'*Alembert*, et de me faire dire que les
miniftres étaient des oifons, et qu'il n'y avait que
la Poule à ma tante et *le Balai* qui foutinffent l'honneur de la France. Cette belle lettre parvint à M. le
duc de *Choifeul* qui, d'abord, goba cette fottife,
et qui, bientôt après, me rendit plus de juftice
que vous ne m'en rendez.

Tout ce qui refte, ce me femble, à faire après
cette petite infamie, c'eft d'abandonner le théâtre
pour jamais. Je mourrai bientôt, mais il mourra
avant moi. Ce fiècle des raifonneurs eft l'anéantif-
fement des talens ; c'eft ce qui ne pouvait manquer

d'arriver après les efforts que la nature avait faits
dans le fiècle de *Louis XIV.* Il faut, comme le dit   1767.
élégamment *Pierre Corneille,*

> Céder au destin qui roule toutes chofes.

Pour moi qui ai vu empirer toutes chofes, je
ne regretterai rien que vous.

Je me doutais bien que madame de *Groflée* vous
jouerait quelque mauvais tour; c'eft bien pis que
mademoifelle *Dubois.* Ces collatéraux-là ne font pas
votre meilleur côté.

Adieu, mon cher ange; achevons notre vie comme
nous pourrons, et ne nous fâchons pas injuftement.
Il y a dans ce monde affez de fujets réels de chagrin. Tous les miens font plus adoucis par votre
amitié, qu'ils n'ont été aigris par vos reproches.
Comptez que je vous aimerai tendrement jufqu'au
dernier moment de ma vie. *V.*

LETTRE CLXXXIV.

A MADEMOISELLE CLAIRON.

18 d'octobre.

VOUS m'apprenez, Mademoifelle, que vous reve-
nez du pays où j'irai bientôt. Si j'avais fu votre
maladie, je vous aurais affurément écrit. Vous ne
doutez pas de l'intérêt que je prends à votre con-
fervation; il égale mon indifférence pour le théâtre
que vous avez quitté. Il fallait, pour que je l'ai-
maffe, que vous en fiffiez l'ornement.

V 3

1767.

Si vous voulez vous amufer à faire la fcythe chez madame de *Villeroi*, j'ai l'honneur de vous en adreffer un exemplaire par M. *Janel*. Une bagatelle intitulée Charlot ou la Comteffe de Givry, a été exécutée à Ferney d'une manière qui, peut-être, ne vous aurait pas déplu ; c'eft à vous qu'il appartient de juger des talens.

Tout ce qui eft à Ferney vous fait les plus fincères complimens. Je n'ai pas befoin des arts qui doivent nous unir l'un et l'autre, pour vous être tendrement attaché pour le refte de ma vie. V.

LETTRE CLXXXV.

A M. L'ABBÉ DE VOISENON.

19 d'octobre.

Je n'ofais me plaindre de votre filence, mon cher ancien évêque de Montrouge, mais j'en étais affligé. Vous fentez bien que, dans la décadence où nous fommes, et dans la barbarie dont nous approchons, vous m'êtes néceffaire pour me confoler. Si madame de *Saint-Julien* prend des cuifiniers à l'opéra, vous pourriez bien prendre des marmitons à la comédie françaife. Si vous aviez été homme à venir faire un pélerinage à Ferney, vous auriez été étonné d'y voir des tragédies mieux jouées qu'à Paris. Nous avons, depuis un an, M. et madame de *la Harpe* et M. de *Chabanon*, qui font d'excellens acteurs. Il y a des rôles dont la defcendante de *Corneille* fe tire très-bien, et elle récite quelquefois des vers comme l'auteur de Cinna les fefait. Madame *Denis* a joué fupérieurement dans une bagatelle intitulée la Comteffe de Givry ou Charlot. Monfieur l'évêque de Montrouge aurait donné fa bénédiction à toutes nos fêtes.

Je ne fais fi vous êtes docteur de forbonne ; fi vous l'êtes, vous ne prendrez pas affurément le parti de *Riballier* contre *Marmontel*. Ce maraud et fes femblables veulent abfolument que DIEU foit auffi méchant qu'eux. Vous favez bien que les hommes ont toujours fait DIEU à leur image. Je vous parle votre langage de prêtre. Je fuis trop vieux et trop hors de combat pour vous parler la langue de la bonne compagnie, qui vous eft plus naturelle que celle de l'Eglife.

Confervez-moi vos bontés, comme vous avez confervé votre gaieté. Madame *Denis* et tout ce qui eft à Ferney vous fait fes complimens de tout fon cœur.

LETTRE CLXXXVI.

A M. COLINI, *à Manheim.*

Ferney, 21 d'octobre.

J'AI lu, mon cher ami, avec un très-grand plaifir, votre differtation fur la mauvaife humeur où était fi juftement l'électeur palatin *Charles-Louis* contre le vicomte de *Turenne*. Vous penfez avec autant de fagacité que vous vous exprimez dans notre langue avec pureté. Je reconnais là *il genio fiorentino*. Je

1767.

n'avez pas la même maladie ? c'eſt une énigme pour moi. Tout ce que je puis faire, c'eſt de lever les mains au ciel, et de le prier de vous accorder une vie très-longue, très-ſaine, avec très-peu de médecins.

J'avais déjà écrit un petit mot à M. de *Thibouville* pour vous être montré. Votre lettre du 28 d'octobre ne m'a été rendue qu'après. Vous ne doutez pas que je ne ſois bien curieux de voir ma lettre à la belle mademoiſelle *Dubois*. Vous avez vu les raiſons que j'ai de me tenir un peu clos et couvert juſqu'à ce que j'aye reçu des nouvelles de M. le maréchal de *Richelieu*. Il me ſemble qu'il y a, dans cette affaire, je ne ſais quelle conſpiration pour m'embarraſſer et pour ſe moquer de moi. Mais comment M. le duc de *Duras* n'a-t-il pas eu la curioſité de voir cette lettre qui eſt devenue la pomme de diſcorde chez les déeſſes du tripot ? Rien n'eſt, ce me ſemble, ſi facile ; tout ferait alors tiré au clair, ſans que des perſonnes qui peuvent beaucoup me nuire euſſent le moindre prétexte contre moi.

Je vous avoüerai groſſièrement, mon cher ange, que je me trouve dans une ſituation bien gênante, et que je crains l'éclat d'une brouillerie qui me mettrait dans l'alternative de perdre une partie de mon bien, ou de le redemander par les voies du monde les plus triſtes, et peut-être les plus inutiles. On me mande des choſes ſi extraordinaires que je ne ſais plus où j'en ſuis ; ma ſanté, d'ailleurs, eſt abſolument ruinée. Je dois plutôt ſonger à vivre que ſonger à la ſingulière tracaſſerie qu'on m'a faite. Je n'oſe même écrire à *le Kain*, de peur de l'expoſer.

Le préfident *Hénault* peut avoir tort de dire *que M. de Turenne répondit avec une modération qui fit honte à l'électeur de cette bravade.* Ce n'était point à mon fens une bravade, c'était une très-jufte indignation d'un prince fenfible et cruellement offenfé.

On touchait au temps où ces duels entre des princes avaient été fort communs. Le duc de *Beaufort*, général des armées de la fronde, avait tué en duel le duc de *Nemours*. Le fils du duc de *Guife* avait voulu fe battre en duel avec le grand *Condé*. Vous verrez, dans les *Lettres de Péliffon*, que *Louis XIV* lui-même demanda s'il lui ferait permis en confcience de fe battre contre l'empereur *Léopold*.

Je ne ferais point étonné que l'électeur, tout tolérant qu'il était (ainfi que tout prince éclairé doit l'être), ait reproché dans fa colère au maréchal de *Turenne* fon changement de religion, changement dont il ne s'était avifé peut-être que dans l'efpérance d'obtenir l'épée de connétable qu'il n'eut point. Un prince tolérant, et même très-indifférent fur les opinions qui partagent les fectes chrétiennes, peut fort bien, quand il eft en colère, faire rougir un ambitieux qu'il foupçonne de s'être fait catholique romain, par politique, à l'âge de cinquante-cinq ans; car il eft probable qu'un homme de cet âge, occupé des intrigues de cour, et, qui pis eft, des intrigues de l'amour et des cruautés de la guerre, n'embraffe pas, une fecte nouvelle par conviction. Il avait changé deux fois de parti dans les guerres civiles; il n'eft pas étrange qu'il ait changé de religion.

Je ne ferais point encore furpris de plufieurs

1767.

1767. ravages faits en différens temps dans le Palatinat par M. de *Turenne;* il fesait volontiers subsister ses troupes aux dépens des amis comme des ennemis. Il est très-vraisemblable qu'il avait un peu maltraité ce beau pays, même en 1644, lorsque le roi de France était allié de l'électeur, et que l'armée de France marchait contre la Bavière. *Turenne* laissa toujours à ses soldats une assez grande licence. Vous verrez, dans les *Mémoires du marquis de la Fare*, que, vers le temps même du cartel, il avait très-peu épargné la Lorraine, et qu'il avait laissé le pays messin même au pillage. L'intendant avait beau lui porter ses plaintes, il répondait froidement : *Je le ferai dire à l'ordre.*

Je pense, comme vous, que la teneur des lettres de l'électeur et du maréchal de *Turenne* est supposée. Les historiens, malheureusement, ne se font pas un scrupule de faire parler leurs héros. Je n'approuve point dans *Tite - Live* ce que j'aime dans *Homère.* Je soupçonne la lettre de *Ramsai* d'être aussi apocrife que celle du gascon *Sandras. Ramsai* l'écossais était encore plus gascon que lui. Je me souviens qu'il donna au petit *Louis Racine*, fils du grand *Racine*, une lettre au nom de *Pope*, dans laquelle *Pope* se justifiait des petites libertés qu'il avait prises dans son *Essai sur l'homme. Ramsai* avait pris beaucoup de peine à écrire cette lettre en français ; elle était assez éloquente : mais vous remarquerez, s'il vous plaît, que *Pope* savait à peine le français, et qu'il n'avait jamais écrit une ligne dans cette langue ; c'est une vérité dont j'ai été témoin, et qui est sue de tous les gens de lettres d'Angleterre. Voilà

ce qui s'appelle un gros menfonge imprimé; il y
a même, dans cette fiction, je ne fais quoi de fauf-
faire qui me fait de la peine.

1767.

Ne foyez point furpris que M. de *Chenevières* n'ait
pu trouver, dans le dépôt de la guerre, ni le cartel
ni la lettre du maréchal de *Turenne*. C'était une
lettre particulière de M. de *Turenne* au roi, et non
au marquis de *Louvois*. Par la même raifon, elle
ne doit point fe trouver dans les archives de Manheim.
Il eft très - vraifemblable qu'on ne garda pas plus
de copie de ces lettres d'animofité que l'on n'en
garde de celles d'amour.

Quoi qu'il en foit, fi l'électeur palatin envoya
un cartel par le trompette *Petit-Jean*, mon avis eft
qu'il fit très-bien, et qu'il n'y a à cela nul ridicule. S'il y en avait eu, fi cette bravade avait été
honteufe, comme le dit le préfident *Hénault*, comment l'électeur, qui voyait ce fait publié dans toute
l'Europe, ne l'aurait-il pas hautement démenti? comment aucun homme de fa cour ne fe ferait-il élevé
contre cette impofture?

Pour moi je ne dirai pas comme ce maraud de
Frélon dans l'Ecoffaife : *J'en jurerais, mais je ne le
parierais pas.* Je vous dirai : Je ne le jure ni ne
le parie. Ce que je vous jurerai bien, c'eft que les
deux incendies du Palatinat font abominables. Je
vous jure encore que, fi je pouvais me tranfporter, fi je ne gardais pas la chambre depuis près
de trois ans, et le lit depuis deux mois, je viendrais faire ma cour à leurs Alteffes féréniffimes,
auxquelles je ferai bien refpectueufement attaché
jufqu'au dernier moment de ma vie. Comptez de

1767.

même fur l'eftime et fur l'amitié que je vous ai vouées.

A propos d'incendie, il y a des gens qui prétendent qu'on mettra le feu à Genève cet hiver. Je n'en crois rien du tout ; mais, fi on veut brûler Ferney et Tourney, le régiment de *Conti* et la légion de Flandre, qui font occupés à peupler mes pauvres villages, prendront gaiement ma défenfe.

LETTRE CLXXXVII.

A M. CHRISTIN.

A Ferney, 27 d'octobre.

Mon cher ami, je vous écris à tout hafard, ne fachant où vous êtes, et je prie M. *le Riche* de vous faire tenir ma lettre. J'ai écrit à M. *Jean-Maire*, receveur de M. le duc de *Virtemberg* ; je lui ai mandé que la néceffité de foutenir mes droits et ceux de ma famille, contre les créanciers du prince, m'oblige de mettre les affaires en règle ; que vous êtes chargé de ma procuration ; que vous devez être inceffamment dans le bailliage de Beaume, et qu'il eft de l'intérêt du prince que la chambre de Montbelliard prenne fans délai des arrangemens avec vous, pour prévenir des frais ultérieurs ; qu'il n'y a qu'à me déléguer mes rentes et celles de ma famille fur des fermiers folvables et fur des régiffeurs, en ftipulant que leurs fucceffeurs feront tenus aux mêmes conditions, quand même ces conditions ne feraient pas

exprimées dans les contrats que la chambre de
Montbelliard ferait un jour avec eux.

1767.

Si la chambre de Montbelliard a une envie sincère de terminer cette affaire, elle le pourra très-
aisément ; et il sera nécessaire que M. le duc de
Virtemberg ratifie ces conventions.

Si les terres de Franche-Comté étaient tellement
chargées qu'elles ne pussent suffire à mon payement,
il faudrait faire déléguer le surplus sur les terres
de Richwir et d'Horbourg, situées près de Colmar.
Mais, dans toutes ces délégations, il faut stipuler
que les fermiers ou régisseurs seront tenus de me
faire toucher ces revenus dans mon domicile, sans
aucun frais, selon mes conventions avec M. *Jean-
Maire*; bien entendu surtout que l'on comprendra
dans la dette tous les frais que l'on aura faits, tant
pour la procédure que pour les contrôles et insi-
nuations, que pour le payement de votre voyage.

S'il est impossible d'entrer dans cet accommodement raisonnable, vous ferez saisir toutes les terres
dépendantes de Montbelliard en Franche-Comté ;
après quoi je vous prierai d'envoyer le contrat de deux
cents mille livres, par la poste, à M. *Dupont*, *avocat
au conseil souverain de Colmar*, *à Colmar*, avec la
précaution de faire charger le paquet à la poste.

M. *le Riche* m'écrit d'Orgelet qu'il faut faire insi-
nuer mon contrat de deux cents mille livres, parce
que, dit-il, on pourrait un jour prétendre *que j'aurais
seulement placé sur la tête de ma nièce, sans que ce soit à
son profit*. Je ne conçois point du tout cette difficulté,
puisqu'il est stipulé dans le contrat que ma nièce
ne jouira qu'après ma mort. Certainement cette

jouiſſance exprimée eſt au profit de madame *Denis;* mais il ne faut négliger aucune précaution , et je payerai tout ce que M. *le Riche* jugera convenable.

Au reſte , je me rapporte de toute cette affaire entièrement à vous ; mais je crois qu'il ne faut pas ſe preſſer de faire l'inſinuation , ſi la chambre des finances ſe prête à un prompt accommodement.

Mandez-moi, je vous prie , ce que vous penſez de tout cela, et ce que vous aurez fait. Adieu, mon cher ami ; on ne peut vous être plus tendrement attaché que je le ſuis. *V.*

LETTRE CLXXXVIII.

A M. DAMILAVILLE.

3o d'octobre.

MON cher ami, je reçois votre lettre du 20 d'octobre, car il faut que je ſois exact ſur les dates ; on dit qu'il y a quelquefois des lettres qui ſe perdent.

J'écris à M. *Chardon*, à tout hafard, pour l'affaire des *Sirven*, quoique je ne croye pas le moment favorable. On vient de condamner à être pendu un pauvre diable de gaſcon qui avait prêché la parole de DIEU dans une grange auprès de Bordeaux. Le gaſcon, maître de la grange, eſt condamné aux galères, et la plûpart des auditeurs gaſcons ſont bannis du pays ; mais quand on appefantit une main, l'autre peut devenir plus légère. On peut en même temps exécuter les lois ſévères qui défendent de prêcher la parole de DIEU dans

des granges, et venger les lois qui défendent aux
juges de rouer, de pendre les pères et les mères,
fans preuves.

1767.

Ne pourriez-vous point m'envoyer cette *Honnêteté théologique* dont on parle tant, et qu'on m'impute à caufe du titre, et parce que l'on fait que je fuis très-honnête avec les meffieurs de la théologie ? Je ne l'ai point vue, et je meurs d'envie de la lire. On ne pourra pas empêcher qu'il y ait une forbonne, mais on pourra empêcher que cette forbonne faffe du mal. Le ridicule et la honte dont elle vient de fe couvrir dureront long-temps. Il faut efpérer que tant de voix, qui s'élèvent d'un bout de l'Europe à l'autre, impoferont enfin filence aux théologiens, et que le monde ne fera plus bouleverfé par des argumens, comme il l'a été tant de fois.

Pourquoi donc ne pas donner vos obfervations fur l'*Ordre effentiel des fociétés* ? mais il n'y a pas moyen de dire tout ce qu'on devrait et qu'on voudrait dire.

Adieu, mon très-cher ami ; tâchez donc de venir à bout de cette enflure au cou ; pour moi je fuis bien loin d'avoir des enflures, je diminue à vue d'œil, et je ferai bientôt réduit à rien.

LETTRE CLXXXIX.

AU MEME.

2 de novembre.

MON corps qui n'en peut plus, fait fes complimens à votre cou qui n'eft pas en trop bon ordre, mon cher ami. J'arrange mes petites affaires, et voici un papier que je vous prie de faire parvenir à M. de *Laleu*.

Au refte, plus la raifon eft perfécutée, plus elle fait de progrès. Puiffent les braves combattre toujours, et les tièdes fe réchauffer !

Je reçois une lettre d'un des nôtres, nommé M. *Dupont*, avocat au confeil fouverain d'Alface, qui me mande vous avoir adreffé des papiers très-importans pour moi. Il faut bien, quelque philofophe que l'on foit, ne pas négliger abfolument fes affaires temporelles ; ces papiers me feront très-utiles dans le délabrement des affaires de M. le duc de *Virtemberg*. Perfonne ne me paye, et j'ai, depuis fix femaines, le régiment de *Conti* auquel il faut faire les honneurs du pays. Je fuis plus embarraffé que la forbonne ne l'eft avec M. de *Marmontel*.

Je viens d'apprendre qu'il y a des *Mémoires* imprimés du maréchal de *Luxembourg*, et je fuis honteux de l'avoir ignoré. Ils me feront très-utiles pour la nouvelle édition que l'on fait du Siècle de *Louis XIV*, et je vous prie inftamment, mon cher ami, de me

les

les faire venir par *Briaſſon*, ou de quelque autre
manière.

Connaîtriez-vous un petit écrit ſur la population d'une partie de la Normandie et de deux ou
trois autres provinces de France ? On dit que
M. l'intendant de *la Michodière* a part à cet ouvrage
qui eſt, dit-on, très-exact et très-bien fait.

Mandez-moi ſurtout des nouvelles de votre cou ;
je m'y intéreſſe plus qu'à tous les dénombremens
de la France. Vous ne m'avez point parlé de l'opéra
de M. *Thomas* et de M. de *la Borde*. Je crois que vous
vous ſouciez plus d'un bon raiſonnement que d'une
double croche.

Portez-vous bien, mon cher ami, et aimez un
homme qui vous chérira juſqu'au dernier moment
de ſa vie.

LETTRE CXC.

A M. LE COMTE D'ARGENTAL.

6 de novembre.

VRAIMENT, mon divin ange, je ne ſavais pas
que vous euſſiez enterré votre médecin. Je ne ſais
rien de ſi ridicule qu'un médecin qui ne meurt pas
de vieilleſſe ; et je ne conçois guère comment on
attend ſa ſanté de gens qui ne ſavent pas ſe guérir :
cependant il eſt bon de leur demander quelquefois
conſeil, pourvu qu'on ne les croye pas aveuglément. Mais comment pouvez-vous prendre les mêmes
remèdes, madame d'*Argental* et vous, puiſque vous

—— n'avez pas la même maladie ? c'eſt une énigme pour moi. Tout ce que je puis faire, c'eſt de lever les mains au ciel, et de le prier de vous accorder une vie très-longue, très-ſaine, avec très-peu de médecins.

J'avais déjà écrit un petit mot à M. de *Thibouville* pour vous être montré. Votre lettre du 28 d'octobre ne m'a été rendue qu'après. Vous ne doutez pas que je ne ſois bien curieux de voir ma lettre à la belle mademoiſelle *Dubois*. Vous avez vu les raiſons que j'ai de me tenir un peu clos et couvert juſqu'à ce que j'aye reçu des nouvelles de M. le maréchal de *Richelieu*. Il me ſemble qu'il y a, dans cette affaire, je ne ſais quelle conſpiration pour m'embarraſſer et pour ſe moquer de moi. Mais comment M. le duc de *Duras* n'a-t-il pas eu la curioſité de voir cette lettre qui eſt devenue la pomme de diſcorde chez les déeſſes du tripot ? Rien n'eſt, ce me ſemble, ſi facile ; tout ferait alors tiré au clair, ſans que des perſonnes qui peuvent beaucoup me nuire euſſent le moindre prétexte contre moi.

Je vous avouerai groſſièrement, mon cher ange, que je me trouve dans une ſituation bien gênante, et que je crains l'éclat d'une brouillerie qui me mettrait dans l'alternative de perdre une partie de mon bien, ou de le redemander par les voies du monde les plus triſtes, et peut-être les plus inutiles. On me mande des choſes ſi extraordinaires que je ne ſais plus où j'en ſuis ; ma ſanté, d'ailleurs, eſt abſolument ruinée. Je dois plutôt ſonger à vivre que ſonger à la ſingulière tracaſſerie qu'on m'a faite. Je n'oſe même écrire à *le Kain*, de peur de l'expoſer.

, Vous verrez inceffamment M. de *Chabanon* et ——
M. de *la Harpe*. J'ai donné une lettre à M. de *la* 1767.
Harpe pour vous.

Adieu, mon divin ange ; maman et moi, nous
nous mettons au bout de vos ailes plus que jamais.

Vous favez quel eft pour vous mon culte d'hy-
perdulie.

LETTRE CXCI.

A M. LE COMTE DE LA TOURAILLE.

Le 9 de novembre.

JE n'ai pu répondre, Monfieur, auffitôt que je
l'aurais voulu, à la lettre par laquelle vous eûtes
la bonté de m'apprendre votre excommunication.
J'étais enchanté de vous avoir pour confrère, et
il était bien jufte qu'un doyen félicitât avec empreffement un novice tel que vous ; mais j'étais dans
ce temps-là fur le point d'aller à tous les diables.
Ma vieilleffe et mes maladies continuelles ne me
permettent pas de remplir mes devoirs bien exactement avec les réprouvés auxquels je fuis très-attaché.
Je me flatte que , fi vous êtes excommunié auprès
de quelques habitués de paroiffe, vous ne l'êtes
pas auprès de l'habitué de la gloire. Les lauriers
des *Condé* garantiffent des foudres de l'Eglife.

Je vous fouhaite, Monfieur, beaucoup de joie
et de plaifir dans ce monde , en attendant que
vous foyez damné dans l'autre.

X 2

Ne montrez point ma lettre à monsieur l'archevêque, si vous voulez que j'aye l'honneur d'être enterré en terre sainte ; mais, si jamais vous lui parlez de moi, assurez-le bien que je ne suis pas janséniste.

Conservez-moi vos bontés. Voulez-vous bien me mettre aux pieds de son Altesse sérénissime ?

LETTRE CXCII.

A M. DAMILAVILLE.

Le 11 de novembre.

J'AI aussi, mon cher ami, une très-ancienne colique. Je suis à peu-près de l'âge de M. de *Courteille*, et beaucoup plus faible et plus usé que lui. Je dois m'attendre à la même aventure au premier jour. Que cette dernière facétie soit jouée dans mon désert ou demain, ou dans six mois, ou dans un an, cela est parfaitement égal entre deux éternités qui nous engloutissent et qui ne nous laissent qu'un moment pour souffrir et pour mourir.

Je vous plains beaucoup d'avoir perdu votre protecteur ; mais vous ne perdrez pas pour cela votre emploi. Vous vous soutiendrez par vos propres forces, et d'ailleurs vous avez des amis. Plût à Dieu que vous pussiez, au lieu de votre emploi, avoir un bénéfice simple, et venir philosopher avec moi sur la fin de ma carrière.

Mandez-moi, je vous prie, si M. *Marmontel* est revenu à Paris. Le voilà pleinement victorieux ; et

il le ferait encore davantage , fi les chats fourrés de
la forbonne étaient affez fous pour lâcher un décret.
Vous m'avez envoyé *les Pièces relatives à Bélifaire* ,
mais elles ne font pas complètes.

Il n'eft pas jufte de m'attribuer l'*Honnêteté théologique* quand je ne l'ai pas faite. Il faut que chacun
jouiffe de fa gloire. Ceux qui font ces bonnes plaifanteries font trop modeftes de les mettre fur mon
compte. J'ai bien affez de mes péchés, fans me
charger encore de ceux de mon prochain.

Je ne fuis point du tout fâché qu'on ait imprimé
ma lettre à *Marmontel*. J'y traite *Cogé* de *maraud* ,
et j'ai eu raifon ; car il a eu la conduite d'un coquin
avec le ftyle d'un fot. On peut même imprimer
cette lettre que je vous écris ; je le trouverai très-bon.

Je vous embraffe de toutes les forces qui me
reftent.

LETTRE CXCIII.

A M. CHARDON.

A Ferney, 14 de novembre.

MONSIEUR,

Il paraît que le conseil cherche bien plus à favorifer le commerce et la population du royaume, qu'à
perfécuter des idiots qui aiment le prêche et qui
ne peuvent plus nuire. Dans ces circonftances favorables, je prends la liberté de rappeler à votre
fouvenir l'affaire des *Sirven*, et d'implorer votre protection et votre juftice pour cette famille infortunée.

X 3

————— On dit que vous pourrez rapporter cette affaire devant
1767. le roi. Ce fera, Monfieur, une nouvelle preuve
qu'il aura de votre capacité et de votre humanité.
Il s'agit d'une famille entière qui avait un bien
honnête, et qui fe voit flétrie, réduite à la mendicité, et errante, en vertu d'une fentence abfurde
d'un juge de village.

Il n'y a pas long-temps, Monfieur, qu'on a imprimé
à Touloufe, par ordre du parlement, une juftification de l'affreux jugement rendu contre les *Calas*.
Cette pièce foutient fortement l'incompétence de
meffieurs des requêtes, et la nullité de leur arrêt.
Jugez comme la pauvre famille *Sirven* ferait traitée
par ce parlement, fi elle y était renvoyée après avoir
demandé juftice au confeil. Vous êtes fon unique
appui. Je partage fon affliction et fa reconnaiffance.

J'ai l'honneur d'être avec beaucoup de refpect,
Monfieur, votre, &c. *Voltaire*.

LETTRE CXCIV.

A M. DAMILAVILLE.

18 de novembre.

Je préfume, mon cher ami, qu'on vous a donné
de fauffes alarmes. Il n'eft point du tout vraifemblable qu'un confeiller d'Etat, occupé d'une décifion
du roi qui le regarde, ait attendu un autre confeiller d'Etat à la porte du cabinet du roi, pour
parler contre vous. On ne fonge dans ce moment
qu'à foi-même, et tout au plus aux affaires majeures

dont on ne dit qu'un mot en paſſant. Si mon
amitié eſt un peu craintive, ma raiſon eſt coura-
geuſe. Je ne me figurerai jamais qu'un maréchal
de France, qui vient d'être nommé pour commander les armées, attende un miniſtre au ſortir du
conſeil pour lui dire qu'un major d'un régiment
n'eſt pas dévot : cela eſt trop abſurde. Mais auſſi
il eſt très-poſſible qu'on vous ait deſſervi, et c'eſt
ce qu'il faut parer.

J'ai imaginé d'écrire à madame de *Sauvigni* qui
eſt venue pluſieurs fois à Ferney. Je ferai parler
auſſi par monſieur ſon fils. Je ſaurai de quoi il eſt
queſtion, ſans vous compromettre.

On a imprimé en Hollande des lettres au père
Mallebranche ; l'ouvrage eſt intitulé *le Militaire philoſophe* ; il eſt excellent ; le père *Mallebranche* n'aurait
jamais pu y répondre. Il fait une très-grande
impreſſion dans tous les pays où l'on aime à rai-
ſonner.

On m'aſſure de tous côtés que l'on doit aſſurer
un état civil aux proteſtans, et légitimer leurs mariages ; il eſt étonnant que vous ne m'en diſiez rien.

Bonſoir, mon très-cher ami ; je vous embraſſe
bien fort.

LETTRE CXCV.

A M. DE CHABANON.

A Ferney, 20 de novembre.

Vous êtes affurément un plus aimable enfant que je ne fuis un aimable papa ; c'eft ce que toutes les dames vous certifieront, depuis les portes de Genève jufqu'à Ferney. Vous allez faire à Paris, de nouvelles conquêtes ; mais j'efpère que vous n'abandonnerez pas l'Empire romain et les Vandales.

Je fais que le tripot de la comédie eft tombé comme cet Empire. Il n'y a plus ni acteurs ni actrices ; mais vous travaillez pour vous - même. Un bon ouvrage n'a pas befoin du tripot pour fe foutenir, et vous le ferez jouer à votre loifir quand la fcène fera un peu moins délabrée. Je voudrais être affez jeune pour jouer le rôle de l'ambaffadeur vandale, fur notre petit théâtre ; mais vous avez affez d'acteurs fans moi, car j'efpère toujours vous revoir ici. Je fuis comme toutes nos femmes ; elles n'ont qu'un cri après vous, et madame de *la Harpe* fera une très-bonne *Eudoxie*. Mon cher confrère en tragédies, avez-vous vu M. de *la Borde* votre confrère en mufique ? Amphion ne doit pas l'avoir découragé. Je ne fais fi je me trompe, mais il me femble que dans fa Pandore il y a bien des morceaux qui vont à l'oreille et à l'ame. Ranimez, je vous prie, fa noble ardeur ; il ne faut pas qu'il enfouiffe un fi

beau talent. Il me paraît furtout entendre à merveille ce que perfonne n'entend ; c'eſt l'art de dialoguer.
Vous ferez quelques jours un bien joli opéra avec
lui , mais je ne prétends pas que Pandore foit entièrement facrifié.

Nos dames, fenfibles à votre fouvenir, vous écri-
ront des lettres plus galantes ; mais je vous avertis
que je fuis auſſi fenfible qu'elles, tout vieux que
je fuis. Ma fanté eſt déteſtable , mais je fuis heureux autant qu'un vieux malade peut l'être. Votre
façon d'être heureux eſt d'une efpèce toute différente.

Adieu; je vous fouhaite tous les genres de félicité
dont vous êtes très-digne. *V.*

LETTRE CXCVI.

A M. DAMILAVILLE.

23 de novembre.

Vous n'aviez pas befoin , mon cher ami , de la
lettre de M. d'*Alembert* pour m'exciter. Vous favez
bien que , fur un mot de vous , il n'y a rien que je
ne hafarde pour vous fervir.

Je vous avais déjà prévenu en écrivant la lettre la
plus forte à madame de *Sauvigni.* Je prendrai auſſi,
n'en doutez pas, le parti d'implorer la protection de
M. le duc de *Choifeul ;* mais fachez qu'il eſt à préfent
très-rare qu'un miniſtre demande des emplois à d'autres miniſtres. Il n'y a pas long-temps que j'obtins

—— de M. le duc de *Choiseul* qu'il parlât à monsieur le
1767. vice-chancelier en faveur d'un ancien officier à qui
nous avons donné la sœur de M. *Dupuits* en mariage.
Cet officier, retiré du service avec la croix de Saint-
Louis et une pension, avait été forcé, par des arrangemens de famille, à prendre une charge de maître
des comptes à Dole ; il demandait la vétérance avant
le temps prescrit : croiriez-vous bien que monsieur
le vice - chancelier refusa net M. de *Choiseul*, et lui
envoya un beau mémoire pour motiver ses refus.
Vous jugez bien que, depuis ce temps-là, le ministre
n'est pas trop disposé à demander des choses qui
ne dépendent pas de lui. Soyez sûr que je n'aurai
réponse de trois mois.

Il y a environ ce temps-là que j'en attends une
de lui sur une affaire qui me regarde. Il m'a fait
dire, par le commandant de notre petite province,
qu'il n'avait pas le temps d'écrire, qu'il était accablé
d'affaires : voilà où j'en suis.

Il me paraît de la dernière importance d'apaiser
M. de *Sauvigni* ; il faut l'entourer de tous côtés.
M. de *Montigny*, trésorier de France, de l'académie des sciences, est très à portée de lui parler
avec vigueur. N'avez-vous point quelque ami auprès
de M. d'*Ormesson* ? Heureusement la place qui vous
est promise n'est point encore vacante ; on aura tout
le temps de faire valoir vos droits si bien établis.

La tracasserie qu'on vous fait est inouie. Je me
souviens d'un petit dévot, nommé *Leleu*, qui avait
deux crucifix sur sa table : il débuta par me dire
qu'il ne voulait pas transiger avec moi, parce que
j'étais un impie, et il finit par me voler vingt mille

francs. Il s'en faut beaucoup, mon cher ami, que
les scènes du Tartuffe soient outrées : la nature
des dévots va beaucoup plus-loin que le pinceau
de *Molière*.

J'aurai, dans le courant du mois de décembre,
une occasion très-favorable de prier monsieur le
contrôleur général de vous rendre justice. Je ne
saurais m'imaginer qu'on pût manquer à sa parole
sur un prétexte aussi ridicule. Cela ressemblerait trop
au marquis d'*O* qui prétendait que le prince *Eugène*
et *Marlborough* ne nous avaient battus que parce que
le duc de *Vendôme* n'allait pas assez souvent à la
messe.

Je vous prie de ne pas oublier le maréchal de
Luxembourg qui n'allait pas plus à la messe que le
duc de *Vendôme*. Je suis obligé d'arrêter l'édition du
Siècle de *Louis XIV*, jusqu'à ce que j'aye vu ces
campagnes du maréchal, où l'on m'a dit qu'il y a
des choses fort instructives.

Le petit livre du *Militaire philosophe* vaut assurément mieux que toutes les campagnes ; il est très-
estimé en Europe de tous les gens éclairés. J'ai bien
de la peine à croire qu'un militaire en soit l'auteur.
Nous ne sommes pas comme les anciens Romains
qui étaient à la fois guerriers, jurisconsultes et
philosophes.

Vous ne me parlez plus de votre cou ; pour moi
je vous écris de mon lit dont mes maux me permettent rarement de sortir. On ne peut s'intéresser
à vos affaires, ni vous embrasser plus tendrement
que je le fais.

LETTRE CXCVII.

A M. MARIN,

CENSEUR ROYAL, SECRETAIRE GENERAL
DE LA LIBRAIRIE, *à Paris.*

27 de novembre.

VOUS me demandez, mon cher Monsieur, si je m'intéresse aux édits qui favorisent le commerce et les huguenots : je crois être, de tous les catholiques, celui qui s'y intéresse le plus. Je vous serai très-obligé de me les envoyer. Il me semble que le conseil cherche réellement le bien de l'Etat ; on n'en peut pas dire autant de messieurs de sorbonne.

J'ai lu les Lettres sur *Rabelais* et autres grands personnages. Ce petit ouvrage n'est pas assurément fait à Genève ; il a été imprimé à Bâle, et non point en Hollande chez *Marc-Michel*, comme le titre le porte. Il y a, en effet, des choses assez curieuses ; mais je voudrais que l'auteur ne fût point tombé quelquefois dans le défaut qu'il semble reprocher aux auteurs hardis dont il parle.

Parmi une grande quantité de livres nouveaux qui paraissent sur cette matière, il y en a un surtout dont on fait un très-grand cas. Il est intitulé *le Militaire philosophe*, et imprimé en effet chez *Marc-Michel Rey*. Ce sont des lettres écrites au père *Mallebranche* qui aurait été fort embarrassé d'y répondre.

On a débité en Hollande, cette année, plus de
vingt ouvrages dans ce goût. Je fais que la fréro-
naille m'impute toutes ces nouveautés; mais je
m'enveloppe avec fécurité dans mon innocence et
dans le Siècle de *Louis XIV*, que je fais réimprimer augmenté de plus d'un tiers. Je profite de la
permiffion que vous me donnez de vous adreffer
une copie de l'*errata* que l'exacte et avifée veuve
Duchefne a perdu fi à propos. Je mets tout cela fous
l'enveloppe de M. de *Sartine*.

Adieu, Monfieur; vous ne fauriez croire combien votre commerce m'enchante.

Sera-t-il donc permis au fieur *Cogé*, régent de
collége, d'employer le nom du roi pour me calomnier ?

LETTRE CXCVIII.

A M. LE MARECHAL DUC DE RICHELIEU.

A Ferney, 28 de novembre.

Il y a environ quarante-cinq ans que monfeigneur
eft en poffeffion de fe moquer de fon humble ferviteur. Il y a trois mois que je fors rarement de
mon lit, tandis que monfeigneur fort tous les jours
de fon bain pour aller dans le lit d'autrui; et vous
êtes tout ébahi que je me fois habillé une fois pour
affifter à une petite fête. Puiffiez-vous infulter encore
quarante ans aux faibleffes humaines, en ne per-
dant jamais ni votre appétit, ni votre vigueur, ni
vos grâces, ni vos railleries !

1767.

Vous avez laiffé choir le tripot de la comédie de Paris. Je m'y intéreffe fort médiocrement ; mais je fuis fâché que tout tombe, excepté l'opéra comique. J'ai peur d'avoir le défaut des vieillards qui font toujours l'éloge du temps paffé ; mais il me femble que le Siècle de *Louis XIV*, dont on fait actuellement une édition nouvelle fort augmentée, était un peu fupérieur à notre fiècle.

Comme cet ouvrage eft fuivi d'un petit abrégé qui va jufqu'à la dernière guerre, je ne manquerai pas de parler de la belle action de M. le duc d'*Aiguillon* qui a repouffé les Anglais. J'avais oublié cette confolation dans nos malheurs.

Votre ancien ferviteur fe recommande toujours à votre bonté et loyauté, et vous préfente fon tendre et profond refpect. *V.*

LETTRE CXCIX.

A M. DE CHABANON.

30 de novembre.

L'ANECDOTE parlementaire, que vous avez la bonté de m'envoyer, mon cher ami, m'eft d'autant plus précieufe, qu'aucun écrivain, aucun hiftorien de *Louis XIV* n'en avait parlé jufqu'à préfent.

Et voilà juftement comme on écrit l'hiftoire.

Vous êtes bien plus attentif que le victorieux auteur de l'éloge de *Charles V*. Il ne m'a point appris d'anecdote, car il ne m'a point écrit du tout. Je préfume qu'il paffe fort agréablement fon temps avec quelque fille d'*Aaron Alrafchild*.

Je ne fais pas la moindre nouvelle des tripots de Paris: J'ignore jufqu'au fuccès des doubles croches de *Philidor*, et je fuis toujours très-affligé de l'aventure des croches de notre ami M. de *la Borde*. J'ai fa Pandore à cœur, non parce que j'ai fourni la toile qu'il a bien voulu peindre, mais parce que j'ai trouvé des chofes charmantes dans fon exécution; et je fouhaite paffionnément qu'on joue le péché original à l'opéra. Vous me direz qu'il ne mérite d'être joué qu'à la foire Saint-Laurent: cela eft vrai, fi on le donne fous fon véritable nom; mais, fous le nom de Pandore, elle mérite le théâtre de l'académie de mufique. Je vous prie toujours d'encourager M. de *la Borde*; car pour vous, mon cher ami, je vous crois affez encouragé à établir votre réputation en détruifant l'Empire romain. Mais commencez par établir un théâtre, vous n'en avez point. La comédie françaife eft plus tombée que l'Empire romain.

Nous n'avons plus de foldats dans nos déferts de Ferney. L'arrêt des auguftes puiffances contre les illuftrès repréfentans eft arrivé, et a été plus mal reçu qu'une pièce nouvelle. Vous ne vous en fouciez guère, ni moi non plus.

Maman et toute la maifon vous font les plus tendres complimens; j'enchéris fur eux tous. V.

1767.

LETTRE CC.

A M. MARMONTEL.

2 de décembre.

COMMENÇONS par les empereurs, mon très-cher et illustre confrère, et enfuite nous viendrons aux rois. Je tiens l'empereur *Juftinien* un affez méprifable defpote, et *Bélifaire* un brave capitaine affez pillard, auffi fottement cocu que fon maître. Mais pour la forbonne, je fuis toujours de l'avis de *Deflandes* qui affure, à la page 299 de fon troifième volume, que c'eft le corps le plus méprifable du royaume.

Pour le roi de Pologne, c'eft tout autre chofe. Je le révère, l'eftime et l'aime comme philofophe et comme bienfefant. Il eft vrai que j'eus l'honneur de recevoir fa réponfe au mois de mars, et que j'eus la difcrétion de ne lui rien répliquer, parce que je craignis d'ennuyer un roi des Sarmates, qui me parut affez embarraffé entre un nonce, des évêques, des *Radzivil* et des Cracovie : mais, puifqu'il infinue que je dois lui écrire, il aura affurément de mes nouvelles.

Mon cher ami, vive le miniftère de France, vive furtout M. le duc de *Choifeul* qui ne veut pas que les forboniqueurs prêchent l'intolérance dans un fiècle auffi éclairé. On lime les dents à ces monf-tres, on rogne leurs griffes, c'eft déjà beaucoup. Ils rugiront, et on ne les entendra feulement pas.

Votre

Votre victoire eſt entière, mon cher ami : ces drôles-
là auraient été plus dangereux que les jéſuites, 1767.
ſi on les avait laiſſé faire.

Je ſuis bien affligé que l'édit en faveur des proteſtans n'ait point paſſé. Ce n'eſt pas que les huguenots ne ſoient auſſi fous que les ſorboniqueurs ;
mais, pour être fou à lier, on n'en eſt pas moins
citoyen ; et rien ne ſerait aſſurément plus ſage que
de permettre à tout le monde d'être fou à ſa
manière.

Il me paraît que le public commence à être
fou de la muſique italienne ; cela ne m'empêchera
jamais d'aimer paſſionnément le récitatif de *Lulli*.
Les Italiens ſe moqueront de nous, et nous regar-
deront comme de mauvais ſinges. Nous prenons
auſſi les modes des Anglais ; nous n'exiſtons plus
par nous-mêmes. Le théâtre français eſt déſert comme
les prêches de Genève. La décadence s'annonce
de toutes parts. Nous allions nous ſauver par la
philoſophie, mais on veut nous empêcher de penſer.
Je me flatte pourtant qu'à la fin on penſera, et
que le miniſtère ne ſera pas plus méchant envers
les pauvres philoſophes , qu'envers les pauvres
huguenots.

Je vous ſupplie d'embraſſer pour moi le petit
nombre de ſages qui voudra bien ſe ſouvenir du
vieux ſolitaire , votre tendre ami.

LETTRE CCI.

A M. DAMILAVILLE.

2 de décembre.

Mon cher ami, madame de *Sauvigni*, à qui j'avais écrit de la manière la plus preſſante, ſans vous compromettre en rien, s'explique elle - même ſur les choſes dont je ne lui avais point parlé ; elle les prévient ; elle me dit que M. *Mabille*, dont par parenthèſe je ne ſavais pas le nom, n'eſt point mort ; qu'on ne peut demander la place d'un homme en vie ; que ſon fils d'ailleurs a exercé cet emploi depuis cinq années, à la ſatisfaction de ſes ſupérieurs ; et que, s'il était dépoſſédé, ſa famille ſerait à la mendicité.

Ces raiſons me paraiſſent aſſez fortes. Il n'eſt point du tout queſtion, dans cette lettre, des impreſſions qu'on aurait pu donner contre vous à M. de *Sauvigni*. On n'y parle que des ſervices que *Mabille* a rendus à l'intendance pendant quarante années. C'eſt encore une raiſon de plus pour aſſurer une récompenſe à ſon fils. Que voulez - vous que je réponde ? faut-il que j'inſiſte ? faut-il que je demande pour vous une autre place ? ou voulez - vous vous borner à conſerver la vôtre ? Vous ſavez mieux que moi que les promeſſes des miniſtres qui ne ſont plus en place, ne ſont pas une recommandation auprès de leurs ſucceſſeurs.

Vous favez qu'il n'y a point de furvivance pour
ces fortes d'emplois. Je vois avec douleur que je
ne dois rien attendre de M. le duc de *Choifeul* dans
cette affaire. Je n'ai jamais fenti fi cruellement le
défagrément attaché à la retraite ; on n'eft plus bon
à rien, on ne peut plus fervir fes amis.

Je crois être sûr que M. de *Sauvigni* ne vous
nuira pas dans l'emploi qui vous fera confervé ;
mais je crois être sûr auffi qu'il fe fait un devoir
de conferver au jeune *Mabille* la place de fon père.
En un mot, ce père n'eft point mort ; et ce ferait,
à mon avis, une grande indifcrétion de demander
fon emploi de fon vivant.

Mandez-moi, je vous prie, où vous en êtes, et
quel parti vous prenez. Celui de la philofophie
eft digne de vous. Plût à Dieu que vous puffiez
avoir un bénéfice fimple, et venir philofopher à
Ferney ! Mais, fi votre place vous vaut quatre mille
livres, il ne faut certainement pas l'abandonner.

Vous êtes trop prudent, mon cher ami, pour
mettre dans cette affaire le dépit à la place de la
raifon. Je ne vous parlerai point aujourd'hui de
littérature quand il s'agit de votre fortune. Je fuis
d'ailleurs très-malade. Je vous embraffe avec la
plus vive tendreffe.

LETTRE CCII.

AU MEME.

A Ferney, 4 de décembre.

Mon cher ami, je reçois votre lettre du 28 de novembre, et vous devez avoir reçu la mienne du 2 de décembre, dans laquelle je vous mandais ce que j'avais fait auprès de M. le duc de *Choifeul* et de madame de *Sauvigni*. Je vous rendais compte de fes intentions et de fes raifons. Je lui envoie aujourd'hui une copie de la lettre de monfieur le contrôleur général, du 30 de mars. Ma lettre eft pour elle et pour monfieur l'intendant qui m'a fait auffi l'honneur de me venir voir à Ferney. Mais, encore une fois, vous ferez plus en un quart d'heure à Paris par vous et par vos amis.

Je ne peux encore avoir reçu de réponfe de monfieur le duc de *Choifeul*.

Vous ne me parlez point des nouveaux édits en faveur des négocians et des artifans. Il me femble qu'ils font beaucoup d'honneur au miniftère. C'eft, en quelque façon, caffer la révocation de l'édit de Nantes avec tous les ménagemens poffibles. Cette fage conduite me fait croire qu'en effet des ordres fupérieurs ont empêché les forboniqueurs d'écrire contre la tolérance. Tout cela me donne une bonne efpérance de l'affaire des *Sirven*, quoiqu'elle languiffe beaucoup.

Je fuis bien étonné qu'on ait imprimé à Paris
l'*Effai hiftorique* fur les diffidens de Pologne. Je ne
crois pas que fon Excellence, le nonce de fa Sain-
teté, ait favorifé cette impreffion.

On parle de quelques autres ouvrages nouveaux,
entr'autres de quelques lettres écrites au prince de
Brunfwick fur *Rabelais*, et fur tous les auteurs italiens, français, anglais, allemands, accufés d'avoir
écrit contre notre fainte religion. On dit que ces
lettres font curieufes. Je tâcherai d'en avoir un exemplaire et de vous l'envoyer, fuppofé qu'on puiffe
vous le faire tenir par la pofte.

Je laiffe là l'opéra de *Philidor ;* je ne le verrai
jamais. Je ne veux point regretter des plaifirs dont
je ne peux jouir. Tout ce que je fais, c'eft que
le récitatif de *Lulli* eft un chef-d'œuvre de déclamation, comme les opéra de *Quinault* font des
chefs-d'œuvre de poëfie naturelle, de paffion, de
galanterie, d'efprit et de grâces. Nous fommes
aujourd'hui dans la boue, et les doubles croches
ne nous en tireront pas.

Voici une réponfe que je dois depuis deux mois
à un commiffaire de marine, qui a fait imprimer
chez *Merlin* une ode fur la magnanimité. Je fuis
affailli tous les jours de vingt lettres dans ce goût.
Cela me dérobe tout mon temps, et empoifonne
la douceur de ma vie. Plus vos lettres me confo-
lent, plus celles des inconnus me défefpèrent :
cependant il faut répondre, ou fe faire des ennemis. Les miniftres font bien plus à leur aife, ils
ne répondent point.

Je vous fupplie de vouloir bien faire rendre ma

lettre, par *Merlin*, au magnanime commiffaire de marine.

J'attends l'édit du concile perpétuel des Gaules; je fais qu'il n'eft pas enregiftré par le public.

Adieu; embraffez pour moi *Protagoras*, et aimez toujours votre très-tendre ami *V*.

LETTRE CCIII.

A M. LE COMTE D'ARGENTAL.

A Ferney, 7 de décembre.

Mon cher ange, je vous dépêche mon gendre qui ne va à Paris ni pour l'opéra de *Philidor*, ni pour l'opéra comique, ni pour le malheureux tripot de l'expirante comédie françaife. Il aura le bonheur de faire fa cour à mes deux anges, cela mérite bien le voyage. De plus, il compte fervir le roi, ce qui eft la fuprême félicité. Puiffe-t-il le fervir longues années en temps de paix!

J'ai vaincu mon horrible répugnance, en excédant M. le duc de *Duras* de l'hiftoire de la falfification de mon teftament. Je vois bien que je mourrai avant d'avoir mis ordre à mes affaires comiques, et que cela va produire une file de tracafferies qui ne finira point. Le théâtre de *Baron*, de *le Couvreur*, de *Clairon*, n'en deviendra pas meilleur. La décadence eft venue, il faut s'y foumettre; c'eft le fort de toutes les nations qui ont cultivé les lettres; chacune a eu fon fiècle brillant, et dix fiècles de turpitude.

Je finis actuellement par femer du blé , au lieu
de femer des vers en terre ingrate ; et j'achève ,
comme je le puis , ma ridicule carrière.

Vivez heureux en fanté , en tranquillité.

Adieu , mon ange , que j'aimerai tendrement jufqu'au dernier moment de ma vie. V.

LETTRE CCIV.

A M. DE CHABANON.

A Ferney , 7 de décembre.

Ami auffi effentiel qu'aimable , ayez tout pouvoir
fur Pandore. Vous me donnez le fond de la boîte ,
et j'efpère tout de votre goût , de la facilité de
M. de *la Borde*. A l'égard de ma docilité , vous
n'en doutez pas.

Je fuis bien étonné qu'on ait fait un opéra
d'Ernélinde , de Rodoald et de Ricimer ; cela pourrait faire fouvenir les mauvais plaifans

De ce plaifant projet d'un poëte ignorant
Qui , de tant de héros , va choifir Childebrand.

Le bizarre a fuccédé au naturel en tout genre.
Nous fommes plus favans fur certains chefs intéreffans que dans le fiècle paffé ; mais adieu les
talens , le goût, le génie et les grâces.

Mes complimens à Rodoald ; je vais relire Atis.
J'ai peur que vous ne foyez dégoûté de l'Empire

Y 4

romain et d'Eudoxie, depuis que vous avez vu la misère où les pauvres acteurs font tombés. On dit qu'il n'y a que la forbonne qui foit plus méprifée que la comédie françaife.

J'envie le bonheur de M. *Dupuits* qui va vous embraffer. Je félicite M. de *la Harpe* de tous fes fuccès. Il en eft fi occupé qu'il n'a pas daigné m'écrire un mot depuis qu'il eft parti de Ferney.

Madame *Denis* vous regrette tous les jours ; elle brave l'hiver, et j'y fuccombe. Je lis et j'écris des fottifes au coin de mon feu, pour me dépiquer.

J'ai reçu d'excellens mémoires fur l'Inde ; cela me confole des mauvais livres qu'on m'envoie de Paris. Ces mémoires feraient peut-être mal reçus de votre académie, et encore plus de vos théologiens. Il eft prouvé que les Indiens ont des livres écrits il y a cinq mille ans ; il nous fied bien après cela de faire les entendus ! Leurs pagodes, qu'on a prifes pour des repréfentations de diables, font évidemment les vertus perfonnifiées.

Je fuis las des impertinences de l'Europe. Je partirai pour l'Inde, quand j'aurai de la fanté et de la vigueur. En attendant, confervez-moi une amitié qui fait ma confolation. *V.*

LETTRE CCV.   1767.

A M. PEAKOCK,

Ci-devant fermier général du roi de Patna.

A Ferney, 8 de décembre.

JE ne faurais, Monfieur, vous remercier en anglais; parce que ma vieilleffe et mes maladies me privent abfolument de la facilité d'écrire. Je dicte donc en français mes très - fincères remercîmens fur le livre inftructif que vous avez bien voulu m'envoyer. Vous m'avez confirmé de vive voix une partie des chofes que l'auteur dit fur l'Inde, fur fes coutumes antiques, confervées jufqu'à nos jours ; fur fes livres, les plus anciens qu'il y ait dans le monde; fur les fciences dont les brachmanes ont été les dépofitaires ; fur leur religion emblématique, qui femble être l'origine de toutes les autres religions. Il y a long-temps que je penfais, et que j'ai même écrit une partie des vérités que ce favant auteur développe. Je pofsède une copie d'un ancien manuf-crit qui eft un commentaire du *Veidam*, fait incon-teftablement avant l'invafion d'*Alexandre*. J'ai envoyé à la bibliothéque royale de Paris l'original de la traduction faite par un brame correfpondant de notre pauvre compagnie des Indes, qui fait très - bien le français.

Je n'ai point de honte, Monfieur, de vous fup-plier de me gratifier de tout ce que vous pourrez retrouver d'inftructions fur ce beau pays où les

—— *Zoroaſtre*, les *Pythagore*, les *Apollonius* de Thyane, ont voyagé comme vous.

J'avoue que ce peuple, dont nous tenons les échecs, le trictrac, les théorèmes fondamentaux de la géométrie, eſt malheureuſement d'une ſuperſtition qui effraie la nature ; mais, avec cet horrible et honteux fanatiſme, il eſt vertueux ; ce qui prouve bien que les ſuperſtitions les plus inſenſées ne peuvent étouffer la voix de la raiſon ; car la raiſon vient de DIEU, et la ſuperſtition vient des hommes qui ne peuvent anéantir ce que DIEU a fait.

J'ai l'honneur d'être, Monſieur, avec une très-vive reconnaiſſance, &c.

LETTRE CCVI.

A M. FENOUILLOT DE FALBAIRE.

A Ferney, 11 de décembre.

JE ne peux trop vous remercier, Monſieur, de la bonté que vous avez eue de m'envoyer vôtre pièce que l'éloquence et l'humanité ont dictée (*). Elle eſt pleine de vers qui parlent au cœur, et qu'on retient malgré ſoi. Il y a des gens qui ont imprimé que, ſi on avait joué la tragédie de Mahomet devant *Ravaillac*, il n'aurait jamais aſſaſſiné *Henri IV*. *Ravaillac* pouvait fort bien aller à la comédie, il avait fait ſes études, et était un très-bon maître d'école. On dit qu'il y a encore à Angoulème des gens de ſa famille qui ſont dans les ordres ſacrés,

(*) L'honnête criminel.

et qui, par conséquent, persécutent les huguenots
au nom de DIEU. Il ne serait pas mal qu'on jouât
votre pièce devant ces honnêtes gens, et surtout
devant le parlement de Toulouse. M. *Marmontel*
vous en demandera probablement une représentation pour la sorbonne.

Pour moi, Monsieur, je vous réponds que je
la ferai jouer sur mon petit théâtre.

Je suis fâché que votre prédicant *Lisimond* ait eu
la lâcheté de laisser traîner son fils aux galères. Je
voudrais que sa vieille femme s'évanouît à ce spectacle, que le père fût empressé à la secourir; qu'elle
mourût de douleur entre ses bras; que, pendant ce
temps-là, la chaîne partît; que le vieux *Lisimond*,
après avoir enterré sa vieille prédicante, allât vîte
à Toulon se présenter pour dégager son fils. Le fond
de votre pièce n'y perdrait rien, et le sentiment y
gagnerait.

Je voudrais aussi (permettez-moi de vous le dire)
que, dans la scène de la reconnaissance, les deux
amans ne se parlassent pas si long-temps sans se
reconnaître, ce qui choque absolument la vraisemblance.

N'imputez ces faibles critiques qu'à mon estime.
Je crois que vous pouvez rendre au théâtre le lustre
qu'il commence à perdre tous les jours; mais soyez
bien persuadé que Phèdre et Iphigénie feront toujours plus d'effet que des bourgeois. Votre style
vous appelle au grand.

J'ai l'honneur d'être, avec toute l'estime que vous
méritez, votre très-humble, &c.

1767.

LETTRE CCVII.

A M. DAMILAVILLE.

11 de décembre.

J'ATTENDS demain une lettre de vous, mon cher ami; ainſi je vous réponds avant que vous m'ayez écrit, car l'éloignement du bureau de la poſte me force toujours de mettre un grand intervalle entre les lettres que je reçois et celles que je réponds.

Je n'ai encore rien reçu de madame de *Sauvigni*, rien de M. le duc de *Choiſeul*; mais j'ai reçu un livre imprimé à Avignon, intitulé *Dictionnaire anti-philoſophique*, qui eſt aſſurément très-digne de ſon titre. Les malheureux y ont raſſemblé toutes les ordures qu'on a vomies dans divers temps contre *Helvétius* et *Diderot*, et contre quelqu'un que vous connaiſſez. La fureur de ces miſérables eſt toujours couverte du maſque de la religion : ils ſont comme les coupeurs de bourſe qui prient DIEU à haute voix en volant dans l'égliſe.

L'ouvrage eſt ſans nom d'auteur, le titre le fait débiter. Il y a des morceaux qui ne ſont pas ſans éloquence, c'eſt-à-dire l'éloquence des paroles; car, pour celle de la raiſon, il y a long-temps qu'elle eſt bannie de tous les livres de ce caractère. Trois jéſuites, nommés *Patouillet*, *Nonotte* et *Céruti*, ont contribué à ce chef-d'œuvre. On m'aſſure qu'un avocat a déjà daigné répondre à ces marauds, à la fin d'un livre qui roule ſur des matières intéreſ-ſantes.

Par quelle fatalité déplorable faut - il que des
ennemis du genre-humain , chaſſés de trois royaumes, et en horreur à la terre entière , ſoient unis
entre eux pour faire le mal , tandis que les ſages qui
pourraient faire le bien , ſont ſéparés, diviſés, et
peut-être, hélas ! ne connaiſſent pas l'amitié ? Je reviens
toujours à l'ancien objet de mon chagrin : les ſages
ne ſont pas aſſez ſages , ils ne ſont pas aſſez unis ,
ils ne ſont ni aſſez adroits, ni aſſez zélés , ni aſſez
amis. Quoi ! trois jéſuites ſe liguent pour répandre
les calomnies les plus atroces , et trois honnêtes gens
reſteront tranquilles !

Vous ne ſerez pas tranquille ſur le compte des
Sirven. Je compte toujours , mon cher ami , que
M. *Chardon* rapportera l'affaire inceſſamment devant
le roi. Il ſera comblé de gloire et béni de la
patrie.

Avez-vous lu l'*Honnête criminel?* Il y a de très-
beaux vers. L'auteur aurait pu faire de cette pièce
un ouvrage excellent ; il aurait fait une très-grande
ſenſation, et aurait ſervi votre cauſe.

Je ſuis toujours très - malade , je ſens de fortes
douleurs ; mais l'amitié qui m'attache à vous eſt bien
plus forte encore.

Bonſoir, mon digne et vertueux ami.

LETTRE CCVIII.

A M. CHARDON.

11 de décembre.

MONSIEUR,

VOUS m'étonnez de vouloir lire des bagatelles, quand vous êtes occupé à déployer votre éloquence sur les chofes les plus férieufes ; mais *Caton* allait à cheval fur un bâton avec un enfant, après s'être fait admirer dans le fénat. Je fuis un vieil enfant ; vous voulez vous amufer de mes rêveries, elles font à vos ordres ; mais la difficulté eft de les faire voyager. Les commis à la douane des penfées font inexorables. Je me ferais d'ailleurs, Monfieur, un vrai plaifir de vous procurer quelques livres nouveaux qui valent infiniment mieux que les miens ; mais je ne répondrais pas de leur catholicité. Ce qui me raffurerait, c'eft que le meilleur rapporteur du confeil doit avoir fous les yeux toutes les pièces des deux parties.

Si vous pouvez, Monfieur, m'indiquer une voie sûre, je ne manquerai pas de vous obéir ponctuellement.

J'ofe me flatter que vous ferez bientôt triompher l'innocence des *Sirven*, que vous ferez comblé de gloire ; foyez sûr que tout le royaume vous bénira ; vous détruirez à la fois le préjugé le plus abfurde, et la perfécution la plus abominable.

J'ai l'honneur d'être, avec autant d'estime que de —— 1767.
respect , Monsieur, votre, &c. *Voltaire.*

P. S. Vous me pardonnerez de ne pas vous écrire
de ma main, mes maladies et mes yeux ne me
le permettent pas.

LETTRE CCIX.

A M. L'ABBÉ MORELLET.

12 de décembre.

VOUS êtes, mon cher docteur philosophe, le
modèle de la générosité ; c'est un éloge que les sim-
ples docteurs méritent rarement. Vous prévenez mes
besoins par vos bienfaits. Je vous dois les belles et
bonnes instructions que M. de *Malesherbes* a bien
voulu me donner. Cette interdiction de remontrances sous *Louis XIV*, pendant près de cinquante
années, est une partie curieuse de l'histoire, et par
conséquent entièrement négligée par les *Limiers* et
les *Reboulet*, compilateurs de gazettes et de journaux. Je ne connais qu'une seule remontrance, en
1709, sur la variation des monnaies, encore ne
fut-elle présentée qu'après l'enregistrement, et on
n'y eut aucun égard.

Je vous supplie, mon cher philosophe, d'ajouter
à vos bontés celle de présenter mes très-humbles
remercîmens au magistrat philosophe qui m'a éclairé.
Plût à Dieu qu'il fût encore à la tête de la littérature. Quand on ôta au maréchal de *Villars* le

commandement des armées, nous fûmes battus;
et lorſqu'on le lui rendit, nous fûmes vainqueurs.

Je ſuis accablé de vieilleſſe, de maladies, de mauvais livres, d'affaires. J'ai le cœur gros de ne pouvoir vous dire, auſſi longuement que je le voudrais,
tout ce que je penſe de vous, et à quel point je
ſuis pénétré de l'eſtime et de l'amitié que vous m'avez
inſpirées pour le reſte de ma vie. *V*.

LETTRE CCX.

A M. LE MARECHAL DUC DE RICHELIEU.

A Ferney, 13 de décembre.

VOTRE malingre et affligé ſerviteur ne peut écrire
de ſa main à ſon héros. Tout languiſſant qu'il eſt,
il compte bien donner non-ſeulement *la Fiancée
du roi de Garbe*, quand il aura quatre-vingts ans,
mais encore le *Portier des chartreux* pour petite pièce,
que monſeigneur fera repréſenter à la cour, avec
tout l'appareil convenable.

La priſon du prince de *Condé*, la mort de *François II*
feraient, à la vérité, un ſujet de tragédie; mais je
ne réponds pas de l'approbation de la police. La
pièce ferait très-froide, ſi elle n'était pas très-inſo-
lente; et ſi elle était inſolente, on ne pourrait la
jouer qu'en Angleterre.

En attendant, ſi j'avais quelque choſe à demander au tripot, ce ferait qu'on achevât les repréſentations des Scythes. On ne les a données que

quatre

quatre fois, et elles ont valu 600 francs à *le Kain.* ——
Il n'y a plus de lois, plus d'honneur, plus de   1767.
reconnaiſſance dans le tripot.

J'oſerais implorer votre protection comme les
Génois ; mais monſeigneur vient à Paris paſſer ſix
ſemaines, et partager ſon temps entre les affaires
et les plaiſirs ; enſuite il court dans le royaume du
prince noir pour le reſte de l'année, et je ne puis
alors recourir aux lois, du fond de mes déſerts des
Alpes.

On m'a mandé que vous aviez abandonné tout
net le département dudit tripot ; alors je me ſuis
adreſſé à M. le duc de *Duras* , afin que mes prières
ne ſortiſſent point de la famille.

On m'a fait un grand crime dans Paris, c'eſt-
à-dire parmi ſept ou huit perſonnes de Paris, d'avoir
ôté un rôle à mademoiſelle *Durancy* , pour le donner
à mademoiſelle *Dubois.* Le fait eſt que j'ai écrit une
lettre de politeſſes et de plaiſanteries à mademoiſelle *Dubois* , et qu'il m'eſt très-indifférent par qui
tous mes pauvres rôles ſoient joués. Je ne connais
aucune actrice. Le bruit public eſt que le cu de
mademoiſelle *Durancy* n'eſt ni ſi blanc ni ſi ferme
que celui de mademoiſelle *Dubois ;* je m'en rapporte aux connaiſſeurs, et je n'ai acception de
perſonne.

Vous ne connaiſſez pas d'ailleurs ma déplorable ſituation. Si j'avais l'honneur de vous entretenir ſeulement un quart d'heure , mon héros
poufferait de rire. Il ſait ce que c'eſt que l'abſence,
et combien on dépend quand on eſt à cent lieues
de ſon tripot ; mais il ſait auſſi que je voudrais ne

—— dépendre que de lui, et que c'eſt à lui que je
1767. ſuis attaché juſqu'au dernier moment de ma vie.

A l'égard du jeune homme dont vous avez eu
la bonté de me renvoyer la lettre, il eſt vrai que
c'eſt un des ſeigneurs les mieux mis et les plus
brillans. J'ai peur que ſa magnificence ne lui coûte
de triſtes momens. Je ne me mêle plus en aucune
manière de ſes affaires. J'ai eu pour lui, pendant
un an, toutes les attentions que je devais à un
homme envoyé par vous ; je n'ai rien négligé pour
le rendre digne de vos bontés : c'eſt maintenant
à M. *Hénin* uniquement à ſe charger de ſon ſort
et de ſa conduite. Si vous avez quelques ordres à
me donner ſur ſon compte, je les exécuterai avec
exactitude ; mais je ne ferai abſolument rien ſans
vos ordres précis.

Agréez, Monſeigneur, avec autant de bonté que de
plaiſanterie, mon très-tendre et profond reſpect. *V.*

LETTRE CCXI.

A M. DAMILAVILLE.

14 de décembre.

Mon cher ami, je reçois votre lettre du 8 du
mois avec votre mémoire. Il n'y a, je crois, rien
à répliquer ; mais la puiſſance ne cède pas à la
raiſon : *Sic volo, ſic jubeo,* eſt d'ordinaire la raiſon
des gens en place. Il faut abſolument entourer
M. et madame de *Sauvigni* de tous les côtés, et
les empêcher ſurtout de donner contre vous des

impreſſions qu'il ne ſerait peut-être plus poſſible —
de détruire, quand la place qui vous eſt ſi bien   1767.
due viendrait à vaquer.

J'ai écrit encore à madame de *Sauvigni*, et je lui
ai fait parler. Je me flatte qu'ils ne verront pas votre
mémoire ; il les mettrait trop dans leur tort , et des
reproches ſi juſtes ne ſerviraient qu'à les aigrir.

Je ſuis très-fâché que vous ayez donné le mémoire
à M. *Foulon*. S'il parvient à M. de *Sauvigni* , il ſera
fâché qu'on dévoile qu'il a déjà demandé la place
en queſtion pour d'autres, et ſurtout pour un receveur général des finances à qui elle ne convient
point. Cette démarche que vous rappelez a plutôt
l'air d'un marché que d'une protection. L'affaire eſt
délicate et demande à être traitée avec tous les
ménagemens poſſibles : heureuſement vous avez du
temps. Ne pourriez-vous point trouver quelque ami
auprès de M. *Cochin* qui eſt un homme juſte , et
qui ferait ſentir à monſieur le contrôleur général
le prix de vos longs et utiles ſervices.

Je n'aurai probablement aucune réponſe, de long-
temps , de M. de *Choiſeul* ; il me néglige beaucoup.
On m'a fait des tracaſſeries auprès de lui pour les
ſottes affaires de Genève , mais c'eſt ce qui m'inquiéte fort peu.

Ne manquez pas , mon cher ami, de m'écrire
dès que le titulaire ſera prêt d'aller rendre ſes comptes à DIEU ; j'écrirai alors ſur le champ à M. le
duc de *Choiſeul*. Malgré tout ce que le ſieur *Tronchin*
a fait pour lui perſuader que je prenais le parti
des repréſentans , je repréſenterai très - hardiment
pour vous ; car vous ſentez bien que la place n'étant

pas encore vacante, je n'ai pu écrire que de façon à préparer les voies ; et encore m'a-t-il été fort difficile de faire venir la chose à propos, dans une lettre où il était question d'autres affaires, écrite à un ministre chargé du poids de la guerre, de la paix et du détail des provinces. Mais quand il s'agira réellement, de donner la place qui vous est due, alors il se souviendra que je lui en ai déjà écrit. Je crois même qu'il serait bon que vous préparassiez à l'avance un mémoire court pour monsieur le contrôleur général ; je l'enverrais à M. de *Choiseul*, et il serait homme à le donner lui-même.

Je ne fais plus rien de l'affaire des *Sirven*.

Voici une petite réponse que j'ai cru devoir faire, par mon laquais, au sieur *Cogé* qui m'a fait l'honneur de m'écrire.

Adieu ; je vous embrasse, mon très-cher ami. Je suis dans mon lit, accablé de maux et d'affaires.

LETTRE CCXII.

A M. LE MARQUIS DE THIBOUVILLE.

16 de décembre.

MON cher Marquis, je vous ai écrit une lettre bien chagrine ; mais j'en ai reçu une de M. le duc de *Duras* si plaisante, si gaie, si pleine d'esprit, que me voilà tout consolé. Il est bien avéré que mademoiselle *Dubois* a joué à la pauvre *Durancy* un tour de maître *Gonin* ; mais il n'est pas moins avéré

que le tripot tragique eſt à tous les diables. Il faut
que je ſois une bonne pâte d'homme, bien faible,
bien ſotte pour m'y intéreſſer encore. La ſeule reſſource peut-être ferait d'engager mademoiſelle *Clairon*
à reparaître ; mais où trouver des hommes ? Elle
ſerait là comme madame *Gigogne* qui danſe avec
de petits *Polichinelles* de trois pouces de haut.

Vous n'avez que *le Kain*, mais on dit qu'il a
une maladie qui n'eſt pas favorable à la voix.

Je vous recommande à la Providence.

Le théâtre n'eſt pas la ſeule choſe qui m'em-
barraſſe, j'ai quelques autres chagrins en proſe et
en arithmétique.

Je vous prie de communiquer ma lettre à monſieur d'*Argental*. Adieu, mon cher Marquis ; le bon
temps eſt paſſé.

LETTRE CCXIII.

A M. DE POMARET,

Miniſtre du ſaint Evangile, à Ganges en Languedoc.

18 de décembre.

Le ſolitaire à qui M. de *Pomaret* a écrit, a tenté,
en effet, tout ce qu'il a pu pour ſervir des citoyens
qu'il regarde comme ſes frères, quoiqu'il ne penſe
ni comme eux ni comme leurs perſécuteurs. On
a déjà donné deux arrêts du conſeil, en vertu
deſquels tous les proteſtans, ſans être nommés, peuvent exercer toutes les profeſſions, et ſurtout celle de

Z 3

 négocians. L'édit, pour légitimer leurs mariages , a été quatre fois fur le tapis au confeil privé du roi. A la fin il n'a point paffé, pour ne pas choquer le clergé trop ouvertement ; mais on a écrit fecrétement une lettre circulaire à tous les intendans du royaume ; on leur recommande de traiter les proteftans avec une grande indulgence. On a fupprimé et faifi tous les exemplaires d'un décret de la forbonne , auffi infolent que ridicule, contre la tolérance. Le gouvernement a été affez fage pour ne pas fouffrir que des pédans d'une communion ôfaffent damner toutes les autres de leur autorité privée. Les hommes s'éclairent , et le *contrains-les d'entrer* paraît aujourd'hui auffi abfurde que tyrannique.

M. de *Pomaret* peut compter fur la certitude de ces nouvelles, et fur les fentimens de celui qui a l'honneur de lui écrire.

LETTRE CCXIV.

A M. DE CHABANON.

18 de décembre.

MON cher enfant, mon cher ami, mon cher confrère, je ne me connais pas trop en *C fol ut* et en *F ut fa*. J'ai l'oreille dure, je fuis un peu fourd ; cependant je vous avoue qu'il y a des airs de Pandore qui m'ont fait beaucoup de plaifir. J'ai retenu, par exemple, malgré moi,

Ah ! vous avez pour vous la grandeur et la gloire.

D'autres airs m'ont fait une grande impreſſion
et laiſſent encore un bruit confus dans le tympan
de mon oreille.

Pourquoi ſait-on par cœur les vers de *Racine*?
c'eſt qu'ils ſont bons. Il faut donc que la muſique
retenue par les ignorans ſoit bonne auſſi. On me
dira que chacun ſait par cœur :

J'appelle un chat un chat, et Rollet un fripon.
Aimez-vous la muſcade ? on en a mis par-tout, &c.

ce ſont des vers du Pont-neuf, et cependant tout
le monde les ſait par cœur : que la plupart des
ariettes de *Lulli* ſont des airs du Pont-neuf et des
barcarolles de Veniſe , d'accord; auſſi ne les a-t-
on pas retenus comme bons , mais comme faciles.
Mais , pour peu qu'on ait de goût, on grave dans
ſa mémoire tout l'*Art poëtique* et quatre actes entiers
d'Armide. La déclamation de *Lulli* eſt une mélopée
ſi parfaite que je déclame tout ſon récitatif en
ſuivant ſes notes , et en adouciſſant ſeulement les
intonations ; je fais alors un très-grand effet ſur les
auditeurs, et il n'y a perſonne qui ne ſoit ému. La
déclamation de *Lulli* eſt donc dans la nature , elle
eſt adaptée à la langue, elle eſt l'expreſſion du ſentiment.

Si cet admirable récitatif ne fait plus aujourd'hui
le même effet que dans le beau ſiècle de *Louis XIV*,
c'eſt que nous n'avons plus d'acteurs , nous en
manquons dans tous les genres ; et, de plus, les
ariettes de *Lulli* ont fait tort à ſa mélopée, et ont
puni ſon récitatif de la faibleſſe de ſes ſymphonies.

Z 4

—— Il faut convenir qu'il y a bien de l'arbitraire dans
la musique. Tout ce que je sais, c'est qu'il y a
dans la Pandore de M. de *la Borde* des choses qui
m'ont fait un plaisir extrême.

J'ai d'ailleurs de fortes raisons qui m'attachent à
cette Pandore. Je vous demanderai surtout de faire
une bonne brigue, une bonne cabale pour qu'on
ne retranche point

O Jupiter ! ô fureurs inhumaines !
Eternel persécuteur,
De l'infortune créateur, &c.

et non pas de l'*infortuné*, comme on l'a imprimé;
cela est très-janséniste, par conséquent très-orthodoxe
dans le temps présent; ces b. . . . font DIEU auteur
du péché, je veux le dire à l'opéra. Ce petit blas-
phème sied, d'ailleurs, à merveille dans la bouche
de *Prométhée* qui, après tout, était un très-grand
seigneur, fort en droit de dire à *Jupiter* ses vérités.

Si vous recevez des jansénistes dans votre académie, tout est perdu; ils vont inonder la face de
la France. Je ne connais point de secte plus dangereuse et plus barbare. Ils sont pires que les presbytériens d'Ecosse. Recommandez-les à M. d'*Alembert*;
qu'il fasse justice de ces monstres ennemis de la raison,
de l'Etat et des plaisirs.

Je plains beaucoup mademoiselle *Durancy*, s'il est
vrai qu'elle ait la voix dure et les fesses molles.
On dit que mademoiselle *Dubois* a un très-beau cu;
elle devait se contenter de cet avantage, et ne pas
falsifier ma lettre pour faire abandonner le tripot de

la comédie à cette pauvre enfant. Ce n'eft pas là
un tour d'honnête fille, c'eft un tour de prêtre ;
mais, fi elle eft belle, fi elle eft bonne actrice, il faut
tout lui pardonner. M. le duc de *Duras* a conftaté
ce petit artifice, mais il eft fort indulgent pour les
belles, ainfi qu'on doit l'être ; il a établi une
petite école de déclamation à Verfailles.

Puiffiez-vous avoir des acteurs pour votre Empire
romain. Je m'intéreffe à votre gloire comme un père
tendre. Je vous aimerai, vous et les beaux arts, jufqu'au dernier moment de ma vie ; maman eft de
moitié avec moi. *V.*

1767.

LETTRE CCXV.

AU MEME.

21 de décembre.

Mon cher ami, vous me faites aimer le péché
originel. St *Auguftin* en était fou ; mais celui qui
inventa la fable de *Pandore* avait plus d'efprit que
St *Auguftin*, et était beaucoup plus raifonnable. Il
ne damne point les enfans de notre mère *Pandore*,
il fe contente de leur donner la fièvre, la goutte,
la gravelle par héritage. J'aime Pandore, vous dis-
je, puifque vous l'aimez. Tout malade, et tout
héritier de *Pandore* que je fuis, j'ai paffé une journée entière à rapetaffer l'opéra dont vous avez la
bonté de vous charger. J'envoie le manufcrit, qui
eft affez gros, à M. de *la Borde*, en le priant de
vous le remettre. Je lui pardonne l'infidélité qu'il
m'a faite pour Amphion. Cet *Amphion* était à coup

sûr forti de la boîte ; il lui refle l'efpérance très-légitime de faire un excellent opéra avec votre fecours.

Mademoifelle *Dubois* m'a joué d'un tour d'adreffe ; mais, fi elle eft auffi belle qu'on le dit, et fi elle a les tetons et le cu plus durs que mademoifelle *Durancy*, je lui pardonne : mais je n'aime point qu'on m'impute d'avoir célébré les amours et le flyle de M. *Dorat*, attendu que je ne connais ni fa maîtreffe ni les vers qu'il a faits pour elle. Cette accufation eft fort injufte, mais les gens de bien feront toujours perfécutés.

Père *Adam* eft tout ébouriffé qu'on ait chaffé les jéfuites de Naples, la baïonnette au bout du fufil ; il n'en a pas l'appétit moins dévorant. On dit que ces jéfuites ont emmené avec eux deux cents petits garçons et deux cents chèvres ; c'eft de la provifion jufqu'à Rome. Il ne ferait pas mal qu'on envoyât chaque jéfuite dans le fond de la mer, avec un janfénifte au cou.

Madame *Denis* mangera demain vos huîtres ; je pourrai bien en manger auffi, pourvu qu'on les grille. Je trouve qu'il y a je ne fais quoi de barbare à manger un auffi joli petit animal tout cru. Si meffieurs de forbonne mangent des huîtres, je les tiens antropofages.

Je vous recommande, mon cher confrère en *Apollon*, l'Empire romain et Pandore. Nous vous aimons tous comme vous méritez d'être aimé. *V.*

LETTRE CCXVI.

A SON ALTESSE

MONSEIGNEUR LE DUC DE BOUILLON.

A Ferney, 23 de décembre.

MONSEIGNEUR,

Je n'ai appris la perte cruelle que vous avez faite que dans l'intervalle de ma première lettre, et celle dont votre Alteffe m'a honoré. Perfonne ne fouhaite plus que moi que le fang des grands-hommes et des hommes aimables ne tariffe point fur la terre. Je fuis pénétré de votre douleur, et fûr de votre courage.

Je ne crains pas plus les maléoniftes que les janféniftes et les moliniftes. Le fiècle de *Louis XIV* était beaucoup plus éloquent que le nôtre, mais bien moins éclairé. Toutes les miférables difputes théologiques font bafouées aujourd'hui par les honnêtes gens, d'un bout de l'Europe à l'autre. La raifon a fait plus de progrès en vingt années que le fanatifme n'en avait fait en quinze cents ans.

Nos mœurs changent, Brutus, il faut changer nos lois.

Boffuet avait de la fcience et du génie; il était le premier des déclamateurs, mais le dernier des philofophes; et je puis vous affurer qu'il n'était pas de bonne foi. Le quiétifme était une folie qui paffa par la tête périgourdine de *Fénélon*, mais une folie pardonnable, une folie d'un cœur tendre, et qui devint même héroïque dans lui. Je ne vois dans la conduite du cardinal de *Bouillon* que celle d'une ame noble qui fut intrépide dans l'amitié et dans la difgrâce. Je n'aime point Rome, mais je crois qu'il fit très-bien de fe retirer à Rome.

J'ai déjà infinué mes fentimens dans les éditions précédentes du Siècle de *Louis XIV*. Je les développerai dans cette édition nouvelle, avec mon amour de la vérité, mon attachement pour votre maifon, mon refpect pour le trône, et mes ménagemens pour l'Eglife.

Serai-je affez hardi, Monfeigneur, pour vous fupplier de m'envoyer tout ce qui concerne l'impudent et ridicule interrogatoire fait à madame la ducheffe de *Bouillon* par ce *la Reynie*, l'ame damnée de *Louvois*. Le temps de dire la vérité eft venu. Soyez fûr de mon zèle et de la difcrétion que je dois à votre confiance.

Je garderai le fecret à M. *Maigrot*. Il paraît que ce M. *Maigrot* a arrangé quelques petites affaires entre votre Alteffe et moi indigne, il y a environ vingt-cinq ans. S'il eft parent d'un certain évêque *Maigrot* qui alla à la Chine combattre les jéfuites, je l'en aime davantage.

Confervez-moi, Monfeigneur, vos bontés qui me font précieufes. Je fuis attaché à votre Alteffe avec le plus tendre et le plus profond refpect. *V.*

LETTRE CCXVII.

A M. CHARDON.

25 de décembre.

MONSIEUR,

Je n'ai pu retrouver le petit mémoire fait par un conseiller du parlement de Toulouse, dans lequel on justifie l'assassinat juridique de *Jean Calas*, et on soutient l'incompétence et l'irrégularité prétendue de l'arrêt de messieurs les maîtres des requêtes. Mais je crois que vous recevrez dans une quinzaine de jours, au plus tard, cette pièce de Toulouse même ; elle vous sera adressée sous l'enveloppe de M. le duc de *Choiseul*.

Je crois que les circonstances n'ont jamais été plus favorables pour tirer la famille *Sirven* de l'oppression cruelle dans laquelle elle gémit depuis six années. Elle a contre elle un juge ignorant, un parlement passionné, un peuple fanatique ; mais elle aura pour elle son innocence et M. *Chardon*.

Cette affaire est bien digne de vous, Monsieur. Non-seulement vous serez béni par cinq cents mille protestans, mais tous les catholiques ennemis de la superstition et de l'injustice, vous applaudiront. Je me flatte enfin que l'absence de M. *Gilbert* ne vous empêchera point de rapporter l'affaire devant le roi, et je suis bien sûr que le roi sera touché

—— de la manière dont vous la rapporterez. Je m'intéreffe autant à votre gloire qu'à la juftification des
Sirven.

J'ai lu le livre de M. de *la Rivierre* ; je ne fais
fi c'eft parce que je cultive quelques arpens de terre,
que je n'aime point que les terres foient feules
chargées d'impôts. J'ai peur qu'il ne fe trompe avec
beaucoup d'efprit, mais je m'en rapporte à vos
lumières.

J'ai l'honneur d'être, avec beaucoup de refpect et
un attachement qui fe fortifie tous les jours, Monfieur, votre, &c. *Voltaire.*

P. S. J'apprends dans le moment, Monfieur, que
vous allez faire le rapport devant le roi. Vous n'aurez point encore reçu le mémoire du confeiller de
Touloufe contre meffieurs les maîtres des requêtes ; mais foyez affuré qu'il exifte ; je l'ai lu, et
je fuis incapable de vous tromper.

LETTRE CCXVIII.

A M. DE CHABANON.

25 de décembre.

En qualité de vieux fefeur de vers, mon cher ami,
je voudrais avoir fait les deux épigrammes qu'on
m'a envoyées, et furtout celle contre *Piron* qui venge
un honnête homme des infultes d'un fou ; mais
pour les vers contre M. *Dorat*, je les condamne, quoique bien faits. Il ne faut point troubler les ménages ;

on doit refpecter l'amour, on doit encore plus refpecter la fociété. Il eſt très-mal de m'imputer ce
facrilége. Je n'aime point, d'ailleurs, à nourrir les
enfans que je n'ai point faits. En un mot, j'ai beaucoup à me plaindre ; le procédé n'eſt pas honnête.

Oui vraiment, j'ai lu le Galérien ; il y a des vers
très - heureux, il y en a qui partent du cœur,
mais auffi il y en a de pillés. Le ſtyle eſt facile ,
mais quelquefois trop incorrect. La bourſe donnée
par le galérien à la dame reſſemble trop à *Nanine*.
Le vieux prédicant eſt un infame d'avoir laiſſé fon
fils aux galères fi long-temps. La reconnaiſſance
péche abfolument contre la vraiſemblance. Le dernier acte eſt languiſſant ; la pièce n'eſt pas bien faite,
mais il y a des endroits touchans. L'auteur me l'a
envoyée ; je l'ai loué fur ce qu'il a de louable.

Il paraît une nouvelle hiſtoire de *Louis XIII* que
je n'ai pas encore lue. Celle de *le Vaſſor* doit être
dans la bibliothéque du roi, comme *Spinoſa* dans
celle de monfieur l'archevêque.

Je vous ai déjà mandé, mon cher confrère en
Melpoméne, que j'ai envoyé à M. de *la Borde* Pandore
avec une grande partie des changemens que vous
défirez , le tout accompagné de quelques réflexions
qui me font communes avec maman. Elle s'eſt gor-
gée de vos huîtres. Je fuis toujours embarraſſé de
favoir comment les huîtres font l'amour ; cela n'eſt
encore tiré au clair par aucun naturaliſte.

J'attends avec bien de l'impatience l'ouvrage de
M. *Anquetil;* j'aime *Zoroaſtre* et *Brama*, et je crois
les Indiens le peuple de toute la terre le plus anciennement civilifé. Croiriez-vous que j'ai eu chez moi le

1767.

fermier général du roi de Patna. Il fait très-bien la langue courante des brames, et m'a envoyé des chofes fort curieufes. Quand on fonge que, chez les Indiens, le premier homme s'appelle *Adimo*, et la première femme d'un nom qui fignifie la vie, ainfi que celui d'*Eve*; quand on fait réflexion que notre article *le* était *a* vers le Gange, et qu'*Abrama* reffemble prodigieufement à *Abram*, la foi peut être un peu ébranlée; mais il refte toujours la charité qui eft bien plus néceffaire que la foi. Ceux qui m'imputent l'épigramme contre M. *Dorat* n'ont point du tout de charité, l'abbé *Guion* encore moins; mais vous en avez, et de celle qu'il me faut. Je vous le rends bien, et je vous aime de tout mon cœur. *V.*

LETTRE CCXIX.

A M. OLIVIER DES MONTS, *à Andufe.*

25 de décembre.

LA perfonne à qui vous avez bien voulu écrire, Monfieur, le 17 de décembre, peut d'abord vous affurer que vous ne ferez point pendu. L'horrible abfurdité des perfécutions fur des matières où perfonne ne s'entend, commence à être décriée partout. Nous fortons de la barbarie. Un édit pour légitimer vos mariages a été mis trois fois fur le tapis devant le roi à Verfailles; il eft vrai qu'il n'a point paffé; mais on a écrit à tous les gouverneurs de province, procureurs généraux, intendans,

de

de ne vous point moleſter. Gardez-vous bien de préſenter une requête au conſeil, au nom des proteſtans, ſur le nouvel arrêt rendu à Touloufe ; elle ne ſerait pas reçue : mais voici, à mon avis, ce qu'il faut faire.

Un conſeiller au parlement de Touloufe fit imprimer, il y a environ quatre mois, une lettre contre le jugement définitif rendu par meſſieurs les maîtres des requêtes en faveur des *Calas*. Le conſeil y eſt très-maltraité, et on y juſtifie, autant qu'on le peut, l'aſſaſſinat juridique commis par les juges de Touloufe. M. *Chardon*, maître des requêtes, et fort avant dans la confiance de M. le duc de *Choiſeul*, n'attend que cette pièce pour rapporter l'affaire des *Sirven* au conſeil privé du roi.

Tâchez de vous procurer cet impertinent libelle par vos amis ; qu'on l'adreſſe ſur le champ à monſieur *Chardon*, avec cette apoſtille ſur l'enveloppe, *pour l'affaire des Sirven*, le tout ſous l'enveloppe de monſeigneur le duc de *Choiſeul*, à Verſailles. Cela demande un peu de diligence. Ne me citez point, je vous en prie. Il faut aller au ſecours de la place, ſans tambour et ſans trompette.

Je vais écrire à M. *Chardon* que probablement il recevra, dans quelques jours, la pièce qu'il demande. Quand cela ſera fait, je me flatte que M. le duc de *Choiſeul* lui-même protégera ceux qu'on exclut des offices municipaux. La choſe eſt un peu délicate, parce que vous n'avez pas les mêmes droits que les luthériens ont en Alſace, et que, d'ailleurs, M. le duc de *Choiſeul* n'eſt point le ſecrétaire d'Etat de votre province ; mais on peut aiſément attaquer

1767.

l'arrêt de votre parlement, en ce qu'il outre-paſſe ſes pouvoirs, et que la police des offices municipaux n'appartient qu'au conſeil.

Voilà tout ce qu'un homme qui déteſte le fanatiſme et la ſuperſtition peut avoir l'honneur de vous répondre, en vous aſſurant de ſes obéiſſances, et en vous demandant le ſecret.

LETTRE CCXX.

A M. MAIGROT,

CHANCELIER DU DUCHÉ SOUVERAIN DE BOUILLON.

A Ferney, 28 de décembre.

MONSIEUR,

Vous m'impoſez le devoir de la reconnaiſſance pour le reſte de ma vie, puiſque c'eſt vous qui m'avez aſſuré une rente viagère, et qui me faites connaître la vérité que j'aime encore mieux qu'une rente.

A propos de vérité, je dois vous dire que monſeigneur l'électeur palatin ne croit ni au prétendu cartel propoſé par l'électeur *Charles-Louis* au vicomte de *Turenne*, ni à la lettre que M. de *Ramſay* a imprimée dans ſon hiſtoire, ni à la réponſe. Effectivement la lettre de l'électeur eſt du ſtyle de *Ramſay*, et ce *Ramſay* était un peu enthouſiaſte. Cependant feu M. le cardinal d'*Auvergne* m'a fait l'honneur de me dire pluſieurs fois que le cartel était vrai, et

M. le grand prieur de *Vendôme* difait qu'il en était ——
sûr. Les hiftoriens et le public aiment ces petites 1767.
anecdotes.

Je me flatte que vous mettrez le comble à votre
générofité en me fefant part de la lettre de *Louis XIV*
au cardinal de *Bouillon* (*) , laquelle doit être des
premiers jours d'avril ou des derniers de mars
1699. Cette lettre eft néceffaire , elle eft le fondement de tout.

Si vous aviez auffi quelques anecdotes intéref-
fantes fur le prince de *Turenne* qui donnait de fi
grandes efpérances , et qui fut tué à la bataille de
Steinkerque, vous me mettriez en état de déployer
encore plus le zèle qui m'attache à cette illuftre
maifon.

J'ai l'honneur d'être avec tous les fentimens que
je vous dois , &c.

LETTRE CCXXI.

A MADAME NECKER.

28 de décembre.

MADAME,

Il faut que j'implore votre efprit conciliant contre
l'efprit de tracafferie ; ce n'eft pas des tracafferies
de Genève dont je parle ; on a beau vouloir m'y
fourrer , je n'y ai jamais pris part que pour en rire
avec la belle *Catherine Ferbot* , digne objet des amours

(*) Relativement à l'affaire du quiétifme.

Aa 2

inconſtans de *Robert Covelle*. Il s'agit d'une autre tracaſſerie que le tendre amour me fait de Paris au mont Jura, à l'âge de ſoixante et quatorze ans, temps auquel on a peu de choſe à démêler avec ce monſieur.

On m'a envoyé de Paris des vers bien faits ſur M. *Dorat* et ſa maîtreſſe; on m'a envoyé auſſi une réponſe de M. *Dorat* très-bien faite; mais, ce qui eſt aſſurément très-mal fait, c'eſt de m'imputer les vers contre les amours et la poëſie de M. *Dorat*. Je jure, par votre ſageſſe et par votre bonté, Madame, que je n'ai jamais ſu que M. *Dorat* eût une nouvelle maîtreſſe. Je leur ſouhaite à tous deux beaucoup de plaiſir et de conſtance. Mais il me paraît qu'il y a de l'abſurdité à me faire auteur d'un petit madrigal qui tend viſiblement à brouiller l'amant et la maîtreſſe, choſe que j'ai regardée toute ma vie comme une méchante action.

Je ſais que M. *Dorat* vient chez vous quelquefois; je vous prie de lui dire, pour la décharge de ma conſcience, que je ſuis innocent, et qu'il faudrait être un innocent pour me ſoupçonner; c'eſt apparemment le ſieur *Cogé*, ou quelque licencié de ſorbonne, qui a débité cette abominable calomnie dans le *prima menſis*. En un mot, je m'en lave les mains. Je ne veux point qu'on me calomnie, et je vous prends pour ma caution. Que celui qui a fait l'épigramme la garde; je ne prends jamais le bien d'autrui.

J'apprends, dans le moment, que la demoiſelle qui eſt l'objet de l'épigramme eſt une demoiſelle de l'opéra. Je ne ſais ſi elle eſt danſeuſe ou chan-

teufe ; j'ai beaucoup de refpect pour ces deux talens,
et il ne me viendra jamais en penfée de troubler
fon ménage. On dit qu'elle a beaucoup d'efprit ;
je la révère encore plus. Mais, Madame, fi l'efprit,
les grandes connaiffances et la bonté du cœur méritent les plus grands hommages, vous ne pouvez
douter de ceux que je vous rends, et des fentimens
refpectueux avec lefquels je ferai toute ma vie
votre, &c.

1767.

LETTRE CCXXII.

A M. MARMONTEL.

1 de janvier.

QUE voulez-vous que je vous dife, mon cher confrère ? Le pain vaut quatre fous la livre ; il y a des
gens de mérite qui n'en ont pas affez pour nourrir
leur famille, et on a élevé des palais pour loger et
nourrir des fainéans qui ont beaucoup moins de bon
fens que *Panurge*, qui font bien loin de valoir frère
Jean des Entomures, et qui n'ont d'autre foin, après
boire, que de replonger les hommes dans la craffe
ignorance qui dota autrefois ces poliffons.

Tout ce qui m'étonne, c'eft qu'on ne fe foit pas
encore avifé de faire une faculté des petites maifons.
Cette inftitution aurait été beaucoup plus raifonnable ; car enfin les petites maifons n'ont jamais
fait de mal à perfonne, et la facrée faculté en a
fait beaucoup. Cependant, pour la confolation des

1768.

—— honnêtes gens, il paraît que la cour fait de ces
cuiſtres fourrés tout le cas qu'ils méritent, et que, ſi
on ne les détruit pas, comme on a détruit les jéſuites,
on les empêche au moins d'être dangereux.

On n'en fait pas encore aſſez. Il faudrait leur
défendre, ſous peine d'être mis au carcan avec un
bonnet d'âne, de donner des décrets. Un décret eſt
une eſpèce d'acte de juridiction. Ils peuvent tout
au plus dire leur avis comme les autres citoyens, au
riſque d'être ſifflés ; mais ils n'ont pas plus droit
que *Fréron* de donner un décret. Les théologiens ne
donnent des décrets ni en Angleterre ni en Pruſſe ;
auſſi les Anglais et les Pruſſiens nous ont bien battus.
Il faut de bons laboureurs et de bons ſoldats, de
bons manufacturiers, et le moins de théologiens
qu'il ſoit poſſible : tous ces petits ergoteurs rendent
une nation ridicule et mépriſable. Les Romains, nos
vainqueurs et nos maîtres, n'ont point eu de ſacrée
faculté de théologie.

Adieu, mon cher ami ; mes reſpects à madame
Geoffrin.

LETTRE CCXXIII.

A M. LE MARECHAL DUC DE RICHELIEU.

A Ferney, 6 de janvier.

M. *Hénin*, réfident à Genève, me mande, Monfeigneur, qu'il a eu l'honneur de vous écrire au fujet de *Gallien*. Vous avez vu, par mes lettres, que je n'efpérais pas que ce jeune homme fe maintînt long-temps dans ce pofte. Il s'eft avifé de faire imprimer une mauvaife pafquinade, dans le ftyle d'un laquais, fur les affaires de Genève; et il a eu la méchanceté inepte de me l'attribuer, en l'imprimant fous le nom d'un *vieillard moribond*, et en ajoutant à ce titre des qualifications peu agréables.

M. *Hénin* m'a envoyé l'ouvrage, et m'a inftruit en même temps qu'il était obligé de le renvoyer, et qu'il vous en écrivait.

Mon refpect pour la protection dont vous l'honoriez m'avait fait toujours dévorer dans le filence les perfidies qu'il m'avait faites. Il allait acheter à Genève tous les libelles qu'il pouvait déterrer contre moi, et les vendait à ceux qui venaient dans le château. Je lui remontrai l'énormité et l'ingratitude de ce procédé. Je voulus bien ne l'imputer qu'à fa curiofité et à fa légéreté. Je ne voulus point vous en inftruire. J'efpérai toujours que le temps et l'envie de vous plaire pourraient corriger fon caractère. Je vois, par une triste expérience, que mes ménagemens ont été trop grands et mes espérances trop vaines.

Je pense qu'il serait convenable qu'il allât en Dauphiné pour y faire imprimer l'histoire de cette province qu'il a entreprise. Il est du village de Salmorans dont il a pris le nom, et il avait toujours témoigné le désir d'y aller voir ses parens.

Peut-être l'article de ses dettes sera-t-il un peu embarrassant avant qu'il parte de Genève. On prétend qu'elles vont à plus de cent louis ; c'est ce que j'ignore : mais je sais qu'il répond aux marchands que c'est à vous à payer la plupart des fournitures. J'ai déjà payé deux cents livres, dont je vous avais envoyé les quittances, et que vous avez eu la bonté de me rembourser.

Je vous ai mandé que je ne payerais rien de plus sans votre ordre précis, et j'ai tenu parole, à un louis près. Peut-être voudriez-vous bien encore accorder une petite somme, afin qu'un jeune homme que vous avez daigné faire élever avec tant de générosité, ne partît pas de Genève absolument en banqueroutier.

Tous les esprits sont violemment irrités contre lui à Genève. Cette affaire est très-désagréable ; mais, après tout, l'âge peut le mûrir. Tout ce que vous avez daigné faire pour lui peut parler à son cœur ; et, quelque chose qui arrive, vous aurez toujours la satisfaction d'avoir exercé les sentimens de votre caractère noble et bienfesant.

Le thermomètre est ici à treize degrés et un quart au-dessous de la glace ; l'encre gèle : mais, quoique *Gallien* m'intitule vieillard moribond, je sens que

mon cœur a encore quelque chaleur. Elle eſt toute
entière pour vous ; elle anime le profond reſpect
avec lequel je vous ferai attaché juſqu'au dernier
moment de ma vie. *V.*

1768.

LETTRE CCXXIV.

A M. HENRI PANCKOUCKE,

Qui lui avait adreſſé ſa tragédie de la Mort de Caton.

A Ferney, le 8 de janvier.

Vous ne ſauriez croire, Monſieur, combien j'aime
le ſtoïcien *Caton*, tout épicurien que je ſuis. Vous
avez bien raiſon de penſer que l'amour ferait fort mal
placé dans un pareil ſujet. La partie carrée des
deux filles de *Caton*, dans *Addiſſon*, fait voir que les
Anglais ont ſouvent pris nos ridicules. Je ſuis très-
aiſe que vous ne vous ſoyez point laiſſé entraîner au
mauvais goût. Les Français ne ſont pas encore dignes
d'avoir beaucoup de tragédies ſans amour, et je
doute même que la mode en vienne jamais ; mais
vous me paraiſſez digne de mettre au jour les vertus
morales et héroïques ſur le théâtre.

J'ai l'honneur d'être, avec tous les ſentimens d'eſtime que vous méritez, Monſieur, votre, &c.

LETTRE CCXXV.

A M. DE CHABANON.

11 de janvier.

MON très-cher confrère, vous êtes affurément bien bon, quand vous travaillez à Eudoxie, de fonger à la maîtreffe de *Prométhée*. Je fuis perfuadé que vous aurez été un peu en retraite pendant les grands froids, et qu'Eudoxie eft actuellement bien avancée. L'Empire romain eft tombé, mais votre pièce ne tombera point.

Vous avez raifon affurément fur ce potier de *Prométhée* qui ferait une fort plate figure lorfqu'on danferait et qu'on chanterait autour de *Pandore*, et qu'il refterait affis fur une banquette verte fans dire un mot à fa créature. Il n'y a, ce me femble, d'autre parti à prendre que de le faire en aller pendant le divertiffement, pour demander à l'*Amour* quelques nouvelles grâces. Après que le chœur a chanté

O ciel! ô ciel! elle refpire.
Dieu d'amour quel eft ton empire!

il faudra que le potier dife ces quatre vers:

Je revole aux autels du plus charmant des Dieux.
Son ouvrage m'étonne, et fa beauté m'enflamme.
Amour, defcends tout entier dans fon ame,
Comme tu règnes dans fes yeux.

Le muſicien même peut répéter le mot d'amour
pour cauſe d'énergie ; mais ce muſicien ne répond
point à mes lettres. Ce muſicien me traite comme
Rameau traitait l'abbé *Pellegrin* à qui il n'écrivait
jamais. Je le crois fort occupé à Verſailles ; mais
fût - il premier miniſtre , il ne faut pas négliger
Pandore.

Tout paraît tendre aujourd'hui à la réconciliation dans le monde, depuis qu'on a chaſſé les jéſuites
de quatre royaumes. La tolérance vient d'être ſolen-
nellement établie en Pologne comme en Ruſſie, c'eſt-
à-dire dans environ treize cents mille lieues carrées
de pays ; ainſi la ſorbonne n'a raiſon que dans deux
mille cinq cents pieds carrés , qui compoſent la
belle ſalle où elle donne ſes beaux décrets. Certainement le genre-humain l'emportera à la fin ſur
la ſorbonne. Ces cuiſtres-là n'en ont pas encore
pour long-temps dans le ventre. C'eſt une bénédiction de voir comme le bon ſens gagne par - tout du
terrain : il n'en eſt pas de même du bon goût, c'eſt
le partage du petit nombre des élus.

Les perruques de Genève propoſent actuellement
des accommodemens aux tignaſſes. Ce n'était pas la
peine d'appeler à grands frais trois puiſſances média-
trices pour ne rien faire de ce qu'elles ont ordonné.
M. le duc de *Choiſeul* doit être las de voir des gens
qui demandent à *Hercule* ſa maſſue pour tuer des
mouches. Toute cette affaire de Genève eſt du plus
énorme ridicule.

Tout ce qui eſt à Ferney vous embraſſe aſſurément de tout ſon cœur. *V.*

1768.

LETTRE CCXXVI.

A MADAME

LA DUCHESSE DE CHOISEUL.

Lyon, 12 de janvier.

MADAME,

Je vous fais ces lignes pour vous dire qu'en conféquence de vos ordres précis à moi intimés par
madame votre petite-fille (*) , j'ai l'honneur de vous
dépêcher deux petits volumes traduits de l'anglais,
du contenu defquels je ne réponds pas plus que
les Etats d'Hollande quand ils donnent un privilége pour imprimer *la Bible* ; c'eft toujours fans
garantir ce qu'elle contient.

Ayez la bonté , Madame , de noter que , ne fachant
pas fi meffieurs des poftes font affez polis pour vous
donner vos ports francs , j'adreffe le paquet fous
l'enveloppe de monfeigneur votre mari, pour la profpérité duquel nous fefons mille vœux dans notre
rue. Nous en fefons autant pour vous, Madame;
car tous ceux qui viennent acheter des livres chez
nous , difent que vous êtes une brave dame qui vous
connaiffez mieux qu'eux en bons livres , qui avez
confidérablement de l'efprit, et qui ne courez jamais

______

(*) Madame *du Deffant* appelait madame la ducheffe de *Choifeul* fa
grand'maman.

après. Vous avez le renom d'être fort bienfefante ;
vous ne condamnez pas même les vieux barbouilleurs
de papier à mourir, parce qu'ils n'en peuvent plus :
cela eft d'une bien belle ame.

Enfin, Madame, on dit toutes fortes de bien de
vous dans notre boutique ; mais j'ai peur que cela
ne vous fâche, parce qu'on ajoute que vous n'aimez point cela. Je vous demande donc pardon, et
fuis avec un grand refpect, Madame, votre très-
humble et très-obéiffant ferviteur,

Guillemet, typographe de la ville de Lyon.

LETTRE CCXXVII.

A M. SERVAN,

AVOCAT GENERAL DU PARLEMENT DE GRENOBLE.

13 de janvier.

Vous m'avez prévenu, Monfieur. Il y a long-temps
que mon cœur me difait de vous remercier des deux
difcours que vous avez prononcés au parlement, et
qui ont été imprimés. Je me fouviendrai toujours
d'avoir répandu des larmes pour cette pauvre femme
que fon mari trahiffait fi pieufement en faveur de
la religion catholique. Tout ce qui était à Ferney
fut attendri comme l'avaient été tous ceux qui vous
écoutèrent à Grenoble. Je regarde ce difcours, et celui
qui concerne les caufes criminelles, non-feulement
comme des chefs-d'œuvre d'éloquence, mais comme

les fources d'une nouvelle jurifprudence dont nous avons befoin.

Vous verrez, Monfieur, par le petit fragment que j'ai l'honneur de vous envoyer, combien on vous rend déjà juftice. On vous cite comme un ancien, tout jeune que vous êtes. L'ouvrage que vous entreprenez eft digne de vous. Un vieux magiftrat n'aurait jamais le temps de le faire; et d'ailleurs un vieux magiftrat aurait encore trop de préjugés. Il faut une ame vigou- reufe, venue au monde précifément dans le temps où la raifon commence à éclairer les hommes, et à fe placer entre l'inutile fatras de *Grotius* et les faillies gafconnes de *Montefquieu*.

Je penfe que vous aurez bien de la peine à raf- fembler les lois des autres nations, dont la plupart ne valent guère mieux que les nôtres. La jurifpru- dence d'Efpagne eft précifément comme celle de France. On change de lois en changeant de chevaux de pofte, et on perd à Séville le procès qu'on aurait gagné à Sarragoffe.

Les hiftoriens, qui ne font pour la plupart que de froids compilateurs de gazettes, ne favent pas un mot des lois des pays dont ils parlent. Celles d'Alle- magne, dans ce qui regarde la juftice diftributive, font encore un chaos plus affreux. Il n'y a que *Mathufalem* qui puiffe prendre le parti de plaider devant la cham- bre de Vetzlar. On dit que le defpotifme en a fait d'affez bonnes en Danemarck, et la liberté de meilleures en Suède. Je ne fais rien de plus beau que les règlemens pour l'éducation des enfans des rois, publiés par le fénat.

La meilleure loi peut-être qui fût au monde

était celle de la grande charte d'Angleterre ; mais de quoi a - t - elle fervi fous des tyrans comme *Richard III* et *Henri VIII?*   1768.

Il me femble que l'Angleterre n'a de véritablement bonnes lois que depuis que *Jacques II* alla toucher les écrouelles au couvent des Anglaifes à Paris. Ce n'eft du moins que depuis ce temps qu'on a entièrement aboli la torture et ces fupplices affreux, prodigués encore chez notre nation auffi atroce quelquefois que frivole, et compofée de finges et de tigres.

Louis XIV rendit au moins un grand fervice à la France , en mettant de l'uniformité dans la procédure civile et criminelle. Cette uniformité était dès long-temps chez les Anglais qui n'avaient depuis fix cents ans qu'un poids et qu'une mefure : c'eft à quoi nous n'avons jamais pu parvenir. Mais il me femble que les rédacteurs de notre procédure criminelle ont beaucoup plus fongé à trouver des coupables dans les accufés qu'à trouver des innocens. En Angleterre, c'eft précifément tout le contraire ; l'accufé eft favorifé par la loi : l'Anglais , qu'on croit féroce , eft humain dans fes lois; et le Français , qui paffe pour fi doux , eft en effet très-inhumain.

L'abominable aventure du chevalier de *la Barre* et du jeune d'*Etallonde* en eft bien la preuve. Ils ont été traités comme la *Brinvilliers* et la *Voifin*, pour une étourderie qui méritait un an de Saint-Lazare. Celui des deux qui échappa aux bourreaux, eft actuellement officier chez le roi de Pruffe : il a acquis beaucoup de mérite, et pourra bien un jour fe venger , à la tête d'un régiment, de la barbarie qu'on a exercée envers lui. Il femble que cette aventure foit du temps des Albigeois.

Nous verrons bientôt fi le confeil voudra bien revoir et réformer le procès des *Sirven*. Il y a cinq ans que je pourfuis cette affaire. J'ai trouvé chaque jour des obftacles, et je ne me fuis jamais rebuté; mais je ne fuis qu'un citoyen inutile. C'eft à vous, Monfieur, qu'il appartient de faire le bien : vous êtes en place, et vous êtes digne d'y être, ce qui n'eft pas bien commun. Vous fervirez votre patrie dans les fonctions de votre belle charge, et vous vous immortaliferez dans vos momens de loifir.

Vous ferez voir combien la jurifprudence eft incertaine en France; vous détruirez les traces qui reftent encore de l'ancien efclavage où l'Eglife a tenu l'Etat. Concevez-vous rien de plus ridicule qu'un promoteur et un official? Mais, en vérité, nous avons des juridictions encore plus étonnantes, des tribunaux pour les greniers à fel, des cours fupérieures pour le vin et pour la bière, un augufte fénat pour juger fi les fermiers généraux doivent fouiller dans la poche des paffans, fénat qui fait prefque autant de bien à la nation que les quatre-vingts mille commis qui la pillent.

Enfin, Monfieur, dans les premiers corps de l'Etat, que de droits équivoques et que d'incertitudes! Les pairs font-ils admis dans le parlement, ou le parlement eft-il admis dans la cour des pairs? le parlement eft-il fubftitué aux états-généraux? Le confeil d'Etat eft-il en droit de faire des lois fans le parlement? le parlement.....

(*Le refte manque.*)

LETTRE

LETTRE CCXXVIII. 1768.

A M. SAURIN.

13 de janvier.

Mon cher confrère, savez-vous bien que je n'ai point votre Joueur anglais. Vos Mœurs du temps ont été parfaitement exécutées sur notre petit théâtre. Nous tâcherons de ne pas gâter votre Joueur. Envoyez-le-nous par le contre-seing de M. *Janel* qui aura volontiers la bonté de s'en charger. Nous aimons fort les comédies intéressantes : *Multæ funt manfiones in domo patris mei ;* mais il paraît que *pater meus* a une maison à la comédie française dont les acteurs font bien mal les honneurs. *Pater meus* est mal en domestiques ; il est servi à la comédie comme en forbonne.

Je suis enchanté que vous m'aimiez toujours un peu ; cela ragaillardit ma vieillesse. Je présente mes respects à celle qui vous rend heureux et qui vous a donné un enfant lequel ne fera pas certainement un fot.

Vivez heureufement, gaiement et long-temps. Je fouhaite des apoplexies aux *Riballier* , aux *Larcher* , aux *Cogé* ; et à vous, mon cher confrère, une fanté auffi inaltérable que l'est mon attachement pour vous.

Si M. *Duclos* fe fouvient encore de moi, mille amitiés pour lui, je vous prie.

LETTRE CCXXIX.

A M. MARMONTEL.

13 de janvier.

IL y a long-temps, mon cher confrère, que je connais l'origine de la querelle des confeillers *Coré*, *Dathan* et *Abiron* avec l'évêque du veau d'or : mais le bon de l'affaire, c'eft qu'elle fut citée folennellement à un concile de Rheims à l'occafion d'un procès que les chanoines de Rheims avaient contre la ville.

Où diable avez-vous trouvé le livre de *Gaumin?* favez-vous bien que rien n'eft plus rare, et que j'ai été obligé de le faire venir de Hambourg? Je ne fuis pas mal fourni de ces drogues-là.

Il eft bien trifte qu'on joue encore fur les treteaux de la forbonne, tandis que la comédie eft déferte. Voilà ce qu'a fait la retraite de mademoifelle *Clairon*. Elle a laiffé le champ libre à *Riballier* et au finge de *Nicolet*.

J'ai lu hier le Venceflas que vous avez rajeuni. Il me femble que vous avez rendu un très-grand fervice au théâtre. Madame *Denis* eft bien fenfible à votre fouvenir, et moi très-affligé d'être abandonné tout net par M. d'*Alembert;* mais, s'il fe porte bien et s'il m'aime toujours un peu, je me confole.

Madame *Geoffrin* doit être fort contente des fuccès du roi fon ami : c'eft une grande joie dans tout le Nord. Le nonce s'eft enfui la queue entre les jambes,

pour l'aller fourrer entre les fesses. *Il santissimo padre*
ne sait plus où il en est. Il pourra bien, à la première
sottise qu'il fera, perdre la suzeraineté du royaume
de Naples. Le monde se déniaise furieusement ; les
beaux jours de la friponnerie et du fanatisme sont
passés.

Illustre profès, écrasez le monstre tout doucement.

LETTRE CCXXX.

A M. BEAUZÉE.

14 de janvier.

Sɪ je demeurais, Monsieur, au fond de la Sibérie,
je n'aurais pas reçu plus tard le livre que vous avez
eu la bonté de m'envoyer. Le commerce a été interrompu jusqu'au commencement de novembre, et
depuis ce temps nous avons été ensevelis dans les
neiges. Enfin, Monsieur, j'ai eu votre paquet, et
la lettre dont vous m'honorez. Je vois, avec beaucoup
de plaisir, les vues philosophiques qui règnent dans
votre *Grammaire*. Il est certain qu'il y a, dans toutes
les langues du monde, une logique secrète qui conduit les idées des hommes sans qu'ils s'en aper-
çoivent, comme il y a une géométrie cachée dans
tous les arts de la main, sans que le plus grand
nombre des artistes s'en doute. Un instinct heureux
fait apercevoir aux femmes d'esprit si on parle bien
ou mal : c'est aux philosophes à développer cet instinct. Il me paraît que vous y réussissez mieux que

perfonne. L'ufage, malheureufement, l'emporte toujours fur la raifon. C'eft ce malheureux ufage qui a un peu appauvri la langue françaife, et qui lui a donné plus de clarté que d'énergie et d'abondance: c'eft une indigente orgueilleufe qui craint qu'on ne lui faffe l'aumône. Vous êtes parfaitement inftruit de fa marche, et vous fentez qu'elle manque quelquefois d'habits. Les philofophes n'ont point fait les langues, et voilà pourquoi elles font toutes imparfaites.

J'ai déjà lu une grande partie de votre livre. Je vous fais, Monfieur, mes fincères remercîmens de la fatisfaction que j'ai eue, et de celle que j'aurai. J'ai l'honneur d'être, &c.

LETTRE CCXXXI.

A M. LE RICHE.

Le 16 de janvier.

JE vous fuis très-obligé, Monfieur, de votre belle confultation fur la retenue du vingtième; aucun avocat n'aurait mieux expliqué l'affaire.

Je me flatte que vous aurez fait parvenir à l'ami *Nonotte* la lettre d'un avocat qui ne vous vaut pas. On accommodera plutôt cent affaires avec des princes qu'une feule avec des fanatiques. La ville de Befançon eft pleine de ces monftres.

Je ne fais fi vous avez apprivoifé ceux d'Orgelet. Je ne connaiffais point un livre imprimé à Befançon, intitulé *Histoire du christianisme tiré des auteurs païens*, par un *Bullet*, professeur en théologie. Je viens de l'acheter. Si quelque impie avait voulu rendre le christianisme ridicule et odieux, il ne s'y serait pas pris autrement. Il ramasse tous les traits de mépris et d'horreur que les Romains et les Grecs ont lancés contre les premiers chrétiens, pour prouver, dit-il, que ces chrétiens étaient fort connus des païens.

Puisse le pauvre *Fantet* ne pas trouver en Flandre des gens plus superstitieux que les Comtois !

Je vous embrasse, &c.

LETTRE CCXXXII.

A M. ELIE DE BEAUMONT, *avocat.*

A Ferney, le 16 de janvier.

Ainsi donc, mon cher défenseur de l'innocence, *in propria venit, et sui eum non receperunt.* Je vous croyais en pleine possession de Canon, et je vois, en jouant sur le mot, qu'il vous faudra du canon pour entrer chez vous. Il faudra cependant bien qu'à la fin madame de *Beaumont* jouisse de la maison de ses pères. Il faut qu'elle soit habitée par l'éloquence et par l'esprit, après l'avoir été par la finance, afin qu'elle soit purifiée.

Notre ami, M. *Damilaville*, est actuellement plus embarrassé que vous. On lui conteste une place qui lui a été promise, et qu'il a méritée par vingt ans de travail assidu.

B b 3

Je fuis très-fâché de la mort de M. *Caffen*. Il fera aifé de trouver un avocat au confeil qui le remplace. M. *Chardon* n'attend que le moment de rapporter; il eft tout prêt. Je penfe même que le petit orage que le parlement de Paris lui a fait effuyer, ne ralentira pas fon zèle contre le parlement de Touloufe.

J'attends avec grande impatience le mémoire que vous avez bien voulu faire pour les accufés de Sainte-Foi; ils font encore aux fers, et vous les briferez. Il eft inconcevable que la jurifprudence foit fi barbare dans une nation fi légère et fi gaie. C'eft, je crois, parce que nos agrémens font très-modernes, et notre barbarie très-ancienne.

Je ne favais pas que l'Honnête criminel exiftât en effet, et qu'il s'appelât *Favre*. Si la chofe eft comme le dit l'auteur de la pièce, le père eft un grand miférable, et l'ouvrage ferait plus attendriffant, fi le père venait fe préfenter au bout d'un mois, au lieu d'attendre quelques années. Quoi qu'il en foit, il y a trop de fanatiques aux galères, conduits par d'autres fanatiques. La raifon et la tolérance vous ont choifi pour leur avocat; elles avaient befoin d'un homme tel que vous.

Je préfente mes refpects à madame de *Beaumont*, et je partage entre vous deux mon attachement inviolable, et ma fincère eftime. *V.*

LETTRE CCXXXIII.

A M. LE MARECHAL DUC DE RICHELIEU.

A Ferney, 18 de janvier.

Ce n'eſt aujourd'hui ni au vainqueur de Mahon , ni au libérateur de Gènes , ni au vice-roi de la Guienne , que j'ai l'honneur d'écrire , c'eſt à un ſavant dans l'hiſtoire , et ſurtout dans l'hiſtoire moderne.

Vous devez ſavoir , Monſeigneur , ſi c'était votre beau-père ou le prince ſon frère qu'on appelait *le ſourdaud*. Si ce titre avait été donné à l'aîné , le cadet n'en était aſſurément pas indigne.

Voici les paroles que je trouve dans les *Mémoires* de madame de *Maintenon*.

„ La princeſſe d'*Harcourt* n'oſait propoſer à made-
„ moiſelle d'*Aubigné* ſon fils aîné , le prince de *Guiſe*,
„ ſurnommé *le ſourdaud*. Pour le rendre un plus
„ riche parti , elle lui avait ſacrifié le cadet qu'elle
„ avait fait eccléſiaſtique. Cet abbé malgré lui , ayant
„ depuis trahi ſon maître , la mère alla ſe jeter aux
„ pieds du roi qui , la relevant , lui dit de ce ton
„ majeſtueux de bonté qui lui était particulier : Eh
„ bien , Madame , nous avons perdu , vous , un
„ indigne fils , moi , un mauvais ſujet ; il faut nous
„ conſoler. „

Je ſoupçonne que l'auteur parle ici de feu M. le prince de *Guiſe* qui avait été abbé dans ſa jeuneſſe ,

—— et dont vous avez épousé la fille. Je n'ai jamais ouï dire qu'il eût trahi l'Etat. Je ne conçois pas comment cet infame *la Beaumelle* a pu débiter une calomnie aussi punissable. Je vous supplie de vouloir bien me dire ce qui a pu servir de prétexte à une pareille imposture. Je m'occupe, dans la nouvelle édition du Siècle de *Louis XIV*, à confondre tous les contes de cette espèce dont plus de cent gazetiers, sous le nom d'historiens, ont farci leurs impertinentes compilations. Je vous assure que je n'en ai pas vu deux qui aient dit exactement la vérité.

J'espère que vous ne dédaignerez pas de m'aider dans la pénible entreprise de relever la gloire d'un siècle sur la fin duquel vous êtes né, et dont vous êtes l'unique reste ; car je compte pour rien ceux qui n'ont fait que vivre et vieillir, et dont l'histoire ne parlera pas.

M. le duc de *la Vallière* enrichit votre bibliothéque de l'*Histoire du théâtre*. Ce qu'il a ramassé est prodigieux. Il faut qu'il lui soit passé plus de trois mille pièces par les mains ; cela est tout fait pour un premier gentilhomme de la chambre.

Conservez vos bontés, cette année 1768, au plus ancien de vos serviteurs qui vous sera attaché le reste de sa vie, Monseigneur, avec le plus profond respect. *V.*

LETTRE CCXXXIV.   1768.

A M. DE CHABANON.

18 de janvier.

La grippe, en fefant le tour du monde, a paffé par notre Sibérie, et s'eft emparée un peu de ma vieille et chétive figure. C'eft ce qui m'a empêché, mon cher confrère, de répondre fur le champ à votre très-bénigne lettre du 4 de janvier. Quoi ! lorfque vous travaillez à Eudoxie, vous fongez à ce paillard de *Samfon*, et à cette p...... de *Dalila ;* et de plus, vous nous envoyez du beurre de Bretagne ; il faut que vous ayez une belle ame.

Savez-vous bien que *Rameau* avait fait une mufique délicieufe fur ce *Samfon.* Il y avait du terrible et du gracieux. Il en a mis une partie dans l'acte des Incas, dans Caftor et Pollux, dans Zoroaftre. Je doute que l'homme à qui vous vous êtes adreffé, ait autant de bonne volonté que vous ; et je ferai bien étonné s'il ne fait pas tout le contraire de ce que vous l'avez prié de faire, le tout en douceur, et en cherchant le moyen de plaire. Je penfe, ma foi, que vous vous êtes confeffé au renard. Je ne fais pourquoi M. de *la Borde* m'abandonne obfti- nément. Il aurait bien dû m'accufer la réception de fa Pandore, et répondre au moins en deux lignes à deux de mes lettres. Sert-il à préfent fon quartier ? couche - t-il dans la chambre du roi ? eft-ce par cette raifon qu'il ne m'écrit point ? eft-ce parce qu'Amphion n'a pas été bien reçu des *Amphions* modernes? eft-ce parce qu'il ne fe foucie plus de Pandore? eft-ce caprice de grand muficien, ou négligence de premier valet de chambre?

On dit que les acteurs et les pièces qui fe préfentent au tripot, tombent également fur le nez. Jamais la nation n'a eu plus d'efprit, et jamais il n'y eut moins de grands talens.

Je crois que les beaux arts vont fe réfugier à Mofcou. Ils y feraient appelés du moins par la tolérance fingulière que ma *Catherine* a mife avec elle fur le trône de *Thomyris*. Elle me fait l'honneur de me mander qu'elle avait affemblé, dans la grande falle de fon kremlin, de fort honnêtes païens, des grecs inftruits, des latins nés ennemis des grecs, des luthériens, des calviniftes ennemis des latins, de bons mufulmans, les uns tenant pour *Ali*, les autres pour *Omar*; qu'ils avaient tous foupé enfemble, ce qui eft le feul moyen de s'entendre; et qu'elle les avait fait confentir à recevoir des lois, moyennant lefquelles ils vivraient tous de bonne amitié. Avant ce temps-là, un grec jetait par la fenêtre un plat dans lequel un latin avait mangé, quand il ne pouvait pas jeter le latin lui-même.

Notre forbonne ferait bien d'aller faire un tour à Mofcou, et d'y refter.

Bonfoir, mon très-cher confrère. Je fuis à vous bien tendrement pour le refte de ma vie. *V.*

LETTRE CCXXXV.   1768.

A M. L'ABBÉ MORELLET.

22 de janvier.

Vous savez, Monsieur, qu'on a donné six cents francs de pension à celui qui a réfuté *Fréret ;* en ce cas, il en fallait donner une de douze cents à *Fréret* lui - même. On ne peut guère réfuter plus mal. Je n'ai lu cet ouvrage que depuis quelques jours, et j'ai gémi de voir une si bonne cause défendue par de si mauvaises raisons. J'admire comme cet écrivain soutient la vérité par des bévues continuelles, et suppose toujours ce qui est en question. Il n'appartient qu'à vous, Monsieur, de combattre avec de bonnes armes, et de faire voir le faible de ces apologies qui ne trompent que des ignorans. *Grotius*, *Abadie*, *Houteville*, ont fait plus de tort à notre sainte religion, que milord *Shaftesbury*, milord *Bolingbroke*, *Collins*, *Volston*, *Spinosa*, *Boulainvilliers*, *Boulanger*, *la Métrie* et tant d'autres.

Je ne sais comment on a renouvelé depuis peu une ancienne plaisanterie de l'auteur de *Mathanasius*. Un de mes amis est au désespoir qu'on ose lui attribuer cette brochure imprimée en Hollande, il y a quarante ans. Ces rumeurs injustes peuvent faire un tort irréparable à mon ami ; et vous savez quels sont les droits de l'amitié. C'est au nom de ces droits sacrés que je vous conjure de détruire, autant qu'il sera en vous, une calomnie si dangereuse.

Au refte. je fuis en tout à vos ordres, et vous pouvez compter fur l'attachement inviolable de votre très-humble et très-obéiffant ferviteur,

l'abbé *Yvroye*.

LETTRE CCXXXVI.

A M. LE MARECHAL DUC DE RICHELIEU.

A Ferney, 22 de janvier.

En réfutation, Monfeigneur, de la lettre dont vous m'honorez, du 15 de janvier, voici comme j'argumente. Quiconque vous a dit que j'avais foupçonné ce *Galien* d'être le fils du plus aimable grand feigneur de l'Europe, eft un enfant de *Satan*. Il fe peut que ce malheureux l'ait fait entendre à Genève, pour fe donner du crédit dans le monde et auprès des marchands; mais, comme j'ai eu chez moi deux de fes frères, dont l'un eft foldat, et dont l'autre a été mouffe, il eft bien impoffible qu'il me foit venu dans la tête qu'un pareil poliffon fût d'un fang refpectable. C'eft encore une autre calomnie de dire que, madame *Denis* et moi, nous ayons mangé avec lui. Madame *Denis* vous demande juftice. Il n'a jamais eu à Ferney d'autre table que celle du maître d'hôtel et des copiftes, comme vous me l'aviez ordonné. On lui fourniffait abondamment tout ce qu'il demandait; mais on ne lui laiffait prendre aucun effor dans la maifon, et on fe conformait en tout aux règles que vous aviez prefcrites.

Ses fréquentes abfences, qu'on lui reprochait, ne pouvaient être prévenues. On ne pouvait mettre un garde à la porte de fa chambre.

Dès que je fus qu'il prenait à crédit chez les marchands de Genève, je fis écrire des lettres circulaires par lefquelles on les avertiffait de ne rien fournir que fur mes billets.

Dès que M. *Hénin*, réfident à Genève, en eut fait fon fecrétaire, il le fit manger à fa table, felon fon ufage; ufage qui n'eft point établi chez moi. Alors *Galien* vint en vifite à Ferney; il mangea avec la compagnie; mais ni madame *Denis* ni moi ne nous mîmes à table; nous mangeâmes dans ma chambre: voilà l'exacte vérité. C'eft principalement chez M. *Hénin* qu'il a acheté des montres ornées de carats, et des bijoux. Le marchand, dont je vous ai envoyé le mémoire, ne lui a fourni que le nécef- faire. Ne craignez point d'ailleurs qu'il foit jamais voleur de grand chemin. Il n'aura jamais le cou- rage d'entreprendre ce métier qu'il trouve fi noble. Il eft poltron comme un lézard. Il eft difficile à préfent de le mettre en prifon. Il partit de Genève le lendemain que le réfident l'eut chaffé, et dit qu'il allait à Berne ordonner aux troupes de venir inveftir la ville. Le fonds de fon caractère eft la folie. En voilà trop fur ce malheureux objet de vos bontés et de ma patience. Je dois, à votre exemple, l'ou- blier pour jamais.

J'ai pris la liberté de vous confulter fur les calomnies d'un autre miférable de cette efpèce, qui, dans fes *Mémoires*, a infulté indignement les noms de *Guife* et de *Richelieu* en plus d'un endroit. Le monde fourmille de ces poliffons qui s'érigent en juges des rois et des généraux d'armée, dès qu'ils favent lire et écrire.

Les deux partis de Genève prennent des mefures d'accommodement toutes différentes de l'arrêt des médiateurs. Ce n'était pas la peine de faire venir un ambaffadeur de France chez eux, et d'importuner le roi une année entière. Voilà bien du bruit pour peu de chofe, mais cela n'eft pas rare.

Agréez, Monfeigneur, mon tendre et profond refpect. *V.*

LETTRE CCXXXVII.

A M. MARMONTEL.

Le 22 de janvier.

VOICI, mon cher ami, un petit rogaton qui m'eft tombé entre les mains. Il ne vaut pas grand'-chofe, mais il mortifiera les cuiftres, et c'eft tout ce qu'il faut. Je vous demande en grâce de ne jamais dire que je fuis votre correfpondant ; cela eft effentiel pour vous et pour moi ; on eft épié de tous côtés.

J'apprends, avec une extrême furprife, qu'on m'impute un certain Dîner du comte de *Boulainvilliers*, que tous les gens un peu au fait favent être de *Saint-Hyacinthe*. Il le fit imprimer en Hollande, en 1728 ; c'eft un fait connu de tous les écumeurs de la littérature.

J'attends de votre amitié, que vous détruirez un
bruit si calomnieux et si dangereux. Rien ne me
fait plus de peine que de voir les gens de lettres,
et mes amis même, m'attribuer à l'envi tout ce
qui paraît sur des matières délicates. Ces bruits sont
capables de me perdre, et je suis trop vieux pour
me transplanter. Pourquoi me donner ce qui est
d'un autre? n'ai-je pas assez de mes propres sottises?
Je vous supplie de dire et de faire dire à M. *Suard*,
dont j'ambitionne l'amitié et la confiance, qu'il est
obligé, plus que personne, à réfuter toutes ces
calomnies.

Adieu, vainqueur de la sorbonne. Personne ne
marche avec plus de plaisir que moi après votre char
de triomphe.

Gardez-moi un secret inviolable.

LETTRE CCXXXVIII.

A M. LE COMTE D'ARGENTAL.

23 de janvier.

Mon cher ange, c'est une grande consolation
pour moi que vous ayez été content de M. *Dupuits*.
Il me paraît qu'il vaut mieux que le *Dupuis* de
Defronais. Je souhaite à M. le duc de *Choiseul* que
tous les officiers qu'il emploie soient aussi sages et
aussi attachés à leur devoir. Je l'attends avec impatience, dans l'espérance qu'il nous parlera long-
temps de vous.

1768.

Que je vous remercie de vos bontés pour *Sirven!* Il faut être auffi opiniâtre que je le fuis, pour avoir pourfuivi cette affaire pendant cinq ans entiers, fans jamais me décourager. Vous venez bien à propos à mon fecours. Je fais bien que cette petite pièce n'aura pas l'éclat de la tragédie des *Calas;* mais nous ne demandons point d'éclat, nous ne voulons que juftice.

Votre citation du chien, qui mange comme un autre du dîner qu'il voulait défendre, eft bien bonne; mais je vous fupplie de croire par amitié, et de faire croire aux autres par raifon et par l'intérêt de la caufe commune, que je n'ai point été le cuifinier qui a fait ce Dîner. On ne peut fervir dans l'Europe un plat de cette efpèce, qu'on ne dife qu'il eft de ma façon. Les uns prétendent que cette nouvelle cuifine eft excellente, qu'elle peut donner la fanté, et furtout guérir des vapeurs. Ceux qui tiennent pour l'ancienne cuifine, difent que les nouveaux *Martialo* font des empoifonneurs. Quoi qu'il en foit, je voudrais bien ne point paffer pour un traiteur public. Il doit être conftant que ce petit morceau de haut goût eft de feu *Saint-Hyacinthe.* La defcription du repas eft de 1728. Le nom de *Saint-Hyacinthe* y eft; comment peut-on, après cela, me l'attribuer? quelle fureur de mettre mon nom à la place d'un autre! Les gens qui aiment ces ragoûts-là devraient bien épargner ma modeftie.

Sérieufement, vous me feriez le plus fenfible plaifir d'engager M. *Suard* à ne point mettre cette mifère fur mon compte. C'eft une action d'honnêteté et de charité, de ne point accufer fon

prochain

prochain quand il eſt encore en vie, et de charger les
morts à qui on ne fait nul mal. En un mot, mon
cher ange, je n'ai point fait, et je n'aurai jamais
fait les choſes dont la calomnie m'accuſe.

Les envieux mourront, mais non jamais l'envie.

Puis-je eſpérer que mon cher *Damilaville* aura le
poſte qui lui eſt ſi bien dû ? Il eſt juſte qu'il ſoit
curé, après avoir été vingt ans vicaire.

J'ai une autre grâce à vous demander ; c'eſt pour
ma *Catherine*. Il faut rétablir ſa réputation à Paris
chez les honnêtes gens. J'ai de fortes raiſons de
croire que MM. les ducs de *Praſlin* et de *Choiſeul*
ne la regardent pas comme la dame du monde la
plus ſcrupuleuſe ; cependant je ſais, autant qu'on
peut ſavoir, qu'elle n'a nulle part à la mort de ſon
ivrogne de mari : un grand diable d'officier aux
gardes Préobazinsky, en le prenant priſonnier, lui
donna un horrible coup de poing qui lui fit vomir
du ſang ; il crut ſe guérir en buvant continuellement
du punch dans ſa priſon, et il mourut dans ce bel
exercice. C'était d'ailleurs le plus grand fou qui ait
jamais occupé un trône. L'empereur *Venceſlas* n'appro-
chait pas de lui.

A l'égard du meurtre du prince *Ivan*, il eſt clair
que ma *Catherine* n'y a nulle part. On lui a bien
de l'obligation d'avoir eu le courage de détrôner
ſon mari, car elle règne avec ſageſſe et avec gloire ;
et nous devons bénir une tête couronnée qui fait
régner la tolérance univerſelle dans cent trente-cinq
degrés de longitude. Vous n'en avez, vous autres,

qu'environ huit ou neuf, et vous êtes encore intolérans. Dites donc beaucoup de bien de *Catherine*, je vous en prie, et faites-lui une bonne réputation dans Paris.

Je voudrais bien favoir comment madame d'*Argental* s'eft trouvée de ces grands froids ; je fuis étonné d'y avoir réfifté. Cònfervez votre fanté, mon divin ange ; je vous adore de plus en plus. *V.*

LETTRE CCXXXIX.

A M. DE CHABANON.

A Ferney, 29 de janvier.

Ami vrai et poëte philofophe, ne vous avais-je pas bien dit que le lecteur (*) ne ferait jamais l'approbateur, et qu'il éluderait tous les moyens de me plaire, malgré tous les moyens qu'il a trouvés de plaire? Ne trouvez-vous pas qu'il cite bien à propos feu monfieur le dauphin qui, fans doute, reviendra de l'autre monde pour empêcher qu'on ne mette des doubles croches fur la mâchoire d'âne de *Samfon*? Ah, mon fils, mon fils! la petite jaloufie eft un caractère indélébile.

M. le duc de *Choifeul* n'eft pas, je crois, muficien; c'eft la feule chofe qui lui manque : mais je fuis perfuadé que, dans l'occafion, il protégerait la mâchoire d'âne de *Samfon* contre les mâchoires d'ânes qui s'oppoferaient à ce divertiffement honnête, *ut, ut eft*. Il faut une terrible mufique pour ce *Samfon*

(*) M. de *Moncrif*, lecteur de la reine.

qui fait des miracles de diable ; et je doute fort que
le ridicule mélange de la musique italienne avec la
française, dont on est aujourd'hui infatué, puisse
parvenir aux beautés vraies, mâles et vigoureuses,
et à la déclamation énergique que Samson exige
dans les trois quarts de la pièce. Par ma foi, la
musique italienne n'est faite que pour faire briller
des châtrés à la chapelle du pape. Il n'y aura plus
de génie à la *Lulli* pour la déclamation, je vous le
certifie dans l'amertume de mon cœur.

Revenons maintenant à Pandore. Oui, vous avez
raison, mon fils ; le bon homme *Prométhée* fera une
fichue figure, soit qu'il assiste au baptême de *Pandore*,
sans dire mot, soit qu'il aille, comme un valet de
chambre, chercher les jeux et les plaisirs pour donner
une sérénade à l'enfant nouveau-né. Le cas est
embarrassant ; et je n'y sais plus d'autre remède que
de lui faire notifier aux spectateurs qu'il veut jouir
du plaisir de voir le premier développement de
l'ame de *Pandore*, supposé qu'elle ait une ame.

Cela posé, je voudrais qu'après le chœur, *Dieu
d'amour, quel est ton empire, Prométhée* dît, en s'adressant
aux nymphes et aux demi-dieux de sa connaissance
qui sont sur le théâtre :

> Observons ses appas naissans,
> Sa surprise, son trouble et son premier usage
> Des célestes présens
> Dont l'Amour a fait son partage.

Après ce petit couplet, qui me paraît tout-à-fait
à sa place, le bon homme se confondrait dans la
foule des petits demi-dieux qui sont sur le théâtre ;

1768.

—— et ce ferait, à ce qu'il me femble, une furprife affez agréable de voir *Pandore* le démêler dans l'affemblée des fylvains et des faunes, comme *Marie-Thérèfe*, beaucoup moins fpirituelle que *Pandore*, reconnut *Louis XIV* au milieu de fes courtifans.

Il faut que je vous parle actuellement, mon cher ami, de la mufique de M. de *la Borde*. Je me fouviens d'avoir été très-content de ce que j'entendis; mais il me parut que cette mufique manquait, en quelques endroits, de cette énergie et de ce fublime que *Lulli* et *Rameau* ont feuls connu, et que l'opéra comique n'infpirera jamais à ceux qui aiment *il gufto grande*.

Mes tendres complimens à *Eudoxie*; mes refpects à *Maxime* et à l'ambaffadeur. Affurez le bon vieillard, père d'*Eudoxie*, que je m'intéreffe fort à lui.

Maman vous aime de tout fon cœur; auffi fais-je, et toutes les puiffances ou impuiffances de mon ame font à vous. *V.*

LETTRE CCXL.

A M. PANCKOUCKE, *libraire à Paris.*

1 de février.

L E froid exceffif, la faibleffe exceffive, la vieilleffe exceffive, et le mal aux yeux exceffif ne m'ont pas permis, Monfieur, de vous remercier plutôt des premiers volumes de votre *Vocabulaire*, et du Don Carlos de monfieur votre coufin. Toute votre famille

paraît confacrée aux lettres. Elle m'eft bien chère ,
et perfonne n'eft plus fenfible que moi à votre mérite
et à vos attentions.

Plus vous me témoignez d'amitié , moins je conçois comment vous pouvez vous adreffer à moi pour vous procurer l'infame ouvrage intitulé Le dîner du comte de *Boulainvilliers*. J'en ai eu par hafard un exemplaire , et je l'ai jeté dans le feu. C'eft un tiffu de railleries amères et d'invectives atroces contre notre religion. Il y a plus de quarante ans que cet indigne écrit eft connu ; mais ce n'eft que depuis quelques mois qu'il paraît en Hollande, avec cent autres ouvrages de cette efpèce. Si je ne confumais pas les derniers jours de ma vie à une nouvelle édition du Siècle de *Louis XIV*, augmentée de près de moitié ; fi je n'épuifais pas le peu de force qui me refte à élever ce monument à la gloire de ma patrie , je réfuterais tous ces livres qu'on fait chaque jour contre la religion.

J'ai lu cette nouvelle édition in-4°, qu'on débite à Paris, de mes Oeuvres. Je ne puis pas dire que je trouve tout beau ,

Papier , dorure , images , caractère ;

car je n'ai point encore vu les images ; mais je fuis très-fatisfait dé l'exactitude et de la perfection de cette édition. Je trouve que tout en eft beau ,

Hormis les vers qu'il fallait laiffer faire
A Jean Racine.

Je fouhaite que ceux qui l'ont entreprife ne fe ruinent pas , et que les lecteurs ne me faffent pas les mêmes reproches que je me fais ; car j'avoue qu'il y a un peu trop de vers et de profe dans ce monde. C'eft ce que je figne en connaiffance de caufe. *V.*

LETTRE CCXLI.

A M. SAURIN.

5 de février.

Mon cher confrère, mon cher poëte philofophe, je ne fuis point de votre avis. On difait autrefois : *Les vertus de Henri IV*, et il eft permis aujourd'hui de dire : *Les vertus d'Henri IV*. Les Italiens fe font défaits des *h*, et nous pourrions bien nous en défaire auffi comme de tant d'autres chofes.

J'aime bien mieux :

Femme par fa tendreffe, héros par fon courage.

que

Femme par fa tendreffe, et non par fon courage.

Ayez donc le courage de laiffer le vers tel qu'il était, et de ne pas affaiblir une grande penfée pour l'intérêt d'un *h*. Je dirai toujours *ma tendreffe-héroïque*, et cela fera un très-bon hémiftiche. *Ma tendreff-eu héroïque* ferait barbare.

Le Dîner dont vous me parlez eft furement de *Saint-Hyacinthe.* On a de lui un *Militaire philofophe* qui eft beaucoup plus fort, et qui eft très-bien écrit.

Vous fentez d'ailleurs, mon cher confrère, combien
il ferait affreux qu'on m'imputât cette brochure
évidemment faite en 1726 ou 27, puifqu'il eft
parlé du commencement des convulfions. Je n'ai
qu'un afile au monde; mon âge, ma fanté très-
dérangée, mes affaires qui le font auffi, ne me permettent pas de chercher une autre retraite contre
la calomnie. Il faut que les fages s'entr'aident; ils
font trop perfécutés par les fous.

Engagez vos amis, et furtout M. *Suard* et M. l'abbé
Arnaud, à repouffer l'impofture qui m'accufe de la
chofe du monde la plus dangereufe. On ne fait nul
tort à la mémoire de *Saint-Hyacinthe*, en lui attri-
buant une plaifanterie faite il y a quarante ans.
Les morts fe moquent de la calomnie, mais les
vivans peuvent en mourir. En un mot, mon cher
confrère, je me recommande à votre amitié pour
que les confeffeurs ne foient pas martyrs.

LETTRE CCXLII.

A MADAME

LA MARQUISE DU DEFFANT.

A Ferney, 8 de février.

JE n'écris point, Madame, cela eft vrai; et la
raifon en eft que la journée n'a que vingt-quatre
heures, que d'ordinaire j'en mets dix ou douze à
fouffrir, et que le refte eft occupé par des fottifes

C c 4

que mal , jufqu'à la fin ; mais qui vous a ravi ce
qu'elle vous devait.

1768.

Cela feul me fait détefter les romans qui fuppo-
fent que nous fommes dans le meilleur des mondes
poffibles. Si cela était, on ne perdrait pas la meilleure partie de foi-même long-temps avant de perdre
tout le refte. Le nombre des fouffrans eft infini ; la
nature fe moque des individus. Pourvu que la grande
machine de l'univers aille fon train , les cirons qui
l'habitent ne lui importent guère.

Je fuis , de tous les cirons, le plus anciennement
attaché à vous; et comme je difais fort bien dans
le commencement de ma lettre , malgré mon refpect
pour vous, Madame , je vous aime de tout mon
cœur. *V.*

LETTRE CCXLIII.

A MADAME

LA DUCHESSE DE CHOISEUL.

A Ferney , 8 de février.

MADAME,

Un vieillard prefque aveugle, et une jeune femme
qui ferait bien fière fi elle avait des yeux comme les
vôtres , vous fupplient de daigner agréer leurs
hommages et leurs remercîmens. Nous devons à
votre protection tout ce que M. le duc de *Choifeul*

qui m'accablent comme si elles étaient sérieuses. Je n'écris point, mais je vous aime de tout mon cœur.. Quand je vois quelqu'un qui a eu le bonheur d'être admis chez vous , je l'interroge une heure entière. Mon fils adoptif *Dupuits* est pénétré de vos bontés; il a dû vous rendre compte de la vie ridicule que je mène. Il y a trois ans que je ne suis sorti de ma maison ; il y a un an que je ne sors point de mon cabinet , et six mois que je ne sors guère de mon lit.

M. de *Chabrillant* a été chez moi six semaines. Il peut vous dire que je ne me suis pas mis à table avec lui une seule fois. La faculté digérante étant absolument anéantie chez moi, je ne m'expose plus au danger. J'attends tout doucement la dissolution de mon être , remerciant très-sincèrement la nature de m'avoir fait vivre jusqu'à soixante et quatorze ans : petite faveur à laquelle je ne me ferais jamais attendu.

Vivez long-temps , Madame, vous qui avez un bon estomac et de l'esprit , vous qui avez regagné en idées ce que vous avez perdu en rayons visuels, vous que la bonne compagnie environne , vous qui trouvez mille ressources dans votre courage d'esprit, et dans la fécondité de votre imagination.

Je suis mort au monde. On m'attribue tous les jours mille petits bâtards posthumes que je ne connais point. Je suis mort , vous dis-je ; mais, du fond de mon tombeau , je fais des vœux pour vous. Je suis occupé de votre état. Je suis en colère contre la nature qui m'a trop bien traité en me laissant voir le soleil, et en me permettant de lire, tant bien

LETTRE CCXLIV.   1768.

A M. DAMILAVILLE. (*)

Du 8 de février.

LE malheur des *Sirven* fait le mien ; je fuis encore atterré de ce coup. Je conçois bien que la forme a pu l'emporter fur le fond. Le confeil a refpecté les anciens ufages ; mais , mon cher ami , s'il y a des cas où le fond doit faire taire la forme , c'eft affurément quand il s'agit de la vie des hommes.

Quelle forme enfin reprendra votre fortune ? que déviendrez-vous ? Je n'en fais rien. Tout ce que je fais , c'eft que je fuis profondément affligé.

Mes chagrins redoublent par la quantité incroyable d'écrits contre la religion chrétienne , qui fe fuccèdent auffi rapidement en Hollande que les gazettes et les journaux. L'infame *Fréron* , le calomniateur *Cogé* , et d'autres gens de cette efpèce , ont la barbarie de m'imputer , à mon âge , une partie de ces extravagances compofées par de jeunes gens et par des moines défroqués.

Tandis que je bâtis une églife où le fervice divin fe fait avec autant d'édification qu'en aucun lieu du monde ; tandis que ma maifon eft réglée comme un couvent , et que les pauvres y font plus foulagés qu'en aucun couvent que ce puiffe être ; tandis que

______

(*) Cette lettre eft la dernière à M. *Damilaville* qui mourut peu de temps après , d'un abcès à la gorge.

a bien voulu accorder à M. *Dupuits*. Si le vieux bon homme et moi nous avions quelque petite partie de la fucceffion de *Pierre Corneille*, nous la dépenferions en grands vers alexandrins pour vous témoigner notre reconnaiffance; mais les temps font bien durs, et la plupart des vers qu'on fait le font auffi. Nous nous défions même de la profe. Nous entendons fi peu les livres qu'on nous envoie de Paris, que nous craignons d'avoir oublié notre langue.

Nous fommes très-honteux l'un et l'autre d'exprimer notre extrême fenfibilité dans un ftyle fi barbare; mais, Madame, nous vous fupplions de confidérer que nous fommes des Allobroges. Des gens arrivés de Verfailles nous ont dit qu'il fallait abfolument avoir de la fineffe, de la jufteffe dans l'efprit, des grâces et du goût, pour ofer vous écrire; nous ne les avons point crus. Nous ne fommes pas de votre efpèce, et nous nous fommes flattés au contraire que la fupériorité était indulgente, et que les grâces ne rebutaient pas la naïveté.

Nous fommes dans cette confiance, avec un profond refpect,

Madame, &c.

portative? y a-t-il rien de plus vigoureux, de plus profondément raisonné, d'écrit avec une éloquence plus audacieuse et plus terrible que *le Militaire philosophe*, ouvrage qui court toute l'Europe? concevez-vous rien de plus violent que ces paroles qui se trouvent à la page 84 : „ Voici, après de mûres „ réflexions, le jugement que je porte de la religion „ chrétienne : je la trouve absurde, extravagante, „ injurieuse à DIEU, pernicieuse aux hommes, „ facilitant et même autorisant les rapines, les „ séductions, l'ambition, l'intérêt de ses ministres, „ et la révélation des secrets des familles. Je la vois „ comme une source intarissable de meurtres, de „ crimes et d'atrocités commises sous son nom. Elle „ me semble un flambeau de discorde, de haine, de „ vengeance, et un masque dont se couvre l'hypo-„ crite pour tromper plus adroitement ceux dont la „ crédulité lui est utile. Enfin, j'y vois le bouclier „ de la tyrannie contre les peuples qu'elle opprime, „ et la verge des bons princes quand ils ne sont „ point superstitieux. Avec cette idée de votre reli-„ gion, outre le droit de l'abandonner, je suis dans „ l'obligation la plus étroite d'y renoncer et de l'avoir „ en horreur, de plaindre ou de mépriser ceux qui „ la prêchent, et de vouer à l'exécration publique „ ceux qui la soutiennent par leurs violences et leurs „ superstitions? „

Certainement les dernières *Lettres provinciales* ne sont pas écrites d'un style plus emporté.

Lisez la *Théologie portative*, et vous ne pourrez vous empêcher de rire en condamnant la coupable hardiesse de l'auteur.

1768.

—— je confume le peu de force qui me refte à ériger à ma patrie un monument glorieux, en augmentant de plus d'un tiers le Siècle de *Louis XIV*, et que je paffe les derniers de mes jours à chercher des éclairciffemens de tous côtés pour embellir, fi je puis, ce fiècle mémorable : on me fait auteur de cent brochures, dont quelquefois je n'ai pas la moindre connaiffance. Je fuis toujours vivement indigné, comme je dois l'être, de l'injuftice qu'on a eue, même à la cour, de m'attribuer le Dictionnaire philofophique, qui eft évidemment un recueil de vingt auteurs différens ; mais comment puis-je foutenir l'impofture qui me charge du petit livre intitulé Le dîner du comte de *Boulainvilliers*, ouvrage imprimé, il y a quarante ans, dans une maifon particulière de Paris ; ouvrage auquel on mit alors le nom de *Saint-Hyacinthe*, et dont on ne tira, je crois, que peu d'exemplaires. On croit, parce que je touche à la fin de ma carrière, qu'on peut m'attribuer tout impunément. Les gens de lettres, qui fe déchirent et qui fe dévorent les uns les autres, tandis qu'on les tient fous un joug de fer, difent : C'eft lui, voilà fon ftyle. Il n'y a pas jufqu'à l'épigramme contre M. *Dorat* que l'on n'ait effayé de faire paffer fous mon nom ; c'eft un très-mauvais procédé de l'auteur. Il faut être auffi indulgent que je le fuis pour l'avoir pardonné. Quelle pitié de dire : *Voilà fon ftyle, je le reconnais bien !* On fait tous les jours des livres contre la religion, dont je voudrais bien imiter le ftyle pour la défendre. Y a-t-il rien de plus plaifant, de plus gai, de plus falé que la plupart des traits qui fe trouvent dans la *Théologie*

LETTRE CCXLV.   1768.

A M. DE CHABANON.

12 de février.

Mon cher confrère, tout va bien puiſqu'Eudoxie eſt faite. Voilà une belle étoffe toute prête; mais c'eſt un brocard de Lyon pour habiller des *Arlequins*. Vous aurez probablement tout le temps de mettre encore des pompons à votre brocard. Il ne ſe préſente pas un acteur ſupportable, pas une actrice qui ſoit bonne à autre choſe qu'à faire des enfans. Rien dans la province qui donne la plus légère eſpérance.

Les Génevois ſe ſont aviſés de brûler le théâtre qu'on avait bâti dans leur ville pour les rendre plus doux et plus aimables. J'ai grand'peur qu'on n'en faſſe autant à Paris. Il ne reſte que cette reſſource aux gens qui ont un peu de goût. L'opéra ſubſiſtera, parce que les trois quarts de ceux qui y vont n'écoutent point. On va voir une tragédie pour être touché; on ſe rend à l'opéra par déſœuvrement et pour digérer.

Vous croyez donc, mon cher confrère, que les grands joueurs d'échecs peuvent faire de la muſique pathétique, et qu'ils ne ſeront point échec et mat? à la bonne heure, je m'en rapporte à vous. Faites tout ce qu'il vous plaira. Je remets entre vos mains la mâchoire d'âne, les trois cents renards, la gueule

—— du lion, le miel ſait dans la gueule, les portes de Gaza, et toute cette admirable hiſtoire.

Je ſuis toujours très-indigné, je vous l'avoue, de l'épigramme contre M. *Dorat*, que l'auteur a fait courir ſous mon nom avec peu de probité. On m'a joué des tours plus cruels, et je garde le ſilence. Il y a encore plus de barbarie à m'attribuer un *Dîner*, moi qui ne me mets preſque plus à table. Ce Dîner a été fait il y a plus de quarante ans. Les gens de lettres ſont plus inhumains qu'on ne penſe: ils expoſent un pauvre homme aux plus grands dangers, pour avoir ſeulement le plaiſir de deviner. Ils diſent : Voilà ſon ſtyle, c'eſt lui. Eh, mes amis! pour peu que vous ayez d'honnêteté, ne devriez-vous pas dire : Ce n'eſt pas lui? pourquoi calomniez-vous vos camarades ?

Je vous porte mes plaintes, mon cher ami, contre toutes ces injuſtices, parce que je connais votre cœur. Tout le monde ne vous reſſemble pas. Vous n'imaginez point avec quelle vivacité de ſentiment mes vieux bras ſe tendent vers vous, et combien mon cœur vous aime. *V.*

LETTRE

LETTRE CCXLVI.

A M. LE COMTE DE SCHOUVALOF.

A Ferney, 12 de février.

VOUS m'avez écrit de Moſcou, Monſieur, une lettre telle qu'on n'en écrit point de Verſailles, ſoit pour le ſtyle, ſoit pour le fond des choſes, et vous avez enflammé mon cœur. Je ne ſais ſi vous connaiſſez la mauvaiſe comédie des Viſionnaires, qui eut autrefois en France le plus grand ſuccès. Il y a dans cette pièce une vieille folle qui eſt amoureuſe d'*Alexandre*. Pour moi, je ſuis un vieux ſou amoureux de *Catherine*, qui me paraît autant au-deſſus d'*Alexandre* que le fondateur eſt au-deſſus du deſtructeur.

Voici un ſermon dont il me paraît qu'elle eſt la ſainte. Le prédicateur propoſe hardiment pour modèle, à une petite nation, l'exemple du plus vaſte empire du monde. On rend de juſtes hommages à la légiſlatrice du Nord dans mon voiſinage, tandis qu'en France on fait encore le panégyrique de St *François* fondateur des cordeliers, de St *Dominique* à qui nous devons les jacobins, de St *Norberg* qui nous a donné les prémontrés. Nous leur avons aſſurément beaucoup d'obligation, et je trouve fort bon qu'ils aient des autels, quoique nous prétendions n'être point idolâtres. Je révère fort Ste *Thérèſe* et Ste *Urſule*, mais j'aime mieux Ste *Catherine*.

Je ſuis bien étonné que *Diderot*, en faveur de qui

cette Ste *Catherine* a fait des miracles, ne lui ait pas chanté quelques antiennes. Il craint apparemment certains hérétiques qui font en France, et qui font très-mal inftruits. Ce ferait, ce me femble, une œuvre pie affez néceffaire que de convertir ces hérétiques-là. J'efpère bien qu'ils ouvriront les yeux à la lumière, et qu'ils feront tous de ma religion.

Vous êtes à la tête, Monfieur, du plus beau comité que je connaiffe. Il vaut mieux rédiger les lois de la Ruffie, que d'aller confulter les lois de la Chine, et je vous aime mieux légiflateur qu'ambaffadeur.

Je fais partir, dans quelques jours, un gros ballot que fa Majefté impériale a daigné me demander pour fa bibliothéque. Il n'arrivera pas fitôt; il y a environ un quart du globe entre vous et moi, et c'eft de quoi je fuis bien fâché.

Je me mets aux pieds de madame la comteffe. Ma nièce eft enchantée de votre fouvenir; elle partage mes fentimens.

LETTRE CCXLVII.

A M. MAIGROT.

A Ferney, 12 de février.

JE vous remercie, Monfieur, de toutes vos bontés. La lettre de *Louis XIV* m'était abfolument néceffaire; elle fait voir, avec évidence, qu'il en voulait perfonnellement à l'archevêque de Cambrai. Je trouve que, dans cette affaire, ce monarque fe conduifit plus

en homme piqué qu'en roi; et que le cardinal de ———
Bouillon concilia noblement fon devoir d'ambaffadeur
avec celui d'un ami.

J'ai déjà donné la bataille de Steinkerque. J'ai
dit fimplement que la France regretta le prince de
Turenne qui donnait l'efpérance d'égaler un jour
fon grand-oncle.

J'ai retrouvé heureufement la lettre de *Louis XIV*
au cardinal de *la Trimouille*, écrite en 1710, contre
le cardinal de *Bouillon*. Il dit, dans cette lettre,
qu'il eft à craindre que ce doyen du facré collége
ne devienne un jour pape. Cette anecdote eft curieufe,
et mérite de paffer à la poftérité. Le temps eft venu
où la vérité doit paraître; et, quand on la dit fans
bleffer les bienféances, on ne doit déplaire à perfonne.

Je vous fupplie, Monfieur, de vouloir bien préfenter mon refpect et mes remercîmens à monfeigneur
le duc de *Bouillon*. Je ne fuis point étonné qu'un
homme de votre mérite foit auprès de lui. On ne
peut être plus reconnaiffant que je le fuis des lumières
que vous m'avez communiquées.

J'ai l'honneur d'être avec tous les fentimens d'un
cœur pénétré de vos bontés, Monfieur, votre, &c.

LETTRE CCXLVIII.

A M. LE COMTE DE LEVENHAUPT.

13 de février.

JE voudrais bien, Monsieur, que votre nouvelle fût vraie, et qu'on assemblât un concile en Espagne, surtout un concile de philosophes ; ce serait une assemblée de pères de la rédemption des captifs : ils délivreraient les ames que les révérends pères dominicains retiennent prisonnières.

Les pas que l'on fait dans le Milanais, à Venise et à Naples, font des pas de tortue. Les calculs des probabilités font croire qu'on pressera un jour la cadence. Je ne serai pas témoin de cette belle révolution ; mais je mourrai avec les trois vertus théologales qui font ma consolation. La foi que j'ai à la raison humaine, laquelle commence à se développer dans le monde ; l'espérance que des ministres hardis et sages détruiront enfin des usages aussi ridicules que dangereux ; et la charité qui me fait gémir sur mon prochain, plaindre ses chaînes et souhaiter sa délivrance.

Ainsi, avec la foi, l'espérance et la charité, j'achève ma vie en bon chrétien. Je me flatte de deux choses que l'on a crues long-temps impossibles, le silence des théologiens et la paix entre les princes. Je ne vois, de plusieurs années, aucun sujet de rupture entre les souverains : et les douze cents mille hommes armés, qui font la parade en Europe, pourront bien

ne faire long-temps que la parade. Chaque nation réparera, petit à petit, fes pertes comme elle pourra. 1768.
Ce n'eft peut-être pas trop vous faire ma cour que de vous prédire qu'il n'y aura point de guerre ; c'eft dire à un bon danfeur qu'on ne donnera point de bal : mais vous êtes du petit nombre qui préfère l'intérêt public à fon ambition. Les militaires, ou je me trompe fort, feront réduits à être philofophes, jufqu'à ce qu'il arrive quelque grand événement dans l'Europe.

Je fuis très-fenfible, monfieur le Comte, aux bontés que vous avez eues pour mon gendre adoptif M. *Dupuits*. Si vous avez quelques ordres à donner concernant monfieur votre fils, ne nous épargnez pas ; tout ce qui habite Ferney vous eft dévoué, ainfi que moi. Ni ma vieilleffe ni mes maladies n'affaibliffent les fentimens d'attachement et de refpect avec lefquels j'ai l'honneur d'être, Monfieur, &c.

L E T T R E C C X L I X.

A M. LE COMTE D'ARGENTAL.

15 de février.

Je vais bien vous ennuyer, mon cher ange ; je vous envoie une profeffion de foi que je fis l'autre jour à un de mes amis (*). Je vous donne pour pénitence de la lire ; expiez par-là votre énorme péché d'avoir jugé témérairement votre prochain. Vous

(*) Voyez la dernière lettre à M. *Damilaville*, du 8 de février.

D d 3

 sentez bien que c'est absolument *Saint-Hyacinthe*, et non pas moi, qui a dîné.

Je sais qu'il y a des fanatiques et des furieux; je sais que les gens qui pensent sont condamnés aux bêtes. L'Europe réclame, l'Europe crie; mais

La sagesse n'est rien, la force a tout détruit.

Je suis trop vieux pour déménager; cependant, s'il faut aller mourir ailleurs, je prendrai ce parti; ma haine contre certains monstres est trop forte.

J'ai ouï dire qu'on avait envoyé quelque chose à M. *Suard*. Je ne lui ai certainement rien envoyé, et le grand point est qu'il rende justice à cette vérité. Il est très-certain qu'il n'y a personne dans Paris qui puisse dire que je lui aye fait tenir un plat de ce Dîner auquel je n'assistai jamais. Il y a d'autres gens qui envoient.

Pour l'Homme aux quarante écus, on voit aisément que c'est l'ouvrage d'un calculateur: le ministère en doit être content. Je n'envoie jamais de brochures à Paris, mais je crois qu'on peut vous faire tenir celle-là sans vous compromettre. Je la chercherai si vous en êtes curieux, et vous l'aurez, mon très-cher ange; vous n'avez qu'à ordonner.

LETTRE CCL.

AU MEME.

19 de février.

Mon cher ange, le dernier article de votre lettre du 12 de février redouble toutes mes afflictions. Ce qui peut me confoler, c'eft que madame d'*Argental* n'eft pas entre les mains d'un charlatan ; j'efpère beaucoup d'un vrai médecin, et encore plus de la nature. Je vous demande en grâce, mon cher ange, de ne me pas laiffer ignorer fon état, et de vouloir bien quelquefois m'en faire écrire des nouvelles. Nous avons beaucoup de maladies dans nos cantons ; j'en ai ma bonne part. La fin de la vie eft trifte, le commencement doit être compté pour rien, et le milieu eft prefque toujours un orage.

Sirven eft revenu. Celui-là pourrait dire, plus qu'un autre, combien la vie eft affreufe. Sa famille mourra des coups de barre que *Calas* a reçus, et fa femme en eft déjà morte.

Vous avez reçu, fans doute, la copie d'une lettre que j'ai écrite à propos de ce Dîner. Je ne fuis pas encore bien fûr que le *Militaire philofophe* foit de *Saint-Hyacinthe* ; mais les fureteurs de la littérature le croient, et cela fuffit pour faire penfer qu'il n'était pas indigne de dîner avec le comte de *Boulainvilliers*.

Au refte, je n'écris jamais à Paris que dans le goût de la lettre dont je vous ai envoyé copie. Voici une petite lifte de la dixième partie des ouvrages qui paraiffent en Hollande et à Bâle coup fur coup ; vous fentez combien il ferait abfurde de les imputer à un feul homme. Il eft impoffible que j'y aye la moindre part, moi qui ne fuis occupé que du Siècle de *Louis XIV*, dont je vous enverrai bientôt les deux premiers volumes.

Je vous prie, mon cher ange, de me mander ce que vous penfez, et ce que le public éclairé penfe des commentaires fur *Racine*. On dit que *Fréron* y a beaucoup de part. Quel fiècle que celui où un *Fréron* et un *Boifgermain* ofent juger *Monime*, *Clytemneftre*, *Phèdre*, *Roxane* et *Athalie* ! Je ferais bien fâché de mourir fans m'être plaint vivement à vous de toutes ces abominations. Pleurer avec ce qu'on aime eft la reffource des opprimés.

Il y a bien des tripots. Celui de la forbonne, celui de la comédie, et celui que vous avez quitté, font les trois plus pitoyables. Je quitterai bientôt le grand tripot de ce monde, et je n'y regretterai guère que vous.

Quand vous verrez votre fucceffeur, voulez-vous bien lui dire à quel point je l'eftime et révère, en le fuppofant philofophe ?

Mille tendres refpects à vous, mon cher ange, et à la malade. *V.*

LETTRE CCLI.

A M. LE COMTE DE LA TOURAILLE.

A Ferney, le 24 de février.

JE n'ai jamais prétendu, Monfieur, qu'on dût jamais s'offenfer d'être comparé à *Jean-Baptifte Colbert* (*). J'ai écrit feulement qu'un miniftre de la guerre et de la paix n'avait pas plus de rapport à un contrôleur général qu'avec un archevêque de Paris. Je vous avoue même que je ne fouhaiterais point du tout que M. le duc de *Choifeul* eût le contrôle général : il fricafferait tout en deux ans : tout l'argent irait en gratifications, penfions, bienfaits, magnificences. Un contrôleur général doit avoir la main et le cœur un peu ferrés. M. le duc de *Choifeul* a des vices tout contraires à cette vertu néceffaire. Il ne fe corrigerait jamais de fon humeur généreufe et bienfefante. Quand milord *Bolingbroke* fut fait fecrétaire d'Etat, les filles de Londres, qui fefaient alors la bonne compagnie, fe difaient l'une à l'autre : *Betti, Bolingbroke eft miniftre ! Huit mille guinées de rente ; tout pour nous.*

A propos de générofité, je prends la liberté de demander à monfeigneur le prince de *Condé* le congé d'un foldat de fa légion. J'ai fait un peu les honneurs de ma chaumière à cette légion romaine.

(*) M. de *Voltaire* avait défapprouvé que, dans des vers adreffés à M. le duc de *Choifeul*, M. le comte de *la Touraille* l'eût comparé à *Colbert.*

J'en rappellerais le souvenir à M. le comte de *Maillé*, s'il était à Paris. J'explique toutes mes raisons à son Altesse sérénissime ; mais ces raisons seront bien moins fortes qu'un mot de votre bouche; et je vous supplie d'avoir la bonté de dire ce mot à un prince qui ne se fait pas prier quand il s'agit de faire des heureux.

Agréez, Monsieur, les respectueux sentimens du vieux malade de Ferney. *V.*

LETTRE CCLII.

A M. LE PRESIDENT HENAULT.

A Ferney, 26 de février.

Mon cher et illustre confrère, vous ne voulez donc pas placer le maréchal de *la Meilleraie* parmi les surintendans. Il le fut pourtant en 1648; c'est un fait avéré.

Je vous avais proposé aussi de mettre *Abel Servien* à sa place, avec *Nicolas Fouquet*, puisqu'ils furent tous deux toujours surintendans conjointement.

Mais j'ai de plus grandes plaintes à vous faire. Comment avez-vous pu, dans votre nouvelle édition, démentir la bonté de votre caractère et la douceur de vos mœurs, dans l'article *Servet*? Il semble que vous vouliez un peu justifier *Calvin* et tous les persécuteurs. Vous flétrissez l'indulgence, la tolérance, du nom *tolérantisme*, comme si c'était une hérésie, comme si vous parliez de l'arianisme et du jansénisme. Vous n'ignorez pas que le meurtre de *Servet*

eſt une violation criminelle du droit des gens, un
véritable aſſaſſinat commis en cérémonie, et qui
devait attirer ſur les aſſaſſins le châtiment le plus
terrible ? J'oſe croire que, ſi le mot d'arien n'avait
pas retenu *Charles-quint*, ou plutôt, s'il n'était pas
tombé dès-lors dans le triſte état qu'il alla bientôt
cacher dans la ſolitude de Saint-Juſt, il aurait puni
ſévèrement cet outrage fait dans Genève, ville impériale, à la nation eſpagnole. C'était un attentat inoui
d'arrêter, ſans aucun prétexte, un ſujet de *Charles-quint*,
qui voyageait ſur la foi publique, muni de bons
paſſe-ports. *Servet* ne voulait coucher qu'une nuit
à Genève, pour aller en Allemagne : *Calvin*, qui le
ſut, le fit ſaiſir comme il partait de l'hôtellerie de
la Roſe. On lui vola quatre-vingt-dix-ſept doublons
d'or, une chaîne d'or et ſix bagues.

Vous ſavez quelle mort ſuivit ce brigandage. *Calvin*,
qui aurait été lui-même brûlé en France, s'il avait
été pris, força le miſérable conſeil de Genève à
faire brûler *Servet*, à petit feu, avec des fagots verts,
et il jouit de ce ſpectacle. Il n'y eut point, dans
votre Saint-Barthelemi, d'aſſaſſinat plus cruellement
exécuté.

Vous m'avouerez que la douceur chrétienne,
nommée par vous tolérantiſme, eût mieux valu
que cette ſainte abomination. J'oſe vous dire qu'en
France, ſi les *Guiſes* avaient été plus tolérans, votre
conſeiller *Anne Dubourg*, neveu du chancelier, et
tant d'autres, n'auraient pas péri par le même
ſupplice que *Servet*. Croyez-moi, mon cher et illuſtre
confrère, la tolérance prêche mieux que les bourreaux.

Vous citez l'exemple de *Socrate* ; vous paraiffez regarder fa mort comme une preuve de l'intolérance des Athéniens. On dirait, à vous entendre, que les lois d'Athènes mettaient à mort tous ceux qui s'étaient moqués du hibou de *Minerve*. Vous êtes trop favant dans l'antiquité pour ne pas convenir que la mort de *Socrate* fut l'effet d'une cabale criminelle et d'un fanatifme paffager, à peu-près comme l'affaffinat juridique commis à Touloufe contre *Calas*.

Songez, je vous en fupplie, que les Athéniens punirent la cabale qui avait fait empoifonner *Socrate*, qu'ils condamnèrent à mort les principaux juges, qu'ils érigèrent à *Socrate* non-feulement une ftatue, mais un temple ; en un mot, jamais les Athéniens ne montrèrent un plus grand refpect pour la philofophie, et une horreur plus violente pour les perfécuteurs.

Les Romains, dont vous tenez vos lois, ont été tolérans depuis *Romulus* jufqu'au châtiment du centurion *Marcel* qui, l'an 298, brifa fa baguette de commandement à la tête des troupes, et déclara qu'il ne fallait plus fervir les empereurs, parce qu'ils n'étaient pas chrétiens. Avant *Marcel*, il y eut quelques chrétiens perfécutés ; mais, comme dit *Origène*, de loin à loin, et en très-petit nombre. (*Origène*, livre III.) Il ferait très-aifé de proûver qu'ils ne furent punis que comme factieux, puifqu'*Origène* et le fougueux *Tertullien* moururent dans leur lit, et qu'aucun prêtre, foi-difant évêque de Rome, ne fut exécuté, non pas même St *Pierre*, dont le prétendu féjour à Rome eft une fable abfurde.

Non, vous ne trouverez, pendant plus de huit

cents ans, aucun homme perfécuté à Rome pour 1768.
fes opinions. Comment pouvez-vous dire que, s'il
n'y avait pas de perfécution alors, c'était parce que
tout le monde était d'accord fur le culte des dieux?
Quoi! les ftoïciens et les épicuriens ne rejetaient
pas hautement toute la théologie grecque et romaine!
quoi! ces fectes nombreufes ne s'en moquaient-
elles pas ouvertement? *Cicéron* lui-même n'en a-t-il
pas parlé avec le dernier mépris? *Lucrèce* n'a-t-il
pas chaffé la fuperftition de toutes les honnêtes
maifons? ne l'a-t-il pas renvoyée à la canaille, aux
femmelettes et aux hommes faibles qui font au-deffous
des femmelettes?

Quel cenfeur, quel tribun, quel préteur, quel
centumvir, ont jamais fait un procès à *Lucrèce*?

La tolérance a toujours été la loi fondamentale
de la république romaine, loi non gravée fur les
douze tables, mais empreinte dans toutes les têtes
et dans tous les cœurs. Cela eft vrai, comme il eft
vrai qu'*Henri IV* a été affaffiné par la feule intolérance.

Vous citez *Dion Caffius*, vil grec, vil écrivain, vil
flatteur, vil ennemi de *Cicéron*; qui, feul de tous
les hiftoriens, dit que *Mécène*, qu'il n'a jamais vu,
confeilla à *Augufte* de ne point admettre de *religions
nouvelles*. Les malheureufes équivoques qui embar-
raffent tous les langages, et qui ont caufé parmi
nous tant de difputes fatales, ont produit une grande
méprife fur ce paffage de *Dion Caffius*. *Ta iera* ne
fignifie point ici ce que nous entendons, par religion, un fyftême dogmatique ennemi des autres
fyftêmes; *ta iera* veut dire *facrifice, cérémonie facrée*.
Il y en avait affez à Rome: il ne s'agiffait, du temps

d'*Augufte*, que d'admettre, par une fanction publique du fénat, les myftères de *Cérès Eleufine*, ceux de la déeffe de Syrie, et ceux d'*Ifis*.

Vous connaiffez l'ancienne loi des douze tables, qui ne fut jamais abolie : *Deos exteros, nifi publicè adfcitos, ne colunto;* point de culte étranger s'il n'eft admis par la loi. Ces cultes étrangers n'ont donc jamais été autorifés, mais ils ont été tolérés dans l'Empire. *Ifis* même, quoique la déeffe d'un peuple vaincu et méprifé, eut un temple dans les faubourgs de Rome, du temps d'*Augufte*.

Les Juifs, ces méprifables Juifs, les plus fanatiques des hommes, avaient à Rome une fynagogue. Où pourrez-vous jamais trouver une plus grande différence de culte et une plus grande tolérance?

Ah, mon cher confrère, quel temps prenez-vous pour vouloir flétrir une vertu fi néceffaire au genre-humain! C'eft le temps même où la tolérance univerfelle commence à s'établir dans une grande partie de l'Europe; c'eft lorfque la tolérance étanche, dans l'Allemagne, depuis la paix de Veftphalie, le fang que le monftre de l'intolérantifme avait fait couler pendant deux fiècles; c'eft lorfque l'impératrice de Ruffie affemble dans la grande falle de fon palais jufqu'à des mufulmans, des adorateurs du grand lama et des païens, pour former le code des lois qu'elle va donner à un empire plus vafte que l'Empire romain. C'eft lorfque le roi de Pologne établit la liberté de confcience dans un pays deux fois auffi grand que la France.

Vous ne fauriez croire combien de gens de lettres m'ont témoigné de douleur, et fe font plaints à moi

comme à votre ancien ami et à votre admirateur
très-zélé. Je suis affligé comme eux de ce fatal article;
il fera un mal que vous n'avez pas voulu. Vous
mettez des armes entre les mains des furieux. Est-il
possible que ces armes soient aiguisées par le plus
doux et le plus aimable des hommes ? Je ne vous
en aime pas moins ; mais ma douleur est égale aux
sentimens que je conserverai pour vous jusqu'à la
mort.

Je n'écris point à madame *du Deffant ;* que lui
manderais-je du désert où j'achève mes jours ? je
ne pourrais que lui dire que je l'aime de tout mon
cœur, ou que de tout mon cœur je l'aime ; car il
n'y a plus moyen de lui dire : Belle Marquise, vos
beaux yeux me font mourir d'amour, ou d'amour
me font mourir vos beaux yeux, belle Marquise.

Jouissez tous deux de la vie comme vous pourrez,
je la supporte assez doucement.

LETTRE CCLIII.

A M. DORAT.

A Ferney, le 1 de mars.

J'ai toujours sur le cœur, Monsieur, la calomnie
qui m'impute mille ouvrages que je ne connais
pas, et la mauvaise foi qui se sert de mon nom
pour faire courir des épigrammes que je n'ai ni
faites ni pu faire. Cette mauvaise foi m'a été extrêmement sensible.

J'appris, il y a quelques mois, qu'on prétendait que j'avais récité une épigramme, ou plutôt des vers contre vous, qui me paraiffent très-injuftes, quoi-qu'affez bien faits. Cette impofture fut confondue, mais je fus très-affligé. J'en écrivis à madame *Necker* qu'on me dit être votre amie : je vous en écris aujourd'hui à vous-même, Monfieur. Quoique j'aye eu quelques légers fujets de me plaindre de vous, je l'ai entièrement oublié ; et les excufes que vous avez bien voulu me faire, m'ont infiniment plus touché que le petit tort dont j'avais fujet de me plaindre ne m'avait été fenfible. Il m'était impof-fible, après cela, de rien faire qui pût vous déplaire. J'étais d'ailleurs malade et mourant quand cette épigramme parut. Songez au temps où elle fut faite ; pouvais-je alors deviner que vous euffiez une maî-treffe à l'opéra ? était-ce à moi de la faire parler ? Je n'ai jamais vu les vers que vous aviez compofés pour elle ; en un mot, Monfieur, je fuis trop vrai, et j'ai trop de franchife pour n'être pas cru, quand j'ai juré à madame *Necker*, fur mon honneur, que je n'avais nulle part à cette tracafferie.

C'eft à vous à favoir quels font vos ennemis. Pour moi, je ne le fuis pas : j'ai été très-affligé de cette impofture. J'ai des preuves en main qui me juftifieraient pleinement ; mais je ne veux ni compro-mettre ni accufer perfonne. Je me borne à mon devoir ; c'eft celui de repouffer la calomnie.

Voilà, Monfieur, ce que la vérité m'oblige à vous écrire ; et cette même vérité doit en être crue quand je vous affure de toute l'eftime et de tous les fentimens avec lefquels j'ai l'honneur d'être, &c.

LETTRE

LETTRE CCLIV.

A M. LE RICHE.

1 de mars.

Après la malheureuse aventure, mon cher Monsieur, de deux paquets contenant, dit-on, des livres de Genève, il n'est rien que l'insolente inquisition de certaines gens ne se soit permis contre les lois du royaume. Je sais très-certainement que mes paquets ne sont point ouverts aux autres bureaux des postes ; et M. *Janel*, maître absolu dans ce département, a pour moi des attentions dont je ne puis trop me louer. J'ignore absolument ce que les deux paquets adressés à monsieur l'intendant et à M. *Ethis*, impudemment saisis à Saint-Claude, pouvaient contenir. J'ignore qui les portait et qui les envoyait. Je n'ai nul commerce avec Genève, et il y a près de six mois que je suis à peine sorti de mon lit. Tout ce que je sais, c'est que cette affaire a eu des suites infiniment désagréables, et que ceux qui ont abusé ainsi du nom de monsieur l'intendant, ont commis une imprudence très-dangereuse.

Le premier président du parlement de Douai a servi *Fantet* comme s'il avait été son avocat; il lui était recommandé par un ami intime.

Vous avez lu, sans doute, le mandement de l'archevêque de Paris contre *Bélisaire :* voici un petit imprimé qu'on m'envoie de Lyon à ce sujet.

1768.

Il se fait une très-grande révolution dans les esprits, en Italie et en Espagne. Le Nord entier secoue les chaînes du fanatisme, mais l'ombre du chevalier de *la Barre* crie en vain vengeance contre ses assassins.

Je vous embrasse, &c.

LETTRE CCLV.

FOLIE A M. LE DUC DE CHOISEUL.

16 de mars.

J'AI reçu, avec satisfaction, la lettre de bonne année que vous avez pris la peine de m'écrire, en date du 4 de janvier. Je continuerai toujours à vous donner des marques de mes bontés; et, quoique vous radotiez quelquefois, j'aurai de la considération pour votre vieillesse, attendu que je connais votre sincère attachement pour ma personne, et les idées que vous avez de mon caractère. J'ai souvent fait des grâces à des génevois, quand vous m'en avez prié, quoiqu'ils ne les méritent guère. Ils m'ont excédé pendant deux ans pour leurs sottes querelles; et, quand ils ont obtenu un jugement définitif, ils ne s'y sont point tenus : c'était bien la peine que je leur fisse l'honneur de leur envoyer un ambassadeur du roi.

Je sais que vous avez très-bien traité les troupes que j'ai fait séjourner neuf mois dans vos quartiers; que vous avez fourni le prêt à la légion de *Condé*; que vous avez eu dans votre chaumière, pendant

deux mois, M. de *Chabrillant* et tous les officiers
du régiment de *Conti* ; et, fi M. de *Chabrillant*, chargé
des plus importantes affaires, a oublié de marquer
fa fatisfaction à madame *Denis* qui lui a fait, de
fon mieux, les honneurs de votre grange, je prends
fur moi de vous favoir gré de votre attention pour
les officiers, et des couvertures que vous avez fait
donner aux foldats dans votre hameau.

Je n'ignore pas que le grand chemin, ordonné par
moi pour aller de l'inconnu Mérin à l'inconnu Verfoy
dans l'inconnu pays de Gex, vous a coupé quatre
belles prairies et des terres que vous enfemencez
au femoir : cela aurait ruiné l'Homme aux quarante
écus de fond en comble, mais je vous confeille
d'en rire.

Tout décrépit que vous êtes, on ne dira pas que
vous êtes vieux comme un chemin ; car vous avez,
ne vous en déplaife, foixante et quatorze ans paffés,
et mon chemin de Verfoy n'a qu'un an tout au
plus.

Je fais que vous avez pleuré comme un benêt,
de ce que j'ai opiné dans le confeil contre la requête
des *Sirven* ; vous êtes trop fenfible, pour un vieillard
goguenard tel que vous êtes. Ne voyez-vous pas
que toutes les formes s'oppofaient à l'admiffion de
la requête de *Sirven*, et que, dans les circonftances
où je fuis, il y a des ufages confacrés que je ne
dois jamais heurter de front ?

Confolez-vous. Je fais que *Sirven* eft dans votre
maifon avec fa famille ; elle eft bien infortunée et
bien innocente. J'en aurai foin ; je leur donnerai,
dans Verfoy, un petit emploi qui, avec ce que vous

leur fourniſſez, les fera vivre doucement. Je fais le bien que je peux, mais il m'eſt impoſſible de tout faire.

On m'a dit que *la Harpe* s'était preſſé d'apporter à Paris votre ſecond chant de la Guerre de Genève, qui n'était pas achevé ; il faut que vous le raccommodiez.

Eſt-il vrai qu'il y en a cinq chants ?

Envoyez-les-moi, *queſte coglionerie mi traſtullano un poco ;* elles me délaſſent de mille requêtes inconſidérées, et de mille propoſitions ridicules que je reçois tous les jours.

Je veux que vous me donniez la nouvelle édition du Siècle de *Louis XIV ;* c'était un beau ſiècle, celuilà, pour les gens de votre métier. Je ſuis fâché d'avoir oublié de recommander à *Taulès* de vous fournir des anecdotes, votre ouvrage en vaudrait mieux. C'eſt un monument que vous érigez en l'honneur de votre patrie ; je pourrai le préſenter au roi dans l'occaſion.

Portez-vous bien ; et, ſi vous avez quelques petits calculs dans la veſſie et dans l'urètre, prenez du remède eſpagnol ; je m'en trouve bien. L'Eſpagne doit contribuer à ma guériſon, puiſque j'ai contribué à ſa grandeur et à celle de la France par mon pacte de famille.

Bonſoir, ma chère marmotte ; je crois que je deviens auſſi bavard que vous.

Signé, le duc de CHOISEUL.

LETTRE CCLVI.

A M. DE TAULÈS.

21 de mars.

J'AI déjà eu, Monfieur, l'honneur de vous répondre fur l'accord honnête de deux puiffans monarques, pour partager enfemble les biens d'un pupille. Je vous ai dit même, il y a long-temps, que j'avais déjà fait ufage de cette anecdote. Je ne vous ai pas laiffé ignorer que, dans la nouvelle édition du Siècle de *Louis XIV* (commencée il y a plus d'un an, et retardée par les amours du chauve *Gabriel Cramer*), il eft marqué expreffément que ce fait eft tiré du dépôt improprement nommé des affaires étrangères. Les Anglais difent archives ; ils fe fervent toujours du mot propre : ce n'eft pas ainfi qu'en ufent les Velches. Je vous répèterai encore ce que j'ai mandé à M. le duc de *Choifeul ;* c'eft que la vérité eft la fille du temps, et que fon père doit la laiffer aller à la fin dans le monde.

Comme il y a affez long-temps que je ne lui ai écrit, et que ma requête, en faveur de la vérité, était jointe à d'autres requêtes touchant les grands chemins de Verfoy, il n'eft pas étonnant qu'il ait oublié les grands chemins et les anecdotes.

A l'égard du cardinal de *Richelieu*, je vous jure que je n'ai pas plus de tendreffe que vous pour ce roi miniftre. Je crois qu'il a été plus heureux que fage, et auffi violent qu'heureux. Son grand bonheur a été d'être prêtre. On lui conseilla de se faire prêtre lorsqu'il fesait ses exercices à l'académie, et que son humeur altière lui fesait donner souvent sur les oreilles. J'ajoute que, s'il a été heureux par les événemens, il est impossible qu'il l'ait été dans son cœur. Les chagrins, les inquiétudes, les repentirs, les craintes aigrirent son sang et pourrirent son cu. Il sentait qu'il était haï du public autant que des deux reines, en chassant l'une et voulant coucher avec l'autre, dans le temps qu'il était loué par des lâches, par des *Boisrobert*, des *Scudéri*, et même par *Corneille*. Ce qui fit sa grandeur abrégea ses jours. Je vous donne ma parole d'honneur que, si j'avais vécu sous lui, j'aurais abandonné la France au plus vîte.

A l'égard de son *Testament*, s'il en est l'auteur, il a fait là un ouvrage bien impertinent et bien absurde; un *Testament* qui ne vaut pas mieux que celui du maréchal de *Bellisle*.

Si, parmi les raisons qui m'ont toujours convaincu que ce *Testament* était d'un faussaire, l'article du comptant secret n'est pas une raison valable, ce n'est, à mon avis, qu'un canon qui crève dans le temps que tous les autres tirent à boulets rouges, et, pour un canon de moins, on ne laisse pas de battre en brèche.

Demandez à M. le duc de *Choiseul*, supposé (ce qu'à Dieu ne plaise) qu'il tombât malade, et qu'il laissât au roi des mémoires sur les affaires présentes, s'il lui recommanderait la chasteté? s'il lui parlerait beaucoup des droits de la Sainte-Chapelle de Paris? s'il lui proposerait de lever deux cents mille hommes

quand on en veut avoir cent mille? et s'il ferait un
grand chapitre fur les qualités requifes dans un
confeiller d'Etat? &c.

1768.

Certainement, au lieu d'écrire de telles bêtifes
dignes de l'amour propre abfurde du petit abbé de
Bourzeys, confeiller d'Etat *ad honores*, M. le duc de
Choifeul parlerait au roi du pacte de famille qui
lui fera honneur dans la poftérité; il pèferait le pour
et le contre de l'union avec la maifon d'Autriche;
il examinerait ce qu'on peut craindre des puiffances
du Nord, et furtout comment on s'y peut prendre
pour tenir tête fur mer aux forces navales de l'Angleterre. Il ne s'égarerait pas en lieux communs, vagues
et pédantefques: il n'intitulerait pas ce mémoire du
nom ridicule de *Teftament politique*; il ne le fignerait
pas d'une manière dont il n'a jamais figné. Il eft
plaifant qu'on ait fait dire au cardinal de *Richelieu*,
dans ce ridicule *Teftament*, tout le contraire de ce
qu'il devait dire, et rien de ce qui était de la plus
grande importance; rien du comte de *Soiffons*, rien
du duc de *Veymar*, rien des moyens dont on pouvait
foutenir la guerre dans laquelle on était embarqué,
rien des huguenots qui lui avaient fait la guerre,
et qui menaçaient encore de la faire, rien de l'éducation du dauphin, &c. &c. &c.

Je ne finirais pas, fi je voulais rapporter tous les
péchés d'omiffion et de commiffion qui font dans
ce déteftable ouvrage. Les hommes font, depuis très-
long-temps, la dupe des charlatans en tout genre.

Je ne fuis point du tout furpris, Monfieur, que
l'abbé de *Bourzeys* fe foit fervi de quelques expreffions
du cardinal. *Corneille* lui-même en a pris quelques-

unes. J'ai vu cent petits maîtres prendre les airs du maréchal de *Richelieu*, et je vous réponds qu'il y avait cent pédans qui imitaient le ſtyle du cardinal.

Si le cardinal a ſouvent dit fort trivialement, *qu'il faut tout faire par raiſon*, malgré le ſentiment du père *Canaye*, il eſt tout naturel que l'abbé de *Bourzeys* ait copié cette pauvreté de ſon maître.

Au reſte, Monſieur, je hais tant la tyrannie du cardinal de *Richelieu*, que je ſouhaiterais que le *Teſtament* fût de lui, afin de le rendre ridicule à la dernière poſtérité. Si jamais vous trouvez des preuves convaincantes qu'il ait fait cette impertinente pièce, nous aurons le plaiſir, vous et moi, de juger qu'il fallait plutôt le mettre aux petites maiſons que ſur le trône de France, où il a été réellement aſſis pendant quelques années. Je vous garderai le ſecret, et vous me le garderez. Je vous demande en grâce de faire mes tendres complimens au philoſophe orateur et poëte M. *Thomas*, dont je fais plus de cas que de *Thomas* d'Aquin.

Je vous renouvelle mes remercîmens et les aſſurances de mon attachement inviolable.

Laiſſons-là le cardinal de *Richelieu* tant loué par notre académie, et aimons *Henri IV*, votre compatriote et mon héros.

LETTRE CCLVII.   1768.

A MADAME

LA MARQUISE DU DEFFANT.

30 de mars.

QUAND j'ai un objet, Madame, quand on me donne un thème, comme, par exemple, de savoir si l'ame des puces est immortelle, si le mouvement est essentiel à la matière, si les opéra comiques sont préférables à Cinna et à Phèdre, ou pourquoi madame *Denis* est à Paris, et moi entre les Alpes et le mont Jura, alors j'écris régulièrement, et ma plume va comme une folle.

L'amitié dont vous m'honorez me sera bien chère jusqu'à mon dernier souffle, et je vais vous ouvrir mon cœur.

J'ai été pendant quatorze ans l'aubergiste de l'Europe, et je me suis lassé de cette profession. J'ai reçu chez moi trois ou quatre cents anglais qui sont tous si amoureux de leur patrie, que presque pas un ne s'est souvenu de moi après son départ, excepté un prêtre écossais nommé *Brown*, ennemi de M. *Hume*, qui a écrit contre moi, et qui m'a reproché d'aller à confesse, ce qui est assurément bien dur.

J'ai eu chez moi des colonels français, avec tous leurs officiers, pendant plus d'un mois ; ils servent si bien le roi, qu'ils n'ont seulement pas eu le temps d'écrire ni à madame *Denis* ni à moi.

J'ai bâti un château comme *Béchamel*, et une église comme *le Franc de Pompignan*. J'ai dépenfé cinq cents mille francs à ces œuvres profanes et pies ; enfin, d'illuftres débiteurs de Paris et d'Allemagne, voyant que ces magnificences ne me convenaient point, ont jugé à propos de me retrancher les vivres pour me rendre fage. Je me fuis trouvé, tout d'un coup, prefque réduit à la philofophie. J'ai envoyé madame *Denis* folliciter les généreux Français, et je me fuis chargé des généreux Allemands.

Mon âge de foixante et quatorze ans, et des maladies continuelles, me condamnent au régime et à la retraite. Cette vie ne peut convenir à madame *Denis* qui avait forcé la nature pour vivre avec moi à la campagne ; il lui fallait des fêtes continuelles, pour lui faire fupporter l'horreur de mes déferts qui, de l'aveu des Ruffes, font pires que la Sibérie pendant cinq mois de l'année. On voit de fa fenêtre trente lieues de pays, mais ce font trente lieues de montagnes, de neiges et de précipices ; c'eft Naples en été, et la Laponie en hiver.

Madame *Denis* avait befoin de Paris ; la petite *Corneille* en avait encore plus befoin ; elle ne l'a vu que dans un temps où ni fon âge ni fa fituation ne lui permettaient de le connaître. J'ai fait un effort pour me féparer d'elles, et pour leur procurer des plaifirs dont le premier eft celui qu'elles ont eu de vous rendre leurs devoirs. Voilà, Madame, l'exacte vérité fur laquelle on a bâti bien des fables, felon la louable coutume de votre pays, et je crois même de tous les pays.

J'ai reçu d'Hollande une Princeffe de Babylone ;

j'aime mieux les Quarante écus que je ne vous
envoie point, parce que vous n'êtes pas arithmé-
ticienne, et que vous ne vous souciez guère de
savoir si la France est riche ou pauvre. La Princesse
part sous l'enveloppe de madame la duchesse de
Choiseul; si elle vous amuse, je ferai plus de cas de
l'Euphrate que de la Seine.

J'ai reçu une petite lettre de madame de *Choiseul*;
elle me paraît digne de vous aimer. Je suis fâché
contre M. le président *Hénault*; mais j'ai cent fois
plus d'estime et d'amitié pour lui que je n'ai de
colère.

Adieu, Madame; tolérez la vie: je la tolère bien.
Il ne vous manque que des yeux, et tout me manque;
mais assurément les sentimens que je vous dois et
que je vous ai voués, ne me manquent pas.

1768.

LETTRE CCLVIII.

A M. DE LALEU, *notaire à Paris.*

30 de mars.

LE séjour, Monsieur, que madame *Denis* doit faire
à Paris, exige que je profite de vos bontés pour
faire quelques arrangemens nécessaires.

Vous savez que ni M. de *Richelieu*, ni les héritiers
de la maison de *Guise*, ni M. de *Lezeau*, ne m'ont
payé depuis long-temps.

Cela fait un vide de 8800 livres de rente. Le
reste de mes revenus, que M. *le Sueur* doit toucher,

———— fe monte à 45,200 livres, fur lefquelles je paye 400 livres au fieur *le Sueur*, 1800 livres à M. l'abbé *Mignot*, et 1800 livres à M. d'*Ornoi*, à compter de ce jour, au lieu de 1200 livres qu'il touchait; c'eft donc 3400 livres à fouftraire de 45,200 livres, refte net 41,800 livres.

Sur ces 41,800 livres, j'en prenais 36,000 livres pour faire aller la maifon de Ferney. Vous avez eu la bonté de faire payer encore plufieurs petites fommes pour moi à Paris, dont le montant ne m'eft pas préfent à l'efprit; il fera aifé de faire ce compte.

M. de *la Borde* a la générofité de m'avancer tous les mois mille écus pour les dépenfes courantes, que vous voulez bien lui rembourfer, quand le fieur *le Sueur* a reçu mes femeftres. Je ferai obligé de prendre ces trois mille livres encore quelques mois à Genève, chez le correfpondant de M. de *la Borde*, pour m'aider à payer environ 20,000 livres de dettes criardes.

Sur les 41,800 livres de rentes qui me reftent entre vos mains, il fe peut qu'il me foit dû encore quelque chofe. En ce cas, je vous fupplie de donner à madame *Denis* ce furplus, et de vouloir bien me faire favoir à quoi il fe monte.

Outre ce furplus, on a tranfigé avec M. de *Lezeau*, à condition qu'il payerait 9000 livres au mois d'avril où nous entrons. Je compte encore que M. le maréchal de *Richelieu* lui donnera un à-compte.

Tout cela lui peut compofer cette année une fomme de 20,000 livres; après quoi, lorfque les affaires feront en règle, je m'arrangerai de façon avec vous qu'elle touchera chez vous 20,000 livres de penfion chaque

année. Je me flatte que vous approuverez mes difpofitions, et que vous m'aiderez à m'acquitter des charges
que les devoirs du fang et de l'amitié m'impofent.

Je vous fouhaite une bonne fanté. J'ai l'honneur
d'être, &c.

LETTRE CCLIX.

A M. LE DUC DE CHOISEUL.

1 d'avril.

MON PROTECTEUR,

Ceci s'adreffe au miniftre de paix. Vous avez la
bonté de m'accorder quelques éclairciffemens fur le
Siècle de *Louis XIV*. Tout ce qui regarde la cruelle
guerre eft imprimé. Je n'ai plus qu'un feul petit
objet de curiofité fur une tracafferie eccléfiaftique
en cour de Rome. Mon protecteur connaît ce pays-là.

Il y avait, en 1699, un *birbone*, un *furfante*, un
malandrino nommé *Giori*, efpion de fon métier,
prenant de l'argent à toute main, et en donnant
partie *ad alcuni ragazzi : quello buggerone* trahiffait le
cardinal de *Bouillon* en recevant fes préfens : il fut
la caufe de tous les malheurs de ce cardinal. Il doit
y avoir deux ou trois lettres de ce maraud, écrites
en février et mars 1699, à M. de *Torcy*. Si vous
vouliez, Monfeigneur, en gratifier ma curiofité, je
vous ferais fort obligé.

Y aurait-il encore de l'indifcrétion à vous demander
la relation de la colique néphrétique de cet ivrogne

de *Pierre III*, adorateur du roi de Pruſſe, écrite par
M. de *Ruhlières*, ſecrétaire du baron de *Breteuil*?
Cette relation eſt entre les mains de pluſieurs perſonnes, et n'eſt plus un ſecret. Tout ce que je ſais,
auſſi certainement qu'on peut ſavoir quelque choſe,
c'eſt-à-dire, en doutant, c'eſt que *Pierre III* n'aurait
point eu la colique s'il n'avait dit un jour à un *Orlof*,
en voyant faire l'exercice aux gardes préobazinski :
*Voilà une belle troupe ; mais je ferais fuir tous ces gens-là
comme des gredins, ſi j'étais à la tête de cinquante pruſſiens.*

Je vous jure, mon protecteur, que ma *Catherine*
ne m'a pas dit un mot de cette colique, quoiqu'elle
ait eu la bonté de me mander tout le bien qu'elle
fait dans ſes vaſtes Etats. Je ne lui ai point écrit :

> Ninus en vous chaſſant de ſon lit et du trône,
> En vous perdant, Madame, eût perdu Babylone.
> Pour le bien des mortels vous prévîntes ſes coups ;
> Babylone et la terre avaient beſoin de vous :
> Et quinze ans de vertus et de travaux utiles,
> Les arides déſerts par vous rendus fertiles,
> Les ſauvages humains ſoumis au frein des lois,
> Les arts dans nos cités naiſſans à votre voix,
> Ces hardis monumens, que l'univers admire,
> Les acclamations de ce puiſſant empire,
> Sont autant de témoins, dont le cri glorieux
> A dépoſé pour vous au tribunal des dieux.

Elle n'a pas même fait jouer Sémiramis une ſeule
fois à Moſcou. Cependant je ne la crois pas ſi coupable qu'on le dit ; mais ſi vous daignez m'envoyer la
petite relation, je vous jure, foi de votre créature,
de n'en jamais faire le moindre uſage.

Je ne me fuis pas encore fait chartreux, attendu
que je fuis trop bavard, mais je fais réguliérement
mes pâques, et je mets au pied du crucifix toutes
les calomnies fréroniques et pompignantes qui m'imputent toutes les gentilleffes anti-dévotes que *Marc-
Michel* imprime, depuis trois ou quatre ans, dans
Amfterdam, contre les plus pures lumières de la
théologie. Il y a deux ou trois coquins défroqués
qui travaillent, fans relâche, à l'œuvre du démon.

Mais férieufement, vous m'avouerez qu'il ferait
bien injufte d'imaginer qu'un radoteur de foixante
et quatorze ans, occupé du Siècle de *Louis XIV*, de
mauvaifes tragédies, de mauvaifes comédies, d'établir une fortune de quarante écus, de fuivre dans
fes voyages une princeffe de Babylone, et de faire
continuellement des expériences d'agriculture, eût
le temps et la volonté de barboter dans la théologie.

Les envieux mourront, mais non jamais l'envie.

Les envieux ont eu beau jeu. Une nièce qui va à
Paris, quand un oncle eft à la campagne, eft une
merveilleufe nouvelle: mais le fait eft que nos affaires
étant fort délabrées, par le manque de mémoire de
plufieurs illuftres débiteurs, grands feigneurs, tant
français qu'allemands, je me fuis mis dans la réforme;
je me fuis laffé d'être l'aubergifte de l'Europe. Je donne
vingt mille francs de penfion à ma nièce votre très-
humble fervante. *Cornélie-chiffon*, nièce du grand
Corneille, a eu en mariage environ quarante mille écus,
grâces à vos bienfaits et à ceux de madame la ducheffe
de *Grammont*. J'ai partagé une partie de mon bien

entre mes parens, et je n'ai plus qu'à mourir doucement, gaiement et agréablement entre mes montagnes
de neige, où je fuis à peu-près fourd et aveugle.

Voilà un compte très-exact de ma conduite : ma
reconnaiffance le devait à mon bienfaiteur. Le bavard
lui demande pardon de l'avoir tant ennuyé ; il bavar-
dera vos bontés jufqu'au dernier moment de fa vie.

Il voudrait bien bâtir une jolie maifon dans votre
ville de Verfoy, mais il fera mort avant que votre
port foit fait.

La vieille marmotte des Alpes.

LETTRE CCLX.

A M. DE BORDES, *à Lyon.*

A Ferney, 4 d'avril.

Le cher correfpondant eft fupplié de vouloir bien
faire mettre à la pofte tous ces petits piftolets de
poche. Il paraît, par tout ce qui nous revient, qu'on
ne tire pas toujours fa poudre aux moineaux, et
qu'on effraie quelquefois les vautours. Croyez-moi,
fervez la bonne caufe, et DIEU vous bénira.

On vous envoie une Guerre. L'archevêque d'Auch
ne fera pas content ; mais auffi il ne faut pas qu'un
archevêque faffe d'un mandement un libelle diffa-
matoire.

L'hiftoire du banniffement des jéfuites de la Chine
eft une plaifanterie infernale de ce Mathurin *Laurent*,
réfugié à Amfterdam chez *Marc - Michel*. C'eft un
drôle qui a quelque efprit, un peu d'érudition,

et

et qui rencontre quelquefois. Il eſt auteur de la *Théologie portative* et du *Compère Matthieu*. J'avais peine à
croire qu'il eût fait *le Catéchumène* (*). Cet ouvrage
me paraiſſait au-deſſus de lui, cependant on aſſure
qu'il en eſt l'auteur. Ce qu'il y a de triſte en France,
c'eſt que des *Frérons* m'accuſent d'avoir part à ces
infamies. Je ne connais ni *Laurent*, ni aucun de ſes
aſſociés que *Marc - Michel* fait travailler à tant la
feuille. Ils ont l'impudence de faire paſſer leurs ſcan-
daleuſes brochures ſous mon nom. J'ai vu *le Catéchumène* annoncé dans trois gazettes, comme étant une
de mes productions *journalières*. On ajoute que *la
reine en a demandé juſtice au roi*, et que *le roi m'a banni
du royaume*.

On ſait aſſez combien tous ces bruits ſont faux ;
mais, à force d'être répétés, ils deviennent perni-
cieux. On ſe réſout aiſément à perſécuter en effet
un homme qui l'eſt déjà par la voix publique. Je
pourrai bien *mettre la plume à la main*, comme dit
Larcher, pour confondre toutes ces calomnies. J'écrirai
contre frère *Rigolet* et contre *le Catéchumène*. Je dédie-
rai, s'il le faut, l'ouvrage au pape. Eſt-il poſſible
qu'à mon âge de ſoixante et quatorze ans on puiſſe
me ſoupçonner de faire des plaiſanteries contre la
religion dans laquelle je ſuis né ?

On ne veut pas que je meure en repos. J'eſpère
cependant expirer tranquille, ſoit au pied des Alpes,
ſoit au pied du Caucaſe.

> *Fortem et tenacem propoſiti virum.*

Je vous embraſſe tendrement.

(*) Roman philoſophique de M. de *Bordes*.

LETTRE CCLXI.

A M. FISCHER,

INTENDANT DES POSTES DE BERNE.

A Ferney, 5 d'avril.

JE vois, Monsieur, par la lettre dont vous m'honorez, du 31 de mars, que je suis précisément comme le *Bikestarf* de Londres, à qui le docteur *Swift* et le docteur *Arbutnot* prouvèrent qu'il était mort. Il eut beau déclarer dans les papiers publics qu'il n'en était rien, que c'était une calomnie de ses ennemis, et qu'il se portait à merveille, on lui démontra qu'il était absolument mort; que trois gazettes de toris, et trois autres gazettes de wigs l'avaient dit expressément; que, quand deux partis acharnés l'un contre l'autre affirmaient la même chose, il était clair qu'ils affirmaient la vérité; qu'il y avait six témoins contre lui, et qu'il n'avait pour lui que son seul témoignage, lequel n'était d'aucun poids. Enfin le pauvre homme eut beau faire, il fut convaincu d'être mort; on tendit sa porte de noir, et on vint pour l'enterrer.

Si vous voulez m'enterrer, Monsieur, il ne tient qu'à vous, vous êtes bien le maître. J'ai soixante et quatorze ans, je suis fort maigre, je pèse fort peu, et il suffira de deux petits garçons pour me porter dans mon tombeau que j'ai fait bâtir dans le cimetière de mon église. Vous serez quitte encore de faire prier DIEU pour moi, attendu que dans votre communion on ne prie point pour les morts. Mais moi je prierai DIEU pour la converſion de votre correſpondant qui veut que je ſois en deux lieux à la fois ; ce qui n'eſt jamais arrivé qu'à Sᵗ *François Xavier*, et ce qui paraît aujourd'hui moralement impoſſible à pluſieurs honnêtes gens.

J'ai l'honneur d'être, pour le peu de temps que j'ai encore à vivre, Monſieur, votre très, &c.

LETTRE CCLXII.

A M. FENOUILLOT DE FALBAIRE.

Ferney, 11 d'avril.

IL ne vous manque plus rien, Monſieur ; vous avez pour vous le public, et il n'y a contre vous que

> Ce lourd Fréron diffamé par la ville
> Comme un bâtard du bâtard de Zoïle.

Je ne ſuis point du tout étonné que cet imbécille maroufle, l'opprobre des ſupérieurs qui le tolèrent, n'ait pas ſenti l'intérêt prodigieux qui règne dans votre ouvrage.

Les Frérons ſont-ils faits pour ſentir la nature ?

Vous avez très-bien fait d'ajouter à l'hiſtoire du jeune *Fabre* tout ce qui peut la rendre plus touchante. Le fait n'eſt pas préciſément comme on le débite. S'il était tel, on n'aurait pas défendu à ce jeune homme, en le tirant des galères, d'approcher de Nîmes de plus de dix lieues. Je suis très-instruit de toute cette affaire, puisqu'il y a long-temps que *Fabre* m'a fait prier d'écrire en sa faveur au commandant de la province ; et j'ai pris cette liberté. Il vous devra beaucoup plus qu'à moi, puisque vous avez intéressé pour lui toute la nation. (*)

Je suis charmé que voús soyez lié avec monsieur *Marmontel* ; il est mon ami depuis plus de vingt ans : c'est un des hommes qui méritent le plus l'estime du public et les aboiemens des *Frérons.*

J'ai l'honneur d'être avec tous les sentimens que je vous dois, &c.

(*) Le jeune *Fabre* s'était substitué à son père condamné aux galères pour avoir reçu chez lui des prédicans. Cette victime de l'amour filial et de l'intolérance religieuse ne sortit des galères qu'au bout de sept ans. C'est le sujet de l'*Honnête criminel*, de M. de *Falbaire*. On peut voir les détails de cette aventure dans la préface de ce drame, édition de 1768.

LETTRE CCLXIII.   1768.

A M. L'EVEQUE D'ANNECY. (*)

A Ferney, 15 d'avril.

MONSIEUR,

J'AURAIS dû répondre fur le champ à la lettre (**) dont vous m'avez honoré, fi mes maladies me l'avaient permis.

Cette lettre me caufe beaucoup de fatisfaction, mais elle m'a un peu étonné. Comment pouvez-vous

(*) L'abbé *Biord*, ci-devant prêtre habitué ou vicaire d'une paroiffe de Paris. Ses démêlés avec le parlement, l'obligèrent à quitter cette ville. Voyez la lettre à M. *d'Argental* du 27 juillet.

(**) *Lettre de l'évêque d'Annecy.*

Annecy, le 11 d'avril.

MONSIEUR,

On dit que vous avez fait vos pâques : bien des perfonnes n'en font rien moins qu'édifiées, parce qu'elles s'imaginent que c'eft une nouvelle fcène que vous avez voulu donner au public, en vous jouant encore de ce que la religion a de plus facré. Pour moi, Monfieur, qui penfe plus charitablement, je ne faurais me perfuader que M. de *Voltaire*, ce grand-homme de notre fiècle, qui s'eft toujours annoncé comme élevé, par les efforts d'une raifon épurée et par les principes d'une philofophie fublime, au-deffus des refpects humains, des préjugés et des faibleffes de l'humanité, eût été capable de trahir et de diffimuler fes fentimens par un acte d'hypocrifie qui fuffirait feul pour ternir toute fa gloire, et pour l'avilir aux yeux de toutes les perfonnes qui penfent. J'ai dû croire que la fincérité avait toujours fait le caractère de vos démarches. Vous vous êtes confeffé, vous avez même communié ; vous l'avez donc fait de bonne foi, vous l'avez fait en vrai chrétien ; vous l'avez fait, perfuadé de ce que la foi nous dicte par rapport au facrement que vous

me favoir gré de remplir des devoirs dont tout feigneur doit donner l'exemple dans fes terres, dont aucun chrétien ne doit fe difpenfer, et que j'ai fi

avez reçu. Les incrédules ne pourront donc plus fe glorifier de vous voir marcher à leur tête, portant l'étendard de l'incrédulité ; le public ne fera plus autorifé à vous regarder comme le plus grand ennemi de la religion chrétienne, de l'Eglife catholique et de fes miniftres. S'il ne peut, malgré les proteftations contraires inférées de votre part en certaines gazettes, fe perfuader que vous ne foyez pas l'auteur d'une foule d'écrits, de brochures et d'ouvrages remplis d'impiété, qui ont déjà occafionné tant de défordres dans la fociété, tant de deréglemens dans les mœurs, tant de profanations dans le fanctuaire ; il croira au moins que, revenu à vous-même, vous avez enfin réfolu de ne plus mettre au jour de femblables productions, et que, par un acte auffi éclatant que celui que vous avez fait dans l'églife de votre paroiffe, le jour de Pâques, vous avez voulu rendre un hommage public à la religion qui vous a vu naître dans fon fein, et à qui des talens auffi diftingués que les vôtres auraient été infiniment utiles, fi vous les lui aviez confacrés. Il efpèrera encore qu'en foutenant ce premier acte par des fentimens et par une conduite uniformes, et qu'en perfectionnant l'ouvrage d'une converfion ébauchée, vous ne laifferez plus aux gens de bien, amateurs de la religion, que le jufte fujet de rendre grâces à DIEU, et de le bénir d'un retour qui mettra le comble à leur joie et à leur confolation.

Si le jour de votre communion on vous avait vu, non pas vous ingérer à prêcher le peuple dans l'églife fur le vol et les larcins, ce qui a fort fcandalifé tous les affiftans ; mais lui annoncer, comme un autre *Théodofe*, par vos foupirs, vos gémiffemens et vos larmes, la pureté de votre foi, la fincérité de votre repentir, et le défaveu de tous les fujets de méfédification qu'il a cru entrevoir par le paffé dans votre façon de penfer et d'agir, alors perfonne n'aurait plus été dans le cas de regarder comme équivoques vos démonftrations apparentes de religion. On vous aurait cru mieux difpofé à approcher de cette table fainte où la foi ne permet, aux ames même les plus pures, de ne fe préfenter qu'avec une religieufe frayeur ; on aurait été plus édifié de vous y voir, et peut-être auriez-vous tiré plus d'avantage de vous y être préfenté.

Mais, quoi qu'il en foit du paffé que je dois laiffer au jugement du fouverain fcrutateur des cœurs et des confciences, ce feront les fruits qui feront juger de la qualité de l'arbre ; et j'efpère, par ce que vous ferez à l'avenir, que vous ne laifferez aucun lieu de douter de la droiture et de la fincérité de ce que vous avez déjà fait. Je me le perfuade d'autant

1768.

souvent remplis ? Ce n'eſt pas aſſez d'arracher ſes vaſſaux aux horreurs de la pauvreté, d'encourager leurs mariages, de contribuer, autant qu'on le peut, à leur bonheur temporel, il faut encore les édifier; et il ſerait bien extraordinaire qu'un ſeigneur de paroiſſe ne fît pas, dans l'égliſe qu'il a bâtie, ce que font tous les prétendus réformés, dans leurs temples, à leur manière.

Je ne mérite pas aſſurément les complimens que vous voulez bien me faire, de même que je n'ai jamais mérité les calomnies des infectes de la littérature, qui ſont mépriſés de tous les honnêtes gens, et qui doivent être ignorés d'un homme de votre

plus facilement que je le ſouhaite avec plus d'ardeur, n'ayant rien plus à cœur que votre ſalut; et ne pouvant oublier qu'en qualité de votre paſteur, je dois rendre compte à DIEU de votre ame, comme de toutes celles du troupeau qui m'a été confié par la divine Providence.

Je ne vous dirai pas, Monſieur, combien j'ai déjà gémi ſur votre état, ni combien j'ai déjà offert de prières et de ſupplications au Dieu des miſéricordes, pour qu'il daignât enfin vous éclairer de ces lumières céleſtes qui font aimer et ſuivre la vérité, en même temps qu'ils la font connaître; je me bornerai ſimplement à vous faire remarquer que le temps preſſe, et qu'il vous importe de ne point perdre aucun de ces momens précieux que vous pouvez encore employer utilement pour l'éternité. Un corps exténué, et déjà abattu ſous le poids des années, vous avertit que vous approchez du terme où ſont allés aboutir tous ces hommes fameux qui vous ont précédé, et dont à peine reſte-t-il aujourd'hui la mémoire. En ſe laiſſant éblouir par le faux éclat d'une gloire auſſi frivole que fugitive, la plupart d'entre eux ont perdu de vue les biens et la gloire immortelle plus dignes de fixer leurs déſirs et leurs empreſſemens. Faſſe le Ciel que, plus ſage et plus prudent qu'eux, vous ne vous occupiez plus à l'avenir que de la recherche de ce bonheur ſouverain qui peut ſeul remplir le vide d'un cœur qui ne trouve rien ici-bas qui puiſſe le contenter!

C'eſt ce que je ne ceſſerai de demander au Seigneur par mes vœux les plus ardens; et je le dois au vif intérêt que je prends à tout ce qui vous regarde, au zèle dont je ſuis animé pour votre ſalut, et aux ſentimens reſpectueux avec leſquels j'ai l'honneur d'être, &c.

F f 4

1768.

caractère. Je dois méprifer les impoftures, fans pourtant haïr les impofteurs. Plus on avance en âge, plus il faut écarter de fon cœur tout ce qui pourrait l'aigrir ; et le meilleur parti qu'on puiffe prendre contre la calomnie, c'eft de l'oublier. Chaque homme doit des facrifices, chaque homme fait que tous les petits incidens qui peuvent troubler cette vie paffagère, fe perdent dans l'éternité ; et que la réfignation à DIEU, l'amour de fon prochain, la juftice, la bienfefance, font les feules chofes qui nous reftent devant le créateur des temps et de tous les êtres. Sans cette vertu que *Cicéron* appelle *caritas generis humani*, l'homme n'eft que l'ennemi de l'homme ; il n'eft que l'efclave de l'amour propre, des vaines grandeurs, des diftinctions frivoles, de l'orgueil, de l'avarice et de toutes les paffions. Mais, s'il fait le bien pour l'amour du bien même, fi ce devoir (épuré et confacré par le chriftianifme) domine dans fon cœur, il peut efpérer que DIEU, devant qui tous les hommes font égaux, ne rejettera pas des fentimens dont il eft la fource éternelle. Je m'anéantis avec vous devant lui, et n'oubliant pas les formules introduites chez les hommes, j'ai l'honneur d'être avec refpect, &c.

P. S. Vous êtes trop inftruit pour ignorer qu'en France un feigneur de paroiffe doit, en rendant le pain-béni, inftruire fes vaffaux d'un vol commis dans ce temps-là même avec effraction, et y pourvoir incontinent ; de même qu'il doit avertir fi le feu prend à quelques maifons du village, et faire venir de l'eau. Ce font des affaires de police qui font de fon reffort.

LETTRE CCLXIV.

A M. LE COMTE DE LA TOURAILLE.

A Ferney, le 20 d'avril.

Je vois, Monfieur, que les Parifiens jouiffent d'une heureufe oifiveté, puifqu'ils daignent s'amufer de ce qui fe paffe fur les frontières de la Suiffe, au pied des Alpes et du mont Jura. Je ne conçois pas comment la ehofe la plus fimple, la plus ordinaire, et que je fais tous les ans, a pu caufer la moindre furprife. Je fuis perfuadé que vous en faites autant dans vos terres, quand vous y êtes. Il n'y a perfonne qui ne doive cet exemple à fa paroiffe ; et fi quelquefois dans Paris le mouvement des affaires, ou d'autres confidérations obligent de différer ces cérémonies prefcrites, nous n'avons point à la campagne de pareilles excufes. Je ne fuis qu'un agriculteur, et je n'ai nul prétexte de m'écarter des règles auxquelles ils font tous affujettis. L'innocence de leur vie champêtre ferait juftement effrayée, fi je n'agiffais pas et fi je ne penfais pas comme eux. Nos déferts, qui devraient nous dérober au public de Paris, ne nous ont jamais dérobés à nos devoirs. Nous avons fait à DIEU, dans nos hameaux, les mêmes prières pour la fanté de la reine que dans la capitale, avec moins d'éclat fans doute, mais non pas avec moins de zèle. DIEU a écouté nos prières comme les vôtres, et nous avons appris, avec autant de joie que vous, le retour d'une fanté fi précieufe.

1768.

LETTRE CCLXV.

A M. LE COMTE D'ARGENTAL.

22 d'avril.

MON divin ange, mes raifons pour avoir changé ma table ouverte contre la fainte table, pourront ennuyer un excommunié comme vous; mais je me crois dans la néceffité de vous les dire. Premièrement, c'eft un devoir que j'ai rempli avec madame *Denis* une fois ou deux, fi je m'en fouviens bien.

Secondement, il n'en eft pas d'un pauvre agriculteur comme de vous autres feigneurs parifiens, qui en êtes quittes pour vous aller promener aux Tuileries à midi. Il faut que je rende le pain-béni en perfonne dans ma paroiffe ; je me trouve feul de ma bande contre deux cents cinquante confciences timorées ; et, quand il n'en coûte qu'une cérémonie prefcrite par les lois pour les édifier, il ne faut pas s'en faire deux cents cinquante ennemis.

3°. Je me trouve entre deux évêques qui font du quatorzième fiècle , et il faut hurler avec ces facrés loups.

4°. Il faut être bien avec fon curé, fût-il un imbécille ou un fripon , et il n'y a aucune précaution que je ne doive prendre après la lettre de l'avocat *Caze.*

5°. Soyez très-sûr que , fi je vois paffer une

procession de capucins , j'irai au-devant d'elle , chapeau bas , pendant la plus forte ondée.

6°. M. *Hénin*, résident à Genève , a trouvé un
aumônier tout établi ; il le garde par faibleffe. Ce
prêtre eft un des plus déteftables et des plus infolens
coquins qui foient dans la canaille à tonfure. Il fe
fait l'efpion de l'évêque d'Orléans, de l'évêque
d'Annecy et de l'évêque de Saint-Claude. Le réfident
n'ayant pas le courage de le chaffer , il faut que j'aye
le courage de le faire taire.

7°. Puifque l'on s'obftine à m'imputer les ouvrages
de *Saint-Hiacynthe*, de l'ex-capucin *Maubert*, de l'ex-
mathurin *Laurent* et du fieur *Robinet* , tous gens qui
ne communient pas, je veux communier ; et, fi j'étais
dans Abbeville, je communierais tous les quinze jours.

8°. On ne peut me reprocher d'hypocrifie, puifque
je n'ai aucune prétention.

9°. Je vous demande en grâce de brûler mes raifons , après les avoir approuvées ou condamnées.
J'aime beaucoup mieux être brûlé par vous qu'au
pied du grand efcalier.

Je rends de très-fincères actions de grâce à la nature
et au médecin qui l'a fecondée , d'avoir enfin rendu
la fanté à madame d'*Argental*.

Je vous amuferai probablement , par la première
pofte , de la Guerre de Genève , imprimée à Befançon : c'eft un ouvrage , à mon gré , très-honnête ,
et qui ne peut déplaire dans le monde qu'à deux
ou trois mille perfonnes ; encore font-elles obligées
de rire.

Je fuis hibou , je l'avoue ; mais je ne laiffe pas
de m'égayer quelquefois dans mon trou , ce qui

diminue les maux dont je fuis accablé : c'eft une recette excellente.

Je fuis comme votre ville de Paris , je n'ai plus de théâtre. Je donne à mon curé les aubes des prêtres de Sémiramis ; il faut faire une fin. Je me fuis retiré, fans penfion du roi, dans ma foixante et quinzième année. Je ne compte pas égaler les jours de *Moncrif*; mais, fi j'ai les *moyens de plaire* à mes deux anges, je me croirai pour le moins auffi heureux que lui. Je me mets à l'ombre de vos ailes, avec une vivacité de fentimens qui n'eft pas d'un vieillard. *V.*

LETTRE CCLXVI.

A M. PAULET, *médecin à Paris*,

Sur fon Hiftoire de la petite vérole.

Ferney, 22 d'avril.

Je crois, Monfieur, que don *Quichotte* n'avait pas lu plus de livres de chevalerie que j'en ai lu de médecine. Je fuis né faible et malade, et je reffemble aux gens qui, ayant d'anciens procès de famille, paffent leur vie à feuilleter les jurifconfultes, fans pouvoir finir leurs procès.

Il y a environ foixante et quatorze ans que je foutiens, comme je peux, mon procès contre la nature. J'ai gagné un grand incident, puifque je fuis encore en vie ; mais j'ai perdu tous les autres, ayant toujours vécu dans les fouffrances.

De tous les livres que j'ai lus, il n'y en a point
qui m'ait plus intéressé que le vôtre. Je vous suis
très-obligé de m'avoir fait faire connaissance avec
Rhasès. Nous étions de grands ignorans et de misérables barbares, quand ces Arabes se décrassaient.
Nous nous sommes formés bien tard en tout genre,
mais nous avons regagné le temps perdu; votre livre
surtout en est un bon témoignage. Il m'a beaucoup
instruit : mais j'ai encore quelques petits scrupules
sur la patrie de la petite vérole.

J'avais toujours pensé qu'elle était native de l'Arabie
déserte, et cousine germaine de la lèpre qui apparte-
nait de droit au peuple juif, peuple le plus infecté
en tout genre qui ait jamais été sur notre malheureux
globe.

Si la petite vérole était native d'Egypte, je ne
vois pas comment les troupes de *Marc - Antoine*,
d'*Auguste* et de ses successeurs ne l'auraient pas appor-
tée à Rome. Presque tous les Romains eurent des
domestiques égyptiens, *verna Canopi*; ils n'eurent jamais
d'Arabes. Les Arabes restèrent presque toujours dans
leur grande presqu'île jusqu'au temps de *Mahomet*.
Ce fut dans ce temps-là que la petite vérole commença à être connue. Voilà mes raisons; mais je
me défie d'elles, puisque vous pensez différemment.

Vous m'avez convaincu, Monsieur, que l'extir-
pation serait très-préférable à l'inoculation. La difficulté est de pouvoir attacher la sonnette au cou du
chat. Je ne crois pas les princes de l'Europe assez
sages pour faire une ligue offensive et défensive contre
ce fléau du genre-humain; mais, si vous parvenez à
obtenir des parlemens du royaume qu'ils rendent

quelques arrêts contre la petite vérole, je vous prierai aussi (fans aucun intérêt) de préfenter requête contre fa groffe fœur. Vous favez que le parlement de Paris condamna, en 1496, tous les vérolés qui fe trouveraient dans la banlieue à être pendus. J'avoue que cette jurifprudence était fort fage; mais elle était un peu dure, et d'une exécution difficile, furtout avec le clergé qui en aurait appelé *ad apoftolos.*

Je ne fais laquelle de ces deux demoifelles a fait le plus de mal au genre-humain; mais la groffe fœur me paraît cent fois plus abfurde que l'autre. C'eft un fi énorme ridicule dans la nature d'empoifonner les fources de la génération, que je ne fais plus où j'en fuis quand je fais l'éloge de cette bonne mère. La nature eft très-aimable et très-refpectable, fans doute, mais elle a des enfans bien infames.

Je conçois bien que, fi tous les gouvernemens de l'Europe s'entendaient enfemble, ils pourraient à toute force diminuer un peu l'empire des deux fœurs. Nous avons actuellement en Europe plus de douze cents mille hommes qui montent la garde en pleine paix; fi on les employait à extirper les deux virus qui défolent le genre-humain, ils feraient du moins bons à quelque chofe. On pourrait même leur donner encore à combattre le fcorbut, les fièvres pourprées, et tant d'autres faveurs de ce genre que la nature nous a faites.

Vous avez dans Paris un hôtel-Dieu où règne une contagion éternelle, où les malades, entaffés les uns fur les autres, fe donnent réciproquement la pefte et la mort. Vous avez des boucheries dans de

petites rues fans iſſue, qui répandent en été une odeur
cadavéreuſe, capable d'empoiſonner tout un quartier. Les exhalaiſons des morts tuent les vivans dans
vos égliſes, et les *charniers des Innocens*, ou de *Saint-
Innocent*, ſont encore un témoignage de barbarie qui
nous met fort au-deſſous des Hottentots et des nègres:
cependant perſonne ne penſe à remédier à ces abominables abus. Une partie des citoyens ne penſe
qu'à l'opéra comique, et la ſorbonne n'eſt occupée
qu'à condamner *Béliſaire* et à damner l'empereur
Marc-Antonin.

Nous ſerons long-temps fous et inſenſibles au bien
public. On fait de temps en temps quelques efforts,
et on s'en laſſe le lendemain. La conſtance, le nombre d'hommes néceſſaire et l'argent manquent pour
tous les grands établiſſemens. Chacun vit pour ſoi:
Sauve qui peut eſt la deviſe de chaque particulier.
Plus les hommes ſont inattentifs à leur plus grand
intérêt, plus vos idées patriotiques m'ont inſpiré
d'eſtime.

J'ai l'honneur d'être, &c.

1768.

1768.

LETTRE CCLXVII.

A M. L'EVEQUE D'ANNECY.

29 d'avril.

MONSIEUR,

Votre seconde lettre (*) m'étonne encore plus que la première. Je ne sais quels faux rapports ont pu m'attirer tant d'aigreur de votre part. On soupçonne beaucoup un nommé *Ancian*, curé du village

(*) *Lettre de l'évêque d'Annecy.*

Annecy, 25 d'avril.

MONSIEUR,

Je n'ai différé de répliquer à votre lettre du 15 de ce mois, que parce que je n'ai eu dès-lors aucun moment de loisir, ayant été continuellement occupé de ce que nous appelons la retraite et le synode.

Je n'ai pu qu'être très-surpris qu'en affectant de ne pas entendre ce qui était fort intelligible dans ma lettre, vous ayez supposé que je vous savais bon gré d'une communion de politique, dont les protestans même n'ont pas été moins scandalisés que les catholiques. J'en ai gemi plus que tout autre ; et, si vous étiez moins éclairé et moins instruit, je croirais devoir vous apprendre, en qualité d'évêque et de pasteur, qu'en supposant le scandale donné au public, soit par les écrits qu'il vous attribue, soit par la cessation de presque tout acte de religion depuis plusieurs années, une communion faite suivant les vrais principes de la morale chrétienne exigeait préalablement de votre part des réparations éclatantes et capables d'effacer les impressions prises sur votre compte ; et que jusque-là aucun ministre, instruit de son devoir, n'a pu et ne pourra vous absoudre, ni vous permettre de vous présenter à la table sainte.

Sans être aussi instruit que vous le supposez gratuitement, je le suis cependant assez pour ne pas ignorer que la conduite d'un seigneur de

de

de Moëns, qui eut un procès criminel au parlement
de Dijon en 1761; procès dans lequel je lui rendis 1768.
fervice, en portant les parties qui le pourfuivaient à
fe contenter d'un dédommagement de quinze cents
livres et du payement des frais. On prétend que
l'official de Gex fe plaint de ce que les citoyens
contre lefquels il plaide pour les dixmes, fe font
adreffés à moi. Il eft vrai qu'ils m'ont demandé mes

paroiffe, qui fe fait accompagner par des gardes armés jufque dans
l'églife, et qui s'y ingère à donner des avis au peuple pendant la célé-
bration de la fainte meffe, bien loin d'être autorifée par les ufages et
les lois de France, eft au contraire profcrite par les fages ordonnances
des rois très-chrétiens qui ont toujours diftingué, pour le temps et le lieu,
ce qui eft du miniftère des pafteurs, de l'exercice de la police extérieure
que vous voulez attribuer aux feigneurs de paroiffe.

Vous m'annoncez que vous vous anéantiffez avec moi devant D I E U,
le créateur des temps et des êtres : je fouhaite que nous le faffions, vous
et moi, avec affez de foi, de confiance, d'humilité et de repentir de
nos fautes, pour mériter qu'il jette fur nous les regards propices de fa
miféricorde : et j'en reviens encore à vous inviter, à vous prier, à vous
conjurer de ne pas perdre de vue cette éternité à laquelle vous touchez
de fi près, et dans laquelle iront bientôt *fe perdre*, non-feulement *les
petits incidens de la vie*, mais encore le fafte des grandeurs, l'opulence
des richeffes, l'orgueil des beaux efprits, les vains raifonnemens de la
prétendue fageffe humaine, et tout ce qui appartient à la figure trom-
peufe de ce monde.

Si mes avis ne font pas tout-à-fait de votre goût, je me flatte que
vous n'en ferez pas moins convaincu qu'ils ne font dictés que par l'amour
de mon devoir, et par l'empreffement que j'ai de concourir à votre
véritable et folide bonheur. Bien des perfonnes, en fe dirigeant par des
vues humaines, vous tiendront un langage bien différent; mais par une
fuite du principe invariable que je me fuis fait, de n'agir qu'en vue de
D I E U et dans l'ordre de fa volonté, comme je ne cherche point les
adulations, je ne crains pas non plus les fatires ; et je fuis difpofé à
effuyer tous les traits de la malignité des hommes, plutôt que de manquer
à ce que je croirai être, fuivant D I E U, du devoir de mon miniftère.
Au refte, quoique je me ferve des formules introduites chez les hommes,
ce n'eft pas avec moins de fincérité que je ferai toute ma vie, avec le défir
le plus ardent de votre falut, et avec refpect, &c.

bons offices, mais je ne me suis point mêlé de cette affaire, attendu que l'Eglise étant mineure, il est malheureusement difficile d'accommoder un tel pro-

Autre lettre du même évêque.

Annecy, 2 de mai.

MONSIEUR,

Vous attribuez donc à l'aigreur ce qui n'est, au vrai, de ma part que l'effet du zèle dont je dois être animé pour tout ce qui intéresse le salut des ames et l'honneur de la religion dans mon diocèse. Cette considération m'aurait interdit toute ultérieure réplique, si je n'avais cru devoir encore celle-ci à la justification des personnes que vous taxez de vous avoir calomnié auprès de moi. M. *Ancian*, monsieur le doyen de Gex, monsieur l'aumônier de la résidence, ne m'ont pas plus parlé de vous que tous les autres; et lorsque l'occasion s'en est présentée, ils m'en ont dit bien moins que ce que j'en avais déjà appris par la voix du public. Ce n'est point à leurs rapports que vous devez attribuer le fondement des justes représentations que j'ai été dans le cas de vous faire en qualité d'évêque et de pasteur.

Vous connaissez les ouvrages qu'on vous attribue, vous savez ce que l'on pense de vous dans toutes les parties de l'Europe, vous n'ignorez pas que presque tous les incrédules de notre siècle se glorifient de vous avoir pour leur chef, et d'avoir puisé dans vos écrits les principes de leur irréligion : c'est donc au monde entier et à vous-même, et non pas à quelques particuliers, que vous devez vous en prendre de ce que l'on vous impute. Si ce sont des calomnies, ainsi que vous le prétendez, il faut vous en justifier, et détromper ce même public qui en est imbu. Il n'est pas difficile à qui est véritablement chrétien d'esprit et de cœur, de faire connaître qu'il l'est; il ne se croit pas permis d'en démentir la qualité dans les amusemens que vous appelez *bagatelles littéraires*. Il montre sa foi par ses œuvres, il produit ses sentimens, soit dans ses écrits, soit dans sa conduite, d'une façon qui rend à la religion l'hommage qui lui est dû; il ne se flatte pas d'en avoir rempli les devoirs pour en avoir fait quelques exercices une fois ou deux chaque année dans l'église de sa paroisse, ni même pour avoir fait, dans une longue suite d'années, une ou deux communions dont le public a été plus scandalisé qu'édifié.

Je vous laisse après cela, Monsieur, à juger ce que vous aurez à faire.

cès à l'amiable. J'ai transigé avec mon curé dans un
cas à peu-près semblable, mais c'est en lui donnant
beaucoup plus qu'il ne demandait : ainsi je ne puis
le soupçonner de m'avoir calomnié auprès de vous.
Pour les autres procès entre mes voisins, je les ai
tous assoupis : je ne vois donc pas que j'aye donné
lieu à personne, dans le pays de Gex, de vous écrire
contre moi.

Je sais que tout Genève accuse l'aumônier de la
résidence, dont j'ignore le nom, d'écrire de tous
côtés, de semer par-tout la calomnie ; mais à Dieu
ne plaise que je lui impute de faire un métier si
infame, sans avoir les preuves les plus convaincantes.
Il vaut mieux mille fois se taire et souffrir, que de
troubler la paix par des plaintes hasardées. Mais, en
établissant cette paix précieuse dans mon voisinage,
j'ai cru, depuis long-temps, devoir me la procurer
à moi-même.

Messieurs les syndics des Etats du pays, les curés
de mes terres, un juge civil, un supérieur de maison
religieuse, étant un jour chez moi, et étant indignés
des calomnies qu'on croyait alors répandues par le
curé *Ancian*, pour prix de l'avoir tiré des mains de
la justice, me signèrent un certificat qui détruisait
ces impostures.

J'ai l'honneur de vous envoyer cette pièce authentique, conforme à l'original. J'en envoie une autre

Des occupations pressantes ne me permettent pas d'en dire davantage,
et probablement je n'aurai rien à vous dire de plus, jusqu'à ce qu'un
retour de votre part, tel que je le souhaite, me mette à même de vous
convaincre de la droiture de mes intentions, et de la sincérité du désir
de votre salut qui sera toujours inséparable du respect avec lequel j'ai
l'honneur d'être, &c.

1768.

G g 2

1768.

copie à monsieur le premier préfident du parlement de Bourgogne, et à monsieur le procureur général, afin de prévenir l'effet des manœuvres qui auraient pu furprendre votre candeur et votre équité. Vous verrez combien il eft faux que les devoirs dont il eft queftion n'aient été remplis que cette année. Vous ferez indigné, fans doute, qu'on ait ofé vous en impofer fi groffièrement.

Je pardonne de tout mon cœur à ceux qui ont ofé ourdir cette trame odieufe. Je me borne à les empêcher de nuire, fans vouloir leur nuire jamais ; et je vous réponds bien que la paix, qui eft mon perpétuel objèt, n'en fera point altérée dans mes terres.

Les bagatelles littéraires n'ont aucun rapport avec les devoirs du citoyen et du chrétien ; les belles-lettres ne font qu'un amufement. La bienfefance, la piété folide et non fuperftitieufe, l'amour du prochain, la réfignation à DIEU, doivent être les principales occupations de tout homme qui penfe férieufement. Je tâche, autant que je puis, de remplir toutes ces obligations dans ma retraite que je rends tous les jours plus profonde. Mais ma faibleffe répondant mal à mes efforts, je m'anéantis encore une fois, avec vous, devant la Providence divine, fachant qu'on n'apporte devant DIEU que trois chofes qui ne peuvent entrer dans fon immenfité, notre néant, nos fautes et notre repentir.

Je me recommande à vos prières autant qu'à votre équité.

J'ai l'honneur d'être avec refpect, &c. (*)

______

(*) Voyez dans les Mélanges littéraires tome III, la Lettre d'un parent de M. de *Voltaire*, au même évêque d'Annecy.

LETTRE CCLXVIII.

A M. LE MARQUIS DE VILLEVIEILLE.

1 de mai.

Mon cher marquis, le sieur *Gillet* ou *Gilles* n'est pas trop bien informé des affaires de ce monde. Il ne sait pas que quand on est enfermé entre des renards et des loups, il faut quelquefois enfumer les uns et hurler avec les autres. Il ne sait pas qu'il y a des choses si méprisables qu'on peut quelquefois s'abaisser jusqu'à elles sans se compromettre. Si jamais vous vous trouvez dans une compagnie où tout le monde montre son cu , je vous conseille de mettre chausses bas en entrant, au lieu de faire la révérence.

Faites, je vous en prie, mes sincères complimens à MM. *Duché* et *Venel :* les compagnons francmaçons doivent se reconnaître au moindre mot.

On demande si on peut vous adresser de petits paquets sous l'enveloppe de monsieur l'intendant.

Mais surtout, si vous allez à votre régiment, passez par chez nous ; n'y manquez pas, je vous en prie : ce pélerinage est nécessaire ; j'ai beaucoup de choses à vous dire pour votre édification.

Le marquis de *Mora*, fils du comte de *Fuentes*, ambassadeur d'Espagne à Paris, gendre de ce célèbre M. le comte d'*Aranda* qui a chassé les jésuites d'Espagne, et qui chassera bien d'autres vermines, est venu passer trois jours avec moi ; il s'en retourne en

Espagne, et ira peut-être auparavant à Montpellier: c'eſt un jeune homme d'un mérite bien rare. Vous le verrez probablement à ſon paſſage, et vous ſerez étonné. L'inquiſition d'Eſpagne n'eſt pas abolie; mais on a arraché les dents à ce monſtre, et on lui a coupé les griffes juſque dans la racine. Tous les livres ſi ſévèrement défendus à Paris entrent librement en Eſpagne. Les Eſpagnols, en moins de deux ans, ont réparé cinq ſiècles de la plus infame bigoterie.

Rendez grâce à DIEU, vous et vos amis, et aimez-moi.

LETTRE CCLXIX.

A M. DE CHABANON.

A Ferney, 5 de mai.

Mon cher ami, je ſuis comme vous, je penſe toujours à Eudoxie. Je vous demande en grâce de ne vous point preſſer. Je vous conjure ſurtout de donner aux ſentimens cette juſte étendue néceſ-ſaire, pour les faire entrer dans l'ame du lecteur, de ſoigner le ſtyle, de le rendre touchant; que tout ſoit développé avec intérêt, que rien ne ſoit étranglé, qu'un intérêt ne nuiſe point à l'autre; qu'on ne puiſſe pas dire: Voilà un extrait de tra-gédie plutôt qu'une tragédie. Que le rôle de l'am-baſſadeur ſoit d'un politique profond et terrible; qu'il faſſe frémir, et qu'*Eudoxie* faſſe pleurer; que

tout ce qui la regarde foit attendriffant, et que tout
ce qui regarde l'Empire romain foit fublime ; que le   1768.
lecteur, en ouvrant le livre au hafard, et en lifant
quatre vers, foit forcé, par un charme invincible,
de lire tout le refte.

Ce n'eft pas affez qu'on puiffe dire, cette fcène
eft bien amenée, cette fituation eft raifonnable ; il
faut que cette fcène foit touchante, il faut que cette
fituation déchire le cœur.

Quand vous mettrez encore trois ou quatre mois
à polir cet ouvrage, le fuccès vous payera de toutes
vos peines. Elles font grandes, je l'avoue ; mais le
plaifir de réuffir pleinement auprès des connaiffeurs vous dédommagera bien.

Vous vous amufez donc toujours de Pandore ?
Je conçois que l'*époux foumis et facile* eft un vrai pari-
fien, et qu'il ne faut pas faire rire dans un ouvrage
auffi férieux que le péché originel des Grecs.

Comme j'en étais là, je reçois votre charmante
lettre du 29 d'avril. Elle a beau me plaire, elle ne
me défarme point. Voici ma propofition : c'eft que
vous vous rempliffiez la tête de toute autre chofe
que d'Eudoxie pendant trois mois ; que vous y reve-
niez enfuite avec des yeux frais, alors vous pourrez
en faire un ouvrage fupérieur. Tenez-la prête pour
l'impreffion, dès que quelqu'un des quarante paffera
le pas, et vous ferez mon cher confrère ou mon
fucceffeur.

Mandez-moi, je vous en prie, comment il faut
s'y prendre pour vous faire tenir un petit paquet
qui ne vous coûte rien. Bonfoir, mon très-cher et
très-aimable ami. *V.*

G g 4

1768.

LETTRE CCLXX.

A M. LE COMTE D'ARGENTAL.

6 de mai.

Mon divin ange, le mémoire de votre infant m'a paru modéré et ferme. Voilà donc la seconde guerre de Parme et du saint-fiége. Quand les *Barberins* firent la première, ils firent jurer aux foldats de rapporter tous leurs fufils quand la paix ferait faite, comptant bien qu'il n'y aurait aucun homme de tué ni de fufil perdu. Les chofes ne fe feraient pas paffées ainfi du temps de *Grégoire VII* ou d'*Innocent IV ;* ils auraient dit comme *Jodelet* à l'infant :

> Petit cadet d'infant, vous aurez cent nafardes ;
> Car me devant refpect et l'ayant mal gardé,
> Le moindre châtiment c'eft d'être nafardé.

Il faut efpérer que *Rezzonico* qui a un nez à la vénitienne, et qui n'a pas le nez fin, recevra feul les croquignoles.

J'ai eu pendant trois jours M. le marquis de *Mora* que vous connaiffez. Je vous prie de faire une brigue pour qu'on l'affocie quelque jour au miniftère d'Efpagne. Je vous réponds qu'il aidera puiffamment le comte d'*Aranda*, fon beau-père, à faire un nouveau fiècle. Les Efpagnols avancent quand nous reculons. Ils ont fait plus de progrès en deux ans que nous n'en avons fait en vingt. Ils apprennent le français pour lire les ouvrages nouveaux qu'on profcrit

en France. On a rogné jufqu'au vif les griffes de
l'inquifition ; elle n'eft plus qu'un fantôme. L'Efpagne
n'a ni jéfuites ni janféniftes. La nation eft ingé-
nieufe et hardie; c'eft un reffort que la plus infame
fuperftition avait plié pendant fix fiècles , et qui
reprend une élafticité prodigieufe. Je fuis fâché de
voir qu'en France la moitié de la nation foit frivole
et l'autre barbare. Ces barbares font les janféniftes.
Votre miniftère ne les connaît pas affez. Ce font
des presbytériens plus dangereux que ceux d'Angleterre. De quoi ne font pas capables des cerveaux
fanatiques qui ont foutenu les convulfions pendant
quarante années ? Il eft cruel d'être expofé aux loups,
quand on eft défait des renards.

Informez-vous, je vous en prie , du perfonnage
qui a pris le nom de *Chiniac la Baftide Duclaux*, avocat
au parlement, et qui eft auteur des *Commentaires
fur le difcours des libertés gallicanes* de l'abbé de
Fleury. C'eft un énergumène qui établit le presby-
térianifme tout cru ; il eft de plus calomniateur très-
infolent à la manière janfénifte. Eux et leurs adver-
faires calomnient également bien , le tout pour la
gloire de DIEU et la propagation du faint Evangile.

Comme vous ne voyez aucun de ces cuiftres , vous
pourriez vous mettre au fait par M. l'abbé de *Chauvelin*.

Je fais que la bonne compagnie méprife fi fort
tous ces animaux-là , qu'elle ne s'informe pas feulement s'ils exiftent. Les femmes fe promènent aux
Tuileries, fans s'inquiéter fi les chenilles rongent
les feuilles. Cette bonne compagnie de Paris eft fort
agréable , mais elle ne fert précifément à rien. Elle
foupe, elle dit de bons mots, et pendant ce temps-là

les énergumènes excitent la canaille ; canaille composée à Paris d'environ quatre cents mille ames,
ou soi-disant telles.

L'autre tripot, j'entends celui de la comédie, est,
quoi que vous en disiez, mon cher ange, dans un
état déplorable. Voilà vingt femmes qui se présen-
tent, et pas un homme ; et encore aucune de ces
femmes n'est bonne que pour le métier où elles réussissent toutes, et qu'on ne fait pas devant le public.

M. le duc de *Choiseul* a envoyé seize officiers dans
mon hameau ; *domandavo aqua non tempesta.* Quand
j'arrivai dans ce désert, on n'aurait pu y loger
quatre sergens. Tous les officiers y sont assez à leur
aise ; mais l'église est devenue trop petite : il faut
l'agrandir et édifier mes paroissiens. J'y fais prier
DIEU pour la santé de la reine. J'ai déjà été exaucé
sur celle de madame d'*Argental.* Puisse-t-elle long-
temps jouir avec vous de la vie la plus heureuse !
Pour moi, tant que je respirerai, je conserverai pour
vous deux mon culte de dulie. *V.*

LETTRE CCLXXI.

A M. DE CHABANON.

A Ferney, 18 de mai.

IL n'y a pas de milieu, mon cher ami ; vous le
savez, vous le voyez, vous en convenez ; il faut
que l'amour domine ou qu'il soit exclus. Tous les
dieux sont jaloux, et surtout celui-là. C'est bien
lui qui demande un culte sans partage. Vous pouvez

faire d'Eudoxie une tragédie vigoureufe et fublime,
en vous contentant honnêtement de peindre la veuve
d'un empereur affaffiné, une fille qui voit mourir fon
père, une mère qui tremble pour fon fils. Encore
une fois, cela eft beau, cela eft grand, et ceux qui
aiment la vénérable antiquité vous en fauront beaucoup de gré. Mais vous êtes amoureux, mon cher
ami, et vous voulez que votre héroïne le foit; vous
avez dit : *Faciamus Eudoxiam ad imaginem noftram.*
De tendres cœurs vous ont encouragé ; vous avez
voulu mêler l'amour au plus grand et au plus
terrible intérêt. *Sancho-Pança* vous dirait qu'on ne
peut pas ménager la chèvre et les choux.

Si vous voulez abfolument de l'amour, changez
donc une grande partie de la pièce ; mais alors je
vous avertis que vous retombez dans le commun
des martyrs, que vous vous privez de tous les beaux
détails, de tous les grands tableaux que votre ouvrage
comportait.

Je penferai toujours que vous pouvez faire un
rôle admirable de l'ambaffadeur ; il peut et il doit
faire trembler *Eudoxie* pour fon fils; c'eft-là la véritable politique d'un homme d'Etat de faire craindre
un meurtre qu'il n'aurait pas même intention de
commettre. Je ne vois pas trop quel intérêt aurait
ce *Genféric* de conferver le fils de *Valentinien;* mais
il a certainement un très - grand intérêt de déter-
miner *Eudoxie* à fe joindre à lui par la crainte qu'il
doit lui infpirer pour la vie de fon fils. Rien n'eft
fi naturel, et furtout dans un barbare tel que *Genféric :*
l'hiftoire en fournit cent exemples. Je ne me fouviens
plus quelle était la femme qui défendait fa ville

1768.

contre des affiégeans qui étaient déjà fur la brèche, et qui lui montraient fon fils prifonnier, prêt à périr fi elle ne fe rendait pas ; elle trouffa bravement fa cotte : Voilà, dit-elle, qui en fera d'autres.

Je vous demande en grâce de me faire tenir vos *Commentaires fur Pindare* quand ils feront imprimés.

A l'égard de la mufique d'opéra, mon cher ami, il faut du génie et des acteurs; ce font deux chofes peu communes. Ne doutez pas que je ne faffe pour le péché originel tout ce que vous croirez convenable. Notre aimable muficien peut m'envoyer tous les canevas qu'il voudra, je les remplirai comme je pourrai, bien perfuadé que le pauvre diable de poëte doit être l'efclave du muficien comme du public.

Je vous remercie tendrement de votre acharnement pour Pandore ; mais ayez-en cent fois plus pour Eudoxie ; ne l'oubliez que deux mois pour la reprendre avec fureur : foyez terrible et fublime autant que vous êtes aimable.

Je vous envoie une fadaife à l'adreffe que vous m'indiquez. Je vous envoie cette lettre en droiture, afin que vous foyez averti. *V.*

LETTRE CCLXXII.

A M. THIRIOT.

. . . .

. . . .

Je ne fais ce que c'eft qu'une comédie italienne qu'il m'impute, intitulée : *Quand me mariera-t-on?* voilà la première fois que j'en ai entendu parler ; c'eft un menfonge abfurde. Dieu a voulu que j'aye fait des pièces de théâtre pour mes péchés, mais je n'ai jamais fait de farce italienne ; rayez cela de vos anecdotes.

Je ne fais comment une lettre que j'écrivis à milord *Littleton* et fa réponfe, font tombées entre les mains de ce *Fréron;* mais je puis vous affurer qu'elles font toutes deux entièrement falfifiées. Jugez-en, je vous envoie les originaux.

Ces meffieurs les folliculaires reffemblent affez aux chiffonniers qui vont ramaffant des ordures pour faire du papier.

Ne voilà-t-il pas encore une belle anecdote, et bien digne du public, qu'une lettre de moi au pro-feffeur *Haller*, et une lettre du profeffeur *Haller* à moi! Et de quoi s'avife M. *Haller* de faire courir mes lettres et les fiennes ? et de quoi s'avife un folliculaire de les imprimer, et de les falfifier pour gagner cinq fous ? Il me la fait figner du château de Tourney où je n'ai jamais demeuré.

Ces impertinences amufent un moment des jeunes gens oififs , et tombent le moment d'après dans l'éternel oubli où tous les riens de ce temps tombent en foule.

L'anecdote du cardinal de *Fleuri* fur le *quemadmodum* que *Louis XIV* n'entendait pas , eft très-vraie. Je ne l'ai rapportée dans le Siècle de *Louis XIV*, que parce que j'en étais fûr ; et je n'ai point rapporté celle de *nycticorax*, parce que je n'en étais pas fûr. C'eft un vieux conte qu'on me fefait dans mon enfance au collége des jéfuites , pour me faire fentir la fupériorité du père *la Chaife* fur le grand aumônier de France. On prétendait que le grand aumônier, interrogé fur la fignification de *nycticorax*, dit que c'était un capitaine du roi *David*, et que le révérend père *la Chaife* affura que c'était un hibou ; peu m'importe, et très-peu m'importe encore qu'on fredonne pendant un quart d'heure, dans un latin ridicule, un *nycticorax* groffièrement mis en mufique.

Je n'ai point prétendu blâmer *Louis XIV* d'ignorer le latin ; il favait gouverner , il favait faire fleurir tous les arts ; cela vaut mieux que d'entendre *Cicéron*. D'ailleurs, cette ignorance du latin ne venait pas de fa faute , puifque dans fa jeuneffe il apprit de lui-même l'italien et l'efpagnol.

Je ne fais pas pourquoi l'homme que le folliculaire fait parler, me reproche de citer le cardinal de *Fleuri*, et s'égaye à dire que j'aime à citer de grands noms. Vous favez , mon cher ami , que mes grands noms font ceux de *Newton*, de *Locke*, de *Corneille*, de *Racine*, de *la Fontaine*, de *Boileau*. Si le nom de *Fleuri* était grand pour moi, ce ferait le nom de l'abbé

Fleury, auteur des *Difcours* patriotiques et favans,
qui ont fauvé de l'oubli fon *Hifloire eccléfiaflique*, et
non pas le cardinal de *Fleuri* que j'ai fort connu
avant qu'il fût miniftre, et qui, quand il le fut,
fit exiler un des plus refpectables hommes de France,
l'abbé *Pucelle*, et empêcha bénignement, pendant
tout fon miniflère, qu'on ne foutînt les quatre
fameufes propofitions fur lefquelles eft fondée la
liberté françaife dans les chofes eccléfiaftiques.

Je ne connais de grands-hommes que ceux qui
ont rendu de grands fervices au genre-humain.

Quand j'amaffai des matériaux pour écrire le Siècle
de *Louis XIV*, il fallut bien confulter des généraux,
des miniftres, des aumôniers, des dames et des valets
de chambre. Le cardinal de *Fleuri* avait été aumônier, et il m'apprit fort peu de chofes. M. le maréchal
de *Villars* m'apprit beaucoup pendant quatre ou cinq
années de temps, comme vous le favez; et je n'ai
pas dit tout ce qu'il voulut bien m'apprendre.

M. le duc d'*Antin* me fit part de plufieurs anecdotes que je n'ai données que pour ce qu'elles
valaient.

M. de *Torcy* fut le premier qui m'apprit, par une
feule ligne en marge de mes queftions, que *Louis XIV*
n'eut jamais de part à ce fameux teftament du roi
d'Efpagne *Charles II*, qui changea la face de l'Europe.

Il n'eft pas permis d'écrire une hiftoire contem-
poraine autrement qu'en confultant avec affiduité,
et en confrontant tous les témoignages. Il y a des
faits que j'ai vus par mes yeux, et d'autres par des
yeux meilleurs. J'ai dit la plus exacte vérité fur les
chofes effentielles.

Le roi régnant m'a rendu publiquement cette juſtice. Je crois ne m'être guère trompé ſur les petites anecdotes, dont je fais très-peu de cas ; elles ne ſont qu'un vain amuſement ; les grands événemens inſtruiſent.

Le roi *Staniſlas*, duc de Lorraine, m'a rendu le témoignage authentique que j'avais parlé de toutes les choſes importantes, arrivées ſous le règne de ce héros imprudent, *Charles XII*, comme ſi j'en avais été le témoin oculaire.

A l'égard des petites circonſtances, je les abandonne à qui voudra ; je ne m'en ſoucie pas plus que de l'*Hiſtoire des quatre fils Aimon*.

J'eſtime bien autant celui qui ne ſait pas une anecdote inutile, que celui qui la ſait.

Puiſque vous voulez être inſtruit des bagatelles et des ridicules, je vous dirai que votre malheureux folliculaire ſe trompe quand il prétend qu'il a été joué ſur le théâtre de Londres, avant d'avoir été berné ſur celui de Paris par *Jérôme Carré*. La traduction, ou plutôt l'imitation de la comédie de l'Ecoſſaiſe et de *Fréron*, faite par M. *George Kolman*, n'a été jouée ſur le théâtre de Londres qu'en 1766, et n'a été imprimée qu'en 1767 chez *Becket* et de *Hondt*. Elle a eu autant de ſuccès à Londres qu'à Paris, parce que par tout pays on aime la vertu des *Lindane* et des *Fréeport*, et qu'on déteſte les folliculaires qui barbouillent du papier, et mentent pour de l'argent. Ce fut l'illuſtre *Garrick* qui compoſa l'épilogue. M. *George Kolman* m'a fait l'honneur de m'envoyer ſa pièce ; elle eſt intitulée : *The english Merchant*.

C'eſt

C'eſt une choſe aſſez plaiſante qu'à Londres, à ——
Pétersbourg, à Vienne, à Gênes, à Parme et 1768.
juſqu'en Suiſſe, on ſe ſoit également moqué de
ce *Fréron.* Ce n'eſt pas à ſa perſonne qu'on en voulait. Il prétend que l'Ecoſſaiſe ne réuſſit à Paris,
que parce qu'il y eſt déteſté ; mais la pièce a réuſſi
à Londres, à Vienne, où il eſt inconnu. Perſonne
n'en voulait à *Pourceaugnac*, quand *Pourceaugnac*
fit rire l'Europe.

Ce ſont-là des anecdotes littéraires aſſez bien
conſtatées ; mais ce ſont, ſur ma parole, les vérités
les plus inutiles qu'on ait jamais dites. Mon ami,
un chapitre de *Cicéron, De officiis* et *De natura Deorum,*
un chapitre de *Locke*, une lettre provinciale, une
bonne fable de *la Fontaine*, des vers de *Boileau* et de
Racine, voilà ce qui doit occuper un vrai littérateur.

Je voudrais bien ſavoir quelle utilité le public
retirera de l'examen que fait le folliculaire, ſi je
demeure dans un château ou dans une maiſon de
campagne. J'ai lu dans une des quatre cents brochures faites contre moi, par mes confrères de la
plume, que madame la ducheſſe de *Richelieu* m'avait
fait préſent un jour d'un carroſſe fort joli et de deux
chevaux gris-pommelés ; que cela déplut fort à M. le
duc de *Richelieu :* et là-deſſus on bâtit une longue
hiſtoire. Le bon de l'affaire, c'eſt que, dans ce temps-
là, M. le duc de *Richelieu* n'avait point de femme.

D'autres impriment mon porte - feuille trouvé ;
d'autres mes lettres à M. *B.* et à madame *D.* à qui
je n'ai jamais écrit ; et dans ces lettres toujours des
anecdotes.

Ne vient-on pas d'imprimer les lettres prétendues

1768.

de la reine *Chriſtine*, de *Ninon l'Enclos*, &c. &c. ? Des curieux mettent ces ſottiſes dans leurs bibliothéques, et un jour quelque érudit, aux gages d'un libraire, les fera valoir comme des monumens précieux de l'hiſtoire. Quel fatras! quelle pitié! quel opprobre de la littérature! quelle perte de temps!

Je lis actuellement des articles de l'*Encyclopédie*, qui doivent ſervir d'inſtruction au genre-humain; mais tout n'eſt pas égal, &c. &c.

LETTRE CCLXXIII.

A M. THOLOT.

21 de mai.

Le jeune homme, Monſieur, à qui vous avez bien voulu écrire, ferait très-fâché de vous avoir con-triſté; attendu qu'il n'a voulu que rire. Tout le monde rit, et il vous prie inſtamment de rire auſſi. On peut très-bien être citoyen de Genève et apo-thicaire, ſans ſe fâcher. M. *Coladon*, mon ami, eſt d'une des plus anciennes familles de Genève, et un des meilleurs apothicaires de l'Europe. Quand on écrit à un apothicaire en Allemagne, l'adreſſe eſt à M. *N*...apothicaire très-renommé. MM. *Geoffroi* et *Bouſleduc*, apothicaires, étaient de l'académie des ſciences, et ont eu toute leur vie de l'amitié pour moi. Tous les grands médecins de l'antiquité étaient apothicaires, et compoſaient eux-mêmes leurs remè-des; en quoi ils l'emportaient beaucoup ſur nos

médecins d'aujourd'hui , parmi lesquels il y en a
plus d'un qui ne fait pas où croissent les drogues
qu'il ordonne.

Etes - vous fâché qu'on dise que vous faites de
beaux vers ? Si *Hippocrate* fut apothicaire , *Esculape*
eut pour père le dieu des vers. En vérité , il n'y a
pas là de quoi s'affliger. On vous aime et on vous
estime ; soyez sain et gaillard, et n'ayez jamais besoin
d'apothicaire.

LETTRE CCLXXIV.

A M. LE MARQUIS DE THIBOUVILLE.

22 de mai.

JE vous aimerai autant que j'aimerai mes anges,
c'est-à-dire jusqu'à mon dernier soupir. Je n'écris
guère, mon cher Marquis , parce que j'ai très-peu
de temps à moi. La décrépitude , les souffrances du
corps , l'agriculture , les peines d'esprit inséparables
du métier d'homme de lettres , une nouvelle édition du Siècle de *Louis XIV* , tout cela ne me laisse
pas respirer. Ajoutez-y la calomnie toujours aboyante,
et les persécutions toujours à craindre , vous verrez
que j'ai besoin de solitude et de courage.

Je sais qu'un de mes malheurs est de ne pouvoir
être ignoré. Je sais tout ce qu'on dit, et je vous jure
qu'il n'y a pas un mot de vrai. Je n'aime la retraite
que parce qu'elle est absolument nécessaire à mon
corps et à mon ame. Vivez à Paris , vous autres

H h 2

mondains ; Paris eſt fait pour vous, et vous pour lui. Aimez le théâtre comme on aime ſa vieille maîtreſſe qui ne peut plus donner de plaiſirs, mais qui en a donné. Tout le monde la trouve fort vilaine ; mais il eſt beau à vous et à mes anges d'avoir avec elle de bons procédés.

Il y a très-long-temps que je n'ai écrit à ces chers anges ; mais, ſi vous leur montrez ma lettre, ils y verront tous les ſentimens de mon cœur.

Je ſuis enchanté que vous cauſiez ſouvent avec madame *Denis*. Vous devez tous deux vous aimer ; je vous ai vus tous deux très-grands acteurs. Entre nous, mon ami, la vie de la campagne ne lui convient point du tout. Je ne hais pas à garder les dindons, et il lui faut bonne compagnie ; elle me feſait un trop grand ſacrifice ; je veux qu'elle ſoit heureuſe à Paris, et je voudrais pouvoir faire pour elle plus que je n'ai fait.

J'ai avec moi actuellement mon gendre adoptif, qui ſera aſſurément un officier de mérite. M. le duc de *Choiſeul*, qui ſe connaît en hommes, commence déjà à le diſtinguer. Il a daigné faire du bien à ceux que j'ai pris la liberté de lui recommander, et je lui ſuis trop attaché pour lui préſenter des perſonnes indignes de ſa protection.

Je compte toujours ſur celle de MM. les ducs de *Choiſeul* et de *Praſlin*. Vous ſavez que j'en ai un peu beſoin contre la cabale fréronique, et même contre la cabale convulſionnaire, qui ſeraient bien capables de me perſécuter juſqu'au tombeau, comme les jéſuites perſécutèrent *Arnaud*.

Mon curé prend l'occaſion de la Pentecôte pour

vous faire ſes plus tendres complimens. La première
fois que je rendrai le pain béni, je vous enverrai
une brioche par la poſte. *V.*

1768.

LETTRE CCLXXV.

A M. LE RICHE.

26 de mai.

MONSIEUR,

J'AI reçu hier votre lettre du 20 de mai, par
laquelle vous avez bien voulu me faire part de ce
que vous ont écrit meſſieurs les fermiers généraux,
touchant les ſalines de Franche-Comté et le ſel qui
peut venir en fraude de Genève. Je vois qu'il y a
des gens très-puiſſans et très-riches qui, tout deſſalés
qu'ils ſont, ne veulent pas que de pauvres citoyens
ſalent leur ſoupe à leur fantaiſie. Ces meſſieurs
regardent comme un crime énorme qu'on ne leur
demande pas humblement de leur ſel. Ils prétendent
que notre ſel, quoique le plus ancien de tous et le
moins mêlé de matières étrangères, ne vaut pas
le diable. Ils diſent que notre ſel leur brûle les
entrailles, quoiqu'en effet il faſſe beaucoup de bien
à quantité d'honnêtes gens, et qu'il réuſſiſſe de plus
en plus chez tous les grands cuiſiniers de l'Europe,
qui ne veulent plus en mettre d'autre dans leurs
ſauces. Je ſuis perſuadé que les fermiers généraux
eux-mêmes ne mettent point d'autre ſel ſur leur
table, à leur petit couvert; il y a même pluſieurs
miniſtres d'Etat qui en ſont extrêmement friands.

Nous avons eu depuis peu deux grands d'Efpagne et un ambaffadeur qui allaient à Madrid. Ils apportaient avec eux plus de vingt livres de ce fel que le premier miniftre d'Efpagne aime paffionnément. On n'en fert plus d'autre aujourd'hui chez les princes du Nord, et la contrebande en eft même prodigieufe en Italie.

Nous fommes très-certains, Monfieur, que les fermiers généraux ne vous fauront point mauvais gré d'en avoir mangé un peu à votre déjeûné avec du beurre de Jérico. Nous nous flattons que les partifans du gros fel ont beau faire, ils ne pourront nous nuire. Ils crient comme des diables : *Si notre fel s'évanouit, avec quoi falera-t-on ?* mais en fecret ils fe fervent eux-mêmes de notre fel, et n'en difent mot. Vous ne fauriez croire, Monfieur, combien nous nous intéreffons à votre tranquillité et à votre bonheur, indépendamment de toutes les falines et de toutes les falaifons de ce monde. Vous nous ferez un très-fenfible plaifir de nous informer du fuccès qu'aura eu votre réponfe à meffieurs des fermes générales. Toute la famille vous fait les plus tendres complimens ; perfonne, Monfieur, ne vous eft plus véritablement attaché que,

votre très-humble et très-
obéiffant ferviteur ,
Francfalé.

LETTRE CCLXXVI.

A M. CAPERONNIER,

A la bibliothéque du roi, &c.

1 de juin.

J'AI bientôt fait ufage, Monfieur, du livre de la bibliothéque royale que vous avez eu la bonté de me prêter. Il a été d'un grand fecours à un pauvre feu hiftoriographe de France, tel que moi. Je voulais favoir fi ce *Montecucullo*, que nous appelons mal à propos *Montecuculli*, accufé par des médecins ignorans d'avoir empoifonné le dauphin *François*, parce qu'il était chimifte, fut condamné par le parlement ou par des commiffaires, ce que les hiftoriens ne nous apprennent pas. Il fe trouve qu'il fut condamné par le confeil du roi. J'en fuis fâché pour *François I*; la vérité eft long-temps cachée, il faut bien des peines pour la découvrir. Vous ne fauriez croire ce qu'il me coûte de foins pour la chercher à cent lieues dans le fiècle de *Louis XIV* et de *Louis XV*. Ce travail eft rude. Il y a trois ans qu'il m'occupe et qu'il me tue fans prefque aucune diverfion. Enfin il eft fini. Jugez, Monfieur, fi je peux avoir eu le temps de faire toutes les maudites brochures qu'on débite continuellement fous mon nom. Je fuis l'homme qui accoucha d'un œuf; il en avait pondu cent avant la fin de la journée. Les nouvelliftes de Paris ne font pas fi fcrupuleux en fait d'hiftoriettes, que je le fuis en fait d'hiftoire. Ils en débitent fouvent fur mon compte, non-feulement de très-extraordinaires, mais de très-dangereufes ; c'eft la deftinée de quiconque a le malheur d'être un homme public. On fouhaite d'être ignoré, mais c'eft quand il n'eft plus temps. Dès que les trompettes de la renommée ont corné le nom d'un pauvre homme, adieu fon repos pour jamais.

J'ai l'honneur d'être avec la plus fenfible reconnaiffance pour toutes vos bontés, Monfieur, &c.

LETTRE CCLXXVII.

A M. DE LA HARPE.

2 de juin.

On dit que l'apoftat *la Bletterie*, qui avait fait un livre paffable fur le brave apoftat *Julien*, vient de traduire *Tacite* en ridicule. Si quelqu'un était capable de donner en notre langue faible et traînante la précifion et l'énergie de *Tacite*, c'était M. *d'Alembert*. Les janféniftes ont la phrafe trop longue. Faffe le ciel qu'ils n'aient jamais les bras longs ! ces loups feraient cent fois plus méchans que les renards jéfuites. Je les ai vus autrefois fe plaindre de la perfécution : ils méritent plus d'indignation qu'ils ne s'attiraient de pitié ; et cette pitié qu'on avait de leurs perfonnes, leurs ouvrages l'infpirent. *V.*

LETTRE CCLXXVIII.   1768.

A M. LE COMTE D'ARGENTAL.

6 de juin.

MES CHERS ANGES,

Vous voulez une nouvelle édition de la Guerre de Genève, mais vous ne me dites point comment il faut vous la faire parvenir. Je l'envoie à tout hasard à M. le duc de *Praslin*, quoiqu'il soit, dit-on, à Toulon. S'il y est, il n'y sera pas long-temps, et vous aurez bientôt votre Guerre.

Que le bon Dieu vous accorde de bons comédiens, pour amuser la vieillesse où l'un de vous deux va bientôt entrer, si je ne me trompe; car il faut s'amuser : tout le reste est vanité et affliction d'esprit, comme dit très-bien *Salomon*. Je doute fort que le palatin, qu'on veut faire venir de Varsovie, remette le tripot en honneur. J'attends beaucoup plus de ma *Catau* de Russie et du roi de Pologne ; ce sont eux qui font d'excellens comédiens, sur ma parole.

Je suis fâché que mon gros neveu le turc veuille faire une grosse histoire de la Turquie, dans le temps que *la Croix*, qui fait le turc, vient d'en donner un abrégé très-commode, très-exact et très-utile. Je suis encore plus fâché que mon gros petit neveu soit si attaché aux assassins du chevalier de *la Barre*. Pour moi, je ne pardonnerai jamais aux barbares.

Ecoutez bien la réponſe péremptoire que je vous fais ſur les fureurs d'*Oreſte*. Elles ſont telles qu'elles doivent l'être dans l'abominable édition de *Ducheſne*, et telles qu'on les débite au tripot : mais vous ſavez que cet *Oreſte* fut attaqué et défait par les ſoldats de *Corbulon*. On affecta ſurtout de condamner les fureurs, qui d'ailleurs furent très-mal jouées, et qui doivent faire un très-grand effet par le dialogue dont elles ſont mêlées, et par le contraſte de la terreur et de la pitié qui me paraiſſent régner dans cette fin de la pièce. Je fus forcé, par le conſeil de mes amis, de ſupprimer ce que j'avais fait de mieux, et de ſubſtituer de la faibleſſe à de la fureur. J'ai toujours reſſemblé parfaitement au meunier, à ſon fils et à ſon âne. J'ai attendu l'âge mûr d'environ ſoixante et quinze ans pour en faire à ma tête ; et ma tête eſt d'accord avec les vôtres.

Vous ne me parlez point, mon cher ange, de l'autre tripot ſur lequel on doit jouer Pandore. J'ai tâté dans ma vie à peu-près de tous les maux qui furent renfermés dans la boîte de cette drôleſſe. Un des plus légers eſt qu'on m'a cru incapable de faire un opéra. Plût à Dieu qu'on me crût incapable de toutes ces brochures que de mauvais plaiſans ou de mauvais cœurs mettent continuellement ſous mon nom !

Je vous ſouhaite à tous deux ſanté et plaiſir, et je ſuis à vous juſqu'à ce que je ne ſois plus. *V.*

LETTRE CCLXXIX.

A M. CHRISTIN.

6 de juin.

Mon cher ami, mon cher philofophe, en défendant la caufe de la veuye et de l'orphelin, vous n'oubliez pas, fans doute, celle de la raifon, et vous cultivez la vigne du Seigneur avec quelque fuccès dans un canton où il n'y avait point de vin avant vous, et où tout le monde, prefque fans exception, buvait de l'eau croupie. Vous favez qu'on veut perfécuter notre ami d'Orgelet pour de très-bon fel qu'on prétend qu'il débite gratis à ceux qui veulent faler leur pot; mais je ne crois pas qu'on vienne à bout de perdre un honnête homme fi eftimable.

Je vous ai envoyé trois factums.....Je vous prie, quand vous n'aurez pas de cliens à défendre au parlement de Saint-Claude, de lire ce procès auquel je m'intéreffe, et de m'en dire votre avis. L'abbé *Clauftre* s'appelle fans doute *Tartufe*, dans fon nom de baptême. Il eft clair qu'il eft un maraud; mais j'ai peur que ce maraud n'ait raifon juridiquement fur deux ou trois points.

Lorfque je ferai affez heureux pour que vous veniez me voir, je vous dirai des chofes affez importantes.

Bonfoir, mon cher philofophe; je vous embraffe de tout mon cœur.

LETTRE CCLXXX.

A M. DANTOINE, *à Manosque en Provence.*

6 de juin.

MA vieillesse et mes maladies m'ont empêché, Monsieur, de répondre plutôt à votre lettre du 21 de mai; mes yeux affaiblis distinguent à peine les caractères. Je suis peu en état de juger de la réforme que vous voulez faire dans les langues de l'Europe. Il en est peut-être de ces langues comme des mœurs et du gouvernement; tout cela ne vaut pas grand'-chose : c'est du temps qu'il faut attendre la réforme. On parle comme on peut, on se conduit de même, et chacun vit avec ses défauts comme avec ses amis.

Cependant, si vous voulez absolument réformer les langues, vous pouvez m'adresser votre ouvrage à Lyon chez M. *Lavergne*, mon banquier, par les voitures publiques, en attendant que la langue française se corrige, et que tout le monde écrive français avec un *a* et non pas avec un *o*, comme St *François d'Assise*, mon cher patron.

J'ai l'honneur d'être, selon la formule ordinaire des Français, Monsieur, votre très-humble, &c.

LETTRE CCLXXXI.   1768.

A M. LE MARECHAL DUC DE RICHELIEU.

A Ferney , 13 de juin.

M ON héros dit qu'il n'a eu qu'une fois tort avec moi, et que j'ai toujours tort avec lui; je penſe qu'en cela même mon héros a grand tort.

Il ſe porte bien, et je vis dans les ſouffrances et dans la langueur; il eſt par conſéquent encore jeune, et je ſuis réellement très-vieux; il eſt entouré de plaiſirs, et je ſuis ſeul aux pieds des Alpes. Quel tort puis-je avoir de ne lui pas envoyer des roga- tons qu'il ne m'a jamais demandés, dont il ne ſe ſoucie point, qu'il n'aurait pas même le temps de lire? Dieu me garde de donner jamais une ligne de proſe ou de vers à qui n'en demandera pas! Voyez *Horace*, ſi jamais vous liſez *Horace*, il n'envoyait jamais de vers à *Auguſte*, que quand *Auguſte* l'en preſſait. Je ſonge pourtant à vous, Monſeigneur, plus que vous ne penſez; et, malgré votre indiffé- rence, j'ai devant les yeux la bataille de Fontenoi, le conſeil de pointer des canons devant la colonne, la défenſe de Gênes, la priſe de Minorque, les Fourches-Caudines de Cloſter-Seven, dont le miniſ- tère profita ſi mal. J'aurai achevé dans un mois le Siècle de *Louis XIV* et de *Louis XV*. Vous voyez que je vous rends compte des choſes qui en valent la peine.

Vous m'avez quelquefois bien maltraité, et fort

—— injuſtement; car lorſque vous me reprochâtes, avec quelque dureté, que je n'avais point parlé de l'affaire de Saint-Caſt, il n'était queſtion pour lors que d'un précis des affaires générales; précis tellement abrégé, qu'il n'y avait qu'une ligne ſur les batailles de Rocoux et de Lawfelt, et rien ſur les batailles données en Italie. Il n'en eſt pas de même à préſent, je donne à chaque choſe ſa juſte étendue; je tâche de rendre cette hiſtoire intéreſſante, ce qui eſt extrêmement difficile; car toutes les batailles qui n'ont point été déciſives ſont bientôt oubliées; il ne reſte dans la mémoire des hommes que les événemens qui ont fait de grandes révolutions. Chaque nation de l'Europe s'enfle comme la grenouille; chacune a ſon hiſtoire détaillée qui exige pluſieurs années de lecture. Comment percer la foule? cela ne ſe peut pas; on ſe perd dans cette horrible multitude de faits inutiles, tous anéantis les uns par les autres; c'eſt un Océan, un abyme dans lequel je ne me flatte de pouvoir ſurnager, que par le nouveau tour que j'ai pris de peindre l'eſprit des nations, plutôt que de faire des recueils de gazettes. On ne va plus à la poſtérité que par des routes uniques; le grand chemin eſt trop battu, et on s'y étouffe.

Quand vous aurez un moment de loiſir, j'eſpère que vous ferez de mon avis.

Il y a loin de ce tableau de l'Europe à *Galien*. Si ce malheureux avait pu ſe corriger, il aurait travaillé avec moi, il ſerait devenu ſavant et utile; mais il paraît que ſon caractère n'eſt pas exempt de folie et de perverſité.

Je ne vous parlerai ni d'Avignon , ni de Bénévent,
ni de ma petite églife paroiffiale où je dois édification, puifque je l'ai bâtie. Je garde un filence prudent , et je ne m'étends que fur des fentimens qui
doivent être approuvés de tout le monde , fur mon
tendre et refpectueux attachement pour vous, qui n'a
pas long-temps à durer , quelque inviolable qu'il
foit , parce que je n'ai pas long-temps à vivre. *V.*

1768.

LETTRE CCLXXXII.

A M. DE PARCIEUX.

A Ferney, le 17 de juin.

JE déclare, Monfieur , les Parifiens des velches
intraitables et de francs badauds , s'ils n'embraffent
pas votre projet. Je fuis de plus affez mécontent
de *Louis XIV* , qui n'avait qu'à dire *je veux* , et qui,
au lieu d'ordonner à l'Yvette de couler dans toutes
les maifons de Paris , dépenfa tant de millions au
canal de Maintenon. Comment les Parifiens ne
font-ils pas un peu piqués d'émulation , quand ils
entendent dire que prefque toutes les maifons de
Londres ont deux fortes d'eau qui fervent à tous
les ufages? Il y a des bourfes très-*fortes* à Paris ,
mais il y a peu d'ames *fortes*. Cette entreprife ferait
digne du gouvernement ; mais a-t-il fix millions à
dépenfer , toutes charges payées ? c'eft de quoi je
doute fort. Ce ferait à ceux qui ont des millions de
quarante écus de rente , à fe charger de ce grand

1768.

ouvrage ; mais l'incertitude du succès les effraie, le travail les rebute, et les filles de l'opéra l'emportent sur les naïades de l'Yvette : je voudrais qu'on pût les accorder ensemble. Il est très-aisé d'avoir de l'eau et des filles.

Comment monsieur le prévôt des marchands, d'une famille chère aux Parisiens, qui aime le bien public, ne fait-il pas les derniers efforts pour faire réussir un projet si utile? on bénirait sa mémoire. Pour moi, Monsieur, qui ne suis qu'un laboureur à *quarante écus* et au pied des Alpes, que puis - je faire, sinon de plaindre la ville où je suis né, et conserver pour vous une estime très-stérile? Je vous remercie en qualité de parisien, et quand més compatriotes cesseront d'être velches, je les louerai en mauvaise prose et en mauvais vers tant que je pourrai.

J'ai l'honneur d'être, &c.

LETTRE CCLXXXIII.

A M. LE MARECHAL DUC DE RICHELIEU.

A Ferney, 29 de juin.

Vous conservez donc des bontés, Monseigneur, pour ce vieux solitaire? Je les mets hardiment à l'épreuve. Je vous supplie, si vous pouvez disposer de quelques momens, de vouloir bien me dire ce que vous savez de la fortune qu'a laissé votre malheureux lieutenant général *Lalli*, ou plutôt de la fortune que l'arrêt du parlement a enlevée à sa

famille.

famille. J'ai les plus fortes raifons de m'en informer.
Je fais feulement qu'outre les frais du procès, l'arrêt
prend fur la confifcation cent mille écus pour les
pauvres de Pondichéry; mais on m'affure qu'on ne
put trouver cette fomme. On me dit, d'un autre
côté, qu'on trouva quinze cents mille francs chez
fon notaire, et deux millions chez un banquier,
ce dont je doute beaucoup. Vous pourriez aifément
ordonner à un de vos intendans de prendre connaiffance de ce fait.

Je vous demande bien pardon de la liberté que
je prends; mais vous favez combien j'aime la vérité,
et vous pardonnez aux grandes paffions. Je ne vous
dirai rien de la févérité de fon arrêt. Vous avez
fans doute lu tous les mémoires, et vous favez
mieux que moi ce qu'il en faut penfer.

Permettez-moi de vous parler d'une chofe qui me
regarde de plus près. Ma nièce m'a appris l'obligation que je vous ai d'avoir bien voulu parler de
moi à monfieur l'archevêque de Paris. Autrefois il me
fefait l'honneur de m'écrire; il n'a point répondu
à une lettre que je lui ai adreffée il y a trois femaines.
Dans cet intervalle, le roi m'a fait écrire, par M. de
Saint-Florentin, qu'il était très-mécontent que j'euffe
monté en chaire dans ma paroiffe, et que j'euffe
prêché, le jour de Pâques. Qui fut étonné? ce fut
le révérend père *Voltaire*. J'étais malade; j'envoyai
la lettre à mon curé qui fut auffi étonné que moi
de cette ridicule calomnie qui avait été aux oreilles
du roi. Il donna fur le champ un certificat qui
attefte qu'en rendant le pain-béni, felon ma coutume, le jour de Pâques, je l'avertis, et tous ceux

qui étaient dans le fanctuaire, qu'il fallait prier tous les dimanches pour la fanté de la reine, dont on ignorait la maladie dans mes déferts ; et que je dis auffi un mot touchant un vol qui venait de fe commettre pendant le fervice divin.

La même chofe a été certifiée par l'aumônier du château et par un notaire, au nom de la communauté. J'ai envoyé le tout à M. de *Saint-Florentin*, en le conjurant de le montrer au roi, et ne doutant pas qu'il ne rempliffe ce devoir de fa place et de l'humanité.

J'ai le malheur d'être un homme public, quoiqu'enfeveli dans le fond de ma retraite. Il y a long-temps que je fuis accoutumé aux plaifanteries et aux impoftures. Il eft plaifant qu'un devoir, que j'ai très-fouvent rempli, ait fait tant de bruit à Paris et à Verfailles. Madame *Denis* doit fe fouvenir qu'elle a communié avec moi à Ferney, et qu'elle m'a vu communier à Colmar. Je dois cet exemple à mon village que j'ai augmenté des trois quarts ; je le dois à la province entière, qui s'eft empreffée de me donner des atteftations auxquelles la calomnie ne peut répondre.

Je fais qu'on m'impute plus de petites brochures contre des chofes refpectables, que je n'en pourrais lire en deux ans ; mais, Dieu merci, je ne m'occupe que du Siècle de *Louis XIV ;* je l'ai augmenté d'un tiers.

La bataille de Fontenoi, le fecours de Gênes, la prife de Minorque, ne font pas oubliés ; et je me confole de la calomnie en rendant juftice au mérite.

Je vous fupplie de regarder le compte exact que
j'ai pris la liberté de vous rendre, comme une marque
de mon refpectueux attachement. Le roi doit être
perfuadé que vous ne m'aimeriez pas un peu fi je
n'en étais pas digne. Mon cœur fera toujours pénétré de vos bontés pour le peu de temps qui me
refte encore à vivre. Vous favez que rarement je
peux écrire de ma main ; agréez mon tendre et
profond refpect. *V.*

1768.

LETTRE CCLXXXIV.

A M. DE CHABANON.

4 de juillet , par Lyon et Verfoy.

JE devrais déjà , mon cher confrère , vous avoir
parlé d'*Hyéron* , du rhodien *Diagoras* , et de tous les
beaux écarts de votre protégé *Pindare.* Je vois , Dieu
merci , qu'il en était de ce temps - là comme du
nôtre. On fe plaignait de l'envie en Gréce , on s'en
plaignait à Rome , et je m'en moque quelquefois
en France ; mais ce qui me fait plus de plaifir , c'eft
que je vois dans vos vers énergie et harmonie. Ce
n'eft pas affez , mon cher ami , pour la mufe tragique ; *non fatis eft pulchra effe poëmata , dulcia funto ;*
et quòcunque volent , animum auditoris agunto.

On dit que nous aurons des actrices l'année qui
vient. Vous aurez tout le temps de mettre Eudoxie
dans fon cadre. Faites comme vous pourrez , mais
je vous conjure de rendre *Eudoxie* prodigieufement

1768.

intéreffante , et de faire des vers qu'on retienne par cœur fans le vouloir. Ce diable de métier eft horriblement difficile. Je fuis tenté de jeter dans le feu tout ce que j'ai fait, quand je le relis : *Jean Racine* me défefpère. Quel homme que ce *Jean Racine* ! comme il va au cœur tout droit !

Je fuis un bien mauvais correfpondant ; les travaux et les maladies dont je fuis accablé m'empêchent d'être exact , mais ne dérobent rien à la fenfibilité avec laquelle je vous aimerai toute ma vie. *V.*

LETTRE CCLXXXV.

A M. PANCKOUCKE.

A Ferney , 9 de juillet.

J'AI reçu, Monfieur, votre beau préfent. *La Fontaine* aurait connu la vanité , s'il avait vu cette magnifique édition ; c'eft le luxe de la typographie. L'auteur ne poffëda jamais la moitié de ce que fon livre a coûté à imprimer et à graver. Si nous n'avions que cette édition, il n'y aurait que des princes , des fermiers généraux et des archevêques qui puffent lire les *Fables de la Fontaine*. Je vous remercie de tout mon cœur , et je fouhaite que toutes vos grandes entreprifes réuffiffent.

Vous m'apprenez que je donne beaucoup de ridicule à l'édition de notre ami *Gabriel Cramer* ; je vous affure que je n'en donne qu'à moi. Lorfque je confidère tous ces énormes fatras que j'ai compofés , je fuis tenté de me cacher deffous ; et je demeure tout honteux. L'ami *Gabriel* ne m'a pas trop confulté, quand il a ramaffé toutes mes fottifes pour en faire une effroyable fuite d'in - 4°. Je lui ai toujours dit qu'on n'allait pas à la poftérité avec un auffi gros bagage. Tirez-vous-en comme vous pourrez. Je crierai toujours que le papier et le caractère font beaux, que l'édition eft très-correcte; mais vous ne la vendrez pas mieux pour cela. Il y a tant de vers et de profe dans le monde, qu'on en eft las. On peut s'amufer de quelques pages de vers, mais les in-4°. de bénédictins effraient.

1768.

Il eft fouvent arrivé que, quand j'avais la manie de faire des pièces de théâtre, et ayant, dans ces accès de folie, le bon fens de n'être jamais content de moi, toutes mes pièces ont été bigarrées de variantes; on m'a fait apercevoir que, de tant de manières différentes, l'éditeur a choifi la pire. Par exemple, dans Orefte, la dernière fcène ne vaut pas, à beaucoup près, celle qui eft imprimée chez *Duchefne;* et quoique cette édition de *Duchefne* ne vaille pas le diable, il fallait s'en rapporter à elle dans cette occafion. Il peut arriver par hafard qu'on joue Orefte; il peut arriver que quelque curieux qui aura l'in-4°., foit tout étonné de voir cette fcène toute différente de l'imprimé, et qu'il donne alors à tous les diables l'édition, l'éditeur et l'auteur.

On pourrait du moins remédier à ce défaut; il ne s'agirait que de réimprimer une page.

Le fuiffe qui imprime pour mon ami *Gabriel*, s'eft avifé dans Alzire de mettre,

Le bonheur m'aveugla, *l'amour* m'a détrompé.

au lieu de

1768.

Le bonheur m'aveugla, la mort m'a détrompé.

Cette pagnoterie fait rire. Il y a long-temps qu'on rit à mes dépens; mais, par ma foi, je l'ai bien rendu.

Je ne puis rien vous dire des estampes, je ne les ai point encore vues, et j'aime mieux les beaux vers que les belles gravures. Je vous aime encore plus que tout cela, car vous êtes fort aimables, vous et madame votre épouse.

Je vous souhaite toutes sortes de prospérités.

LETTRE CCLXXXVI.

A MADAME

LA MARQUISE DU DEFFANT.

Du 13 de juillet.

Vous me donnez un thème, Madame, et je vais le remplir; car vous savez que je ne peux écrire pour écrire : c'est perdre son temps et le faire perdre aux autres. Je vous suis attaché depuis quarante-cinq ans. J'aime passionnément à m'entretenir avec vous; mais, encore une fois, il faut un sujet de conversation.

Je vous remercie d'abord de Cornélie vestale. Je me souviens de l'avoir vu jouer, il y a plus de cinquante ans; puisse l'auteur la voir représenter encore dans cinquante ans d'ici! mais malheureusement ses

ouvrages dureront plus que lui ; c'eſt la ſeule vérité
triſte qu'on puiſſe lui dire.   1768.

Saint ou profane, dites-vous , Madame. Hélas! je
ne ſuis ni dévot ni impie ; je ſuis un ſolitaire , un
cultivateur enterré dans un pays barbare. Beaucoup
d'hommes à Paris reſſemblent à des ſinges , ici ils
ſont des ours. J'évite, autant que je peux, les uns et
les autres ; et cependant les dents et les griffes de la
perſécution ſe ſont alongées juſque dans ma retraite ;
on a voulu empoiſonner mes derniers jours. Ne
vous acquittez pas d'un uſage preſcrit, vous êtes un
monſtre d'athéiſme ; acquittez-vous-en, vous êtes un
monſtre d'hypocriſie. Telle eſt la logique de l'envie
et de la calomnie. Mais le roi, qui certainement n'eſt
jaloux ni de mes mauvais vers , ni de ma mauvaiſe
proſe , n'en croira pas ceux qui veulent m'immoler
à leur rage. Il ne ſe ſervira pas de ſon pouvoir pour
expatrier , dans ſa ſoixante et quinzième année , un
malade qui n'a fait que du bien dans le pays ſauvage
qu'il habite.

Oui , Madame, je ſais très-bien que le janſéniſte
la Bletterie demande la protection de M. le duc de
Choiſeul ; mais je ſais auſſi qu'il m'a inſulté dans
les notes de ſa ridicule traduction de *Tacite.* Je n'ai
jamais attaqué perſonne , mais je puis me défendre.
C'eſt le comble de l'inſolence janſéniſte que ce
prêtre m'attaque et trouve mauvais que je le ſente.
D'ailleurs , s'il demande l'aumône dans la rue à
M. le duc de *Choiſeul,* pourquoi me dit-il des injures
en paſſant , à moi pour qui M. le duc de *Choiſeul* a
eu de la bonté , avant de ſavoir que *la Bletterie* exiſtât?
Il dit dans ſa préface que *Tacite* et lui ne pouvaient

fe quitter ; il faut apprendre à ce capelan que *Tacite* n'aimait pas la mauvaife compagnie.

On croira que je fuis devenu dévot, car je ne pardonne point ; mais à qui refufé-je grâce ? c'eft aux méchans, c'eft aux infolens calomniateurs. *La Bletterie* eft de ce nombre. Il m'impute les ouvrages hardis dont vous me parlez, et que je ne connais, ni ne veux connaître. Il s'eft mis au rang de mes perfécuteurs les plus acharnés.

Quant aux petites pièces innocentes et gaies dont vous me parlez, s'il m'en tombait quelqu'une entre les mains, dans ma profonde retraite, je vous les enverrais fans doute ; mais par qui, et comment ? et fi on vous les lit devant du monde, eft-il bien fûr que ce monde ne les envenimera pas ? la fociété à Paris a-t-elle d'autres alimens que la médifance, la plaifanterie et la malignité ? ne s'y fait-on pas un jeu, dans fon oifiveté, de déchirer tous ceux dont on parle ? y a-t-il une autre reffource contre l'ennui actif et paffif dont votre inutile beau monde eft accablé fans ceffe ? Si vous n'étiez pas plongée dans l'horrible malheur d'avoir perdu les yeux (feul malheur que je redoute), je vous dirais : Lifez et méprifez ; allez aux fpectacles et jugez ; jouiffez des beautés de la nature et de l'art. Je vous plains tous les jours, Madame ; je voudrais contribuer à vos confolations. Que ne vous entendez - vous avec madame la ducheffe de *Choifeul*, pour vous amufer des bagatelles que vous défirez ? Mais il faut alors que vous foyez feules enfemble ; il faut qu'elle me donne des ordres très-pofitifs, et que je fois à l'abri du poifon de la crainte qui glace le fang dans des

veines ufées. Montrez-lui ma lettre, je vous en
fupplie; je fais qu'elle a, outre les grâces, juftefſe
dans l'efprit et juftice dans le cœur; je m'en rap-
porterai entièrement à elle.

Adieu, Madame; je vous refpecte et je vous
aime autant que je vous plains, et je vous aimerai
jufqu'au dernier moment de notre courte et miférable durée.

LETTRE CCLXXXVII.

A M. HORACE WALPOLE.

A Ferney, le 15 de juillet.

MONSIEUR,

Il y a quarante ans que je n'ofe plus parler anglais,
et vous parlez notre langue très-bien. J'ai vu des
lettres de vous écrites comme vous penfez. D'ailleurs
mon âge et mes maladies ne me permettent pas
d'écrire de ma main. Vous aurez donc mes remercîmens dans ma langue.

Je viens de lire la préface de votre *Hifloire de
Richard III*, elle me paraît trop courte. Quand on
a fi vifiblement raifon, et qu'on joint à fes connaiffances une philofophie fi ferme et un ftyle fi mâle,
je voudrais qu'on me parlât plus long-temps. Votre
père était un grand miniftre et un bon orateur,
mais je doute qu'il eût pu écrire comme vous. Vous
ne pouvez pas dire *quia pater major me eft*.

J'ai toujours penfé comme vous, Monfieur, qu'il

faut fe défier de toutes les hiftoires anciennes. *Fontenelle*, le feul homme du fiècle de *Louis XIV*, qui fut à la fois poëte, philofophe et favant, difait qu'elles étaient *des fables convenues;* et il faut avouer que *Rollin* a trop compilé de chimères et de contradictions.

Après avoir lu la préface de votre Hiftoire, j'ai lu celle de votre roman. Vous vous y moquez un peu de moi : les Français entendent raillerie ; mais je vais vous répondre férieufement.

Vous avez prefque fait accroire à votre nation que je méprife *Shakefpeare.* Je fuis le premier qui ai fait connaître *Shakefpeare* aux Français ; j'en traduifis des paffages, il y a quarante ans, ainfi que de *Milton*, de *Waller*, de *Rochefter*, de *Dryden* et de *Pope.* Je peux vous affurer qu'avant moi perfonne en France ne connaiffait la poëfie anglaife ; à peine avait-on entendu parler de *Locke*. J'ai été perfécuté pendant trente ans par une nuée de fanatiques, pour avoir dit que *Locke* eft l'*Hercule* de la métaphyfique, qui a pofé les bornes de l'efprit humain.

Ma deftinée a encore voulu que je fuffe le premier qui ait expliqué à mes concitoyens les découvertes du grand *Newton*, que quelques perfonnes parmi nous appellent encore des *fyftêmes.* J'ai été votre apôtre et votre martyr : en vérité il n'eft pas jufte que les Anglais fe plaignent de moi.

J'avais dit, il y a très-long-temps, que fi *Shakefpeare* était venu dans le fiècle d'*Addiffon*, il aurait joint à fon génie l'élégance et la pureté qui rendent *Addiffon* recommandable. J'avais dit *que fon génie était à lui, et que fes fautes étaient à fon fiècle.* Il eft précifément,

à mon avis, comme le *Lopez de Véga* des Espagnols ——
et comme le *Calderon*. C'est une belle nature, mais 1768.
bien sauvage ; nulle régularité, nulle bienséance,
nul art, de la bassesse avec de la grandeur, de la
bouffonnerie avec du terrible : c'est le chaos de la
tragédie dans lequel il y a cent traits de lumière.

Les Italiens, qui restaurèrent la tragédie, un siècle
avant les Anglais et les Espagnols, ne sont point
tombés dans ce défaut; ils ont mieux imité les Grecs.
Il n'y a point de bouffons dans l'Oedipe et dans
l'Electre de *Sophocle*. Je soupçonne fort que cette
grossièreté eut son origine dans nos *fous de cour*.
Nous étions un peu barbares tous tant que nous
sommes en-deçà des Alpes. Chaque prince avait son
fou en titre d'office. Des rois ignorans, élevés par des
ignorans, ne pouvaient connaître les plaisirs nobles
de l'esprit : ils dégradèrent la nature humaine au
point de payer des gens pour leur dire des sottises.
De là vint notre *Mère sotte* ; et, avant *Molière*, il y
avait toujours un fou de cour dans presque toutes
les comédies : cette mode est abominable.

J'ai dit, il est vrai, Monsieur, ainsi que vous le
rapportez, qu'il y a des comédies sérieuses, telles
que le Misanthrope, lesquelles sont des chefs-d'œuvre ; qu'il y en a de très-plaisantes, comme George
Dandin ; que la plaisanterie, le sérieux, l'attendrissement, peuvent très-bien s'accorder dans la même
comédie. J'ai dit que tous les genres sont bons, hors
le genre ennuyeux. Oui, Monsieur ; mais la grossièreté n'est point un genre. *Il y a beaucoup de logemens
dans la maison de mon père ;* mais je n'ai jamais prétendu qu'il fût honnête de loger dans la même

—— chambre *Charles - Quint* et don *Japhet d'Arménie*,
1768. *Auguste* et un matelot ivre, *Marc-Aurèle* et un bouffon
des rues. Il me semble qu'*Horace* pensait ainsi dans
le plus beau des siècles ; consultez son *Art poëtique*.
Toute l'Europe éclairée pense de même aujourd'hui ;
et les Espagnols commencent à se défaire à la fois
du mauvais goût comme de l'inquisition ; car le bon
esprit proscrit également l'un et l'autre.

Vous sentez si bien, Monsieur, à quel point le
trivial et le bas défigurent la tragédie, que vous
reprochez à *Racine* de faire dire à *Antiochus*, dans
Bérénice :

> De son appartement cette porte est prochaine,
> Et cette autre conduit dans celui de la reine.

Ce ne sont pas là certainement des vers héroïques ;
mais ayez la bonté d'observer qu'ils sont dans une
scène d'exposition, laquelle doit être simple. Ce n'est
pas là une beauté de poësie, mais c'est une beauté
d'exactitude, qui fixe le lieu de la scène, qui met
tout d'un coup le spectateur au fait, et qui l'avertit
que tous les personnages paraîtront dans ce cabinet,
lequel est commun aux autres appartemens ; sans
quoi il ne serait point vraisemblable que *Titus*,
Bérénice et *Antiochus* parlassent toujours dans la même
chambre.

> Que le lieu de la scène y soit fixe et marqué,

dit le sage *Despréaux*, l'oracle du bon goût, dans son
Art poëtique, égal pour le moins à celui d'*Horace*.
Notre excellent *Racine* n'a presque jamais manqué
à cette règle ; et c'est une chose digne d'admiration

qu'*Athalie* paraisse dans le temple des Juifs , et dans
la même place où l'on a vu le grand-prêtre , sans
choquer en rien la vraisemblance.

1768.

Vous pardonnerez encore plus , Monsieur , à l'illustre *Racine* , quand vous vous souviendrez que la
pièce de Bérénice était en quelque façon l'histoire
de *Louis XIV* et de votre princesse anglaise , sœur de
Charles second. Ils logeaient tous deux de plain-pied
à Saint-Germain , et un salon séparait leurs appartemens.

Je remarquerai en passant que *Racine* fit jouer sur
le théâtre les amours de *Louis XIV* avec sa belle-
sœur , et que ce monarque lui en fut très-bon gré :
un sot tyran aurait pu le punir. Je remarquerai encore
que cette *Bérénice* si tendre , si délicate , si désintéres-
sée , à qui *Racine* prétend que *Titus* devait toutes ses
vertus , et qui fut sur le point d'être impératrice ,
n'était qu'une juive insolente et débauchée , qui
couchait publiquement avec son frère *Agrippa second.*
Juvénal l'appelle barbare incestueuse. J'observe , en
troisième lieu , qu'elle avait quarante-quatre ans quand
Titus la renvoya. Ma quatrième remarque , c'est qu'il
est parlé de cette maîtresse juive de *Titus* dans les
Actes des apôtres. Elle était encore jeune lorsqu'elle
vint , selon l'auteur des *Actes* , voir le gouverneur
de Judée *Festus* , et lorsque *Paul* , étant accusé d'avoir
souillé le temple , se défendait en soutenant qu'il
était toujours bon pharisien. Mais laissons là le
pharisianisme de *Paul* , et les galanteries de *Bérénice.*
Revenons aux règles du théâtre , qui sont plus intéressantes pour les gens de lettres.

Vous n'observez , vous autres libres Bretons , ni

1768.

unité de lieu, ni *unité de temps*, ni *unité d'action*. En vérité, vous n'en faites pas mieux ; la vraisemblance doit être comptée pour quelque chose. L'art en devient plus difficile, et les difficultés vaincues donnent en tout genre du plaisir et de la gloire.

Permettez-moi, tout anglais que vous êtes, de prendre un peu le parti de ma nation. Je lui dis si souvent ses vérités qu'il est bien juste que je la caresse, quand je crois qu'elle a raison. Oui, Monsieur, j'ai cru, je crois et je croirai que Paris est très-supérieur à Athènes en fait de tragédies et de comédies. *Molière*, et même *Regnard* me paráissent l'emporter sur *Aristophane*, autant que *Démosthène* l'emporte sur nos avocats. Je vous dirai hardiment que toutes les tragédies grecques me paraissent des ouvrages d'écoliers, en comparaison des *sublimes scènes* de *Corneille*, et des *parfaites tragédies* de *Racine*. C'était ainsi que pensait *Boileau* lui-même, tout admirateur des anciens qu'il était. Il n'a fait nulle difficulté d'écrire, au bas du portrait de *Racine*, que ce grand homme avait surpassé *Euripide* et balancé *Corneille*.

Oui, je crois démontré qu'il y a beaucoup plus d'hommes de goût à Paris que dans Athènes. Nous avons plus de trente mille ames à Paris qui se plaisent aux beaux arts, et Athènes n'en avait pas dix mille ; le bas peuple d'Athènes entrait au spectacle, et il n'y entre pas chez nous, excepté quand on lui donne un spectacle gratis, dans des occasions solennelles ou ridicules. Notre commerce continuel avec les femmes a mis dans nos sentimens beaucoup plus de délicatesse, plus de bienséance dans nos mœurs, et plus de finesse dans notre goût. Laissez-nous notre

théâtre , laiſſez aux Italiens leurs *favole boſcarecie ;*
vous êtes aſſez riches d'ailleurs.   1768.

De très-mauvaiſes pièces , il eſt vrai , ridiculement
intriguées , barbarement écrites , ont pendant quelque temps à Paris des ſuccès prodigieux , ſoutenus
par la cabale , l'eſprit de parti , la mode , la protection
paſſagère de quelques perſonnes accréditées. C'eſt
l'ivreſſe du moment , mais en très-peu d'années l'il-
luſion ſe diſſipe. Don Japhet d'Arménie et Jodelet
ſont renvoyés à la populace , et le Siége de Calais
n'eſt plus eſtimé qu'à Calais.

Il faut que je vous diſe encore un mot ſur la rime
que vous nous reprochez. Preſque toutes les pièces
de *Dryden* ſont rimées ; c'eſt une difficulté de plus.
Les vers qu'on retient de lui , et que tout le monde
cite , ſont rimés : et je ſoutiens encore que Cinna,
Athalie , Phèdre , Iphigénie , étant rimées , quiconque
voudrait ſecouer ce joug , en France , ſerait regardé
comme un artiſte faible qui n'aurait pas la force de
le porter.

En qualité de vieillard , je vous dirai une anecdote.
Je demandais un jour à *Pope* pourquoi *Milton* n'avait
pas rimé ſon poëme , dans le temps que les autres
poëtes rimaient leurs poëmes à l'imitation des Italiens;
il me répondit : *Becauſe he could not.*

Je vous ai dit , Monſieur , tout ce que j'avais ſur
le cœur. J'avoue que j'ai fait une groſſe faute en ne
feſant pas attention que le comte *Leiceſter* s'était
d'abord appelé *Dudley ;* mais , ſi vous avez la fantaiſie
d'entrer dans la chambre des pairs et de changer de
nom , je me ſouviendrai toujours du nom de *Walpole*
avec l'eſtime la plus reſpectueuſe.

1768.

Avant le départ de ma lettre, j'ai eu le temps, Monsieur, de lire votre *Richard III*. Vous seriez un excellent *attornei général*. Vous pesez toutes les probabilités ; mais il paraît que vous avez une inclination secrète pour ce bossu. Vous voulez qu'il ait été beau garçon, et même galant homme. Le bénédictin *Calmet* a fait une dissertation pour prouver que JESUS-CHRIST avait un fort beau visage. Je veux croire avec vous que *Richard III* n'était ni si laid, ni si méchant qu'on le dit ; mais je n'aurais pas voulu avoir affaire à lui. Votre *rose blanche* et votre *rose rouge* avaient de terribles épines pour la nation.

Those gratious kings are all a pack of rogues.

En vérité, en lisant l'histoire des *Yorck*, des *Lancastre* et de bien d'autres, on croit lire l'histoire des voleurs de grands chemins. Pour votre *Henri VII*, il n'était qu'un coupeur de bourse, &c.

Je suis avec respect, &c.

LETTRE CCLXXXVIII.

A MADAME

LA DUCHESSE DE CHOISEUL.

15 de juillet.

La femme du protecteur est protectrice, la femme du ministre de la France pourra prendre le parti des Français contre les Anglais, avec qui je suis en guerre. Daignez juger, Madame, entre M. *Walpole* et moi. Il m'a envoyé ses ouvrages dans lesquels il

justifie

juſtifie le tyran *Richard III*, dont ni vous ni moi ne
nous ſoucions guère ; mais il donne la préférence à 1768.
ſon groſſier bouffon *Shakeſpeare* ſur *Racine* et ſur
Corneille, et c'eſt de quoi je me ſoucie beaucoup.

Je ne ſais par quelle voie M. *Walpole* m'a envoyé
ſa déclaration de guerre ; il faut que ce ſoit par
M. le duc de *Choiſeul*, car elle eſt très-ſpirituelle et
très-polie. Si vous voulez, Madame, être médiatrice
de la paix, il ne tient qu'à vous. J'en paſſerai par ce
que vous ordonnerez. Je vous ſupplie d'être juge du
combat. Je prends la liberté de vous envoyer ma
réponſe. Si vous la trouvez raiſonnable, permettez
que je prenne encore une autre liberté ; c'eſt de vous
ſupplier de lui faire parvenir ma lettre, ſoit par la
poſte, ſoit par M. le comte *du Châtelet*.

Vous me trouverez bien hardi ; mais vous pardonnerez à un vieux ſoldat qui combat pour ſa
patrie, et qui, s'il a du goût, aura combattu ſous
vos ordres.

LETTRE CCLXXXIX.

A M. LE COMTE D'ARGENTAL.

27 de juillet.

Vous ſavez, mon cher ange, que vos ordres me
ſont ſacrés, et que le ſouffleur de la comédie aura
ſon petit recueil, ſi la douane des penſées le permet.
J'ai adreſſé le paquet à *Briaſſon* le libraire, et j'ai prié
de le faire rendre audit ſouffleur. Le ſuccès de cette
affaire dépend de la chambre ſyndicale. Vous ſavez

que j'ai peu de crédit dans ce monde. J'espère en avoir un peu plus dans l'autre, grâces aux bons exemples que je donne.

Je ne fuis pas revenu de ma furprife quand on m'a appris que ce fanatique imbécille d'évêque d'Annecy, foi-difant évêque de Genève, fils d'un très-mauvais maçon, avait envoyé au roi fes lettres et mes réponfes. Ces réponfes font d'un père de l'Eglife qui inftruit un fot. Je ne fais fi vous favez que cet animal-là a encore fur fa friperie un décret de prife de corps du parlement de Paris, qu'il s'attira quand il était porte-Dieu à la Sainte-Chapelle-baffe. En tout cas, je fuis très-bien avec mon curé, j'édifie mon peuple ; tout le monde eft content de moi, hors les filles.

Que DIEU vous ait en fa fainte garde, mes chers anges ! Je ne fais pas ce que c'eft que la vie éternelle, mais celle-ci eft une mauvaife plaifanterie.

A propos, j'ai coupé la tête à des colimaçons : leur tête eft revenue au bout de quinze jours ; le tonnerre les a tués ; dites à vos favans qu'ils m'expliquent cela.

LETTRE CCXC.

A MADAME

LA MARQUISE DU DEFFANT.

30 de juillet.

VOICI des thèmes, Dieu merci, Madame. Vous savez que mon imagination eſt ſtérile quand elle n'eſt pas portée par un ſujet, et que, malgré mon attachement de plus de quarante années, je ſuis muet quand on ne m'interroge pas. Je ſuis un vieux *Polichinelle* qui a beſoin d'un compère.

Vous me dites que le préſident eſt à plaindre d'avoir quatre-vingts ans ; ce ſont ſes amis qui ſont à plaindre. D'ailleurs, penſez-vous que ſoixante et quinze ans, avec des maladies continuelles et des tracaſſeries plus triſtes encore, ne valent pas bien quatre-vingts ans ? Nous ſommes tous à plaindre, Madame ; il faut faire contre nature bon cœur.

Vous me parlez du janſéniſte ou de l'ex-janſéniſte *la Bletterie :* je ſuis ſon ſerviteur. Il logeait autrefois chez ma nièce *Florian*, et ne ceſſait de dire du mal de moi. Il imprime aujourd'hui que j'ai oublié de me faire enterrer ; ce tour eſt neuf, agréable et très-bien placé dans une traduction de *Tacite.* Ai-je eu tort de lui prouver que je ſuis encore en vie ? On m'a écrit que, dans une autre note auſſi honnête, il ſe contredit ; il veut qu'on m'enterre à la façon de mademoiſelle *le Couvreur* et de *Boindin.* Vous m'avouerez que, pour peu qu'on ait du goût pour les obsèques, on ne tient point à ces bonnes plaisanteries.

Sérieusement, je ne vous comprends pas, et je ne retrouve ni votre amitié ni votre équité, quand vous me dites que je devais me laisser insulter par un homme qui a dédié une traduction à M. le duc de *Choiseul*. Je crois M. le duc de *Choiseul* et votre *grand'mère* trop justes pour m'immoler à *la Bletterie*. Vous m'affligez sensiblement.

Je n'aime ni la traduction de *Tacite*, ni *Tacite* même comme historien. Je regarde *Tacite* comme un fanatique pétillant d'esprit, connaissant les hommes et les cours, disant des choses fortes en peu de paroles, flétrissant en deux mots un empereur jusqu'à la dernière postérité ; mais je suis curieux, je voudrais connaître les droits du sénat, les forces de l'empire, le nombre des citoyens, la forme du gouvernement, les mœurs, les usages. Je ne trouve rien de tout cela dans *Tacite ;* il m'amuse, et *Tite-Live* m'instruit. Il n'y a d'ailleurs dans *Tacite* ni ordre ni dates ; le président m'a accoutumé à ces deux choses essentielles.

M. *Walpole* est d'une autre espèce que *la Bletterie*. On fait la guerre honnêtement contre des capitaines qui ont de l'honneur ; mais pour les pirates, on les pend au mât de son vaisseau.

J'adresserai à votre grand'mère ce que je pourrai faire venir d'Hollande. Je sais qu'elle est un très-honnête homme. Je compte d'ailleurs sur sa protection, autant que je suis charmé de son esprit juste et délicat. Sans justesse d'esprit, il n'y a rien.

1768.

Souvenez-vous toujours, Madame, que, lorfque
je cherche et que j'envoie ces bagatelles pour vous
amufer, je vous conjure, au nom de l'amitié dont
vous m'honorez depuis long-temps, de ne les confier
qu'à des perfonnes dont vous foyez auffi sûre que
de vous-même, et de ne pas prononcer mon nom.
Il y a des gens qui diraient à peu-près comme le
curé de *la Fontaine* : Autant vaut l'avoir fait que de
vous l'envoyer.

Je ne fais rien que mes moiffons et le Siècle de
Louis XIV que je pouffe jufqu'à 1764. J'y rends
juflice à tous ceux qui ont fervi la patrie, en quelque genre que ce puiffe être ; à tous ceux qui ont
été français et non velches. Je ne fuis ni fatirique
ni flatteur ; je dis hardiment la vérité.

Voilà mes feules occupations. Je n'en fuis pas
moins perfécuté par des fanatiques ; mais heureufement le fanatifme eft fur fon déclin, d'un bout de
l'Europe à l'autre. La révolution qui s'eft faite depuis
vingt ans dans l'efprit humain, eft un phénomène
plus admirable et plus utile que les têtes qui reviennent aux limaçons.

A propos, Madame, le fait eft vrai ; j'en ai fait
l'expérience ; j'ai eu peine à en croire mes yeux.
J'ai vu des limaçons à qui j'avais coupé le cou,
manger au bout de trois femaines. St *Denis* porta
fa tête, comme vous favez, mais il ne mangea pas.

Adieu, Madame ; confervez la vôtre. Hélas ! il
revient des yeux aux limaçons. Adieu, encore une
fois. Que je vous plains ! que je vous aime ! que
la vie eft courte et trifte ! *V.*

K k 3

LETTRE CCXCI.

A M. LE COMTE D'ARGENTAL.

14 d'auguste.

J'AI reçu une lettre véritablement angélique du 4
d'auguste, que les Velches appellent *août* : mais
voici bien une autre facétie. Il vint chez moi, le
1 d'auguste, un jeune homme fort maigre, et qui
avait quelque feu dans deux yeux noirs. Il me dit
qu'il était possédé du diable; que plusieurs personnes
de sa connaissance en avaient été possédées aussi;
qu'elles avaient mis sur le théâtre, les Américains,
les Chinois, les Scythes, les Illinois, les Suisses,
et qu'il y voulait mettre les Guèbres. Il me demanda
un profond secret; je lui dis que je n'en parlerais
qu'à vous, et vous jugez bien qu'il y consentit.

Je fus tout étonné qu'au bout de douze jours, le
jeune possédé m'apportât son ouvrage. Je vous avoue
qu'il m'a fait verser des larmes, mais aussi il m'a
fait craindre la police. Je serais très-fâché, pour
l'édification publique, que la pièce ne fût pas repré-
sentée. Elle est dans un goût tout-à-fait nouveau,
quoiqu'on semble avoir épuisé les nouveautés.

Il y a un empereur, un jardinier, un colonel,
un lieutenant d'infanterie, un soldat, des prêtres
païens, et une petite fille tout-à-fait aimable.

J'ai dit au jeune homme avec naïveté, que je
trouvais sa pièce fort supérieure à Alzire, qu'il y a
plus d'intérêt et plus d'intrigue; mais je tremble

pour les allufions , pour les belles allégories que
font toujours meffieurs du parterre ; qu'il fe trouvera quelque plaifant qui prendra les prêtres païens
pour des jéfuites ou pour des inquifiteurs d'Efpagne ;
que c'eft une affaire fort délicate, et qui demandera
toute la bonté , toute la dextérité de mes anges.

Le poffédé m'a répondu qu'il s'en rapportait
entièrement à eux ; qu'il allait faire copier fa pièce
qu'il intitule , *Tragédie plus que bourgeoife* ; que fi on
ne peut pas la faire maffacrer par les comédiens de
Paris, il la fera maffacrer par quelque libraire de
Genève. Il eft fou de fa pièce , parce qu'elle ne
reffemble à rien du tout, dans un temps où prefque
toutes les pièces fe reffemblent. J'ai tâché de le
calmer ; je lui ai dit qu'étant malade , comme il
eft , il fe tue avec fes Guèbres ; qu'il fallait plutôt
y mettre douze mois que douze jours ; je lui ai con-
feillé des bouillons rafraîchiffans.

Quoi qu'il en foit , je vous enverrai ces Guèbres
par M. l'abbé *Arnaud* , à moins que vous ne me
donniez une autre adreffe.

Une autre fois , mon cher ange , je vous parlerai
de Ferney ; c'eft une bagatelle ; et je ne ferai fur cela
que ce que mes anges et madame *Denis* voudront. Si
madame *Denis* eft encore à Paris quand les Guèbres
arriveront , je vous prierai de la mettre dans le
fecret.

Bon ! ne voilà-t-il pas mon endiablé qui m'apporte fa pièce brochée et copiée ! Je l'envoie à
M. l'abbé *Arnaud* avec une fous - enveloppe. S'il
arrivait un malheur , les anges pourraient fe fervir
de toute leur autorité pour avoir leur paquet.

K k 4

1768.

Si ce paquet arrive à bon port, je les aurai du moins amufés pendant une heure ; et en vérité c'eft beaucoup par le temps qui court. *V.*

LETTRE CCXCII.

A M. LE MARQUIS DE VILLEVIEILLE.

A Ferney, 26 d'augufte.

JE vous attends au mois de feptembre, mon cher Marquis ; vous êtes affez philofophe pour venir partager ma folitude. Ferney eft tout jufte dans le chemin de Nancy. En attendant, il faut que je vous faffe mon compliment de ce que vous n'êtes point athée. Votre devancier, le marquis de *Vauvenargues*, ne l'était pas ; et, quoi qu'en difent quelques favans de nos jours, on peut être très-bon philofophe et croire en DIEU. Les athées n'ont jamais répondu à cette difficulté, qu'une horloge prouve un horloger ; et *Spinofa* lui-même admet une intelligence qui préfide à l'univers. Il eft du fentiment de *Virgile :*

Mens agitat molem, et magno fe corpore mifcet.

Quand on a les poëtes pour foi on eft bien fort. Voyez *la Fontaine* quand il parle de l'enfant que fit une religieufe ; il dit :

Si ne s'eft après tout fait lui-même.

Je viens de lire un nouveau livre de l'*Exiftence de* DIEU, par un *Bullet*, doyen de l'univerfité de

Befançon. Ce doyen eft favant, et marche fur les
traces des *Swammerdam*, des *Nieuventit* et des *Dhéram* ;
mais c'eft un vieux foldat à qui il prend des terreurs
paniques. Il eft tout épouvanté du grand argument
des athées, qu'en jetant d'un cornet les lettres de
l'alphabet, le hafard peut amener l'*Enéide* dans un
certain nombre de coups donnés. Pour amener le
premier mot *arma*, il ne faut que vingt-quatre jets ;
et pour amener *arma virumque*, il n'en faut que cent
vingt millions ; c'eft une bagatelle ; et dans un nombre innombrable de milliars de fiècles, on pourrait
à la fin trouver fon compte dans un nombre innombrable de hafards ; donc dans un nombre innombrable de fiècles, il y a l'unité contre un nombre
innombrable de chiffres que le monde a pu fe
former tout feul.

Je ne vois pas dans cet argument ce qui a pu
accabler M. *Bullet* ; il n'avait qu'à répondre fans
s'effrayer : Il y a un nombre innombrable de probabilités qu'il exifte un Dieu formateur, et vous
n'avez, Meffieurs, tout au plus que l'unité pour·
vous : jugez donc fi la chance n'eft pas pour moi.

De plus, la machine du monde eft quelque chofe
de beaucoup plus compliqué que l'*Enéide*. Deux
Enéides enfemble n'en feront pas une troifième, au
lieu que deux créatures animées font une troifième
créature, laquelle en fait à fon tour : ce qui augmente
prodigieufement l'avantage du pari.

Croiriez-vous bien qu'un jéfuite irlandais a fourni,
en dernier lieu, des armes à la philofophie athéiftique,
en prétendant que les animaux fe formaient tout
feuls. C'eft ce jéfuite *Needham*, déguifé en féculier,

qui, se croyant chimiste et observateur, s'imagina
avoir produit des anguilles avec de la farine et du
jus de mouton. Il poussa même l'illusion jusqu'à
croire que ces anguilles en avaient sur le champ
produit d'autres, comme les enfans de *Polichinelle*
et de madame *Gigogne*. Voilà aussitôt un autre fou,
nommé *Maupertuis*, qui adopte ce système, et qui le
joint à ses autres méthodes de faire un trou jusqu'au
centre de la terre pour connaître la pesanteur, de
disséquer des têtes de géans pour connaître l'ame,
d'enduire les malades de poix résine pour les guérir,
et d'exalter son ame pour voir l'avenir comme le
présent. Dieu nous préserve de tels athées ! celui-là
était gonflé d'un amour propre féroce, persécuteur et
calomniateur ; il m'a fait bien du mal ; je prie DIEU
de lui pardonner, supposé que DIEU entre dans les
querelles de *Maupertuis* et de moi.

Ce qu'il y a de pis, c'est que je viens de voir
une très-bonne traduction de *Lucréce*, avec des
remarques fort savantes, dans lesquelles l'auteur
allégue les prétendues expériences du jésuite *Néedham*
pour prouver que les animaux peuvent naître de
pourriture. Si ces messieurs avaient su que *Néedham*
était un jésuite, ils se seraient défiés de ses anguilles,
et ils auraient dit : *Latet anguis in herba*.

Enfin il a fallu que M. *Spalanzani*, le meilleur
observateur de l'Europe, ait démontré aux yeux le
faux des expériences de cet imbécille *Néedham*. Je
l'ai comparé à ce *Malcrais de la Vigne*, gros vilain
commis de la douane au Croisic en Bretagne, qui
fit accroire aux beaux esprits de Paris qu'il était
une jolie fille fesant joliment des vers.

Mon cher Marquis, il n'y a rien de bon dans
l'athéifme. Ce fyftême eft fort mauvais dans le
phyfique et dans le moral. Un honnête homme peut
fort bien s'élever contre la fuperftition et contre le
fanatifme ; il peut détefter la perfécution ; il rend
fervice au genre-humain s'il répand les principes
humains de la tolérance ; mais quel fervice peut-il
rendre s'il répand l'athéifme? les hommes en feront-
ils plus vertueux pour ne pas reconnaître un Dieu
qui ordonne la vertu? non, fans doute. Je veux
que les princes et leurs miniftres en reconnaiffent
un, et même un Dieu qui puniffe et qui pardonne.
Sans ce frein, je les regarderai comme des animaux
féroces qui, à la vérité, ne me mangeront pas lorfqu'ils
fortiront d'un long repas, et qu'ils digèreront doucement fur un canapé avec leurs maîtreffes ; mais
qui certainement me mangeront, s'ils me rencon-
trent fous leurs griffes, quand ils auront faim, et
qui, après m'avoir mangé, ne croiront pas feulement
avoir fait une mauvaife action ; ils ne fe fouviendront
même point du tout de m'avoir mis fous leurs dents,
quand ils auront d'autres victimes.

L'athéifme était très-commun en Italie, aux quinze
et feizième fiècles : auffi que d'horribles crimes à la
cour des *Alexandre VI*, des *Jules II*, des *Léon X !*
Le trône pontifical et l'Eglife n'étaient remplis que
de rapines, d'affaffinats et d'empoifonnemens. Il
n'y a que le fanatifme qui ait produit plus de
crimes.

Les fources les plus fécondes de l'athéifme font,
à mon fens, les difputes théologiques. La plupart
des hommes ne raifonnent qu'à demi, et les efprits

faux font innombrables. Un théologien dit : Je n'ai jamais entendu et je n'ai jamais dit que des fottifes fur les bancs ; donc ma religion eft ridicule. Or, ma religion eft fans contredit la meilleure de toutes ; cette meilleure ne vaut rien ; donc il n'y a point de Dieu. C'eft horriblement raifonner. Je dirais plutôt : Donc il y a un Dieu qui punira les théologiens, et furtout les théologiens perfécuteurs.

Je fais très-bien que je n'aurais pas démontré au normand de Vire, *le Tellier*, qu'il exifte un Dieu qui punit les tyrans, les calomniateurs et les fauffaires, confeffeurs des rois. Le coquin, pour réponfe à mes argumens, m'aurait fait mettre dans un cu de baffe foffe.

Je ne perfuaderai pas l'exiftence d'un Dieu rémunérateur et vengeur à un juge fcélérat, à un barbare avide du fang humain, digne d'expirer fous la main des bourreaux qu'il emploie ; mais je la perfuaderai à des ames honnêtes ; et fi c'eft une erreur, c'eft la plus belle des erreurs.

Venez dans mon couvent, venez reprendre votre ancienne cellule. Je vous conterai l'aventure d'un prêtre conftitué en dignité, que je regarde comme un athée de pratique, puifque, fefant tout le contraire de ce qu'il enfeigne, il a ofé employer contre moi, auprès du roi, la plus lâche et la plus noire calomnie. Le roi s'eft moqué de lui, et le monftre en eft pour fon infamie. Je vous conterai d'autres anecdotes : nous raifonnerons, et furtout je vous dirai combien je vous aime. *V.*

LETTRE CCXCIII.   1768.

A M. LE MARQUIS D'ARGENCE DE DIRAC.

31 d'auguſte.

JE ne puis qu'approuver le patriotiſme de monſieur *Fitzgerald*, qui veut diminuer, autant qu'il le peut, l'horreur de la Saint-Barthelemi d'Irlande. J'en ferais bien autant, ſi je le pouvais, de la Saint-Barthelemi de France. Il a raiſon de citer M. *Brouk* qui paraît prouver en effet que les catholiques n'égorgèrent que quarante mille proteſtans, en comptant les femmes, et les enfans, et les filles qu'on pendait au cou de leurs mères. Il eſt vrai que, dans la première chaleur de ce ſaint événement, le parlement d'Angleterre ſpécifia expreſſément le maſſacre de cent cinquante mille perſonnes ; mais il pouvait avoir été trompé par les plaintes indiſcrètes des parens des maſſacrés. Peut-être on exagérait trop d'un côté, et on diminuait trop de l'autre. La vérité prend d'ordinaire un juſte milieu ; et quand nous ſuppoſerons qu'il n'y eut qu'environ quatre-vingt-dix mille perſonnes où brûlées, ou pendues, ou noyées, ou égorgées pour l'amour de DIEU, nous pourrons nous flatter de ne nous être pas beaucoup écartés du vrai. D'ailleurs je ne ſuis qu'un ſimple hiſtorien, et il ne m'appartient pas de condamner une action qui, ayant la gloire de DIEU pour objet, avait des motifs ſi purs et ſi reſpectables.

Il eſt bon pourtant, mon cher ami, que de ſi

1768.

grands exemples de charité n'arrivent pas souvent. Il eſt beau de venger la religion ; mais, pour peu qu'on lui fît de tels ſacrifices deux ou trois fois chaque ſiècle , il ne reſterait enfin perſonne ſur la terre pour ſervir la meſſe.

Votre correſpondant vous envoie, à l'adreſſe ordinaire, un petit paquet qu'il a reçu pour vous. Je finis tout doucement ma carrière ; mes maux et ma faibleſſe augmentent, il faut que ma patience augmente auſſi , et que tout finiſſe.

LETTRE CCXCIV.

A M. LE COMTE D'ARGENTAL.

31. d'auguſte.

MON cher ange , j'ai montré votre lettre du 25 août ou d'auguſte, au poſſédé. Il vous prie encore de lui renvoyer ſa facétie , et donne ſa parole de démoniaque qu'il vous renverra la bonne copie au même inſtant qu'il recevra la mauvaiſe. Son diable l'a fait raboter ſans relâche depuis qu'il fit partir ſon croquis ; mais il jure, comme un poſſédé qu'il eſt, qu'il ne fera jamais paraître l'empereur deux fois ; qu'il s'en donnera bien de garde ; que cela gâterait tout ; que l'empereur n'eſt en aucune manière *deus in machina*, puiſqu'il eſt annoncé dès la première ſcène du premier acte, et qu'il eſt attendu pendant toute la pièce, de ſcène en ſcène, comme le juge du différent entre le commandant du château et les moines de l'abbaye. S'il paraissait deux fois, la première serait non-seulement inutile, mais rendrait la seconde froide et impraticable. C'est uniquement parce qu'on ne connaît point le caractère de l'empereur, qu'il doit faire un très-grand effet lorsqu'il vient porter à la fin un jugement tel que n'en a jamais porté *Salomon*. Le bon de l'affaire, c'est que c'est un jardinier qui fait tout, et cela prouve évidemment qu'il faut cultiver son jardin, comme dit *Candide*.

Comme cette facétie ne ressemble à rien, Dieu merci, mon possédé croit qu'il faut de la naïveté que vous appelez familiarité ; et il croit que cette naïveté est quelquefois horriblement tragique.

Ne trouvez-vous pas qu'il y a dans cette pièce du remue-ménage comme dans l'Ecossaise ? Je suis persuadé que cela vous aura amusés, vous et madame d'*Argental*, pendant une heure. Il est doux de donner du plaisir, à cent lieues de chez soi, à ceux à qui on est attaché.

Je ne répondrais pas que la police ne fît quelques petites allusions qui pourraient empêcher la pièce d'être jouée ; mais, après tout, que pourra-t-on soupçonner ? que l'auteur a joué l'inquisition sous le nom des prêtres de *Pluton*. En ce cas, c'est rendre service au genre-humain ; c'est faire un compliment au roi d'Espagne, et surtout au comte d'*Aranda* ; c'est l'histoire du jour avec toute la bienséance imaginable et tout le respect possible pour la religion.

Voyez, mon divin ange, ce que votre amitié prudente et active peut faire pour ces pauvres Guèbres ; mais je n'ai point abandonné les Scythes : ils

1768.

ne font pas fi piquans que les Guèbres, d'accord;
mais, de par tous les diables, ils valent leur prix. La
loi porte qu'ils foient rejoués, puifque les hiftrions
firent beaucoup d'argent à la dernière repréfentation.
Les comédiens font bien infolens et bien mauvais,
je l'avoue; mais il faut obéir à la loi. J'ignore quel
eft le premier gentilhomme de la loi, cette année;
mais, en un mot, j'aime les Scythes. J'ai envie de
finir par les Corfes; je fuis très-fâché qu'on en ait
tué cent cinquante d'entrée de jeu; mais M. de
Chauvelin m'a promis que cela n'arriverait plus.

Vous êtes bien peu curieux de ne pas demander
Les droits des hommes et les ufurpations des papes;
c'eft, dit-on, un ouvrage traduit de l'italien, dont
un envoyé de Parme doit être très-friand.

Une chofe dont je fuis bien plus friand, mon
cher ange, c'eft de vous embraffer avant que je
meure. Je fuis, à la vérité, un peu fourd et aveugle;
mais cela n'y fait rien. Je recommence à voir et à
entendre au printemps; et j'ai grande envie, fi je
fuis en vie au mois de mai, de venir préfenter un
bouquet à madame d'*Argental*. Je devais aller cette
automne chez l'électeur palatin, mais je me fuis
trouvé trop faible pour le voyage. Je me fentirai
bien plus fort quand il s'agira de venir vous voir. Il
eft vrai que je n'y voudrais aucune cérémonie. Nous
en raifonnerons quand nous aurons fait les affaires
des Scythes et des Guèbres. Vous êtes charmant de
défirer de me revoir; j'en fuis pénétré, et mon culte
de dulie en augmente. Je trouve plaifant qu'on ait
imaginé que j'irais voir ma *Catau*, moi âgé de fep-
tante-quatre ans! Non, je ne veux voir que vous. *V.*

LETTRE

LETTRE CCXCV.   1768.

A M. LE PRESIDENT HENAULT.

7 de septembre.

Mon cher et illustre confrère, j'ai reçu vos deux lettres dont l'une rectifie l'autre. Vivez et portez-vous bien. Le cardinal de *Fleuri* avait à votre âge une tête capable d'affaires ; *Huet*, *Fontenelle*, ont écrit à quatre-vingts ans. Il y a de très-beaux soleils couchans ; mais couchez-vous très-tard.

Laissons là l'éloquent *Bossuet* et son *Histoire* prétendue *universelle*, où il rapporte tout aux Juifs, où les Perses, les Egyptiens, les Grecs et les Romains sont subordonnés aux Juifs, où ils n'agissent que pour les Juifs. On en rit aujourd'hui ; mais ce n'est pas des Juifs dont il est question ici, c'est de vous. J'avais déjà prévenu plusieurs de mes amis qui m'ont pressé de leur faire parvenir cet *Examen de l'histoire d'Henri IV*, duquel il y a déjà trois éditions. Je l'ai envoyé chargé de mes notes, dans lesquelles je fais voir qu'il y a presque autant d'erreurs dans l'*Examen* que dans le livre examiné. L'erreur que j'ai le plus relevée, est celle où il tombe à votre égard. Vous connaissez mon amitié et mon estime également constantes. Vous pensez bien que je n'ai pas vu de sang froid une telle injustice ; j'avais même déjà préparé une dissertation pour être envoyée à tous les journaux ; mais j'ai été arrêté par l'assurance qu'on m'a donnée que c'est un marquis de *Belløsle* qui eft l'auteur de l'ouvrage. On dit qu'en effet il y a un homme de ce nom en Languedoc. Je ne connaiffais que les pilules de *Bellofte*, et point de marquis fi profond et en même temps fi fautif dans l'Hiftoire de France. Si c'eft lui qui eft le coupable, il ne convient pas de le traiter comme un *la Beaumelle*; il faut le faire rougir poliment de fon tort. J'avoue que j'ai cru reconnaître le ftyle, les phrafes de ce *la Beaumelle*, fon ton décifif, fon audace à citer à tort et à travers, fon tour d'efprit, fes termes favoris. Il fe peut qu'il ait travaillé avec M. de *Bellofte*; je fais ce que je puis pour m'en éclaircir.

Il y a une chofe très-curieufe et très-importante fur laquelle vous pourriez m'inftruire avant que j'ofe être votre champion : c'eft à vous de me fournir des armes.

Le marquis vrai ou prétendu affure qu'aux premiers états de Blois, les députés des trois ordres déclarèrent, avec l'approbation du roi, de *Catherine* et du duc d'*Alençon*, que *les parlemens font des états généraux au petit pied*. Il ajoute qu'il eft étrange qu'aucun hiftorien n'ait parlé d'un fait fi public.

Il vous ferait aifé de faire chercher, à la bibliothéque du roi, s'il refte quelque trace de cette anecdote qui femblerait donner quelque atteinte à l'autorité royale. C'eft une matière très-délicate fur laquelle il ne ferait pas permis de s'expliquer fans avoir des cautions fûres.

Parmi les fautes qui règnent dans cet *Examen*, il faut avouer qu'on trouve des recherches profondes. Il eft vrai qu'il fuffit d'avoir lu des anecdotes pour les copier; mais enfin cela tient lieu de mérite auprès

de la plupart des lecteurs, féduits d'ailleurs par la ———
licence et par la fatire. La plupart des gens lifent   1768.
fans attention, très-peu font en état de juger ; c'eft
ce qui donne une affez grande vogue à ce petit
ouvrage : il me paraît néceffaire de le réfuter. J'attendrai vos inftructions et vos ordres ; et, fi vous
chargez un autre que moi de combattre fous vos
drapeaux, je n'aurai point de jaloufie, et je n'en
aurai pas moins de zèle.

LETTRE CCXCVI.

A M. RICHARD, *négociant à Murcie.*

A Ferney, le 13 de feptembre.

JE vous dois, Monfieur, une réponfe depuis deux
mois. Je fuis de ceux que leurs mauvaifes affaires
empêchent de payer leurs dettes à l'échéance. La
vieilleffe et les maladies qui m'accablent, font mon
excufe auprès de mes créanciers. Il n'y en a point,
Monfieur, que j'aime mieux payer que vous.

Il y a des ouvrages bien meilleurs que les miens,
qui pourront contribuer à donner au génie efpagnol
la liberté qui lui a manqué jufqu'à préfent. Le
miniftre à qui toute l'Europe, excepté Rome,
applaudit, favorife cette précieufe liberté, et encou-
ragera les beaux arts, après avoir fait naître les
arts néceffaires.

Je vous félicite, Monfieur, de vivre dans le plus
beau pays de la nature, où ceux qui fe contentaient

—— de penser commencent à oser parler, et où l'inquisition cesse un peu d'écraser la nature humaine.

J'ai l'honneur d'être, &c.

LETTRE CCXCVII.

A M. THIRIOT.

A Ferney, 15 de septembre.

MA foi, mon ami, tout le monde est charlatan ;
les écoles, les académies, les compagnies les plus
graves ressemblent à l'apothicaire *Arnould* dont les
sachets guérissent toute apoplexie dès qu'on les porte
au cou, et à M. *le Lièvre* qui vend son baume de
vie à force gens qui en meurent.

Les jésuites eurent, il y a quelques années, un
procès avec les droguistes de Paris, pour je ne sais
quel élixir qu'ils vendaient fort cher, après avoir
vendu de la grâce suffisante qui ne suffisait point,
tandis que les janfénistes vendaient de la grâce
efficace qui n'avait point d'efficacité. Ce monde est
une grande foire où chaque *Polichinelle* cherche à
s'attirer la foule ; chacun enchérit sur son voisin.

Il y a un sage dans notre petit pays qui a découvert
que les ames des puces et des moucherons sont
immortelles, et que tous les animaux ne sont nés
que pour ressusciter. Il y a des gens qui n'ont pas
ces hautes espérances ; j'en connais même qui ont
peine à croire que les polypes d'eau soient des animaux. Ils ne voient, dans ces petites herbes qui nagent
dans des mares infectes, rien autre chose que des

herbes qui repouſſent comme toute autre herbe quand
on les a coupées. Ils ne voient point que ces herbes
mangent de petits animaux, mais ils voient ces
petits animaux entrer dans la ſubſtance de l'herbe
et la manger.

Les mêmes incrédules ne penſent pas que le corail
ſoit un compoſé de petits pucerons marins. Feu M. de
la Faye diſait qu'il ne ſe ſouciait nullement de ſavoir
à fond l'hiſtoire de tous ces gens-là, et qu'il ne
fallait pas s'embarraſſer des perſonnes avec qui on
ne peut jamais vivre.

Mais nous avons d'autres génies bien plus ſubli-
mes ; ils vous créent un monde auſſi aiſément que
l'abbé de l'*Attaignant* fait une chanſon ; ils ſe ſervent
pour cela de machines qu'on n'a jamais vues : d'autres viennent enſuite qui vous peuplent ce monde
par attraction. Un ſonge-creux de mon voiſinage a
imprimé ſérieuſement qu'il jugeait que notre monde
devait durer tant qu'on ferait des ſyſtêmes, et que,
dès qu'ils ſeraient épuiſés, ce monde finirait ; en ce
cas, nous en avons encore pour long-temps.

Vous avez très-grande raiſon d'être étonné que,
dans l'Homme aux quarante écus, on ait imputé au
grand calculateur *Harvey* le ſyſtême des œufs ; il eſt
vrai qu'il y croyait ; et même il y croyait ſi bien,
qu'il avait pris pour ſa deviſe ces mots, tout vient
d'un œuf. Cependant, en aſſurant que les œufs étaient
le principe de toute la nature, il ne voyait dans la
formation des animaux que le travail d'un tiſſerand
qui ourdit ſa toile. D'autres virent enſuite dans le
fluide de la génération une infinité de petits vermiſ-
ſeaux très-ſemillans ; quelque temps après on ne les

1768.

— 1768.

vit plus ; ils font entièrement paſſés de mode. Tous les fyſtêmes fur la manière dont nous venons au monde ont été détruits les uns par les autres ; il n'y a que la manière dont on fait l'amour qui n'a jamais changé.

Vous me demandez, à propos de tous ces romans, ſi, dans le recueil du lapon qu'on vient d'imprimer à Lyon , on a imprimé ces lettres ſi étonnantes où l'on propoſait de percer un trou juſqu'au centre de la terre, d'y bâtir une ville latine, de diſſéquer des cervelles de patagons pour connaître la nature de l'ame ; et d'enduire les corps humains de poix réſine pour conſerver la ſanté ; vous verrez que ces belles choſes ſont très-adoucies et très-déguiſées dans la nouvelle édition. Ainſi il ſe trouve qu'à la fin du compte c'eſt moi qui ai corrigé l'ouvrage. — *Ridiculum acri fortius ac melius magnas plerumque fecat res.*

Ce qu'on imprime ſous mon nom me fait un peu plus de peine ; mais que voulez-vous ? je ne ſuis pas le maître. Monſieur l'apothicaire *Arnould* peut - il empêcher qu'on ne contrefaſſe ſes ſachets ? Adieu. *Qui benè latuit benè vixit.*

LETTRE CCXCVIII.

A M. LE COMTE D'ARGENTAL.

15 de feptembre.

Voici, mon cher ange, un *Tronchin*, un philofophe, un homme d'efprit, un homme libre, un
homme aimable, un homme digne de vous et de
madame d'*Argental*, un des ci-devant vingt-cinq rois
de Genève, qui s'eft démis de fa royauté, comme
la reine *Chriftine*, pour vivre en bonne compagnie.

Je tiens ma parole à mes anges. Je reçus leur
paquet hier, et j'en fais partir un autre aujourd'hui.
On jugera plus à fon aife quand il n'y a point de
ratures, point d'écriture différente, point de ren-
vois, point de petits brimborions à rajufter, et qui
difperfent toutes les idées. J'ai appris enfin le véritable fecret de la chofe, c'eft que cette facétie eft
de feu M. *Defmahis*, jeune homme qui promettait
beaucoup, et qui eft mort à Paris de la poitrine, au
fervice des dames. Il fefait des vers naturels et faciles, précifément comme ceux des Guèbres, et il était
fort pour les tragédies bourgeoifes. Celle-ci eft à la
fois bourgeoife et impériale. Enfin *Defmahis* eft l'auteur de la pièce; il eft mort, il ne nous dédira pas.

Le poffédé ayant été exorcifé par vous, a beaucoup adouci fon humeur fur les prêtres. L'empereur
en fefait une fatire qui n'aurait jamais paffé. Il s'explique à préfent d'une façon qui ferait très-fort de

mife en chancellerie. Je commence à croire que la pièce peut paffer, furtout fi elle eft de *Defmahis*; en ce cas, la chofe fera tout-à-fait plaifante.

Si les Guèbres font bien joués ils feront un beau fracas; il y a des attitudes pour tout le monde. *A genoux, mes enfans*, doit faire un grand effet, et la déclaration de *Céfar* n'eft pas de paille.

Melpomène avait befoin d'un habit neuf, celui-ci n'eft pas de la friperie.

Que cela vous amufe, mon cher ange, c'eft-là mon grand but; vous êtes tous deux mon parterre et mes loges. *V.*

LETTRE CCXCIX.

AU MEME.

18 de feptembre.

Il y a un *Tronchin*, mon cher ange, qui, laffé des tracafferies de fon pays, va voyager à Paris et à Londres, et qui n'eft pas indigne de vous. Il a fouhaité paffionnément de vous être préfenté, et je vous le préfente. Il doit vous remettre deux paquets qu'on lui a donnés pour vous. Je crois qu'ils font deftinés à cette pauvre fœur d'un brave marin (*) tué en Irlande, laquelle fit, comme vous favez, un petit voyage fur terre prefque auffi funefte que celui de fon frère fur mer. Apparemment qu'on a voulu la

(*) *Thurot.*

dédommager un peu de ſes pertes, et qu'on a cru
qu'avec votre protection elle pourrait continuer plus
heureuſement ſon petit commerce. Je crois qu'il y
a un de ces paquets venu d'Italie, car l'adreſſe eſt
en italien ; l'autre eſt avec une ſur-enveloppe à monſieur le duc de *Praſlin*.

Pour le paquet du petit *Deſmahis*, je le crois venu
à bon port ; il fut adreſſé, il y a quinze jours, à
l'abbé *Arnaud*, et je vous en donnai avis par une
lettre particulière.

Je crois notre pauvre père *Toulier*, dit l'abbé
d'*Olivet*, mort actuellement ; car, par mes dernières
lettres, il était à l'agonie. Je crois qu'il avait quatre-
vingt-quatre ans. Tâchez d'aller par-delà, vous et
madame d'*Argental*, quoique après tout la vieilleſſe
ne ſoit pas une choſe auſſi plaiſante que le dit *Cicéron*.

Vous devez actuellement avoir *le Kain* à vos ordres.
C'eſt à vous à voir ſi vous lui donnerez le commandement du fort d'Apamée, et ſi vous croyez qu'on
puiſſe tenir bon dans cette citadelle contre les ſifflets.
Je me flatte, après tout, que les plus dangereux ennemis d'Apamée ſeraient ceux qui vous ont pris, il y
a cent ans, Caſtro et Ronciglione ; mais ; ſuppoſé qu'ils
dreſſaſſent quelque batterie, n'auriez-vous pas des
alliés qui combattraient pour vous ? Je m'en flatte
beaucoup, mais je ne ſuis nullement au fait de la
politique préſente ; je m'en remets entièrement à votre
ſageſſe et à votre bonne volonté.

Je n'ai point vu le chef-d'œuvre d'éloquence de
l'évêque du Puy ; je ſais ſeulement que les bâille-
mens ſe feſaient entendre à une lieue à la ronde.

Dites-moi pourquoi, depuis *Boſſuet* et *Fléchier*,

1768.

nous n'avons point eu de bonne oraifon funèbre ? eft-ce la faute des morts ou des vivans? Les pièces qui péchent par le fujet et par le ftyle font d'ordinaire fifflées.

Auriez-vous lu un *Examen de l'Hiftoire d'Henri IV*, écrite par un *Bury*? Cet *Examen* fait une grande fortune, parce qu'il eft extrêmement audacieux, et que, fi le temps paffé y eft un peu loué, ce n'eft qu'aux dépens du temps préfent. Mais il y a une petite remarque à faire, c'eft qu'il y a beaucoup plus d'erreurs dans cet *Examen* que dans l'*Hiftoire de Henri IV*. Il y a deux hommes bien maltraités dans cet *Examen*; l'un eft le préfident *Hénault* en le nommant, et l'autre que je n'ofe nommer. Le peu de perfonnes, qui ont fait venir cet *Examen* à Paris, en paraiffent enthoufiafmées; mais, fi elles favaient avec quelle impudence l'auteur a menti, elles rabattraient de leurs louanges.

Adieu, mon cher ange ; adieu, la confolation de ma très-languiffante vieilleffe.

LETTRE CCC.

A M. LE MARECHAL DUC DE RICHELIEU.

A Ferney, 26 de feptembre.

JE prends le parti, Monfeigneur, de vous envoyer quelques feuilles de la nouvelle édition du Siècle de *Louis XIV*, avant qu'elle foit achevée. Non-feulement je vous dois des prémices, mais je dois vous faire voir la manière dont j'ai parlé de vous et de M. le

duc d'*Aiguillon*. Vous me reprochâtes de n'avoir point
fait mention de l'affaire de Saint-Caft ; il ne s'agiffait alors que du règne de *Louis XIV;* et les principaux évenemens , qui ont fuivi ce beau fiècle,
n'étaient traités que fommairement. Je ne pouvais
entrer dans aucun détail , et mon principal but étant
de peindre l'efprit et les mœurs de la nation , je
n'avais point traité les opérations militaires; mais
donnant , dans cette édition nouvelle , un précis du
fiècle de *Louis XV*, je me fuis fait un plaifir, un
devoir et un honneur de vous obéir.

'Peut-être l'importance des derniers événemens
fera paffer à la poftérité cet ouvrage qui ne mériterait pas fes regards par fon ftyle trop fimple et
trop négligé. Du moins les nations étrangères le
demandent avec empreffement , et les libraires leur
ont déjà vendu toute leur édition par avance. Ce
fera une grande confolation pour moi, fi la juftice
que je vous ai rendue , et la circonfpection avec
laquelle j'ai parlé fur d'autres objets, fans bleffer
la vérité , peuvent trouver grâce devant vous et
devant le public. La gloire , après tout, eft l'unique
récompenfe des belles actions ; tous les autres avantages paffent , ou même font mêlés d'amertume :
la gloire refte quand elle eft pure.

J'ai beaucoup envié le bonheur qu'a eu madame
Denis de vous renouveler fes hommages à Paris.
J'ai cru que, dans la réfolution que j'ai prife de vivre
avec moi-même , et de n'être plus l'aubergifte de
tous les voyageurs de l'Europe, une parifienne eût
trop fouffert en partageant ma folitude.

Je me fuis dépouillé d'une partie de mon bien ,

1768.

pour la rendre heureuse à Paris. J'ai pensé qu'à l'âge de près de soixante et quinze ans, assujetti par mes maladies à un régime qui ne convient qu'à moi, et condamné par la nature à la retraite, je ne devais pas faire souffrir les autres de mon état.

Les médecins m'avaient conseillé les eaux de Barége, je ne sais pas trop pourquoi. Je n'ai point les maladies de *le Kain* qui y est allé par leur ordre. Je n'espère point guérir, puisqu'il faudrait changer en moi la nature; mais j'aurais fait volontiers le voyage pour être à portée de vous faire ma cour. J'aurais été consolé du moins en vous présentant encore, avant de mourir, mon tendre et respectueux attachement; c'est un avantage dont j'ai été malheureusement privé. Il ne me reste qu'à vous souhaiter une vie aussi heureuse et aussi longue qu'elle a été brillante. Je me flatte que vous daignerez toujours me conserver des bontés auxquelles vous m'avez accoutumé pendant plus de quarante années.

Notre doyen de l'académie française va mourir, s'il n'est déjà mort. J'espère que le nouveau doyen sera plus alerte que lui, quand il aura quatre-vingt-cinq ans comme le sous-doyen.

Agréez, Monseigneur, mon respect, mon dévouement inviolable, et les souhaits ardens pour votre conservation comme pour vos plaisirs. *V.*

LETTRE CCCI.

A M. LE COMTE D'ARGENTAL.

28 de septembre.

LE possédé cède toujours à vos exorcismes, et voici une preuve, mon divin ange, de la docilité du jeune étourdi. Il est d'accord avec vous sur presque tous les points, et il vous prie très-instamment de faire porter sur le corps de l'ouvrage les changemens que vous avez eu la bonté d'indiquer. Il sera très-aisé de les mettre proprement à leur place. Je vous prierai de laisser prendre une copie à madame *Denis* qui est engagée au secret, et qui le gardera comme vous.

Je crois que la pièce est faite pour avoir un prodigieux succès, grâce à ces allusions mêmes que je crains ; et je pense en même temps que la pièce est assez sage pour qu'on puisse la jouer, malgré les inductions qu'on en peut tirer. Cela dépendra absolument de la bonne volonté du censeur, ou du magistrat que le censeur se croira peut - être obligé de consulter.

Enfin, après qu'on a joué le Tartufe et Mahomet, il ne faut désespérer de rien. On pourra mettre un jour *Caïphe* et *Pilate* sur la scène ; mais, avant que cette négociation soit consommée, il faut bien que *le Kain* paraisse un peu en scythe, cela est juste ; c'est une attention qu'il me doit ; et, quoique les

1768.

comédiens foient prefque auffi ingrats que des prêtres, ils ne peuvent me priver d'un droit que j'ai
acquis par cinquante ans de travaux.

Je me mets aux pieds de madame d'*Argental*.

A propos, vraiment oui, je penfe comme vous
fur l'académie et fur *la Harpe*, fans même avoir
vu l'ouvrage couronné.

LETTRE CCCII.

A MADAME DE SAINT-JULIEN.

A Ferney, 30 de feptembre.

SI madame *Papillon-philofophe* garde les fecrets auffi
bien que les paquets, je me confefferai à elle à
Pâques. Non, Madame, mon cœur n'a pas renoncé
au genre-humain dont vous êtes une très-aimable
partie. Je fuis vieux, malade et dégoûtant, mais je
ne fuis point du tout dégoûté ; et vous feule,
Madame, me réconcilieriez avec le monde.

Voici le fecret dont il s'agit. Madame *Denis* m'a
mandé qu'un jeune homme a tourné en opéra comique
un certain conte intitulé l'Education d'un prince (*).
Je n'ai point vu cette facétie, mais elle prétend qu'elle
prête beaucoup à la mufique. J'ai fongé alors à
votre protégé, et j'ai cru que je vous ferais ma
cour en priant madame *Denis* d'avoir l'honneur de
vous en parler. Tout ce que je crains, c'eft qu'elle

____

(*) Le Baron d'Otrante que M. de *Voltaire* avait envoyé à M. *Grétri*.
Voyez le tome IX du théâtre.

ne fe foit déjà engagée. Ne connaiffant ni la pièce
ni les talens des muficiens, j'ai faifi feulement cette
occafion pour vous renouveler mes hommages. L'état
trifte où je fuis ne me permet guère de m'amufer
d'un opéra comique. Il y a loin entre la gaieté et
moi; mais mon refpectueux attachement pour vous,
Madame, ne vieillira jamais, et rien ne contribuera
plus à me faire fupporter ma très-languiffante vie
que la continuation de vos bontés.

J'ignore en quel endroit M. le chevalier de *Pezai*
prend actuellement le bain avec *Zélis*. S'il s'eft toujours baigné depuis qu'il vous remit cette affaire
entre les mains, il doit être fort affaibli.

Vous tirez toujours des perdrix, fans doute, et
vous n'êtés pas une perfonne à tirer votre poudre
aux moineaux. Raffemblez le plus de plaifirs que
vous pourrez, et foyez heureufe autant que vous
méritez de l'être.

Agréez, Madame, mon tendre refpect. *V.*

LETTRE CCCIII.

A M. DE LALANDE.

1 d'octobre.

LES intendans, Monfieur, font faits, à ce que je
vois, pour vexer les pauvres cultivateurs; ils vous
ont enlevé à moi. Je ne peux pourtant pas blâmer
monfieur l'intendant de Bourgogne. Si j'avais été
à fa place, je vous affure que j'en aurais fait autant

1768.

que lui. Comme il est de très-bonne compagnie, il est bien juste qu'il l'aime.

C'est bien dommage, Monsieur, que ce qui arrive aujourd'hui en Italie, ne soit pas arrivé quand vous y étiez. Vous auriez ajouté un tome bien curieux à vos huit volumes. La bulle *In cæna Domini*, proscrite par la dévote reine d'Hongrie ; le pape enrôlant des soldats ; les femmes poursuivant les enrôleurs à coups de pierre, et criant qu'on enrôle des jésuites et qu'on leur rende leurs amans ; les Romains se moquant universellement de *Rezzonico* ; le pape s'amufant à faire des saints dans le temps qu'on lui prend ses villes : tout cela forme un tableau qui méritait d'être peint par vous, puisque vous avez eu la bonté de mêler l'étude des folies de la terre à celle des phénomènes du ciel.

Nous saurons donc, l'année qui vient, à quelle distance nous sommes du soleil ; j'espère que nous saurons aussi à quel point nous sommes éloignés de la superstition.

Si vous voyez votre très-aimable commandant (*), je vous prie de me mettre à ses pieds.

Vous ne doutez pas que j'ai l'honneur d'être, &c.

(*) M. de *Jaucourt*.

LETTRE

menfonges avec une impudence fi effrontée. Le préfident fera fans doute bien aife que ces traits foient
partis d'un homme décrié.

Comment pourrai-je vous envoyer le Siècle de
Louis XIV et le précis du fuivant pouffé jufqu'à l'expulfion des révérends pères jéfuites? Mon culte de
dulie ne finira qu'avec moi. *V.*

LETTRE CCCVI.

A M. DE LALANDE.

19 d'octobre.

VOUS pardonnerez, mon cher philofophe, à un
pauvre malade fa négligence à vous répondre, car
un vrai philofophe eft compatiffant. Ce pauvre
Ferney a été un hôpital.

Si madame de *Marron* l'honore de fa préfence,
elle fera comme *Philoctète* qui vint à Thèbes en
temps de pefte.

Il eft vrai que rien n'eft plus étrange pour une
dame que de faire trois tragédies en quatre mois, et
de compofer la quatrième. Il eft très-difficile d'en
faire une bonne en un an. Phèdre coûta deux années
à *Racine*. Mais, quand il y aurait des défauts dans
les ouvrages précipités de madame de *Marron*, cette
précipitation et cette facilité feraient encore un prodige. J'irais l'admirer chez elle, fi je pouvais fortir;
mais, fi elle veut que je voye fes pièces, il faudra bien
qu'elle vienne à Ferney. Vous favez bien que les

LETTRE CCCV.

A M. LE COMTE D'ARGENTAL.

19 d'octobre.

IL faut amuser ses anges tant qu'on peut, c'est mon avis. Sur ce principe, j'ai l'honneur de leur envoyer ce petit chiffon qui m'est tombé par hasard entre les mains.

Mais de quoi s'est avisé M. *Jacob Tronchin* de dire à M. *Damilaville* que j'avais fait une tragédie ? Certainement je ne lui en ai jamais fait la confidence, non plus qu'au duc et au marquis *Cramer*. Si vous voyez *Jacob*, je vous prie de laver la tête à *Jacob*. L'idée seule que je peux faire une tragédie suffirait pour tout gâter. Je vais, de mon côté, laver la tête à *Jacob*.

Mais pourquoi n'avez-vous pas conservé une copie des Guèbres ? Je suis si indulgent, si tolérant, que je crois que ces Guèbres pourraient être joués ; mais la volonté de DIEU soit faite.

Je pense qu'il était nécessaire que j'écrivisse au président sur le beau portrait qu'on a fait de lui ; on disait trop que j'étais le peintre.

On a imprimé cet ouvrage sous le nom d'un marquis de *Béleslat* qui demeure dans ses terres en Languedoc ; mais enfin celui qui l'a fait imprimer m'a avoué qu'il était de *la Beaumelle* ; je m'en étais bien douté. Le maraud a quelquefois le bec retors et la griffe tranchante ; mais aussi on n'a jamais débité des

Paris. Les tracafferies génevoifes ont probablement
été l'objet de cette recherche ; mais je ne fuis point
génevois *repréfentant*. J'ai cru que ma correfpondance favorifée par vous ferait en fureté. Je vous
prie en grâce de me dire fi les paquets pareils à
ceux que je vous ai fait tenir pour vous-même, ont
été marqués, dans vos bureaux, de ce mot funefte
Genève. Il ferait poffible que, dans la multiplicité de
mes correfpondances , j'euffe envoyé quelques-unes
de ces brochures imprimées en Hollande, qu'on me
demande quelquefois ; il ferait bien cruel qu'elles
fuffent tombées dans des mains dangereufes.

Tout le monde paraît content du débufquement
de M. *d'el Averdi*, et on ne l'appelle plus que monfieur *Laverdi*. Cela femble prouver qu'il voulait de
l'ordre et de l'économie : on n'aime ni l'un ni l'autre à
la cour, mais il en faut pour le pauvre peuple. Cependant ce miniftre avait fait du bien ; on lui devait
la liberté du commerce des graïns, celle de l'exercice
de toutes les profeffions, la nobleffe donnée aux com-
merçans , la fuppreffion des recherches fur le cen-
tième denier après deux années, les priviléges des
corps de villes, l'établiffement de la caiffe d'amor-
tiffement. Le public eft foupçonné quelquefois d'être
injufte et ingrat.

Comme nous allons bientôt entrer dans l'avent,
votre bibliothécaire, Monfieur, vous envoie un fermon. Il eft vrai que ce fermon eft d'un huguenot,
mais la morale eft de toutes les religions. Je ne
manquerai pas de vous faire parvenir tous les ouvrages de dévotion qui paraîtront dans ce faint temps.

Vous favez combien je vous fuis attaché.

déesses prenaient la peine autrefois de descendre sur leurs autels pour y recevoir l'encens de leurs adorateurs. Elle me verra malade ; mais je suis le malade le plus sensible au mérite et aux beaux vers.

Je ne sais si vous êtes actuellement occupé avec les astres ; pour moi je suis fort mécontent de la terre ; nous ne pouvons semer ; on n'aura point de récolte l'année prochaine, si DIEU n'y met la main.

LETTRE CCCVII.

A M. TABAREAU, *à Lyon.*

Octobre.

Il est étonnant, Monsieur, que les Chinois sachent au juste le nombre de leurs concitoyens, et que nous, qui avons tant d'esprit et qui sommes si drôles, nous soyons encore dans l'incertitude, ou plutôt dans l'ignorance sur un objet si important. Je ne garantis pas le calcul de M. de *la Michodière;* mais, s'il y a vingt millions d'hommes en France, chaque individu doit prétendre à *quarante écus* de rente ; et si nous n'avons que seize millions d'animaux à deux pieds et à deux mains, il nous revient à chacun 144 livres ou environ. Cela est fort honnête ; mais les hommes ne savent pas borner leurs désirs.

Il y a une chose qui me fâche davantage, c'est que quand vous avez la bonté de donner cours à mes paquets pour Paris, vos commis mettent *Genève* sur l'enveloppe ; cela est cause qu'ils sont ouverts à

LETTRE CCCVIII.

A M. LE PRESIDENT HENAULT.

A Ferney, 31 d'octobre.

Ah! nous voilà d'accord, mon cher et illuftre confrère. Oui, fans doute, j'y mettrai mon nom, quoique je ne l'aye jamais mis à aucun de mes ouvrages. Mon amour propre fe réferve pour les grandes occafions, et je n'en fais point de plus honorable que celle de défendre la vérité et votre gloire.

J'avais déjà prié M. *Marin* de vous engager à prêter les armes d'*Achille* à votre *Patrocle* qui efpère ne pas trouver d'*Hector*. Je lui ai même envoyé, en dernier lieu, une lifte des faits qu'on ne peut guère vérifier que dans la bibliothéque du roi, me flattant que M. l'abbé *Boudot* voudrait bien fe donner cette peine. Je vous envoie un double de cette lifte ; elle confifte en dix articles principaux qui méritent des éclairciffemens (*).

(*) 1°. Voir dans l'*Avis aux bons catholiques*, imprimé à Touloufe, et qui eft à la bibliothéque du roi parmi les recueils de la ligue, fi, dans cet écrit, la validité du mariage de *Jeanne d'Albret* avec *Antoine de Bourbon* eft contèftée ; et s'il eft vrai que le pape *Grégoire XIII* fignifia qu'il ne regardait pas ce mariage comme légitime. Cette dernière partie de l'anecdote me paraît entièrement fauffe.

2°. Voir fi, dans le contrat de mariage de *Marguerite de Valois* et du prince de *Bearn*, *Jeanne d'Albret* prit la qualité de majefté *fidéliffime*.

3°. Confulter les manufcrits concernant les premiers états de Blois, et voir fi les députés furent chargés d'une inftruction portant *que les cours des parlemens font les états généraux au petit pied.*

4°. Savoir fi *Marguerite de Valois* eut en dot les fénéchauffées du

Vous jugerez, par ces articles mêmes, que le critique a de profondes et de singulières connaissances de notre histoire, quoiqu'il se trompe en bien des endroits.

1768.

Il serait convenable que vous lussiez cet ouvrage; vous seriez bien plus à portée alors de m'éclairer. Vous verriez combien le style, quoique inégal, peut faire d'illusion. Je sais qu'on en a envoyé à Paris six cents exemplaires de la première édition, et que le débit n'en a pas été permis; mais l'ouvrage est répandu dans les provinces et dans les pays étrangers; il est surtout vanté par les protestans; et comme l'auteur semble vouloir défendre la mémoire de *Henri IV*, il devient par là cher aux lecteurs qui n'approfondissent rien.

Vous voyez évidemment, par toutes ces raisons, qu'il est absolument nécessaire de le réfuter.

Quercy et de l'Agénois, avec le pouvoir de nommer aux *évêchés et aux abbayes*.

5°. Savoir s'il est vrai que la sentence rendue par le juge de Saint-Jean-d'Angeli porte *que la princesse de Condé sera appliquée à la question*.

6°. Savoir si, par l'édit de mars 1552 et l'édit de décembre 1563, la nouvelle religion est véritablement *autorisée*, et si elle y est appelée *religion prétendue réformée*.

7°. S'il est vrai que *Jeanne d'Albret* se soit opposée long-temps au mariage du prince de *Bearn* son fils, depuis *Henri IV*, avec *Marguerite*.

8°. S'il est vrai qu'en dernier lieu on ait retrouvé, au greffe du parlement de Rouen, un édit d'*Henri IV*, de janvier 1595, qui chassait tous les jésuites du royaume. Il est sûr qu'*Henri IV* assura le pape qu'il ne donnerait point cet édit. De *Thou* dit que cet édit ne fut point accordé; ce fait est très-important.

9°. Savoir s'il est vrai que le roi *Charles VI* ne fut déclaré majeur qu'à l'âge de vingt-deux ans; il fut pourtant sacré en 1380, âgé de treize ans et quelques jours, et le sacre fesait cesser la régence.

10°. N'est-il pas vrai qu'avant l'édit de *Charles V* les rois étaient majeurs à vingt et un ans, et non à vingt-deux?

M. *Marin* a entre les mains une carte fur laquelle l'imprimeur m'a écrit que l'ouvrage eft de M. le marquis de *Béleftat;* mais je fuis perfuadé que ce libraire m'a trompé, et que l'auteur a joint à toutes fes hardieffes celle de mettre fes critiques fous un nom qui s'attire de la confidération.

M. le marquis de *Béleftat* eft un jeune homme de mérite, qui m'a fait l'honneur de m'écrire quelquefois. Le ftyle de fes lettres eft abfolument différent de celui de la critique qu'on lui impute; mais on peut avoir un ftyle épiftolaire naturel et faible, et un ftyle plus fort et plus recherché pour un ouvrage deftiné au public.

Quoi qu'il en foit, je lui ai écrit en dernier lieu pour l'avertir qu'on lui attribue cette pièce; je n'en ai point eu de réponfe. Peut-être n'eft-il plus à Montpellier dont il avait daté les dernières lettres que j'ai reçues de lui.

Vous voilà bien au fait, mon cher et illuftre confrère; vous jugerez fi j'ai cette affaire à cœur, fi votre gloire m'eft chère, fi un attachement de quarante années peut fe démentir. Je vous répèterai ici mon ancienne maxime : en fait d'ouvrages de goût il ne faut jamais répondre, en fait d'hiftoire il faut répondre toujours, j'entends fur les chofes qui en valent la peine, et principalement celles qui intéreffent la nation.

Si vous m'envoyez les inftructions qui me font néceffaires, je vous prie de me les adreffer par M. *Marin*, qui me les fera tenir contre-fignées.

Il ne me refte qu'à vous embraffer avec la tendreffe la plus vive, et à vous fouhaiter une vie

longue et heureufe que vous méritez fi bien. Tant
que la mienne durera, vous n'aurez point de ferviteur qui vous foit plus inviolablement attaché.

1768.

LETTRE CCCIX.

A M. GAILLARD.

Ferney, 2 de novembre.

Il eft vrai, mon cher et illuftre ami, que l'académie de Rouen m'a fait l'honneur de "m'écrire
qu'elle m'envoyait l'ouvrage couronné, fans me dire
qu'il était de vous. Vous me comblez de joie en
m'apprenant que vous en êtes l'auteur. Ce ne fera
donc pas feulement une *pièce couronnée*, mais une
excellente pièce. Le fieur *Panckoucke*, qui a fait fi long-
temps la litière de *Fréron*, et qui fait actuellement la
mienne, était chargé de m'envoyer votre difcours ;
mais il eft devenu un homme fi important depuis
qu'il débite les mal-femaines de ce *Fréron*, qu'il ne
s'eft mis nullement en peine de me faire parvenir
l'ouvrage après lequel je foupire.

Je fuis réduit à vous faire des complimens à vide ;
j'ai remercié l'académie normande fans favoir de
quoi, et je brûle d'envie de vous remercier en connaiffance de caufe.

Je vois bien que nous n'aurons pas la partie eccléfiaftique de ce brave chevalier et de ce pauvre roi
François I; cette partie eft la honteufe. *Charles-Quint*,
fon fupérieur en tout, ne fefait pas brûler les luthériens à petit feu ; il leur accordait la liberté de

confcience, après les avoir battus en rafe campagne. C'eft dommage que, de ces deux héros, l'un foit mort fou et l'autre foit mort de la vérole.

Permettez à l'eftime et à l'amitié de vous embraffer fans cérémonie.

LETTRE CCCX.

A M. DE CHABANON.

2 de novembre.

Je ne fais où vous prendre, mon cher et aimable ami; mais ce fera fans doute au milieu des plaifirs. Vous êtes tantôt à la campagne, tantôt à Fontaine-bleau; et moi, du fond de ma folitude, n'étant pas forti deux fois de chez moi depuis votre départ, ayant feulement ouï dire à mes domeftiques que l'on fait la guerre en Corfe, et que le roi de Danemarck eft en France, je vous adreffe mon *De profundis* à votre maifon de Paris à tout hafard.

Je ne fais fi, depuis votre dernière lettre, vous avez fait une tragédie ou une jouiffance. Je ne fais ce qu'eft devenu *l'Orphée* (*) de Pandore depuis le gain de fon procès contre fon déteftable prêtre; j'ignore tout; je fais feulement que je vous fuis attaché comme fi j'étais vivant. N'oubliez pas tout-à-fait ce pauvre antipode. Quand vous aurez fait des vers, envoyez-les-moi, je vous prie; car j'aime toujours les beaux vers à la folie, quoique je fois actuellement

(*) M. de *la Borde*. Voyez le *Supplément aux caufes célèbres*. Polit. et Légifl. tom. II.

plongé dans la phyſique. La nature eſt furieuſement
déroutée depuis que j'ai coupé des têtes à des coli- 1768.
maçons, et que j'ai vu ces têtes revenir. Depuis Sᵗ
Denis, on n'avait jamais rien vu de plus mirifique.
Cette expérience me porte fort à croire que nous ne
ſavons rien du tout des premiers principes, et que
le plus ſage eſt celui qui ſe réjouit le plus.

On ne peut vous être plus tendrement dévoué
que le mort *V.*

LETTRE CCCXI.

A M. LE COMTE DE ROCHEFORT.

2 de novembre.

L'ENTERRÉ reſſuſcite un moment, Monſieur, pour
vous dire que, s'il vivait une éternité, il vous aime-
rait pendant tout ce temps-là. Il eſt comblé de vos
bontés : il lui eſt encore arrivé deux gros fromages
par votre munificence. S'il avait de la ſanté, il trouverait ſon ſort très-préférable à celui du rat retiré
du monde dans un fromage d'Hollande ; mais quand
on eſt vieux et malade, tout ce qu'on peut faire
c'eſt de ſupporter la vie et de ſe cacher.

Je vous ai envoyé quatre volumes du Siècle de
Louis XIV et de *Louis XV;* mais, en France, les fromages arrivent beaucoup plus ſurement par le coche
que les livres. Je crois qu'il faudra tout votre crédit
pour que les commis à la douane des penſées vous
délivrent le récit de la bataille de Fontenoi et la

prife de Minorque. La fociété s'eft fi bien perfectionnée qu'on ne peut plus rien lire fans la permiffion de la chambre fyndicale des libraires. On dit qu'un célèbre janfénifte a propofé un édit par lequel il fera défendu à tous les philofophes de parler, à moins que ce ne foit en préfence de deux députés de forbonne, qui rendront compte au *prima menfis* de tout ce qui aura été dit dans Paris dans le cours du mois.

Pour moi, je penfe qu'il ferait beaucoup plus utile et plus convenable de leur *couper la main droite* pour les empêcher d'écrire, et de leur *arracher la langue* de peur qu'ils ne parlent. C'eft une excellente précaution dont on s'eft déjà fervi, et qui a fait beaucoup d'honneur à notre nation. Ce petit préfervatif a même été effayé avec fuccès dans Abbeville fur le petit-fils d'un lieutenant général; mais ce ne font là que des palliatifs. Mon avis ferait qu'on fît une Saint-Barthelemi de tous les philofophes, et qu'on égorgeât dans leur lit tous ceux qui auraient *Locke*, *Montagne*, *Bayle*, dans leur bibliothéque. Je voudrais même qu'on brûlât tous les livres, excepté *la Gazette eccléfiaftique* et *le Journal chrétien.*

Je refterai conftamment dans ma folitude jufqu'à ce que je voye ces jours heureux où la penfée fera bannie du monde, et où les hommes feront parvenus au noble état des brutes. Cependant, Monfieur, tant que je penferai et que j'aurai du fentiment, foyez sûr que je vous ferai tendrement attaché. Si on fefait une Saint-Barthelemi de ceux qui ont les idées juftes et nobles, vous feriez furement maffacré un des premiers. En attendant, confervez-moi vos bontés. Je me mets aux pieds de madame de *Rochefort.*

LETTRE CCCXII.

A M. GABRIEL CRAMER.

A Ferney, 3 de novembre.

JE vous prie, mon cher ami, de me procurer ces trois volumes de *Mélanges* où vous dites qu'on a inféré plufieurs balivernes de ma façon, comme tragédies médiocres, comédies de fociété, petits vers de fociété qui ne font jamais bons qu'aux yeux de ceux pour qui ils ont été faits. Si la folie de faire des vers eft un peu épidémique, la rage de les imprimer eft beaucoup plus grande. On dit qu'on a mêlé à ces fadaifes des ouvrages licencieux de plufieurs auteurs. Je fuis comme les gens de mauvaife compagnie, qui font fâchés de fe trouver en mauvaife compagnie. Faites-moi venir, je vous prie, par vos correfpondans d'Hollande, deux exemplaires de ce recueil intitulé, dit-on, *Nouveaux mélanges*. Je veux en juger.

> La faibleffe humaine eft d'apprendre
> Ce qu'on ne voudrait pas favoir.

Il y a tantôt cinquante ans qu'on fe plaît à mettre fous mon nom beaucoup de fottifes qui, jointes avec les miennes, compofent en papier bleu une bibliothéque très-confidérable; mais la calomnie y mêle quelquefois des ouvrages férieux qui font bien de la peine. Ces impoftures font d'autant plus défagréables qu'on ne peut guère les repouffer; on ne fait

1768.

d'où elles partent ; on se bat contre des fantômes. J'ai beau me mettre en colère comme *Ragotin*, et jurer que cela n'est pas de moi, et que cela est détestable, on me répond que mon style est très-reconnaissable ; et voilà comme on juge. La condition d'un homme de lettres ressemble à celle de l'âne du public ; chacun le charge à sa volonté, et il faut que le pauvre animal porte tout.

Mettez-moi au fait, je vous prie, de ce recueil de *Nouveaux mélanges*, je vous serai très-obligé. J'attends ce service de votre amitié.

LETTRE CCCXIII.

A M. LÉ CHEVALIER DE BEAUTEVILLE.

A Ferney, 4 de novembre.

MONSIEUR,

JE suis obligé en honneur de vous rendre compte de ce qui vient de m'arriver. Une dame fort jolie et fort affligée est venue chez moi : je n'ai pas, à mon âge, de quoi la consoler ; elle m'a assuré qu'il n'y avait que vous qui pussiez lui donner de la consolation. J'ai le malheur, m'a-t-elle dit, d'être la femme d'un poëte. — Votre mari est-il jeune, Madame ; fait-il bien des vers ? — Ah ! Monsieur, il les fait détestables.— Cela est fort commun, Madame ; mais que peut un ambassadeur de France contre la rage de faire de mauvais vers ? — Monsieur, je suis génevoise, et mon mari est un jeune étourdi nommé *Lamande.* — Eh bien, Madame, envoyez-le chez *J. J. Rousseau*, ils travailleront du même métier. Monsieur, il y a renoncé pour sa vie. Il s'avisa, il y a deux ans, pendant les troubles de Genève où personne ne s'entendait, de faire une mauvaise brochure en vers qu'on n'entendait pas davantage ; il a été banni pour neuf ans par un arrêt du conseil magnifique ; il a un père encore plus vieux que vous, qui est aveugle et qui se trouve sans secours ; ma mère vieille et infirme a besoin de mes soins : je passe ma vie à courir pour me partager entre ma mère et mon mari : monsieur l'ambassadeur de France est le seul qui puisse finir mes malheurs.

J'ai répondu alors de votre Excellence ; j'ai assuré la désolée que, si elle venait à votre lever, elle s'en trouverait fort bien ; mais que vous étiez actuellement occupé avec les dames de Saint-Omer.

Hélas ! Monsieur, m'a-t-elle répliqué, il peut, de Saint-Omer, pardonner à mon mari, et me le rendre. On a prétendu que mon mari lui avait manqué de respect dans son impertinent ouvrage où personne n'a jamais rien compris... — Madame, ai-je dit, si votre mari avait été citoyen de Berg-op-zoom, M. le chevalier de *Beauteville* lui aurait très-mal fait passer son temps ; mais, s'il est citoyen de Genève, et s'il a écrit des sottises, soyez très-persuadée que monsieur l'ambassadeur de France n'en sait rien, qu'il ne lit point ces pauvretés, ou qu'il ne s'en souvient plus. Alors elle s'est remise à pleurer. Ah ! que monsieur l'ambassadeur pourrait faire une belle action, disait-elle ! — Il la fera, Madame, n'en doutez

1768.

1768.

pas; c'eſt une de ſes habitudes. De quoi s'agit-il ? — Ce ſerait, Monſieur, qu'il trouvât bon que mon magnifique conſeil abrégeât le temps du banniſſement de mon ſot mari qui a voulu faire le bel eſprit. Il ne faudrait pour cela qu'un mot de la main de ſon Excellence. La grâce de mon mari ſera accordée, ſi monſieur l'ambaſſadeur daigne ſeulement vous témoigner qu'il ſera ſatisfait que ce magnifique conſeil laiſſe revenir mon mari *Lamande* dans ſa patrie, et que je puiſſe y ſoulager la vieilleſſe de mes parens. Prenez la liberté de lui demander cette faveur, il ne vous refuſera pas ; car c'eſt ſans doute une choſe très-indifférente pour lui que le ſieur *Lamande* et moi nous ſoyons à Genève ou en Savoie.

Enfin, Monſieur, elle m'a tant preſſé, tant conjuré, que j'oſe vous conjurer auſſi. Une nombreuſe famille vous aura l'obligation de la fin de ſes peines. Votre Excellence peut avoir la bonté de m'écrire qu'elle eſt ſatisfaite de deux ans d'expiation de *Lamande*, et qu'elle verra avec plaiſir qu'il ſoit rappelé dans ſa ville.

Voyez, Monſieur, ſi j'ai trop préſumé en vous demandant cette grâce, et ſi vous pardonnez à *Lamande* et à mon importunité. Le plus grand plaiſir que m'ait fait la jolie pleureuſe a été de me fournir cette occaſion de vous renouveler le reſpect et l'attachement avec lequel je ſuis, &c.

LETTRE

LETTRE CCCXIV.   1768.

A M. LE DUC DE SAINT-MEGRIN.

A Ferney, le 4 de novembre.

MONSIEUR LE DUC,

LE vieux malade solitaire a été pénétré de l'honneur de votre visite et de votre souvenir. Il vous écrit à Paris, comme vous le lui avez ordonné. En quelque lieu que vous soyez, vous y faites du bien, vous acquérez continuellement de nouvelles lumières, et vous fortifiez votre belle ame contre les préjugés de toute espèce. Vous avez voyagé, dans la plus grande jeunesse, dans le même esprit que voyageaient autrefois les vieux sages, pour connaître les hommes et pour leur être utiles ; vous vous êtes mis en état de rendre un jour les plus grands services à votre nation ; vous avez parcouru les provinces et les frontières en philosophe et en homme d'Etat : la raison et la patrie en sentiront un jour les effets. Je ne verrai pas ces jours heureux, mais je mourrai avec la consolation d'avoir vu celui qui les fera naître.

Votre philosophie bienfesante est déjà connue, elle a été ornée des grâces de votre esprit ; tous les gens de lettres vous ont applaudi : il viendra un temps où la nation entière pourra vous avoir de plus grandes obligations. Vous êtes né dans un siècle éclairé ; mais la lumière qui s'est étendue depuis quelques années, n'a encore servi qu'à nous faire voir nos abus, et non pas à les corriger ; elle a même révolté quelques efprits qui, faits pour les erreurs, penfent qu'elles font néceffaires. Plus la raifon fe développe, plus elle effraie le fanatifme. On tient en efclavage les corps et les efprits, autant qu'on le peut. Pour comble de malheur, la fauffe politique protége ce fanatifme funefte. Il en eft de certaines fuperflitions comme des déprédations autorifées dans la finance : elles font anciennes, elles font en ufage ; donc il les faut foutenir. Voilà comme l'on raifonne ; on agit en conféquence, et il y en a eu des exemples bien funeftes.

Si quelqu'un peut contribuer un jour à rendre la France auffi heureufe qu'elle commence à être éclairée, c'eft affurément vous, monfieur le Duc. Les *Montaufier* ont rendu leur nom célèbre dans le fiècle des beaux arts, vous pourrez rendre le vôtre immortel dans celui de la philofophie ; c'eft ce que je fouhaite et que j'efpère du fond de mon cœur. Vous m'avez infpiré une tendre vénération ; je ferai des vœux, dans le peu de temps qui me refte à vivre, pour que vous foyez à portée de déployer vos grands talens, et de faire tout le bien dont la France a encore befoin.

Agréez mon profond refpect. Si vous avez quelque ordre à me donner, fignez feulement une *L* et un *V*. Permettez-moi de faire mes complimens à M. *Dupont* qui eft fi digne de votre amitié.

LETTRE CCCXV.   1768.

A M. LE DUC DE CHOISEUL.

12 de novembre.

MON PROTECTEUR,

DAIGNEZ lire ceci, car ceci en vaut la peine. Ce n'eſt pas parce que la marmotte des Alpes a bientôt ſoixante et quinze ans, ce n'eſt pas parce qu'elle radote, qu'il s'eſt gliſſé un galimatias abſurde dans le Siècle de *Louis XIV* et de *Louis XV*, touchant la paix que nous vous devons : pendant que je paſſe ma vie dans mon lit, l'éditeur a mis, à la page 202 du quatrième tome, une addition que je lui avais envoyée pour la page 142. Il a ajouté à votre paix ce qu'il devait ajouter à la paix d'Aix-la-chapelle. Il vous ſera aiſé de faire placer adroitement ce carton ci-joint : vous êtes accoutumé à réparer quelquefois les fautes d'autrui. J'ai voulu finir par la gloire de la nation et par la vôtre.

Quand l'édition eſt finie, quelques officiers m'apprennent des choſes étonnantes, dignes de l'ancienne Rome.

Le prince héréditaire de *Brunſwick* veut ſurprendre M. de *Caſtries* qui en veut faire autant. On envoie à l'entrée de la nuit M. d'*Aſſas*, capitaine d'Auvergne, à la découverte ; le régiment le ſuit en ſilence ; il trouve, à vingt pas, des grenadiers ennemis, couchés ſur le ventre ; ils ſe lèvent, ils l'entourent,

N n 2

lui mettent vingt baïonnettes fur la poitrine : *Si vous criez, vous êtes mort ;* il retient fon fouffle un moment pour crier plus fort : *A moi, Auvergne, les voilà ;* et il tombe percé de coups : *Décius en a-t-il plus fait?*

On me prend pour le greffier de la gloire ; on me fournit de beaux traits, mais trop tard ; c'eft pour une belle édition in-4°.

Je vous demande en grâce de lire la page 177, tome IV., vous y verrez une action très-fupérieure à celle des Thermopyles, et très-vraie.

N. B. J'ai envoyé un Siècle à M. de *Saint-Florentin.* Il m'a mandé qu'il croyait que je pouvais le préfenter au roi, et qu'il s'en chargerait. Je vais lui mander que je crois que vous lui avez donné le vôtre, et j'aurai l'honneur de vous en renvoyer un autre. M'approuvez-vous? Je prêche gloire et paix dans cet ouvrage.

N. B. Il s'eft fait une grande révolution dans les efprits. Voici ce qu'un homme très-fage me mande de Touloufe :

Les trois quarts du parlement ont ouvert les yeux, et gémiffent du jugement des Calas. Il n'y a plus que les vieux endurcis qui ne foient pas pour la tolérance.

Il en fera bientôt de même dans le parlement de Paris, je vous en réponds. On ne fera plus homicide pour paraître chrétien aux yeux du peuple. J'aurai contribué à cette bonne œuvre.

N. B. Ce changement dans les mœurs ne fera pas inutile à votre colonie de Verfoy.

Permettez-moi de vous écrire un jour, à fond,
fur votre colonie. Vous protégez votre vieille marmotte; cet établiffement touche à mon pauvre trou;
je fuis de la colonie.

1768.

L'évêque d'Annecy eft un fou; vous avez bien dû
le voir. Le voilà difgracié à fa cour pour fes fottifes.
Le fanatifme n'a jamais fait que du mal.

Mon protecteur, vòus avez beau jeu. Le duc de
Grafton n'eft pas une tête à réfifter à la vôtre?

Me pardonnez-vous de vous écrire une fi longue
lettre?

La vieille marmotte eft à vos pieds; elle vous adore;
elle vous fouhaite profpérité et gloire; elle vous préfente d'ailleurs fon profond refpect.

LETTRE CCCXVI.

A M. VERNES.

13 de novembre.

J'AI fait tout jufte avec vous, mon cher philofophe, comme on fefait autrefois avec les théologiens
vos devanciers; on les croyait plus qu'on ne fe
croyait foi-même. J'avais beau être perfuadé que
M. le chevalier de *Beauteville* était en Suiffe, vous
m'affurâtes fi pofitivement qu'il était à Saint-Omer,
que c'eft à Saint-Omer que j'ai adreffé ma lettre.
Elle partit dès le lendemain de votre vifite; car, dès
qu'il s'agit de rendre fervice, il faut fonger que la
vie eft courte, et qu'il n'y a pas un moment à

1768.

perdre. Cependant nous avons perdu trois femaines au moins, grâce à la foi implicite que j'ai eue en vous.

On vous avait trompé de même fur les quatre cents hommes pris en débarquant en Corfe : c'eft bien, par tous les diables, au beau milieu de la terre ferme qu'ils ont été déconfits. Vous avez mis ma foi à de rudes épreuves ; cependant j'aurai toujours foi en vous, je veux dire en votre caractère de franchife et de droiture, et en votre efprit plein de grâces. Si *Athanafe* vous avait reffemblé, nous ne ferions pas où nous en fommes.

Sur ce je vous donne ma bénédiction, et reçois la vôtre.

P. S. J'aime mieux mille fois cette *Purification* (*) que la fête de la purification de la vierge. Les parfums dont on s'eft fervi montent furieufement au nez. Le purificateur n'a pas phyfiquement fix pieds de haut, mais moralement il en a plus de trente. Tudieu, quel homme ! je voudrais bien qu'il vînt quelque jour nous parfumer. Si jamais je fuis fyndic, je me garderai bien d'avoir affaire à fi forte partie.

(*) *Purification des trois points de droit*, par l'avocat *Delolme*, le jeune.

LETTRE CCCXVII.   1768.

A M. CHRISTIN.

13 de novembre.

Vous ne favez pas, mon cher petit philofophe, combien je vous regrette. Je ne peux plus parler qu'aux gens qui penfent comme vous; il n'y a que la communication de la philofophie qui confole.

On me mande de Touloufe ce que vous allez lire. ,, Je connais actuellement affez Touloufe pour vous ,, affurer qu'il n'eft peut-être aucune ville du royaume ,, où il y ait autant de gens éclairés. Il eft vrai qu'il ,, s'y trouve plus qu'ailleurs des hommes durs et ,, opiniâtres, incapables de fe prêter un feul moment ,, à la raifon; mais leur nombre diminue chaque ,, jour, et non-feulement toute la jeuneffe du par- ,, lement, mais une grande partie du centre et plu- ,, fieurs hommes de la tête vous font entièrement ,, dévoués. Vous ne fauriez croire combien tout a ,, changé depuis la malheureufe aventure de *Calas*. ,, On va jufqu'à fe reprocher le jugement rendu ,, contre M. *Rochette* et les trois gentilshommes; on ,, regarde le premier comme injufte, et le fecond ,, comme trop févère. ,,

Mon cher ami, attifez bien le feu facré dans votre Franche - Comté. Voici un petit A, B, C qui m'eft tombé entre les mains; je vous en ferai paffer quel-ques-uns à mefure; recommandez feulement au poftillon de paffer chez moi, et je le garnirai à chaque

N n 4

1768.

voyage. Je vous supplie de me faire venir le *Spectacle de la nature*, *les Révolutions* de *Vertot*, *les Lettres américaines sur l'Histoire naturelle* de M. de *Buffon*; le plutôt c'est toujours le mieux : je vous serai très-obligé. Je vous embrasse le plus tendrement qu'il est possible.

LETTRE CCCXVIII.

A MADAME

LA MARQUISE DU DEFFANT.

Novembre.

MADAME, un officier de dragons me mande que vous lui avez demandé cela. Je vous envoie cela. Si votre ami (*) avait lu cela, et bien d'autres choses faites comme cela, il ne serait pas tourmenté, sur la fin de sa vie, par les idées les plus absurdes et les plus détestables que la fureur et la folie aient jamais inventées; il changerait avec tous les honnêtes gens de l'Europe qui ont changé.

Je l'aime malgré sa faiblesse, et je prends vivement son parti contre un marquis de *Béleslat* qui le traite avec la plus cruelle injustice, dans un ouvrage qui a trop de vogue, et qu'il faut absolument réfuter.

Je vous souhaite, Madame, santé et fermeté : méprisez le monde et la vie ; tout cela n'est qu'un fantôme d'un moment.

(*) Le président *Hénault*.

LETTRE CCCXIX.

A M. COLMAN.

14 de novembre.

Si je pouvais écrire de ma main, Monsieur, je prendrais la liberté de vous remercier, en anglais, du préfent que vous me faites de vos charmantes comédies; et, fi j'étais jeune, je viendrais les voir jouer à Londres.

Vous avez furieufement embelli l'Ecoffaife, que vous avez donnée fous le nom de *Fréeport* qui eft en effet le meilleur perfonnage de la pièce. Vous avez fait ce que je n'ai ofé faire; vous puniffez votre *Fréron* à la fin de la comédie. J'avais quelque répugnance à faire paraître plus long-temps ce poliffon fur le théâtre; mais vous êtes un meilleur fchérif que moi, vous voulez que juftice foit rendue, et vous avez raifon.

Lorfque je m'amufai à compofer cette petite comédie, pour la faire repréfenter fur mon théâtre à Ferney, notre fociété d'acteurs et d'actrices me confeilla de mettre ce *Fréron* fur la fcène comme un perfonnage dont il n'y avait point encore d'exemple. Je ne le connais point, je ne l'ai jamais vu; mais on m'a dit que je l'avais peint trait pour trait.

Lorfqu'on joua depuis cette pièce à Paris, ce croquant était à la première repréfentation. Il fut reconnu dès les premières lignes; on ne ceffa de battre des mains, de le huer et de le bafouer, et tout le public, à la fin de la pièce, le reconduifit hors de la falle avec des éclats de rire. Il a eu l'avantage d'être joué et berné fur tous les théâtres de l'Europe, depuis Pétersbourg jufqu'à Bruxelles. Il eft bon de nettoyer quelquefois le temple des Mufes de ces araignées. Il me paraît que vous avez auffi vos *Frérons* à Londres, mais ils ne font pas fi plats que le nôtre. Au temps du colloque de Poiffy, un bon catholique écrivait à un bon proteftant : Monfieur, les chofes font entièrement égales des deux côtés ; il eft vrai que votre favant eft bien plus favant que notre favant, mais, en récompenfe, notre ignorant eft bien plus ignorant que votre ignorant.

Continuez, Monfieur, à enrichir le public de vos très-agréables ouvrages. J'ai l'honneur d'être, avec toute l'eftime que vous méritez, &c.

LETTRE CCCXX.

A M. LE COMTE D'ARGENTAL.

18 de novembre.

MES anges avaient très-grande raifon de s'endormir, comme au fermon, aux deux premières fcènes du cinquième acte des Guèbres ; le diable qui affligeait alors le petit poffédé, était un diable très-foporatif, un diable froid, un diable à la mode. Ces fcènes n'étaient que des jérémiades où l'on ne fefait que répéter ce qui s'était paffé et ce que

le spectateur savait déjà. Il faut toujours, dans une
tragédie, que l'on craigne, qu'on espère à chaque
scène ; il faut quelque petit incident nouveau qui
augmente ce trouble ; on doit faire naître à chaque
moment, dans l'ame du lecteur, une curiosité inquiéte.
Le possédé était si rempli de l'idée de la dernière
scène, quand il brocha cette besogne, qu'il allait
à bride abattue dans le commencement de l'acte,
pour arriver à ce dénouement qui était son unique
objet.

A peine eut-il lu la lettre céleste des anges, qu'il
refit sur le champ les trois premières scènes qu'il
vous envoie. Il ne s'en est pas tenu là ; il a fait,
au quatrième acte, des changemens pareils : il polit
tout l'ouvrage. Ce n'est plus le seul *Arzémon* qui tue
le prêtre, c'est toute la troupe honnête qui le perce
de coups. Il n'y a pas une seule de vos critiques
à laquelle votre exorcisé ne se soit rendu avec autant
d'empressement que de reconnaissance. Le diable de
la chose impossible n'était pas plus docile.

A l'égard des adoucissemens sur la prêtraille, c'est-
là véritablement la chose impossible qui est au-dessus
des talens du diable. La pièce n'est fondée que sur
l'horreur que la prêtraille inspire ; mais c'est une
prêtraille païenne. Mahomet a bien passé, pourquoi les Guèbres ne passeraient-ils pas ? Si on craint
les allusions, il y en avait cent fois plus dans le
Tartufe.

Trouveriez-vous à propos que *Marin* montrât la
pièce au chancelier, ou plutôt que quelqu'un de
ses amis la lui confiât comme un ouvrage posthume
de feu *la Touche*, auteur de l'Iphigénie en Tauride ?

 —— Un homme fraîchement forti du parlement ne s'effraiera pas de l'humiliation des prêtres. Il m'a écrit une lettre charmante fur le Siècle de *Louis XIV*.

A l'égard des acteurs, j'oferais prefque dire que la pièce n'en a pas befoin ; c'eft une tragédie qu'il faut plutôt parler que déclamer. Les fituations y feraient tout, les comédiens peu de chofe ; et le fujet eft fi piquant, fi intéreffant, fi neuf, fi conforme à l'efprit philofophique du temps, que la pièce aurait peut-être le fuccès du Siége de Calais et du Catilina de *Crébillon*, quoique ces deux pièces foient inimitables.

Il y a plus encore ; c'eft que cette tragédie pourrait faire du bien à la nation : elle contribuerait peut-être à éteindre les flammes où le chevalier de *la Barre* a péri à la honte éternelle de ce fiècle infame.

Si on ne peut jouer les Guèbres, il fe trouvera un éditeur qui la fera imprimer avec une préface fage, dans laquelle on ira au-devant de toutes les allufions malignes. Un jour viendra que les Velches feront affez fages pour jouer les Guèbres. C'eft dans cette douce efpérance, que je me mets à l'ombre de vos ailes avec toute la tendreffe imaginable.

Eft-ce Villars qu'on appelle aujourd'hui Praflin? ou eft-ce Praflin auprès de Châlons?

Croyez-vous que *Mouftapha* l'imbécille déclare la guerre à ma *Catau-Sémiramis*? ne penfez-vous pas que le pape aide fous main les Corfes? Si vous ne faites pas rentrer l'infant dans Caftro, je vous coupe une aile.

Et du blé, en aurez-vous? Je vous avertis que

j'ai été obligé de femer trois fois le même champ. ——
L'évangile ne fait ce qu'il dit, quand il prétend   1768.
que ce blé doit pourrir pour germer; les pluies avaient
pourri mes femences, et malgré l'évangile je n'aurais pas eu un épi. Je fuis un rude laboureur. *V.*

LETTRE CCCXXI.

A M. MAILLET DU BOULLAY,

SECRETAIRE DE L'ACADEMIE DE ROUEN.

A Ferney, 20 de novembre.

MONSIEUR,

La lettre dont vous m'honorez, au nom de votre
illuftre académie, eft le prix le plus honorable que
je puiffe jamais recevoir de mon zèle pour la gloire
du grand *Corneille*, et pour les reftes de fa famille.
L'éloge de ce grand-homme devait être propofé par
ceux qui font aujourd'hui le plus d'honneur à fa
patrie. Je ne doute pas que ceux qui ont remporté
le prix, ou qui en ont approché, n'aient pleinement rempli les vues de l'académie ; un fi beau
fujet a dû animer les auteurs d'un noble enthou-
fiafme. Il me femble que le refpect pour ce grand-
homme eft encore augmenté par les petites perfécutions du cardinal de *Richelieu*, par la haine d'un
Boifrobert, par les invectives d'un *Claveret*, d'un
Scudéri et d'un abbé d'*Aubignac*, prédicateur du

—— 1768.

roi. *Corneille* eft affurément le premier qui donna de l'élévation à notre langue, et qui apprit aux Français à penfer et à parler noblement. Cela feul lui mériterait une éternelle reconnaiffance ; mais quand ce mérite fe trouve dans des tragédies conduites avec un art inconnu jufqu'à lui, et remplies de morceaux qui occuperont la mémoire des hommes dans tous les fiècles, alors l'admiration fe joint à la reconnaiffance. Perfonne ne lui a payé ces deux tributs plus volontiers que moi, et c'eft toujours en lui rendant le plus fincère hommage, que j'ai été forcé de rélever des fautes

> *Quas aut incuria fudit,*
> *Aut humana parum cavit natura.*

Ces fautes inévitables dans celui qui ouvrit la carrière, inftruifent les jeunes gens fans rien diminuer de fa gloire. J'ai eu foin d'avertir plufieurs fois qu'on ne doit juger les grands-hommes que par leurs chefs-d'œuvre.

Les Anglais lui oppofent leur *Shakefpeare*, mais les nations ont jugé ce procès en faveur de la France. *Corneille* imita quelque chofe des Efpagnols, mais il les furpaffa, de l'aveu des Efpagnols mêmes.

Faites agréer, je vous prie, Monfieur, à l'académie mes très-humbles et refpectueux remercîmens des deux éloges qu'elle daigne me faire tenir. Je les lirai avec le même tranfport qu'un officier de l'armée de *Turenne* devait lire l'éloge de fon général, prononcé par *Fléchier*. Je fuis extrêmement fenfible au fouvenir de M. de *Cideville;* il y a plus de foixante ans que je lui fuis tendrement attaché. La plus

grande confolation de mon âge eft de retrouver de ——
vieux amis. Je crois en avoir un autre dans votre 1768.
académie, fi j'en juge par mes fentimens pour lui,
c'eft M. *le Cat* qui joint la plus faine philofophie
aux connaiffances approfondies de fon art.

J'ai l'honneur d'être, &c.

LETTRE CCCXXII.

A M. LE COMTE D'ARGENTAL.

21 de novembre.

Il vaut mieux fervir tout à la fois que plat à plat;
ainfi j'envoie à mon divin ange les Guèbres tout
entiers, fous le couvert de M. le duc de *Praflin*.
Il m'a paru impoffible d'adoucir les traits contre
meffieurs de *Pluton*. Si ce font en effet des prêtres
païens, des prêtres des enfers, on ne peut trop les
rendre odieux. Si les mal-intentionnés s'obftinent à
traiter cela d'allégories, rien ne les en empêchera,
quelque tour que l'on prenne.

Je fens bien que mon nom eft plus à craindre
que la pièce même. Ce ferait mon nom qui ferait
naître toutes les allufions; il porte toujours malheur
à la facro-fainte. Il eft conftant que la chofe en
elle-même eft non-feulement de la plus grande innocence, mais de la meilleure morale. Si les allufions
qu'on peut faire devaient empêcher les pièces d'être
jouées, il n'y en aurait aucune qu'on pût repréfenter.
Le poffédé a pris fon parti : fi on ne peut avoir une
approbation, il s'en paffera très-bien; il fera imprimer

1768.

la facétie qui déplaira beaucoup aux persécuteurs, mais qui plaira infiniment aux persécutés.

Et après tout, comme il n'y a point aujourd'hui d'inquisiteurs en France qui fassent brûler les peintres qui les dessinent, je ne vois pas qu'il y ait plus de danger à imprimer cette pièce que celle du *Royaume en interdit* (*) ou de *l'Honnête criminel*.

Je vous demande en grâce, mon cher ange, de lire l'article *Lalli* au quatrième volume du Siècle. Je suis convaincu qu'il était aussi innocent que brutal, et que rien n'est aussi injuste que la justice.

L'abbé de *Chauvelin*, cette fois-ci, ne doit pas être mécontent; au reste, il est bien difficile de contenter tout le monde et son père.

Respect et tendresse. *V.*

LETTRE CCCXXIII.

A M. MARMONTEL.

28 de novembre.

POINT du tout, mon cher ami; le patriarche est toujours malingre; et, s'il est goguenard dans les intervalles de ses souffrances, il ne doit la vie qu'à ce régime de gaieté, qui est le meilleur de tous.

Tout gai que je suis par accès, je suis au fond très-affligé pour l'Espagne que l'université de Salamanque succède aux jésuites dans le ministère de la persécution. Je l'avais bien prévu avec frère *Lambertad;* et je dis, quand on chassa les renards, on nous laissera manger aux loups.

(*) Tragédie de M. *Gudin.*

J'ai

J'ai toujours votre quinzième chapitre dans le
cœur et dans la tête, et la cenfure *contre*, dans le cu.
Je ne crois pas qu'il y ait rien de fi déshonorant
pour notre fiècle. Sans votre quinzième chapitre,
ce fiècle était dans la boue. Vous devez aller remercier la forbonne en cérémonie; elle a raffemblé les
penfées d'un grand écrivain et d'un grand citoyen;
elle démontre au roi que vous êtes un fujet fidelle,
et à l'Eglife que vous êtes un homme très-religieux.
Il était impoffible de travailler plus heureufement
à votre juftification et à votre gloire.

Votre idée de l'hiftoire politique de l'Eglife eft
très-belle, mais c'eft l'hiftoire du monde entier. Il
n'y a point de royaume en Europe que le pape n'ait
donné ou cru donner ; il n'y en a point où il
n'ait levé des impôts, où il n'ait excité des guerres :
j'en ai dit quelques mots dans l'Effai fur les mœurs
et l'efprit des nations.

L'*Examen* dans lequel le préfident *Hénault* eft fi
maltraité, eft un tour de maître *Gonin*, que je n'ai
pas encore éclairci. L'ouvrage eft affurément d'un
homme très-profond dans l'hiftoire de France. Il y
a des erreurs, mais il y a auffi des recherches favantes.
Le ftyle court après celui de *Montefquieu;* il l'attrape
quelquefois, mais avec des folécifmes et des barba-
rifmes dont *Montefquieu* avait auffi fa part. On a
imprimé ce petit livre fous le nom d'un marquis
de *Béleftat.* J'ai reçu moi-même de Montpellier
deux lettres fignées de ce nom ; et il fe trouve, à
fin de compte, qu'il n'y a point de marquis de
Béleftat; c'eft l'aventure du faux *Arnaud.*

Je crois, après m'être bien tourmenté à deviner,

_____
1768.

que je dois finir par rire. Plût à Dieu qu'il n'y eût dans le monde que ces petites méchancetés ! Mais je reprends mon air grave et triste, quand je songe à certaines chofes qui fe font paffées dans mon fiècle ; je ne les oublie point, je les garde pour les pofthumes ; et je veux que la poftérité détefte les perfécuteurs.

Je vous embraffe bien tendrement, mon très-cher confrère.

LETTRE CCCXXIV.

A M. LE PRINCE DE LIGNE.

A Ferney, 3 de décembre.

MONSIEUR LE PRINCE,

JE fuis enchanté de votre lettre, de votre fouvenir ; vous réveillez l'affoupiffement mortel dans lequel mon âge et mes maladies m'ont plongé. J'ai quelquefois combattu ma langueur par des plaifanteries qui font, à ce que je vois, parvenues jufqu'à vous ; elles m'ont valu la jolie lettre dont vous m'honorez. Je m'aperçois que certaines plaifanteries font bonnes à quelque chofe : il y a trente ans qu'aucun gouvernement catholique n'aurait ofé faire ce qu'ils font tous aujourd'hui. La raifon eft venue ; elle rend à la fuperftition les fers qu'elle avait reçus d'elle.

J'ai eu l'honneur d'avoir chez moi M. le duc de *Bragance*, que je crois votre beau-frère ou votre

oncle, et qui me paraît bien digne de vous être
quelque chofe. Il penfe comme vous ; et il n'y a plus
que des univerfités comme célle de Louvain où l'on
penfe autrement. Le monde eft bien changé.

Je crois M. d'*Hermenches* actuellement à Paris : il
ne doit pas être jufqu'ici trop content de l'expé-
dition de Corfe.

Puiffiez-vous, monfieur le Prince, ne vous faire
jamais tuer par des montagnards ou par des houfards ;
vivez très-long-temps pour les intérêts de l'efprit,
des grâces et de la raifon.

Agréez mon fincère et tendre refpect.

LETTRE CCCXXV.

A M. LE COMTE DE SCHOUVALOF.

A Ferney, 3 de décembre.

Voila, Monfieur, deux beaux ouvrages contre
le fanatifme. Voilà deux engagemens pris à la face
du ciel et de la terre, de ne jamais permettre à la
religion de perfécuter la probité. Il eft temps que
le monftre de la fuperftition foit enchaîné. Les princes
catholiques commencent un peu à réprimer fes entreprifes ; mais, au lieu de couper les têtes de l'hydre,
ils fe bornent à lui mordre la queue ; ils reconnaiffent
encore deux puiffances, ou du moins ils feignent
de les reconnaître : ils ne font pas affez hardis pour
déclarer que l'Eglife doit dépendre uniquement des
lois du fouverain ; leurs fujets achètent encore des
difpenfes à Rome ; les évêques payent des annates

1768.

à la chambre qu'on nomme apoftolique; les archevêques achètent chèrement un licou de laine qu'on
nomme un pallium. Il n'y a que votre illuftre fouveraine qui ait raifon ; elle paye les prêtres , elle
ouvre leur bouche , et la ferme ; ils font à fes ordres,
et tout eft tranquille.

Je fouhaite paffionnément qu'elle triomphe de
l'Alcoran comme elle a fu diriger l'Evangile. Je fuis
perfuadé que vos troupes battront les Ottomans
amollis. Il me femble que toutes les grandes def-
tinées fe tournent vers vos climats. Il fera beau
qu'une femme détrône des barbares qui enferment
les femmes , et que la protectrice des fciences batte
complétement les ennemis des beaux arts. Puiffé-je
vivre affez long-temps pour apprendre que les
eunuques du férail de Conftantinople font allés
filer en Sibérie! Tout ce que je crains, c'eft qu'on
ne négocie avec *Mouftapha*, au lieu de le chaffer de
l'Europe. J'efpère qu'elle punira ces brigands de
Tartarie qui fe croient en droit de mettre en prifon
les miniftres des fouverains. Le beau moment ,
Monfieur, que celui où la Gréce verrait fes fers
brifés ! Je voudrais recevoir une lettre de vous, datée
de Corinthe ou d'Athênes. Tout cela eft poffible.
Si *Mahomet II* a vaincu un fot empereur chrétien,
Catherine II peut bien chaffer un fot empereur turc.
Vos armées ont battu des armées plus difciplinées,
que les janiffaires. Vous avez pris déjà la Crimée,
pourquoi ne prendriez-vous pas la Thrace? Vous
vous entendrez avec le prince *Héraclius*, et vous
reviendrez après mettre à la raifon les bons ferviteurs du nonce du pape en Pologne.

Voilà quel eſt mon roman. Le courage de l'impératrice en fera une hiſtoire véritable ; elle a commencé ſa gloire par les lois, elle l'achèvera par les armes. Vivez heureux auprès d'elle, monſieur le Comte ; ſervez-la dans ſes grandes idées, et chantez ſes actions.

Je préſente mes reſpects à madame la comteſſe de *Schouvalof.*

LETTRE CCCXXVI.

A M. LE COMTE D'ARGENTAL.

5 de décembre.

Le petit poſſédé demande bien pardon à ſon ange de le fatiguer continuellement des détails de ſon obſeſſion. Voici un petit chiffon qui contient les changemens demandés, ou du moins ceux qu'on a pu faire. Mais, quelque adouciſſement qu'on puiſſe mettre au portrait des prêtres d'Apamée, le fond reſtera toujours le même, et c'eſt ce fond qui eſt à craindre. J'interpelle ici mes deux anges, et je m'en rapporte à leur conſcience. N'eſt-il pas vrai que le nom du diable qui a fait cet ouvrage leur a fait peur ? n'eſt-il pas vrai que ce nom fatal a fait la même impreſſion ſur le philoſophe *Marin* ? n'ont-ils pas jugé de la pièce par l'auteur, ſans même s'en apercevoir ? Ce ſont là les triſtes effets de la mauvaiſe réputation ; autrement, comment auraient-ils pu ſoupçonner des païens de Syrie d'avoir la moindre reſſemblance avec le clergé de France ? Ce

1768.

clergé n'a aucun tribunal, ne condamne perſonne à mort, ne perſécute aujourd'hui perſonne.

Si les Guèbres pouvaient reſſembler à quelque choſe, ce ne ſerait qu'aux premiers chrétiens pourſuivis par les pontifes païens, pour n'avoir adoré qu'un ſeul Dieu ; et même on pourrait dire que la pièce de *la Touche* était originairement une tragédie chrétienne, mais que la crainte de retomber dans le ſujet de Polyeucte, et le reſpect pour notre ſainte religion qui ne doit pas être prodiguée ſur le théâtre, engagea l'auteur à déguiſer le ſujet ſous d'autres noms.

La pièce même, préſentée à la police ſous ce point de vue, avec un avertiſſement, ſerait-elle rejetée ſous prétexte qu'il y a des prêtres en France, comme il y en a eu de tout temps dans tous les Etats du monde ? Il n'y a certainement pas un mot qui puiſſe déſigner nos évêques, nos curés, ou même nos moines. On pourrait, tout au plus, chercher quelque analogie entre les prêtres d'Apamée et ceux de l'inquiſition ; mais l'inquiſition eſt abhorrée en France, et réprimée en Eſpagne ; et certainement M. le comte d'*Aranda* ne demandera pas qu'on ſupprime cet ouvrage à Paris.

Si on reproche à feu M. *Guimon de la Touche* d'avoir rendu les prêtres d'Apamée trop odieux, il me ſemble qu'on peut répondre que, s'ils ne l'étaient pas, l'empereur aurait tort de les abolir ; que d'ailleurs la loi contre les Guèbres a été portée non par les prêtres, mais par l'empereur lui-même ; que tous les perſonnages ont tort dans la pièce, excepté le vieux jardinier et ſa fille ; que l'empereur, en leur pardonnant à tous, fait un grand acte de clémence, et que le dénouement eft fondé fur l'amour de la juftice et du bien public.

Si, avec ces raifons, la pièce ne paffe point à la police, il faudra s'en confoler, en l'imprimant foit fous le nom de *la Touche*, foit fous un autre.

J'ai bien de l'inquiétude fur un objet beaucoup plus important, qui eft la vie ou la mort de M. le comte de *Coigni*, que nos malheureufes gazettes étrangères ont tué en Corfe. Il était venu coucher quelques jours à Ferney, l'année paffée ; il m'avait paru très-aimable, fort inftruit et fort au-deffus de fon âge ; il paffait déjà pour un excellent officier. Je veux encore me flatter que les gazettes ne favent ce qu'elles difent : cela leur arrive fort fouvent.

Je ne fuis que trop fûr de la mort du chevalier de *Bétizi* qui était bien attaché à la bonne caufe, et que je regrette beaucoup ; mais je veux douter de celle de M. de *Coigni*.

Donnez-moi donc, pour me confoler, quelques efpérances fur un certain duché (*) qui ne vaut pas celui de Milan, mais pour lequel j'ai pris un vif intérêt.

Je perfifte plus que jamais dans mon culte de dulie. *V.*

_____

(*) Caftro et Ronciglione que M. de *Voltaire* défirait de voir réunis au duché de Parme.

LETTRE CCCXXVII.

A MADAME

LA MARQUISE DU DEFFANT.

7 de décembre.

Puisque vous vous êtes amusée de *cela*, Madame, amusez-vous de *ceci*. C'est un ouvrage de l'abbé *Caille* que vous avez tant connu, et qui vous était bien tendrement attaché.

Eh pardieu, Madame, comment pouvais-je faire avec le président ? Mille gens charitables, dans Paris, m'attribuaient cet ouvrage contre lui ; on me le mandait de tous côtés. Jamais *Ragotin* n'a été plus en colère que moi. Je n'ai découvert l'auteur que d'aujourd'hui, après trois mois de recherches. Ce n'est point le marquis de *Béleſtat*, c'est un gentilhomme de la province, qu'on appelle auſſi monſieur le marquis. Il eſt très-profond dans l'hiſtoire de France ; c'est une eſpèce de comte de *Boulainvilliers*, très-poli dans la converſation, mais hardi et tranchant, la plume à la main.

Il eſt bien injuſte envers M. le préſident *Hénault*, et bien téméraire envers le petit-fils de *Sha-Abas*. Si j'ai aſſez de matériaux pour le réfuter, j'en uſerai avec toute la circonſpection poſſible. Je veux que l'ouvrage ſoit utile, et qu'il vous amuſe. Il s'agit d'*Henri IV*; j'ai quelque droit ſur ce temps-là ; je

compte même dédier mon ouvrage à l'académie
françaife, parce que j'y prends le parti d'un de fes
membres. La plupart des gens voient déchirer leur
confrère avec une efpèce de plaifir, je prétends leur
apprendre à vivre.

Vous favez, fans doute, que quand l'évêque du Puy
ennuyait fon monde à Saint-Denis, une centaine
d'auditeurs fe détacha pour aller vifiter le tombeau
d'*Henri IV*. Ils fe mirent tous à genoux autour du
cercueil, et, attendris les uns par les autres, ils
l'arrosèrent de leurs larmes. Voilà une belle oraifon
funèbre et une belle anecdote. Cela ne tombera
pas à terre.

Je me flatte, Madame, que votre *petite mère* n'a
rien à craindre des fots contes que l'on débite dans
Paris contre fon mari, que je regarde comme un
homme de génie, et par conféquent comme un
homme unique dans le petit fiècle qui a fuccédé au
plus grand des fiècles.

Oui, fans doute, la paix vaut encore mieux que
la vérité; c'eft-à-dire, qu'il ne faut pas contrifter
fon voifin pour des argumens; mais il faut chercher
la paix de l'ame dans la vérité, et fouler aux pieds
des erreurs monftrueufes qui bouleverferaient cette
ame, et qui la rendraient le jouet des fripons.

Soyez très-sûre qu'on paffe des momens bien triftes
à quatre-vingts ans, quand on nage dans le doute.
Vos amis les *Chaulieu* et les *Saint-Aulaire* font morts
en paix. *V.*

1768.

LETTRE CCCXXVIII.

A LA MEME.

12 de décembre.

MADAME, les imaginations ne dorment point; et, quand même elles prendraient, en fe couchant, une dofe des oraifons funèbres de l'évêque du Puy et de l'évêque de Troyes, le diable les bercerait toujours. Quand la marâtre nature nous prive de la vue, elle peint les objets avec plus de force dans le cerveau; c'eft ce que la coquine me fait éprouver.

Je fuis votre confrère des quinze-vingts, dès que la neige eft fur mon horizon de quatre-vingts lieues de tour ; le diable alors me berce beaucoup plus que dans les autres faifons. Je n'ai trouvé à cela d'autre exorcifme que celui de boire : je bois beaucoup, c'eft-à-dire demi-fetier à chaque repas, et je vous confeille d'en faire autant; il faut que ce foit d'excellent vin; perfonne, de mon temps, n'en avait de bon à Paris.

L'aventure du préfident *Hénault* eft affurément bien fingulière. On s'eft moqué de moi avec des *Béloſte* et des *Béleſtat*, grands noms que vous connaiſſez. Je ne veux ni rien croire, ni même chercher à croire.

L'abbé *Boudot* a eu la bonté de fureter dans la bibliothéque du roi. Il en réfulte qu'il eft très-vrai qu'aux premiers états de Blois, dont vous ne vous fouvenez guère, on donna trois fois aux parlemens le titre d'*états généraux au petit pied*. Je ne penfe point du tout que les parlemens repréfentent les — états généraux, fur quelque *pied* que ce puiffe être ; 1768. et quand même j'aurais acheté une charge de confeiller au parlement pour quarante mille francs, je ne me croirais point du tout partie des états généraux de France.

Mais je ne veux point entrer dans cette difcuffion, et m'aller brouiller avec tous les parlemens du royaume, à moins que le roi ne me donne quatre ou cinq régimens à mes ordres. De toutes les facéties qui font venues troubler mon repos dans ma retraite, celle-ci eft la plus extraordinaire.

L'A, B, C, eft un ancien ouvrage traduit de l'anglais, imprimé en 1762. Cela eft fier, profond, hardi : cette lecture demande de l'attention. Il n'y a point de miniftre, point d'évêque, en deçà de la mer, à qui cet A, B, C, puiffe plaire ; cela eft infolent, vous dis-je, pour des têtes françaifes. Si vous voulez le lire, vous qui avez une tête de tout pays, j'en chercherai un exemplaire, et je vous l'enverrai ; mais l'ouvrage a un pouce d'épaiffeur. Si votre *grand'-maman* a fes ports francs, comme fon mari, je le lui adrefferai pour vous.

Il faut que je vous conte ce qu'on ne fait pas à Paris. Le finge de *Nicolet*, qui demeure à Rome, s'eft avifé de canonifer non-feulement madame de *Chantal*, à qui St *François de Sales* avait fait deux enfans, mais il a encore canonifé un frère capucin nommé frère *Cucufin* d'Afcoli. J'ai vu le procès verbal de fa canonifation ; il y eft dit qu'il fe plaifait fort à fe faire donner des coups de pied dans le cu par humilité, et qu'il répandait exprès des œufs frais

1768.

et de la bouillie fur fa barbe, afin que les profanes fe moquaffent de lui, et qu'il offrait à DIEU leurs railleries. Raillerie à part, il faut que *Rezzonico* foit un grand imbécille; il ne fait pas encore que l'Europe entière rit de Rome comme de frère *Cucufin*. (*)

Je fais pourtant qu'il y a encore des hottentots, même à Paris; mais, dans dix ans il n'y en aura plus : croyez-moi fur ma parole.

Quoi qu'il en foit, Madame, buvez et dormez; amufez-vous le moins mal que vous le pourrez; fupportez la vie, ne craignez point la mort que *Cicéron* appelle la fin de toutes les douleurs. *Cicéron* était un homme de fort bon fens. Je détefte les poules mouillées et les ames faibles. Il eft trop honteux d'affervir fon ame à la démence et à la bêtife de gens dont on n'aurait pas voulu pour fes palefreniers. Souvenons-nous des vers de l'abbé de *Chaulieu :*

> Plus j'approche du terme, et moins je le redoute.
> Sur des principes fûrs mon efprit affermi,
> Content, perfuadé, ne connaît plus de doute ;
> *Des fuites de ma fin je n'ai jamais frémi.*

Adieu, Madame ; je baife vos mains avec mes lèvres plates, et je vous ferai attaché jufqu'au dernier moment.

(*) Voyez le vol. de Facéties.

LETTRE CCCXXIX.   1768.

A M. DE BORDES, *à Lyon.*

17 de décembre.

Il y a mille ans que je ne vous ai écrit, mon cher ami. Voici un petit livre qui m'est tombé entre les mains, je vous prie de m'en dire votre avis. Je ne vous ai point envoyé les Siècles, parce qu'ils sont pleins de fautes typographiques : mon sort est d'être ridiculement imprimé.

Vous m'abandonnez. J'ai besoin que vous me disiez ce que vous pensez des trois premières lettres de l'alphabet de M. *Huet*. Je ne vous demande point de nouvelles des Corses, ni de madame *du Barri*, mais je vous en demande de l'A, B, C.

Il paraît, par la dernière émeute, que votre peuple de Lyon n'est pas philosophe; mais pourvu que les honnêtes gens le soient, je suis fort content. Il s'est fait un prodigieux changement dans Toulouse. La révolution s'opère sensiblement dans les esprits, malgré les cris des fanatiques. La lumière vient par cent trous qu'il leur sera impossible de boucher.

Que dites-vous de *Catherine* qui se fait inoculer, sans que personne en sache rien, et qui va se mettre à la tête de son armée? Je souhaite passionnément qu'elle détrône *Mouflapha*. Je voudrais avoir assez de force pour l'aller trouver à Constantinople; mais je suis plus près d'aller trouver *Pierre III*, quoique je ne sois pas si ivrogne que lui.

Avez-vous lu *la Riforma d'Italia*? il n'y a guère d'ouvrage plus fort et plus hardi; il fait trembler tous les prêtres, et infpire du courage aux laïques. L'idole de *Sérapis* tombe en pièces; on ne verra que des rats et des araignées dans le creux de fa tête. Il fe peut très-bien faire que les Italiens nous devancent; car vous favez que les Velches arrivent toujours les derniers en tout, excepté en falbalas et en pompons.

Je n'ai point entendu parler des prétendues faveurs du parlement de Paris. J'ai un neveu actuellement confeiller à la tournelle, qui ne m'aurait pas laiffé ignorer tant de bontés. On ne fait pas toujours tout ce qu'on ferait capable de faire.

Portez-vous bien, mon cher vrai philofophe, et cultivez tout doucement la vigne du Seigneur.

LETTRE CCCXXX.

A M. LE COMTE D'ARGENTAL.

19 de décembre.

Mon cher ange, les manes de *la Touche* fe recommandent à votre bonté habile et courageufe. Je me trompe fort, ou il ne refte plus aucun prétexte à l'allégorie. La fin du troifième acte pouvait en fournir; on l'a entièrement retranchée. Ces prêtres mêmes étaient trop odieux, et n'attiraient que de l'indignation lorfqu'il fallait infpirer de l'attendriffement. C'était à la jeune guèbre à refter fur le théâtre, et

non à ces vilains prêtres qu'on déteſte. Elle tire des
larmes ; elle eſt orthodoxe dans toutes les religions,   1768.
ſon monologue eſt un des moins mauvais qu'ait
jamais fait *la Touche*. Les prêtres ne paraiſſant plus
dans les trois derniers actes, et leur rôle infame étant
fort adouci dans les deux premiers, il me paraît
qu'un inquiſiteur même ne pourrait s'élever contre
la pièce.

Voici donc les trois premiers actes dans leſquels
vous trouverez beaucoup de changemens. Les deux
derniers étant ſans prêtres, il n'y a plus rien à
changer que le titre de la tragédie. *La Touche* l'avait
intitulée les Guèbres ; cela ſeul pourrait donner des
ſoupçons. Ce titre dés Guèbres rappellerait celui
des Scythes, et préſenterait d'ailleurs une idée de
religion qu'il faut abſolument écarter. Je l'appelle
donc les Deux frères. On pourra l'annoncer ſous
ce nom, après quoi on lui en donnera un plus
convenable.

Le *Kain* peut donc la lire hardiment à la comédie.
Il ne s'agit plus que d'anéantir dans la tête de *Marin*
le préjugé qui pourrait encore lui donner de la
timidité : c'eſt un coup de partie, mon cher ange ;
il faut reſſuſciter le théâtre qui feſait preſque ſeul
la gloire des Velches. Je vous avouerai de plus que
ce ferait une occaſion de faire certaines démarches
que ſans cela je n'aurais jamais faites. Je n'ai plus
que deux paſſions, celle de faire jouer les Deux
frères, et celle de revoir les deux anges.

J'ai encore une demi-paſſion, c'eſt que l'opéra
de M. de *la Borde* ſoit donné pour la fête du mariage
du dauphin. La muſique eſt certainement fort agréable.

 Je doute que M. le duc de *Duras* puiſſe trouver rien de mieux. Dites-moi ſi vous voulez lui en parler, et ſi vous voulez que je lui en écrive.

Sub umbra alarum tuarum.

LETTRE CCCXXXI.

A M. LE MARQUIS DE VILLEVIEILLE.

20 de décembre.

NON, mon cher Marquis, non, les *Socrates* modernes ne boiront point la ciguë. Le *Socrate* d'Athènes était, entre nous, un homme très-imprudent, un ergoteur impitoyable, qui s'était fait mille ennemis, et qui brava ſes juges très-mal à propos.

Nos philoſophes aujourd'hui font plus adroits; ils n'ont point la ſotte et dangereuſe vanité de mettre leurs noms à leurs ouvrages; ce font des mains inviſibles qui percent le fanatiſme d'un bout de l'Europe à l'autre avec les flèches de la vérité. *Damilaville* vient de mourir; il était l'auteur du *Chriſtianiſme dévoilé*, et de beaucoup d'autres écrits. On ne l'a jamais ſu; ſes amis lui ont gardé le ſecret tant qu'il a vécu, avec une fidelité digne de la philoſophie. Perſonne ne ſait encore qui eſt l'auteur du livre donné ſous le nom de *Fréret*. On a imprimé en Hollande, depuis deux ans, plus de ſoixante volumes contre la ſuperſtition. Les auteurs en ſont abſolument inconnus, quoiqu'ils puiſſent hardiment ſe découvrir. L'italien qui a fait *la Riforma d'Italia*,

n'a

n'a eu garde d'aller préfenter fon ouvrage à *Rezzonico;* ——
mais fon livre a fait un effet prodigieux. Mille plumes   1768.
écrivent, et cent mille voix s'élèvent contre les abus
et en faveur de la tolérance. Soyez très-sûr que la
révolution qui s'eft faite depuis environ douze ans
dans les efprits, n'a pas peu fervi à chaffer les
jéfuites de tant d'Etats, et a bien encouragé les
princes à frapper l'idole de Rome qui les fefait
trembler tous autrefois. Le peuple eft bien fot, et
cependant la lumière pénètre jufqu'à lui. Soyez bien
sûr, par exemple, qu'il n'y a pas vingt perfonnes
dans Genève qui n'abjurent *Calvin* autant que le
pape, et qu'il y a des philofophes jufque dans les
boutiques de Paris.

Je mourrai confolé en voyant la véritable religion,
c'eft-à-dire celle du cœur, établie fur la ruine des
fimagrées. Je n'ai jamais prêché que l'adoration d'un
Dieu, la bienfefance et l'indulgence. Avec ces fentimens, je brave le diable qui n'exifte point, et les
vrais diables fanatiques qui n'exiftent que trop.
Quand vous irez à votre régiment, n'oubliez pas
mon petit château qui eft votre étape.

Je ne veux point mourir fans vous avoir embraffé.

LETTRE CCCXXXII.

A M. LE COMTE D'ARGENTAL.

21 de décembre.

MAIS, mon cher ange, l'empereur dit, à la dernière scène, précisément ce que vous voulez qu'on dise dans votre lettre du 15 ; mais cela est annoncé, dès la première scène, dans les dernières additions ; mais le troisième acte finit par la prière la plus touchante et la plus orthodoxe ; mais il n'y a plus le moindre prétexte à l'allégorie. Oubliez-moi ; que *Marin* m'oublie ; mettez-vous bien tous deux *la Touche* dans la tête, et vous verrez qu'il n'y a pas la moindre ombre de difficulté à la chose. Me trompé-je ? ai-je un bandeau sur les yeux ? Mahomet et le Tartufe n'étaient-ils pas cent fois plus hardis ? Quel est l'homme, dans le parterre et dans les loges, qui ne soit pas de l'avis de l'auteur, et qui ne le béniffe ? quel est, dans la capitale des Velches, le porte-Dieu, ou le gobe-Dieu qui ose dire : C'est moi qu'on a voulu désigner par les prêtres de *Pluton ?* quel rapport peut-on jamais trouver entre les juges d'Apamée et les chanoines de Notre-Dame ? Vous avez toujours l'auteur sur le bout du nez, et vous croyez l'ouvrage hardi, parce que cet auteur a une fort méchante réputation.

Mais, au nom de Dieu, ne pensez qu'à *la Touche*; il vous a écrit un petit mot, en vous envoyant les

trois premiers actes retouchés, sous l'enveloppe de
M. le duc de *Praslin*. Vous trouverez sa lettre dans le
paquet. Ma foi, ces trois actes raccommodent tout,
et les deux anges doivent être très-édifiés.

Je suis très-fâché que votre fromage de parmesan
ne puisse être arrondi par Castro et Ronciglione. Je
m'imaginais que l'aîné laisserait ces rognures à son
cadet, d'autant plus qu'elles sont extrêmement à
sa bienséance.

Je suis encore plus fâché que ce *Tanucci* soit une
poule mouillée. Que peut-il craindre? est-ce qu'il
n'entend pas les cris de l'Europe? est-ce qu'il ne
sait pas que cent millions de voix s'élèveront en
sa faveur?

Avez-vous vu *la Riforma d'Italia*, mes divins anges?
les livres français sont tous circonspects et honnêtes en comparaison. Quand l'auteur parle des
moines, il ne les appelle jamais que canailles. Enfin,
tous les yeux sont éclairés, toutes les langues déliées,
toutes les plumes taillées en faveur de la raison.

Damilaville était le plus intrépide soutien de cette
raison persécutée; c'était une ame d'airain, et aussi
tendre que ferme pour ses amis. J'ai fait une cruelle
perte, et je la sens jusqu'au fond de mon cœur.
Faut-il qu'un tel homme périsse, et que *Fréron*
vive!

Vivez long-temps, mon cher ange. Vous devez,
s'il m'en souvient, n'avoir que soixante et sept ans;
j'étais bien votre aîné, et je le suis encore. Je vous
aimerai jusqu'à ce que ma drôle de vie finisse.

Cependant, que penseriez-vous si, au premier
acte, *Iradan* parlait ainsi à ces coquins de prêtres?

—— Nous sommes ses soldats, j'obéis à mon maître ;
1768. Il peut tout.

LE GRAND PRETRE.

Oui, sur vous.

IRADAN.

Sur vous aussi, peut-être.

Les pontifes divins, des peuples respectés,
Condamnent tous l'orgueil, et plus les cruautés.
Jamais le sang humain ne coula dans leurs temples,
Ils font des vœux pour nous, imitez leurs exemples.
Tant qu'en ces lieux surtout je pourrai commander,
N'espérez pas me nuire et me déposséder
Des droits que Rome attache aux tribuns militaires, &c.

Que peut-on dire de plus honnête et même de plus fort en faveur des prêtres ? cela ne prévient-il pas toutes les allusions ? et s'il faut qu'on en fasse, ces allusions ne sont-elles pas alors favorables ?

Ces quatre vers ajoutés ne s'accordent-ils pas parfaitement avec les additions déjà faites dans la première scène ? n'êtes-vous pas parfaitement content ?

Toute cette affaire-ci ne sera-t-elle pas extrêmement plaisante ? Ma foi, ce *la Touche* était un bon garçon. Voici le papier tout musqué pour le premier acte ; il n'y aura qu'à l'ajuster avec quatre petits pains. *V.*

LETTRE CCCXXXIII.

1768.

A M. L. C.

Du 23 de décembre.

Si vous voulez, Monfieur, vous appliquer férieufement à l'étude de la nature, permettez-moi de vous dire qu'il faut commencer par ne faire aucun fyftême. Il faut fe conduire comme les *Boyle*, les *Galilée*, les *Newton*, examiner, pefer, calculer et mefurer, mais jamais deviner.

Newton n'a jamais fait de fyftême; il a vu, il a fait voir, mais il n'a pas mis fes imaginations à la place de la vérité. Ce que nos yeux et les mathématiques nous démontrent, il faut le tenir pour vrai; dans tout le refte il n'y a qu'à dire *j'ignore*.

Il eft inconteftable que les marées fuivent exactement le cours du foleil et de la lune; il eft mathématiquement démontré que ces deux aftres pèfent fur notre globe, et en quelle proportion ils pèfent. De-là *Newton* a non-feulement calculé l'action du foleil et de la lune fur les marées de l'Océan, mais encore l'action de la terre et du foleil fur les eaux de la lune (fuppofé qu'il y ait des eaux). Il eft étrange, à la vérité, qu'un homme ait pu faire de telles découvertes; mais cet homme s'eft fervi du flambeau des mathématiques, le feul flambeau qui éclaire.

Gardez-vous donc bien, Monfieur, de vous laiffer féduire par l'imagination; il faut la renvoyer à la

P p 3

poësie, et la bannir de la phyſique. Imaginer un feu central pour expliquer le flux de la mer, c'eſt comme ſi on réſolvait un problème par un madrigal.

Qu'il y ait du feu dans tous les corps, c'eſt une vérité dont il n'eſt pas permis de douter ; il y en a dans la glace même, et l'expérience le démontre : mais qu'il y ait une fournaiſe préciſément dans le centre de la terre, c'eſt une choſe que perſonne ne peut ſavoir, qui n'eſt nullement probable, et que par conſéquent on ne peut admettre en phyſique.

Quand même ce feu exiſterait, il ne rendrait raiſon ni des grandes marées des équinoxes et des ſolſtices, ni de celles des pleines lunes, ni pourquoi les mers qui ne communiquent point à l'Océan n'ont aucune marée, ni pourquoi les marées retardent avec la lune, &c. Donc il n'y aurait pas la moindre raiſon d'admettre ce prétendu foyer pour cauſe du gonflement des eaux.

Vous demandez, Monſieur, ce que deviennent les eaux des fleuves portées à la mer. Ignorez-vous qu'on a calculé combien l'action du ſoleil, à un degré de chaleur donné, en un temps donné, enlève d'eau, pour la réſoudre enſuite en pluie, par le ſecours des vents.

Vous dites, Monſieur, que vous trouvez très-mal imaginé ce que pluſieurs auteurs avancent, que les neiges et les pluies ſuffiſent à la formation des rivières. Comptez que cela n'eſt ni bien ni mal imaginé, mais que c'eſt une vérité reconnue par le calcul. Vous pouvez conſulter ſur cela *Mariotte*, et les *Tranſactions d'Angleterre*.

En un mot, Monſieur, s'il m'eſt permis de répondre

à l'honneur de votre lettre par des conseils, lisez
les bons auteurs qui n'ont que l'expérience et le
calcul pour guides, et ne regardez tout le reste que
comme des romans indignes d'occuper un homme
qui veut s'instruire. Je suis, &c.

AU MEME.

Sur les qualités occultes.

OUI, Monsieur, je l'ai dit, je le redis, et je le
redirai, malgré la certitude d'ennuyer, que la doc-
trine des qualités occultes est ce que l'antiquité a
produit de plus sage et de plus vrai. La formation
des élémens, l'émission de la lumière, animaux,
végétaux, minéraux, notre naissance, notre vie,
notre mort, la veille, le sommeil, les sensations,
la pensée, tout est qualité occulte.

Descartes se crut fort au-dessus d'*Aristote*, lorsqu'il
répéta en français ce que ce sage avait dit en grec :
Il faut commencer par douter. Il ne devait pas, après
avoir douté, créer un monde avec des dés, faire
de ces dés une matière globuleuse, une rameuse et
une subtile; composer des astres avec de tels ingré-
diens, et imaginer, dans la nature, une mécanique
contraire à toutes les lois du mouvement.

Cet extravagant roman réussit quelque temps, parce
que les romans étaient alors à la mode. *Cyrus* et *Clélie*
valaient beaucoup mieux, car ils n'induisaient personne en erreur. Apprenez-moi l'histoire du monde,
si vous la savez, mais gardez-vous de l'inventer.

P p 4

Voyez, tâtez, mesurez, pesez, nombrez, assemblez, séparez, et soyez sûr que vous ne ferez jamais rien de plus.

Newton a calculé la gravitation, mais il n'en a pas découvert la cause. Pourquoi cette cause est-elle occulte? c'est qu'elle est premier principe.

Nous savons les lois du mouvement; mais la cause du mouvement, étant premier principe, sera éternellement cachée. Vous êtes en vie, mais comment? vous n'en saurez jamais rien. Vous avez des sensations, des idées, mais devinerez-vous ce qui vous les donne? cela n'est-il pas la chose du monde la plus occulte?

On a donné des noms à un certain nombre de facultés qui se développent en nous, à mesure que nos organes prennent un peu de force au sortir des tégumens où nous avons été renfermés neuf mois (sans qu'on sache même ce que c'est que cette force). Si nous nous souvenons de quelque chose, on dit, c'est de la mémoire; si nous mettons quelques idées en ordre, c'est du jugement; si nous formons un tableau suivi de quelques autres idées éparses, dont le souvenir s'est présenté à nous, cela s'appelle de l'imagination; et le résultat ou le principe de ces qualités est appelé *ame*, chose mille fois plus occulte encore.

Or, s'il vous plaît, puisqu'il est très-vrai qu'il n'est point dans vous un être à part qui s'appelle *sensibilité*, un autre qui soit *mémoire*, un troisième qui s'appelle *jugement*, un quatrième qui s'appelle *imagination*, concevrez-vous aisément que vous en ayez un cinquième composé des quatre autres qui n'existent point?

Qu'entendait-on autrefois quand on prononçait
en grec le mot de *pſyché* ou celui de *nous*? entendait-on une propriété de l'homme, ou un être
particulier caché dans l'homme? n'était-ce pas l'expreſſion occulte d'une choſe très-occulte?

Toutes les ontologies, toutes les pſycologies ne
ſont-elles pas des rêves? On s'ignore dans le ventre
de ſa mère; c'eſt-là pourtant que les idées devraient
être les plus pures, car on eſt moins diſtrait. On
s'ignore en naiſſant, en croiſſant, en vivant, en
mourant.

Le premier raiſonneur qui s'écarta de cette ancienne
philoſophie des qualités occultes, corrompit l'eſprit
du genre-humain. Il nous plongea dans un labyrinthe
dont il nous eſt aujourd'hui impoſſible de nous
tirer.

Combien plus ſage avait été le premier ignorant
qui avait dit à l'Etre auteur de tout : „ Tu m'as
„ fait ſans que j'en euſſe connaiſſance, et tu me
„ conſerves ſans que je puiſſe deviner comment
„ je ſubſiſte. J'ai accompli une des lois les plus
„ abſtruſes de la phyſique, en ſuçant le teton de
„ ma nourrice ; et j'en accomplis une beaucoup
„ plus ignorée, en mangeant et en digérant les
„ alimens dont tu me nourris. Je ſais encore moins
„ comment des idées entrent dans ma tête pour en
„ ſortir le moment d'après ſans jamais reparaître,
„ et comment d'autres y reſtent toute ma vie, quelque
„ effort que je faſſe pour les en chaſſer. Je ſuis un
„ effet de ton pouvoir occulte et ſuprême, à qui
„ les aſtres obéiſſent comme moi. Un grain de
„ pouſſière que le vent agite, ne dit point, c'eſt moi

,, qui commande aux vents. *In te vivimus, movemur et*
,, *fumus;* tu es le feul Être, tout le refte eft mode. ,,

C'eft-là cette philofophie des qualités occultes
que le père *Mallebranche* entrevit dans le dernier fiècle.
S'il avait pu s'arrêter fur le bord de l'abyme, il
eût été le plus grand, ou plutôt le feul métaphy-
ficien; mais il voulut parler au verbe: il fauta dans
l'abyme, et il difparut.

Il avait, dans fes deux premiers livres, frappé
aux portes de la vérité. L'auteur de l'*Action de Dieu
fur les créatures* tourna tout autour, mais comme
un aveugle tourne la meule. Un peu avant ce temps,
il y avait un philofophe qui était leur maître, fans
qu'ils le fuffent; Dieu me garde de le nommer.

Depuis ce temps, nous n'avons eu que des gens
d'efprit, defquels il faut excepter le grand *Locke* qui
avait plus que de l'efprit, &c.

LETTRE CCCXXXIV.

A MADAME

LA MARQUISE DU DEFFANT.

26 de décembre.

Ce n'eft pas affurément, Madame, une lettre de
bonne année que je vous écris, car tous les jours
m'ont paru fort égaux, et il n'y en a point où je
ne vous fois très-tendrement attaché.

Je vous écris pour vous dire que votre petite-
mère ou grand'mère, je ne fais comment vous

l'appelez, a écrit à son protégé *Dupuits* une lettre
où elle met, sans y songer, tout l'esprit et les grâces
que vous lui connaissez. Elle prétend qu'elle est
disgraciée à ma cour, parce que je ne lui ai envoyé
que le Marseillois et le Lion de *Saint-Didier*, et
qu'elle n'a point eu les Trois empereurs de l'abbé
Caille; mais je n'ai pas osé lui envoyer, par la poste,
ces trois têtes couronnées, à cause des notes qui
sont un peu insolentes; et, de plus, il m'a paru que
vous aimiez mieux le Marseillois et le Lion; c'est
pourquoi elle n'a eu que ces deux animaux. Il y
a pourtant un vers dans les Trois empereurs qui
est le meilleur que l'abbé *Caille* fera de sa vie. C'est
quand *Trajan* dit aux chats fourrés de sorbonne :

Dieu n'est ni si méchant ni si fot que vous dites.

Quand un homme comme *Trajan* prononce une
telle maxime, elle doit faire un très-grand effet sur
les cœurs honnêtes.

Votre petite-mère, ou grand'mère, a un cœur
généreux et compatissant; elle daigne proposer la
paix entre *la Bletterie* et moi. Je demande, pour premier article, qu'il me permette de vivre encore
deux ans, attendu que je n'en ai que soixante et
quinze; et que, pendant ces deux années, il me
soit loisible de faire une épigramme contre lui tous
les six mois; pour lui, il mourra quand il voudra.

Saviez-vous qu'il a outragé le président *Hénault*
autant que moi? Tout ceci est la guerre des vieillards.
Voici comme cet apostat jansénifte s'exprime, page
235, tome II : *En revanche, fixer l'époque des plus
petits faits avec exactitude, c'est le sublime de plusieurs*

prétendus hiſtoriens modernes, cela leur tient lieu de génie et de talens hiſtoriques.

Je vous demande, Madame, ſi on peut déſigner plus clairement votre ami? ne devait-il pas l'excepter de cette cenſure auſſi générale qu'injuſte? ne devait-il pas faire comme moi qui n'ai perdu aucune occaſion de rendre juſtice à **M.** *Hénault*, et qui l'ai cité trois fois dans le Siècle de *Louis XIV*, avec les plus grands éloges? par quelle rage ce traducteur pincé du nerveux *Tacite* outrage-t-il le préſident *Hénault*, *Marmontel*, un avocat *Linguet* et moi, dans des notes ſur *Tibère*? qu'avons-nous à démêler avec *Tibère*? Quelle pitié! et pourquoi votre petite-mère n'avoue-t-elle pas tout net que l'abbé de *la Bletterie* eſt un mal-aviſé?

Et vous, Madame, il faut que je vous gronde. Pourquoi haïſſez-vous les philoſophes quand vous penſez comme eux? vous devriez être leur reine, et vous vous faites leur ennemie. Il y en a un dont vous avez été mécontente; mais faut-il que le corps en ſouffre? eſt-ce à vous de décrier vos ſujets?

Permettez-moi de vous faire cette remontrance, en qualité de votre avocat général. Tout notre parlement ſera à vos genoux quand vous voudrez; mais ne le foulez pas aux pieds, quand il s'y jette de bonne grâce.

Votre petite-mère et vous, vous me demandez l'A, B, C. Je vous proteſte à toutes deux, et à l'archevêque de Paris, et au ſyndic de la ſorbonne, que l'A, B, C eſt un ouvrage anglais, compoſé par un **M.** *Huet*, très-connu, traduit il y a dix ans, imprimé en 1762 : que c'eſt un roſt-bif anglais,

très-difficile à digérer par beaucoup de petits eftomacs
de Paris. Et férieufement, je ferais au défefpoir
qu'on me foupçonnât d'avoir été le traducteur de
ce livre hardi, dans mon jeune âge; car, en 1762,
je n'avais que 69 ans. Vous n'aurez jamais cette
infamie, qu'à condition que vous rendrez par-tout
juftice à mon innocence, qui fera furieufement attaquée par les méchans jufqu'à mon dernier jour.

Au refte, il y a depuis long-temps un déluge de
pareils livres. *La Théologie portative*, pleine d'excel-
lentes plaifanteries et d'affez mauvaifes; *l'Impofture
facerdotale*, traduite de *Gordon*; *la Riforma d'Italia*,
ouvrage trop déclamatoire, qui n'eft pas encore traduit, mais qui fonne le tocfin contre tous les moines.
Les Droits des hommes et les ufurpations des papes;
le Chriftianifme dévoilé, par feu *Damilaville*; *le Militaire
philofophe*, de *Saint-Hiacynthe*, livres tout pleins de
raifonnemens, et capables d'ennuyer une tête qui
ne voudrait que s'amufer. Enfin, il y a cent mains
invifibles qui lancent des flèches contre la fuperftition.

Je fouhaite paffionnément que leurs traits ne fe
méprennent point, et ne détruifent pas la religion
que je refpecte infiniment, et que je pratique.

Un de mes articles de foi, Madame, eft de croire
que vous avez un efprit fupérieur. Ma charité confifte
à vous aimer, quand même vous ne m'aimeriez plus;
mais malheureufement je n'ai pas l'efpérance de vous
revoir.

LETTRE CCCXXXV.

A M. GRIMM.

27 de décembre.

L'AFFLIGÉ solitaire des Alpes a reçu la lettre consolante du prophète de Bohême. Ils pleurent ensemble, quoiqu'à cent lieues l'un de l'autre, le défenseur intrépide de la raison, et le vertueux ennemi du fanatisme. *Damilaville* est mort, et *Fréron* est gros et gras; mais que voulez-vous? *Thersite* a survécu à *Achille*, et les bourreaux du chevalier de *la Barre* sont encore vivans. On passe sa vie à s'indigner et à gémir.

Il y a des barbares qui imputent la traduction de l'A, B, C à l'ami du prophète bohémien; c'est une imputation atroce. La traduction est d'un avocat nommé *la Bastide Chiniac*, auteur d'un *Commentaire sur les discours de l'abbé Fleury*. L'original anglais fut imprimé à Londres en 1761, et la traduction en 1762, chez *Robert Freemann*, où tout le monde peut l'acheter. Voilà de ces vérités dont il faut que les adeptes soient instruits, et qu'ils instruisent le monde. Les prophètes doivent se secourir les uns les autres, et ne se pas donner des soufflets comme *Sédéchias* en donnait à *Michée*.

Je prie le prophète de me mettre aux pieds de ma belle philosophe.

On dit du bien de mademoiselle *Vestris*; mais il

faut favoir fi fes talens font en elle, ou s'ils font
infufés par *le Kain;* fi elle eft *ens per fe* ou *ens per*
aliud.   1768.

Vous reconnaîtrez l'écriture d'*Elifée,* fous la dictée
du vieil *Elie;* je lui laifferai bientôt mon manteau,
mais ce ne fera pas pour m'en aller dans un char
de feu.

Adieu, mon cher philofophe; je vous embraffe
en *Confucius,* en *Epictète,* en *Marc-Aurèle,* et je me
recommande à l'affemblée des fidelles. *V.*

LETTRE CCCXXXVI.

A M. LETHINOIS, *avocat.*

27 de décembre.

Je vous remercie, Monfieur, de l'éloquent mémoire
que vous avez bien voulu m'envoyer. Ce bel ouvrage
aurait été foutenu de preuves, fi votre nègre des
Moluques avait voulu vous inftruire de l'âge auquel
le roi fon père le fit voyager; du nombre et des noms
des grands de fa cour qui, fans doute, accompa-
gnèrent le dauphin de Timor; des particularités de
ce pays, de fa religion, de la manière dont le révérend père dominicain, fon précepteur, s'y prit pour
vendre le duc et pair nègre, les écuyers et les gentilshommes de la chambre du dauphin, et pour
changer fon alteffe royale en garçon de cuifine.

L'île de Timor a toujours paffé pour un pays
affez pauvre, dont toute la richeffe confifte en bois

de fandal. Franchement, Monfieur, l'hiftoire de ce prince n'eft pas de la plus grande vraifemblance : tout ce qu'on vous accordera, c'eft que le père *Ignace* eft un fripon ; mais il eft bien étonnant qu'un dominicain s'appelle *Ignace* ; vous favez que les jéfuites et les jacobins fe font toujours deteftés, eux et leurs faints.

Quoi qu'il en foit, Monfieur, fi le confeil n'a point eu d'égard à votre requête, il a fans doute rendu juftice à votre manière d'écrire ; il n'a pu vous refufer fon eftime, et je penfe comme tout le confeil.

J'ai l'honneur d'être avec tous les fentimens que je vous dois, Monfieur, votre, &c.

LETTRE CCCXXXVII.

A M. SAURIN.

28 de décembre.

Premièrement, mon cher confrère, je vous ai envoyé un Siècle, et je fuis étonné et confondu que vous ne l'ayez pas réçu.

En fecond lieu, vos vers font très-jolis.

Troifièmement, votre équation eft de fauffe pofition. Ce n'eft point moi qui ai traduit l'A, B, C, Dieu m'en garde. Je fais trop qu'il y a des monftres qu'on ne peut apprivoifer. Ceux qui ont trempé leurs mains dans le fang du chevalier de *la Barre*, font des gens avec qui je ne voudrais me commettre qu'en cas que j'euffe dix mille ferviteurs de Dieu avec moi,

que

ayant l'épée fur la cuiffe, et *combattant les combats du Seigneur.*   1768.

Il y a préfentement cinq cents mille ifraélites en France qui déteftent l'idole de *Baal;* mais il n'y en a pas un qui voulût perdre l'ongle du petit doigt pour la bonne caufe. Ils difent : Dieu béniffe le prophète! et fi on le lapidait comme *Ezéchiel*, ou fi on le fciait en deux comme *Jérémie*, ils le laifferaient fcier ou lapider, et iraient fouper gaiement.

Tout ce que peuvent faire les adeptes, c'eft de s'aider un peu les uns les autres, de peur d'être fciés; et fi un monftre vient nous demander : Votre ami l'adepte a-t-il fait cela? il faut mentir à ce monftre.

Il me paraît que M. *Huet*, auteur de l'A, B, C, eft vifiblement un anglais qui n'a acception de perfonne. Il trouve *Fénélon* trop languiffant, et *Montefquieu* trop fautillant. Un anglais eft libre, il parle librement; il trouve la politique tirée de l'*Ecriture fainte* de *Boffuet*, et tous fes ouvrages polémiques, déteftables; il le regarde comme un déclamateur de trèsmauvaife foi. Pour moi, je vous avoue que je fuis pour madame *du Deffant* qui difait que l'*Efprit des lois* était de l'efprit fur les lois. Je ne vois de vrai génie que dans Cinna et dans les pièces de *Racine*, et je fais plus de cas d'Armide et du quatrième acte de Roland que de tous nos livres de profe.

Montefquieu, dans fes *Lettres perfanes*, fe tue à rabaiffer les poëtes. Il voulait renverfer un trône où il fentait qu'il ne pouvait s'affeoir. Il infulte violemment, dans ces *Lettres*, l'académie dans laquelle il follicita depuis une place. Il eft vrai qu'il avait quelquefois beaucoup d'imagination dans l'expreffion ; c'eft, à mon

Correfp. générale.   Tome IX.   Q q

1768. fens, fon principal mérite. Il eft ridicule de faire le goguenard dans un livre de jurifprudence uni-verfelle. Je ne peux fouffrir qu'on foit plaifant fi hors de propos ; enfin, chacun a fon avis ; le mien eft de vous aimer et de vous eftimer toujours. *V.*

Fin du Tome neuvième.

TABLE ALPHABETIQUE

DES LETTRES

CONTENUES DANS CE VOLUME.

A.

Q q 3

M.

S.

Fin de la Table du tome neuvième.